तिनका तिनके पास

तिनका तिनके पास

अनामिका

वाणी प्रकाशन

प्रकाशन के उत्कृष्टतम 63 वर्ष

सजिल्द पहला संस्करण : 2008
सजिल्द दूसरा संस्करण : 2026

vaniprakashan.com

वाणी प्रकाशन

4695, 21-ए, दरियागंज, नयी दिल्ली-110 002

फ़ोन : + 91 11 23273167, 23275710

शाखाएँ

अशोक राजपथ, पटना-800 004, बिहार

कॉफ़ी हाउस कैम्पस, महात्मा गांधी मार्ग, प्रयागराज-211 001, उत्तर प्रदेश

महात्मा गांधी अन्तरराष्ट्रीय हिन्दी विश्वविद्यालय, वर्धा-442 001, महाराष्ट्र

sales@vaniprakashan.in

vaniprakashan@gmail.com

Tinka Tinke Pass
by Anamika

ISBN : 978-81-8143-822-5
Novel

मूल्य : ₹ 625

जी.एस. ऑफ़सेट, दिल्ली-110 095 में मुद्रित

वाणी प्रकाशन का लोगो मकबूल फ़िदा हुसैन की कूची से

तारा : जच्चा-बच्चा वॉर्ड : सदर अस्पताल, मुजफ्फरपुर

"का खाऊँ, का पीऊँ, का ले परदेस जाऊँ"

मोनकिया माय 'एमरजेंसी' को 'मरजेंसी' कहती हैं। ठीक ही करती हैं! तीस बरस हो गये इस वॉर्ड में खटते! मौत-वौत उनके लिए बस लावा-दुआ है। बड़ी फूल-झाड़ू से सब टूटी शीशियाँ, वॉयल और इंजेक्शन एक ओर काछती हुई वे वॉर्ड की सब रोगिणियों से हँसी-ठट्ठा किए जाती हैं। वॉर्ड का समाचार पत्र हैं वे। जीता-जागता पनघट। सुबह-सुबह चाय का खोंमचा लिए आती हैं! गप्पों की अंतरंग दुनिया में कहाँ-क्या घटा, सनसनीखेज़ या मुलायम—रोगिणियों इसकी चटर-पटर, सरस रपट मोनकिया बुआ की तत्परता से और कोई दे नहीं सकता! और किसी की भाषा में वह छब और छटा कहाँ!

उनके आते ही यह वॉर्ड गुलजार हो जाता है। जिससे-तिससे उनकी बतकही चलती ही रहती है 'सब कहते कागद की लेखी मैं कहती आँख न की देखी!' और क्या-क्या न देखा था उन मिचमिची-सी बूढ़ी आँखों ने! उनकी सब बातें मैं गौर से सुना करती थी!

"बुढ़ापा कहता है, बेटी, जानती है, क्या कहता है—कहता है—बटुए का मुँह खुला रखो, अपना मुँह बन्द!... सो, मैं तो घर में कुछ भी नहीं बोलती, जितना बोलना होता है—यहीं आकर हँस-बोल लेती हूँ! आज सुबह-सुबह मन कैसा तो हो गया वहाँ सड़क पर दो बुढ़ियाँ एक साथ टन्न बोल गईं। माँ-बेटी थीं बेचारी : एक बुढ़िया, एक महाबुढ़िया! हाथ पकड़कर सड़क पार कर रही थीं—अस्पताल ही आ रही होंगी कि सामने से एक बड़ी गाड़ी दनदनाती आयी— मार गई धक्का! सत्रह-अटठारह बरस का इस्कुलिया चला रहा था! पीछे भी इस्कुलिया ही बैठे थे! जोर-जोर से बाजा बज रहा था गाड़ी के भीतर... इन माँ-बेटी का भी बजा दिया बाजा।... वापस मुड़कर देखा-तक नहीं! एक तो वहीं ढेर हो गई, एक अस्पताल पहुँचते-पहुँचते!"

"आप उन्हें पहले से भी जानती थीं, बुआ?"

“एक अर्से से ये माँ-बेटी अस्पताल आ-जा रही थीं!... बुढ़िया का बेटा भी गाड़ी-घोड़े वाला है! लेकिन कितने बेटे बाप-महतारी को अस्पताल लाते हैं... बॉस और बीवी को सलाम दागने से फुर्सत पाएँ तब तो... ये तो नाकारा बेटियाँ ही हैं जिनके दम से बुढ़ापा पार-घाट लग जाता है—शौहरों की लानत-मलामत झेलकर भी दौड़ी-दौड़ी आ तो जाती हैं... अब इस माँ-बेटी को ही देखो—साथ जिएँगे, साथ मरेंगे का साच्छात्...”

कहते-कहते बुआ जमीन पर एकदम से धम्म बैठ गईं और मुनिया को लगीं छेड़ने—मुनिया जो हर रोज अपनी आसन्नप्रसवा माँ से मिलने आती है और दिन-भर किस्से सुनती रहती है। ठीक सात महीने पहले बाप आसाम के एक बलवे में गुजर गया। पति के निहोरे किए ओर इसकी मौसी वहाँ आसाम जाकर इन्हें साथ लिवा आईं। वही मौसी सुबह खाना लेकर आती हैं और शाम तक मुनिया को वापस ले भी जाती हैं। मुनिया को घुघुआ-मन्ना करती हुई जो मोनकिया बुआ लगीं गाने तो उनके गाने के बोल मुनिया की अम्मा की आँखों में पानी ले आए! कहाँ से कहाँ पहुँच जाता है दुखी आदमी का मन! सीधे-सादे बोल थे—पर वो बेचारी ऐसी हालत में थी कि उसे तो हवा से चोट लग जाती—

‘बढ़ई-बढ़ई खुट्टा चीर’
खुट्टा में मोर दाल बाऽ
का खाऊँ का पीऊँ का ले परदेस जाऊँ।’

सुनती-सुनती जाने किस लोक में खो गई और आँखों से टपटप टपकने लगा वह समय जो पीछे बीता था और आगे भी बीतना था—

मैं तड़पकर उठ बैठी! कुछ न कुछ कहना चाहिए था लेकिन कहा न गया! तोस भरोस देने में काफी कमजोर हूँ। पिछले पंद्रह दिनों के इस अस्पताल-प्रवास में यह तीसरी औरत है जिसके प्रति मेरा मन इतना उमड़ा!...सोच ही रही थी कि आगे कैसे क्या करूँ कि हैंडलूम की साड़ी और चाँदी के गहने पहने कुछ साफ-सुथरी कन्याएँ शायद किसी एन.जी.ओ. की तरफ से वॉर्ड में आ धमकीं और जो बातचीत हुई, उससे पूरा माहौल ही बदल गया!

II

जाओ अपने रास्ते

'कोई दिक्कत तो नहीं है यहाँ?'
'दिक्कत क्या होगी--
मस्ती में हैं।
इतने दिनों बाद चोटी-पाटी करके
छाती चौड़ी करके
दूल्हे के साथ निकलते ही
आधी बीमारी हो जाती है छूमंतर!
जलती है कितना बगलवाली
कि वो भी काहे बीमार न पड़ी,
उसको भी दूल्हा दिला देता
नई-नई दिलरुबा चोली!
साड़ी में फॉल लगा देती गोतनी!
खुशी-खुशी घर से विदा करती।'
'अच्छा तो घर में अचानक
'बीमार पड़ने से रुतबा बढ़ा है तुम्हारा?'
'इधर कोई डांटता-दबारता नहीं,
सब सोचते हैं कि
जल्दी ही मर जाएगी शायद बेचारी!
मरने में क्या मुश्किल
जो इतनी हो ले हवाखोरी!
डांटे, न मारे कोई
बच्चों की ले ले जिम्मेदारी!'
'उफ, क्या बीमारी पुरानी है?'

'थोड़े दिन मटियाया,
लेकिन जब मुँह पर हवाइयाँ लगीं उड़ने
लगने लगी दांती रह-रहकर
तब बात छुप न सकी।
थोड़े दिन लोकल ओझा आजमाया,
ज्यादा बीमार हो जाने पर
थोड़ा सा कर्जा काढ़ा, थोड़ा पैसा बचाया—
पहले दरभंगा गए, फिर यहाँ रेफर कराया!
'ठहरना हुआ है कहाँ?'
'देवर की साली की ननद यहाँ रहती है!
उसका स्वाभाव ठीक है—
सुबह तो खिलाया था छोला-भटूरा!
हम भी उसकी खातिर लाए थे ठेकुआ,
घी, अचार, चूड़ा!'
'क्यू में यहाँ कितनी देर से हो?
कोई पीछे वाला पहले तो नहीं गया अंदर?'
'यम के दरवाजे खड़े हैं जी हम सब,
क्या पीछे, क्या आगे,
क्या ऊपर, क्या नीचे,
क्या बाहर, क्या अंदर
जिसको जब जाना है, जाने दो—
तुम भी जाओ, हमको थोड़ा सुस्ताने दो।'

इसी तरह 'आउटविट' करती हैं देहाती महिलाएँ शहरी महिलाओं को। ऐसे ही 'आउटविट' करती हैं मिट्टी हवा को। हवा अपने सीने में मिट्टी की गंध और मिट्टी की धमक लिए इधर-उधर फिरती तो है। वह सहानुभूतिशून्य नहीं होती। मिट्टी के प्रति एक खास तरह का बहिनापा भी उसमें होता हैं—पर मिट्टी का समूचा वजूद, उसकी उर्वरता, उसका जीवन-बोध उसके सँभाले नहीं सँभलता—यह भी सच है। प्रतिनिधित्व मिथ है। जो जिसकी समस्या है—उससे निबटने का बीज मंत्र भी उसी के पास है! 'अप्प दीपो भव' (अपना दीपक आप बनो)।

जिसको 'जनाना बीमारी' कहते हैं—गाँवों के प्राथमिक चिकित्सा केंद्रों के अधिकारी बहुधा उसे 'एफ.एन.डी. (फेंड नर्वस डिजॉर्डर) कहकर उसकी हँसी उड़ाते हैं। उनके शब्दों में यह 'नखरीली औरतों को जलवा' है—ध्यानाकर्षण प्रस्ताव, परिवार

पर प्रभुत्व कायम करने का हथकंडा : 'पानी की सुई लगाइए, थोड़ा सहला-वहला दीजिए और बीमारी ठीक!' एक तो यह आंकड़ों के आधार पर बिलकुल ही गलत ठहरने वाली बात है—हर साल इलाज के अभाव में हजारों औरतें दम तोड़ देती हैं, कितनों को जिंदा जलाकर मार डाला जाता है, कितनों के साथ ऐसी परिस्थितियाँ पैदा की जाती हैं कि वे चूहे-वूहे मारने की दवा खाकर मर जाएँ, कितनों के बीमार गर्भ से लगातार खून के आँसू टपका करते हैं। साफ-सुथरे, सुरक्षित प्रसव की सुविधाएँ तक मुहैया नहीं है उन्हें, और कहने वाले कहते हैं कि यह सब नखरा है!

जिस आलोड़न का 'हिस्टीरिया' कहकर मजाक उड़ता है—वह भी क्या युगों के उत्पीड़न, उपेक्षा, अनादर का स्वाभाविक प्रतिकार नहीं है? अगर कहीं की परिस्थितियाँ ऐसी हों कि प्यार या सहानुभूति, आदर और ध्यान पाने की खातिर स्त्री के लिए बीमारी का नाटक जरूरी हो जाए, बिना उसके उससे कोई मुँह बात करने को तैयार ही न होता हो—तो यह बात हँसने की हरगिज़ नहीं मानी जा सकती। ...सर थोड़ा दुखने लगा था, ढेर-सा नवरतन तेल चपोड़ा और आँखें मूँद लीं।

पप्पू पनीरवाला

दीए की मद्धिम-लौ–जैसी उस लड़के की मुस्कान थी। जेनरल वार्ड में जगह नहीं बची थी, सो उसे 'मातृशिशु कल्याण' विभाग के ही एक कोने में लिटा दिया गया था! जब मैं करवट लेती, हमारी आँखें मिल जातीं और बाँछें खिल जातीं! देह के क्या जाने किस प्रदेश में बाँछें खिलती हैं! बेशक, हमेशा नहीं खिलतीं–शायद ही कभी किसी बरस खिलें–लेकिन ऐसा नहीं कह सकते कि उनका वजूद नहीं है। आप इन अदृश्य फूलों को लुप्तप्राय प्रजाति का तो हरगिज नहीं मान सकते!

तो हमारी बाँछें खिल जातीं–जब भी आँखें मिलतीं। मन ही मन मैं कल्पना करती--काश, मेरा बच्चा ऐसा ही हो–भोला-सा मस्त कलंदर। उससे मेरी पहली बातचीत मुझे भूलती ही नहीं :

"पढ़ते हो कि काम करते हो?"

"न पढ़ता हूँ, न काम करता हूँ, मैं तो बस रहता हूँ!"

"रहते हो, लेकिन कहाँ?"

"पप्पू पनीर वाले की दूकान में–खाना-खर्चा वही देता है।"

"तुमको हुआ क्या है?"

"वो ऐसा है कि...दोनों गुर्दे खराब हैं!"

"........."

"माँ-बाबू?"

"बाबू तो रहे नहीं, अम्मा हैं!"

"बाबू को क्या हो गया था?"

"बस यों ही....."

"अम्मा कुछ करती हैं?"

"नहीं, घर पर ही रहती हैं। चाचा हैं! गुर्दा वो ही दे रहे हैं!...आने वाले थे लेकिन आने के दिन ही फालिज मार गया! अब इंतजार कर रहा हूँ!"

"इलाज का खर्चा?"

"डेरा सच्चावाले गुरमीत रामरहीम...मंडी में उनका सत्संग होता था..."

“हो कहाँ के?”

“जिला गोंडा!”

“बिस्कुट खाओगे?”

“नहीं खाता!”

“थोड़ा-सा खा लो!”

“अच्छा, लाओ!”

और फिर उसने वो बिस्कुट उठाकर ऐसे देखा जैसे ब्रह्म इस ब्रह्मांड को देखते होंगे—हल्की विरक्ति और हल्की आसक्ति के साथ!

खिसकाते-खिसकाते अपनी चटाई वो मेरे बिस्तर के करीब ले आया था! पुराने मरीजों से नर्सें भी ज्यादा नहीं बोलतीं! सिर्फ डॉक्टर जब राउंड पर आते, उसे वापस कोने में जाना पड़ता!...बाकी समय हम अगल-बगल लेटे बतियाते या किस्से सुनते जो बेड नंबर सात वाली आसन्नप्रसवा अपनी पहलौटी बच्ची को सुनाती! बच्ची सारा समय माँ से कहानियाँ सुनती, वो ही क्यों—सारा वार्ड सुनता... वार्ड जो एक तरह का परिवार हो गया था जैसे लम्बे सफर में रेलवे की बॉगी हो जाती है—सब एक-दूसरे के सुख-दुख से वाकिफ होने लगे।

माँ-बच्ची के इस जोड़े के लिए तो सबको विशेष मोह था! दुख अपने पहले चरण में विस्फोट है; दूसरे चरण में फेविकॉल! जिन्हें छिटकना होता है—पहले चरण में छिटक लेते हैं। बाकी जो बच जाते हैं, ठठे रहते हैं आस-पास, उन दिलों में एक अटूट बन्धन हो जाता है—यदि वे समदुखभोगी हों तो और भी ज्यादा। दंगे-बँटवारे-भूकम्प-बाढ़ सूखा, विद्रोह, रोग, मृत्यु, क्रूरताएँ और अपमान जीवन की पाठ्य-पुस्तक का कठिन पाठ हैं—सहपाठियों में घनिष्ठता हो ही जाती है।

कथासत्रम :

‘गलिए-गलिए चोर घुमइता’

मुनिया की अम्मा मुनिया को कहानी सुनाए जाती है :

“बंतो मुर्गी अपने मुर्गे से बोली—मेरे दिल में तो हौला उठ रहा है...कोई जगह ऐसी ढूँढ़ो जहाँ मैं तसल्ली से अपने अंडे से सकूँ...सुरक्षित रहें मेरे अंडे! पृथ्वी पर कोई जगह तो ऐसी होगी!”

टकदुम मटुक मुर्गे ने कलगी उठाई, कल्ला फुलाकर इधर-उधर देखता हुआ बोला—‘‘यह जगह बिल्कुल सुरक्षित नहीं है न?’’

कमजोर आवाज में बंतो बोली, ‘‘देख ही रहे हो—बिल्ली-पाँवों से सागर की लहरें कभी भी चली आती हैं...और लपक जाती हैं अपने ये नरम-गरम अंडे—हर बार...’

"तो क्या मैं देखते-देखते ऐसा खरगिद्दर हो गया, रानी, इतना लाचार और लेर-पुआर कि मेरे दरबे के अंडे-बूचों को पानी के हाथ ले उड़े और मेरी ऊँघ टूटी ही नहीं...?"

बगल के बिस्तर से मुनिया की अम्मा मुनिया को बंतो मुर्गी और टकदुम मुर्गे की कहानी सुना रही है।...किस्सा बढ़ा जा रहा है, अँधेरा भी! महिला वार्ड के इस कमरा नंबर सात में तीन दिनों से एक मरकिटाह बल्ब जल रहा था! आज की आँधी में उसने भी आँखें मूँद लीं।

खिड़कियों के शीशे टूटे हैं और बड़ी शान से हवा मरीजों के हाड़ कँपा रही है! कंबल इतने ही गरम हैं जितने (बिना बात थप्पड़ खा लेने पर) बच्चों के गाल हो जाते हैं—हल्के गरम और कुम्हलाए-से, पर लाल टुहटुह!

आठ मरीज और चार परिचारिकाएँ! दो मरीज कैंसर की, दो गर्भाशय की अन्य गंभीर तकलीफों की! एक मैं और एक वह बच्चा गुर्दों की तकलीफ वाला! दो और आसन्नप्रसवाएँ मेरे जैसी ही! दो बिस्तर खाली! उनपर मक्खियों की प्रेत-लीला! तीन-चार दिन पहले ही वहाँ कोई आसन्नप्रसवा गुजरी है! उसकी अंतिम हिचकी बारह-एक बजे रात के करीब चमगादड़ की शक्ल में गोल-गोल घूमती है! क्या रही होगी उसकी अंतिम सोच? क्या उसे कोई मादक-सा चुंबन याद आया होगा या याद आई होगी कोई बिसाइन गाली?

पटरी पर छुक-छुक बढ़ी चली जाती सोचों में किसी की अंतिम सोच होगी—पहले से कोई नहीं जानता! ये जो हम सबकी नसों में ड्रिप की सुई से टप-टप-टप टपक रहा है—वक्त ही तो है! बिस्तर के पास खड़े लँगड़े तिपहिया डंडे से जो बोतलें उल्टी लटकी हैं—उनमें क्या जीवन भरा है? कब खाली हो जाए कौन-सी बोतल—यह कौन कहे! तीमारदारों का सबसे बड़ा काम शायद ये ही है—गई रात झपकियों की झड़ी के बीच से उठ कर बार-बार यह देखना कि ड्रिप की बोतल में पानी की छाती पर कोई बुलबुला, कोई शून्य तो नहीं चढ़ बैठा!...खैर, फिलहाल कथा चल रही है।

अचानक कहानी रुकी। बेड नंबर 7 पर लेटी मुनिया की आसन्नप्रसवा अम्मा पैरों से लिपटी मुनिया से आगे बस इतना ही बोल पाई--

"आगे का किस्सा अब बाद में—जाओ, बाहर जाकर खेलो! फूफी वहीं चौकीदार से गप्प-सरक्का छेड़े बैठी होगी, कहना कि माँ बुला रही है..."

"माँ, पेट में भैया फिर से फुटबॉल लगा खेलने? डाँटूँ उसे? छूकर देखूँ! पेट में एक ज़िप लगी होती तो कितना मज़ा आता—जब चाहे भीतर झाँककर भैया को डाँटती..."

"मुन्नी, अब जा बेटा! फूफी को भेज दे—जल्दी!"

लाल घाघरे पर लंबी-सी चोटी डुलाती मुन्नी बाहर दौड़ी तो मैंने उसकी ओर करवट लेकर पूछा--

"क्या पानी जाना शुरू हो गया? जब तक वो आती हैं, मैं उठूँ? मेरे तो दिन बाकी हैं! ऐतिहातन पहले भरती हो गई हूँ—ब्लड प्रेशर ज्यादा रहता है न!" वह अचकचाई--

"अरे आप...आप लेटिए! घबराने की कोई बात नहीं है! यों ही जरा बाथरूम जाती..."

"कैसे शौचालय हैं, बाप रे! अगर यहाँ जहाँगीर आता तो नाक में गुलाब ठूँसकर भागता, यह कहता हुआ कि खुदा की बनाई जमीन पर नर्क कहाँ है—यहाँ है, यहाँ, यहाँ है।...अगर बाथरूम के पाँव होते तो बाथरूम खुद भी सर पर पाँव रखकर जंगल-मैदान भाग जाता..."

मेरी कोशिश कामयाब हुई! उस कष्ट में भी वह हँस दी और अब तक जो हमारे बीच एक सिकुड़ा-सिहरा-सा अनबोलापन था, कचकाड़े की तरह कचकचा-कर टूटा, हरहराकर उसके बोल फूट पड़े—

"आप तो दिल्ली से आई हैं! वह जो पुलिस-मैम आती है--बड़ी अफसरानी—आपकी बहन लगती है क्या? कौन हैं वो?"

"बहन ही समझिए—सहेली है—जैसे कि आज से आप! आप किसी स्कूल में पढ़ाती हैं क्या? बच्ची को कितना अच्छा किस्सा सुना रही थीं..."

"अरे वाह, आप तो लाल बुझक्कड़ ठहरीं! हम यहाँ के कन्या-विद्यालय की पी.जी.टी. हैं। लेकिन अभी हमें तनख्वाह नहीं मिलती...मिलने लगेगी! सचिवालय के हड़ताली चौक पर हमने धरना किया था...ये हम नहीं कहते कि एक बार में माँगें पूरी-की-पूरी मान ली जाएँ! प्रजातंत्र तो मामला ही रगड़घस्स का है, कोशिश जारी हैं!"

"मसुआई माचिस ही सही, मगर माचिस तो है यह प्रजातंत्र। एक रगड़ में नहीं भी जले मगर जलने की उम्मीद रहती है...जलने की उम्मीद जिंदाबाद! प्रजातंत्र फिर भी गनीमत है..."

इस पर वह फिर हँस दी! बात-बात में हँसने वाली जिंदादिल औरतें छोटे-से इस शहर, मुजफ्फरपुर की खासियत हैं। सीतामइया वाली 'मिथिला' और आम्रपाली की 'वैशाली' पुरमज़ाक समधिनों की तरह यहाँ गले-गले मिलती हैं, अकर-बकर बोलती हुई—एक-से-एक व्यंग्य-बान, पान-मछली और मखान!

सदर अस्पताल का यह महिला-वार्ड भी हँसते-हँसते जान निकाल लेने की कला में निष्णात औरतों का जमघट है! लाख प्रतिकूलताओं के बीच भी इनका हँसी-ठट्ठा छूटा नहीं!

और कमरों से बेहतर माना जाने वाला 'कॉर्नर रूम' है यह! स्थानीय कार्यकर्त्ताओं के रिश्तेदारों को नेता या अफसर अपनी अनुशंसा पर यह कमरा दिलवाते हैं : एक मेडल की तरह! छत टपकती है तो टपकती रहे—झाड़ू है न! जिस तर्ज में झाड़ू पानी से कहता है—'मैं हूँ न', स्थानीय कार्यकर्त्ता बंधु-बांधवों से, नेता/अफसर/कार्यकर्त्ताओं से उसी तर्ज में कहते होंगे कुछ—'मैं हूँ न'—जैसा! 'मैं हूँ न' का भी एक पदानुक्रम है न! पदानुक्रम कहाँ नहीं है! लोककथा वाली चिड़िया भी यह जानती है कि धीरे-धीरे कैसे बढ़ना है—दाल का दाना चक्की में फँसा हुआ है तो पहले कहो बढ़ई से, फिर नालिश करो लाठी से, लाठी न माने तो आग से, आग न माने तो सागर से, सागर न माने तो हाथी से, हाथी न माने तो चींटी से—और कोई माने-न-माने चींटी के पास तो सुनवाई हो जाएगी और पहिया उल्टा घूमेगा—हाथी से सागर, सागर से अगिनदेवता, अगिनदेवता से लाठी बाबा, लाठी बाबा से बढ़ई तक एक ही गाना गाएँगे—

'हमरा मारऽ उरऽ मत कोई,
हम न खुट्टा चीरब लोई!'

कुल मिलाकर बात ये हुई कि महिला वार्ड के इस 'कोनट्टी की कोठरी' की पूछ वही है जो देहात में नई दुल्हन के कमरे या कोहबर की होती है!...तब भी तिलचट्टे-कुत्ते-बिल्लियाँ-चींटे-चूहे-छछूंदर-मच्छर-मक्खियाँ इसको अपना अभयारंण्य ही मानते हैं और यहाँ इन जंतुओं का आना-जाना ऐसे लगा रहता है जैसे इस पापी संसार में दिव्यात्माओं का! आनी-जानी माया के शिकार ये प्राणी कभी-कभी रोगियों की छातियों पर डॉक्टर के आले की तरह विराजमान मिलते हैं! एक बंदर तो अक्सर ही आ जाता है। रोगिणियाँ इसे साक्षात् हनुमान मानती हैं। एक दिन उसने सात नंबरवाली के मुँह का थर्मामीटर निकालकर बुखार देखने का भी उपक्रम किया!

सात नंबर वाली सुनीता ही सबसे पहले मेरी दोस्त बनी थी...आज फिर उसका बिस्तर खाली है। टहल रही होगी कहीं—पेशाब की प्लास्टिक थैली सँभाले हुए! वार्ड में किसी की दवा घटती है तो ड्रिप उठाए हुए खुद ही चली जाती है सुपरबाजार! पिछले तीन महीनों से यहाँ भर्ती है—बच्चा तो होना ही है—कीमियोथैरेपी भी चल रही है! कैंसरकीलितों के तीमारदार थक तो जाते ही हैं! कई बार ऐसा भी होता है कि कोई इसके पास नहीं होता! इस खालीपन की भरपाई वह ऐसे करती है कि ज़रा-सी तबीयत सँभलते ही दूसरे रोगियों की देखभाल लगती है करने! कहाँ से आती है उसके पास—हँसने-बोलने की यह ऊर्जा? राख-राख हुई जाती क्षीण साँवली काया में कहाँ से यह तेज जगता है? स्कूल में पढ़ी महादेवी की पँक्ति का क्या अर्थ खुलता है : 'एक ज्वाला के बिना मैं राख का घर हूँ!' कभी-कभी जेनरल वार्ड के रोगियों को भी हँसा-बोला आती है और वहाँ से तरह-तरह के किस्से उठा लाती है कि कैसे एक साधु बाबा को एड्स हो गया है। कैसे एक जालिम हवलदार रिटायरमेंट के बाद भी वर्दी

पहनकर मछरहट्टा गया मुफ्त मछली उड़ा लेने तो मछुआरिनों ने उसको पीटा कि अब क्यों डरें, हमको खूब पता है, तू रिटायर है।

एक बड़ी-सी पउती इसके पास है—सींक की पउती जिसमें एक बड़े आईने के अलावा कड़वा तेल की एक छोटी-सी शीशी, कंघी, बिंदी और आलता भी है!...इतने दिनों से एक ही करवट लेटे-लेटे ज्यादातर रोगिणियों के बाल चिकट गये हैं—कंघी चलती ही नहीं! अक्सर ही वह नाज-नखरे के साथ उठती है और हम सबके 'जट्टा' हुए बालों में थोड़ा-थोड़ा कड़वा तेल डालकर उँगलियों से ही गाँठें लगती है सुलझाने। कई बार सबका मुँह-हाथ पोंछकर आलता-बिंदी भी कर देती है!

उसकी इस फुर्ती पर सौ जान से फिदा है महिला वार्ड का वह पहाड़ी चौकीदार जो रात की ड्यूटी बजाता हुआ अक्सर सीटी में कोई प्यारी-सी पहाड़ी धुन बजाता है। सुनते ही सभी सुनीता की तरफ देखकर मुस्करा देती हैं और वह लाज से दोहरी होकर गाली बकती है—

'दुधकट्टू छहरिया...छलपिटना...'

बचपन में माँ के संग छपरा गई थी। वहाँ एक चौकीदार बिजली के खम्भों पर लाठी टकटकाता हुआ गाता था, उसकी गूँज आज तक मेरे कानों में टहलती है बल्कि रूह में : 'जगले रहिअ होडऽ, गलिए-गलिए चोर घुमइता!' गली-गली चोर अब भी घूमते हैं पर कोई लाठी नहीं टकटकाता!

सब गद्दियों के मोमजामे फटे हुए हैं। उन पर बिछी चादरें कभी सफेद रही होंगी—गगनचुंबी वाशिंक मशीनों की सौ-डेढ़ सौ पटकदार धुलाइयों के बाद रक्त-पीबस्नात चादरों की 'गोरी' त्वचा पर उतनी ही झाइयाँ, छिद्रादि से भरपूर वैसा ही मटमैलापन उतर आया है जैसा खूब मेकअप करने वाली औरतों की त्वचा पर उतर आता है—पैंतालीस-पचपन के बीच!

बातों-बातों में मैंने नर्स से पूछा कि क्या सरकार नई चादरों का ग्रांट नहीं देती तो बगलें झाँकने लगी! फिर डॉक्टर सिन्हा ने बताया—स्टॉक रूम में तो नई चादरों का अंबार लगा है, पर नर्सें गरीब मरीजों को नई चादरें देना नहीं चाहतीं! गरीबी यहाँ इतनी है कि डिस्चार्ज होते समय बिस्तर की चादर में ही अपना सामान बाँधकर कई मरीज चल देते हैं और उसका हरजाना नर्सों को अपनी जेब से भरना पड़ता है—"खासकर जब चादर नई हो तो आप यह कहकर भी नहीं निकल सकते कि डिस्कार्ड कर दी गई! पुरानी चादरें गुम हो जाती हैं तो कई बार हम देखकर भी अनदेखा कर देते हैं कि चलो, बेचारों के घर कुछ तो इसका उपयोग होगा!"

हेड नर्स मातृसत्ताक है—पहाड़ों का रोब है उसमें और गले में पहाड़ी कौओं का घोंसला! उसकी आँखों में चरवाहे की लाठी है! जनसमुदाय को वह ढोर-डंगर समझती

है! मरीजों के लिए आए दूध में पहले इसके लिए मलाईदार चाय बनती है, फिर दूध का दूध और पानी का पानी–नहीं, दूध का पानी-पानी का दूध हो जाता है!

बावजूद इन सबके औरतें मगन हैं–आपसी ठिठोली में। घर-गृहस्थी के झमेले, टंटे, मारपीट, ताने-तरानों, नोच-खसोट से कुछ दिन की यह मुक्ति उन्हें कुल मिलाकर वरदान ही लग रही है। एक-दूसरे से अपने सुख-दुख, स्मृतियाँ और सपने बाँटती ये रह-रहकर हँस भी देती हैं! कई तो इलाज के समय ही पहले-पहले शहर आईं और सरैयागंज बाजार देखा।

पाककला, सिलाई-बुनाई, वैद्यक, सास, ननद, देवर, दूल्हा, प्रेमी, बाप, माँ, भाई, बहन, बहनोई पुराण छककर बाँचा जाता है। बीच-बीच में आँसू भी छलकते हैं! उसके बाद कुहासे की तरह एक लंबी चुप्पी घिर आती है!

आधि-व्याधि की हृदय-विदारक सिसकियों, अस्फुट कराहों के सम-विषम, पंचम-सप्तम के बीच अचानक कहीं ऊपर के प्रसूति-कक्ष से नवजातक की हँकार जो सुनाई देती है–ये सब औरतें अपना रोना भूलकर ओठों ही ओठों में मुस्कुरा देती हैं–शायद अपनी सौरी याद करते हुए!

सुख-दुख, अश्रु-मुस्कान का यह संघात अनुपम है! रतजगे में झपकी! बरामदे में डगमगडग चलते ये संतरी कैसे भक्कू-भक्कू दीखते हैं–जीवन पर मृत्यु का पहला भक्कू-भक्कू-सा ही है!

...एक महोने से यहीं हूँ–इसी वार्ड में! पीछे की जिंदगी चलचित्र-सी तो नहीं घूमती–ट्रेलर-सी कभी-कभी बीच से झमक जाती है! शीरीन हर शाम दौरे के बाद सीधा यहीं आती है और ज्यादातर हम बचपन की ही बातें करते हैं! बचपन–स्मृतियों का फिक्स्ड डिपॉजिट!

कड़ाका बचपन : धड़ाका किस्से : है कहाँ तमन्ना का दूसरा कदम, यारब

शीरीन हर शाम इसी तरह मुझे देखने आती है, दो ढाई घण्टे ठहरती, है, फिर अगली शाम चिड़ियों का टीवीटुट बनकर इस बरगद की छाँह में लौटती है जिसका आधा धड़ 'मातृशिशु कल्याण' विभाग के 'स्पेशल वार्ड' की दीवार धस्काकर अंदर घुस आया है। किसी को आपत्ति नहीं इस महिला वार्ड में प्राचीन पीपल की शाहाना उपस्थिति से! ज्यादातर महिला रोगियों को लगता है कि बाप-दादा की रूह ही छाँह करने आ गई है! पत्तियों की हरी-हरी झप-झिप से उपेक्षित रोगिणियों का एकांत जरा हरियाता ही है! फिर बोनस में गिलहरियाँ भी आती हैं—मूँछों पर तिनका उठाए—चौकन्नी, कि कैसे कहाँ क्या करना है! इन गिलहिरयों की मुद्रा म्यूनिसपैलिटी के अफसरों वाली होती है—अफसर जो पिछले तीन बरस से आकर 'साइट' का मुआयना करते, योजनाएँ बनाते, मुंड हिलाते और लौट जाते हैं!

शीरीन दुनिया के उन थोड़े से लोगों में है जो खुद पर ही हँस लेते हैं! उसकी खाकी वर्दी के साथ वह बेबाक सुनहरी-सी हँसी मैच नहीं करती। 'देयर इज नथिंग ऑफिशयल अबाउट इट' का लोकप्रिय पेप्सी विज्ञापन और किसी चीज पर लागू हो न हो, उसपर तो लागू जरूर है! जब वह सदर अस्पताल, मुजफ्फरपुर के इस मेरे पास बैठी होती है, दूर से देखने वाला यह समझ ही नहीं पाता कि वह यहाँ की ए.एस.पी. है! एक से एक लन्तरानियाँ; जैसे कि—

"अब्बू के एक ही तो दोस्त थे! नाम तो उनका था सुखदेव पाण्डे! लेकिन दुनिया उनको दुखदेन पाण्डे बुलाती। महकमे के बड़े अफसर थे... कुण्डली मिलाकर उन्होंने अब्बू से दोस्ती की होगी, दोनों का एक-सा सुभाव!... घर भी आते तो तड़कते-भड़कते, घण्टी पर हाथ रखते तो सौ बगुलों का क्रेंकार लिए वह लगातार तब-तक चीखती-जब तक बीवी बच्चे दरवाजा खोलने दौड़ पड़ें।

जिस शहीदाना भाव से सैनिक मोर्चे पर जाता है, बेचारी अम्मी हर रोज अब्बू के सामने पूरे नियम-टेम से दस-दस मिनट बैठ जाती थीं—सुबह चाय के समय, शाम को

उनके अस्पताल से आने पर और रात को सोने के पहले।... अब्बू वादी-ए कश्मीर—खूबसूरत, चकाचक,! अब इसका कोई करे क्या कि रह-रहकर उनमें विस्फोट हुआ करते थे—उफ, भयंकर वाले... और उन्हें झेलना अम्मी के ही बस में था, हम तो भग लेते थे... तब ही मैं और खालिद भाई ऐसे भगोड़े हुए! घर में हमारे पैर ही नहीं टिकते... विस्फोट वाली शाही विरासत शाहिद भाई के हिस्से पड़ी!"

हँसते हुए शीरीन ने कहा था, "जैसे कि हर घर में दूध और सब्जी का उठौना होता है न कि रोज इतना आना है ही, हमारे घर अब्बू की ढाई थोड़ी गोलाबारी, ढेर-सा कुआत रोज का उठौना था! बाकी अलग से भी गाली-गलौज, डाँट-मार-मलामत और कोर्टमार्शल के हज़ार प्रसंग! हममें से किसी का रिजल्ट मनचाहा न हुआ, फोन या बिजली का बिल ज्यादा आया, कोई रात में थोड़ी देर तक जगा रह गया, किसी की जेब से फैशन की कोई चीज बरामद हुई, कोई टीवी देखता या कंप्यूटर पर बैठा देखा गया या कहीं कोई पत्ता उनकी मर्जी के खिलाफ डोला तो सबसे ज्यादा भद्द अम्मी की पिटती थी... अम्मी दरअसल अब्बू का बॉक्सिंग बैग थीं।... अब के अब्बू और तब के अब्बू में ज़मीन-आसमान का फर्क है, तारा! कम-से-कम अम्मी और खालिद मियाँ का तो उन्होंने एकदम से कबाड़ा कर दिया! बेचारा खालिद!... हर साल दूर-दराज के रिश्तेदारों, सहकर्मियों या जान-पहचानवालों में किसी न किसी का बच्चा इंजीनियरिंग-मेडिकल वगैरह-वगैरह-वगैरह में चुन ही लिया जाता और हमारी शामत आ जाती! अधउगी मूँछें उठाए वे तो घर-घर घूम जाते और हमें अपने ही घर में सिर छुपाने की जगह नहीं मिलती : एक वे हैं और एक तुम...! और फिर तलाशी का महाभियान चलता, किसके पास क्या फैशन की चीज रखी है... एकदम से रेड पड़ जाती और जल्दी-जल्दी में हम अपनी सारी नन्ही शीशी-बोतलें भंडार घर में अम्मी की ढेला नन्ना की उस फोटो के पीछे छुपा देते जिसमें वे पंडिता रमाबाई के साथ हारमोनियम बजाती खड़ी हैं। सुना था कि वे बड़ी दयालु थीं, हम उनसे ही दुआ करते कि हमें इस कहर से बचा लें, आगे अब फैशन से तौबा, लवलेटर से तौबा, जेम्स हेडली जेस से तौबा, तौबा ही तौबा...

अम्मी पर अब्बू का मुख्य अभियोग यह था कि सौतेले बच्चों को अपना बनाने की उन्होंने वही 'घटिया' तरकीब चुनी जो आजकल की सब 'चालू' माताएँ चुनती हैं : 'रिश्वत' यानी जो खाना माँगे वह दो, बाप की चील-निगाहों से छुपाकर उनकी छोटी-बड़ी ख्वाहिशें पूरी करो...। 'हज़ारों ख्वाहिशें ऐसी कि हर ख्वाहिश पे दम निकले'—ग़ालिब की यह महान पंक्ति हमारे यहाँ किसी और ही विकराल रूप में आए दिन मंचित होती थी। अम्मी का दम तो सचमुच निकल जाता था, साथ-साथ हम तीनों का भी!

शाहिद भाई तो जल्दी ही इन घनचक्करों से ऊपर उठ लिए मगर मैं और खालिद मियाँ हर रोज कलेजे पर हाथ रखे स्कूल से घर लौटते कि आज घर में क्या हुआ होगा!... मैं तो कुछ चण्ठ और मुँहजोर भी थी, पर खालिद मियाँ की दहशत मुझको अब तक नहीं भूलती! एक बार उन्होंने हँसते-हँसते ही कहा था—"जानती हो, शीरी, मेरी अपनी वाली अम्मी की मौत के बाद कुछ बरस तो कुदरत जैसे मुझे भूल ही गई कि खालिद मियाँ भी कोई हैं—उनका कद निकालना है या दिमाग का माद्दा बढ़ाना है! मैं मुँह खोले इंतजार ही करता रह गया कि मेरा कद बढ़े या दिमाग... अब्बू शाहिद भाई में ही लगे रहते—जीनियस थे भी तो—उनके सारे अधूरे सपने उनको ही पूरे करने थे... फिर तुम्हारी वाली अम्मी जो घर आईं, मुझे दूध-दलिया और दुलार मिला—लेकिन तब तक देर हो चुकी थी—तन-मन और बुद्धि से मैं ठिंगना ही रह गया! उन दिनों हमेशा बिहार के गरीब रिश्तेदार बेहतर शिक्षा, नौकरी या इलाज के फेर में हमारे घर आए रहते! अब्बू उनके काम भी करा देते और उनसे झगड़ भी जाते कि बच्चों के इम्तिहान के वक्त क्यों आए! तुम ही उनके सपने पूरे कर देना, शीरी! आजकल लड़कियाँ ही कुछ करें तो करें—हाय राम, कुड़ियों का है जमाना...! अम्मी को भी इससे राहत मिलेगी—ताजिंदगी वो हमारे और अब्बू के बीच पासिंग द पार्सेल खेलती फुटबॉल-सी ही गिरती-उछलती रहीं—उनके सपने हमारे सामने रखतीं, हमारी मासूम मजबूरियाँ उनके सामने... दोनों तरफ लात खातीं—कहीं सचमुच की, कहीं शब्दों की, हम तो मना भी लेते, क्योंकि मनाए बिना हमारा तो काम नहीं चलता, अब्बू कभी नहीं मनाते क्योंकि उनका काम उनकी दहशत ही चला देती थी।...

तो बोल भूँककर अब्बू सब किया-दिया पानी कर देते, फिर अम्मा भी सब रूठे हुओं का मनातीं बार-बार ये ही समझातीं कि वक्त इतना कठिन गुजरा है, इसलिए बोली खुददुरी गई है, पर काम तो करा दिया... लोग कुछ देर मुँह धुआँ किए रहते, फिर मान भी जाते... तीन कमरों का हमारा वह घर एक आरामदेह अतिथिशाला था, जैसे उड़ि जहाज को पंछी पुनि जहाज पर आखें—लोग आते ही रहते थे हुजूम दर हुजूम तो इसलिए कि 'हम दो हमारे दो' का संकीर्णहृदय दर्शन अम्मी-अब्बू का जीवन-दर्शन नहीं था, पर इसकी 'तोहमत' जब जाती—अम्मी पर ही जाती क्योंकि आने-जाने वालों में अम्मी के अपने परिचित भी कम न होते। खासकर जब हमारी परीक्षाएँ सर पर होतीं और हमें बैठकर तैयारी करने का कोई कोना नहीं मिलता, अब्बू हमारे भविष्य की चिंता से आग हो जाते और धुआँ-धुआँ हो जाता सारा घर!

× × ×

बीच में दो-चार फोन आ गये, फिर शीरीन ने बचपन की कहानी बढ़ायी—

"शाहिद भाई अम्मी की सौत के बेटे थे और अम्मी इस बात पर ज्यादा ही सतर्क

रहतीं कि उनके किसी व्यवहार, किसी बात से अब्बू के मन में यह हूक न जगे कि दो बेटों के बावजूद अपनी पुरानी महबूबा से शादी जो की, वो एक गलती थी! दो बातों पर वे विशेष सतर्क रहतीं—एक तो अपने हिंदू होने और दूसरा, विमाता होने पर! एकदम वाहियात उर्दू थी उनकी, किसी लब्ज़ का उच्चारण ठीक नहीं करतीं—पर अब्बू के रिश्तदारों के आगे बोलतीं उर्दू ही। उनके छोटे रामजी, हनुमानजी वगैरह मेरे गुड्डे-गुड़ियों के संग संदूकची में ही बंद रहा करते! कभी-कभी झाड़-पोंछ के वक्त मुझको दिखलातीं। उस सन्दूकची में कुछ हिंदी क्लासिक्स भी थे। मुझको हिंदी किताबें भी खूब पढ़ातीं। उनके ही अथक श्रम का यह नतीजा था कि हिंदी-न्यूज चैनल में काम करने-लायक हिंदी आ पायी मुझको!

शाहिद भाई का सवाल था, इसलिए अम्मी न कहतीं भी तो कैसे कहतीं!...इस तरह तुम हमारे परिवार का हिस्सा : हाउस कीपर, अम्मी की नर्स और शाहिद भाई मियाँ की संगिनी बनी : शाहिद भाई के चुंबन की बौछारें झेलते जाने को मजबूर तुम जैसी लड़की को देखकर मुझको कुछ मोह भी होता! खाना तो तुम, वैसे, मुझसे भी ज्यादा खराब बनाती थीं! 'छोटे भाई मियाँ' तो तुम्हारे आने के बाद जे.एन.यू. के अपने हॉस्टल-मेस में ही खाने लगे थे! यूनियन की राजनीति से उनको, वैसे भी, फुर्सत कम मिलती थी! मैं और वो इस घर की उड़नचिरैया थे न!"

"कुछ देर पहले ही दिल्ली से खालिद ने फोन किया था कि बिजली-पानी का बिल मिल नहीं रहा है! अब्बू के गुस्से का अंत नहीं, अगर मुझे अंदाज हो कि वह कहाँ धरा होगा तो जल्दी बता दूँ!...मेरा सिर घूम गया : अम्मी का परेशान चेहरा आँखों में कौंधा! आँखें मूँदी और जीवन में शायद दो सौ पैंतालीसवीं बार तहेदिल से कसम खायी कि अब ऐसी लापरवाहियाँ नहीं करूँगी...हजार तरफ से दिमाग पर जोर डाला कि कहाँ रख दिया होगा...पर दिमाग था वो ही—लेटिन का टैबुला रासा—खाली स्लेट।"

ऐन वक्त पर स्पंदन का फ़ोन आया और धर दबोचा उसने उसे—

"जल्दी बोलो, इस बार के पानी-बिजली का बिल मैंने कहाँ रख दिया! और खालिद को रिंग बैक करके बता दो—अब्बू ने सारा घर सर पर उठा रखा है!"

स्पंदन लगे हँसने, फिर शीरीन के डर से जल्दी ही गंभीर हो गए : वो कभी उसके घर गए नहीं हैं—कुछ उन्होंने देखा नहीं है, फिर भी घर की रग-रग, रत्ती-रत्ती से वाकिफ हैं—कम-से-कम शीरीन से तो ज्यादा ही! कुछ सोचकर बोले—

"वह जो किताब पिछले महीने हमने दरियागंज के फुटपाथ से खरीदी थी—'हाउ द स्टील वॉज़ टेम्पर्ड'—उसके पन्नों में दिखवाओ!"

और मैं बल्लियों उछल गयी—

“अरे हाँ, वहीं तो...कह दो, कह दो—खालिद या उस नई हाउसकीपर को—तुम ही कह दो! मोबाइल कार्ड में ज्यादा पैसे नहीं, वैसे भी वैयक्तिक वार्ता के लिए सरकारी मोबाइल नहीं होती। ज्यादा पैसे लेकर आयी नहीं! महीने की पच्चीस तारीख है, भैया, रहम करो!”

“अरे नहीं, मैं लड़कियों से बात करना अव्यॉएड ही करता हूँ! शायद मेरी बनावट या बात-व्यवहार में ही कुछ ऐसा अटपटा है या फिर हमारे इस दकियानूसी समाज की बनावट का यह खोट है : विपरीत लिंग के किसी व्यक्ति से सीधे मुँह बात की नहीं कि एक भ्रम फैल जाता है कि सामनेवाला आसक्त है!...फिर यह भ्रम काटने में खासा श्रम करना पड़ता है! कठिन है बदतमीज हुए बिना भ्रमजाल काटना!”

“यार, स्पंदन, ये तुम्हारी समस्या तो लड़कियों की समस्या से मिलती-जुलती है! मिठबोले लोगों की आम समस्या है यह!...पर यह पलायन कब तक चलेगा! कुछ अपना टोन सख्त करो या हँसकर बातें टालना सीखो! क्या हरदम सुपरसीरियस रहना! हँसते-हँसाते प्रेमी को दोस्त बना लेने की कला जरा हम लड़कियों से सीखो!... इकतरफा प्रेम की केस-स्टडीज का काफी मैटेरियल दे सकती हूँ...धीरोदात्त नायकों के धीरज से सबको टैकल किया है हमने—अपमान किसी का नहीं किया लेकिन सबसे दूरी बनाए रखी! अपमान इसलिए नहीं किया कि प्रेम-प्रस्तावों की डलिया पर अदृश्य अक्षरों में कुदरत ही लिख देती है—“हैंडल विद केयर”, दुनिया की सबसे महीन और नाजुक-सी संवेदना प्रेम है—इसको झकझोरना हिमाकत है, पर एक ही प्रेम इतनी बड़ी जिम्मेदारी है कि ज्यादा मैनेज ही नहीं होता—स्नेह मैनेज हो जाता है पर प्रेम? बच्चों की तरह ज्यादा से ज्यादा ‘एक या दो—बस’, बाकी प्रस्तावों के आगे ‘हाउस-फुल’ की तख्ती टाँगनी ही पड़ती है!”

“लड़के तो मुँहफट होते हैं—उनके मंतव्य अधिक दिन नहीं छुपते—जाहिर हो जाते हैं, फिर उनकी मनोवैज्ञानिक हैंडलिंग—बिना आहत किए अलग करने का एक कठिन सिलसिला—शुरू कर देती हो तुम! जानता नहीं क्या तुम्हें?

लड़कियाँ इतनी महीन होती हैं और इतनी ट्रांसेण्टेण्डल...कुछ कहती ही नहीं, पर बिना शब्दों के भी जता देती हैं कि चाहे-अनचाहे आप उनके जीवन के केंद्रीय सच हुए जा रहे हैं—खुशबू टैकल करना ज्यादा मुश्किल है। शब्द या जेस्चर का प्रत्यावर्तन तो हो सकता है, खुशबू की मुश्किल ही यह है कि वह प्रत्यावर्तन के पार चली जाती है...।”

“कब से यह खुशबू टँगी है तुम दोनों के बीच?”

“पहली मुलाकात से ही...छह महीने पहले ही तो तुम शाहिद भाई के साथ उसको भी लेकर मेरे क्लिनिक आयी थीं, उसके बाद वह अकेली भी कई बार आयी।

मनोचिकित्सक जानकर अपने जीवन के बारे में कुछ बातें ऐसी बतायीं जो अपने प्रोफेशनल एथिक्स के चलते मैं तुम्हें भी बता नहीं सकता...संक्षेप में यही समझो कि जरूरत से ज्यादा मेल-अटेंशन मिलने के कारण वह इससे ऊब-सी गयी है...मेरी निरपेक्षता उसको अलग-सी लगी होगी—इसलिए अधिक-से-अधिक देर मेरे संग रहना चाहती है। पढ़ने-लिखने में रुचि तो है पर उसे पल्लवित करने का मौका उसे उतना नहीं मिला, इसलिए चाहती है ज्ञान-विज्ञान-दर्शन की चर्चा—मेरा भी उसके प्रति स्नेह तो है ही, पर वह इस स्नेह को किसी और रंग में देखती है शायद!

मेरी मुश्किल ये है कि मैं उससे खुलकर बता ही नहीं सकता कि तुम मेरे जीवन का केंद्रबिंदु हो, सिर्फ एक दोस्त नहीं!

अगले बरस तक ही मुश्किल है! अगले बरस तो हम शादी करेंगे ही—तब तक चुप रहना ही बेहतर है! चाहता बस इतना हूँ कि तब तक इससे कम मिलूँ...ताकि उस वक्त इसे ज्यादा चोट न लगे!"

"मेरा नाम मत लो—अस्पष्ट ही संकेत दो कि कोई है तुम्हारी अनन्य! इससे उसकी उम्मीदें सहमेंगी! और तुम्हारे स्नेह को वह प्रेम नहीं समझेगी! गलतफहमियाँ मिटाने से ज्यादा मुश्किल होता है खुशफहमियाँ मिटाना, जानती हूँ! फिर भी, कोशिश करो!"

"अपने बारे में किसी से ज्यादा बोलने की मेरी आदत नहीं है, शीरीन—तुम तो मुझे बचपन से जानती हो..."

"हाँ, जानती हूँ, बाबा, जानती हूँ—क्लास के सबसे शर्मीले लड़के तुम ही तो थे—धीरोदात्त नायकों-सा शील-संयम था तुममें—इसीलिए तो मुझ-सा कठहुज्जती भी तुम पर मर मिटा!"

"तुम्हारा बस चले तो मेरी सारी तनख्वाह मोबाइल का बिल भरने में निकल जाए!"

''अच्छा, अब घर जाओ! सुबह तुम्हें फिर पिपरवा जाना होगा! खिड़की खोल लो—चाँद देखोगी तो मच्छरों की पिन-प्रिक याद नहीं रहेगी! वही चाँद यहाँ भी खिला है—कितना बड़ा संतोष है यह!"

"स्पंदन, हर पुरुष तुम्हारे-जैसा संवेदनशील हो जाए तो भट्ठा बैठ जाए स्त्री-आंदोलन का!"

फोन रखकर कुछ देर शीरीन खोई-खोई सी बैठी रही, फिर जैसे दूसरे लोक में विचरती हुई बोली—

"कल दिल्ली से एक पत्रकार आया। पांडे—बकरदाढ़ी वाला सींकिया पहलवान जो सबको कलमें बाँटा करता था और हँसता रहता था हमेशा! ये कहीं नौकरी नहीं

करता पर कई पत्रकार इसके मित्र हैं—इस नाते उसको लगता है कि वह भी बड़ा पत्रकार है, एक बार डंडा घुमाएगा (या कि कलम) तो सब बंद रास्ते खुल जाएँगे! किसी से कहता है कि वह 'एशियन एज' में है, किसी से कहता है कि 'टाइम्स ग्रुप' में, फिर तीसरे से बात करता हुआ बड़ी सादगी से भूल जाता है कि दूसरे से क्या कहा था और मेरा मन डरता रहता है कि कहीं जो सब इकट्ठा हुए और इसका भंडा फूटा तो इसकी दाढ़ी का एक भी बाल सलामत बचेगा क्या! वैसे तो लँगोट का पक्का और हँसमुख है—दुष्यंत कुमार और फैज अहमद फैज की एक-एक गजल कंठस्थ है उसे—मौके-बेमौके सुनाने लगता है—रिक्शेवाले को भी और फिर रिक्शेवाले-ठेलेवाले की मुखमुद्रा देखते बनती है : स्तब्ध खड़े के खड़े रह जाते हैं और कई बार पैसे भी नहीं लेते! कविता उधार की नहीं होती, जो सुना ले—उसी की हो जाती है—पर एक गरीब आदमी के जीवन में चमत्कार का चक्रव्यूह-सा रचती ये कविताएँ अद्भुत लगती हैं इसके मुँह से!"

"तुम तो इतने दिन हमारे यहाँ रह चुकी हो! खालिद मियाँ भी पांडे जैसे ही हैं न! अब्बू ने शुरू-शुरू में इन पर बेहद सख्ती की थी—पता नहीं, कौन-कौन से इम्तिहान दिलाए थे इनको—एन.डी.ए., सी.बी.एस.ई., मेडिकल से लेकर यू.पी.एस.ई.—बी.पी.एस.ई.—एम.पी.एस.ई.—एच.पी.एस.ई...कैट-मैट-सैट का पूरा प्राइमरी रीडर।..तब तक जब तक अल्ला के करम से इनकी उमर प्रतियोगितातीत न हुई, लगातार ये किताबों से चेहरा छुपाए-छुपाए सिगरेटें धूकते और किस्मत बैरी जमाने को गालियाँ उचारते रहे। उसके बाद पी-एच.डी. में पंजीयन कराके यों कूदे छात्र-संघ की राजनीति में कि पलटकर नहीं आए! चिरकुमार, चिरयुवा या फिर अक्षतयौवन की तरह की कोई श्रेणी 'चिरछात्र', 'अक्षतसंधानक' नाम से तय की जाए तो खालिद भाई अपने अनादिअंत पी-एच.डी. प्रोजेक्ट समेत मजे-मजे में उसमें आन समाएंगे!"

"दिल से तो, खैर, वे भी बुरे नहीं और दिल से बुरा होता भी कौन है—दिल को कहाँ खून पंप करते जाने से फुर्सत कि वह किसी का भला-बुरा ले बैठे! वह तो दिमाग है जो तरह-तरह की खुराफातें सोचता पूरे नर्वस सिस्टम को अजब-गहन आदेश भेजता रहता है! और खालिद भाई को जो अजब-गजब एसएमएस भेजता है उनका दिमाग—उसमें पहला तो ये कि जिससे मिलो, पकड़-पकड़कर उससे वादे करो—शादी नहीं हो रही है तो शादी करवाने का वादा, नौकरी नहीं हो रही है तो नौकरी लगवा देने का, कहीं जो प्रवेश नहीं मिल रहा या किसी गाड़ी का आरक्षण तो किसी अफसर-मिनिस्टर के कोटे से वह भी करवा देने का पूरा आश्वासन! जो भी बड़ा आदमी उनकी उम्र का होता है, उसे वे अपना क्लासमेट ही बताते हैं और बगल के कमरे में बैठी-बैठी खुद मैं सिहर जाती हूँ कि अतृप्त अहंकार कितना बड़ा ब्लैकहोल

है, पेट ही नहीं भरता उसका—आँख बंद कर कितने-कितने हवाई जहाज गड़प कर जाता है! इस तरह के हाँकू किसिम वाले निर्विष-से झूठ एक हवाई जहाज या पुष्पक विमान ही कहे जाएँगे और क्या! ये किसी का कुछ बिगाड़ना नहीं चाहते, पर अपने आहत अहं पर एक मरहम चाहते तो हैं! बदले में लेते भी नहीं किसी से कुछ, दोनों हाथों से फूल की तरह अपना वक्त ही लुटाए जाते हैं कठिन रास्तों पर, पर इनके किए होता क्या है? देखती नहीं क्या मैं—वादे तो जहाँ-तहाँ करते जाते हैं और उसके बाद वादों की गठरी पीठ पर उठाए कभी किसी एस.एच.ओ. के पास, कभी किसी प्राइवेट सेक्रेटरी के आगे-पीछे करते रह जाते हैं सारा दिन!"

"करने को कोई काम, जाने को कोई जगह चाहिए तो आदमी को! कब मिलेगी अपने युवकों को ऐसी जगह? कब मिलेगा उन्हें करने के लिए कोई अच्छा-सा मन-लायक काम? रविकांत झा ठीक कहते हैं कि काम छोटा-बड़ा नहीं होता, रस लेकर किया गया कोई भी काम ग्लैमरस है, पर आरंभिक संसाधन जुटें और मन से यह मुगालता हटे कि सफेदपोश नौकरियाँ ही अच्छी हैं—नीले-पीले-लाल-हरे में क्या दोष है, बाबा? धरती के सब रंग उतने ही प्यारे हैं। प्रकृति जब रंगों का कोई पदानुक्रम नहीं बरतती, पुरुष क्यों बरतता है?"

"यही खैर समझो कि अम्मी की बीमारी के पहले अपनी फ्रस्ट्रेशन का प्रथम चरण पार कर गये खालिद भाई जब मुँह में जहरीली गाज भरी होती है और नसों में आग—पूरी दुनिया फूँक देने की! जब भी रिजल्ट निकलता, तकलीफ और शर्मिंदगी से जितना इनका चेहरा धुआँता, उससे ज़्यादा ही अब्बू का और फिर दोनों बाप-बेटे मिलकर बेचारी अम्मी पर दे दनादन-ले दनादन लगते खेलने! दुनिया में जब कुछ गड़बड़ होती—अम्मी की ही शामत आती—जब कोई शंकराचार्य, साधु-फादु कोई गड़बड़ी कर गुजरता, जब कोई बिहारी नेता-फेता फँसता किसी घोटाले में, जब हवा पूरब से पश्चिम बह जाती, जब कोई लड़की बस-स्टॉप के डंडे पर बैठकर मस्ती में मूँगफलियाँ टूँगती नजर आती, जब कोई औरत जरा तेज बोलती हुई दीख जाती, जब टीवी के पर्दे पर कोई विवाहेतर संबंध उगाहा जाता, जब बच्चों से कुछ 'गलती' होती—बेचारी अम्मी का 'सौतेलापन', 'हिंदूपन', 'बिहारीपन', 'औरतपन' चढ़ जाता बंदूक की नली पर!...इधर-उधर भागती फिरतीं, कभी इन्हें सँभालतीं, कभी उन्हें—दोनों जगह लात खातीं, फिर थककर गिर जातीं बिछौने पर : अपना झंडू बाम, टॉर्च और ट्रांजिस्टर तकिए के नीचे दबाए जैसे ही लेटने को जातीं—'इंसपेक्टर ऑफ स्कूल्स' या सैनटरी इंसपेक्टर या किसी और बड़े हाकिम की तरह शान में गर्दन उठाए अपनी गृहस्थी के एक-एक कोने का मुआयना करते अब्बा हुजूर एक बार जोर से चीखते—"ये देखो—ये सफाई की है! जूठन की ट्रे से सटा पड़ा है चीनी का डब्बा!...और इस कपड़े

के वार्डरोब पर खरोंच कैसे पड़ी...देखो, अभी उठके देखो—और सुनो, ऐसे किराएदारों की तरह बेदिली से घर में रहना है तो अपने रहने का इंतजाम कहीं और करो!...चली जाओ, छपरा मुजफ्फरपुर—छोड़ गयी हैं न नानी जायदाद—वहीं मुँह मराओ—ठीक ही कहते हैं कि सात पुश्तों में आती है तमीज—ढेला बाई के कोठे ही आबाद करने लायक रह गयी हो तुम!"

"यह सुनते ही अम्मी तमतमाकर निकल लेतीं बाहर! मैं दौड़ती पीछे-पीछे—मत जाओ, अम्मा! कहाँ जाओगी? रात बहुत हो गयी है!" फिर मेरी उँगली पकड़े-पकड़े अम्मा देर तलक यहाँ-वहाँ भटका करतीं—कभी इस घर के पिछवाड़े बैठतीं, कभी उस घर के, कभी जाकर मंदिर में बैठ जातीं, कभी बस-स्टॉप पर, कभी-कभी एक बस से दूसरी बस तक कई-कई घंटे घूमते रह जाते हम—बस के अनजान कंडक्टरों और मुसाफिरों की सहज बातचीत इतनी अच्छी लगती उस दम कि क्या बोलें! एक दिन मैंने कहा—"अम्मा, बस ही हमारा घर होता तो कितना अच्छा होता! कोई यहाँ हमको न मारता, न डाँटता, न कहता 'गेट आउट'...एक ही मुश्किल होती कि यहाँ से मैं स्कूल नहीं जा पाती! दस बज गया है न, माँ? स्कूल-ड्रेस तो घर पर ही है! क्या मैं स्कूल नहीं जाऊँ अब?"

इसी तरह कुछ मैं कहती, फिर अम्मी को रुलाई आ जाती और टकदुम-टकदुम, घर लौट आते हम!...अब्बू आराम से सो रहे होते! एक हेकड़ी उनके चेहरे पर जागती रहती मगर—'आएगी, नहीं तो जाएगी कहाँ, ढेला बाई की औलाद!'

और एक सांकेतिक प्रतिकार में महीनों फिर अम्मी खालिद भाई के बिस्तर पर सोतीं या मेरे बिस्तर पर! एक रात की बात है! खालिद भाई के बिस्तर से अम्मा काँपती हुई मेरे बिस्तर पर आयीं और फूट-फूटकर लगीं रोने! बहुत पूछा मैंने पर जब कुछ कहा नहीं, मेरे पास पूछने को कुछ बचा भी नहीं, मैं चौदह-पंद्रह बरस की हो चुकी थी : खालिद भाई सत्रह-अट्ठारह के थे : जो किया होगा, अपने हिसाब से सहानुभूति में ही किया होगा! पर पुरुष, अर्द्धपुरुष, पति-पुत्र किसी रूप में ये क्या करते हैं—सहानुभूति हो तो, प्रेम हो तो, नफरत हो, गुस्सा हो...करने को बस एक ही काम मिलता है—चूमा-चाटी, लंद-फंद या फिर वही लाता-लूती, गाली-गलौज!

शांत-सुस्थिर पुरुष दुनिया में होते नहीं क्या अब? क्या ये भी लुप्तप्रजाति हो गये हैं? मैं सोचती और दुखी होती कि अचानक ये मिला मुझको—स्पंदन कक्कड़!

और जैसे ही करीब हुए हम—पहला सवाल मैंने ये ही पूछा कि आम भारतीय गृहस्थिनों की तरह मेरे जीवन में पति-तत्त्व की खानापूर्ति बाम की शीशी, टॉर्च और ट्रांजिस्टर तो नहीं करेंगे?

धकधकाधक शीरीन, सदर अस्पताल

8 जुलाई, 2005

पुराने दिनों के वाटिका-विहार से मुझे उबारने में शीरीन की तूफानी उपस्थिति और धाराप्रवाह, गजागज बातें हरदम मेरी मदद करती हैं! साधारण 'धारा' नहीं, बाढ़माती नदी का धाराप्रवाह है उसकी बातें! उसकी वह सरकारी जीप भी उसी की तरह हल्लाबाज है। फटफटिया को फटफटिया क्यों कहते हैं—यह तो दुनिया के सब कर्णवीर जानते हैं, पर बिहार की सड़कों पर मूँग-दलती ये सरकारी जीपें भी कम नहीं खँखारतीं। सायरन की इनको जरूरत नहीं, ये जहाँ रुकती हैं—इनका वह कर्णभेदी हुंकार आसपास के सारे खरगोशों को चौकन्ना कर जाता है—'बाअदब, बामुलाहिजा होशियार, जंगलेआजम पधार रहे हैं।'

खाकी वर्दी में 'खाक में मिला दूँगी' वाला वह महाभाव तो है ही। 'खाकसन का' जो बिहार की एक खास अभिव्यक्ति है 'छिः' के लिए—वह कोई मुँह पर कहने की हिम्मत नहीं करता पर 'गर्दा-गर्दा', 'खाक उड़ौनी' आदि उपाधियाँ हिरसती हुईं इसके पीछे वैसे ही दौड़ती चलती हैं जैसे कि दुल्हन की डोली के पीछे गाँव-घर के बच्चे!

आखिर शीरीन ए.एस.पी. साहब हैं—उसके आते ही इस सदर अस्पताल की हवा तक सहमकर सटक सीताराम हो जाती है! डॉक्टर बेल्ट कसने लगते हैं! नर्सों के साथ उनकी खंड-खंड में बढ़ती प्रेम कहानियाँ गतांक से आगे के लिए टाल दी जाती हैं! अचानक ही दरवाजे खुल जाते हैं! एक बार में शीरीन की आँख नहीं जाती तो लगातार इधर-से, उधर से सलामियाँ दागी जाती हैं तब तक जब तक वह सिर नहीं हिला दे!

जेएनयू के कुछ संस्कार अभी शेष हैं, इसलिए शीरीन 'ए.एस.पी. साहब' होने का अतिरिक्त रोब नहीं छाँटती पर इतना जरूर लोगों से कह देती है कि यहाँ उसे कोई फरियाद नहीं सुननी, यहाँ वह अपनी सहेली के साथ कुछ निजी क्षण बिताने आई है, उसको एकांत चाहिए...और लोगों के सटक सीताराम होते ही मेरे बिस्तर के पास ही कुर्सी खींचकर स्टूल पर पाँव फैलाती हुई बैठ जाती है! वार्ड के पीछे, पीपल के नीचे

वाले ठेले की निबुआही चाय विश्वप्रसिद्ध है! जमीरी 'नेमू' का फ्लेवर और (गिलहरी की फुर्ती से 'वार्ड' में चाय पहुँचानेवाले) 'राजू मास्टर' की मनलगावन लन्तरानियाँ शीरीन को 'सर्किट हाउस' की दमघोंटू चुप्पी और सकदमिया ठकुरसुहातियों से ज्यादा पसंद हैं! इसलिए अक्सर यहीं मेरे पास वो अपनी शामें बिताती है और तरह-तरह के क़िस्सों में समय कैसे बीत जाता है—पता ही नहीं चलता—अभी कल ही स्पेशल पुलिस दस्ते की एक बैठक से लौटी है—जहानाबाद के पास कहीं थी बैठक।

"कान पकड़ लेने पर बकरी बे-बे-बे करती हुई जिस दृष्टि से देखती है, हाकिम-पुलिस से घिरा नोनिया-टोली का भुखलू लगातार मुझको ही देख रहा था! अभी उसकी उम्र वही होगी जो 'सूरसागर' में माखनचोर गोपालजी की वर्णित है। वह मुझमें अपनी जसोदा मैया ढूँढ़ रहा होगा—पर उस पर अभियोग इतना बड़ा था कि मेरे-जैसी एक नई रेकरूट के अनुरोध पर एस.पी. मधुसूदन शर्मा उसको गोदी में बिठाकर या लॉलीपॉप खिलाकर तो अपनी पूछ-ताछ पूरी करते नहीं!

अम्मी कहती थी, बचपन की जान-पहचान और बाद के परिचय में फर्क होता है—गरम भात और ठंडे भात का फर्क—ठीक ही कहती थी! एक बार मैंने शर्मा साहब से कहा भी—"इतना मत मारिए, अभी छोटा है" पर वे मुझे ठंडी आँखों से बरजकर फिर उधर देखने लगे जिधर उनका शिकार कनपटी फुलाए खड़ा था। ये ठंडी आँखें ब्यूरोक्रेसी का ट्रेडमार्क हैं। वैयक्तिक आग्रहों-दुराग्रहों पर एक मारक लेजर-बीम इस अदा से फेंकती हैं जैसे जोंक पर नमक फेंक देते हैं लड़के। अपना-सा मुँह लेकर रह जाना क्या होता है—यह मैंने आज ही जाना। हमारी शादी अभी हुई नहीं, इसलिए, शट-अपझेलू ऐसी स्थितियाँ हमारे जीवन में कम-कम घिरी हैं! ठंडी आँखों की अव्यक्त-सी शट-अप झेलकर मेरा मन कुछ अकबकाया तो, फिर मैंने ज़ोर की साँस छोड़ी—'हर फिक्र को धुएँ में उड़ाता चला गया' भाव से!"

"कौन से गाँव की बात है यह?"

"पिपरा गाँव की एक विशाल पीपल की हहाती हुई छाँह में बसा यह गाँव बोध गया के बोधिवृक्ष का ही गोतिया-दयाद होगा—आपस की दूरी कुछ मील की ही है! तीस से पैंतीस घर यहाँ रविदासों के हैं, तेरह-चौदह घर पासियों के और दस-बारह घर नोनिया-कहारों के।

आजादी के वक्त ये नोनिया लोग मिथिलांचल में कुएँ बनाने का काम करते थे, उसके पहले मिट्टी से शोरा और नमक निकालने का। नमक-आंदोलन के वक्त महात्मा गाँधी के चेलों को नमक तैयार करना इन्होंने सिखाया था! इसीलिए इन लोगों पर बहुत साल पुलिस की नजर रही! अँगरेज कलक्टर के हुक्म से बत्तीस के भूकंप के बाद वाले दिन दारोगा साहब ने थाने में नोनिया लोगों को संवाद भेजा कि पूरे अंचल

में कुएँ साफ करने का काम करना होगा, पर बुलाने आए चौकीदार साहब की बात पर उन्हें भरोसा ही नहीं हुआ—थाने में जाते ही दारोगा साहब जेल की खिचड़ी खिलाएँगे—इस डर से सभी अपना-अपना गाँव छोड़ भागे! और एक बार गाँव छूटा तो उधियाता पत्ता बन जाता है आदमी—उधियाते-उधियाते कुछ लोग इस ओर भी आ बसे! भुखलू के पूर्वज भी इनमें थे!

कुछ दूर पर ही सँपेरों की बस्ती थी। वहीं एक थे संतलाल सँपेरा, उर्फ रंगीला बाबा। ऐन पीपल के नीचे उनका थान था। वहीं वे नाग बाबा का खेला करते थे। उनके ही थान पर भुखलू की माई सत्रह महीने के भुखलू को आँठी की पुपुही बजाता छोड़ गयी थी। लोट गयी थी बाबा के चरणों में कि बाबा इसको चेला मूड़ लें और जिंदगी पारघाट लगा दें! भुखलू की माई का नएका दूल्हा पिलमरू भुखलू का खर्चा उठाने को तैयार ही नहीं होता था। 'रणवीर सेना' का बड़ा सिपाही था वह और बाबू-भैया का खासमखास! बड़े सिपाही बाबू की बीवी बनने की शौक-सरधा भुखलू की माई आखिर अब कब पूरी करती! भुखलू का बाबू जिया ही कितने दिन! एक बार नाले के पानी से हग्हग्गी क्या हुई, हकर-हकर प्राण लगे करने और धोबिन चिरैया-से फुदकते-फुदकते एक रात उड़ ही गये!

रंगीला बाबा हरदम ही जान हथेली पर लिए रहते। कभी किसी खोह में हाथ, कभी किसी बिल में—जहरीले साँपों को झूठी फुफकार से पुकारते और चट से उनके विषदंत बाहर। लेकिन इधर कुछ दिनों से विषदंत खींचने का सिलसिला बंद ही कर दिया था! रणवीर सेना के गुंडों से कबीले की रक्षा का एकमात्र उपाय इनके करैत ही थे—रात को वे ही इस बस्ती की चौकीदारी करते! बाबा की झोली के बाहर आते ही लगते फुकारने!...रात-भर ऐसे ही घहर-महर घूमते, फिर सुबह बाबा के शिव-मंतर छोड़ते ही—चाहे जहाँ दुबके हों—एकदम से लौट आते!

उस पट्टी बाबू-भैया लोगों के घर हैं! बाबू हरनंदन शर्मा की दोमहला हवेली भुतही हवेली के बायें है। तीन सौ एकड़ की खेती है उनकी, पर मजदूरों की खिसियाहट से सब खेत ऊसर पड़े हैं और हवेली में दहशत भी ऐसी है कि दिन-भर बड़े फाटकों पर ताला पड़ा रहता, जनानियाँ तो निचली मंजिल पर उतरने भी नहीं दी जातीं और भर-रात घर की छत पर सब मर्द-मानुष आठ-आठ राइफलों के साथ पहरा दिया करते! नक्सलियों का क्या ठिकाना—कब कहां से धावा बोलें! अट्ठानवें की गर्मियों में एकसाथ छाछठ बाबू-भैया काटकर धरे थे न भूमिहीनों ने—एम.सी.सी. की छाया में। बदले में पुलिस ने तो कहर ढ़ाई ही—जमींदार भी एकजुट हुए और मजदूरों का खेत लाँघना ही बंद कर दिया—पड़े रहें अब खेत ऊसर—बाप-दादों का दिया हुआ और भी बहुत-कुछ है। स्मगलिंग है, फैक्टरियाँ हैं, अपहरण-रोजगार है। मंत्रियों का जब तक

वरदहस्त है—कोई ऐसी खास चिंता नहीं रणवीर सेना को। धीरे-धीरे नवधनाढ्य यादव-कुर्मी जमींदारों का भी साथ मिलने लगा है! अब अकेले कितना लड़ेंगे मजूर! रणवीर सेना के राजा नरेन आर.जे.डी. के टिकट पर ही राज्यसभा एम.पी. हैं—नकली दवाओं के यही बादशाह 80 के दलित-संहार के वक्त कांग्रेस के टिकट पर लोकसभा के एम.पी. थे! "फ्रेम बदल जाते हैं, फोटू वही रहती है! सेत्ताराम-सेत्ताराम"—कहते हैं रंगीला बाबा और खैनी चुभलाते हैं। जयप्रकाश बाबू के चेला, डॉक्टर विनयन, ने मजदूर-किसान-संग्राम-समिति नाम से एक नक्सलवादी संगठन बनाया था—उसके किए ही चला है छिटपुट प्रतिरोध—भक्-भुक-भक्-भुक-भक्-भुक!"

''और क्या-क्या करते हैं लोग?"

"रंगीला बाबा का करैत/धामिन/गेहुँअन नृत्य चलता रहता है! जेठ की चमरौध घाम में एकदम भूखे भी लोग झुके रहते हैं शिव-मंतर पर नाचते साँपों के ऊपर : तालियाँ बजाते हुए! एक मजे की बात यह है कि पेट बेशक खाली हों—घर इनके पक्के हैं—नोनियों और दूसरे सारे दलितों के घर—सरकार ने एक-एक पक्की कुठरिया बनवा दी है! सँपेरे लाख निर्धन हों पर दलित तो नहीं हैं—इसलिए यह कुठरिया उन्हें नहीं मिली। जिनके घर कच्चे भी हैं, उनका मन पक्का है। भूख से व्याकुल हो अब वे कभी बाबू-भैया के घर खीसें निपोरने नहीं जाते—साढ़े तीन किलो चावल और फसल के दसवें हिस्सा को थू! दस-बारह घंटों की खटनी का यह दाम! इससे तो परदेस की चाकरी अच्छी—हैं, प्रायः सबके ही बच्चे दिल्ली-पटना हैं—खोंमचा लगाते हैं, ठेले चलाते है, प्रेस करते हैं, खाना बनाते हैं—बचा-खुचा कुछ भेजते ही हैं गाँव!"

"ये भुखलू करता क्या था?"

"गया-पटना मार्ग पर मकदूमपुर के आगे ईंट की एक भट्ठी है। वहीं खुला है एक लाइन होटल, भुखलू जहाँ चाय-आमलेट चटाचट बनाता था! सब ठीक ही चल रहा था कि बाबू सुरेन्दर शर्मा की छोटकी बेटी की निगाह उस पर पड़ी! पटना रहती थी, नैहर आयी थी—दाई-लौरी या टेलवा नौकर के ही फेर में! जुड़वाँ बेटे अकेले पालने में कमर कसक जाती थी!...लाइन होटल पर ही भुखलू को फोड़ लेना चाहा—खूब सब्जबाग दिखाए—कैडबरी चॉकलेट खिलायी! उसने खा भी ली, चल भी दिया, पर भाग आया आधे ही रास्ते से! दूसरे ही लाइन होटल पर जब गाड़ी दुबारा रुकी, सब उतरे, उसका मन हदस गया...क्या जाने रंगीला बाबा का क्या होगा, रणवीर सेना का कौन ठिकाना, कब किसकी आँख फोड़ दे, कटवाकर गाड़ दे जमीन में—इतनी-इतनी बंदूकें हैं उनके पास, और अपने पास भला क्या—थोड़े से देसी कट्टे हैं या फिर बाबा के करैत और शिवमंतर!...रात में बाबा का गोड़ कौन टीपेगा, दमा उखड़ने पर कौन

लाएगा बूटियाँ...आखिर तो हाथ-गोड़ वो ही है बाबा का—खाली मनीऑर्डर से क्या होगा, मनीऑर्डर गोड़ थोड़े टीप देगा, दिल की बिथा थोड़े बाँटेगा, गुरु-मंतर भी सीखना है अभी...

बेटी तो दुश्मन की भी हो तो दुश्मन नहीं होती...जा, चाहता है तो हो आ शहर', बाबा बोले थे, पर उनकी आँखें पथरा-सी रही थीं। चलते समय साँप के दाँत की एक ताबीज पहना दी, और एकदम से पलटकर तेज-तेज कदमों से लौट गये!

गाड़ी खुलते-खुलते भुखलू का पटना हो आने का शौक भी दो सौ वॉट के बल्ब की तरह एक बार में भख् से फ्यूज हो गया! ऐसी हुड़क़ उठी, पेशाब के बहाने बँसवाड़ी गया और खेते-खेत भागा वापस गाँव!

दुर्योग कुछ ऐसा कि इस घटना के पाँच-दस मिनट के ही बाद बाबू सुरेन्दर शर्मा की बेटी की उस सैंट्रो गाड़ी की डिकी में एक देसी बम फटा! माँ-बाप तो अभी ढाबे में ही थे, गाड़ी में दोनों जुड़वाँ बच्चे अपनी-अपनी दुधपिलाई लिए निश्चिंत सो रहे थे—एक इधर उड़ा, एक उधर, दुधपिलाइयों का तो पता ही नहीं चला—गयी कहाँ ...हाहाकार मचना ही था और शक की सूई जानी ही थी भुखलू पर कि वही बम रखकर भाग गया...!!

और उसके बाद तो रणवीर सेना ने पूरी बस्ती फूँक दी! रंगीला बाबा को पेड़ से उलटा लटकाकर जिंदा जला डाला। पता चला कि भुखलू पर बाबू-भैया लोगों को शक है तो उसकी माई को उसके नये पिता ने पहले तो लात मारकर घर से बाहर किया, फिर उसकी खोज में चले!...टकदुम-टकदुम पुलिस भी आयी। 'न्यूज चैनल' की ओर से और भी पत्रकार आए...कुछ देर यों ही हाय-तौबा मचेगी, हल्ला-गुल्ला होगा, अखबार रँग जाएँगे, फिर जीवन उसी छंद से चल पड़ेगा—घिसटता हुआ।"

मैं उठकर बैठ गई! छोटू चाय ले आया था—लेटे-लेटे पीठ भी अकड़ गई थी।

× × ×

"बौद्धविहारों की धीरप्राण-सी शांति में पगा था बिहार कभी। बौद्धविहारों के आधिक्य के कारण ही बिहार कहलाया—सम्राट अशोक का मगध। खुद बुद्ध की अंतर्दृष्टि इसके बोधि-वृक्ष की छाया में पनपी! चम्पकारण्य और लिच्छवी गांतंत्र का बज्जि संघ! आम-लीची-चीनिया केले-नारियल-खजूर और अमरूद के गाछों से हरियल तोता हुई धरती। ये अब उड़ी, तब उड़ी...!!

सीता भी और आम्रपाली भी। मैत्रेयी और कात्यायनी! विद्यापति, वृद्ध वाचस्पति, मंडन मिसिर! कर्ण के किले वाला अंगदेश! वर्द्धमान महावीर! पाँच प्रखर लोक भाषाएँ—पाँच प्रखर जनपद—वैशाली-मगध-अंगदेश-भोजपुर-मिथिला! सब मेरे साथ

चल पड़े थे जब मैं पहली पोस्टिंगयर बिहार के लिए निकली थी...कैसा लगता होगा इन सबको हिंसा का यह रौद्र नर्तन!"

मेरा मन खुद ही अकबका गया है! इतनी गरीबी कि एक औरत भूख के मारे मरी देखी—कल ही! खेत के मेंड़ से घास कोड़ने गयी थी—तीन दिनों की भूखी! पतोहू से खाना माँगा तो वह तिनकी—"बच्चों को जुड़ नहीं रहा और इनका ही पेट पहाड़ हुआ है।" बूढ़ी ने भूखे ही पेट बीड़ी सुलगायी, खुरपी उठायी और चल दी कि कहीं तो जाना चाहिए!...कुछ देर ही बाद जब लुढ़की तो जीवन की बीड़ी बुझ चुकी थी, पर हाथ की बीड़ी सुलगी हुई थी...।

बाबू-भैया लोग आम की जो गुठलियाँ चूसकर इधर-उधर फेंक देते हैं—वही चुनकर छत पर सुखाती हैं ये सोलकन औरतें! फिर उसके भीतर का गूदा निकालकर तेज ताव पर उबालती हैं। तब उसको कूट-पीसकर उसका आटा बनता है...अम्मी से किस्से सुने थे, पर आँखें कानों से ज्यादा करेंट मारती हैं!"

"हाथ-पाँव सुन्न हुए जाते हैं! क्या करें—क्या करें! इनकी खातिर क्या करें? इस छटपटी में ही दिन जाने कब ढल गया...!"

"सामने देखा—दो औरतें नीम की छाया में बैठी हैं! उमर के फासले और ढील हेरने के ढंग से लग रहा था कि माँ-बेटी हैं। बेटी खुद ही होगी चौदह-पंद्रह साल की—लेकिन उसके एक बेटा भी था—पेड़ से लटके गुदड़ी के झूले में काजल से गुजुर-गुजुर आँखें मटकाता चार-साढ़े चार महीने का बालक। दूध के लिए मचला तो उसकी अल्हड़ माँ दौड़ी, पर हड़बड़-दड़बड़ में झूले से उतरता हुआ बच्चा माँ की बाँहों से फिसला और धम्म गिरा! नानी ने बच्चे को बाद में उठाया, पहले बच्चे की बालिका-माँ को दिया एक झापड़ कि इतनी गधी हो गयी, अब तक शऊर नहीं—बच्चा कैसे उठाते हैं, इसी अनाड़ीपन से ससुराल में भी लात खाती हो...!"

इस कौतुक से मेरा मन बदला! बच्चे का हाल-चाल लेने मैं पास गयी और स्त्रीजनोचित स्वभाव से मारने लगी गपशप!

पता चला, बालिका-माँ का दूल्हा रामलीला में था! उससे उमर में तो दूना था पर कोई और पय नहीं थी! मूँछ मुड़ाकर जब किसुन महाराज बनता था, ऐसा लगता था कि बाबू-भैया की औरत लोग भी हाथ जोड़ देती थीं बरबस! तीन महीने पहले की मार-कूट में वह भी बेमौत मरा! वह गया पर उसकी वह किसुन भगवान वाली ज़रीदार धोती यहीं रह गयी : आधी उसकी बेवा की देह पर, आधी नवजातक की फलिया में। धोती जरीदार थी लेकिन इतनी मैली थी कि मैंने कह ही दिया—"पानी तो नहर में पूरा है, नहा-धो क्यों नहीं लेती!" इस पर वे इधर-उधर देखने लगीं! बाद में पता चला, एक ही कपड़ा है—माना कि गरमी में देह पर ही सूख सकता है, लेकिन जाड़े और इस घनी बरसात में?

इतनी बड़ी घटना घटी थी यहाँ—फिर भी वे ढील चुन रही थीं! मृत्यु को अब इस इलाके के लोग मनुष्य की एक अत्यंत साधारण वृत्ति समझते हैं—यह सोचकर भी मैं सिहरी! "रसिकता और क्रोध के आवेग में भी जो बीभत्स और अश्लील नहीं बोले—वह आदमी आदमी क्या, किस करम की उसकी भाषा!" इतना तो ये मानते हैं जरूर, लेकिन इनकी हर फुफकार में ज़हर नहीं होता! बोल-भूँककर, थोड़ा हाथ-पाँव भाँजकर फिर से बन जाते हैं कोल्हू का बैल या दास मलूका के 'अजगर'—'अजगर करै न चाकरी...'!!

बहुत सताता था बाबा को भुखलू—भुखलू को अधिकार था बाबा पर जुल्म करने का, यह अधिकार ही बाबा की पूँजी थी! पेड़ से उल्टा लटकाकर जब वे बाबा को जलाने लगे, भुखलू सँपोलों के साथ ही एक कोटर में छुपा था—देख रहा था सब-कुछ! हाथ-पाँव सुन्न हो गये थे, गले से बकार नहीं निकलती थी, फिर भी वह प्राणपन से चीखा था...और पकड़ा गया था! उसी समय क्या जाने किस जादू-मंतर से, किस खोह-कोटर से पुलिस आ गयी थी!!

माँ-बेटी के इस जोड़े ने ही बातचीत के क्रम में मुझको बतलाया! इनके ही संग-साथ गाँव-घर की और औरतों से मिली।

"गाँव का असली जीवन है गुटबंदी"—कभी की सुनी इस बात का मर्म आज समझ में आया जब यहाँ अलग-अलग जातीय बैठकों में भागीदारी की! एक बड़ा नेता जब बोला—'जो जात जगी रहती है, वही बची रहती है' और लोग हुंकारा मारकर बोले—"यह बात तो पते की बोले वे" तो इसका अर्थ यही निकला कि यह एक बात पल्ले कुछ पड़ी नहीं, सर के ऊपर से साफ निकल गयी...अद्भुत होता है जनजीवन—बोलते हैं सब, पर सुनता है कोई नहीं!

बात अभी चल ही रही थी कि शीरीन का मोबाइल टनटना उठा, बरामदे में जाकर उसने बात की और जब लौटी तो उसके चेहरे पर तनाव था—

"ये लो! फिर से बगल के कस्बे में 'महाभारत' छिड़ गया है! अभी-अभी तो इनको अलग किया था—फिर भिड़ गये आपस में!"

उसका तनाव टालने के लिहाज से मैंने हँसकर कहा—"मानव-जाति का इतिहास जिन दो महावृत्तियों ने गढ़ा है—उनमें एक है क्रोध और दूसरा, कामना! जैसे कि गेहूँ और बाजरे के तीन-चार प्रकार होते हैं, क्रोधी और कामी पुरुष के भी! कुछ लोग इस अहंकार में क्रोध करते हैं कि वे ही प्रतिपालक हैं—जैसे कि सामन्त, पूँजीपति और भी तमाम तरह के पति-वति...उनके मन में तर्क यह घुमड़ता होगा कि जब पेट वे पालते हैं तो लात चलाने का गौरव और भला किसे मिलना चाहिए! पेट ही लात का निकटस्थ संबंधी है—'पेट पर लात मारना' तभी तो एक लोकप्रिय क्रिया है!

कुछ लोग क्रोध करते हैं इस मद में उनकी आदतें, उनके अनुभव, उनका नैतिक प्रभामंडल, ज्ञान और जातीय संस्कार सामनेवालों से कोटिशः प्रखरतर है—जाहिल, गँवार, शूद्र, पशु, नारी हैं सामने वाले और उनका ज्ञानोदय, संस्कार-प्रक्षालन, आध्यात्मिक और बौद्धिक परिष्कार उनका ही कर्त्तव्य ठहरा, मानवता की रक्षा उनके ही कंधे है! इस श्रेणी में ही आते हैं अँगरेज, मास्सा'ब लोग, दूसरे गुरुजी और शिक्षक, अभिभावक, पंडे-मौलवी-पादरी और बाकी बोकराद!

तीसरी कोटि में अकारण क्रोध किया करने वाले कुंठित प्राणी आते हैं। उनकी तुलना उन बच्चों से की जा सकती है जो बड़े होकर भी बिस्तर गीला करना नहीं छोड़ पाते—उनसे होता ही नहीं है नियंत्रण, पता ही नहीं चलता—कब कैसे क्या हो गया ...और जब नींद खुलती है—खुद ही लजाए-लजाए-से धूप में अपने पोतड़े पसारने चले जाते हैं।

चौथी कोटि में कहीं का गुस्सा कहीं निकालने वाले निर्बल प्राणी होते हैं। ऐंचाताना या उन भेंगे लोगों से वे तुलनीय हैं जिनको बच्चे बीच का 'ऐट' चबाकर 'लुक लंडन सी पैरिस' कहते हैं!

पाँचवें प्रकार में रणनीति के रूप में यानी रोब-दाब गालिब रखने के फेर में रह-रहकर (संतुलित-सी) तोड़-फोड़, उलट-पलट वगैरह मचाने वाले घरेलू आतंकवादी या बॉसनुमा लोग आते हैं जो अपने-आप में अनुपम हैं—उत्प्रेक्षा अलंकार के सवाक् उदाहरण—'राम-राम से, भरत-भरत से और न उनसा कोई!' बुद्ध के मध्यम मार्ग के भी वे अनुयायी होते हैं इस अर्थ में कि क्रोध भी उनका नपा-तुला होता है—सम्यक्-सा—'वीणा के तारों को इतना मत खींचो कि टूट जाए, न ही इतना ढीला छोड़ो कि बजे ही नहीं' की सोदाहरण व्याख्या!"

"इसी तरह कामीजनों की भी तीन-चार कोटियाँ होती हैं! 'मोसों कौन कुटिल खल कामी' की विनय पत्रिका का पुनश्च कुछ ऐसे लिखेगी औरतों की झोटहा पार्टी : कुछ कामियों का दिल सुपरऐक्टिव होता है, कुछ का दिमाग, कुछ का अधोभाग-लातादि, कुछ की बस जीभ सुपरऐक्टिव होती है। और कुछ ऐसे भी बॉड होते हैं जो चुप्पी, बंकिम दृष्टि, शुभाशंसा और निग्रहादि सूक्ष्मतर अवयवों के सहारे 'मिशन इम्पॉसिबल' से 'मिथन एकॉम्पलिश्ड' का सफर पूरा करते हैं! कुछ संतवृत्ति प्राणी 'क्यू.ई.डी.' वाला यह पारदर्शी, अपघटनकारी दर्शन इस मायानगरी की सबसे अधम वृत्ति मानने में भी गुरेज नहीं करते! उनको लगता है कि जीवन ऐसी तपस्या है जिसमें सब निष्काम ही हो तो अच्छा, 'काम' भी 'निष्काम' भाव से ही यानी पुजापा की तरह मंगलमय विभु को समर्पित होना चाहिए। 'जो मिल गया, उसी को मुकद्दर समझ लिया', 'जो भी प्यार से मिला, हम उसी के हो लिए', 'जो सामने आया—उसकी सेवा कर दी, मुसीबत में

काम आ गये, हँस-बोल लिया जरा-सा और कट गया जीवन—इससे ज्यादा तो इस जीवन में रखा ही गया है—पानी का बुलबुला ही तो है'... वगैरह-वगैरह!

'रियैलिटी प्रिंसिपल' के संवाहकों के सिवा कुछ ऐसे रूमानी जन भी पाए जाते हैं इस धरती पर जिनके लिए—संधान उपलब्धि से महत्तर होता है। सारे रोमैटिंक कवि एक अप्राप्य आदर्श सेट कर लेते थे—वर्ड्स्वर्थ के लिए 'नेचर', कॉलरिज के लिए 'सुपरनेचर', कीट्स के लिए 'सौंदर्य', शेली के लिए 'प्रेम', बायरन के लिए 'लिबर्टी' ऐसी ही प्लैटोनिक अवधारणा थी, एक तरह का मायामृग जिसको भींचना असंभव था। उसके पीछे हरदम भटकना, अतृप्त रहना ही उनकी नियति थी तो स्वाभाविक था कि दुःख ही उनकी पूँजी होती!"

× × ×

अभी हम गपाष्टक में लगे ही थे कि दुबारा मोबाइल बजा, फिर कट गया। शीरीन ने तड़पकर नंबर देखा, फिर मिस्ड कॉल की सूची, अंत में खुद ही डॉ. स्पंदन कक्कड़ को फोन लगाया। डॉक्टर कक्कड़ और शीरीन का प्रेम रोमैटिंक और रियैलिटी प्रिंसिपल के चनाचूर गरम से बना एक अनूठा प्रेम है!

मोबाइल-सेट संवेदनशील था, इसलिए उधर की बातें भी साफ सुनाई दे रही थीं और चूँकि मैं शीरीन की सहेली थी, उसने परे हटकर या वोल्यूम कम करके बात करने की चिंता नहीं की।

"हलो, इसी धरती पर हो न? सुबह इतनी देर तक घंटी जाती रही, कोई उठाने वाला नहीं। मैं शहर के बाहर निकली नहीं कि तुम छुट्टा घोड़ा हो जाते हो।"

"घोड़ा, हाँ, घोड़ा तो हूँ ही—तुम्हारे अश्वमेध का छुट्टा घोड़ा, पर एक अदृश्य-सी नकेल तो तुम्हारे हाथ ही है!"

"सब तुम्हें इतना चुप्पा, गंभीर, पारलौकिक, अभेद्य समझते हैं, स्पंदन कक्कड़, एम.डी., साइकेयेट्री, निमहैन्स, बैंगलोर—पर तुम-सा चटपट भूँजा तो कोई भला क्या होगा! औरों के सामने भगवान बने रहते हो—आला फकीर—कोई तुम्हें मेरे संग चटर-पटर करता हुआ जान-सुन ले तो अकबका ही जाए...।"

"प्राइवेट-पब्लिक में कुछ तो अंतर रखना चाहिए! हाथी के दाँत—खाने के और, दिखाने के और!"

"अच्छा, हाथीदाँत, आँखें कैसी हैं? क्या बोले डॉ॰ मलिक?"

"युविआइटिस में खासा सुधार है! कोर्टिसोन डाल रहा हूँ दोनों शाम! और वहाँ का हाल क्या है? कैसा लगा बिहार तुम्हें? न्यूज-कवरेज 'आजतक' में थी, पर तुम आँखों-देखा हाल कहो!"

"दहल गयी हूँ मैं, स्पंदन, वादा करो—मैं जीऊँ या मरूँ—तुम मेरी 'आधारशिला'

का ऐसा पल्लवन करोगे कि झाबुआ, कालाहाँडी, बिहारादि सारे पिछड़े इलाकों के परितप्त लोगों का जीवन 'जीवन' कहलाने-लायक तो हो...विवरण मैं ई-मेल कर दूँगी—अम्मी की चिंता लगी है, वह कैसी है?"

"फोन किया था तुम्हारे घर, बार-बार अब्बू उठा लेते थे, इसलिए खास-कुछ पता चल नहीं पाया...फिर तुम्हारे पड़ोसियों से पता किया कि ब्लड-रिपोर्ट पहले से ठीक है...! ऐसे में भी अब्बू तना-तनी छोड़ेंगे नहीं क्या, शीरीन?"

"जैसे पीने-वाले को पीने का बहाना चाहिए, झल्लाने वाले को झल्लाने का! अम्मी आई.आई.टी. ऐंट्रेंस का एक मुश्किल सवाल है और अब्बू हैं आठवीं का टॉपर बच्चा—चाहे जितना भी मगज मारें, अम्मी को समझ नहीं सकते, झल्ला-झल्लाकर बस निब घिस सकते हैं उसके मुँह पर...तुम मेरे साथ कभी ऐसा बर्त्ताव नहीं करना! अगर कभी मैं तुमसे शादी कर भी लूँ तो मारना, न पीटना, डाँटना-डपटना भी मत—अभी से कहे देती हूँ!"

"..............."

"बोलो न, बोलते नहीं क्यों? तुममें यही एक बात मुझे नहीं जँचती! बेमौके चुप रह जाते हो तुम! डाँटे बिना तुम भी रह जो नहीं सकते!"

"हर बात बोलना जरूरी है? जिह्वाग्र पर अग्निदेव का वास होता है, बात जिह्वाग्र पर आयी नहीं कि उसका मर्म जलकर भस्म हो जाता है...कम-से-कम मेरा यही मानना है!"

"इसीलिए गोपन रखा है यह संबंध?"

"जब तक रह सकता है, रखते हैं! आगे की आगे देखी जाएगी!"

"अच्छा बाबा,...जो तुम्हें ठीक लगे, करो—पर अम्मी से तो मिल लो और अपनी माँ को बता दो कि अब तुम्हें मेरे पास, बिहार आकर अपनी प्रैक्टिस चलानी है और 'आधारशिला' भी। बेमतलब हम दोनों की चिंता में गलती रहती हैं दोनों माताएँ कि कैसे इनकी जिंदगी अकेली कटेगी...!!"

"माँ मेरी ज्योतिषियों के घर की थी, ज्योतिष बहुत मानती हैं, अभी उसके वृहस्पति जरा सिंहस्थ हैं, फरवरी-तक—उसके तुरत बाद—दोनों माताओं से तो कह ही देंगे शादी के फैसले के बारे में...दोनों का दांपत्य जीवन अपने-अपने ढंग से अधूरा रहा है...कम-से-कम बच्चों की ओर से निश्चिंत होने का उनको पूरा हक है!

अरे यार, एक और मुश्किल है! तुम्हारे वियोग में मुझे रूसी भी हो गयी! सिर खुजाते-खुजाते परेशान हूँ—आठवीं के उसी टॉपर बच्चे की तरह, जिसे मेडिकल एंट्रेंस देना पड़े...चलते समय जो गले मिली थी मुझसे, जुएँ तो नहीं पटा गयी? और किसी से तो मैं मुंड मिलाता ही नहीं।"

“पट भी गयी हैं तो क्या—चुनवा लो अपनी किसी मरीज से...कितनों को आकर्षण-वृत्त में बाँधे बैठे हो—तुम क्या कम हो? और अगर रूसी हुई है तो ब्यूटी-पार्लर हो आओ!”

“अच्छा, वहाँ भला क्या होगा?”

“तेल की अच्छी-सी मालिश हो जाएगी, फिर गरम पानी का तौलिया सिर रखा जाए तो तुम्हें ऐसा सुख होगा जैसा मधुमती भूमिका में योगियों को होता है!”

“देखो, ये आया रहस्य हाथ में—देखने में तो मीराबाई लगती हो और भीतर से हो मर्लिन मनरो, क्या ब्यूटी टिप्स दिए हैं...अच्छा बताओ तो—काम-धाम से और मुझसे भी वक्त चुराकर तुम ये ब्यूटी-पार्लर कब हो आती हो?”

“ब्यूटी-पार्लर आधुनिक जीवन का एक ऐसा स्पेस है, मेरे मालिक, कि उसके विवरण लोगे तो फेमिनिज्म के और कट्टर सिपाही बन जाओगे...पीट-पाटकर घर से निकाली हुई और दूसरे ढंग से परितप्त औरतों के पास जाने की और कोई जगह नहीं होती तो ब्यूटी-पार्लर ही आ जाती हैं! यह एक ऐसी इन्सुलेटेड-सी जगह है जहाँ कोई फालतू सवाल पूछे बगैर स्नेह-सिक्त हाथों से एक सखी मालिश कर देगी—जहाँ-जहाँ चोट लगी है—वहाँ रख देगी बर्फ की पट्टियाँ। अगर कभी पर्स में पैसे नहीं हैं तो भी धक्के मारकर निकालेगी नही, हो लेने देगी प्रकृतस्थ—इधर-उधर के किस्से-कहानियाँ-रेडियो-वेडियो, एफ.एम. वगैरह सुनाकर मन बदल देगी...खग जाने खग ही की भाषा!”

‘‘...अरे बाप रे, बिल इतना ज्यादा भाग गया! रिचार्ज कूपन खतम होने को है! बेमतलब बातों में मुझको फँसा देते हो! जाओ, अब कल बात करना!”

“अच्छा-अच्छा, बाई!...पर मेरा जी नहीं भरा! रात को फिर लगाऊँगा! निस्तब्ध रात्रि में फोन के मजे भूल रही हो तुम...तीन बरस पहले तक तो सारी अंतरंग बातें खिड़की से छन आयी चाँदनी में ही हुआ करती थीं!...याद है तुम्हें, एक रात तुम फोन पकड़े-पकड़े सो गयीं और तुम्हारी वे निढाल साँसें फोन के तार के सहारे रात-भर मेरे कानों में घोंसला बनाती रहीं!”

“मुझे सब है याद जरा-जरा! लैंड लाइन से लैंडलाइन पर करना, पैसे कम लगेंगे, नया नंबर लिखो : 0612-2604392”

हारिल साहिल : ऐसी चलाचली में अचल हाड़ा ह्वै, रहौ

कभी-कभी हम साहिल की भी बातें करते।

उससे मेरा रिश्ता अजीब था! अक्सर हम लड़ जाते थे! और जगह तो मैं पिद्दी भी बनी रहती होऊँगी, पर उसको देखते ही मेरा वीरभाव जग जाता था—'खूब लड़ी मरदानी' वाला! रानी तो मैं कहीं की नहीं थी—न झाँसी, न झलफाँसी की, पर एक खाली सिंहासन मेरे भीतर जरूर था जिसपर एक रोज वह अगरधत्त भाव से बिना आगे-पीछे देखे, बिना कुछ पूछे-पाछे—आलथी-पालथी मारकर बिराज गया! उसके बाद लाख मैंने धक्का-मुक्की मचाई, बीच-बीच में वह ढिमलाकर बाहर गिरा भी...पर अंततः...

खैर, 'अंत' के साथ 'तः' का तत्कार दुगुन और चौगुन में बढ़ता हुआ एक दिन इस मुकाम पर भी पहुँचा कि मुझे लगने लगा—मेरे पूरे-के-पूरे वजूद को हौदा समझने की इसकी यह कारस्तानी इसी तरह कायम रही तो मेरा दम घुट जाएगा!

मैं नहीं चाहती थी, प्रेम में पड़ना, प्रेम में पड़ना खटाई में पड़ने जैसा था! प्रेम शब्द से मुझको नफरत थी : वेश्यालय में जिसका बचपन बीता हो, कॉलगर्लगीरी करते-करते आधी जवानी—उसके लिए 'प्रेम' पीब-भरे एक चोटाह घाव का नाम ही है जिस पर 'सब धान बाइस पसेरी' वाली 'बाइस' मक्खियाँ एक साथ फड़फड़ा रही हों!

अजब मेरा हाल था! एक अदद दोस्त की तलाश में मैं बेचैन थी। ये हर तरह से मेरा मन-लायक दोस्त तो था, पर इतना ज्यादा मन-लायक होना भी खतरनाक है! इस खतरनाकपने से पीछा छुड़ाना मुझको जरूरी लगा!...इसलिए नीमपागल शाहिद मियाँ की संतान अपने गर्भ में धारे हुए मैं शहर छोड़कर ही निकल आई!

शाहिद मियाँ यानी डॉक्टर अंसारी के बड़े साहबजादे जिनकी देख-रेख की खातिर मैं पिछले तीन बरस से उनके आउटहाउस में बतौर हाउसकीपर रहती रही थी! वहीं रहते हुए साहिल से मेरी मुलाकात भी हुई थी। उसका 'आर्यभट्ट कोचिंग संस्थान' कालू सराय में उनके घर के पीछे ही तो था!

साहिल के संस्थान, 'आर्यभट्ट' में उत्तर भारत के पुरबिया प्रदेशों के 'आई.आई.

टी.' प्रत्याशी 'उच्च गणित' पढ़ने इस भाव से आते थे जैसे पहले अंतेवासी तक्षशिला-नालंदा जाते होंगे : गठरी-मुटरी समेत। और सबके खाने-पीने और रहने-सहने का इंतजाम साहिल के ही हिस्से था! 'रहने' के साथ—'सहने' का योग बड़ा सार्थक बनता है! जहाँ रहना, वहाँ सहना! बिना 'सहे' भला कोई कैसे 'रहे'—वह भी महानगर में, किसी पिछड़े प्रदेश/पिछड़ी जाति/पिछड़े समुदाय का अभ्यागत! निर्धन लड़के-लड़कियों को तो साहिल मुफ्त पढ़ा देता था और उन्हें रख भी लेता था अपने ही घर! बाकी की खातिर एक प्राइवेट हॉस्टल था—राँची के उस नेतरहाट आवासीय विद्यालय के ढंग का, बी.आई.टी., सिंदरी में प्रवेश के पहले साहिल जहाँ पढ़ता था! यहाँ के 'टिफिन' भी रमावती तैयार करती थी।

वहाँ कुछ लड़के ऐसे भी थे—प्रतियोगिता-परीक्षाओं में दो-तीन बार की करारी विफलताएँ झेल लेने की आर्थिक और मानसिक कूबत जिनके माँ-बाप को नहीं थी! इसलिए मुख्य तैयारी के साथ वे दो-तीन कोर्स और कर रहे थे—'तू नहीं तो वो सही, वो नहीं तो कोई और' भाव से! इंग्लिश-स्पीकिंग के कोर्स, कंप्यूटर-कोर्स और इधर-उधर से एम.बी.ए. या जर्नलिज्म का डिप्लोमा!

नौकरी और विवाह-बाजार कोर्सों को कबीर की लुकाठी का वैभव भले नहीं दे, बाजार से 'गुजरने' की ताकत तो देता ही था—खरीदार हुए बिना बाजार से गुजर जाने की ताकत! धीरे-धीरे सब मुहावरों के अर्थ बदल ही रहे थे, काव्य-पंक्तियाँ भी बदले संदर्भों में चकपकायी-सी खड़ी थीं—'कबिरा खड़ा बजार में/लिए लुकाठी हाथ' या 'बाजार से गुजरा हूँ—खरीदार नहीं हूँ।' कुछ लड़के छोटे भाई-बहनों (विधवा या परित्यका बहनों को) भी लेकर शहर आए थे। वे पढ़तीं, घर के काम सँभालती, कभी-कभी एन.जी.ओ. या कॉल सेंटर में नौकरी करती और फुटकर प्रतियोगिता की तैयारी भी।

एक बार साहिल ने 'त्रिवेंणी' के बस स्टॉप पर हँसकर कहा था : 'कितना व्यंजक है यह कि दिल्ली के सांस्कृतिक चौराहे का नाम भी 'मंडी' से शुरू होता है—'मंडी-हाउस', मंडी यानी कि हाट-बाजार!'

एक बड़ा परिवर्तन यह भी आया था कि लड़कियाँ भी लड़कों की तरह 'कुछ करके दिखा देने के तनाव से गुजर रही थीं और समाज की जो हालत थी, उसमें उनका इस महानगर के लॉज में रहकर प्रतियोगिताओं की तैयारी करना और करते रहता जरा और भी कठिन था। इम्तिहान के दौरान लगातार इनको नर्वस-ब्रेकडाउन-सा होता, अस्पताल के चक्कर, दो-चार दोस्तों के आसरे, पैसों का अभाव, 'घर पर बताएँ कि नहीं' का तनाव! ऐसे आड़े वक्त पर साहिल ही रीतिकाव्य का अचल' हाड़ा (खम्भ) बनकर उनके साथ खड़ा हो जाता था— हय चले हाथी चले, संग छोड़ साथी चले! ऐसी चलाचली में अचल हाड़ा ह्वै रहो!

'नीलम फोटोस्टेट्स', आर्यभट्ट कोचिंग फॉर आई.आई.टी., ए आई ट्रिपलई, डीसीई, कालू सराय, गली नंबर-3

4 मार्च, 2006

धूप की धमक झेलते प्याऊ के जुड़वाँ घड़े बैठे थे। 'मदर्स स्कूल' के ठीक पीछे, अधचीनी मोड़ पर, कंधे गिराए और गीली हँसी हँसते चुक्कू-मुक्कू ऐसे बैठे थे ये जैसे धन्ना सेठ के गरीब पाहुने हों।

पास ही पान की गुमटी पर बिसलरी की बोतलें सजी थीं—टाई-बेल्ट-टच्च यूनिफॉर्म में।

शोरूम-दूकानें-पटरियाँ-गुमटियाँ, ठेले-रिक्शे-ताँगे-ट्रक-लॉरियाँ, बसें-टैक्सियाँ-ऑटो और मोटरगाड़ियाँ! हर जगह ट्रैफिक जाम! गलियों में वक्त घिसटता चल रहा था—घीसा उस्ताद की तरह—टाँगें कटने के पहले जो इस इलाके में एक अखाड़ा चलाते थे। टूटी हड्डियाँ बिठाने में माहिर घीसा पहलवान, दौड़ में गिलहरी को भी पछाड़ देने वाले घीसा उस्ताद कभी गलियों में घिसटेंगे—किसी को गुमान नहीं था! सत्तन पनवाड़ी, काँवरिया भड़भूँजे को जब-तब कुछ शेर सुनाया करते! उनके कवित्त का शौक अली असगर, पेंटर की नाक में भी दम किए रखता और कभी-कभी तो नाक छिड़कने के से भाव में वे उनके शेर छिड़क देते—ऑटो रिक्शों और ट्रकों के पीछे! ज्यादातर शेर इतनी बार सुने गये थे कि उनका 'सत्त' ही उड़ गया था। शब्दों की सीठी बची थी जो मुँह में चुभलाते रहते थे। पर घीसा पहलवान के नाम का शेर अब तक उनकी आँख में आँसू ले आता—उनके अखाड़े की आन-बान उनकी तो देखी हुई थी! बीड़ा बनाते-बनाते वे रुक जाते—सामने के आईने में मुँह देखते अपना—थोड़ा-सा उसमें कैलेंडर वाला कुतुबमीनार दीखता, थोड़ा-सा गुप्तरोगों के विशेषज्ञ ज़ौकी हकीम का शफाखाना, थोड़ा-सा चिड़िया-बाजार...सब देखते सुनते यह शेर वे मानो खुद को सुनाते और एक आह-सी फिसलती—

"कैसे-कैसे ऐसे-वैसे हो गये,
ऐसे-वैसे कैसे-कैसे हो गये!"

साहिल का कोचिंग सेंटर ज़ौकी हकीम के शफाखाने के बायें कोने में पड़ता था! एक बार साहिल ने बातों-बातों में बताया था—'पटना' के नाम पर हकीम साहब पहले तो चितिंत हुए, फिर थोड़ा मुँह भी बिचकाया! पर पक्के मुसलमान थे—फटेहालों की मुसीबत में काम आना उनके उसूलों में शामिल होगा शायद। कुछ देर सोचते रहे, फिर कहा—एक बार मेरे जूते देखे जिनके तल्ले पैदल घिसटते-घिसटते एकदम ही घिस चुके थे, फिर मेरी कमीज पर गौर किया जो पालिका केंद्र के 'एक्सपोर्ट सरप्लस'—ढेर से एक सौ पच्चीस रुपये में खरीदी थी—दिल्ली आने के अगले ही दिन!

"अभी कुछ दिन तो किराए की माफी है, लेकिन जब कोचिंग चल निकलेगी—पूरा किराया लूँगा!"

माई को चिट्ठी लिखी! वह निहाल हो गई। छठीमइया की मन्नत मानी कि हकीम साहब सलामत रहें, सलामत रहे परदेसी बेटे की कमाई तो वह अरघ उठाए और परात में बैना बाँटे—पूरे मुहल्ले को! मँझली माँ से चिट्ठी लिखवायी! एक दिन तारा को साहिल ने चिट्ठी भी दिखलाई थी—

"बउआ,

जीते रहो!

मैं कहती थी न—अच्छे दिन आएँगे! जब तुम जनमे थे, तुम्हारी पतरी बाँचकर पडिंतजी ने जोड़ा धोती के पैसे लिए थे और कहा था—'अभी तो और लूँगा, दुलहिन, लड़का प्रतापी है। खूब इकबाल कमाएगा, पैसे भी!...मंगल में दोष है, बीवी से चखचुख रहेगी—वह तुम सँभाले रहना, बाकी सब ठीक रहेगा!

तो बेटे, दिल्ली की परियों से सावधान रहना! परदेसियों को वे भेड़-बकरियाँ बना पोस लेती हैं—फिर अम्मा के पास लौटने नहीं देतीं—कभी नहीं, बेटा, कभी नहीं। यहीं खूब अच्छी लड़की देखकर ब्याह रचाऊँगी तुम्हारा जो मुझे भी कुछ गिने! तकिए में खुसबू बसी है तुम्हारी! खोल पर गुलमुड़िया के तुम्हारे आँवला तेल का छापा पड़ा है! कैसे जबर्दस्ती मालिश करती थी तुम्हारी! कैसे तुम हल्ला मचाते थे! हाथ पकड़ लेते थे मेरा! पंजे लड़ाते थे, कहते थे—'ले, अपने बेटे से हार गयी।'

बेटे से सब हार जाते हैं, बेटा। इस हार में ही खुशी है! उबटन लगाकर कुहनी और टखने की मैल छुड़ाने में, लेकिन, मैं नहीं हारती थी! दौड़ा देते थे तुम हमको! छान-पगहा तुराते थे!

शोर सुन बाबूजी अँगनैया आ जाते! उनके जूतों की चरमर हमसे कह

जाती—'सावधान!' और हम देव-मूरत बन बैठते जैसे कुछ हुआ ही न हो—कोई हल्ला, कोई तमाशा नहीं! टकुए-से सीधे हो जाते हम उनके जूतों की चरमर सुनकर! तब तो बड़े सख़्त बनते थे! तुम्हारे जाने से मनुआ गये हैं! बख़्त-बेबख़्त पूछते हैं—'कोई चिट्ठी आयी?' पीछे टहलते हुए गुप्ता साहब की चौकी पर पूछने जाते हैं—'बेटे का फोन तो नहीं आया—दिल्ली से?' कभी-कभी फोन कर लिया करना, बेटा! बाप का मान रह जाएगा! अब तो कमाने लगे हो, कमी काहे की!

तुम्हारे तकिए पर ही लेट लेती हूँ कभी-कभी! दमयंती पूछ रही थी—'खोल धो दूँ, बड़ी अम्मा?' मैंने मना कर दिया! अब तो यह खोल तब ही धुलेगा, बउआ, जब तुम वापस लौटोगे और तुम्हारा माथा सूँघूँगी!

साशिष,   माई"

× × ×

तकनीकी बारीकियों में उतरें तो मानना पड़ेगा—यह रिफ्यूजी कॉलोनी नहीं थी। पर शरणागतों की ऊभचूभ पूरी फिजां में पसरी पड़ी थी! पुरबिया मजदूर जिबह कबूतर के परों की तरह जिधर-तिधर पसरे पड़े थे यहाँ : फुटपाथ पर, खोलियों में, ठेलों पर या पान की गुमटियों पर गुड़ी-मुड़ी होकर सो रहते थे! इनकी शान में कसीदे पढ़ता सत्तन पनवाड़ी और उसके पिंजड़े की मैना भी उसकी लय में ही कुछ गाती—

"सो जाते हैं फुटपाथ पे अखबार बिछाके—
मजदूर कभी नींद की गोली नहीं खाते!"

सत्तन पनवाड़ी बी.ए. तक पढ़ा था—मधेपुरा, सहरसा से! 'पढ़े फारसी, बेचे तेल' की कहावत इस पर इसलिए चरितार्थ नहीं होती थी कि इसने बी.ए. कोई शास्त्र घोंटकर नहीं किया,...एक समस्या थी इसकी! यह जो पढ़ता, वही बन जाता! मीरा के बारे में पढ़ता तो मन-ही-मन मीराबाई बनकर सड़कों पर नाचता चला जाता...अकबर के बारे में पढ़ता तो अकबर बन बीरबल से चुटकुलेबाजी किए जाता...हिमालय के बारे में पढ़ता तो एवरेस्ट पर चढ़ जाता, शेक्सपियर पढ़ता तो घंटों यही तय करने में जाया हो जाते कि वह हैमलेट है कि मैकबेथ! दूसरे बच्चों का मन भी फर-फर करता है पर जहाज के पंछी की तरह वे फिर जहाज पर आ जाते हैं मन मारकर, पर सत्तन पनवाड़ी का मन अबाबीलों के डैनों की मजबूती से उड़ता था—सात समुंदर पार...और लौटता ही नहीं था जब तक कि उसको कोई झकझोरे नहीं!

छुटके ने झकझोरा था—'चोरी चल रही है तुम्हारी किस्मत से, ओपेन बुक सिस्टम लागू हुआ है इस बरस के लिए—बहती गंगा में हाथ धो आओ। अबकी जो पास हुए तो बीडियो साहब से कहकर पार-घाट लगवा दूँगा, वरना यों ही टापते रह जाओगे—न नौकरी मिलेगी, न ब्याह होगा...बेकार मेरा भी रास्ता रोके खड़े हो!'

यह अंतिम बात उनके कलेजे में लग गयी! रास्ता रोके खड़ा हूँ—वह भी छुटके का? और उसी रात दिल्ली भाग आये घर पर चिट्ठी छोड़कर कि इसकी शादी करा दो और मुझे मरा हुआ जानो!

हल्की-सी एक आशनाई थी रमावती मुंडो से सत्तन पनवाड़ी की! औरत नहीं थी, पनसोखा थी रमावती नाइन—पनसोखा माने इंद्रधनुख—सतरंगा इंद्रधनुख! बैंगनी चोली, पीली साड़ी, लाल बिंदी, नेलपालिश और आलता, भूरी चमड़ी, नीली-हरी चूड़ियाँ और डिजाइनदार गिल्लट के गहने! वहीं एक पीपल के नीचे रोटी-सब्जी, पियजुआ-घुघनी बेचा करती थी! पति एक था इसका, प्रेमी थे पाँच, मुर्गियाँ तीन, बकरियाँ दो...बस एक बच्चा नहीं था—मगर उससे क्या! अपनी कोख का न हुआ कोई तो क्या—बूटपॉलिश और चाय के ढाबे वाले बच्चे, नन्हे कुली और मैकेनिक—सबकी वह अम्मा ही थी! खूब रोब गाँठती थी उन पर, थप्पड़-घूँसे भी चला देती थी—किसी की चोरी-चपाटी, सिगरेट-बीड़ी का पता चला तो। लेकिन किसी की रोटी के पैसे नहीं लेती थी! और कभी-कभी अपने ट्रांजिस्टर पर उन्हें एफ.एम. की रेडियो मिर्ची के गाने भी सुनने देती थी!...ये रूमानी गाने सुन-सुनकर सत्तन पनवाड़ी के मन में भी लगातार लड्डू फूटा करते—लगता था, सारे गाने उसके ही नाम एक प्यार-भरा पैगाम हैं!

सब बिहारी मजदूरों की अलग-अलग टोलियाँ थीं—भाषिक इकाइयों में बँटी! भोजपुरिया मजदूरों की एक टोली; इसी तरह बज्जिका-अंगिका-मगही और मैथिली 'बाजने' वालों की अलग-अलग टोलियाँ! होली और छठ पर ज्यादातर तो वैशाली-विक्रमशिला-मगध-श्रमजीवी-आम्रपाली-सप्तक्रांति-लिच्छवी वगैरह में अग्रिम आरक्षण करा-कराके, सौगातों की पोटली बाँधे घर जाते थे! जो थोड़े छूट जाते थे यहीं पर—फाग और चैता गा-गाकर उतान हो जाते थे!

इनमें ज्यादातर रिक्शेवाले, कारीगर और मैकेनिक थे। गाँव से आए थे दिल्ली कमाने। फुटपाथ ही इनका घर था। शायद ही किसी के पास कोई बक्सा हो! सबके पास छोटे-बड़े थैले थे।—पेड़ की शाखाओं में या पार्क के ग्रिल में टाँगे हुए! बूँदा-बाँदी होते ही सामान छिपाने की जगह तलाशनी पड़ती थी—अगल-बगल सरकारी बाबुओं के घर थे! बरसात में उनकी बीवियाँ ममता बरसाकर भविष्य की मुफ्त सेवाएँ आरक्षित करवा लेती थीं! लेने देती थीं शरण अपने बरामदों पर कि आगे कभी कुछ मुफ्त ढुलवा ले सकें! उनके घरों के बरामदे मजदूरों के झोलों-डंडों से कभी-कभी इतने ठसम-ठस्स हो जाते थे कि एक पाँव पर खड़ा रहने की नौबत आ जाती थी—पाँव पर पाँव! "डबल रोटी इसीलिए शायद पावरोटी भी कहलाती है"—सबकी चिट्ठी लिखने वाला नन्हा विद्वान, अकलू कहता था! यह अपनी कमाई के पैसों से रात्रि-पाठशाला जाता था! घर से बस इसीलिए भाग आया था कि दसवीं के इम्तिहान के दिन ऐडमिट

कार्ड 'गाँव' ही छूट गया! तैयारी करने गाँव गया था : छपरा हाई स्कूल से! इम्तिहान देने वापस छपरा चला। दस बजे से इम्तिहान! आठ बजे घर से चला। एक घंटे की दूरी थी! आधे रस्ते पर याद आ भी गया कि ऐडमिट कार्ड घर पर ही छूट गया! बाप बगल में थे—पर बाप की दहशत बाप से ज्यादा बड़ी थी! मुँह से बकार ही नहीं फूटा कि कुछ कीजिए, मुझसे तो हो गयी गलती, बिना ऐडमिट कार्ड के इम्तिहान दूँगा कैसे! शशोपंज में ही बस का सफर कट गया! पिता स्कूल-गेट पर छोड़ कर गये कि नौनिहाल कुछ करके लौटेगा और नौनिहाल मार की दहशत से जूझता दूर के बब्बन चचा के पते पर सीधा दिल्ली भाग आया! परदेसियों के पते तो पेड़ के पत्तों से ज्यादा उड़न छू! अब कहाँ उस पते पर बब्बन चचा...फिर बेघरों की आपसदारी ने ही पनाह दी! हाथ में हुनर था! बाजरे की बालियाँ और दूसरी ऐसी ही चीजें—नन्हा मटका-वटका रंग-वंग कर सुंदर गुलदस्ते बनाता और दिल्ली हाट के बाहर की पार्किंग में अपनी छोटी दुकान भी सजाता! पुलिस कभी-कभी कनखिया देती पर उसके मुँह पर एक पढ़ाकू बच्चा होने का जो ताव था--उससे उसने एक इज्जत भी अख्तियार की थी! अपनी टूटी-फूटी अँगरेजी में वह विदेशी पर्यटनों को आस-पास का इतिहास भी पढ़ा देता! गाड़ियाँ साफ कर देता! बाकी समय कुछ-कुछ पढ़ता भी! बहुत ज्यादा झूठ-झाठ बोलना उसके स्वभाव में नहीं था, पर वह कहाँ का है, कहाँ की कला है यह—इस बारे में सच बोलने की हिम्मत उसको अब तक नहीं जुट पायी थी! 'बिहारी' दिल्ली में एक गाली का नाम था! भागलपुर से टसर सिल्क की साड़ियाँ-कुरते ला-लाकर सब बिहारी व्यापारी यही कहते कि वे छत्तीसगढ़ से आए हैं! वे बिहार के हैं—ये सुनते ही लोग नाक-भौं चढ़ाकर उठ जाते, छीन लेते सामान या औने-पौने भाव में खरीदकर एक ओर धकिया देते।

जिन बब्बन चचा को ढूँढ़ता-ढाँढ़ता वह दिल्ली आया था, एक दिन उसको यमुना बाजार के उपरिगामी पुल के नीचे सैकड़ों बुझे-मुरझाए चेहरों के बीच दीखे! दो-चार-छह की टोली में बैठकर गांजा, चरस, स्मैक पीते हुए!

पुलिस की मार से बचना था और हवा की मार से भी! चादर की ओट करके वे कश लगा रहे थे! माचिस की तीली बार-बार जलानी पड़ती थी! खतम हो गयी तो सामने से गुजरते हुए इस लड़के से माँगी! सोचा भी नहीं था कि ये अकलू होगा, नशे में ठीक से पहचान भी नहीं पाए, पर अकलू की आँखें कैसे धोखा खा सकती थीं!

लाद-वादकर उनको अपनी ही खोली में ले आया और अब वे भी डॉ. कक्कड़ की डी-एडिक्शन-कैम्प के मरीज थे! कभी खूब रोते थे कि हाय, नशे की लत ने रसोइये की अच्छी-भली नौकरी छुड़वा दी! कभी हँसते थे कि मस्ती भी खूब की—"मेरे सभी साथी नशा करते थे लेकिन रहते थे सज-धजकर! हमारे पास एक-एक जोड़ी

कपड़े थे! हम इन्हें सुबह-सुबह साफ कर सुखा लेते और कभी-कभी इस्तिरी भी करा लेते! एक रिक्शे को हम दो साथी मिलकर दो पालियों में चला लेते। चौबीस घंटे का किराया रिक्शा मालिक लेता 25 रु.! दोनों मिलकर आधा-आधा दे देते! मैं रात में बचे पैसे अपने साथ नहीं रखता, उस साथी को दे देता जो रात में रिक्शा चलाता! नशे के बाद शरीर की सुध नहीं रहती! अभी हाल में ऐक्शन का जूता खरीदा था, उसे सिरहाने रखकर पार्क में सोया था, किसी ने मार लिया...बहुत से लोग रात में ग्यारह बजे के बाद ही काम करते हैं, समझे!'' वे अकलू को समझाते और हँसने लगते! साहिल इन सबका गुरु था-साहिल उस्ताद! उसका इतना ज्यादा पढ़ा-लिखा होना इन सबकी दोस्ती में कभी आड़े नहीं आया–उसकी यह खूबी मुझे छूती थी।

× × ×

पर 'छूना' शब्द से मुझको नफरत थी–और लोग तो ऊपर-ऊपर ही छूते थे और छूकर छोड़ देते भी थे, पर यह तो मेरा मन भी छुए लेता था...और देर तक पिंड ही नहीं छोड़ती थी ये वाली छुअन! इसीलिए मैं उसे छोड़कर चली आई। ठीक ही किया!. ..अब मैं कितनी स्वतंत्र हूँ!

ये तो शीरीन जान ही गई थी कि उसके अर्द्धविक्षिप्त भाई, शाहिद की संतान एक झटके मेरे गर्भ में यों आ गिरी थी ज्यों आँधी में आम का टिकोला–टप! आई.पी.एस. में अपने चुनाव के बाद जब अपनी पहली पोस्टिंग पर वह बिहार आने लगी, एक बार ही तो उसने मुझे पूछा–

"तू चाहे तो, मेरे संग वहीं चल सकती है!" और मैं एकदम से मान गई!

दौड़ती-भागती साहिल के संस्थान पहुँची–कहकर तो देखूँ कल मुझे दिल्ली छोड़ देनी है, हमेशा के लिए!

शाहिद मियाँ की मटकापीरी : एक मनःसंवाद डीटीसी बस की खिड़की से

4 मार्च, 2006

पूरे तीन बरस मैं शीरीन के पिता के घर हाउसकीपर रही! अब उस घर के सब राज़ मुझपर अयां हैं!

शाहिद तो, खैर, एक विक्षिप्त से आवेग में मेरी कोख हरी कर गये और मैंने भी जाने क्या सोचकर गर्भ गिरवाया नहीं! नीमपागल है तो क्या, तत्त्वतः तो यह आदमी बुरा नहीं, कई दिमागदारों से ज्यादा भोला और निष्पाप है : इतना मैं तीन वर्षों की तीमारदारी में अच्छी तरह समझ चुकी थी।

शीरीन प्रशिक्षण का हैदराबाद-सत्र पूरा करके अभी दिल्ली लौटी थी! जब मेरे हामिला होने की बात उसे पता चली, कुछ देर को तो वो अकबका गई जैसे अपने भाई की खातिर क्षमाप्रार्थी हों...पर जब मैंने आश्वस्त किया कि मैं बहुत रंज या परेशान नहीं—ऐसे-ऐसे विकट पुरुष और अर्द्धमानव मैंने अपने जीवन में देखे हैं कि उनकी तुलना में शाहिद की दीवानगी मुझको प्यारी ही लगती है...कभी किसी पुरुष के सहारे माँ बनने की ख्वाहिश थी...और मैंने सोचकर देखा है कि शाहिद के बच्चे की माँ बनना और किसी की पत्नी बनने से अच्छा है...इसमें मुझे फायदा यह है कि पेट के बच्चे के साथ एक पला-पलाया बच्चा और बोनस में मिल जाएगा—शाहिद के रूप में। अपनी टक्कर के मर्द तो अभी इस धरती पर जन्मे नहीं: लोग या तो राकस हैं या फिर बुतरू! राकस से तो बुतरू ही बेहतर!

मैं जिस रोज बहुत परेशान रहती, शाहिद 'भगानजी' बनकर चुपचाप कोने में बैठ रहते। 'भगानजी' माने 'भगवानजी', पहले अल्लाह मियाँ बनते थे, फिर किसी ने समझाया कि बंदे अल्लाह नहीं बन सकते तो वह भगानजी बनने पर राजी हुए! अम्मी के सब हिंदू देवता शाहिद मियाँ के खिलौने थे! जबसे उनके बक्स का ताला टूटा था, शाहिद के 'भगानजी' का आसन वहीं बन गया था। उस पर ही बैठे-बैठे वे

जीवन-जगत् के रहस्य सुलझाते और मूड होता तो, धाराप्रवाह भाषण में ढेर-सी पहेलियाँ बूझते-बुझाते! मेरा मन बहल जाता और उमड़ भी आता!

''पढ़ते-पढ़ते ही तो पगला गये थे भाईजान!'' शीरीन एक दिन खुली," नेतरहाट के इनके टीचरों ने नौवीं कक्षा में ही इनको बारहवीं की बोर्ड परीक्षा दिलवा दी थी और पूरे राज्य में सातवाँ स्थान लाकर जब ये मेसाचुटस गये, गणित के ऐसे नये सूत्र इन्होंने ईजाद किए कि प्रोफेसर भी चकरा गये...स्वभाव भी इतना मासूम और निस्पृह कि अमरीका में कुछ लोग इन्हें 'यंग जीजस' कहते—सुंदर व्यक्तित्व, छाती तक उमड़ती हुई मुलायम दाढ़ी, भावतरल आँखें। लड़कियाँ इन पर फिदा रहतीं...जो पास आती, वे उसको अपना ही लेते। इस पर गदर तो मचनी ही थी—तरह-तरह की चिट्ठियाँ घर पर आने लगीं...मैं तो छोटी थी, पर एक दृश्य याद है मुझे कि छुट्टियों में शाहिद भाई घर आए थे या शायद उनको बुलवाया गया था और अम्मी-अब्बू की कचहरी में किसी बड़े तनतनाते प्रश्न का उत्तर अद्भुत मासूमियत से दिया था उन्होंने, बड़ी-बड़ी, भूरी आँखों में पानी भरकर बिल्कुल स्थिर कंठ से बोले थे—

'कोई प्यास की बात करे तो आप तनकर खड़े कैसे रह सकते हैं...इधर-उधर दौड़ेंगे तो—ये ढूँढते हुए कि क्या है भला आपके पास जिससे प्यासे का गला तर हो जाए...

'अच्छा तो आप मटका पीर हैं!' अब्बू दहाड़े थे, 'जीनियस होने का मुगालता हो गया है! चुपचाप काम कीजिए, डिग्री लीजिए, काम-धंधे से लगिए, शादी कीजिए और जिनसे कीजिए, उनके ही होकर रहिए! सोचिए, हम आपकी अम्मी के होकर नहीं रहते या आपकी अम्मी मेरी होकर नहीं रहतीं तो आपकी दुनिया क्या होती! दुनिया के सब मर्द-औरत मटके की तरह इधर-उधर उलटते ही रहें तो दुनिया कैसी हो जाए—सोचिए जरा—नदियों में पानी की जगह सीमन बहा करे, कोई कमिट्मेंट नहीं, बस आवेग...इस जंगलराज में कौन सुखी रह पाएगा!''

इस बात पर शाहिद भाई कुछ देर गुमसुम-से रहे, फिर बोले, 'कमिट्मेंट ... मैं चाहता हूँ कमिट्मेंट, चाहता हूँ कि मैं पहचानूँ चेहरे, लेकिन चेहरे मुझे याद नहीं रहते...जो भी मुझसे मिलने मेरे कमरे तक आती हैं, मैं उनके साथ अदब से पेश आता हूँ, गौर से देखता हूँ चेहरा, सुनने की कोशिश करता हूँ, ये क्या कह रही हैं...फिर मैं रोबट-सा हो जाता हूँ...भीतर जमीन दरकने लगती है...एक ज़लज़ला-सा आ जाता है, ...चेहरा हाथों में लेकर सोचने लगता हूँ—ये कौन है...और फिर चेहरा गुस्से में तनता दिखाई देता है।'

इस बात पर अब्बू का दिमाग ठनका होगा! एम्स ले गये उन्हें—बड़े डॉक्टरों से दिखाया, प्रायः सबने ही कहा—मस्तिष्क का आई.क्यू. वाला खंड तो बेहद विकसित

है, लेकिन इमोशनल कोशेंट वाले खंड में मकड़ी के जाले उभर आए हैं—एक विराट् शून्य उपज रहा है!...ऐसे में बाहर कैसे भेजा जाता! यहीं पर इलाज हुआ! हिंदू कॉलेज में दाखिला भी...लेकिन जो होना था, होकर रहा...धीरे-धीरे शाहिद भाई दीवारों पर हिसाब बनाते और पेड़ों को थर्मोडायनामिक्स के कठिन सवाल समझाते देखे जाने लगे...अमरीका प्रवास के दिनों में इन्होंने दर्शन और साहित्य भी काफी पढ़ा-पचाया था, रह-रहकर उलटबाँसियाँ भी लगे बोलने...और धीरे-धीरे स्थिति यह हो गयी कि कमरे में बंद करके रखना एकदम जरूरी हो गया...तेईस बरस की उम्र में ये फिर से बच्चा बन गये...अम्मी ने सँभाला किसी तरह...पर उनके बाद अब ये तुम्हारे हवाले हुए, तारा! देख लो, सँभाल सको तो...अम्मी को आखिरी दम तक उम्मीद रही कि अगर कोई इन्हें ऐसी मिले जिनको ये 'पहचान' लें तो धीरे-धीरे अच्छे हो जाएँगे... हमने भी अब तक आस नहीं खोई है क्योंकि बीच-बीच में ये ढाई मन की एक सूफियाना बात भी कह जाते हैं...अब्बू का तो मानना है कि ये इनके इल्हाम का मौसम है...कभी इस गड़बड़ी से जागे तो पक्का फकीर-औलिया ही हो जाएँगे!" शीरीन की कत्थई आँखों में घनी बरौनियों का साया एक बार फिर झिलमिलाया जब उसने पलकें उठाकर गिरायीं और खिड़की के बाहर लगी देखने!

× × ×

"दिन-भर अम्मी पर रोब छाँटते फिरने वाले अब्बू उनके बिस्तर पकड़ते ही ऐसे टकुए-से सीधे हो जाएँगे और इतने ममतामय—ये किसने सोचा था! कोई एक टेक चाहिए होती है मर्द को जिस पर वह इतना उछलता है, एक बार वह मिट गयी तो फिर दुनिया ही मिट जाती है जैसे!" कहते-कहते शीरीन ने आँखें मूँदकर कुर्सी के पीछे सिर टिका लिया और मैं सोचने लगी : बचपन से अब तक चकलाघर, हॉस्टल और होटलों की अफरा-तफरी भरी जिंदगी झेली और अब घर मिला तो कैसा! जो औरत घर की धुरी थी, मृत्यु शय्या पर है वो! उसकी जगह मुझे फिट करना चाहते हैं सब कि सिलसिले चलते रहें, हालाँकि कोई किसी के बहुत करीब नहीं। हर व्यक्ति अपनी ही दुनिया में गुम! अम्मी की क्षींण उपस्थिति ही है जो सबको ऐसे जोड़े हुई है वरना वह 'बिग बैंग' कब का घटित हो जाता जो आज के समय में हर घर में देर-सबेर घटित हो ही जाता है!

खालिद मियाँ का घर जेएनयू का 'टेफ्ला' ही मानो! शीरीन महाव्यस्त अफसर! एक तरफ सरकारी काम-काज, दूसरी तरफ डॉ. कक्कड़ से लगातार इस पर बहस कि अब दिल्ली की अपनी जमी-जमाई प्रैक्टिस छोड़कर उन्हें बिहार में ही एक बड़ा-सा अस्पताल खोलना चाहिए। शाहिद मियाँ खुदा से अपना हिसाब-किताब बराबर करने में जुटे रहते थे! एक डॉक्टर अंसारी थे बस जो फिलहाल कुछ नहीं करते थे! कुछ नहीं

करने की कला खूबसूरती से साध ली थी उन्होंने! प्रैक्टिस-वैक्टिस तो कब की छूट गयी थी—इक्का-दुक्का मरीज आ जाते तो उनसे हाल-चाल पूछते, बाकी समय या तो शून्य में निहारते या शराब पीते-पीते लुढ़क जाते।

मैंने सुन रखा था कि ये गाते अच्छा थे! तहखाने से उठाकर उनका हारमोनियम लाई। धूल-वूल झाड़कर बैठ गयी सामने—एक सूफिया कलाम छेड़ा जो कभी माँ के कोठे पर सुना था और कहा—''साथ दीजिए!'' अंसारी चकित रह गये—'इतनी हिम्मत इस बित्ते-भर की लड़की में! मेरे बच्चों की तो हिम्मत नहीं होती कि मुझसे खुलकर बोलें और ये कल की आयी...मेरी ही यादों की धूल झाड़ने बैठी है।"

"चौंकना 'गेटवे ऑफ इंडिया' है! एक बार अगर किसी को चौंका दिया तो फिर उससे दोस्ती होने में ज्यादा देर नहीं लगती!" मैंने हँसते-हँसते शाम को खाने की मेज पर कहा और शीरीन भी दंग रह गयी देखकर कि अब्बू और शाहिद—दोनों देखते-देखते मेरे 'अच्छे बच्चे' बन गये हैं, एक इशारे पर खाना-पीना, गाना-बजाना सब करते हैं! पर साथ-साथ नहीं गाते! "अब्बू जब गाते हैं, शाहिद भाई कोने में सिमटकर देखते हैं कि मैं फिलहाल उनकी ओर ध्यान नहीं दे रही और गुस्से में जो मिलता है, उठाकर फेंक देते हैं!...गाना अजीब ढंग से बंद हो जाता है!...इसका भी एक उपाय निकाला है मैंने! शाहिद मियाँ को सुलाकर मैं छत पर डॉ॰ अंसारी से उनके कलाम सुनती हूँ।"

कभी-कभी अन्त्याक्षरी, साँप-सीढ़ी और कैरमबोर्ड भी छिड़ जाता और उनकी हर अनूठी हार-जीत और उठा-पटक पर चाँद झमाझम बरसता! मेरी नाक की लौंग भींग जाती इस चाँदनी में और अंसारी साहब का चश्मा—देर तलक तब वे शीरीन की अम्मी के किस्से सुनाते और मैं परेशान होकर सोचती रहती कि जब इतना प्यार करते ही थे तो जीते-जी उनको वह मान क्यों नहीं दिया जिसकी वे अधिकारिणी थीं! का बरसा जब कृषी सुखानी! लेकिन फिर अंसारी साहब पर दया भी आती—दुर्व्यवहार सहने वाले से ज्यादा दयनीय दुर्व्यवहार करने वाला होता है क्योंकि दूसरे की निगाह में गिरने के साथ-साथ अपनी निगाह में भी गिरना पड़ता है उसे—ऊपर से जितनी भी शेखी बघारे, पर 'द हार्ट नोज', दिल दूध का दूध, पानी का पानी करके नहीं चूकता!

× × ×

डॉ. कक्कड़ से लगातार पूछा करती हूँ : शाहिद मियाँ ठीक तो हो जाएँगे, और वे तरह-तरह के किस्सों से मुझको बहलाकर इसी निष्कर्ष पर हर बार उसे अकेला छोड़ जाते हैं कि ऐसे केसों के बारे में निर्णयात्मक ढंग से कुछ भी कहा नहीं जा सकता!

उस दिन उन्होंने जेम्स ज्याएस की बेटी, ल्यूसिया ज्याएस की कहानी सुनायी : "पैरिस-प्रवास के दौरान युवाबेकेट की अधिकांश शामें ज्याएस के डिक्टेशन लेते हुए

बीतती थीं! उन दिनों ज्याएस की आँखें बहुत कमजोर हो गयी थीं और बेकेट उनके काम आना अपना सौभाग्य समझते थे। इस नियमितता से वे हर शाम ज्याएस के घर जाते कि साहित्यिक बिरादरी में यह प्रवाद फैल गया कि वे ज्याएस के प्राइवेट सेक्रेटरी हो गये हैं!"

1926 की यह बात है! खूबसूरत लूसिया उन दिनों अट्ठारह साल की थी! पता नहीं क्यों, उसे लगता कि बेकेट उसके पिता से नहीं, उससे मिलने आते हैं। एक दिन पूरी शाइस्तगी के साथ बेकेट ने इस भ्रम का निराकरण किया पर उसकी खुशफहमी मिटी नहीं! यही वह समय था पेगी गगेरहीम (एंडगेम की 'मदर पेग') भी उनको प्रेम के पैगाम भेज रही थी, और वे द्वंद्व में फँसे हुए, दोनों को टाल रहे थे!

जून 1988 में ज्याएस के पोते, स्टीफेन ज्याएस ने वेनिस के 'जेम्स ज्याएस सिम्पोजियम' की खचाखच सभा में सबको चौंका देने वाली घोषणा की कि बेकेट से पूछकर उन्होंने अपनी बुआ दादी (लूसिया ज्याएस) की तीन चीजें नष्ट की थीं—बेकेट के नाम भेजा एक तार, एक कार्ड और एक चिट्ठी : 'हम दोनों नहीं चाहते थे', उन्होंने कहा, "कि मेरी परितप्त दादी के एकतरफा इश्क का मजाक़ दूसरे उड़ाएँ! पूरे 50 बरस—1932 से 1982 तक नॉरथैम्पटन के ऐंड्रूस अस्पताल के मेंटल वार्ड में वे रहीं—और गयीं भी तो सिसकती हुई, हालाँकि हमदर्दी और दोस्ती का रिश्ता बेकेट लगातार बनाए रहे। विश्वयुद्ध के दौरान तो नाज़ी-प्रभुत्व में तड़फड़ाते फ्रांस से उनको निकालकर इंग्लैंड भी लिए गये—पर बुआ दादी को तो कुछ सुध ही नहीं थी कि क्या हो रहा है, उनको नहीं अच्छा होना था। वे नहीं अच्छी हुईं। हाँ, बेकेट को इस बात का संतोष बेशक रहा कि अच्छे मित्र का फर्ज निभाने से वे कभी नहीं चूके!"

छोटा-सा यह वाकया मेरी खातिर गूढ़ संकेतों से भरा था, पर अपने स्वभाव से मजबूर, मैंने तत्काल संकल्प लिया कि वह अपनी सेवा-सुश्रूषा और हमदर्दी से मैं शाहिद को अच्छा करके रहूँगी! बेकेट जो नहीं कर पाये, जरूरी नहीं है कि तारा की खातिर भी संभव नहीं हो वह काम!

मैं पढ़ाकू लड़की थी! धंधा भी जिन दिनों किया था, खूब किताबें खरीदी थीं—खासकर जीवनियाँ! उनमें से एक जीवनी चार्ली चैपलिन की थी! शाहिद और चार्ली चैपलिन में भौतिक समानता तो बिल्कुल नहीं थी—छह फुटे शाहिद का चेहरा तो टॉम क्रूज़ से मिलता था पर भंगिमाओं में कुछ ऐसा अटपटापन और हँसमुख उदासी थी कि उससे मिलते ही मुझे चार्ली चैपलिन याद आया! मैंने उनकी ओर हाथ बढ़ाया तो वे तीन कदम पीछे हटे और पाँच कदम बाँयें! फिर शाही अंदाज़ में मुस्कुराकर बैठ गये!

काफी रहस्यात्मक उनके कार्य-कलाप होते थे! सुबह-सुबह ढेर-सारे फूल बटोर

लाते और उन्हें जोड़-जोड़कर अक्सर एक शब्द ऐसा लिखते जिसमें मैं अपने मन में उमड़ते प्रश्नों का उत्तर पा जाती! कभी कोई कागज लू में उड़ता आता तो उसे मेरे सामने ऐसे खोल देते मानो उसमें उनकी खातिर प्रकृति का कोई पैगाम छुपा हो। मैं उनका चेहरा देखती ही रह जाती।

बाप का गला पाया था! गाते थे अच्छा! एक-से-एक सूफि कलाम उन्हें कंठस्थ थे, पर गाते थे अपनी मर्जी से, किसी के इशारे पर नहीं! कई उस्ताद आए और चले गये! और अंत में आयी मैं जो खुद एक सूफिया कलाम का डिस्को संस्करण थी।

कहने को तो मैं उनकी आया थी—उनके खाने-पीने और दवा-दारू की ही खातिर मुझे आउटहाउस में रखा गया था, पर दोनों की दोस्ती सधने में वक्त नहीं लगा! उम्र में बड़े होने के बावजूद, मन से शाहिद बारह बरस का बच्चा ही थे। उनका मन लगाने को मैं कभी नाव बनाती, कभी खरगोश, कभी घोड़ा बनती, कभी अम्मा।

एक तरह का विराट् शून्य थे शाहिद मियाँ और खुद मैं थी गिनती के बाहर झड़कर बाहर आयी संख्या, एबेकस की एक इकाई! शून्य और इकाई का जोड़ा एक खिलवाड़ी जोड़ा था और एक उदास जोड़ा भी—शून्य को पता नहीं था कि वह टँगे कहाँ और इकाई उसको भर पाँजा पकड़े नाक की सीध में ही दौड़ी जाती थी!

आर्यभट्ट संस्थान : पिरिथिमी झूठी?

4 मार्च, 2005

तो दिल्ली छोड़ने के दिन भीगती-भागती साहिल के संस्थान तक पहुँची। रास्ते में एक भीगी बिल्ली टकरायी और एक भारी भरकम रूसी दीखा जो शायद सरोजनी नगर के 'एक्सपोर्ट सरप्लस' से सस्ते स्वेटर खरीदने आया हो! जबसे साहिल का साथ हुआ था, हर रूसी में मुझको अंतोन चेखव, मैक्सिम गोर्की, तॉलस्तॉय, मायकोवस्की वगैरह दिखायी देते। जाने कैसे हमारी आँखें मिलीं और वह रूसी मुस्कुरा दिया! बेमौसम बरसात की तरह अपरिचित मुस्कान, पता नहीं, किस लोक से आती है—उसमें एक अजब तरह का रहस्य होता है!

फुटपाथ पर सजा बाजार जल्दी-जल्दी उठ रहा था! फुटपाथ की इन दूकानों की खातिर बरसात भी नगरपालिका का दूकानफोड़ ट्रक ही है पर इसमें रमावती का सार्वजनिक चौका और अधिक गुलजार हो गया था! सब रिक्शेवाले और देहाड़ी मजदूर लिट्टी- चोखा-चटनी की गंध से मताए हुए उसकी कनात में आ सिमटे थे! भूखों को खाना खिलाने का संतोष रमावती के सुंदर, तंबई चेहरे पर पसरा पड़ा था! अपने जमाने की रूपगर्विता ही थी यह औरत—सूर्यास्त के पहले का आकाश अपनी पूरी आन-बान के साथ इसमें उतर आया था! दो ईंटों की अपनी पिढ़िया पर मिट्टी के चूल्हे के सामने बैठी हुई भी यह राजरानी ही लगती थी। एक बार साहिल बोला था—घास की रोटियाँ पकाती हुई राणाप्रताप की रानी शायद ऐसी दीखती हो : 'तीन बीर खाती थी सो तीन बेर खाती है' वाला चक्कर! भूषण और घनानंद भी अद्भुत थे!

और किसी से मिलूँ न मिलूँ—दिल्ली छोड़ने के पहले एक बार साहिल से मिलना जरूरी था!

कामना किताब के पन्नों में दबी-दबी मुरझा जाए तो भी पीली नहीं पड़ती, कत्थई की कत्थई रह जाती है। मैं उसकी कामनाओं का आदर करती थी, क्योंकि उन पर अंकुश रखने का धीरज था उसके पास! यह धीरज पुरुषों में कम देखा है मैंने। जिनमें

देखा है—उनके ही नाम अपनी एक पतली-सी गोपनीय डायरी में दर्ज किए हैं। कभी-कभी इनसे बात कर लेती हूँ—खुद डायल करके। बाकी से अपनी पहल पर बात नहीं कर पाती, पर सुन सबकी लेती हूँ।

शीरीन कहती है, भाषा मेरी ठीक-ठाक है, आदमी की पहचान भी ठीक-ठाक! अँगरेजी अम्मा ने मिशनरी स्कूल में पढ़ाया था। देखने में ठीक थी, इसलिए अक्सर विदेशी मेहमानों को सप्लाई होती! और उमर कम थी, इसलिए मुझमें वात्सल्य के सूत्र भी ढूँढ़ लेते वे कभी-कभी! मेरी उमर की अक्सर उनकी बेटियाँ होतीं जिनकी उन्हें याद भी आती। एक साहब तो, खैर, इतना दयालु था कि प्यार-व्यार करने के बाद उसने मुझे बिस्कुट खरीद दिए और किताबें भी! उसका पता मैंने बहुत दिन सँभाल कर रखा! उसी ने कहा था कि कभी कोई काम शुरू करना चाहूँ तो ढेर-से पैसे भेजेगा।

मरने के पहले माँ कह गयी थीं—'बेटा, किसी तरह पढ़ लेना!' उसका बस चलता तो मुझे पहले ही दिन से हॉस्टल में रखकर पढ़ाती! ले भी गयी कहीं ऐडमिशन के वास्ते! फादर ने जब इंटरव्यू के लिए कोने में अकेला बुलाया, मैंने फट फ्रॉक उठा दी, बोली—'चलना कहाँ है?' चार-पाँच की ही रही होऊँगी तब, अम्मी को ऐसे ही करते देखा करती थी! जब कोई पास बुलाता, उसको साड़ी उठानी ही होती! और अक्सर काम ज्यादा होता, सो बातों में वक्त जाया नहीं करती, झट कहती—'चलना कहाँ है?' जाने को जगह नहीं होती तो अक्सर मुझको ही खटिया के नीचे सुलाकर ऊपर वह आँधी-तूफान झेलती और फिर झट पल्लू से जाँघें पोंछती हुई, कहती—"चल आ, बाहर आ जा, बेटी, चलते हैं चौक पर—जलेबी खिला लाऊँ!"

साहिल भी एक दिन जलेबी लेकर आया था—पुरइन के दोने में!...एक दोस्त की तरह मुझको वह हरदम अच्छा लगा है, पर ठीक-ठाक सूरत-फूरत वाली लड़की की दोस्ती से संतुष्ट होने वाले भला कितने होते हैं? एक बार प्रेम पा लेने की जोरआजमाइश तो हर कोई कर लेता है! मैंने सोचा—यह तो रिचुअल है, मना भी करूँगी तो कोई मानेगा नहीं, इसलिए कर लेने देती हूँ शौक पूरे। और मैंने साँस रोक ली...साँस रोककर, दाँत भींचकर देह धँगवा लेने में मैं तो बचपन से माहिर हूँ—अब मुझको खास कुछ नहीं लगता, तीन मिनट की बात होती है। तीन मिनट तो ट्रैफिक लाइट पर भी कट ही जाते हैं—हाँ, लेकिन ऊब और थकान की हल्की-सी परत उतर आती है चेहरे पर! यही परत शायद साहिल को बर्दाश्त नहीं हुई और छिटककर वह दूर-सोफे पर जा बैठा!...तब से अब तक उसने फिर पास आने की कोशिश नहीं की और दूसरों की तरह मन-भर का मुँह भी नहीं लटकाया। एक हल्की उदास, फिर भी हँसमुख दोस्ती बनाए रखी जो मेरे जैसी लड़कियों की खातिर जाड़े की नर्म धूप है। एक बड़ी नेमत।

इसीलिए दिल्ली छोड़ने के पहले उसके संग एक दिन बिताना जरूरी था।

अभी मैं 'आर्यभट्ट' के दरवाजे पहुँची ही थी कि सामने से इंद्रकांत झा आते दीख गये—"अरे, बहनजी, आप...साहिल ने दरवाजे के बाहर यह बेंच क्यों बिछा रखी है, पता है? छुपकर लेक्चर सुनने वालों की सेवा में! अक्सर मैं भी यहीं बैठकर उसका इंतजार करता हूँ, मगर आज तो कर नहीं सकता! आपातकाल है, बहनजी! एन.डी. एम.सी. वाले पूरी झुग्गी में हड़कंप मचाए हैं! मंडल बाबा की ठेला गाड़ी तोड़-ताड़ दी! स्कूल के रस्ते में ही खदेड़न के लड़के को धमकाया कि लौटकर आएगा तो 'घर' नहीं मिलेगा!...जुलमिया पुलिसिया से निबटने में साहिल ही निष्णात है। मुझ अकेले को वे लावा-दुवा भिखारी पाँड़े ही मानते हैं।"

× × ×

पुलिस से निबट-जूझ कर हम डीटीसी बस में चढ़े तीन स्टॉप बाद दो लोगों के बैठने-लायक जगह मिल गयी, बस की छतवाली रॉड पकड़े-पकड़े झा जी ने दलित-विमर्श के बरअक्स एक छोटा-सा निर्धन-विमर्श भी सुनाया जो संयोग से ब्राह्मण-विमर्श भी था। साहिल उन्हें बता चुका था कि दिल्ली में यह मेरा आखिरी हफ्ता था, 'आधारशिला' की एक शाखा शीरीन ने बिहार में भी खोलने की सोची है, वह अब मैं ही देखूँगी, कि मेरा ये भी मन है कि बिहार का नैतिक भूगोल कुछ तो मैं विस्थापित बिहारियों के संस्मरणों से जानूँ-समझूँ। इसी पर उत्साहित होकर वे 'मिथिला महान' पर बोलने लगे और फिर दरभंगा के दीन बाबाजियों पर! कलकत्ता के तारा-पार्क में उनके महामिलन की कहानी भी सुनाई। एक पुरोहिताई के पीछे होने वाले पचपन झकाझूमरों की कहानी! मिथिला का कोई भी ब्राह्मण अपने को मंडन मिसिर, वृद्ध वाचस्पति या कम-से-कम महेंदर मिसिर से कम तेजस्वी तो समझता नहीं! प्रायः हर घर में अतीत-गौरव का पोषण करने वाले ग्रंथों की पांडुलिपियाँ भी हैं जो उनकी भूखी आल-औलादें अमरीकियों को मुँहमागे दामों पर बेच देती हैं तो साल-दो-साल बैठकर खाने का खर्चा जुट जाता है! गाँव के गाँव खाली हो रहे हैं : पांडुलिपियों से, लोगों से! गाँवों में बच गये हैं केवल वृद्धजन, विधवाएँ और कुँवारी लड़कियाँ जिनके विवाह की चिंता में भाई-बाप मारवाड़ियों के घरई मंदिरों में 'रसोइया पुरोहित' की नौकरी की खातिर सौ-सौ जानों से कुरबान हैं!

मारवाड़ी भी विस्थापित और बिहारी पुरोहित भी—बंगाली-वर्चस्व के खिलाफ एक धनी और एक गरीब विस्थापित एक-दूसरे को टुकुर-टुकुर देखते हुए कुछ तो जरूर सोचते होंगे! लेकिन धनी आदमी के पास धन का तो ठस्सा होता है, इन गरीब लोगों के पास क्या होगा—थोड़ा-सा जातीय अहंकार और एक पोटली अधकचरा ज्ञान पूजा-पद्धतियों और मंत्रों का—अस्मिता की लड़ाई में जिसको ये क्विकज़ोटिक तलवार

की तरह लगातार ही भाँजते हैं : कभी शतचंडी यज्ञ, कभी शनि-पूजा, कभी नवग्रह-पूजन, कभी महामृत्युंजय का अभंग पाठ, कभी बगलामुखी, कभी ये, कभी वो...एक अदृश्य, आधिभौतिक लड़ाई के ये जनप्रिय आयुध (ढेर-सारी फुर्सत और ढेर-सारी बेचारगी के पिछवाड़े) निर्माल्य के रूप में ढेर-के-ढेर जमा होते तो हैं! फिर भी किसी का किसी पर कोई वश चलता नहीं!

'दिल को खुश रखने का, गालिब,
ये खयाल अच्छा' जरूर है

—झा जी बोले और हँसने लगे अपनी चेखवी हँसी!...अगले स्टॉप पर तो वे उतर ही गये।

मैं और साहिल जेएनयू के टेफ्ला तक गये—हमारी प्रिय बैठकी! फिर जाने मुझे क्या सूझा कि मैं बोली—

"क्या तुम कभी बिहार वापस जाने की नहीं सोचते?"

"नौकरी कहाँ है वहाँ? कोचिंग इंस्टिच्यूट भी मुश्किल से चल पाएगा! सब मुँह उठाए दिल्ली ही आना चाहते हैं।"

" 'आधारशिला' में तुम जैसे युवकों की जरूरत है।"

"विदेशी अनुदान से चलने वाली समाजसेवी संस्थाओं में मेरी आस्था नहीं बनती!...सी.पी.एम. का कार्डहोल्डर रहा हूँ।"

"और उपाय भी क्या है--फिलहाल! हाथ पर हाथ धरे बैठे रहने से तो अच्छा है--कुछ किए चले जाना...फिर इस बार तो मुद्दा वेश्याओं को रोजगार के वैकल्पिक साधन सुझाने का है और उनके बच्चों की खातिर ऐसा आवासीय विद्यालय खोलने का जहाँ वे नए जीवन की शुरुआत का सपना बुन सकें...।"

साहिल को मेरी पृष्ठभूमि का पता था, इसीलिए इस पर कुछ बोला नहीं—चायवाले छोटू के साथ लगा कुछ हँसी-ठट्ठा करने...बच्चों से छेड़-छाड़ करते रहने की उसकी यह आदत पुरानी है...क्या मैं इसको बताऊँ कि गर्भवती हूँ मैं और दिल्ली छोड़ने के पीछे एक मंशा यह भी कि इस शहर की आपाधापी के बाहर मेरा बच्चा नए सिरे से अपना जीवन शुरू कर सके...।

"क्या तुम कभी कोठे पर गये हो?" अचानक ही मैंने पूछा तो भी वह चौंका नहीं।

"हाँ, गया था! सीपीएम का कार्यकर्त्ता था तब!...लेकिन वहाँ की सुबह मुझे दहला गई! उठा तो नजर आया, एक वृद्धा वेश्या खाँस रही थी अपने टूटे खटोले पर! उसको घुटनों पर लिटाए एक कमउम्र लड़की उसके उलझे बाल सुलझा रही थी।

ज्यों-ज्यों कंघी चलती—गुच्छा-गुच्छा बाल टूटकर इधर-उधर गिरते—कुछ देर दिखलायी देते—फिर जाने कहाँ चले जाते : बिस्तर के नीचे की टूटी संदूकची के पीछे या हवा की बुइयों के पास—एक-एक करके छितराते वे बाल और सघन बहनापे की वह मुद्रा शायद पहली बार औरत के मन के घने रहस्यों में मेरी जिज्ञासा सुलगा गयी!"

"और जब मैं तुमसे मिला—यह जिज्ञासा अपने चरम पर थी। हर चीज को कार्य-कारण से जोड़ने वाला विज्ञानविद् मैं आज़ इतना स्वीकारने को विवश हूँ कि कुछ प्रश्नों का कोई उत्तर नहीं होता। ज्यादातर का होता है, पर एकाध का नहीं होता। लाजवाब लोगों की तरह कुछ सवाल और कुछ स्थितियाँ लाजवाब होती हैं। कम्युनिस्ट आत्मश्रेष्ठता की ग्रंथि से ग्रस्त क्यों हुए—पदानुक्रम तोड़ने वाले दूसरों से खुद को एक पायदान ऊपर क्योंकर समझने लगे! प्रेम क्यों होता है! इस लोक या इस जीवन के पार कुछ है भी या कुछ नहीं है : ये प्रश्न ऐसे ही यक्ष प्रश्न हैं जिनका उत्तर तर्कगम्य नहीं, अनुभूतिगम्य है। कठिन से कठिन मिट्टी में थोड़ी-सी हवा घुली होती है। खारे से खारे पानी में भी थोड़ा-सा वायवीय होता है कुछ! थोड़ी हवाबाजी की छूट सभी चाहते हैं—तभी तो जवां हैं अभी तक चौपालें, चंडूखाने, कॉफी हाउस, चाय के ढाबे और तमाम गपाष्टक गोष्ठियाँ! रोटी, कपड़ा, मकान और थोड़ी हवाबाजी की छूट चाहिए ही, हवाबाजी जिसमें लेखन और गपशप, प्रेम और वे तमाम कलात्मक अभिव्यक्तियाँ शामिल हैं जो बहुत ठोस ढंग से 'उपयोगी' नहीं होतीं, फिर भी जो आत्मा का और मन का आयतन बढ़ाती हैं—फूल-सा खिला देती हैं हमको!"

"जब पहली बार मुझे सारे निग्रह और अथक परिश्रम के बावजूद इंजीनियरिंग की किसी प्रवेश-परीक्षा में कोई स्थान नहीं मिल पाया—ऐसा अवसाद घिरा कि क्या कहूँ! कार्य-कारण संबंध के ऊपर एक कोई एक्स-फैक्टर भी है—इसका एहसास पहली बार शायद तभी हुआ। पर तब उमर कम थी—पूरे सत्रह का भी हुआ नहीं था—इसलिए आत्मविश्वास भी डोला! लगा कि दिमाग ही कम है—कोई जटिल प्रश्न सुलझता नहीं मुझसे! प्रकृति मेरे दिमाग की भी एक टाँग कुतर गयी है! तीन टाँगों की कुर्सी है मेरा दिमाग—सीधा खड़ा रहने को एक दीवार चाहिए पीछे या कोई और सहारा!...ये सहारा भी बाहर जहाँ ढूँढ़ा, मिला नहीं—शुरू में किताबी कीड़ा था! बाद में इंजीनियरिंग कॉलेज गया तो वहाँ सिर्फ एक लड़की थी क्लास में! वह बेचारी इतने अबंडों के बीच आतंकित ही रहती! माँ-बाप की आज्ञाकारी रानी बेटी होगी बेचारी—ब्लैक बोर्ड के सिवा कहीं देखती नहीं थी, लेक्चर के सिवा कुछ सुनती नहीं थी! बाइबिल का वह आप्तवाक्य ही आत्मसात् कर रखा था—'सीइंग दे डोंट सी, हियरिंग दे डोंट हियर!' होलटाइमरी के दौरान स्त्रियाँ मिलीं भी तो दया-ममता लुटाने वाली मातृमना स्त्रियाँ, लेकिन उनके सान्निध्य में जीवन के कई मार्मिक प्रसंग मेरे आगे झक से

उजागर हुए! एक-एक स्त्री मेरी पाठशाला थी! और तुम? तुम तो थीं मेरी आई.आई.टी.जी./यू.पी.एस.ई. जिसके बारे में एक गिरजाघर की दीवार पर 'गॉड नेवर फेल्स' के समानांतर कोयले से किसी ने कभी लिख दिया था—'लेट हिम ट्राई आई. आई.टी.जी./यू.पी.एस.ई.'।

लोड शेडिंग, लालटेन की धीमी जोत, उमस, अम्मा की बाँधी मुसहरी—'बाजूबंद खुलि-खुलि जाए' की लय में बार-बार खुल जाती गंदुमी मुसहरी! अमरीकी सैनिक-दस्तों की तरह रह-रहकर घुस आते मच्छर! भूँजे के खाली कनस्तर! छोटी बलुआही सुराही! लोगों के व्यंग्य-बाण! विफल प्रेम का वह चकरफेर! कोर्स की किताबें और हर तीन-चार घंटे पर अभिभावकीय उद्दंडता से 'कमरा' विजिट करके जीवन की निस्सारता उद्भासित कर जाने वाला वह छनमन वैराग्य! छात्रजीवन के ये सब खुदरा बिंब आज मेरे जीवन का एक विराट रूपक बन गये दीखते हैं!"...कुछ देर हम मुनीरका विहार वाली सड़क पर टहलते रहे! मन थोड़ा तो भारी हो ही रहा था! क्या जानें फिर कभी मिलना होगा या नहीं। मन बदलने के लिहाज से मैंने कहा—"विवाह के बारे में तुमने क्या सोचा?...और सहजीवन के बारे में क्या सोचते हो?"

बात शीरीन और डॉ. स्पंदन कक्कड़ के 'सहजीवन' पर से होती-होती उनकी संस्था 'आधारशिला' पर आकर रुक गई! 'आधारशिला' गरीब और अनाथ बच्चों, अकेली औरतों और अनादृत बूढ़ों का एक अंतरंग संयुक्त परिवार था—एक तरह का लॉज जो आपसी सहयोग से चलता था—विदेशी पैसे नहीं लेता था! पढ़े-लिखे बूढ़े-बूढ़ियाँ ही बच्चों को पढ़ा दिया करते—किस्से-कहानियाँ सुनाते हुए, और औरतें आसपास के कार्यालयों के लिए टिफिन तैयार करके और कुटीर उद्योगों के माध्यम से संस्था का खर्च निकाल लेतीं!

किराया देना नहीं पड़ता था क्योंकि डब्ल्यू.ई.ए., करोलबाग़ की जिस इमारत में यह चलता था—भारत-विभाजन के वक्त वह डॉ. स्पंदन कक्कड़ के पितामह को सरकार की ओर से मिली थी। डॉ. स्पंदन मनोचिकित्सक हैं। अपनी प्रैक्टिस का एक बड़ा हिस्सा वे यहाँ लगा देते हैं! वैसे उनकी माँ, अवंतिका चौधरी, सी.पी.एम. की सांसद भी हैं। किसी अंतर्राष्ट्रीय फंडिंग-नेक्सस में न स्पंदन का विश्वास है, न शीरीन का जिसकी यह संस्था है! हाँ, जनकल्याण विभाग का कुछ सरकारी सहयोग हाँ न करते मिल ही जाता है! स्पंदन माँ के साथ ही रहते हैं—राजाजी मार्ग पर।

शीरीन और डॉ. स्पंदन कक्कड़ बचपन में एक ही स्कूल में पढ़े थे। इस रिश्ते से वे 'आधारशिला' के बच्चों के 'कथासत्रम्' के सम्मानित अतिथि भी रहते। हर शाम अरविंद आश्रम के पास वाले अपने क्लिनिक से ये 'आधारशिला' ही आते—बच्चों को तरह-तरह की कहानियाँ सुनाते। महान प्राणियों का जीवन, भूत-प्रेत, पारलौकिक

अनुभवों से लेकर वैज्ञानिक आविष्कारों, मुकदमों और स्कैंडलों तक के किस्से। दुनिया के क्लासिक्स का भी कथासार कुछ इस ढंग से वे इन बच्चों को सुनाते कि इंतजार करते रहते थे बच्चे कि कब आएँगे भैया। बच्चों से भी ज्यादा किशोर और नवयुवक जो उनमें अपना नायक देखते थे!

मैं 'आधारशिला' का ऑफिस चलाती थी। जबसे शीरीन आई.पी.एस. में चुनी गईं, वह वहाँ ज्यादा समय नहीं दे पाती थीं!

शादी की बात पर एक रौ में साहिल बोलता गया—"पता नहीं—ऐसा मुझमें क्या है कि औरतें मुझ पर ममता लुटाती हैं। और तो और, इस इतनी बड़ी दुनिया में जिस एक स्त्री ने मेरी देह में तरंग-सी जगायी—वह भी मुझे बबुआ ही समझती है!

क्या ऐसा सिर्फ इसलिए कि मेरी एक टाँग बचपन में पोलियो कुतर गया था?

इसी एक टाँग पर, लेकिन, मैं पूरा भारत घूमा! पार्टी की होलटाइमरी भी रही—केरल से कन्याकुमारी तक जब जहाँ कोई जनसंघर्ष होता—पानी की खातिर, सरकारी निर्णयों के खिलाफ, स्थानीय नेताओं के विरुद्ध—मुझे मेरी पार्टी दनाक वहाँ भेजती। 'वार करो तब ही जब लोहा गरम हो'—हमारी स्थायी नीति थी और सेंसेइटाइज करने का ऐसा सुनहरा मौका हम कभी खोना नहीं चाहते थे! बोल-बाल मैं ठीक लेता था! पिता गाँव के हेड मास्टर रहे थे! और बड़े चचाजाद भाई घरमपाल पूरी दलित बस्ती के पहले आई.ए.एस ऑफिसर! वे ही ये गुरु थे! उन्होंने ही मेरा नाम नरेश कुमार से बदलकर 'साहिल' कर दिया था और तरह-तरह की किताबें घर में भर दी थीं! उनके ही दम से खूब किताबें थीं घर में। बचपन से मैंने किताबें ही ओढ़ी-बिछायी थीं। या तो शब्दों से आँखें मिलायी थीं या जिंदगी के कड़वे यथार्थ से! निकोलाई ऑस्त्रोव्स्की की 'अग्निदीक्षा' और विश्व-साहित्य के दूसरे ऐसे ही उपन्यासों के प्रस्तर-धीर नायकों के फ्रेम में अपना चरित्र गढ़ लेने की हर संभव कोशिश की थी!

इसी एक टाँग के सहारे धरती पर पूरे का पूरा संतुलित खड़ा हूँ! डगमग नहीं होऊँ—बचपन से ही खुद को चेताए रखा था न! पाठशाला में जब लँगड़ी दौड़ होती, या दूसरी सपाट दौड़ें भी—हिस्सा लेता जरूर और कोशिश करता, सबसे पीछे तो नहीं ही रहूँ! इतना तो भाई ने समझा ही रखा था कि जीत-हार बड़ी बात नहीं होती—बड़ी बात होती है—हौसला बुलंद रखना और पूरे दमखम से लक्ष्य की ओर झोंक देना खुद को।

नेतरहाट आवासीय विद्यालय की प्रवेश-परीक्षा में मेरा स्थान राज्य में तीसरा था, पर 'मेडिकल फिटनेस' का एक प्रमाण-पत्र दाखिले की खातिर अनिवार्य है, यह भी पता चला। मन में धुकधुकी तो हुई, मुजफ्फरपुर जंक्शन की एक बड़ी पेटी पर माई से सटकर बैठा था! कुछ ट्रेनें आ रही थीं, कुछ जा रही थीं। ग्यारह बजे जिला बोर्ड

के दफ्तर जाना था, अचानक घरमपाल भाईजी बोले—"डटकर इंटरव्यू देना! कुछ होने से कुछ नहीं होता!"

तब से अब तक ये एक वाक्य मेरे जीवन का आधारवाक्य है! एक इस वाक्य के सहारे जीवन के कई तूफान काट गया हूँ!

ऐसा ही एक और वाक्य (रूसी लोककथाओं का) मुझे हॉण्ट करता रहा है। लगान न दे पाने वाले किसानों को ज़ार निकोलाई अपने दरबार में बुलाकर क्रूर हँसी हँसता हुआ कहता था—"जाओ वहाँ न जाने कहाँ! लाओ उसे, न जाने किसे!" मेरे सारे मुश्किल संधानों में यह वाक्य साथ चलता है! मैं आजतक नहीं थका क्योंकि जो सचमुच मेरे साथ चलते रहे—वे या तो साधारण मजदूर, किसान, बुनकर, लोहार और दूसरे अथक कारीगर थे या फिर किताबों के नायक जो कभी नहीं थकते!

होलटाइमरी के दौरान शायद उसके भी पहले—आपातूकाल के दौरान भूमिगत रहते हुए—कई बार खीरे और ककड़ी के खेतों में सोया! खीरे और ककड़ियाँ सर्र-सर्र रात में ही बढ़ते हैं—दूर तक जमीन पर लतरें लेटी होती हैं—एक-दूसरे से उलझी-पुलझी और अचानक, एक साथ इतनी ककड़ियाँ, इतने खीरे सर्र-सर्र बढ़ते हैं जब—एक अजब-सी कँपकँपी छूटती है। बचपन में सुने हुए सारे भुतहे किस्से लगते हैं मन में हाब-डीब करने। उस समय तो उमर भी मेरी क्या थी—मसें भी नहीं भींगी थीं—एक बार सहमा तो! जी में आया—माई का रटाया हुआ 'हनुमान चालीसा' पढ़ जाऊँ, फिर तुरत ही लगा—मार्क्स के अनुयायी को यह सब शोभा नहीं देता—जो है, प्रकट है—इसी लोक तक सीमित है—'कार्य और कारण' से बँधा हुआ, और उसके पार कुछ नहीं, केवल बकवास! एक रात आएगी—कयामत की रात—जब अपनी-अपनी लतरों पर खीरे-ककड़ियों की तरह—एक साथ सब बढ़ेंगे आगे—फिर कोई छोटा-बड़ा कहाँ होगा! सारे अन्याय मिट जाएँगे!

उन दिनों रेडियो पर भी जो गाने बजते थे—अलग ही तरह के होते थे—'आइए, बहार को हम बाँट लें/जिंदगी में प्यार को हम बाँट लें/भूखा न रहे कोई/प्यासा न सोए कोई/तन्हा न हँसे कोई/तन्हा न रोए कोई/सबकी जीत-हार को हम बाँट लें/आँसुओं की धार को हम बाँट लें/... छोटे-छोटे बोल, छोटी-छोटी बातें पर बराबर 'बँटना' बिंब तो बड़ा था! इसकी अगाधता में खोए-खोए कहाँ से कहाँ आ गये—'बीच सड़क बिस्तर लगवाऊँ—मेरी मर्जी/अपनी शादी में न जाऊँ—मेरी मर्जी...' 'मेरापन', 'मर्जीपन', 'मनमौजीपन' की ऐसी बहार, तौबा-तौबा! आदमी न हुए, बंडा बैल हो गये।

आदमी अजब जीव है—उसको दोनों चाहिए—पढ़ने-खिलने-सोने और प्यार करने का एक 'निजी स्पेस' और पसरने-घुलने-मिलने-खिलने-खुलने लायक बड़ा वृत्त भी! बहुत देर कुछ भी दबाए नहीं दबता—न मन, न आंदोलन! दो हाथ हैं—एक छीनकर

खाने में सुख पाता है तो दूसरा सामने वाले के आँसू पोंछकर सुखी होता है। एक पैर परंपरा में, एक प्रयोग में! दो नावों पर पाँव इसको ही कहते हैं क्या? एक आँख पूरब, एक पच्छिम! दूसरों को बाँटना और खुद भी बँट जाना—यही नियति होती है क्या आदमी की?

हाजीपुर से पटना तक का गंगा-पुल बनने के पहले पहलेजा घाट से महेन्द्रूघाट तक स्टीमरें चलती थीं। आदमी पर आदमी, रेले पर रेला! पहली दफा जब चढ़ा तो लगा, उस पार की दुनिया एकदम नई दुनिया है—एक कोलंबस हूँ मैं!...हर नस तड़क उठी—कान गनगनाने लगे! स्टीमर की कैंटीन में पावरोटी के लोफ बड़े-बड़े चाकुओं से काटे जाते थे—मोटे टुकड़ों में, उनमें कपटी वाला मक्खन लगता था, और सामने ही देशी मुर्गी का छोटा अंडा फोड़कर बनता था ऑमलेट—धीमी-धीमी आँच पर कटलेट भी पकता था! पावरोटी, मक्खन, ऑमलेट और कटलेट! आग और पानी और कंधों के रगड़घस की एक अजब गंध होती थी फिजां में! एक शाम डेक पर दूर सूरज डूब रहा था! दो चोटियों वाली एक लड़की—आठ-दस बरस की—स्टीमर की मेंड़ पर से आधी देह हवा में लटकाए खड़ी थी—पानी में क्या जाने क्या ढूँढ़ती-सी—वे बेचैन आँखें भी आज तलक मुझे हॉण्ट करती हैं! ऐसी ही आँखें तुम्हारी हैं। तुम खतरों से खेलना जानती हो और किसी से नहीं डरतीं—इसलिए अच्छी लगती हो मुझे।

कोई मुझसे शादी करे—न करे—क्या फर्क पड़ता है! बीरबल की खिचड़ी नहीं है मन जो दूर की आँच पर कभी पक ही नहीं पाएगा! मन है ताल में खड़े गरीब वृद्ध की देह—हाड़ कँपाने वाली ठंड में भी जो दूर की रोशनी से जीने-लायक ताप ले लेता है!"

मैंने गौर से साहिल का चेहरा देखा और आँखें झुका लीं! शाम गहरा गयी थी।

अवंतिका चतुर्वेदी कक्कड़ : 10, राजाजी मार्ग : रखियो ग़ालिब मुझे इस तल्खनवाई में मुआफ

4 मार्च, 2005

साहिल से विदा लेकर उठी तो मन अदबदाया-सा प्रेशर कुकर हो गया था! आते हुए डॉ. कक्कड़ की माँ, सांसद अवंतिका कक्कड़ से भी मिल लूँ, ऐसा शीरीन का आदेश था! डॉ. स्पंदन कक्कड़ के लिए यह निर्णय सचमुच बड़ा था कि दिल्ली की जमी-जमाई प्रैक्टिस छोड़कर वे शीरीन के काडर, बिहार चले जाएँ और ढेला बाई वाली 'जोगनिया कोठी' में वेश्याओं के लिए वैकल्पिक रोजगार की व्यवस्था के महामिशन से जुड़ें या वहाँ वेश्याओं के बालवृंद के लिए जो स्कूल खोलने की बात चल रही है—उसका प्रबंधन देखें!...उनकी माँ इस निर्णय में शायद उनकी मदद करें, पिता तो मुसलमान बाप की बेटी से विवाह के प्रश्न पर एकदम बिफरे हुए थे!...इसी उम्मीद में शीरीन ने आते हुए एक बार 'राजाजी मार्ग' की आहट ले लेने को मुझे कहा था!

अवंतिका देवी खुले स्वभाव की औरत हैं—टन-टनाटन-टन-टन-टन तारा! बहुत सारे राजनीतिज्ञों के साथ इनका नाम जोड़ा जाता है, और वे अकुंठ भाव से बहुत सारे संबंध स्वीकार भी करती हैं! पक-पकाकर इनका सौंदर्य सुनहरा हो गया है! हरदम मैचिंग साड़ी-ब्लाउज पहनती हैं—भागलपुरी रॉ सिल्क या खद्दर! आए दिन उनके यहाँ पार्टियाँ होती रहती हैं और हर भोज-भात में एक 'आइटम' वो खुद अपने हाथों से बनाकर खिलाती हैं। ममता उनकी आँखों से टपकती है!

पति बीसीसीएल के जेनरल मैनेजर होकर रिटायर हुए। रिटायरमेंट के बाद बिजनेस शुरू की! भाई-बहनों के विशाल परिवार के एकलौते कर्णधार की जो हालत होती है, इनकी थी! सबको पढ़ाया-लिखाया, नौकरियाँ दिलाईं, बूढ़े माँ-बाप की देख-भाल में भी कोई कोताही नहीं की, दाँए-बाएँ नाजायज पैसे भी नहीं कमाए—इन सब कसौटियों पर व भले मनुष्य ही कहे जाएँगे—पर बड़े परिवार का एकलौता सितारा और बड़े फर्म का सेल्फमेड बिग बॉस जितना घमण्डी और सिरफिरा हो सकता है—ये भी थे। स्वाभाविक था कि अवंतिका देवी से इनके संबंध दुरूह ही बनते! शुरू में जब

ये समर्पिता थीं और एकनिष्ठ, उन्होंने बेवजह इनपर संदेह करके घर से निकाला : स्पंदन-समेत! बाद में जब ये प्रभावती हुईं, कक्कड़ साहब को भाइयों ने बिजनेस में लूटकर सड़क पर खड़ा कर दिया और उन्हें दिल का दौरा पड़ा, ये अस्पताल से उठाकर इन्हें सीधा अपने सांसद बँगले पर ले आईं! तब से ये रहते साथ ही हैं, ज्यादा कुड़कुड़ नहीं करते! सांसद बँगले के बड़े-से लॉन में जैसे-जैसे धूप अपनी दिशा बदलती है, इनकी आरामकुर्सी भी अपना रुख बदलती चलती है : 'जो भी आए है, तेरे पास जाके बैठे है/हम कहाँ तक तेरी कुरबत से सरकते जाएँ' वाला हाल! सुबह से शाम तक वे सांसद बँगले में आने वाले पचपन अखबार ध्यान से पढ़ते हैं और फिर टीवी पर मैच देखते-देखते ऐसे सो जाते हैं जैसे टिटिहरी आसमान की ओर पैर उठाए सोती है कि आसमान गिरा अगर तो अपने पाँव पर सँभाल लेगी। बीमार देह सूखकर काँटा हो गई है पर मन के काँटे धीरे-धीरे झड़ने लगे हैं। अवसानकाल में तो पुरुष महात्मा गाँधी हो ही जाते हैं।

अवंतिका देवी ने सुंदर-से सुनहरे पॉट में चाय मँगवाई और ऊन के गोले की तरह खुलती गईं उनकी बातें—

"ऐसा नहीं है कि स्पंदन तनातनी रखता है मुझसे! उसके पिता ऐसे दुर्मुख थे कि मैंने उसकी परवरिश में व्यवहार की संजीदगी और मुलायमियत पर ज्यादा ही जोर दे दिया! नतीजा हुआ यह कि उसने चुपचाप सारा जहर पीना सीख लिया और ये जहर उसके भीतर एक चट्टान की जिद, अकड़ और अनम्य बोकरादी भरता ही चला गया! वैसे, कभी-कभी बाप की तरह वह भी भड़क ही जाता था। नींद से जगा देता था मुझको और लगता था झगड़ने—जाने-अनजाने बाप के ही टिपिकल वाक्य, उसी टिपिकल टोन में, दाँत पीस-पीसकर बोलता था कभी-कभार पर मेरे चेहरे पर हवाइयाँ उड़ती देखकर तुरत माफी माँग लेता था और शर्मिंदा होकर लगता था पाँव दबाने! अम्मा कहती कि उतनी देर एक भूत-सा सवार हो जाता था उसपर जो मन-ही-मन मेरे साईं बाबा का जप करने से दूर भाग जाता होगा!

मैंने तो ज्यादा न दर्शन पढ़ा है, न मनोविज्ञान, पर जिंदगी पढ़ी है—इतना जरूर समझती हूँ कि लगातार दुश्मन की आलोचना और दुश्मन का खौफ कई बार हमको दुश्मन की फोटोकॉपी ही बना देता है! खुद एक दिन मुझको स्पंदन ने समझाया—

"माँ, तुम इतना डरो मत! जिस बात से आदमी डरता है—वो उसके जीवन में घटकर रहती है! बारहवीं के वक्त मैं जब प्री-मेडिकल टेस्ट की तैयारी कर रहा था—बप्पा लगातार ही कंधे पर सवार रहते थे, लगातार तुम्हें कोंचते रहते थे कि तुम्हारा बिगाड़ा हुआ हूँ, बिल्कुल नाकारा निकलूँगा—उस वक्त मैं कितना डरता था—नहीं हुआ मेरा चुनाव तो क्या होगा—और वह उस बार नहीं ही हुआ...!

एक बात और किसी के भी सामने दीनहीन-सी नहीं दीखो। फोन पर भी तुम दूसरों से सहानुभूति बटोरती हो—यह मुझे अच्छा नहीं लगता!...समझो कि तुम एक टायर हो—और हर दिन तुम्हें कुछ देर यानी जितनी देर बप्पा घर में रहते हैं—ऊबड़-खाबड़ सड़क पर उठा-पटक झेलनी ही है, 'मोदी टायर' की तरह का 'एंड्योरेंस टेस्ट' देना ही है... ।"

अट्ठारह साल का था वह तब...पर इस तरह की बातें बचपन से ही करता आया था—हर बार यही सोचकर दंग रह जाती थी कि इसके तो रोम-रोम में आँख-कान हैं!

तब मेरे अपराधों की सूची में शामिल अपराध वे ही थे जो किसी सामान्य गृहस्थिन के होते हैं—कुछ फिजूलखर्ची, कुछ अस्त-व्यस्तता, माँ-बाप का मनलायक दहेज न जुटा पाना, मायके की बची-खुची संपत्ति में हिस्सा माँगने से इनकार, बच्चे का परीक्षाफल मनोनुकूल न होना, रिश्तेदारों-हमदर्दों या दोस्तों के लंबे फोनकॉल। कभी तरंगायित होकर किसी रिश्तेदार से भी बात कर ली तो ये घंटों दाँत पीस-पीसकर नकल उतारते और गाली बकते जाते चादर की शिकन मिनट-भर में माथे की शिकन में अनूदित हो जाती थी! सब्जी में शोरबा कम या ज्यादा गाढ़ा बना है—इस महान इशू पर टेबल और खानदान पूरा ही अलट-पलट देने की विभीषिका रह-रहकर झेलनी होती। ऑफिस का गुस्सा बीवी-बच्चों को धुन देने, हाथ और कान ऐंठ देने तक सीमित रह जाता...तो बात शायद इतनी बढ़ती भी नहीं...रोती-बिसूरती, 'गेट-आउट' औ 'शट-अप' के 'पवित्र' निर्माल्य चुनती मैं आम गृहणियों की तरह ही काट देती जिंदगी!...हमदर्द हमदर्द ही रहते, प्रेमी नहीं बनते—और मैं उर्वरा जमीन का टुकड़ा रह जाती—कँटीली बाड़ में सुरक्षित बाढ़ की नदी नहीं बनती मेरी उद्दाम जिजीविषा!

ठीक-ठाक थी देखने में! बोल-बाल भी ठीक लेती थी! धीरे-धीरे मेरी वकालत चल निकली तो इनका विषवमन और बढ़ा—दांपत्य की दरार हर जगह दीखने लगी! फिर किसी के फटे में अपनी टाँग अड़ा देने का अनुपम सुख लूटने लगे लोग! देखते-देखते मेरे कई हमदर्द बन गये! हर हमदर्द मेरे पति को जब मेरा प्रेमी ही दीखने लगा तो मेरे धीरज का बाँध टूटना ही था!

जिस दिन नौ बजे के बाद दफ्तर से घर आने पर तीन-चार घूँसे लगाए और मरे बाप की गालियाँ देकर कहा—"जा, अपने यारों के पास ही चली जा!", सबसे पहले मैंने अपने बड़े भाई को फोन किया—'जय जवान' टी स्टॉल से। मेरी नाक से रह-रहकर खून बह रहा था, पब्लिक बूथ का दरवाजा सीलकर धीरे से बोली—"भैया, मैं ठीक नहीं हूँ...", भैया ने महात्मा बुद्ध की अमर पंक्तियाँ उद्धृत कीं—"हिम्मत नहीं हारो...जैसे गजराज रणक्षेत्र में हर ओर से तीर आता हुआ देखकर भी लक्ष्य से विमुख नहीं होता, तुम भी डटो, अपनी राह नहीं छोड़ो, तुमसे बड़ा सवाल स्पंदन का है! तुम्हें

दूसरा पति-प्रेमी मिल जाएगा, उसे दूसरा पिता कहाँ मिलेगा?" मेरे भैया ज्ञान का अवतार थे! विश्वविद्यालय में दर्शन के प्रोफेसर-अध्यक्ष! बड़े-बड़े स्कूल-कॉलेजों के टॉपर! छुट्टियों में जब घर आते—चातक की तरह मैं उनका मुँह देखती कि क्या नई बात बताएँगे!

पर उनकी यह बात सुन मैं उस अवस्था में भी हँस पड़ी! अम्मा भी ये ही भाषा बोलती थीं—"दूसरे की पंक्ति छोटी करने से अच्छा है अपनी ही पंक्ति बड़ी कर लो।" शायद यह मेरी खानदानी भाषा थी—नीति की भाषा—संस्कृत-संस्कृति और संस्कार से जुड़ी भाषा! प्राकृत भी एक तरह की संस्कृत ही थी! और मुझे अपभ्रंश होना था।

दूसरा फोन मैंने अपने उसी हमदर्द को किया जिससे मैं कभी-कभी गहरे अवसाद के क्षणों में अचानक ही फोन पर कहती थी—"सुनो, एक कहानी सुनाओ..." यह आदत पिता की बिगाड़ी हुई थी—कहानी सुनाकर हर रात एक उड़नखटोला थमा देने की...आसन्न दिक्कतों से पलायन का कारगर तरीका था यह।

मेरा वह हमदर्द भी अद्भुत था! ज्यादा वह इधर-उधर पूछता नहीं और सीधा कहानी पर आ जाता—बहुत-सारी कविताएँ भी उसे याद थीं, वह भी ज्ञानी था...पर उस दिन मुझको ज्ञान की जरूरत नहीं थी, सहारे की थी—ईंट-कंकरीट के सहारे की—हवाई किलों से अब काम कहाँ चलने वाला था!

यह सहारा मुझको एक मुवक्किल ने दिया, पर इसके बदले धीरे-धीरे वह मुझपर ही प्रेम का दावा लगा ठोंकने! एक बार मुझे अम्मा की बात फिर याद आयी, वह कहती थी—"दम साध लो, बेटी, सड़क का जीवन ज्यादा खतरनाक होता है—दस भेड़ियों के बीच रहने से अच्छा है एक भेड़िए के संग ही जीवन काट देना।" पर भेड़िए को ही भेड़ बना डालने की मेरी महत्त्वाकांक्षा अब जोर पकड़ने लगी थी! ये भी मैंने सोचा कि जब बिना कुछ किए ही ये मेरे पतिदेव मुझपर इतना शक करते हैं तो सचमुच ही कुछ क्यों नहीं कर गुजरूँ!

लेकिन कुछ कर-गुजरने लायक पात्र भी तो चाहिए था! अपने इस धनी मुवक्किल का चेहरा मुझे बिल्कुल पसंद नहीं था—उसके साथ सोने में मुझे उतनी ही जोर से आँखें मींचकर एक-एक क्षण की रगड़घस झेलनी होती जितनी पति के साथ! एक फर्क था केवल—पति को तो इसकी चिंता नहीं थी कि मुझको उनका वह प्रणय-पर्फोर्मेन्स लगा कैसा, लेकिन यह मेरा प्रेमी कामक्रिया के अपने पराक्रम की विरुदावली सुनने को ज्यादा ही आकुल-व्याकुल दीखता। पिता का सिखाया वह श्लोक 'सत्यं ब्रूयात प्रियं ब्रूयात/न ब्रूयात सत्यम् + अप्रियम' याद करके मैं चुप ही रह जाती!

एक श्लोक और पिताजी ने मुझको रटाया था बचपन में जिसका भावार्थ है—"जिसने विश्वास कर लिया, उससे छल करने में क्या बुद्धिमत्ता/जो गोद में आकर

सो गया—उसे मार डालने में क्या बहादुरी!" इस श्लोक ने भी मुझे कम परेशान नहीं किया। पर इसने मेरी पत भी रखी और इसका मर्म ठीक से समझने में कुछ दिन मेरा रोल मॉडल बनी चेखव की 'डार्लिंग' जो अपने हर संबंध में उतनी ही सच्ची थी जितनी कोई क्लासिकल-सी स्वकीया होती है!

पर 'डार्लिंग' बीसवीं शताब्दी के पूर्वार्द्ध की थी, उसका अपना कोई व्यक्तित्व था ही नहीं—वह डिस्प्रिन की एक टिकिया थी जिसको बस घुल जाना था पानी में ... मैं घुलने की पूरी प्रक्रिया से बिल्कुल ऊब चुकी थी...ठीक वैसे ही जैसे तुम, तारा!

चलताऊ भाषा में कोई मुझे मनचली भी कह सकता है। बहुत दिन किसी एक व्यक्ति से बँधकर मैं रह नहीं पाई! करीब से देखने पर हर चेहरा मुझे विचित्र लगता। रह-रहकर कक्कड़ साहब की याद मुझे परेशान करती। वे कड़कड़ करते थे पर इतने विचित्र तो नहीं थे कि पत्नी के इधर-उधर होते ही किसी आकर्षक महिला के सामने गला हुआ केला हो जाएँ—, लिजलिजे, तीक्ष्णगंधी! बचपन में माँ को हर पूनो की रात सत्यनारायण कथा के लिए केला-दूध-चूरमा घोल-घालकर शीतल प्रसाद बनाते देखा करती थी...देखती थी कि वह कभी-कभी गले हुए केले भी उसमें ही मीस-मासकर खत्म करती थी! पचास अच्छे केलों में एक गले केला की मारक गंध और उसकी भयावह प्रतीति देखते-देखते तिरोहित हो जाती थी...पर इस जीवन का मैं क्या करूँ, कैसे बनाऊँ इसका 'शीतल प्रसाद' जहाँ हर फल 'उतरा' ही हुआ है—गला-पचा-सा या जरूरत से ज्यादा कठोर और कच्चा—कक्कड़ साहब जैसा कड़ कड़ कड़ कड़ कड़! माथे पर हाथ रख हरदम मैं सोचती जब कोई नयी प्रेम-याचिका दायर मिलती!

जानती हो तारा, मेरे तथाकथित 'निरंकुश' जीवन का अधिकांश प्रत्याशियों को टालते बीता। बहुत समय, बहुत ऊर्जा इसमें नष्ट हुई! बार-बार मन में आया कि लाख कँटीला हो कोई पति, पर कँटीली बाड़ की तरह तो उसका उपयोग हो ही सकता है!.. ..सोचकर देखो तो 'क्रोध' और 'काम' के 'सरप्लस' या अतिरेक से पुरुष को उबारना ही स्त्रीवाद की सबसे कठिन चुनौती है। यह अतिरेक ही हर उस संबंध का कबाड़ा कर डालता है जो वैयक्तिक और सार्वजनिक जीवन में भी हर ओर उजाला फैला सकता था।"

"यह तो आप ठीक कह रही हैं!"

आगे कुछ कहना चाह ही रही थी कि पीए ने आकर बताया, धरमपालजी का कोई लेख 'मार्त्तण्ड' में प्रकाशित हुआ है जिसमें उन्होंने अवन्तिकाजी को तितली कहा है और, कहा है कि ऐसी तितलियाँ तो ला चुकीं स्त्री-जीवन में महाक्रांति!... मैंने अचकचाकर उनका मुँह देखा, वे हँसती हुई बोलीं 'धरमपाल आदमी बुरा नहीं है। पूर्वग्रहों का शिकार है... पूर्वग्रह धीर-धीरे ही घुलते हैं। इसका निजी जीवन क्षत-विक्षत

है, पर पढ़ता रहता है लगातार! बड़ा अधिकारी है, घूस नहीं लेता, किसी का एहसान भी नहीं, पर काम ठीक कर देता है।'

'साहिल के चचाजाभाई हैं धरमपाल! साहिल इन्हें अपना गुरु मानता है! आप दलित चिंतक, धरमपाल पासवान की ही बात कह रही हैं न?'

'हाँ, पर घरवाले तो इससे काफी ज्यादा कुफ्त' रहते हैं!'

'क्यों भला?'

'अपनी जमात के दूसरे अफसरों की तरह इसने घर के लिए कोई तामझाम तो जुटाया नहीं, न किसी नौकरी का इंतजाम, न शादी-वादी का– बच्चों को पढ़ा दिया केवल... वह भी केन्द्रीय विद्यालय में–इतने से कौन भला खुश होगा!'

दूसरे अफसर खानदान-भर को ता-थैया करा देते हैं–चुटकी बजाते ही वातानुकूलित एक गाड़ी दरवाजे पर खड़ी हो जाती है, मुफ्त के एयर टिकट आ जाते हैं... अलादीन का चिराग हाथ लग जाता है जैसे। ...ऊपर से हर पंद्रह दिन पर बड़ी पार्टी–'दिन को होली, रात दीवाली/रोज मनाती मधुशाला!' और इसके घर की सादगी ऐसी कि खाना भी खुद ही बनाता है, अर्दली चपरासी भी हैं तो केवल दफ्तर की खातिर!

ईमानदारी का बलून तकिया गर्दन के नीचे दबाए फटी-फटी आँखों से आकाश निहारता यह धरमपाल है तो एक रोचक चरित्र क्योंकि संवाद को वह हरदम प्रस्तुत रहता है और सपनाना छोड़ता नहीं।"

'तभी साहिल ने इनकी एक बड़ी तस्वीर कमरे में तान रखी है।'

'पर भक्ति-पूजा की परम्परा से हमें बच निकलना है न, तारा! कब तक हम भक्ति रस में इस तरह डूबे रहेंगे! तैंतीस करोड़ देवताओं के इस देश में मार्क्स भी एक देवता हो गए, सार्त्र और कामू भी...

गाँधी और नेहरू को भी कम धूप-बत्ती नहीं दिखाई गई... अम्बेडकर तो हर अंध-भक्ति के खिलाफ थे, उनका मन कितना घुटता होगा इस पूजा-अर्चना से... युग के अनुसार आचार-संहिताओं में परिवर्तन होते रहें, पुराने पत्ते गिरे, नये जन्में–तभी वृक्ष हरा-भरा होगा– जरूरी है यह समझ लेना! पूर्वग्रहों का पर्दाफाश और जरूरी है जो दलित और दूसरे अनादृत समूह कर भी रहे हैं! पर एक दमन-चक्र का जवाब दूसरा दमनच्रक हो–यह जरूरी नहीं है!'

'तैंतीस करोड़ देवताओं की बात खूब कही–देवताओं की सूची में एक नया देवता है बाजार-देवता! है न? एक बार उसे सर नवा आएँगे? कुछ जरूरी खरीदारियाँ करनी हैं।'

अतिथिशाला :
सैर के वास्ते थोड़ी-सी जगह और सही

05.03.2006

उस दिन जाने की तैयारियों में इतनी थकान हो गयी थी कि अवंतिका देवी ने अपने पास ही मुझे रोक लिया और रात-भर चाय पीते हुए हमने गपशप की! ऊपर से संयत और खुश दीखने वाले लोग भी—भीतर से कितने परेशान हो सकते हैं—यह सोचकर ही कहती हूँ, हँसी नये जमाने का घूँघट है! सांसद निवास की अतिथिशाला में ठहरने का यह दूसरा अवसर था! पहली बार जिस नेता के मनलगावन के लिए मैं सांसद-निवास लाई गई थी, वह कहीं और था—शायद पंत मार्ग पर! तब भाड़े की गुड़िया बनकर इसी शानोशौकत के बीच आई तो मन में कैसी जुगुप्सा जगी थी कि कहाँ तो दस-बाई-दस की एक खोली में पंद्रह लोग रहते हैं और इन सांसदों के यहाँ इतना सारा स्पेस' ज़ाया जाता है—भोग-विलास का एकांत चाहिए इन्हें या अन्य मारक षड्यंत्रों का।

आज जब स्त्री सांसद हुई है तो पूरा विशाल पिछवाड़ा गाँव-घर का आँगन हो गया! गठरी-मुटरी समेत कन्स्टिच्यूएन्सी के जितने भी लोग आते हैं—अभ्यागत की तरह नहीं रहते, बृहत्तर परिवार का हिस्सा बनकर रहते हैं। किसी को छोटा नहीं दिखातीं ये! मुझे तो विशेष मान दिया—अतिथिशाला में रखा और मेरे पास ही सोईं!

बातचीत में वे धीरे-धीरे और खुलीं—

"ऐ मौसी—एक पहेली पूछती हूँ—कहिए तो—एक अकेली स्त्री की खातिर सबसे दुर्लभ क्या है?" मैंने पूछा!

अवंतिका देवी कुछ कह सकती थीं लेकिन कहा नहीं क्योंकि इतना वे समझती थीं कि पहेलियाँ पूछने वाला भीतर से चाहता नहीं कि कोई लाल बुझक्कड़ उसको मिल जाए! यह प्रश्नों का उत्तर खुद ही देना चाहता है—अक्सर ये प्रश्न किसी गुफा के मुँह पर पड़ी हुई चट्टान होते हैं—ज़रा सा हटे नहीं कि भीतर से कल-कल धारा लगी बहने!

"...सबसे दुर्लभ हैं पुरुष—मित्र।"

इस पर वे चौंकी क्योंकि "तीन बुलावै तेरह आवै/निज-निज विपदा रोई सुनावै' की स्थिति से वे वाकिफ थीं! मैंने उनका चेहरा पढ़ा और बोली–

"मैंने 'मित्र' कहा, मौसी, सर्वतोमुखी प्रेम का दावा ठोंकने वाले देह-लोलुप प्रेमी तो 'तीन बुलावै तेरह आवै' की तरह थोक में राह-चलते मिल जाते हैं मगर देह-निरपेक्ष कोई सच्चा दोस्त नहीं मिलता किसी अकेली स्त्री को!

लगातार किसी के भी साथ दस मिनट क्यू में भी खड़ी रहो तो ग्यारहवें मिनट उसकी आँखें 'लिख-लिख भेजी पाती' का भाव-निवेदन लगती हैं करने। मैं कॉल-गर्ल रही हूँ–यह जो नहीं जानते, वे भी तो मुझसे इसी भाव-मुद्रा में मिलते रहे हैं!

अपवाद अब तक बस दो ही हैं–साहिल और स्पंदन–इसीलिए मेरा मन इन दोनों की तरफ आकर्षित था। इनके पास बैठकर ऐसा कभी नहीं लगा जैसा कि खरहे को लोककथा के शेर के पास लगता था! लेकिन इन दोनों में कोई भी ऐसा नहीं जिसको 'कम्प्लीट टेक्स्ट बुक' मानकर तकिए के नीचे रख लूँ यानी शादी कर लूँ एकदम से! संदर्भ ग्रंथ के रूप में ठीक हैं दोनों। कभी-कभी मिल लेने लायक! बौद्धिक और सामाजिक परिष्कार साहिल में है–किताबों के बीच उसने ज्यादा वक्त बिताया है और गरीबों, परेशानहाल दूसरे समूहों के साथ भी–राजनीतिक मुद्दों पर भी उसकी राय स्पष्ट है...उससे बातें करना सुखद है, पर रह-रहकर मुझसे सट जाने का उसका मन होने लगता है, मेरा नहीं होता। चूंकि मैं उसका आदर करती हूँ, लिहाज-सा है, खुलकर यह कह भी नहीं सकती कि मेरी यह देह लगातार दूसरों की ही पहल झेलते-झेलते इतनी थक चुकी है कि उसे इंतजार है एक अवकाश, एक ब्रेक का।

"और स्पंदन?" अवंतिका देवी के भीतर की माँ सामने झुकी!

"स्पंदन तो मेरा बोधिवृक्ष है! एक अजब-सी छाया है उसमें! लेकिन छाया ही छाया, हवा ही हवा, और जल ही जल! मिट्टी का कोई स्पर्श नहीं–केवल आकाश! कोई उमड़न ही नहीं, आवेग नहीं–पत्थर का देवपुरुष–जी करता है, धो-पोंछकर आलने पर बिठा दूँ...।"

"मन मारने की आदत है उसे–बचपन ही ऐसा बीता–लेकिन वह स्त्रियों का आदर करता है...उसके पिता काफी रूखे थे...लेकिन वह रूखा नहीं!

तुमने, बेटी, सिर्फ परकीया का जीवन जिया है–मैं स्वकीया भी रही हूँ–एक रूखे पति की समर्पित पत्नी की बेहद-बेहद कठिन भूमिका अट्ठारह साल निभाने के बाद मैंने देहरी लाँघी थी...घर के बाहर के पुरुष देखे हैं तुमने, मैंने भीतर-बाहर–दोनों के देखे हैं! घर के बाहर जो रस छलक-छलक पड़ता है, घर में कदम रखते ही टटाकर टाँट हो जाता है! रस से फट पड़ते आम और सूखकर ऐंठी आम की खटाई का फर्क तो पता ही है तुमको!"

"और, बेटी, एक तरह की कॉल-गर्ल हर औरत होती है—ब्याहता गृहस्थिन भी:—कॉल गर्ल को तो यह छूट भी होती होगी कि हर 'कॉल' पर वह प्रस्तुत न हो, पर गृहस्थिन की क्या मजाल! अजब होता है वह दृश्य जब पिटी हुई पत्नी को समझा-बुझाकर या पकड़-धकड़कर माँएँ या सासें वापस पति-परमेश्वर के कमरे भेजती हैं कि पति को बिन माफी माँगे ही माफ करे, काम से 'थका-हारा चिड़चिड़ा' प्राणी है—'मर्द बच्चा'—औरत की छाँह चाहिए उसको—'दिल से तो बुरा नहीं बेचारा'—क्या बीतती है पत्नी के मन पर?...और कभी किसी क्षण अपनी तरंग पर पति परमेश्वर के गाल पर हाथ रख दिया तो ऐसी विकट झाड़ सुननी पड़ती है कि पूछो मत। अपना-सा मुँह लेकर रह जाने की पीड़ा अभी तुमने नहीं झेली होगी, तारा, क्योंकि अभी तुम ब्याहता नहीं हो!"

"याद है मुझे, कभी-कभी इनका प्रचंड क्रोध शांत करने के लिए या झगड़े के संक्षिप्त समाधान के लिए खुद भी देह बिछा दी मैंने। एक ब्याहता के रूप में ही इस देह का उपयोग एक 'ट्रैप' की तरह किया। सार्वजनिक क्षेत्र में देह का यह घृणित इस्तेमाल शायद ही कभी किया हो, फंदों से बचने की कोशिश भी लगातार की, हालाँकि स्त्री-देह की खातिर जीभ लपलपाते लोगों को दुरदुरा देना इतना आसान नहीं था। शुरू-शुरू में लाज-लिहाज के कारण कुछ गिंजन भोगना पड़ा—उन लोगों के हाथ जिनके किसी पक्ष का मेरे मन में आदर था! सबसे मुश्किल ऐसे ही लोगों से निबटना होता है जिनके किसी पक्ष का आप आदर करती हैं पर दैहिक सामीप्य नहीं चाहतीं जिनका, जैसा कि वे चाहते हैं! किंतु वे भी तो सिर्फ यही नहीं चाहते—आपके भी अन्य पक्षों का आदर है उनके मन में—अब उनका करें तो क्या करें! वे आपके भाई, चाचा, पड़ोसी, सहकर्मी, बसमेट, गॉडफादर, सीनियर-जूनियर, पाठक, श्रोता, प्रकाशक, मातहत, मरीज, मुवक्किल, छात्र, दोस्त—कोई भी हो सकते हैं जिनसे पर्याप्त स्नेह है आपको—उनके किसी एक—कमजोर' क्षण के लिए उन्हें दण्डित करें तो कैसे और कितना...! कामना-कातर व्यक्ति कुछ भी नहीं सुनता—न लेक्चर, न साहित्यिक प्रक्षालन, न मनोवैज्ञानिक थेरेपी...आप चाहें कितना भी धीरज दिखाएँ उसे सभ्यता से टाल-टाल जाने का, वह नहीं टलता 'समझ रहा हूँ मगर क्या समझ रहा हूँ मैं' की उसकी स्थिति होती है!...इसी थेरेपी-सेशन में मैं औंधे मुँह घर के बाहर भी गिरी—'रहम' या 'छाँह' या 'पानी के एक गिलास' के रूप में इस देह का उपयोग होने दिया बाहर भी। पर घर में इसकी स्थिति ज्यादा आयी—रूठे सैयांजी को मनाते हुए। जब कोई और उपाय नहीं सूझा तो घर की 'सुख-शांति', के लिए और अपने भी अज्ञात भयों से निजात पाने को एक 'फंदे' की तरह ही देह बिछायी! जो बात सुनने को तैयार हो ही नहीं—उस पति के आगे एक 'शॉर्टकट' की तरह अपनी देह बिछा देने को मजबूर

पत्नियों की व्यथा-कथा किसी कॉल-गर्ल से कमतर नहीं होती उस क्षण! 'टु कट इट शॉर्ट' कोई पिटी हुई निरुपाय पत्नी पति से सटकर जब अपना ब्लाउज ऊपर उठा ले—सिर्फ इसलिए कि उसके पास जाने की और कोई जगह नहीं, कि उसके बच्चे अभी दुधमुँहे हैं, कि बाहर की दुनिया और भयानक लगती है उसको, उसकी स्थिति किसी वेश्या से बेहतर नहीं होती—यह मैंने खुद हर उस क्षण महसूस किया जब 'गेट आउट' कहने के अगले ही घंटे सब भूलकर मेरे पतिदेव मेरा ही दुधमुँहा बच्चा बन गोदी में मस्त सो लिए—और मैं छत की बीमें गिनती चुपचाप सोचती रही कि उठने के ग्यारहवें क्षण फिर वही हाँय-हाँय, झाँय-झाँय जब शुरू होगी—मन की वितृष्णा कैसे पोंछूँगी—जाँघों पर असमय ही भभक पड़ी वीर्य-बूँदों की तरह, या आँसुओं की तरह?"

"तो क्या सैयाँजी भी औरत का दुधमुँहा बच्चा ही होते हैं, मौसी?"

"इसमें भी क्या कोई शक है, तारा!...औरत की देह इस दुधमुँहे का सबसे बड़ा लेमनचूस है और सबसे बड़ा 'झुनझुना' औरत की मीठी बोली! ऑलिवर गोल्डस्मिथ का एक नाटक इंटर में हमारे कोर्स में था! उसका शीर्षक दिलचस्प है—'शी स्टूप्स टु कन्कर!' यह सम्पन्न पिता के एक ऐसे लाड़ले की कहानी है जो सामाजिक स्थिति में समकक्ष ठहरने वाली युवतियों के सामने झेंपू बना रहता है पर कम हैसियत वाली/गरीब युवतियों से खुलने में कोई देर उसे नहीं लगती! नायिका तीक्ष्णबुद्धि है—नौकरानी बनकर एक सराय में उसे मिलती है और पूरी तरह उसका दिल जीत लेने के बाद ही जाहिर करती है यह राज़ कि सामाजिक स्थिति में या और तरह से भी, वह उससे बीस ही है, उन्नीस नहीं!

ज्यादातर पुरुष गोल्डस्मिथ के इस नायक की तरह अपने से कुछ कम रोब-दाब, धन-दौलत, मान-प्रतिष्ठा वाली औरत के साथ निश्चिंत महसूस करते हैं जो उनके सामने बिछी रही, शान में कसीदे ही पढ़ती रहे हरदम, मोहक हँसी और मीठी बोली से 'थकी' शिराओं में रस घोलती रहे—अपनी थकान और उदासियाँ भुलाकर! मधुभाषी वगैरह होने में खराबी नहीं—व्यक्तित्व में छाया होनी ही चाहिए, प्रश्न यहाँ आकर उलझ जाता है कि फूल-फल से लदा छायादार पेड़ होने का ठीका सिर्फ स्त्रियों को क्यों मिले—बेचारे पुरुष ताड़-खजूर की 'फल लागै अति दूर' वाली स्थिति में कब तक यों उद्दंड खड़े रहें—उनको भी तो फलने-फूलने-पसरने और छायादार हो जाने का हक है, उनका नैतिक विकास अवरुद्ध क्यों रहे भला?"

"बुरा न मानें तो एक वैयक्तिक प्रश्न पूछूँ?"

"मैं पैंसठ बरस की होने को आयी, तारा, इस उम्र की यही खासियत होती है कि आदमी हर 'वैयक्तिक' प्रसंग 'सार्वजनिक' कर देने पर उतारू हो जाता है...।"

"धीरे-धीरे जब आपकी वकालत चल निकली और राजनीति में भी आपकी पहचान बनने लगी—बेटा मनोचिकित्सक बन गया—आपका मन नहीं हुआ—पतिदेवता से मिल आने का?"

"मिल आने का? तारा, मैं उन्हें उठा लायी—बाजाप्ता हर लायी उनको—दूरस्थ रिश्तेदारों के मकड़जाल से! सार्वजनिक जीवन के अनुभव और अलग-अलग पुरुषों के संग-साथ ने मुझको जल्दी ही समझा दिया कि अपने आवेग के क्षणों में मैं उनको जितना बुरा समझती थी, उतने बुरे वे नहीं—वे इतने ही अच्छे या बुरे हैं जितना इस विचित्र समाज का कोई भी औसत पुरुष होता है! दोष समाज की पूर्वग्रहगलित बनावट का है—किसी एक व्यक्ति का नहीं। बदलनी तो पूरी फिजां होगी और फिजां नफरत से नहीं बदलती! हर व्यक्ति में स्नेह करने लायक कुछ-न-कुछ तो होता ही है, बंजर से बंजर मिट्टी हरियाली की संभावना से एकदम खाली नहीं होती।"

"ये तो मैंने पहले ही कहा कि हर मर्द मूलतः दूधपीता बच्चा होता है...और बच्चा जिद्दी, उत्पाती, विकलांग या बीमार हो तो भी उसे छोड़ा कैसे जाए! कुछ देर सजा के तौर पर उसे उसके एकांत में बिलबिलाता छोड़ा जा सकता है पर हमेशा के लिए? इंसान खाना-पीना छोड़े, कहीं आना-जाना छोड़े—यह संभव है पर इंसान इंसान का साथ छोड़ दे—वह भी तकलीफ, बीमारी या पछतावे के क्षण—इतनी किसी की मजाल होनी नहीं चाहिए : धीरे-धीरे यह मुझे समझ में आने लगा!...और जब ये बीमार रहने लगे और दूसरों से पता चला कि वे रिश्तेदार जिनकी नौकरी-तबादले-विवाह-आदि की खातिर आजीवन ये इतने तबाह रहे थे—अब इनसे ऊबने लगे हैं—इनके बीते सारे छोटे-बड़े क्षण एक बारात बनाकर मेरी 'डोली पाँय-पाँय' लगे करने! कभी-कभी तो इनके नारिकेल-कलेवर के भीतर से नारियल-पानी-सा कुछ छलका ही था—अट्ठारह साल के किचकिच-भरे दांपत्य में कुछ क्षण तो 'कोमल' रहे ही थे—साफ-साफ याद नहीं आता—पर थे ही...!"

"आप जब लिवाने गयीं...वे मान गये?"

"अरे नहीं, झनर-पटर खूब हुई—बहुत आनी-बानी सुनायी—पर धीरज तो मुझमें भी है ही...अपने मुवक्किल का 'फॉर्म हाउस' छोड़कर तब तक मैं अपनी मेहनत की कमाई के 'घर' में चली आयी थी और मेरे साथ इनका बेटा भी तो था...।"

"संतान भी अद्भुत शय होती है—सारी जहद्दम की जड़ भी वही और वही आपस की पुलिया! मैंने ज्यादातर सिद्ध दंपतियों को दो-तीन विषयों पर ही बातें करते देखा है—बच्चे, रिश्तेदार, संपत्ति!"

"मौसी, एक बड़ी बात कहनी है—सूचना ही समझिए—मैं भी शायद माँ बनने वाली हूँ, लेकिन यह बच्चा साहिल का नहीं—यह डॉ. अंसारी के गुमहोश उस बेटे का

है जिसकी देखभाल की खातिर उनके आउट हाउस में रखी गयी थी।...एक दिन उसको आवेग उठा और मुझे भी न जाने क्या हो गया कि दूर धकेलने के बजाय मैं उसे सह गयी...! उस समय उसका चेहरा देखा—वह 'कालाहाँडी' के ऐसे भुक्खड़ बच्चे का चेहरा था जिसने पहली बार भरपेट खाना खाया हो! मैंने सोचा—जैसे 'दान', 'भोग' और 'नाश'—धन की तीन स्थितियाँ हैं, देह की भी मानी जानी चाहिए—क्या फर्क पड़ता है! पहले भी कई बार दस-दस मिनट लोगों के साथ उल्टी रोककर देह की रगड़घस सही ही है, एक बार और सही। और लोगों के साथ तो मुझे खुश दीखने का ढोंग भी करना पड़ता था, अभी कोई ढोंग नहीं करना।...रुलाई और उबकाई आ रही है तो आए! कुछ भी छुपाने की जरूरत नहीं,...नहीं-नहीं, रो नहीं सकती, मैं रोयी तो इसका आवेग थम जाएगा—मेरे आँसू यह पगलेट देख नहीं सकता—एक तरह से इसकी माँ हूँ मैं—अब यह बड़ा हो रहा है! जिसके दिमाग नहीं होता, उसकी भी देह तो होती है—और जिनके दिल नहीं होता—उसकी भी होती है—औरत दोनों को चाहिए! बिना दिल के लोगों से तो बिना दिमाग के लोग बेहतर हैं...इसी ऊहापोह में बच्चा गर्भ में आ गया और मैं कोई सावधानी भी नहीं बरत पायी!

बाद में भी मैंने यह सोचकर बच्चा नहीं गिराया कि इससे साहिल के उच्चाटन में मदद मिलेगी—कह दूँगी कि मैं किसी से विवाह नहीं करने वाली—माँ बनने के लिए विवाह होता है, वह तो मैं ऐसे ही बन गयी! आज तो मैंने उसे साफ कह भी दिया, वह अपनी राह जाए और मुझे अकेला छोड़े। आप स्पंदन को संभालिए और उसे शीरीन के पास भेजिए!"

"वह इतना जिद्दी और भावुक है कि कोई बात दिल को लग जाए और वह संकल्प साध ले तो ब्रह्मा भी उसको डिगा नहीं सकते। पर संकल्प साधने में उसे वक्त लगता है!

शुरू-शुरू में पैसों की चखचुख रहती थी और उसके पिता हर बात पर मेरी फिजूलखर्चियों का ताना देकर मुझसे उलझते रहते थे—सब यह चुपचाप देखता था और कहता था कुछ भी नहीं। फिर मेरे हर नन्हे उपहार पर इसने उखड़ना और उसी तरह लड़ना शुरू कर दिया जैसे उसके पिता लड़ते थे : 'क्यों लाई? मुझे डिस्टर्ब कर दिया तुमने! पिछले पाँच घंटों से पढ़ने की कोशिश कर रहा हूँ और कुछ नहीं पढ़ पा रहा—मैं भी इतनी रंगीन दुकानों के सामने से रोज गुजरता हूँ—कितनी बार जी में आता है, कुछ ले लूँ और मन मसोसकर रह जाता हूँ...और तुम कुछ भी अनचाहा लाकर मेरे सर पर पटक देती हो...क्या समझती हो, धन्ना सेठ हो तुम?...अब इसके पश्चात्ताप में मैं दस दिन पैदल चलूँगा, बस भी नहीं लूँगा, पढ़ूँगा भी नहीं...देखो, तुम भूले से भी मेरी खातिर लड़की मत ढूँढ़ना, हमारी पसंद नहीं मिलती, कोई भी लड़की

उठाकर मेरे सर पर पटक दोगी और अपने-जैसा ही नारकीय जीवन कर दोगी मेरा...!"

"एक बार 'क्लासिकल हिट्स' की डेढ़ सौ रुपल्ली की कैसेट की खातिर वह डेढ़ साल संतप्त रहा...और अब भी शायद यह फाँस उसके गले में फँसी हो कि मैंने उसकी झूठी कसम खायी, इस बात पर कि यह 'कैसेट' लौटा लेगा दुकान वाला!"

"अकबकाहट में तब अक्सर मैं झूठ बोल लेती थी—कभी इस बात के आतंक में, कभी उसके, कभी इसे प्रसन्न करने को, कभी उसे! और गाहे-बगाहे पकड़ी भी जाती थी! उसके बाद की जहालत भी तब देखते बनती थी—क्योंकि बाप-बेटे में से कोई झूठ नहीं बोलता था! उन्हें किसका डर था जो झूठ बोलकर खुद को गिराते। उन्हें कौन अकबका जाने पर मजबूर करता था? झूठ बोलकर पकड़ा गया आदमी चक्रव्यूह से घिरा अभिमन्यु होता है। नहीं होता उसके पास बाहर निकलने का रास्ता और हर दिशा से तीर उसे झेलने ही होते हैं, पर कोई उस अव्यक्त आतंक का नागपाश नहीं काटता जिसके प्रभाव में ऐसे छोटे-मोटे झूठ बोले जाते हैं हम जिसको अँगरेजी में 'वाइट लाई' कहते हैं। हिंदी के 'सफेद झूठ' से इसकी प्रकृति एकदम अलग होती है! अक्सर ये झूठ किसी को फँसाने के लिए नहीं, बचाने के लिए बोले जाते हैं या अप्रिय यथार्थ के साक्षात्कार से उसको बचाने के लिए। इसीलिए इनको ईसा मसीह वाले 'मेमने' के सफेद रंग से जोड़ा जाता है! औरतें ऐसे सफेद झूठ, सफेद मेमने पालने में निष्णात होती हैं—"तुम काले कहाँ हो, बेटा—तुम तो इतने सुंदर हो!...ला दूँगी न चन्द्रखिलौना...! आपके जितना तेजस्वी कौन होगा, भला...देखिएगा—एक दिन यह दुनिया आपके कदमों में होगी।...हाँ, बेटा, हाँ...चन्द्रखिलौना लैहों! ऐसा ही झूठ त्रिजटा सीता से बोली थी...रावण के प्रस्ताव से क्षुब्ध सीता ने जल मरने की खातिर चिनगारियाँ माँगी थीं तो उसने उमगकर कहा था—अच्छा, कल...आज तो सो जाओ ...अशोक के ये लाल पात ही कल चिनगारी हो लेंगे...! सफेद मेमनों-से निरीह ये 'वाइट लाइज' 'मेरी हैड अ लिट्ल लैम' की बेचारगी से हर मेरी के पीछे लगे उसके 'स्कूल' तक चले जाते हैं और खूब डाँट सुनवाते हैं उसे!"

"उपहार से स्पंदन को शायद इसलिए भी चिढ़ थी कि मुझे डाँटमारकर अपना मन भर लेने के बाद अक्सर उसके पिता मुझे एक साड़ी ले देने की जिद करने लगते थे जो कभी-कभी बात खतम करने की लिहाज या मन बदल जाने के लालच या उनकी इस तरह की बातों के प्रभाव में मैं ले भी लेती थी कि जिंदगी का क्या ठिकाना, ले लो जो लेना है वरना अफसोस ही रह जाएगा मुझे कि तुम्हारी खातिर कुछ कर नहीं पाया...!!"

"स्पंदन को मेरे ये ढुलमुल क्षण बिल्कुल पसंद नहीं थे, वह एक पानी का लड़का था...आदर्शवादी। उसे यह लगता था और ठीक ही लगता था कि उपहार एक पवित्र चीज है और उसी से लेना चाहिए जिसके लिए आपके मन में कोई गिले-शिकवे नहीं हों—समर्पण का प्रतीक है उपहार—लीपापोती के लिए उसका उपयोग एक तरह की चरित्रहीनता है!

कुछ मायनों में वह मेरा गुरु भी रहा है, तारा...!"

"ये ही तो मुश्किल है। मौसी! आदिगुरु शंकराचार्य की मुद्रा में ही वह हरदम रहता है—सहज नहीं रहता! कुछ लोगों की शुचिता भी एक तरह का आतंक कायम करती है!"

"और साहिल?"

"साहिल की मुश्किल है—सब उखाड़ फेंकने की मुद्रा जो अक्सर पुराने कम्युनिस्टों पर हावी रहती है। उन्हें परंपरा का कुछ भी ग्राह्य नहीं दीखता, सब एक ढोंग दीखता है। देह ही अंतिम यथार्थ दीखती है। क्वांटम भौतिकी का तेजस्वी शिक्षक होने के बावजूद वह यह नहीं मान पाता कि सृष्टि के कुछ भाव, कुछ तथ्य—कार्य-कारण संबंध और लाभ-लोभ के गणित के परे हैं—जैसे यह प्रेम ही...क्या इसको 'देह', 'मन' आदि घटकों में तोड़ा जा सकता है? या ईश्वर? क्या वह मनुष्य की कल्पना-मात्र है—एक वर्किंग हाइपोथेसिस—मनोवैज्ञानिक अवलम्ब और कुछ भी नहीं?...मुझे खुद नहीं पता इन प्रश्नों के उत्तर! पर ये प्रश्न कैरम की गोटियों की तरह एक 'स्ट्राइकर' से छितरा देने वालों से मेरा मन थोड़ा भन्नाता है...!

अपने पिता की मृत्यु के बाद की अकबकाहट में साहिल मेरे पास आया। उसके पिता भी पुराने ढंग के पिता रहे थे जो शासन-अनुशासन और नियमावलियों के अनुपालन में तो कोई कोताही नहीं बरतते—क्रोध के विनियोग में भी शाहखर्ची बरतते हैं पर प्रेम के प्रदर्शन में हो जाते हैं मक्खीचूस...! सैद्धांतिक टकराहट के ही क्षण घर छोड़ आया था 'साहिल'! कम्युनिस्ट पार्टी का होलटाइमर बना था! जिसके सामने आप कुछ सिद्ध कर देने पर तुले हों, आपका पूरा जीवन जिसे एक सीख देने के इर्द-गिर्द नियोजित हो—वह इस तरह गच्चा देकर अचानक चल दे परलोक—तो एक शून्य तो पैदा होता ही है भीतर! असामयिक मृत्यु कई नई तरह की जिम्मेदारियाँ और विस्थापन भी पैदा करती हैं जिनका विनियोजन आसान नहीं होता...इसीलिए मैंने कहा कि एक अकबकाहट में वह मेरे पास आया—पिता की मृत्यु का तार मिलने के अगले ही घंटे। फिर मेरे साथ सो लेने की इच्छा पाँच वर्षों में सत्रहवीं या अट्ठारहवीं बार उसने व्यक्त की! इस बार मैं—क्या जाने क्यों—उसे टाल भी नहीं पायी, पर प्रणय-क्रिया के दौरान लगातार इसी प्रश्न पर सोचती रही कि अभी उसके पिता की रूह होगी

कहाँ–हमें यहाँ इस मुद्रा में देखकर उसे लगता कैसा होगा! क्या मेरे पिता का भी ऐसा श्राद्ध हुआ होगा जैसा ये अपने पिता का करने जा रहा है या मेरी माँ की अनाथ लाश की तरह वे भी चुपचाप जल गये होंगे!

अक्सर जब देह के भीतर कोई होता, मेरा मन देह छोड़कर टहलने निकल जाता जैसे बच्चे को पड़ोसी के घर छोड़कर माँ कभी-कभी घूम आती है...या साँप अपना केंचुल छोड़ देता है या (बतौर धर्मग्रंथ जो मैंने उत्सुकता से जब-तब थोड़ा-बहुत उलटे-पलटे) आत्मा शरीर छोड़ देती है, छिपकली पूँछ छोड़कर भाग जाती है... ।"

"बस भी कर, लड़की, ये क्या कह रही है! इतना विष! इतना ज़हर! तू विषकन्या है क्या?...वैसे, तारा, जो दंश यह ज़हर पैदा करते हैं–उसकी कुछ हद तक तो मैं भी भुक्तभोगी रही हूँ! बहुत दिनों तक सारी प्रतिकूलताएँ और अपमान चुप झेलने का नतीजा है यह! जहाँ औरत की सहमति सिर्फ औपचारिकता हो–शुष्क आदेशों के ऐसे बियावान में साँप-बिच्छू और दूसरे सरिसृप ही राज करेंगे, है न?... लेकिन यह बियावान हरा-भरा भी तो हमें ही करना है! अभद्र-असंयत पुरुष भी तो आखिर हमारी ही संतानें हैं!

पैदा हो जाने दो तुम अपने गर्भ की संतान, फिर अपने आप जान जाओगी कि नालायक से नालायक संतान को उसके हाल पर छोड़ा नहीं जा सकता, स्पंदन की माँ केवल चतुर्वेदी की हूँ, शास्त्र और संस्कृत भूत की तरह मेरी भी जान को लगे हैं–पर शास्त्र का लोकगम्य पक्ष उद्धृत करके वो कह रही हूँ जो और तरह से कह नहीं पाती : ऋग्वेद के एक मंत्र का भावार्थ है यह : प्रकृति का स्त्रीतेज कहता है –

'जन्म और मृत्यु, रोग-शोक के घात-प्रतिघात की मर्मभेदी पीड़ा और चंचलता के घोर आवर्तन से छिन्न-भिन्न होकर सब जीव दीर्घ निःश्वास छोड़ते हैं जब, तुम्हारे लिए मैंने अपना विशाल वक्षस्थल अनावृत किया है और अनंत भुजाओं का प्रसारण किए तुम्हारे ही पीछे दौड़ी जाती हूँ! तुम मेरी संतति हो! मेरी गोद से दूर कैसे-कहाँ रह सकते हो? मेरी गोदी में दुःख और संताप का स्पर्श भी नहीं! जिससे तुम्हें भीति और आशंका है, मेरा ही स्तन्य है। मातृमुख की आभा से उद्भासित है अंतरिक्ष, उसके प्रणवमात्र से मधुव्योम मुखरित है। मातृगोद की संजीवनी धारा में, आओ, अवगाहन करो और अभेद की उपलब्धि के साथ जीवन का आनंद भोगो!'

यहाँ दूध प्रतीक है 'मिल्क ऑफ ह्यूमन काइंडनेस' का जो उन स्त्रियों के पास भी होता है जो किसी कारण माँ नहीं बन सकीं और उन पुरुषों के पास भी जो जीवन का मर्म समझते हैं।'

"कुछ और खुलकर कहिए, मौसी। यह 'मिल्क ऑफ ह्यूमन काइंडनेस' मन फटने के साथ फट भी तो जाता है...परंपरा ने मातृत्व को जरूरत से ज्यादा महिमा-मंडित नहीं किया क्या?"

"तुमने अभी-अभी साहिल के संदर्भ में सर्वोच्छेनवाद के कीटाणु की बात की—सोवियत संघ का पतन इतिहास की सीख है हमको कि परंपरा में भी सब-कुछ उच्छेद्य नहीं है! आदमी की बनावट क्लिष्ट है, तारा—वह मिट्टी और आकाश दोनों है, उसे सामाजिक संघात भी चाहिए और वैयक्तिक स्पेस भी—अपनी नयी दुनिया में (जो स्त्री और दूसरे उपेक्षितों की बनायी होगी)—न दूध फटेगा, न मन—ध्यान हमें इसी बात का रखना है कि एक का 'स्पेस' दूसरे पर हावी न हो जाए! कितना भी बड़ा समष्टिप्राण हो कोई—उसे पढ़ने का वैयक्तिक स्पेस चाहिए और सोचने का, प्यार करने का भी...इसी तरह कोई कितना भी व्यक्तिवादी और एकांतनिष्ठ/आत्ममुग्ध/संकुचित हो—कहीं किसी बृहत्तर प्रयोजन से जुड़े बिना उसका निस्तार कहाँ!"

"स्पंदन को बड़ा करते हुएए तरह-तरह के मूड्स में उसको देखते-निरखते हुए—एक और बात नये सिरे से समझी मैंने कि अपना लगाया पौधा भी बढ़ता है अपने ही ढंग से और बढ़ना भी चाहिए! वरना सब कुछ फैक्टरी-प्रॉडक्ट-सा एकरूप हो जाए। यही फर्क है प्रकृति/ईश्वर/और किसी व्याख्येय—अव्याख्येय सत्ता की स्थापित या फिर स्वयंभू सृष्टि और मनुष्य के बनाए हुए खाँचों-नियमों-विमर्शों में। प्रकृति जैसे अनंत परम्यूटेशन-कॉम्बिनेशन मनुष्य के पास नहीं, अभी तक नहीं। इसलिए प्रकृति में या ईश्वर नामधारी इयत्ता में एक अगाधता है जो हमें भी अगाध बनाती है—एक पेड़ या पहाड़ या समुद्र या नदी का सान्निध्य, धूप या चाँदनी का स्पर्श आत्मा का आयतन बढ़ाता है क्योंकि उसकी चौहद्दी निश्चित नहीं, वह पकड़ में आनेवाली मछली नहीं!"

"लेकिन हम-सब तो जाल में फँसने वाली मछलियाँ हैं—प्रकृति से अगाधमना होने के बावजूद हैं तो ससीम ही और ज्यादातर कार्य-व्यापार हमारे कार्य-कारण संबंध से ही नियोजित हैं!"

"तर्क से मुक्त होने को कौन कहता है—यह न संभव है, न उचित—पर कुछ तर्कातीत भी होता है, यह समझने की विनय विकसित करनी पड़ती है अपने भीतर—अतिरेक से बचना पड़ता है—बुद्ध का मध्यम मार्ग इसीलिए हमें इतना छूता है कि यह अतिरेक से बचने की तर्कना है, दरअसल हर दर्शन का सार है समन्वय और संतुलन—बुद्धि और हृदय, तर्क और अंतःप्रज्ञा का! अतिशय द्वेष और क्रोध यदि दानवों के लक्षण हैं तो अतिशय मोह भी—यह भी मैंने स्पंदन को बड़ा करते हुए ही जाना! बच्चा बड़ा करना इतना बड़ा अनुभव इसलिए भी है कि समाज की तरह बच्चा

भी—सारे आरोपित प्रमेयों के बाँध काटता अपने ढंग से बड़ा होता है :

दांपत्य और गृहस्थी, ईश्वर और प्रेम इतने युगों से मनुष्य का संस्कार बन चुके हैं कि अब उनसे सर्वथा मुक्त हो पाना असंभव है, फिर मुक्त हुआ भी क्यों जाए। हैं तो ये मानव-मूल्यों का ही स्पेक्ट्रम—सिर्फ इनकी चौहद्दी थोड़ी बड़ी करनी है—दांपत्य और गृहस्थी की, ईश्वर की और प्रेम की भी, और इनसे जुड़ी घेरेबंदियाँ तोड़नी हैं!"

"साधारण लोगों के साधारण दुख-सुख देखे हैं—कितने सरस होते हैं ये! दरअसल 'साधारणता' ही मुक्ति की सिद्ध राह है—जमीन से जुड़े साधारण लोगों की 'धारण' शक्ति अमोघ होती है—इसलिए वे ही हमारे छत्तीस करोड़ देवताओं की परिकल्पना का सबसे विराट् प्रतिरूप हैं!

डॉक्टर झा के घर होली का जुटान है न कल—वहीं चलो—वहाँ एक-एक व्यक्ति की ओर इंगित कर मैं तुम्हें बताऊँगी कि जिंदगी अपनी सारी ऊहापोहों के और आदमी अपनी सारी विकृतियों के बावजूद है तो वरेण्य ही। जन-गण-मन से प्यारा कुछ भी नहीं होता! अपनी सारी आकांक्षाएँ इसी तरह अनुकूलित करनी चाहिए कि आस-पास के सबसे परितप्त लोगों को सुख पहुँचे—इसी अर्थ में दरिद्र नारायण हैं।"

"कल ही तो मेरी गाड़ी है, अवंतिकाजी!"

"अच्छा...कल ही, रिजर्वेशन है न? किस गाड़ी से जाना है?"

"अरे नहीं, मैं रिजर्वेशन की खातिर नहीं आई थी!"

हँसती हुई मैं उठ आई! ढेर-सारी पैकिंग बाकी थी!

अवंतिकाजी बाहर तक छोड़ने आईं—

'जाना तो मुझे भी है बाहर—बेटी के घर।'

'आपके तो बस एक बेटा ही है न—स्पन्दन?'

'माने हुए सम्बन्ध कमतर नहीं होते। शुरू-शुरू में जिन मुवक्किल ने रहने को घर दे दिया था—उसकी बेटी है यह! बहुत बड़ी चार्टर्ड आकउण्टेण्ट इण्टरनैशनल—अकाउण्टेंसी की एक्सपर्ट—दुनिया में घूम-घूमकर उसको लेक्चर देने होते हैं'! जब उसका लेक्चर-टुअर होता है—अपनी दो प्यारी नातिनों के लिए मैं वहीं और जाकर रहती हूँ उसके घर! मेरा दामाद, वैसे तो बहुत दोस्ताना है, पर अकेले बच्चे सँभालने में उसको दिक्कत होती है—उसके भी तो नौकरी है!'

'उसके अपनी माँ नहीं है क्या?'

'है, लेकिन पुराने संस्कार की महिलाओं को अब तक बेटी के घर जाकर रहने में संकोच होता है। बाहर से सारा सहयोग कर देती हैं—अचार, मसाले, जेली, बड़ियाँ नमक पारे, शकरपारे! बातें करते-करते अब हम पार्क तक चले आए थे! अवन्तिका जी को वहाँ भी तरह-तरह के लोग मिल रहे थे। थोड़ी देर तो हम बेंच पर बैठे तो

अवन्तिका जी ने इशारे से वृद्धजनों की बातचीत की तरफ मेरा ध्यान खींचा—एक वृद्ध पड़ोसी वृद्धा से कह रहा था—'

'आज का समाचार देखा?'

'बच्चों के इम्तिहान हैं, टीवी खुला नहीं!'

'अखबार भी नहीं मिला?'

'जिनको दफ्तर जाना है—उन सबके पढ़ने के बाद दोपहर में पढ़ती हूँ चैन से मैं अखबार—

तो इसमें क्या है खराबी?
समाचार रोटी नहीं होते,
बासी होकर भी नहीं ऐंठते।'
'उस मरहम से कुछ आराम तो हुआ। और आपकी आँख का मोती कैसा है?'
'ओ, मोतिया मेरा छोटा बेटा आएगा।
तभी कराऊँगा मैं ऑपरेशन 'इस मोतियाबिंद का।
जो भी बच्चा रहता है दूर, कभी-कभी आता—
वह सेवा से थोड़ा कम ऊबता,
थोड़ा कम घबराता है।'
'एक बात बहुत दिनों से
कहना चाहता, बोलो बेधड़क—
कहने को अलग है हमारे परिवार,
लेकिन सुबह-शाम, हर रोज
पार्क की हरी फर्श
और यह नीली छत
एक ही बना देती है अपना घर-बार!'
'तो फिर सुनो—
जब तक हम दोनों जिंदा हैं—
जिंदा हैं हम दोनों के बीच
हरियाली का यह एहसास
बच्चों की मुँहतक्की क्या?
जैसे गरीब आदमी
बच-बचा रखता है
अपनी खुद्दारी—
मैं तुमको रखूंगी,

तुम भी मुझे रखना–
इस बैंगनी छाया में
कम से कम इस जीवन-भर!'
'...और सात जन्मों के साथ की देता दुहाई
दूल्हा तुम्हारा जो मुझसे निबटने आएगा इस जीवन के पार?'
'उससे कह दूंगी–
जीवन-भर जो तुमने तंग किया–
उसका बदला मैंने ऐसे लिया–
हर करवा चौथ के दिन
छुपकर खाया
मैंने मिरिच का आचार!'
'अच्छा, इतने से ही हो जाती है
सात जनम की छुट्टी-कुट्टी?
सेवा तो उसकी, वैसे, तुमने
मरते दम तक बहुत की थी।'
'कोई-कोई बात तो उसमें प्यारी भी थी।
दिल का था ठीक-ठाक,
कुल मिलाकर देखा जाए तो
मैं उससे भी प्यार ही करती थी, पर इतना तो है बिल्कुल निश्चित–
अब किसी जन्म में मैं उसका
साथ नहीं चाहती।
याद उसे करते ही याद आ जाता है–
कब-कब, कैसे-कैसे
उसने मेरी बिना मतलब ही कितनी मरम्मत की,
कुत्तों की ही तरह दुत्कारा-पुचकारा,
पुचकारा-दुत्कारा रह-रहकर
और इस डर से कि उसका ब्लड-प्रेशर
बढ़ जाएगा
और छिन जाएगा मेरा भी आसरा–
प्रतिरोध में मैंने कूं-कां भी कभी नहीं की।
दूर से प्रमाण किया करने का भी
एक रिश्ता वैसे होता है–

मदर डेयरी खुल गई है।
पोता भूखा बैठा होगा।
अच्छा, इसी बात पर
तुम्हें भी राम-राम।'

"कई वर्षों से मन में यह घुमड़ रहा था कि हमारे इस संक्रमणशील समाज में सबसे ज्यादा बदली है सांझ की अवधारणा-जीवन की सांझ भी अब वैसा घनघोर अस्ताचल नहीं होती। आज सुबह सैर से लौटकर जब ऊपर वाली कविता लिखी—एक साथ याद आ गए ऐसे व्यक्तित्व जिन्होंने धूप में अपने बाल सफेद नहीं किए, जीवन की सब ऊँच-नीच झेलकर जिन्होंने एक खास तरह का ठहराव अर्जित किया और एक खास तरह का महीन ह्यूमर भी जो गहरे विडंबना बोध से पैदा होता है।" अवन्तिका जी जैसे खुद से ही बातें किए जा रही थी।

चिकित्साशास्त्र के नए अनुसंधान औसत-आयु विस्तार तो कर ही गए हैं, सैर-वैर के प्रति एक खास तरह की जागरूकता भी फैली है। 'सैर' एक महत्त्वपूर्ण 'ब्रीदिंग स्पेस' देता है—विशेषकर उन महिलाओं को जिन्होंने सारी जवानी घरेलू बेगार में बिताई है, जवानी-भर एक तरह की असूर्यम्पश्याएँ ही रही हैं जो। आसमान देखा भी है खिड़की से ही। आँगन की नाली के सेवाल के रंग-परिवर्तन से उन्हें वंसत के आगमन की सूचना मिली है। एक दौर ऐसा भी आया जब शहरीकरण की प्रक्रिया में तेजी के साथ माँ-बाप तमाम तरह के नेग और गहने, हिदायतें, संदेश, उपदेश... पर इस समय उसको ठोस सहयोग की जरूरत है! मैं जानती हूँ कि ठोस सहयोग, की जरूरत के वक्त बड़े-बड़े दर्शन, छूँछे लगते हैं। कामकाजी माँ को हमारा समाज, काजी और पाजी ज्यादा समझता है, माँ कम!..."

मैं चुपचाप अवंतिका जी का मुँह देखती खड़ी रह गई। उनकी तकलीफ का अंदाज मुझे था! माँ का सुनाया हुआ भोजपुरी लोकगीत गूँज रहा था मेरे कोनों में—

अमुवा-तले डोला रख दे कहरवा
नैहर छूटोहि जाय रे!
अम्मा कहे—बेटी नित दिन अइह,
बाबा कहे—छौ मास रे,
मैया कहे—बहिनी, अवसर पे अइह,
भाभी कहे—का, काम रे।

'डिवाइड ऐण्ड रूल' के तहत जैसे अँगरेज हिंदू-मुस्लिम को लड़वाते थे, ऐसी निर्मितियों में पितरसत्ता भाभी-नंनद और सास-बहू को लड़वा देती है! खुद औरत बन जाती है औरत की दुश्मन—पितरसत्ता की सवाक् धूत-अवधूत! और माताएँ भी कभी-कभी ऐसी भाषा बोलने को विवश होती हैं और ऐसी दुर्वह रूढ़ियों में गिरफ्तार'

जिसकी ताली सात समन्दर से ढूँढकर हमें लाती होगी।... नैहर छूटोहि जाय—मगर क्यों? पूरी धरती नैहर है।

अवन्तिका जी अभी गेट पर ही थीं कि आउट हाउस से बच्चों का एक हुजूम दौड़ता आया।

परेशानी से लहालोट, एक बच्चा बोलने लगा हाँफता-काँपता—

"दादी-दादी ये मुझको धमका रहे हैं : पित्जा नहीं खिलाया तो मम्मी को बता देंगे एन.एस.ई. के स्कॉलर शिप की डेट निकल गयी है और वे मुझे एक ट्यूशन और रखवा देंगी... दादी, मैं ट्यूशनों से तबाह हो गया, दादी, इनको समझाइए-मम्मी को कुछ न बताओ, मैं अगले महीने तक पित्जा के पैसे जुटा लूँगा।" अवन्तिका जी ने उनकी समस्या सुलझाई और आगे कहा—

हॉल-डाल और देवदार की बड़ी पेटियों-गठरियों के संग लदे-फदे बेटे की नई नौकरी पर शहर आ गए बूढ़े बापों ने तो फिर भी अपनी कामचलाऊ हिंदी-अंग्रेजी के साथ ताशों के अड्डों या चाय-पान की गुमटियों पर नए संबंध विकसित किए, पर वृद्धाएँ? वे तो जैसे गूँगी ही हो चलीं... फिर धीरे-धीरे सब्जी वाले, दूध वाले, कबाड़ी और दो-एक पड़ोसी/पड़ोसिनों के साथ उनका जो छिपटपुट संवाद शुरू हुआ, उसमें नए तरह के संबंध-विस्तार को अच्छी-खासी गुंजाइश होने लगी"।

मैंने भी कुछ कहने की कोशिश की।

"तीसरी दुनिया में वृद्धाओं का यह स्वतंत्र संबंध विस्तार एक बड़ी घटना हैं पारिवारिकता का तंग घेरा कई बार दमघोंटू हो जाता है—चुस्त बनियान की तरह। दम घुटने लगे तो साँस बड़ी खींचनी ही पड़ती है—विस्तार बड़ा करना ही होता है। गाँवों और छोटे शहरों में यह विकसित होता था पूरे मुहल्ले की अम्मापंथी, चाचीगिरी, बुआपन, मौसीपन, दादी-नानीगिरी के रूप में। चालीस-पचास के बाद वहाँ लिंग-बोध से ऊपर उठ जाना मामूली घटना है। हमारे मिथिलांचल में तो तीस-पैंतीस तक ही औरतें सास बन जाती हैं—खासकर बेटियों की माएँ—और बेटियों की डोली उठ जाने के बाद लिंग-बोध से इतना ऊपर उठा हुआ उन्हें माना जाने लगता है कि कंचुकी/जंपर/ब्लाउज पहनने की जरूरत ही उन्हें महसूस नहीं होती। ज्यादातर स्त्रियाँ बेटी की शादी के बाद ब्लाउज पहनना छोड़ देती है—यह एक तरह का आरोपित संन्यास होता है, एक प्रतीकात्मक उद्घोष कि अब मुझे औरत-वौरत न समझे कोई, बहुत दिन निभा दी औरतगिरी और अब भुक्त हुई। घर-घर घूमूंगी, मुफ्त परामर्श बाँटती, अकुंठ सुश्रूषा साधती, झगड़े सुलझाती, शादियाँ लगाती...। पुरधायन कहते हैं इनको। जर्मेन ग्रीयर का 'द फीमेल यूनक' पढ़ते हुए मुझे अपने मिथिलांचल की ऐसी कितनी पुरधायनें याद आईं जो गीतों/कहानियों/चुटकुलों और मजेदार पहेलियों ओ

अनंत कोष हुआ करती थीं। धारावाहिक उनके किस्से चलते थे...” अवन्तिका जी जैसे एक साँस में बोलती गई–

“पारिवारिकता के घेरे के बाहर वृद्धाओं को स्वतंत्र संबंध-विस्तार शहरों में भी अक्सर लिंग-बोध से ऊपर उठा हुआ ही होता है, पर कई दफा उनमें भावनात्मक संरक्षण लेने-देने की एक साध भी अघोषित भाव से ऐसे उग जाती है जैसे कि दीवार पर घास। लेने-देने की यह पारस्परिकता स्त्री-पुरुष संबंधों की विशिष्ट आँच से युक्त भी हो तो कुल मिलाकर आत्मा का आयतन बढ़ाने वाली ही होती है। अनादर, उपेक्षा, द्वेष, ईर्ष्या और स्वार्थ की मारी हुई इस दुनिया में जब हर शख्स एक बिदके घोड़े की तरह हमारा समूचा वजूद कुचल डालने को उद्यत घूम रहा हो–आहत अहं पर कितना बड़ा मरहम है कि कोई तो है जो मेरी कदर करता है, जिसकी आँखों में एक चमक पैदा होती है मुझे देखकर, जो मेरी उपादेश्यता, मेरी भलमनसाहत, मेरी पात्रता पर प्रश्नचिह्न नहीं लगाता।”

अवन्तिकाजी के भीतर जैसे कई फफोले अदबदा रहे थे! टमक रहे थे भीतर-भीतर! तभी कॉमिक रिलीफ की तरह उनका प्रिय सब्जीवाला आ गया–ठेले पर हरी तोरियाँ और आसमान सर पर उठाए–सारे मुहल्ले में अलख जगाता हुआ-सा–‘पालक-भिंडी कददू-तोरी!’ और हर कमरे से गृहणियाँ ऐसे मगन भाव से दौड़ी जैसी कभी कृष्ण की बाँसुरी पर गोपियाँ दौड़ जाती होंगी! गृहस्थी के अभंग खटराग से एक नन्ही-सी फुर्सत, एक अँखुवा-भर उम्मीद कि आज के खाने से शायद स्वामी-बच्चे प्रसन्न हो जाएँ। कभी-कभी तो मुझको लगता है, गार्हस्थिक जीवन की सारी हरीतिमा सब्जी-विमर्श में ही सिमटी है। गृहस्थ-जीवन का अद्भुत कार्य-व्यापार है सब्जियाँ खरीदने जाना! कितने समारोहपूर्वक मेरे बाबूजी भी आश्रम-भर की सब्जियाँ खरीदकर शुद्ध घी में जीरे के तड़के पर छौंकते थे। आरोपित सधुक्कड़ी बर्बाद कर गई उन्हें, वरना वे भी सद्गृहस्थ ही हुए होते!

दारू पार्टियों का रीतिकाल : एलिस इन थण्डरलैण्ड

अमरीका—जैसे डिजनीलैण्ड में पहले एक शोधछात्र, फिर एक कॉलगर्ल रहकर भारत के 'आउट हाउस' लौटी मेरे-जैसी भिन्नाक लड़की/औरत के लिए दुनिया न छायावादी कवियों का आश्चर्यलोक हो सकती है, न लुई कैरोल का। मेरे मन के ज्यादातर महाप्रश्न सिगरेटों की लय में टिमक-भर सुलगते हैं और धुँआ, राख-राख होकर बिखर जाते हैं। कोई लहास नहीं उठती—दावानल वाली या बड़वानल वाली लहास! हर रात अपने प्रश्नों के साथ मलुआकर, मटिपाकर सो जाना जल्दी ही सीख गयी थी मैं!

लेकिन कल रात एक अलग तरह की पार्टी में गयी! बुद्धिजीवियों का जुटान था वहाँ और शराब पानी की तरह बह रही थी। शराब के नशे में तरह-तरह की लन्तरानियाँ और टुच्चे विवाद छेड़ते बुद्धिजीवी ऐसे लग रहे थे जैसे 'पंचतंत्र' के जानवर—लघुपतनक कौवा, क्षुद्रबुद्धि सियार, नखदंतगलित व्याघ्र, कामनाकातर भल्लूक, मातंगी गिलहरी, पसन्नवदन मार्जारी, चित्रग्रीव शिक्किर... खि...खि..खि...खि...खि हो, खिखिखिखिखिखि..!

मेहरौली के महामिशन आश्रम का असिस्टेण्ट साधुबाबा होने के पहले तक मेरे पिता गाँव के स्कूल में हिन्दी-संस्कृत के लोकप्रिय शिक्षक रहे थे! आश्रम में भी रह-रहकर बच्चों की अंत्याक्षरी आयोजित करते। उसके पहले का हफ्ता हमें हिन्दी-साहित्य की सिद्ध प्रसिद्ध कविताएँ रटवाते, नहीं रटने पर अपनी छड़की गुहा-द्वार में खोंस देते और कहते कि वानर-जन्म से मुक्ति नहीं पानी तो (पूँछ सहित) ऐसे ही वानर-भाव में विचरो, खुद अपने आहार का इंतजाम करो, आश्रम का खाना नहीं मिलेगा... यह सजा अनाथ बच्चों की खातिर इतनी बड़ी सजा थी कि इसके आतंक में वे धड़ाधड़ सारा कबीर, विद्यापति तुलसी, सूर, जायसी, पद्माकर, आलम, घनानन्द, बिहारी, भारतेन्दु हरिऔध, प्रसाद, पंत, निराला, महादेवी, सुमद्राकुमारी चौहान दिनकर, बच्चन, अंचल, नरेन्द्र शर्मा, जानकीबल्लभ, नेपाली, किशोर, भवानी भाई, अज्ञेय, मुक्तिबोध, नागार्जुन,

त्रिलोचन, केदारनाथ अग्रवाल, शमशेर रघुवीर सहाय, केदारनाथ सिंह, नरेश मेहता धर्मवीर भारती, श्रीकान्त वर्मा और धूमिल रट मारते...

पाठ्य-पुस्तकों के पिंजड़े खुलते! तरह-तरह की काव्य-पंक्तियाँ पंख फटकारती हुई इधर-उधर लगती उड़ने—समझ में नहीं आता—'कहाँ जाई, का करी'—एक दिशा में उड़तीं, फिर घूमकर किसी और दिशा में दिशा ठीक न हुई तो वापस मुड़ जाती—आवेग था मगर दिशा नहीं थी! इतने दिनों तक पिंजड़े में बंद रहे पक्षी की अकुलाहट की कोई दिशा एक बार में बनती भी कैसे—पंखों की ताकत तौलना एक कठिन प्रक्रिया है! पंक्ति से पंक्ति टकराती... पूरी फिजां में एक विचित्र फड़फड़ाहट ... आज तक मेरे दिमाग में आश्रम का वह विकट दृश्य रह-रहकर जग जाता है—खासकर जब मैं घबराई हुई होती हूँ!

आज रात भी वही हुआ! पार्टी से लौटकर आई तो जिन के हल्के नशे में खुद मैं भी थी... मेरे जीवन का यह बहुत बड़ा दिन था! पाठ्यपुस्तकों के सारे लेखक सामने बैठे थे—इतने करीब कि मैं उनको हाथ बढ़ाकर छू सकती थी। छूकर विश्वास कर सकती थी कि ये वे ही विभूतियाँ हैं जिनकी किताबें बचपन से पढ़ती आयी हूँ, जिनके बारे में तरह-तरह की कल्पनाएँ की हैं... भाग्य से ये इतनी सारी विभूतियाँ सदेह जो मेरे सामने बैठी हैं—पत्थर की प्रतिभाएँ नहीं, प्रकट देवता हैं... इल्हाम की घड़ी ऐसी ही होती होगी या यह कयामत है? या कोई इन्नर सभा... मैं इन्हें छूकर देखना चाहती थी पर ये मुझे छूने को क्यों छटपटा रहे थे... गुलगुलती गिल है, गलीचा है, गुनीजन है, चाँदनी है, चिक है, चिरागन की माला है... सिसिर के पाला को न व्यापत कसाला तिन्हे जिनके अधीन एते उदित मसाला है, तान तुक ताला है, विनोद के रसाला है, सुबाला है, दुसाला है, बिसाला चित्रसाला है। ये साहित्याकार हैं कि सामन्त? क्या यह भी दरबार है—कविदबार?

कैसी-कैसी चर्चाएँ हो रही थीं—

"ब्रेष्ट ने सेक्स फार्म की बात की थी जहाँ प्रेम की देवियाँ जाँघे पीट-पीटकर ... प्रेम की देवियाँ... हिन्दी जगत् की सब लेखिकाएँ... मेरी... मेरी ही बनायी हुई हैं—मैं उन्हें ...उन्हें अपने आवाँपर गढ़ा है... एक-एक पंक्ति सुधारी है—दस-दस ड्राफ्ट बनवाए हैं... पाठिकाएँ थीं वे—प्रेम में पगी हुई आयी थीं—मुग्धाएँ क्लसिकल—उनमें लिखने की तमीज मैंने भरी... मेरी ही लाइब्रेरी... उनसब का शयनकक्ष... वो... अरे, वो उस खेमे में चली गयी... पटा लिया उसको... पति उसको कोड़ों से पीटता था... एक सम्बल चाहिए होता है सबको.. हाथ उठाकर कविता पढ़ती है... कोई उसकी सही उम्र नहीं जानता... वो... वो उसके घर उसके बच्चे के पोतड़े धोता था... वो... वो तो इतनी मीठी है कि बिन माँगे मोती उड़ेले जाती है... विकटनितम्बा.

.. अरे भाई, हँसने की क्या बात है—यह एक बौद्ध भिक्षुणी थी... उसके छोटे बेटे की सूरत—अरे छोड़िए हर लड़की तीसरे गर्भपात के बाद धर्मशाला हो जाती है और कविता हर तीसरे पाठ के बाद... उसकी नियुक्ति न होती तो किसकी होती... पुरस्कार... अकादमियों के गरम चक्कर... मारवाड़ी मिठाइयाँ खिलाई... चाँदी की थाली में सोने की... सोना... होना प्रिय दुश्मन के साथ... असल साहित्य... अकादमी के चुनाव... मैं दुनिया का सबसे अच्छा आदमी हूँ... 'आप साहित्य नहीं पहचानते, दो कौड़ी का लिखते हैं आप... पूरा हिन्दी-जगत् मेरे पीछे पड़ा है... सब मुझे खदेड़ रहे हैं... मैं भागता जा रहा हूँ...भेड़िए पीछे पड़े हें, यही दुर्गति सच्चे लेखक की होती है. .. वहाँ तक पहुँचने की दौड़... वह मुझे देखकर भागी... उसने मुझसे मासिक धर्म की बातें की—यह एक संकेत था... पेट दुख रहा है/उसने बताया—जब मैंने पूछा कि भागी क्यों... पेशेवर भाषा के तस्कर संकेतों और बैलमुत्ती इबारतों में अर्थ खोजना व्यर्थ है! दरअसल वह अपने बूढ़े बॉस के साथ थी... मुझे देखकर रास्ता बदल दिया... औरतों की महीन चालाकियाँ... उनकी तो मत पूछिए... पच्चीस दिन में दुनिया की सबसे मशहूर औरत होने का नुस्खा उनके पास है... होता है ऐसा... कमजोर चालाक न हो तो बचे कैसे.. हाय, क्या आवाज है उसकी... क्या मुस्कुराती है... क्यों... जिस दिन बुलाऊँगा, आ जाएगी... गुरुडम... येस गुरुडम... कुछ तो जादू है अपन के पास, औरतों पर तो चलता ही है... महत्त्वाकांक्षा भी है तो आकांक्षा... कामना कामिनी... कनक-छड़ी सी कामिनी... हर सभा में उनका आँख-मटक्का चलता रहता है... आजादी/इस दरिद्र परिवार की बीस साला बिटिया मासिकधर्म में डूबे हुए क्वाँरेपन की आग से अन्धे अतीत और लँगड़े भविष्य की चिलम भर रही है।

ये देखो, ये... आइए-आइए, अवन्तिका जी, आपकी ही कमी थी! और ये कौन हैं? अच्छा... अच्छा, आइए, इधर बैठिए कुछ लिखने का शौक रखती हैं? तस्लीमा नसरीन के मुद्दे पर... बूर्जुआ स्साले... धक्काड़-लिक्खिाड़... जिधर देखो, उधर तुम हो, नजारा हो तो ऐसा हो... इतना क्या लिखना, भाई? क्वालिटी भी कोई चीज होती है! ये क्या कि हर जगह ही घसीट मारा कुछ... हर जगह कॉम्प्रोमाइज... नंदी ग्राम का हाल देखो जरा... गुजरात के दंगों के बाद... हमारे यहाँ समाजवाद माल गोदाम में टँगी ऐसी बाल्टी है जिसपर आग लिखा है, पानी और बालू भरा है...

...उनके पास... शराब और गाँजा, आशनाई और औरतों के दिलफरेब किस्से थे। मगर ये सब सिर्फ उन पदों के हिस्से थे जिनकी आड़ में बैठकर वह कविताएँ बुनता था... अपनी वासनाओं के अँधेरे में खोया हुआ देश था... अवन्तिका जी... जरा इनका तबादला देख लीजिएगा... दामाद है, अर्बन डेवलम्पमेंट मिनिस्ट्री में कहीं कोई भी पोस्ट मिल जाए... आपका उस दिन का भाषण... आप क्यों नहीं कहानियाँ लिखतीं?

एक चलता-फिरता उपन्यास तो खुद आप हैं... आपको फोन करने का सही समय क्या होगा?... किस वक्त आप निश्चिन्त होती हैं... निश... चिन्त! इस बार विश्व-हिन्दी सम्मेलन में मुझे तो... दलितों की रैली में आपने घूमिल को क्या उद्धत किया—

दुख और भय से एक झुरझुरी लेकर
मैं उसपर झुक गया...
संशय ने उन्हें आग्रहों से भर दिया...
फिर भी वे अपने हैं...
अपने हैं... अपने हैं
जीवित मनुष्य के सुन्दरतम सपने हैं!

गाँधी जी ने दलितों के लिए अलग कॉन्स्टिच्यूएंसी बनने दी होती तो आज हिन्दू अल्पसंख्यक होते और दलितों का सशक्तीकरण और जल्दी हो गया होता... अम्बेडकर ने भी उनका लिहाज किया... पर अपना धर्म बदलकर रहे...

मैंने... अचरज से देखा कि दुनिया का
...सबसे बड़ा बौद्ध-मठ
बारूद का सबसे बड़ा गोदाम है...
अखबार के मटमैले हाशिर पर
लेटे हुए, एक तटस्थ और कोढ़ी देवता का
शान्तिवाद नाम है...

ये मेरा सर फिर से चकरा रहा है! वॉश रूम हो आती हूँ... वॉश... करने चले तो क्या-क्या न धो दे आदमी! मैकबेथ के हाथ... धुलाई... कितनी धुलाई... कितनी अफवाहें... अवन्तिका जी ने बताया... हर औरत की पीठ पर कल्पित प्रसंगों के पंख बाँध देते हैं कि वह उड़ती-उड़ती आए और उनके सपने भी आबाद करे... जो आ जाती है—अरे वो, उसकी तो... और जो नहीं आती वो... उसकी तो... हाथी के दाँत, खाने के और... दिखाने के... फलां ने फलां को थप्पड़ मारा... क्यों मारा? उसका मत उससे नहीं मिलता था, वह उसके कैम्प का नहीं था... उसने दिन के सेमिनार में उससे बहस की थी... इस हमाम में... इतना बड़ा साबुन कहाँ से लाऊँ? कबीर ने किन साबुनों की बात की है? बिन पानी, साबुन बिना निर्मल करे सुमाय... गुरु धोबी सिख कापड़ा धोबी सिजनहार... कितना अच्छा होता... मैं यहाँ आती नहीं! ...खुशफहमियाँ ही सुरक्षित रखती हैं हमें!... ये ही वे लोग हैं जिनकी किताबें पढ़कर हम निहाल हो जाते थे...? क्यों हैं ये ऐसे? क्यों हो गये हैं ये ऐसे?

एक अधवैस लेखक है जो दूसरे खेमे के लेखक की जन्मदिन और दूसरे को लथाड़ रहा है कि उसकी दो कौड़ी की कविता पर वक्तव्य क्यों दिया... दूसरा आँखों

में रीतिकालीन गयिकाओं का मान नथुने फुला रहा है कि हम प्रजातांत्तिक को कोई पूछता ही नहीं।

एक नया लेखक है जो खोद-खोदकर सिद्धहस्त लेखकों से पूछता है कि उसकी रचना से कुछ उम्मीद है न... है कि नहीं!... किसी पत्रिका में छपनी चाहिए... कोई अनुशंसा... दूसरा खरहे की तरह कान खड़ा किए सुन रहा है वृद्ध शृगालों का लेखिका-विमर्श... लेखिकाओं की रचनाएँ भी देह की तरह गिंजा रही हैं पुर्जा-पुर्जा... कोई कहीं बोलने उठी थी तो लोगों ने यह नहीं सुना कि बोली क्या कुछ, उसकी आवाज के अवगुण्ठन में उलझ गये, कुछ ने दिमागी घोड़े दौड़ाए उसके इतिहास-भूगोल की ओर... कुछ शोधार्थी इस अभियान में जुट गये कि किनके साथ उठती-बैठती है, घर में कितना मार खाती है, डूब रही है तो तिनके का सहारा मैं ही क्यों न बन जाऊँ... प्रेम-प्रत्याशियों के शोध की ऊँचाई और गहराई... अहा-अहा! अभी किसी बहाने बात उनतक पहुँचाई जाएगी–दाएँ-बाएँ सवाल पूछे जाएँगे–प्राथमिक स्रोत, द्वितीयक स्रोत... अच्छा तो आप यह सोचते हैं–कहाँ किनके पास बैठती हैं वे–रेस्तारां में–कौन-से रेस्तारां में... इसका मतलब तो ये ही हुआ कि रिश्ता रूहानी है या बौद्धिक... हँस क्यों रहे हैं... हँसने की क्या बात है... अरे, साथ-साथ औरतें भी हँसती हैं... वह भी हँस रही है–

ऐसे मौकों पर हँसो
जो कि अनिवार्य हो
जैसे गरीब पर किसी ताकतवत की मार
जहाँ कोई कुछ कर नहीं सकता।
उस गरीब के सिवाय और वह भी अक्सर हँसता है

अवन्तिका जी के भाई साहब को भी तभी 'गौर से देखा! विश्वविद्यालय आचार्य-अध्यक्ष! देश के जाने-माने दर्शनशास्त्री! साल का अधिकांश विदेशों मे आयोजित प्रायोजित लेक्चर-टुअर को निवेदित रहता है। कम बोलते हैं लेकिन जो बोलते हैं सधी हुई वाणी में–सुचिंतित, सुविचारित! एक अमूर्तन के रूपे में सारी दुनिया इनकी है, बड़े-बड़े सिद्धान्त गढ़ते हैं, दुनिया का कायाकल्प करने की दिशा में कुछ प्रोजेक्ट यूएनओ. भेजे थे पर घरेलू जीवन में इनका दायरा 'हम दो हमारे दो' वाला ही है–न किसी पड़ोसी से कोई मतलब, न अन्य रिश्तेदारों से–सीधे मुँह बात करना तो दूर, कभी किसी को आँख उठाकर भी नहीं देखते–टालकर कौन किच-किच मोल ले। बाकी रिश्तेदारों और दोस्तों पर भरोसा रहता हो शायद कि वे परिस्थितियाँ भाँपकर माफ कर देंगे। धीरोदात्त नायक भी गरिमा और गहराई की अगर दायरा छोटा कर लेती है तो उसका तेज चला जाता है।

यहाँ इस पार्टी में आने के पहले कुछ देर की खातिर अवन्तिकाजी माँ से मिलाने भाई के घर भी मुझे ले गयी थी! बंदिनी फिल्म में नूतन की जो हालत थी, ऐसे पत्नीशासित घरों में पति के रिश्तेदारों की होती है और पतिशासित घरों में पत्नी के रिश्तेदारों का तो, हाल ही क्या पूछना–'अभ्यागत' शब्द तो जैसे उनकी ही खातिर बना है!... आत्मीय स्पेसों में भी शासन-प्रशासन की आवश्यकता क्यों? अपनों को बोल्जाई क्यों बना देते हैं–क्यों कतर देते हैं उनकी शाखाएँ, क्यों उन्हें गमलों में कैद कर लेते हैं? 'ऑल इन्क्लूसिव'/सर्वसमावेशी क्यों नहीं हो पाता प्रेम?

वे तीस-चालीस मिनट अजीब बीते! दरवाजा नौकर ने खोला ओर साइबेरिया के ठंडे मरुथल की हवा का स्पर्श हमारे चित्त को सिहरा गया! ऐसे घरों में नौकर भी मालकिन या मालिक के लम्बे प्रशिक्षण के बाद एक खास तरह की वर्ग-चेतना के साझीदार हो जाते हैं! उन्हें खूब पता होता है किससे क्या व्यवहार करना है, किसकी औकात कैसे बतानी है–किन्हें भीतरी ड्राइंगरूम में बिताना है, किन्हें वेटिंग लाउन्ज में, किनको डाइनिंग स्पेस के स्टूल पर!

उसने हमें देखकर डाइनिंग स्पेस का इशारा किया पर चूँकि हम जल्दी में थे, और अवन्तिका जी छोटी-मोटी बदतमीजियों से हँसते-हँसाते निबट लेना सीख गयी थीं–उसकी अनाम अर्गलाओं की परवाह किए बिना वे सीधी भाई साबह के शयनकक्ष में चली गयीं–और तो और, मुझे भी हाथ पकड़कर हल्ला बोलती हुई अन्दर ले गयीं कि भाई, कहाँ हैं सबलोग बाअदब, बामुलाहिजा होशियार... शाहंशाहे आजम पधार गये!

शाहंशाहे आजम का स्वागत ऐसे हुआ कि भाई साहब ने आँख उठाकर पत्नी की ओर देखा, सहमकर सिर हिलाया, उसके बाद जो कुछ लिख रहे थे, सो लिखते रहे. .. भाभी रानी चाँदी की तश्तरी में कुछ भीगे बादाम और मुनक्के निखुर रही थीं, निखुरती रहीं! बला की खूबसूरत थी– बड़ी-बड़ी आँखें उठाकर हमारी ओर देखा जरूर और तिरछी मुस्कान के साथ कहा–"हम तो यहाँ हैं, पर ममी वहाँ हैं।" साथ-साथ उँगली भी दिखाई कि वो रही, बाहर को।

सतमासा शरीर ही नहीं होता, सतमासा आत्मा भी होती है–पूरा पोषण नहीं मिल पाता, अंग पूरे विकसित नहीं होते–सतमासा शरीर तो बाहरी खान-पान से पुष्ट हो भी जाए, सतमासी आत्मा अन्त तक सिमटी ही रहती है, किसी से कोई लगाव महसूस नहीं करती, अपनी नाक के आगे देख नहीं पाती, दिन-भर यही सोचती रहती है कि दुनिया कितनी खराब, मैं कितनी अच्छी–"दुनिया ने हमको दिया क्या, दुनिया से हमने लिया क्या, हम सबकी परवा करें क्यों, सबने हमारा किया क्या... दम मारो दम" वाली आत्ममग्नता!

रोबट और देवदूत के बीच की कोई स्पीसी होते हैं इन घरों के बच्चे–सुन्दर-सलोने,

भोले-भाले पर स्पन्दनहीन! भोले-भाले इसलिए कि उनमें कोई दोष नहीं होता, वे अक्सर सच बोलते हैं, किसी को चोट नहीं पहुँचाते, माँ-बाप से दिल की बातें कहते हैं, पूरा एनिडब्लाइटन, पूरी हैरीपॉटर, साइंस इन्साइकोपीडिया आदि पढ़कर वे तैयार हैं, प्रेमचंद, टैगोर वगैरह भी पढ़ते हैं लेकिन अनुवाद में, सुबह की टिफिन शाम को अनखाए ही लौटा हैं, उल्टी करके पीते हैं दूध वगैरह, हर सात दिन पर उन्हें कोई टेलेण्ट सर्च-परीक्षा देनी होती है, लगातार उन्हें परीक्षार्थी की मन : स्थिति में रहना होता है, पिकनिक ओर बर्थडे-पार्टी में जाना-नहीं जाना ही उनके सुख-दुख की इन्तिहा होती है... और रोबट इसलिए कि किसी के लिए अन्तः प्रेरणा से कुछ करना उनके वश में नहीं होता—वे रोबट ओर देवदूत के बीच की कोई स्पीसी इस अर्थ में होते हैं। उनका जीवन उचाट होता है क्योंकि उस पर अमराई की छाया नहीं होती : नानी-दादी की कहानियाँ, मामू के कंधे, चाचू की चुमकारा, बुआ की बतकही क्या कोई स्कोप नहीं!...

भाभी ने बाहर का रास्ता दिखाख!...! अवन्तिका जी ने यह भी नजरअंदाज किया... बगलवाले कमरे में भतीजे-भतीजियों की ओर मुड़ीं! बुआजी को देखकर वे हाथ बाँधकर खड़े हो गए, झुककर प्रणाम भी किया पर लिपटे नहीं! साथ में जो चॉकलेटें हम लिए गये थे, उन्हें लेते हुए 'थैंक्यू' बोले, यंत्रचालित भाव से संक्षेपणसिद्ध लिपिकों की भाषा में हाँ-हूँ कुछ करते गये। कम्प्यूटर दादा, मोबाइल दादी, टेलिविजन बुआ, कोचिंग चाचा, मम्मी और डैडी—बस दतपर सी जिनकी दुनिया हो—बृहत्तर विश्व की वर्चुअल रिऐलिटी उन्हें एक निकट मायानगरी का कैदी बना लेती है और मयदानव सबसे पहला प्रहार हाथ-पाँव पर और दिल के आयतन पर करता है।

इसी उम्र में मुझे बाबूजी ने तुलसी का जो दोहा याद कराया था, मेरे मन में लगा ठाठहें मारने—

'आवत ही हरषें नहीं, नैन न उमगे नेह,
तुलसी वहाँ न जाइए, कंचन बरसे मेघ,'

पर नहीं जाती तो कैसे नहीं जातीं—अवन्तिका जी की माँ थी वहाँ—कायदे-कानूनों की बंदिनी कि हजार प्रतिबन्धों और जहालतों के बीच भी रहना है बेटे के दरवाजे!

मरने का रिहर्सल करते रहना है किश्तों में—दम साधकर रहना है जब तक दम न निकल जाए! कोई कहाँ जा रहा है, कहाँ से आ रहा है, कब लौटेगा कुछ भी पता नहीं!... ईमानदार लोग और उनके बीवी-बच्चे देश के विशिष्ट नागरिक अवश्य हैं पर उनकी ईमानदारी, उनकी प्रतिभा यदि उन्हें शीशमहल में बन्द कर देती है तो वे निर्जीव गुड्डा-गुड़िया हो जाते हैं।

इस शीशकक्ष का आयतन धीरे-धीरे कम से कम तर होता जाता है—पहले बृहत्तर समाज गायब होता है, फिर वृहत्तर परिवार—धीरे-धीरे माँ-बाप भी उससे बाहर हो जाते हैं! माँ-बाप माने क्या— एक बूढ़ा फर्नीचर, तीन टाँग की कुर्सी, कोने में पड़ी रहे—पुरानी पत्रिकाओं का पुलिंदा और गंदे कपड़ों की गठरी छाती पर धरे! बीच-बीच में बस दस्तखत करते रहें—कागजों पर, सब्जी कतरते रहें, दूध लाते रहें, सुनते रहें ताने कि आपने इतने दिन किया ही क्या... दिया ही क्या। रिश्तेदारों के कटाक्ष से भी तो बचाया नहीं, हमारे लिए उनसे लड़े नहीं... वे हमें स्वार्थी समझते हैं तो आप तलवार लेकर पिल क्यों नहीं पड़ते... करवाया नहीं था उनका काम—करवाया तो था—फलाने का तबादला रुकवाया था, चिलाने को सत्ताइस दिन रखा था घर में—सिला क्या मिला... एक ही जैसे हैं आप और आपके रिश्तेदार—नाशुक्रे... अब हमारा वर्ग ही बदल गया है—हमारे मन में उनकी बदतमीजियों के दंश हैं, अब हम किसीसे कोई मतलब नहीं रखने वाले... अंधा क्या चाहे, दो आँखें... जो सम्बन्ध तोड़ने के बहाने ढूँढेगा उसे हर कदम पर हजार मिल जाएँगे! देश के बड़े काम करने वाले आस-पास से कोई मतलब नहीं रखते। बड़े लोग, बड़ी बातें। गृहकलह से बड़े लोग बचकर चलते हैं, माँ-बाप की ही समझाए रखते हैं कि बुढ़ापे में देवता होकर रहना चाहिए!

आज तो अवन्तिका जी का भी समाज भी कुछ मान-सम्मान है—उन दिनों क्या हुआ होगा जिन दिनों ये एकदम बेसहारा थीं—अच्छी तरह समझ सकती हूँ। मायका जिस तरह औरत को नाक के पोटे की तरह झटककर फेंट देता है—उसमें अगर वह अपने पैरों पर खड़ी होने लायक शिक्षित न हो तो क्या हो! क्या हुई अम्मा की नियति! इसीलिए तो बेचारी ने मेरी पढ़ाई-लिखई पर इतना जोर डाला, आत्सम्मान घोंटकर भी मुझे भगोड़े साधु-बाबा के हीले लगा आयी क्योंकि इतना भरोसा उसे था कि आश्रम का धंधा भी एक बड़ा धंधा ही है, इतने पैसे निकल आते हैं कि बाल-बच्चे देश-विदेश बेहतरीन संस्थानों में अपनी जेब से पैसे लगाकर भी मजे में पढ़ाए जा सकें।

...खैर, अवन्तिका जी की माँ से मिलना एक अलग तरह का अनुभव था! अपनी देह, अपना मन चटाई की तरह समेटकर कोने में टिका लेने की कला औरतों की तो साधी हुई है! गाँधी के साए में पली हुई औरतें 'डिग्निफायड सफरिंग' का, मैं चुप रहूँगी—'रास्ता निकालूँगी लेकिन चुपचाप'—यह आदर्श मानो घुट्टियों में पीकर ही पिके टिंग में खड़ी हुई थी—सो, सब की सब घरेलू राजनीति में भी चुप्पा-सा सुधार-आंदोलन का लम्बा, जटिल और अनन्त जान पड़ता-सा मार्ग चुनती हैं! कभी खतम नहीं होता इनका इन्तजार, कट्टर किसिम का इनका आशावाद जो ऊपर से बेहद मुलायम पड़ता है—पर होता है दृढ़प्रतिज्ञ। अवन्तिका जी ने उनके घुटनों पर सर रखकर निजी मन

की किसी अनुलाहट की चर्चा की तो कहने लगीं–"धीरज, बेटी, धीरज... गंगा हिमालय से चलती है तो एकदम से सागर तक पहुँच नहीं जाती–यही हाल मन से फूटने वाले तात्त्विक प्रश्नों का होता है–तत्काल किसी निष्कर्ष, किसी सर्वसमावेशी उत्तर तक हहाकर पहुँच जाना किसी प्रश्न की खातिर सम्भव नहीं... गंगा की धार की तरह ही उसे रास्ते के हर पत्थर से टकराकर, चारों तरफ की दुनिया देखते-समझते धीरे-धीरे बढ़ना होगा–फिर अचानक किसी सुबह उत्तर का एक पक्ष झलकेगा–सूर्योदय की लाली से चौंककर चिड़िया का बच्चा अपनी पहली उड़ान को तैयार, पंख फड़फड़ाएगा–किश्तों में उत्तर मिलते हैं–अचानक किसी प्रश्न का कोई उत्तर नहीं मिलता–इसलिए, बेटी, छटपटाना क्योंकर... तू भी तो महाप्रश्न के साथ घर से निकली थी... किश्तों में तुझको तेरे सन्धान का प्राप्य मिला कि नहीं–प्रकृति न्याय की देवी है!"

अवन्तिकाजी की माँ प्रसाद के नाटकों की भाषा में समरसता सिद्धान्त का मर्म जिस तरह समझा रही थीं, वह मेरे लिए रोचक था! मेरी माँ इस तरह की भाषा नहीं बोल पाती थी–आठवीं के आगे उसको किसीने पढ़ाया नहीं–पर बातें जो कहती थी, इसी तरह की, इसी गति की बातें–धीरजधर पाण्डे बने रहने की बातें! बाद के अनुभवों ने उसके मन में यह प्रश्नाकुलता जगायी कि धीरज, ममता, सहिष्णुता, क्षमा आदि उदात्त भावों का ठीका औरतों ने, गरीबों ने, असमर्थों ने ही ले लिया है तो क्योंकर, कुछ हिस्सा तो इन महाभावों में समर्थ महामहिमों का भी बनता है... कुत्ते दुम क्यों हिलाते हैं? क्योंकि हम कुत्तों को नहीं हिला सकते... जो गलत है, उसे दृढ़ता से बताना तो पड़ेगा कि वह गलत है...

अकेली अवन्तिका जी की माँ घर के दायरे में सुरक्षित रही हैं, इसलिए उनका सिद्धांत है कि जो उचित जान पड़ता है–करना वही है पर बोल-भूँककर ऊर्जा नष्ट नहीं करनी, न समय नष्ट करना है! दूसरों की रेखा छोटी कर देने का सबसे आसान उपाय है अपनी रेखा बड़ी कर देना... ये ही सब सोचती हुई वे किसी की अनर्गल बात का जवाब नहीं देती, सबकी ज्यादतियाँ 'बचपना' मानकर माफ कर देती हैं और लगातार कुछ-न-कुछ करती जाती हैं–घर के सारे छोटे-बड़े काम पढ़ाई-लिखाई बुनाई-सिलाई!

हम जब पहुँचे, वे बरामदे में एक कॉट पर अकेली बैठी थीं। बैठी-बैठी मोबाइल पर किसी मृदुकण्ठी प्रचारतंत्रिका की प्री-रेकॉर्डेड सन्देश ध्यान से सुन रही थीं! अकेलापन साग-भाजी नहीं जो आसानी से कट जाए! कुछ दूर पर हम सन्न खड़े रह गये... बीच-बीच में आँखें आकाश की ओर भी उठ जातीं! क्या न था उन आँखों में... उड़ते हुए पक्षी... डूबता हुआ सूरज... बदली कौंध/पत्तियों पर वर्षा की बूँदों की

पट-पट/गयी रात में महुए का चुपचाप टपकना/चौंके खग-शावक की पिहुँक/कुहरे से छनकर छाती/पर्वती गाँव के उत्सवी ढोलक की भाप/अन्त की सोंधी खुशबू/प्रलय के डमरू का नाद... हिरणों की इद/चीलों की उड़ान... सारसों की ध्यान मुद्रा/वन गोंयठों पर देर तक गरमाए गये दूध की भुईली बास/जो भी पाया दिया/जो भोगा, दिया/जो नहीं भोगा/वह भी दिया/जो सँजोया, दिया/जो खोया, दिया/इतना ही तो बाकी था कि कह सकें/ जो बताया, वह भी दिया...' ...मंगला गाना, अगली कविता 'य' से... एक-दो... तीन...चार... हे...हे...हे!

माँ-बेटी का वह आलिंगन भूले नहीं भूलता... भट्ठी से निकली सुराही और उसमें भरे जाते पानी की गुनगुन... कभी इधर, कभी उधर... जल्दी करो, टाइम अप... लेकर हरि का नाम...'म'... मधुर, विश्रान्त और एकान्त/जगत् का सुलझा हुआ रहस्य/एक करुणामय सुन्दर मौन/और चंचल मन का आलस्य... खट-खट/खट-खट-खट... टाइम अप... एक विस्मृति का स्तूप अचेत? ज्योति का धुँधला-सा प्रतिबिम्ब/और जड़ता की जीवनराशि? सफलता का संकलित विलम्ब...?

क्या हो रहा मुझे... बचपन की खेली अन्त्याक्षरियाँ क्यों याद आती हैं? ज्यादा चढ़ गई है क्या? इसीलिए मैं शराब नहीं पीती... पीती हूँ तो चढ़ ही जाती है... दिमाग घूम जाता है... लेकिन संभ्रातों के बीच और पार्टी-वार्टी के माहौल में घबराने लगता है मन... पुराने दिन याद आते हैं... लोगों की आँखें भी गड़ने लगती हैं पूरे शरीर में! इतने बड़े, ज्ञानी-ध्यानी बुद्धिजीवी भी? यू टू, ब्रूटे/देन फॉल्स सीजर... हर तरह के झका-झूमर की आधारभूमि—यह देह... श्मशान मूक शिक्षक है... हम गट-गट-गट-गट लोहू पीवेंगी/हम कट-कट-कट-कट-कट हुड्डी चाभेंगी...

तो वे हैं अवन्तिका जी के भैया-भाभी! आत्ममग्न-सी मुस्कुराहट होंठों पर है। इतनी सारी नियुक्तियाँ इनके हाथ हैं! इन्हें देखते ही नवयुवकों में फुरफुरी-सी छा गई! सब खाना-पीना छोड़ उधर दौड़े! उनकी आँखें अवश्मेघ के घोड़े की मस्ताना चाल से इधर-उधर घूम रही हैं।... है कोई जो मुझे चुनौती दे?

नए पत्रकार इंटरव्यू की डेट लेने को दौड़े! किसीको हाँ... किसी को ना... भीड़ काछते हुए वे सीधे बढ़े जाते थे मंच की ओर जहाँ से उन्हें एक छोटा-सा वक्तव्य देना था—तसलीमा नसरीन के बंग-निष्कासन वाले प्रसंग पर... बहुत मुश्किल से माने थे... खाने-पीने का कोई शौक नहीं, इसलिए रस-रंजन पार्टियों में इनको कम देखा जाता है! 'धीरोदात्त नायकों से हैं मेरे भाई—अवन्तिका जी ने कहा था... हँसाते भी थे, कंधे पर लेकर घुमाते थे, कहीं भी जाएँ—मेरे लिए एक-न-एक क्लासिक जरूर लाते थे! बहुत मोह था उनको भाई का और यह एहसास भी कि भैया मेरा जीवन पटरी से उतरा हुआ है, इसलिए मुझसे गुस्सा रहते हैं, मन से निकाल दिया है मुझको.

.. बड़ें बुद्धिजीवी है, ...पर देश की उनको चिंता है और देश को उनकी..."

इंद्र जिमि जंय पर, बाड़व सु अंभ पर
रावन सदंभ पर रघुकुल राज है।
पौन बारिवाह पर संभु सरसाह पर,
ज्यों सहस्रबाहु पर राम द्विजराज है!
दावा द्रुमदंड पर चीता मृग झुंड पर,
भूषण बितंड पर जैस मृगराज हैं!
तेज तम अंस पर कान्ह जिमि कंस पर,
ज्यों म्लेच्छ बंस पर सेर सिवराज हैं...

धड़प-धड़प-धड़प-धड़प! एक अनदेखे घोड़े पर सवार यह दूसरा कौन आया—वीर शिवाजी भाव से? यह रणभूमि है कि दरबार? हे ईश्वर, मुझे क्या हो रहा है? कब में सहज होऊँगी?... एक बार साहिल को फोन मिलाऊँ क्या? ऐसे में वो ही सँभालेगा!... वहाँ उस सड़क पर—मूँगफली वाला स्टॉप—कितनी-कितनी देर हम वहाँ बैठे रहे हैं!

पिछले बरस उसके एक छात्र ने आत्महत्या कर ली थी! एन एस आई टी का तीसरा वर्ष! बोर्ड में 95 प्रतिशत लेकर पास हुआ लड़का पर पिछले दो सैमेस्ट से सप्ली आ रही थी! हर बार डेटशीट ऐसी हृदयहीन कि जिन्हें पिछले साल के पर्चे क्लियर करने हों, उनके लिए एक गैप नहीं... नर्वस ब्रेकडाउन न हो तो क्या हो! ऊपर से माँ-बाप के प्रेशर! लड़का न हुआ, घुड़दौड़ का घोड़ा हो गया! प्रॉक्सी रेस! अगली पीढ़ी तक निलम्बित सपने। रहिबे को है आचरज जाये तो अचरज कौन!... मुक्ति का इच्छुक तृषार्त्त अंतर! घुँघराला धुआँ, गेरूई ज्वाला! हॉस्टल के पंखे से उसका शव लटका था... नीचे फड़ फड़ा रही थी एक चिट्ठी! छाती से, कंधे से चिपका था/नन्हा-सा आकाश—

मैं दूर मीलों पार वहाँ
गिरता हूँ चुपचाप पत्र के रूप में
किसी एक जेब में
वह जेब
किसी एक फटे हुए मन की...

अपने ही ख्यालों में दिन रात रहना/असंग बुद्धि अवेकले में सहना/जिन्दगी निष्क्रिय बन गई तलधर/...साँवली हवाओं में काल टहलता है... बिखरी हैं गतियाँ/बिखरी है रफ़्तार/गश्त में घूमती है कोई दुष्ट इच्छा... मेरा दिल ढिबरी-सी टिमटिमा रहा है...

लाश वह चीज है जो संघर्ष के बाद बच रहती है। उसमें सहेजी हुई रहती है : एक चिपकी थाली/एक चीकट कंधी और देह के अन्दर की टूट/सिर्फ एक चीख बाहर आती है जो कि दरअसल/एक अन्दरूनी मामला है और अभी शोध का विषय है।

मुझे कुछ और करना था हाँफते हुऐ नमस्ते करने के अलावा/...कुछ होगा... कुछ होगा अगर मैं बोलूगाँ/न टूटे न टूटे तिलिस्मि सत्ता का/मेरे अन्दर एक कायर टूटेगा/मेरे मन टूट एक बार सही तरह/अच्छी तरह टूट मत झूठ-मूठ ऊब मत रू...

हर दिन मनुष्य से एक दर्जा नीचा रह जाने का दर्द... साहिल पहचानता था... रोज-रोज एक और दर्द, एक क्रोध, एक बोध... पहचानता था... प्रत्येक पत्थर में चमकता हीरा है। हर एक छाती में आत्मा अधीरा है... प्रत्येक वाणी में महाकाव्य पीड़ा है!

पीड़ा... माई फुट! अब मुझे घर जाना है! घर... मगर घर कहाँ है? और ये लोग... तरह-तरह के ओछेपन में मशगूल महापुरुष जो किताबों में इतने धीरोदात्त चरित्र गढ़ते हैं... खुद क्यों नहीं रह पाते धीरोदात्त?... ये मुझे उल्टी-सी क्यों आ रही है? कैसी-कैसी बातें... कैसी हरकतें... जोड़-तोड़ की राजनीतियाँ, स्त्री-प्रसंग... आँखों से टपकती राल... क्रीड़ाएँ ब्रीड़ा मे परिणत!... सुख का दिन डूबे, डूबे जाए! तुमसे न सहज मन ऊब जाए... पुनः सवेरा, एक और फेरा है जी का!

ये किसने किसको इतनी जोर से डाँटा? पी लेने पर ऐसे कुत्ते-बिल्लियों की तरह लड़ते हैं बुद्धिजीवी? क्या ये वे ही लोग हैं जो पुस्तकों में इतने बड़े संकल्प लेते हैं? इतनी बड़ी बातें कहते हैं!... ऐसी ओछी बातें इनके मुँह से निकलती कैसे हैं! वही जोड़-तोड़! राल टपकाती वे ही आँखें... अच्छा होता जो इस पार्टी में नहीं आती! कुछ भरम बने रहने चाहिए! कुछ ढोल दूर से ही सुहावन होते हैं।

अवन्तिका जी के भैया-भाभी बहुत देर तक इस घचर-पचर में टिके नहीं! शराब की ओर देखा भी नहीं, खाना भी नहीं खाया! पंक्तिपावन होने का दंभ! या भय? कि लोगों को बहुत करीब आने दिया तो लोग फायदा उठाएँगे! ऊधो का लेना, न माधो का देना। अति सूधो सनेह को मारग है, यहाँ तेकु सयानप बाँक नहीं... पढ़ो-लिखो और आपस में मस्त रो! जियो, शेर, जिओ पर एक बार आँख उठाकर दाँए-बाएँ तो देखो!

दूसरा व्यक्ति जो इस रंजकता से दूर एक कोने में बैठा था... अवन्तिका जी ने बताया कि साहिल के भाई वही हैं—पी वे भी नहीं रहे थे—दूर बैठे जग का मुजरा लिए जाते थे—मैं ही वसन्त का अग्रदूत/ब्राहूण समाज में ज्यों अछूत... पार्श्वच्छवि!' चेहरे पर एक लम्बे संघर्ष की थकान थी... अकेला पड़ जाने का दर्द एक खास तरह का सर्टिफिकेट भी होता है कभी-कभी... बम फोड़ दिया फटाक से मस्ताना भगत सिंह

सचमुच साहिल क भाई... खुश हूँ कि अकेला हूँ/कोई पास नहीं है/बजुज एक सुराही के/बजुज एक चटाई के/बजुज एक जरा-से आकाश के/जो मेरा पड़ोसी है/मेरी छत पर/साहिल अकेला ही छूट गया–निराला के राम का आँसू–सब संस्कृतियाँ मेरे सरगम में विभोर हैं/बहुत आदिम/बहुत अभिनव/...देखो न हकीकत हमारे समय की कि जिसमें/होमर एक हिंदी कवि/सरदार जाफरी को/इशारे से अपने करीब बुला रहा है/कि जिसमें फैलाज खाँ बिटफिन के कान में कुछ कह रहा है/मुझे अमरीका का लिबर्टी-स्टैयू उतना ही प्यारा है। जितना मास्को का लाल तारा मेरे दिल में पीकिंग का स्वर्गीय महल/मक्का-मदीना से कम पवित्र नहीं... तुम मुझसे प्यार करो जैसे मछलियाँ लहरों से करती हैं जो उनमें फँसने नहीं आतीं...

...बाकी तो और कहीं निगाह नहीं टिकती। हर तरफ तरह-तरह के जंतु हैं/श्रीमान किन्तु हैं/मिस्टर परन्तु हैं/कुछ रोगी हैं/कुछ भोगी/कुछ हिजड़े हैं/कुछ जोगी हैं... ये सब तिजोरियों के दुभाषिए हैं। वकील हैं/वैज्ञानिक हैं/कवि हैं/कलाकार हैं/दार्शनिक हैं। लेखक हैं/कवि हैं/कलाकार हैं/यानी कि/कानून की भाषा बोलता हुआ अपराधियों का एक संयुक्त परिवार है!

इन सबके बीच कैसा लग रहा है यह दलित चिंतक–सादा कुरता पायजामे में कड़ी चाय! बाहर मैं कर दिया गया हूँ/भीतर पर भर दिया गया हूँ/ऊपर वह बर्फ गली है/ नीचे वह नदी चली है/ सख्त तने के ऊपर नर्म फली है/इसी तरह हर दिया गया हूँ... मैंने उसको जब-जब देखा/ढलते देखा/लोहा–जैसा/तपते देखा/गलते देखा/ढलते देखा/मैंने उसको गोली जैसे चलते देखा! ...राष्ट्रगान में भला कौन यह/भारत भाग्य विधाता है/फटा सुथन्ना पहने जिसका गुन हरचरना गाता है/कौन-कौन है वह जन-गणमन अधिनायक/वह महाबली/डरा हुआ मन बेमन जिसका/बाजा रोज बजाता है!

लोग हँस रहे हैं! हर तरफ हँसी! हँसी कि फँसी! बालिका विद्यालय के गेट पर जमा शोहदों की पेट लाइन-पालतू पंक्ति! निर्धन जनता का शोषण है/कहकर आप हँसे/लोकतंत्र का अन्तिम क्षण है/कहकर आप हँसे/कितने आप सुरक्षित होंगे/मैं सोचने लगा/सहसा मुझे अकेला पाकर फिर से आप हँसे!

यह स्त्री शरीर! रोज मनुष्य से एक दर्जा नीचे रह जाने का दर्द! ये पहाड़ ये कटाव, ये घाटियाँ! मेघ पंक्तियों पर वर्षा की बूँदों की पट-पट!

कहाँ टिकाऊँ माथा? किस तरफ आँखें टिकाऊँ? कहाँ है आर्किडीज के डेडो की टेक जिसके बारे में उसने कहा था कि अंतरिक्ष में एक टेक मिले मेरी लाठी को तो मैं दुनिया ही पलट डालूँ! लीवर की ताकत उकेर रहा था आर्किमेडीज... सम्भावना कहाँ न कहीं है, किसमें नहीं है...

पर व्यवहार का यह धरातल!... लोग या तो कृपा करते हैं या खुशामद/या तो ईर्ष्या करते हैं या घिघियाते हैं/न कोई प्यार करता है, न नफरत/दुनिया एक फफुँदियाई हुई-सी चीज हो गई है!

और व्यवहार का दूसरा धरातल! एक जरा-सी गलती पर पीट दिया बेचारे को! ...शुरू करो अन्तयाक्षरी लेकर हरि का नाम... अन्त्योदय... नहीं अन्त्याक्षरी... लेकर हरि का नाम... म... मगध में शोर है कि मगध में शासक नहीं रहे/जो थे। वे मदिरा, प्रमाद या आलस्य के कारण/इस लायक नहीं रहे/कि उन्हें हम मगध का शासक कह सकें/मित्रो, दो ही रास्ते हैं/दुर्नीति पर चलें/नीति पर बहस व नाए रखें/असत्य कहें/असत्य करें/असत्य जियें/सत्य के लिए मर-मिटने की छोड़ें... मित्रो, तीसरा रास्ता भी है/मगर वह मगध/अवन्ती, कोसल/या विदर्भ/होकर नहीं जाता।

हथिया दाँत निपोरे, बाबा

सारा सामान और सारी स्मृतियाँ समेटकर वैशाली एक्सप्रेस पकड़ने तक किसी-न-किसी तरह अवन्तिका जी मेरे पास ही बनी रहीं—व्यस्त दिनचर्या के हजार काम छोड़कर भी! बीच-बीच में मेरी कोख सहला कर पचास तरह की हिदायतें देतीं कि गर्भावस्था के ये नौ महीने कैसे काटने चाहिए! इतने सारे अरिचितों-परिचतों में बस एक ये ही थीं और एक शीरीन जो गर्भ नहीं गिराने के मेरे निर्णय में हर तरह से मेरे साथ थीं। मुजफ्फरपुर में रहन-सहन की व्यवस्था अभी खास थी नहीं, 'जोगनिया कोठी' का 'आधारशिला' के रूप में पूरा विकास हो पाए—इसके लिए अभी दौड़-धूप ही कर रही थी शीरीन। पहली ही पोस्टिंग पर इतना सरकारपरस्त, और बेईमान-सा एस.पी. उसका बॉस का था कि हर समय उससे उसके तकरार की नौबत हो जाती। प्रोबेशन काल में बहुत ज्यादा उलझने का स्कोप भी नहीं था, सो बेचारी मन-मारे इधर से उधर डोलती रहती! अक्सर उसको दौरे पर रहना पड़ता, बिहार की आइ पीएस गिरी इतनी आसान तो नहीं थी!

मेरा रक्तचाप बढ़ा रहता था। इस कारण में शीरीन ने मेरे रहने की व्यवस्था सदर अस्पताल के स्पेशल वॉर्ड में करा ली थी। प्रसव-काल तक मुझे वहीं रुकना था! शाहिद मियाँ की देखभाल करते हुए उनके जुड़वा शिशुओं की देखभाल असम्भव थी! क्या पता कब उनको क्या जुनून चढ़ जाता!

स्टेशन तक छोड़ने डॉ. स्पन्दन तो आए, उनकी माँ, अवन्तिका देवी ही उनको साथ लिए आई कि ड्राइवर नहीं है, तुम्हीं गाड़ी चलाओ!

अन्त तलक मेरी आँखें साहिल को ढूँढती रहीं लेकिन वह सी-ऑफ करने नहीं आया!

कुछ देर मेरा मन विचलित रहा, फिर अपना ध्यान झटक कर मैंने केन्द्रित किया अवन्तिका जी पर! कोई बात तो अनूठी है इस औरत में! अक्सर जिनका जीवन पटरी से उतर जाता है, उनमें कोई बात तो अनूठी होती है! 'पर्सनल इज पोलिटिकल' का एक क्या अर्थ विस्तार उनमें घटित दिखाई देता है! अगाध रूप-राशि ही आकर्षण का मूल है ऐसी बात नहीं। आत्मा की गोद बड़ी हो, तब ही कोई इतना विराट् हो पाता

है! बाबूजी जैसे तो ढोंगरिया साधु थे लेकिन एक बात उन्होंने मुझको जो समझाई थी, कभी-कभी ऐसी ही अगाधमना स्त्रियों से मिलकर वह बात याद आती है जिनकी 'प्रेम-गली' ऐसी भी 'साँरी' नहीं 'जामे दो न समाहिं', जो भी प्रेम से मिला, उसको पूरे मन से अपना लेने का अपूर्व माद्दा होता है जिनमें! बाबूजी अपने प्रवचन में भी बार-बार दोहराते थे—"जीने के दो ही ढंग सम्भव हैं—या तो अपने को इस तरह मिटा दो कि प्रकृति का निर्णय सर्वोत्तम लगे—'जिस हाल में तू रखे, तेरी बंदापरवरी हैं वाला भाव निरंतर जगा रहे था फिर खुद को इतना विराट् कर लो कि सारी कायनात तुममें समा जाए—प्रकृति के सिरजे सारे चराचर, उसका समस्त श्वेत-श्याम, अच्छा-बुरा, शुभ-अशुभ तुममें समा जाए और तुम ही हो जाओ मंगलमय विभु—दीनानाथ, करुणाधर, न्यायकर्त्ता। पहला मार्ग भक्ति का है, दूसरा योग का। ईश्वर क्या है? भौतिकी अनश्वर ऊर्जा-पुंज कहती है, आधिभौतिक अध्येता उसको ही कहते हैं ईश्वर! मनुष्य की अनवत सम्भावनाओं का सुन्दर-सा रूपक!

पिछले अड़तालीस घण्टों में जो मैंने इस औरत को देखा, वह कितना अलग है उससे जो मैंने इसके बारे में सुन रखा था। आँखें आत्मा का द्वार है, कान उसकी उढ़की खिड़कियाँ! ज्यादा भरोसा आँखिन देखी पर इसलिए भी होता है कि इनका नाता रोशनी से है, रोशनी जिसकी रफ्तार ध्वनि से ज्यादा है और विस्तार भी! पता नहीं क्यों, मन करता है रोशनी पर भरोसा करने का! सब प्रकाश-स्रोत सम्मोहित करते हैं—चाँद सबसे ज्यादा। चाँद का सा सम्मोहन सागरमना औरतों के तन-मन में भी होता है, इसलिए सारी दुनिया उनमें अपना सुकून ढूँढती है और फिर धीरे से उँगली भी उठा देती है उस पर—वो देखो, उसका कलंक। पिछले अड़तालीस घण्टों में जितने उनके फोन आए, उससे ही मैंने अंदाजा लगाया कि इनके प्रगाढ़ सम्बन्ध चार-छह से तो हैं ही! व्यावसायिक और कामकाजी बातें करते हुए भी अवन्तिका जी का चेहरा स्निगध और वाणी सजल रहती पर जब वे 'खास' फोन आते तो आँखें भी हँस देतीं जैसे पानी में चाँदनी! आहिस्ता से उठ जातीं, कुछ देर के लिए दीवार का तकिया गोदी में रख लेतीं और गालों पर हल्की-सी आभा आ जाती।... इस उम्र में इतनी सुहावनी थी तो बीस-तीस बरस पहले भला कैसी होंगी जब पति ने निराधार शक पर बीच सड़क लाकर खड़ा किया था... वह तो गनीमत थी कि नन्हा स्पन्दन भी गिरता-पड़ता माँ के पीछे लग लिया और इतने गुस्से में थे कवकड़ साहब कि उन्हें सुध ही नहीं कि बच्चे को उठाकर कमरे में बन्द करना उनके अधिकार क्षेत्र में हैं... मर्द हैं वे, महामर्द! जिस बुल्वर्कर से मारकर अवन्तिका जी का सर तोड़ा था, वह भी खूनमखून था—बाकी रिश्तेदार किसी शादी में गए हुए थे—अच्छा ही था—वरना बच्चे से माँ को

अलग कर देने में कोई कसर नहीं छोड़ते!... अमंगल में प्रहर मंगल के अंकुर छुपे होते हैं अक्सर...।

बच्चे से इतना ज्यादा प्यार करती है औरत—खासकर ऐसी औरत जिसे कहीं और से प्यार मिला ही नहीं—कि उसकी जान ही उसमें अटक जाती है! और फिर उसे नियांत्रित रखने का स्विचबोर्ड बन जाता है बच्चा! प्रकृति क्षतिपूर्ति के सिद्धांत में विश्वास रखती है—इसका एक प्रमाण यह भी कि किसीके जीवन में हानि-लाभ, दुख-सुख का कुल योग प्रायः बराबर होता है। चेतना यदि बिल्कुल अर्द्धविकसित-सी अवस्था में है या बिल्कुल ही बीमार और (भिखारी या वेश्या-जितना) लाचार है कोई—तबकी तो बात जानें दें, पर ज्यादातर ऐसा होता है कि सब-कुछ नहीं छीनती प्रकृति रानी! अवन्तिका जी से भी बच्चा नहीं छीना, और नहीं छीना वह दुर्दम्य तेज जो अभिशाप को भी वरदान बनाने की चुनौती स्वीकार करता है—प्रतिशोधपीड़ित या प्रतिक्रियावादी हुए बगैर।

"हर स्थिति में सहज प्रसन्न आप कैसे रह लेती हैं?"

गाड़ी खुलने के ऐन पहले जो यह प्रश्न मैंने उनसे किया तो एकदम से हँसपड़ीं—

"मैं इतनी रोंदू और डरपोक थी कि कोई जरा ऊँची आवाज में बोलता तो मेरी आँखें बरस जाती। 'बाप की बिगाड़ी हुई थी न—उनकी छाती पर ही सिर टिकाए कुछ-कुछ पढ़ती या मारती गपाष्टक... और मजेदार थे मेरे बाबूजी—सच्चा विद्वान बड़ा हँसमुख होता है, तारा! चलो, आशीर्वाद देती हूँ कि तुम्हारे दोनों बच्चा-बच्ची ऐसे ही हों... चलते-चलते तुम्हें, बाबूजी से अपनी कही बात दो टुकड़े सुना देती हूँ। सुनाऊँ?

"हाँ-हाँ, रोते-बिसूरते विदा होने से अच्छा है, हँसते-हँसते विदा होना! मेरे बाबा बहुत उदात्त तो नहीं थे कमजोर थे थोड़े, पर उनमें कुछ बातें प्यारी भी थीं! वे भी बहुत हँसते थे... बड़ी मुश्किलों से मेरे लिए एजुकेशन लोन जुटाकर मुझे अमरीका भेजा था... हँसता हुआ चेहरा आँखों में भरकर मैं दूर उड़ गई थी... क्या जानती थी कि ये मेरी उनसे अन्तिम मुलाकात होगी!... बेचारे हरदम कहते थे कि जीवन का सबसे बड़ा यथार्थ यह है कि कोई भी मुलाकात अन्तिम हो सकती है, इसलिए जब मिलो, पूरे फॉर्म में मिलो, पूरे प्यार से मिलो, खैर, फिलहाल तो अपने दो-चार संस्मरण आप ही सुनाइए!... अभी तो सिग्कल डाउन नहीं हुआ..."

"जब मैंने उनकी छाती का पहला पका बाल पकड़कर कहा कि बाबूजी, देखिए—मूँग का जवा, वे हँसकर बोले—'हाँ, बेटी, बहुत मूँग दली गई है इस छाती पर'... और एक बार जब मैंने किसीकी पैरवी करते हुए कहा कि इसकी नौकरी का इंतजाम क्यों नहीं करा देते, कितना भोला-भाला है बेचारा तो बोले—'ये ही तो मुश्किल है, बेटी, कि हर भोले के पीछे एक भाला लगा होता है।... बात अभी पूरी

तो नहीं हुई थी मगर ट्रेन सीटी दे चुकी थी... और इस तरह हँसते-हँसते विदा हो गयी इस शहर से... चल पड़ी उस शहर की ओर जहाँ मेरा पुश्तैनी घर कहीं अब भी होगा, पर परदेस के रेलों में खोकर धंधा करने को मजबूर औरतों की बेटियों का कोई घर होता भी है क्या... साधारण बेटियों का भी नहीं होता तो हम-जैसी बेटियों का भला क्या होगा-- कितना भी प्यारा पिता हो, अक्सर यह बात उसे नहीं सूझती।

कितना मधुर होता है, वैसे, बाप-बेटी बहन-भाई का रिश्ता, पर यह किसी को शायद ही सूझता हो कि उनकी 'गुड़िया' एक व्यक्ति भी है, उसका सामाजिक और वैयाक्तिक विकास वैसा ही अपेक्षित है जैसा हाड़-माँस के किसी और इन्सान का। उसकी उपस्थिति सिर्फ आनुभूतिक उपिस्थति नहीं मानी जानी चाहिए--संकट उसपर भी टूट सकते हैं और संकट कितना अकेला करता है, यह बाप-भाई नहीं समझेंगे तो कौन समझेगा! संकट नहीं भी टूटे तो 'नैहर' से बेटी का आधिभौतिक मानसिक जुड़ाव कैसा होता है और वहाँ से उखड़कर वह कितना अधूरा महसूस करती है! इसका प्रमाण यह छोटी-सी कथा है जो माँ शुरू के दिनों में सुनाती थी! एक गरीब की बेटी संपन्न के घर ब्याही गई! भीड़-भाड़ ऐसी कि अकेले में बाप से मिलने का अवसर लड़की को मिलता ही नहीं--अब कैसे पूछे घर का 'भितरिया' हाल ससुराली भीड़-भाड़ में तो एक कूट-भाषा इजाद की बाप-बेटी ने! लड़की को पूछना था कि घर की छत जो टूटी पड़ी थी, बनी कि नहीं और उसने पूछा--

'हथिया खीस निपोरे, बाबा?'

बाबा ने इशारा समझा, शरमा कर बोले--'हाँ'!

फिर पूछना था कि दीया-बाती के इंतजाम का पैसा तो है न, तो पूछा--'मानिक दीया जले, बाबा?'

बाबा फिर सकुचाकर बोले--'हाँ।'

हर आधिभौगिक का रिश्ता कहीं तो 'भौतिक से बनता है! उड़ने के लिए भी एक टेक-ऑफ अवलम्ब चाहिए!... कितनी अजीब बात है कि ससुराल से जब सीता निकाली गईं तो नैहर से भी कोई लिवाने न आया! ऐसा भी क्या विदेह हो जाना, बाबा! ऐसे समाज से तो जंगल भला। इसी तरह मेरी अम्मा के भी मायके से कोई हिम्मत करके उन्हें लिवा जाता जब वह फॉर्म हाउस के हादसे के बाद दिल्ली से भाग-भूगकर मुजफ्फरपुर लौटी थीं... तो आज हमारी जिन्दगी का नक्शा कितना अलग होता!

यही बात अवन्तिका जी के लिए भी कही जा सकती है... लेकिन उनके लिए तो मुझे कोई अफसोस नहीं है! कक्कड़ साहब जैसे नाखरूस मर्द की स्वकीया रहने में रखा ही क्या है! सप्तपदी के सारे संकल्प खुद कपूर होकर उड़ जाते हैं जब कोई

जरूरत से ज्यादा गरम या पिलपिला हो जाता है। अवन्तिका जी ने तो खुद को इतना विराट् कर लिया है, कि दुनिया के साधारण नियम उन पर लागू होंगे ही नहीं। इतने आयाम हैं उनकी व्यक्तिव के और उनके समकालीनों में कोई 'एक' उनके टक्कर का है ही नहीं जिससे उनका रिश्ता पूर्ण एकात्मता का बने! व्यक्तित्व की कई अंतर्धाराएँ थीं तो किसी से भावात्मक संवाद का रिश्ता बना, किसी से बौद्धिक विमर्श का, किसी से आध्यात्मिक सत्संग का तो किसी से देह-छन्द मिल गया... अपनी विश्व-दृष्टि कार्यान्वयित करने के क्रम में कई शुद्ध व्यावसायिक या राजनीतिक रिश्ते भी बने होंगे पर दुनिया की नजर में तो हर रिश्ता आदम-हव्वा का ही रिश्ता है—जिसका सारा दोष हव्वा के ही सिर है—सिर्फ काम निकालने के लिए बिछाया गया जाल!

अवन्तिका जी ने बातों-बातों में एक बात गौरतलब कही : उससे भी उनकी भीतरी बनावट का पता चलता है जिनके व्यक्तित्व के कई आयाम होते हैं! बोलते-बोलते बोली कि छत्तीस करोड़ देवता हैं इस देश में! हर देवता एक महाभाव ही तो हैं! देवता के आगे सर झुकाना एक महाभाव के आगे सर झुकाना है—उसे आत्मस्थ करने की कोशिश में!... और थोड़ी देर बाद यह भी बोलीं कि हर व्यक्तिव में कुछ-न-कुछ तो ऐसा होता ही है जिसके आधार पर उससे स्नेह किया जा सके, पर सौ स्नेह मिलकर एक 'प्रेम' नहीं हो जाते जैसे कि सौ देवता मिलकर एक महादेव। मामला असेम्बल्ड तेज या ग्रेस का नहीं है—मामला तो उस बाँकपन का है तो अचानक किसी में टिमक जाता है एक दिन, मामला आत्मा के स्वयंवर का है,—'द सोल सेलेक्ट्स इट्स ओन सोसायटी' और यहाँ कोई जबर्दस्ती नहीं चलती।

आत्मा खुद अपना स्वयंवर रचाती है! पर कभी-कभी अपना प्रयत्न भी गलत सिद्ध होता है, और तब एक छटपटाहट-सी होती है, वह व्यक्ति के खिलाफ तो उतनी ही नहीं जाती जितनी व्यवस्था के खिलाफ। इसका प्रमाण है कॉमरेड गार्गी की यह चिट्ठी जो उसने अवन्तिका जी को लिखी थी! अवन्तिका जी ने यह काम सौंपा है कि मैं यह चिट्ठी ध्यान से पढ़ूँ और समझूँ कि क्रांतिधर्मा लोग भी पत्नी की क्या गत करते हैं! चिट्ठी पढ़कर मैं सिहर तो जरूर गई—एक बार साहिल का चेहरा भी आँखों में घूम गया—क्या वह भी ऐसा ही 'साथी'/'पति' होता?

"पूरे सफर-भर में तीन बार तो यह चिट्ठी जरूर पढ़ी मैंने—

आदरणीय अवन्तिका देवी,

मैंने कहा था पति कामरेड नहीं हो सकता। समग नहीं था और आपसे बात यहीं रुक गई थी। आज मैं इस बावत अपने अनुभव लिख रही हूँ। मैंने कहा कि पति कामरेड नहीं हो सकता तो इसलिए नहीं कि ये खुद में विरोधाभासी शब्द है। पति जिसका अर्थ होता है स्वामी, मालिक और कामरेड का अर्थ है साथी, मित्र, सखा।

नहीं, मैंने पति शब्द को महज स्त्री-पुरुष के बीच वैवाहिक रिश्ते को नाम देनेवाले एक शब्द के रूप में लेने के बावजूद ऐसा कहा था। यह मेरे अपने अनुभवों पर आधारित निष्कर्ष है। अन्य परिवारों को जिसमें पति-पत्नी दोनों साम्यवादी हैं, नजदीक से देखकर मेरा यह निष्कर्ष और पुष्ट होता रहा। मेरे अपने जीवन में यह अनुभव मुझे दो सिरे से मिला। मेरे पहले पति पार्टी में मुझसे निचली कमेटी के सदस्य थे और बाद में जब मैंने पहले पति को छोड़कर दूसरी शादी की तो मेरे दूसरे पति पार्टी में मुझसे उच्च स्थान पर थे। इन दोनों से पहले मेरा एक से और गहरा संबंध रहा जिसके जरिये मैं संघर्ष की इस धारा से जुड़ी। उसका अनुभव भी इससे भिन्न नहीं था। मेरी यह त्रासदी रही कि मैं पुरुषों के विचारों और जीवन संघर्ष के अलावा और किसी बात से प्रभावित नहीं हुई। पर, अनुभव ने बताया कि क्रांतिकारी पुरुषों (जिनके क्रांतिकारी विचार बाहर प्रकट होते रहते हैं और महिलाओं को अक्सर प्रभावित करते हैं) के राजनीतिक व व्यक्तिगत पारिवारिक जीवन एकीभूत (इंटीग्रेटेड) नहीं होते। वे बाहर की दुनिया के लिए मिसाल होते हैं, लेकिन उनका कमजोर पक्ष सबसे अधिक पारिवारिक जीवन और पति-पत्नी संबंध में प्रतिबिंबित होता है। आप कह सकते हैं कि वे पारिवारिक व्यवस्था को इसी के भीतर चलाना चाहते हैं और बाकी मामलों में क्रांतिकारी होते हैं। या यूँ कहा जाए कि वे बाहर जो तकलीफदेह जीवन जीते हैं उसके लिए परिवार, पत्नी को एक सेफ्टी वाल्व या मध्य क्षेत्र के रूप में रहते हैं और वहाँ सुकून-आराम ढूँढते हैं। इसलिए एक कामरेड के रूप में अपनी पत्नी के साथ सच्चे कामरेड का रिश्ता बनाने का काम तकलीफदेह हो जाता है, वह इसलिए कि परिवार से रिश्ते को एक नए आधार पर खड़ा करने की मजबूरी आ जाती है। इससे वे भागते हैं और यहीं से शुरू होता है एक महिला का मोहभंग। क्योंकि वह इस व्यवस्था से विद्रोह केवल राजनीतिक नजरिये से नहीं, बल्कि सामाजिक नजरिये से भी करती है शायद अधिकतर औरतें तो क्रांतिकारी आंदोलन में आई हैं, वे शुरूआत सामाजिक संघर्ष से करती हैं, फिर उनका राजनीतिकरण होता है।

मैंने अपनी माँ को देखा। वह बचपन से बहुत खुली और साहसी थीं। यथास्थिति के खिलाफ साहसिकता से खड़ी होती रहीं। कुछ अनुभव जो उनसे मैंने सुने, उनसे लगा कि एक बुद्धिजीवी से विवाह करना उनके विद्रोह का एक रूप था, पर वे उन्हीं से बौद्धिक खुराक प्राप्त करती रहीं। पति से उनका रिश्ता आम किस्म का हो गया।

लरिकाई को प्रेम सुनौ अलि ऐसे छुट्यौ

नवीन से मेरी दोस्ती उसके एकदम अलग विचार और एक क्रांतिकारी संगठन से उसके जुड़ाव के नाते हुई। मैं खुद इन विचारों का सम्मान करती थी। इसलिए मैं

उसके नजदीक आई। जब तक दोस्ती गहरी नहीं हुई थी, हम दोनों खूब बहस करते, वह दिन भर कैंपस में क्या हुआ, इसकी रिपोर्ट सुनाता और हम दोनों अन्य साथियों से जाकर मिलते-जुलते, बातें करते। ऐसा करते हुए बहुत अच्छा लगता था और इससे इतनी ऊर्जा मिलती कि एकदम तरोताजा हो जाते। लगता कि रात होती नहीं तो घर न जाना पड़ता और मैं ढेर सारे काम कर लेती। जैसे-जैसे नवीन से संबंध गहरा हुआ, मैं यह देखने लगी कि मैं तो मनुष्य नहीं रहकर सिर्फ औरत रह गयी हूँ! जाने लगा। जब मैं कुछ दूसरी राजनीतिक बातें करूं तो वह कहता, अरे यार, यह सब तो दिन-भर करता ही हूँ, अब तुम भी बोर करने लगी। तब मैं दूसरे साथियों को ढूंढने लगी और उनके मिलने की कोशिश करती। नवीन को यह अच्छा नहीं लगता। कहता कि छोड़ यार मिलना, चलो कहीं घूमें या यह कि इतनी जल्दी न जाओ आदि। संगठन की मेरी बैठक छूट जाए, मुझे पढ़ने का समय न मिले, मेरा विकास हो, न हो, इससे उसे कोई फर्क हीं पड़ता। मैं कभी-कभी सोचती कि यह तो रात में या सुबह अपनी सारी राजनीतिक-मानसिक खुराक पूरी कर लेता है, मुझे तो बहनों को देखने, क्लास करने और रात में डांट-फटकार सुनने से जो थोड़ा समय अपने लिए मिलता है, वह सारा उसकी भावनाओं की तुष्टि में खर्च हो जाता है।

बाद में विदेश जाने से पहले वह एक दूसरे शहर में पढ़ने चला गया। छुट्टी में कुछ दिनों के लिए आता। उस समय मेरा भी मन करता कि मैं उसके साथ कुछ समय गुजारूँ। मगर अंदर द्वंद्व रह जाता कि मेरी कोई महत्त्वपूर्ण मीटिंग या कार्यक्रम न छूटे। उसे मेरे साथ अब मीटिंगों में जाना अच्छा नहीं लगता था, क्योंकि वहाँ अलग से बातें नहीं हो सकती थीं। इसलिए मुझे काफी मिस करना पड़ता। मैं परेशान हो जाती, पर उसे कोई फर्क नहीं पड़ता था। अगर वह कहीं फंस जाता तो मैं इंतजार करके लौट जाती पर नाराज नहीं होती थी। लेकिन अगर मैं कभी किसी काम में फंस जाती तो वह नाराज हो जाता। मैंने परिस्थितियों से काफी-समझौता भी किया, लेकिन देखा कि इसका कोई अंत नहीं। वह धीरे-धीरे मुझे शारीरिक संबंध तक चाहने लगा। मुझे लगा कि वह खुद कहता है कि इसकी सौ प्रतिशत गारंटी नहीं कि बाद में हम शादी कर ही पाएँ। तब वह मेरे पक्ष से एक कामरेड के नाते क्यों नहीं सोचता कि ऐसा करना ठीक नहीं होगा। वह केवल अपना स्वार्थ क्यों जताता। मेरे द्वारा उसके प्रस्तावों का विरोध करने की सजा यही रही कि उसका उस दूसरे शहर में किसी और से छुपे तौर पर रिश्ता बना बात खुलने पर वह बोला कि मैं उसका साथ नहीं देती, इसलिए उसे ऐसा करने पर मजबूर होना पड़ा। साथ देने का मतलब क्या था। मैं अपनी अस्मिता, सुरक्षा, सामाजिक छवि, कामकाज सबकुछ छोड़कर उसकी भावनाओं की तुष्टि में लग जाती। कोई कामरेड किसी महिला से ऐसी अपेक्षा करे तो क्या वह सच्चा कामरेड

बना सकता है? जब नवीन विदेश जाने लगा तो उसने मेरे सामने शर्तें रखीं। मेरे लिए कोई शर्त रखना संभव नहीं था। क्योंकि इसका मतलब होता साथ न देना। दोस्ती के ऐसे अलग-अलग मापदंड महिला-पुरुष के बीच कामरेडाना संबंध को बढ़ने नहीं देते। वही दोस्त कामरेड बन सकता है जो महिला का वस्तुगत पक्ष देखते हुए उसके साथ खड़ा हो सके। यही तो नहीं होता। औरत इसकी माँग करे तो पुरुष इसकी सजा देने लगता है। सो लरिकाई को प्रेम सुनौ ऐसे अलि छुट्यौ।

प्रताप के साथ मेरी शादी का मामला हो या नवीन का मामला, दोनों बार अपने रिश्ते के लिए मैंने बहुत जोखिम उठाया। मैं समाज और परिवार के सवालों को झेलती रही। मेरे चरित्र पर भी सवाल उठे, लेकिन इन लोगों ने कभी मुझे यह नहीं कहा कि तुम इतना बढ़-चढ़ कर कोई कार्यवाही करने से पहले सोचो। उनके मना करने पर भी मुझे जो करना था, करती ही, पर कभी-कभी लगता है कि जब ये लोग खुद स्वीकार करते थे कि जरूरी नहीं कि हमारी मित्रता विवाह में बदल जाए मेरी तरफ से खुद भी तमाम स्थितियों पर विचार-विमर्श करना व सोचना क्या एक कामरेड की जिम्मेदारी नहीं बनती थी? आज मैं सोचती हूँ कि अगर मैं थोड़ी कमजोर होती तो ये संबंध विवाह से पहले बहुत आगे बढ़ जाता। मैं खुद अपने आप से बहस कर अपने ऊपर नियंत्रण रखती, पर ये लोग कभी इस पक्ष पर बात नहीं करते थे। मानो ऐसा करने से उनका रिश्ता कहीं खत्म न हो जाए। प्रताप ने मेरे साथ विवाह किया तो मैं तो दृढ़तापूर्वक उनसे निर्वाह करती गई, पर उनके मुँह से कभी मैंने यह नहीं सुना कि मैं विवाह करने से पहले तमाम पहलुओं पर सोच लूँ। मस्लन यही कि मेरे-उनके परिवेश, उम्र आदि की भिन्नता, उनकी बेटी की जिम्मेदारी आदि। मैंने अपने स्तर से अन्य कामरेडों की बातों से निष्कर्ष निकाल कर काफी कुछ सोचा। लेकिन मेरी नजर में ये पुरुष उतना ऊँचा स्थान ग्रहण नहीं कर सके जितना मैं कामरेड के रूप में उनसे अपेक्षा करती थी। हमने देखा कि किस तरह क्रमशः हमारे नजदीकी आधार खत्म होने लगे। मुझे एक आम पत्नी की तरह देखा जाने लगा। कभी-कभी उनके अंदर का सामंती रुख झलक पड़ता था। मैं किसी कामरेड से बात करूँ या वह घर आए तो नाराजगी यहाँ तक अगर मुझसे घर, परिवार, गाँव, ससुराल, बच्चे में फँसाने की ओर जाने लगीं। बदलावा लाऊँ। मेरा प्रताप के गाँव जाने पर सिर पर घूँघट रखना और इस तरह की ओर कई बातें बहुतों को आज तक समझ में नहीं आई। इसके पीछे मेरी भावना यह रहती थी कि मैं उनकी माँ, उनके भाई की पत्नी और घर की अन्य दूसरी महिलाओं के भीतर अपने शहरी परिवेश और शिक्षित होने और उनके अनपढ़ होने का हीनताबोध न पैदा होने दूँ। प्रताप को भी यही लगता था कि मैं दिखावा नहीं कर रही हूँ, मैं नई आई बहुओं को दिनभर गरमी में भी घर के एक कोने में रखने या घर

की लड़कियों के साथ होने वाले भेदभाव का विरोध भी करती थी। प्रताप की माँ के मरने पर कर्मकांड का भी मैंने विरोध किया और पंडितों को नाराज कर लिया। मैंने अपने आपको प्रगतिशील बनाए रखा, फिर भी प्रताप ने अपने परिवार में कभी यह नहीं कहा कि गार्गी को इस तरह नहीं रहना है बल्कि वे इन सब पर खुश ही रहते और तारीफ भी करते कि कितना अच्छा कर रही है। मेरी नजर में वे कामरेड नहीं बन सके, पति ही रह गए। आगे यह अहसास और गहराता गया। संक्षेप में मेरी हर विकास यात्रा को देखो—मेरी तरफ से तो मात्र एक कामरेड का रिश्ता था। आगे बढ़कर कदम तो इन्होंने उठाया, तब मैं क्या करूँगी, इसका जवाब नहीं मिला। बेशक, इसकी नौबत भी नहीं आई।

पुरुषों के लिए कितनी आसानी है! बन गई तो वाह क्या बात है और जो न बनी तो हमेशा बचाव का रास्ता भी मौजूद रहता है। हम तो सीधे छलाँग लगा गए। यह सोचकर कि यदि हमने ईमानदारी बरती है तो बाकी सब झेल लिया जाएगा। लेकिन साथी को मेरे मिल जाने के बाद मुझसे उनकी बातचीत, बहसें, समझाना-बुझाना क्रमशः और लगातार कम होता गया। सबसे अधिक तकलीफ इसी एक बात से रहने लगी। इसके चलते मैं अन्य साथियों के साथ मिलती और बहसें करना चाहती, लेकिन बाहर काफी समय तक एक अलगाव जैसा झेलते हुए मैं अपने को बुरी तरह अकेला महसूस कर रही थी। विवाह के बाद एक दूसरे को समझने के लिए वक्त चाहिए यह मैं समझती थी पर इनके सारे कार्यक्रम चलते रहते और मैं साथियों, मित्रों के या उनकी पत्नियों के साथ गैरराजनीतिक बातचीत, खाना-पीना, घूमना-टहलना इसी सब में रहती। कार्यक्रमों से लौटकर जब साथी आते तो हम दोनों फिर घरेलू बातों और प्लानिंग में लगे रहते। इस बीच कुछ-कुछ राजनीतिक बातें भी होतीं लेकिन निहायत कम और मैं अपने को एक आम सक्रिय कार्यकर्ता जैसी स्थिति में भी न पाती। मैंने इन सबसे वह समझा कि जब कोई अपनी पत्नी के अधिकारों को लेकर पार्टी में नहीं लड़ता—इस नाम पर कि कोई इसे पत्नी की तरफदारी कहेगा या खुद उसे विकसित करनेकी जगह अपनी मानवीय जरूरतें पूरी करने के लिए उसका उपयोग करने की बात कहेगा, तब महिला अपनी स्वतंत्र अस्मिता के विकास के लिए या तो दूसरे का सहारा ढूंढने लगती है या फिर मुख्य धारा से कटती जाती है। इस पर यह कहा जाने लगता है कि औरत निष्क्रिय हो गई है और पुरुष को भी पीछे खींचे रही है।

दरअसल, हर क्रिया की प्रतिक्रिया होती है। आप जिसका जो इस्तेमाल करेंगे वह वैसी ही चेतना आपके बारे में विकसित करेगा। अचानक आप अपने राजनीतिक संकट में जब उकका साथ ढूंढेंगे तो वह मिलेगा नहीं, कहीं बहुत पीछे छूट चुका होगा। इसलिए खुद का भी बलिदान करना पड़ेगा। अपने रोज-रोज के सुखों की भी बलि

देनी होगी ताकि किसी जटिल समय पर यह आपसी एकता एक गहरे स्तर पर बनी रह सके, क्योंकि कुल मिलाकर हम राजनीतिक लोग हैं और अंतिम तौर पर हमारे जीवन के तमाम जटिल सवाल पालिटिकल ही होंगे।

औरत की जिंदगी अधिक जटिल है। उसे परिवार, समाज, बच्चे, भावनात्मक और पितृसत्तात्मक स्थितियाँ पीछे खींचती हैं। इसलिए उसका साथ देना बहुत कठिन है उदाहरण के रूप में एक पुरुष अपने भावनात्मक और पारिवारिक समस्याओं को पुरुष व महिला कामरेडों को बताकर उनकी सहानुभूति-श्रद्धा जीत सकता है, लेकिन अगर एक महिला ऐसा करे तो हमेशा यह खतरा रहता है कि इसका फायदा कोई पुरुष उठा लेगा या फिर उसकी राजनीतिक वैयक्तिक प्रतिष्ठा व हैसियत गिर जाएगी या फिर उसे चरित्रहीन मान लिया जाएगा। वह कह सकती है तो सिर्फ अपने पति से अपने कामरेड से कहती है, लेकिन अक्सर पति यह चाहते हैं कि घर में शांति और अहस्तक्षेप मिले। कहते हैं बाहर भी किचकिच, घर लौटो तो भी किचकिच, आखिर कौन सहेगा यह किचकिच। बाहर तमाम महिलाओं और पुरुषों की किचकिच सुनना सुलझाना पड़ता है, फिर घर में पत्नी से इन समस्याओं पर बातचीत से पति क्यों भागता है? केवल शांति और खुशहाली पाने लिए पत्नी एक यंत्र के समान कितने दिन रह सकती है।

ऐसा नहीं है कि मैं यह सब नहीं समझती कि बाहर से परेशान और थककर आए आदमी को घर में आराम और सुकून की जरूरत होती है और यह कतई अस्वाभाविक नहीं है। पर मैं यह देखती हूँ कि घर पर भी कामरेड अन्य दूसरे आने वालों कामरेडों से दिन भर बातें करते रहते हैं, मैं उनके लिए अनुकूल वातावरण देती रहती हूँ। खिलाना-पिलाना, बच्चों की देखभाल और शांति बनाए रखने के लिए उन्हें चुप रखना और खुद भी चुप रहना, फिरा रात को उनको पढ़ने-लिखने का काम रहा तो मुझे चुपचाप सो रहना स्वाभाविक है। पर सोचती हूँ कि क्या सिर्फ घर में पत्नी से समस्याओं पर बात करना शांतिभंग बन जाता है? दूसरे कामरेडों से बात करना नहीं? तब लगता है कि कामरेड के लिए पत्नी का मतलब शायद परंपरागत पत्नी है। कम से कम इतना तो जरूर ही वह परंपरागत भी हो मेरे अपने सवाल उबलते रहते हैं और मुझे तनावग्रस्त करते हैं जहाँ तक संगठन का सवाल है तो हर संगठन के नेता दुनिया भर की बातें कर सकते हैं, पर मुझे न तो समय मिलता है और न ही अगर मैं कुछ कहूँ तो उस पर बात करना संभव हो पाता है। क्योंकि पत्नी हूँ। तो इस तरह से मैं नेता के गाइडेंस से भी महरूम रह जाती हूँ। कोई और महिला होती तो आब्जेक्टिव ढंग से कामरेडाना बात ही हो पाती जैसा विवाह के पहले मुझझे होती थी या अब भी

दूसरों से वे करते हैं। मुझे तो तुमुल कोलाहल कलह में पति के हृदय की बात करना है या ऐसा भी बने रहना है।

साम्यवादी परिवारों में भी औरत के लिए मजबूरी, बोझ, घुटन आदि जैसे शब्द कितने दिनों तक बने रहेंगे? तब ये महिलाएँ क्या वह खुद भी मेरे महिला होने की सुविधा आरक्षण का नतीजा ही समझते और ऐसा ही दूसरों को भी समझाते रहे। वह अपने को नींव का पत्थर कहते, जो कभी ऊपर नहीं चढ़ता। एक बार मैंने कहा, हाँ, आप नींव के पत्थर और हम सब उसके कंगूरे हैं। मेरी बढ़ती व्यस्तता को देखते हुए वे कहते, तुम इतनी बीमार हो, कैसे करोगी यह सब? मैंने सिर्फ इतना कहा कि मैं अगर बीमार हूँ तो आप मेरे अन्य कामों में सहयोग क्यों नहीं करते, सिर्फ पार्टी के काम से पीछे हटने को ही क्यों कहते हैं। इतनी जलन कामरेडशिप में भला क्यों कर हो? मैं उन्हें एक बेहतरसाम्यवादी बनने में हमेशा मदद करना चाहती थी। लेकिन वे पति होने के नाते मेरी बातों को पुरुष अहं पर चोट ही मानते रहे। वे मेरे द्वारा की गई आलोचनाओं को कभी सही भावना से न ले सके। मैंने लड़ते-लड़ते जब उन्हें छोड़ दिया तब भी एक कामरेड जैसा आचरण मुझे उनसे न मिला। मुझे एक गठरी से अधिक कुछ न समझा गया जिसे कोई उठा ले गया हो।

नवीन ने मेरे साथ चालाकी की—साँप भी मरे और लाठी भी न टूटे। मुझे धोखा दिया और खुद शहीद बन गया। यही वजह थी कि मेरा प्रताप से रिश्ता बना। वे मुझे सरल और सीधे-सादे लगे। फिर भी मैं सोचती चलो इनसान अगर सीधा-सच्चा हो तो राजनीतिक रूप से उन्नत हो सकता है। उसके वर्गीय दृष्टिकोण को बदला जा सकता है और इसमें मैं उनकी मदद करूँगी। कम से कम खुले दिल का आदमी है—जो दिल में आया कह दिया। लेकिन बहुत प्रयास के बाद भी मैं उनके पुरुष अहं से तालमेल न बिठा सकी। सामंती संस्कार आड़े आए और उन्होंने मुझसे कुछ भी सीखना बंद कर दिया। कामरेड बनना तो दूर की बात निकली।

तुमुल कोलाहल कलह में मैंन हृदय की बात रे मन

फिलहाल उससे मेरा रिश्ता अजीबोगरीब है। जिन कामरेड के साथ मैंने दूसरी शादी की, वे मुझे एक भले, सरल हृदय वाले इनसान और राजनीतिक रूप से तीक्ष्ण लगे। राजनीतिक बैठकों में उनके द्वारा उठाई गई बहसों से मैं मंत्रमुग्ध हो जाती और अपने अंदर महसूस करती कि कितनी ऊर्जा आ गई। कभी-कभी मैं सपने देखने लगती कि तैं उनके साथ तमाम बातों पर डिस्कस करूँ। खूब काम करूँ, साथ मिलकर पढ़ूँ-लिखूँ। जब मैंने उनके जीवन की कहानी सुनी तब मैं मात्र एक कामरेड के रूप में दुख-सुख शेयर करने लगी। मैंने उनका मासूम, मानवीय और भावुक पक्ष देखा। मैं वहाँ उन्हें निहायत अकेला देखकर सोचती, काश, ये मुझे पहले मिले होते। पर मैंने

उनसे विवाह के बारे में कभी नहीं सोचा। मैं जानती थी कि सारे तनावों के बावजूद अपनी पत्नी शालिनी से वे बेहद प्यार करते हैं और कि उन्हें अपने बच्चे का मसला भी हल करना है। मैं प्रताप से पूरी तरह अलग हो चुकी थी, मगर सोच-विचार के बाद भी मैं अंततः इतना ही सोच पाती—मैं अकेली रहूँगी। बाद में देखा कि बार-बार मेरे मन में साथी के प्रति एक लगाव, एक चिंता और नजदीकी पैदा हो गई है। मैं अपने से लड़ती-लड़ती हार गई। तब मैंने साथी का भी अपने प्रति एक स्नेह-व्यवहार देखकर उनसे अपने मन की बात कही। मैं उनकी हैसियत और प्रतिष्ठा पर कोई दाग लगना भी नहीं देखना चाहती थी और न मैं उनकी पहली पत्नी और बच्चे के प्रति मौजूदा प्रेम में बाधा बनना चाहती थी। ये सारी चिंताएँ मन की भावनाओं को रोकती रहीं। मैं खुद तो काफी फास्ट और बोल्ड के रूप में बदनाम हो चुकी थी। और बदनामी के लिए भी तैयार थी, लेकिन साथी ने जब कहा कि ये सब बेकार ही चिंताएँ हैं। तब भी मैंने उन्हें अपनी पत्नी को अंतिम रूप से खत लिखने और अपने पद-प्रतिष्ठा को ध्यान में रखते हुए कदम उठाने को कहा।

बहरहाल, हम दोनों ने विवाह करने का निर्णय लिया। पार्टी को सूचित करने भी हम दोनों साथ-साथ गए। उन्होंने अपनी तरफ से इतना ही कहा कि उनकी (अर्थात मेरी) मेरी प्रति पसंदगी है, वह भी राजनीतिक। मैंने साफ तौर पर कहा कि मैं उन्हें प्रेम करती हूँ। इसके लिए मुझे बहुत कुछ सहना-सुनना पड़ा, जिसकी वजह से हमें तुरंत शादी कर लेने का निर्णय करना पड़ा। पर साथी ने कभी नहीं कहा कि वे मुझे प्यार करते हैं। बस यह कहते रहे कि वैयक्ति स्तर पर हम दोनों आपस में इमोशनली जुड़ गए हैं। मुझे बड़ा गुस्सा आता कि हमें पत्र तक नहीं लिखते क्योंकि पार्टी का निर्देश था कि विवाह से पहले आपस में आप लोगों को पत्र-व्यवहार तक का भी रिश्ता नहीं रखना चाहिए। मैंने उसी समय साफ कह दिया था कि मुझसे यह संभव नहीं होगा। मैं उन्हें खत लिखती, लेकिन उन्होंने मुझे उस दौरान कभी खत नहीं लिखा। आज भी लगता है कि शायद यह कामरेडसुलभ ईमानदारी रिश्ते में उच्च स्तर पर सिंसियरिटी और संवेदनशीलता का परिचायक नहीं था। महल लाइकिंग-पसंदगी क्या यहाँ तक पहुँच सकती थी। फिर भी जोखिम उठाया। पार्टी से, पार्टीकर्ताओं से, अपने महिला साथियों तक से मेरा अलगाव हो गया। अब एक औरत का एक पुरुष को छोड़कर दूसरे के साथ रिश्ता बनाने को घर-परिवार से लेकर सभी किस रूप में लेते हैं यह साफ है।

बाहर की दुनिया से तो मैं लड़ती रही कि जो मेरा जीवन साथी बन रहा है, वह तो पत्र लिखने तक की हिम्मत न जुटा सका! प्रेम को महज लाइकिंग कहता है—न जाने कब वह पीछे हट जाए! क्या मैं साम्यवादी आदर्शों के साथ खड़ी हो सकेंगी?

उनके सपने बड़े होंगे, इस अंतर्विरोध को पति के रूप में हल नहीं किया जा सकता। कामरेड के रूप में जरूर हल किया जा सकता है। फिर भी क्या कारण है कि पति लोग (कामरेड) इस स्थिति से समझौता करके चलते हैं। संबंधों में गरमी समझौते से नहीं सवालों और स्पप्नों में बेहतर सहभागिता-सहकार और त्याग की भावना से आती और बनी रहती है। जब किसी एक संबंध में जीवंतता और सहभागिता समाप्त हो जाती है तो वह संबंध मर जाता है और मेरी जैसी स्त्रियों के लिए मरे हुए संबंध को ढोना अधिक समय तक संभव नहीं हो पाता। इसलिए मुझमें बार-बार हिंसक प्रतिक्रिया होती है। इसे आप जो मरजी कहें, लेकिन यह यक छटपटाहट है और इस छटपटाहट का अंत कहाँ होगा, यह मैं नहीं जानती। यह सच है कि पुरुष कामरेड के लिए किसी महिला का प्लेटॉनिक लव, निष्काम प्रेम, ताजी हवा के एक झोंके की तरह है और महिला का पत्नी के रूप में सान्निध्य तनाव पैदा करने वाला। इसके पीछे कारण यही है कि पति खुद कामरेड नहीं बन पाते।"

कामेरड गार्गी की यह चिट्ठी ध्यान से मैंने तीन-चार बार पढ़ी और मन में सोचने लगी कि साहिल के लायक लड़की जरूर ढूँढनी है... क्या वह भी दोस्त-पति नहीं बनेगा?... सोचते-सोचते क्या जाने कब आँखें झिप गयीं!

साहिल : बाँधो न नाव इस ठाँव, बंधु

चली गई तारा। अच्छा ही हुआ, गई! उसका मन स्थिर नहीं था! वह सिर्फ मेरी होकर नहीं रह पाती! उसके आकर्षण में जबसे बँधा, भैया ने भी बात बंद ही कर दी थी। इतने बड़े दलित-चिंतक हैं भैया और उनका स्पष्ट मानना है कि इस समाज का पासा पलटना है तो दलितों को प्रखर चरित्र-बल दिखाना होगा, प्रतिभा ओर चरित्र–दोनों ऐसा निखारना होगा कि लोग देखते रह जाएँ। विद्याबल और नैतिक तेज दलित स्त्रियों में भी विकसित हो–सवर्णों की चाही-अनचाही संतान पतियों के सिर पर न थोपें–पटक आएँ उनके ही घर या मुँह जार दें उनका जो उनकी ओर आँख उठाकर देखें!

तारा जैसी लड़की ऐसा कर पाती क्या? आखिर भैया की अफसरी के बल पर ही मैं पढ़-लिख गया। बाबूजी की नौकरी तो इंजीनियरिंग में मेरे दाखिले के साथ ही छूट गई थी! बाबू साहब का जलवा! मैं सरकारी स्कूल में पढ़कर, 'बी.आई.टी. में प्रवेश पा गया, उनका लाड़ला डोनेशन पर कहीं गया–लाखों खरच करके! इसकी खुंदक कहीं तो उतारनी थी! भैया के अफसर चुने जाने को भी वे आरक्षण की कृपा ही मानते थे–यह बात उनके गले ही नहीं उतरती थी कि पासवान के बेटे ऐसे बड़े ओहदों पर पहुँचने वाले हो सकेंगे! मैं भी जब बी.आई.टी. में चुन लिया गया–बलवा हो गया सारे गाँव में!

वो दिन भूला भी कैसे जा सकता है! माँ ने गुड़वाली खीर मुहल्ले में बाँटनी शुरू ही की थी कि हेडमास्टर साहब पान कचरते आए और पीक ऐन हमारे दरवाजे पर पिच्च फेंककर बोले–"पासवान। अब तू क्या नौकरी करेगा! कल से स्कूल आने की जरूरत नहीं है!"

भैया न होते तो कौन अँकवारता हमें? कैसे पढ़ाई जारी रहती? कैसे घर सँभलता? बाबूजी का इलाज, बहनों की शादी...सब तो उन्होंने निबाही। संत हैं, संत! पक्के रैदास! पुस्तकों में ही जीवन गुजार दिया! हिंदी जगत् की कौन-सी पत्रिका है जिसमें उनके आलेख अलख नहीं जगाते? अभी हाल-फिलहाल उनकी कविता कहीं देखी थी–पंजाबी में उसका अनुवाद 'हंस' कार्यालय में पढ़कर सुनाया बलवीर माधोपुरी ने –

मेरे मत्थे विच एक औरत बस्दी
जो चढ़दे सूरज दे नित मत्थे लगके
उस दियाँ किरण दा जल पीके
कहदी बाँह उलार –
तेरे निजाम दे बहशी पंजे
नइ सकदे मैनु मार!
मेरे नूर दी, मेरी इशक दी
नवयों नवीं बहार!

साथ हो तो ऐसी स्त्री का वरना आदमी अकेला भला–उनका स्पष्ट मानना है! और उनकी इस मान्यता के पीछे दलित-जीवन का कैसा बड़ा दर्द बोलता है–यह कौन नहीं जानता! ताऊ के लड़के हैं भैया! ताई के मुँह पर बड़ा पानी था। सो, ताई का डोला बहूजुठाई के लिए पहले ठाकुर साहब के घर रुका, फिर हमारे घर आया...पले तो भैया ताऊ के ही बेटे होकर पर जब ज़रा नाम-धाम हो गया, आई.ए.एस. में भी चुने गये–मुस्काकर ठाकुर ने ताऊ के काँधे पर हाथ रखा और कहा–"कोयल का बच्चा कौवे ने पाला तो क्या वह उसका हो गया? खून तो मेरा ही होगा! रंग-रूप देखकर भी मुझे लगता था–अब तो जी, सिद्ध हो गई बात! आखिर तो खून रंग दिखाएगा ही!"

यह घाव अभी भरा भी न था कि भौजी की उँगली पकड़ते-पकड़ते उसका पहुँचा ही पकड़ बैठा पड़ोसी लखनलाल! मानता हूँ कि भैया ज्यादा पढ़ाई-लिखाई, सभा-सोसाइटी और काम-काज में ही लगे रह गये, भौजी सकल-सूरत में भी कुछ मंदी थी, जमकर गृहस्थी न की गई उनसे! पोस्टिंग पर ज्यादा अकेले-अकेले रहे! बच्चों-समेत भौजी गाँव में ही रहीं ज्यादा...इसका ही फायदा उठाकर लखनलाल तरह-तरह से उनके कान भरता हुआ अपना विधुर-जीवन रँगराता-सरसाता चला गया!...एक जमाना यह भी आया कि भौजी उसके ही घर जाकर बैठ गईं! कब तक खटतीं चकरघिन्नी-सी उस सूने घर में!

तब से तो भैया बिफर ही गए! लँगोट के कच्चे वे नहीं थे और भाभी से भी उनकी उम्मीद ये ही थी कि सीधे रस्ते वे चलतीं! साल में दो-एक बार की भेंट तो हो ही जाती थी। समय पर मनिऑर्डर भी पहुँच जाता था! यह बात उनकी समझ में ही नहीं आई कि पढ़ते-लिखते, गाते-बजाते या कोई और बड़ा काम साधते 'एकला चलो रे' की फकीरी जितनी आसानी से सध जाती है, अन्यथा नहीं सधती! किसी तरह की सर्जना यौन-सुख से बड़ी नहीं तो उसके समतुल्य जरूर है! बच्चे सिरजना और उन्हें अच्छा नागरिक बनाना भी एक बड़ा काम है अगर मानो तो! लेकिन किसी कारण

जिंदगी पटरी से उतर गई और मन में कहीं कोई कुंठा-सी बैठ गई कि मुझे तो सब बुरा ही समझते हैं तो मैं बुरा बनकर ही क्यों न दिखाऊँ—स्थिति खासी विषम हो जाती है, अपने बच्चे भी जहद्दम लगते हैं, किसी काम में जी नहीं लगता—यह मैंने भौजी को देखकर ही जाना!

मेरी मुश्किल यह है कि मेरी सहानुभूति भौजी-भैया—दोनों के साथ है! जिसके पास बैठता हूँ, उसी की बात सही लगने लगती है! द्वंद्व का 'द्व' दोनों तरफ से 'व' की पहरेदारी निभाने लगता है! पर इस बात में भला क्या शक है कि भैया का दबदबा मुझ पर ज्यादा है! तारा की पृष्ठभूमि उनको पता तो नहीं थी, पर वह किसी बड़े डॉक्टर के घर में हाउसकीपर है, बला की सुंदर भी है—इस बात पर ही उनके कान खड़े हो गये थे : "अब तक शादी क्यों नहीं की? आँखें भी उसकी चंचल हैं! घर में कोई दूसरा हादसा नहीं चाहता! दलित आंदोलन के विपक्ष में जाएगी यह बात! तू मेरा भाई नहीं, मानस-पुत्र है, साहिल! तेरा यह नाम भी मेरा ही दिया हुआ है—वरना तू भी कुछ अकलू-बकलू-गुमानी-बुधवा पासवान कहलाता रह जाता! साहिल, भाई, तू मेरी नैया न डुबा!...समाज जब बदलेगा, विद्या और नैतिकता के तेज से महमह लोगों के हाथ ही बदलेगा—जिनके चरित्र पर ढूँढ़े भी कोई दाग न मिले...ज्यादातर सवर्णों का हाल ये है कि वे ऐय्याश, शराबी-कबाबी और लंगोट के बिलकुल कच्चे हैं...इनसे चलेगा समाज?"

"लेकिन भैया, बुद्ध की करुणा का हवाला दें तो एक दमन-चक्र का जवाब दूसरा दमन-चक्र होना नहीं चाहिए...", धीरे से एक बार मैंने कहा तो दाढ़ी बनाते-बनाते पलटे और बोले—

"संन्यासियों के चलाए चलेगा समाज? समाज तो कर्मवीरों से ही चलेगा! लड़ाई सवर्णों से नहीं, उन मूल्यों से है जो आदमी-आदमी के बीच भेड़ और भेड़िए का रिश्ता कायम करते हैं!"

भैया की बातें सुनते-सुनते एक बार तो मन में जरूर कौंधा था कि तारा ने कौन-सी भेड़ियापंथी की होगी भला! जौ के साथ गेहूँ पिस जाता है—इस बात का संतोष जौ को होता होगा क्या?

कुछ प्रश्नों के उत्तर वक्त की ही जेब में होते हैं! समय और स्थान—दोनों को ही देवता मानते हैं—तो स्थान का विक्षेप काल के विक्षेप में भी सहायक ही होगा! जाएँ तारा रानी, जाएँ जहाँ जाना हो! हो जाएँ जो होना हो! बेमतलब हूक क्यों उठा करती है? जाकर हिसाब बनाता हूँ! बेवजह माथापच्ची क्योंकर? मैं अकेला ही भला! करना ही नहीं मुझे ब्याह-व्याह! सिर्फ काम करना है। चलता हूँ, विस्थापित बस्ती ही हो आता हूँ।

झुग्गियों का अपूर संसार

पहले सोचा अकेला ही चलता हूँ—फिर लगा झा जी का साथ जरा चटक रहेगा। उनको लेता ही चलूँ। गपशप में कट जाएगा रास्ता। बैठते ही झा जी बोलने लगे! एवररेडी टॉर्च की बैटरी ठीक ही कहता हूँ उनको। फोन करते ही तैयार हो गये! मौसम अच्छा ही था। जोर से सिर झटककर तारा की याद झटकी और रिक्शे से कहा चलो! सत्यजित रे जब अपने लेखक पिता की उँगलियाँ थामे पहली बार रवि बाबू से मिलने शांतिनिकेतन गये थे—वे खुद अपने 'अपूर संसार' के अपू की उम्र के थे। महाकवि रवीन्द्र ने लेखकीय जीवन की एक विकट विडंबना का हवाला देते हुए उनके नोटबुक में जो लिखा था, उसका सारांश यह कि दूर-दराज, देस-परदेस, लोक-परलोक ही भटकता रहा, घर के पिछवाड़े खड़े पेड़ की पत्तियों पर ओस की थरथराहट नहीं देखी! सत्यजित रे को यहीं अपने जीवन का सूत्र मिला, तब से आस-पास बिखरे दैनंदिन जीवन की यही थरथराहट पकड़ते रहे सत्यजित रे..."

''अपूर संसार' का एक अर्थ बच्चे अपू की आँखों से देखा गया उसका विशृंखल संसार है तो दूसरा अर्थ 'अपूर्ण संसार' भी लगाया जा सकता है—हर तरफ से जिसके सिरे खुल रहे हैं, सिलाई मसक रही है...निकर है तो कमीज नहीं, बोतल है तो ढक्कन नहीं, कुर्सी है तो तीन टाँगों की, ईंट के पाए वाली,, ढीली बुनावट की खटिया, टूटा हुआ शीशा, कबाड़ी के यहाँ से खींचकर लाया गया सोफे का कंकाल, हुक्का, दराँती, खुरपा, कनस्तर, लीपे हुए चूल्हे, पेड़ पर फटी टायरों के वे झूले...झूला व्यंजक बिंब है! व्यंजक बिंबों का अपूर संसार!"

हाल-फिलहाल झुग्गी का साइबर मुहल्ला! अनूठी किताब तैयार कर रहा था। 'बहुरुपिया शहर' नाम की यह किताब लगातार विस्थापन का शिकार रही शहरी झुग्गियों के कुछ ज़हीन बच्चों-किशोरों ने मिलकर लिखी थी और जिस भाषा में लिखी थी, वह नई धारदार हिंदी का अच्छा नमूना था जिसमें कई क्षेत्रीयताओं के शब्द घुले-मिले हैं—नागर पैनेपन के साथ!

छोटे-छोटे, चुभते हुए वाक्य एकलव्य के तीरों की तरह चलते हैं! इन क्षण-चित्रों की सबसे बड़ी ताकत है इनका वाक्संयम! कहीं भावनात्मक उद्रेक नहीं पर एक एक तीर निशाने पर। मिल-जुलकर ध्यान से मैंने और झा जी ने कुछ हिस्से हाइलाइट किए जिन्हें बोल्ड प्रिंट में जाना था :

गुड्डू गुमशुदा है...बस्ती टूट रही है—बाहर से, भीतर से...कोई पतंग नहीं उड़ाता।...मेले में ढूँढ़ा, शहर में ढूँढ़ा रे...कुछ बातें बीन रहे हैं।...हर नजर में एक शकल है। लगते सब गुड्डू की नकल हैं...समय बीत रहा है, घर भी बदल रहा है, यादें टूट रही हैं...घर का वही मुखौटा! वापस आ चुका है। चौखट धुली हुई है, डेक भी चला हुआ, है, परदा हिल रहा है, कोई बाहर खड़ा है, कौन है?

'लगते सब गुड्डू की नकल हैं, शमशेर अली, उम्र—बीस साल, स्कूल के बीच अपने दोस्त के साथ 'ज्वेलरी बॉक्स' कारखाने की शुरुआत की, पिछले दो साल से 'अंकुर' के साथ एल.एन.जे.पी. कॉलोनी, बांगला माँची और घेवरा पुनर्वास कॉलोनी के प्रश्नों से जूझ रहे हैं!)

× × ×

1 कुछ अनौपचारिक जगहों में, जहाँ चाहत और इच्छाओं के बेशुमार पेड़ लगे होते हैं, सभी को बिना मोहरवाला लाइसेंस वहाँ बसने की खातिर मिल जाता है!...तभी कोई बच्चा अपने घर से भाग जाता है तो उसके आने की आशा लंबा समय गुजर जाने के बाद भी ऐसी जगहों के होने से बँधी रहती है! विस्थापन आज इन किनारों को खतरे में डाल रहा है!

('शहर के किनारे' शमशेर अली)

× × ×

1 नजर उठाकर देखा तो एक टेम्पू पर सामान लाद, लटकते लोग अब भी आ रहे थे! टेम्पू के पीछे लिखा था, 'बुरी नजर वाले तेरा मुँह काला!'

('अपने बारे में, लव आनंद, 19 वर्ष, बारहवीं के बाद बीबीए की कोशिश कर रहे हैं, दक्षिणपुरी 'राहबर मुहल्ला' से जुड़े हैं)

× × ×

1 बगल से गुजरते हुए एक काली तिरपाल के नीचे साँवली लड़की किसी की आइब्रो बनाती दीखी...बगल में बैठी पंखा झलती बुजुर्ग औरत बोली—'जंगल कहाँ? ये तो चमन बन जाएगा, देखना! बस चार-पाँच चाहिए इस जगह को...!' गुजरता वक्त उनकी ताकत बनता है!

(ब्यूटी पार्लर, यशोदा सिंह, 23 साल, नौवीं कक्षा में स्कूल छूट गया...कर्कश वैवाहिक जीवन से निकलकर लिखना शुरू किया, एल.एन.जे.पी. लैब से

2001 में जुड़ी और अभी बड़े-बड़े शहरों में कुछ नम बातें संपादित करती हैं!)

× × ×

1 'थारा आदमी क्या करे है?'

'अपरमैन है!'

'कहाँ पर?'

'सितारा गली में!'

'उसकी मैहतारी कहाँ रहवे है?'

'चूड़ीवालान।'

'आते-जाते ना हैं?'

'आते हैं, कभी-कभी!'

'अब हमारी बात ध्यान से सुन! तुम किराए पर रहो हो! चार फोटो इंक्वायरी के लिए देने हैं! बम-वम छोड़कर भाग गये तो हम कहाँ से ढूँढ़ते फिरेंगे आतंकवादियों ने? फोटो तैयार रखियो, हम आवेंगे लेने!'

वो नीचे उतर गये! दिमाग में सवालों का शोर छोड़ गये—(हमें नहीं देनी फोटू...) आप नहीं जानते। इन्हें हम—जैसे लोगों की ही तलाश रहती है पेंडिंग केस लादने के लिए! रहमत आपी के बेटे के साथ क्या हुआ...!

— यशोदा सिंह

(वेरिफिकेशन)

× × ×

1 'अच्छा, तो एसटीडी चाहिए!...आपके सर्टिफिकेट पर लिखा है 'ऑफ बोथ लेग्स' पर आपका तो एक पाँव खराब है!'

सोनू के दिमाग में बाहर खड़ा पुलिसवाला और उसका डंडा घूमने लगा! सर्टिफिकेट में ये लिखा है! आज से पहले पढ़ा क्यों नहीं? बेटा, आज तो गया तू! फोटो लगी है, पर इससे ये मानेगा नहीं। डॉक्टर ने गलती की है, ये तो कोई मान ही नहीं सकता! अब क्या करें?

'सर, लगता है मैं गलती से अपने साथ वाले का कागज़ ले आया हूँ! हम अभी बाहर एक-दूसरे का सर्टिफिकेट देख रहे थे न, इसलिए! मैं अभी सही वाला ले आता हूँ!'

अपने कागज़ इकट्ठा कर वो जितनी तेज चल सकता था, उतनी तेजी से चलता हुआ बाहर आ गया! बाहर आकर सोचने लगा, दोनों पैर खराब? ये कैसे हुआ? वो खुद पर बहुत हँसा, हँसते हुए अपने माथे पर हाथ मारकर

बोला, 'साला किस्मत ही खराब है!'

('कृपया प्रतीक्षा कीजिए, लक्ष्मी चंद कोहली, 25 वर्ष, स्कूल पास करके कई तरह के काम किए—एसटीडी बूथ में ड्यूटी, दूध-डिपो के बिजनिस की कोशिश, कंपाउंडरी, तरह-तरह के सर्वे कर्मचारी का काम, फैक्टरी में काम! 'साइबर मुहल्ला' प्रोजेक्ट से...बड़े-बड़े शहरों में कुछ नम बातें का संपादन!)

× × ×

1 अब शानू भाई लग गये बड़े शीशे की तलाश में! कबाड़ में से वो बड़ा और साफ शीशा ढूँढ़ ही लाए! इन दो दिनों की छानबीन में उनका कारखाना बंद रहा! कारख़ाना बंद होने से शानू भाई के छोटे-छोटे कारीगर बहुत खुश थे! धूप में छतों पर चढ़कर पतंग उड़ा रहे थे! वो आपस में बातें करते, 'काश, शानू भाई के इश्क का बुखार कभी न उतरे तो मज़ा आ जाए जिंदगी का!'

('कहीं बबली तो नहीं?' यशोदा सिंह)

× × ×

1 न जाने फ़जल भाई को क्या सूझी कि एक दिन डेक ले आए और शुरू हुआ रोज़ सुबह आठ से दस और शाम नौ से ग्यारह बजे का सौंग शो!

अज़रा आपा की बहन सायमा फ़जल भाई के घर आई, 'गाने की आवाज तेज़ कर दीजिए', हमारी बाजी ने कहा है!

'देखिए, तीहाई भाई ट्यूशन नहीं जा रहे हैं।' शाम की ढ़लती गर्मी में बाहर बैठकर बटन टाँकती अज़रा आपा को झिंझोड़ते हुए उनके चार साल के बेटे, इनाम ने कहा!

(गुनगुनाने में, अज़रा तबस्सुम, 23 वर्ष, साइबर मुहल्ला, एल.एन.जे.पी. प्रोजेक्ट)

× × ×

1 यह जगह लोगों ने पूरी तरह छोड़ी नहीं है! कैसे छोड़ दें? इतने साल देकर इसे अपना बनाया था!

लोगों को यह रिश्ता दूध-पानी का लगता है (दोनों को अलग करना मुश्किल ही नहीं, नामुमकिन है)। पर सरकार को यह रिश्ता दूध में पड़ी मक्खी जैसा नज़र आता है, जिसको कभी भी अंगुली डालकर अलग कर दिया जायेगा!

('जगह और जमीन' नीलोफर, 22 साल, ब्यूटीशियन/डीटीपी)

× × ×

1 घर में दो तरह के बर्तन लिए जाते हैं—एक रोजमर्रा में इस्तेमाल किए जाने वाले, दूसरे, शोपीस बनाकर सजाने वाले।
रोजमर्रा वाले बर्तन रोज़ इस्तेमाल किए जाते हैं, धोए जाते हैं, एक-दूसरे से टकराते हैं, बजते हैं, खनकते हैं, अपनी जगह बनाते हैं...।
लगता है अब दिल्ली प्रेशर कुकुर की सीटी, स्टोव-चूल्हे की भड़क, रेत में रखे मटके की ठंडक, गिलास-प्लेट-चम्मच-प्याले-परात की साझी खटर-पटर से हटकर एक महँगा, सुंदर, नाजुक शो-पीस बनने जा रहा है, जिसको उठाकर रख दिया जाएगा! देखने वाले की वाहवाही ही उसे छू सकती है, अन्यथा उसे हाथ लगाने से पहले एक बार सोचना पड़ेगा!

(शोपीस, नीलोफर)

× × ×

1 एक बाँस की टोकरी दीवार पर कील से लटक रही है! उसे एक काली पन्नी से ढँक रखा है...पन्नी एक डोर से बँधी है। डोर पर लगे तेल के निशान बता रहे हैं कि चाट या खोया ले जाने के लिए काम में लाया जाता होगा! मगर आज ये दीवार के सहारे एकदम तनी हुई है! उसका गौरव और धीरज एक कील से लटका है!

(सामान, जानू नागर, 23 वर्ष, नाँची माँची लैब से जुड़कर एक ऑडियो आर्काइव बनाया)

× × ×

1 जो टूट चुका है, उसमें चुनना चल रहा है। जो चुना जा चुका है, उसकी रखवाली करने कोई बैठा है! बच्चे कील-कच्चड़ और कबाड़ चुनकर उनके बदले आइसक्रीम ले रहे हैं! पुलिस और सर्वे वाले इधर-उधर घूमते नज़र आ रहे हैं! कोई जाने की सोच रहा है तो कोई यहाँ जमावड़ा बनाने की ताक में है—जैसे, आइसक्रीम वाले, चने वाले, फल वाले, कबाड़ी...।"

(जो बचा है, सूरज राय, 19 वर्ष, ओपेन स्कूल के बाद लिनक्सा/जेएनयू, ऑपरेटिंग सिस्टम सीख रहे हैं।)

× × ×

1 उड़ती हवा और चलते माहौल के बीच, दो सड़कों को अलग करती पटरी पर स्टोव, बर्तनों से भरे बक्से, अटैची गें कपड़े और कुछ राशन-टीन के डब्बों में पैक किए सामान पर साठ साल के एक शख्स ऐसे बैठे हैं जैसे कोई राजा सिंहासन पर।

(एक शाम, शमशेर अली)

× × ×

1 बस्ती टूट रही थी और एक तरफ शादी के बाद विदाई चल रही थी! सुनकर मन थोड़ा मसमसाया! फिर मन में आया कि अगर कोई नई-नवेली दुल्हन अपने साथी के साथ यहाँ एक नई दुनिया बसाने आ रही है, जिसे विदाई के समय आशीर्वाद में घर बनाने की हिदायत दी जाती है, वो इस जगह में बसने की क्या कल्पना करेगी?

(ऐसी आजादी नहीं चाहिए, यशोदा सिंह)

× × ×

1 गली की ढलान शुरू होते ही यह घर अपनी धड़कनों के बाहर था!

(बड़ा बेकार काम है ये, लक्ष्मीचंद कोहली)

× × ×

1 सरकार जब किसी को फाँसी देती है तो उससे उसकी आखरी इच्छा पूछती है! पर हमसे तो वो भी नहीं पूछा! 'कब-कब' करते-करते हमें यहाँ से खदेड़ दिया! बताओ, पहले तो दीवारों पर नंबर लिख गये, और बाद में उस पर खुद ही पेंट करके ढँक दिया!

(ये कब गया यहाँ से, लक्ष्मीचंद कोहली)

× × ×

1 हाथ-मुँह धोया, खाकर वहीं कोने में लेट गया। सोते हुए एक लाइन याद आती रही जो कंट्रोल सेंटर की गाड़ी पर पढ़ी थी, "आपके लिए, आपके साथ, सदैव!"

(तू रहवे काँ है? लक्ष्मीचंद कोहली)

× × ×

1 पूरी बस्ती में मेरी उम्र तक आते-आते कितने ही लड़के स्कूल छोड़ चुके होते हैं। मेरे ज्यादातर दोस्त काम पर लगे हुए थे!...उनके हाथ में पैसे देखकर जलन भी होती मुझे!...मेरे दिमाग में काम था कुरियर वॉच का... पूरा शहर घूमता है, शहर घूमने के पैसे मिलते हैं...!

(एक बार जूते पहनकर किसी के घर चला गया तो थप्पड़ पड़ा जोर का)

× × ×

1 अब इसे बेइज्जती समझो या अनुभव! यह तुम्हारे ऊपर है कि तुम समाज में घुसने को क्या नाम देते हो?

(निर्णय का पल, सूरजराय)

× × ×

"तो ये संसार था ऐसे अपूरों का जिनके पिता उन्हें यह समझाने को विवश थे : 'यही दुनियादारी है जो स्कूल कभी नहीं सिखा सकता! चार किताब पढ़ लेने से इंसान इसे नहीं समझ सकता! स्कूल नियम बनाता है पर शर्तों पर जीना हमें शहर सिखाता है!

"पर जीवन के साथ किताबें पढ़ने, पढ़ने ही नहीं किताबें लिखने से दुनिया कितनी बदल जाती है—इसका प्रमाण है यह सामूहिक लेखन जो बच्चों से कंप्यूटर पर सीधा हम करवा रहे हैं," झा जी उत्साह में बोले!

"कोई जानवर यदि पीछे पड़ा हो—एक बार पलटकर उसकी आँखों में आँखें डाल दें—वह खुद-ब-खुद थकमकाकर खड़ा हो जाएगा! यही हाल यथार्थ का है! कभी शेर, कभी कुत्ते की तरह वह हमारे पीछे पड़ जाता है लेकिन एक बार हम पीछे मुड़कर उसकी आँखों में अपनी आँखें डाल देते हैं, एक अजब तरह की ताकत आ घेरती है हमें! सामूहिक लेखन गीदड़ और भेड़िए, पुलिस और सरकार की तरह पीछे पड़े यथार्थ की आँखें डालकर खड़े होने के इसी शऊर का नाम है जो देखते-देखते हमारे भीतर की चट्टानों में प्रकाश के, ताकत के अनगिन झरने उद्घाटित कर देता है! हमें खुद ही नहीं पता होता कि हमारे भीतर इतनी ताकत सोई थी, इतने झरने भीतर कुलबुला रहे थे।" मेरा भी मन उमड़ आया।

"अभिव्यक्ति के गर्भ में ही तो 'व्यक्ति' बैठा है और प्रकाशन के गर्भ में प्रकाश!

जिसको सिनेमा की भाषा में 'कॉमिक हाइजंक' कहते हैं—वैसे क्षण चित्र 'बहुरुपिया शहर' और 'संगतिन यात्रा' जैसी पुस्तकों की अमूल्य निधि हैं! झुग्गी-झोंपड़ियों और विस्थापित बस्तियों की पूर्वपीठिका पर उभरने वाले ये क्षण-चित्र और उनके जीवंत किरदार—कबाड़ी, फेरीवाले, बंटी और बबलियाँ, तिरपाल में चलते ब्यूटी पार्लर, कॉल सेंटर, सार्वजनिक फ्रिज—रेडियो-कुरियर ब्वॉय, लाउडस्पीकर और बुलडोजर, स्मृतियाँ, सपने, विवाह, प्रेम-मनुहार--सबसे मिलकर एक ऐसा महानाट्य रचते हैं कि आदमी रुककर देखने लगते हैं...और साक्षी बनता है एक नई प्रक्रिया का जो सशक्तीकरण की प्रक्रिया तो है ही--सारी टूट-फूट के भीतर से उभरता महाकाय 'स्पिरिट्स मंडी'!" हमने चाय की चुस्की भरी!

"कलम एक जादुई छड़ी इसी अर्थ में है कि यह हमें जोड़ देती है—जो भी पुल टूट गये हैं, फिर से खड़े करती है! 'ब्लैक ऐंड व्हाइट'—दुनिया का सब स्याह-सफेद सामने लाने का संकल्प एक बड़ा संकल्प है। 'बहुरुपिया शहर' 'कच्चे खाँव-कच्चे खाँव' करके डराता हुआ अगर झोंपड़पट्टी के इन अपूरों के पीछे पड़ा भी है तो वे अब डर नहीं रहे—पलटकर उसकी आँखों में आँख डाल रहे हैं! पते की बात यह है!

यही मैक्सिम गोर्की और चार्ल्स डिकेन्स ने भी किया था! वे भी इन्हीं झुग्गी-झोंपड़ियों में पले हुए स्कूल ड्रॉप-आउट थे!"

"गोर्की ने तो रैनबसेरों, फुटपाथों, फैक्टरियों, रेस्तरां के बरामदों को अपना 'विश्वविद्यालय' कहा था और डेविड कॉपरफील्ड, ऑलिवर ट्विस्ट और पिप आदि सैकड़ों गरीब बाल-नायकों के चितेरे, चार्ल्स डिकेन्स की जीवनी का एक स्थापित तथ्य है यह कि बाद के दिनों में जब वे थोड़े समृद्ध भी हो गये, भाग-भागकर 'वाटरलू ब्रिज' के नीचे बसी उन झुग्गी-झोंपड़ियों तक जाते रहे जहाँ बचपन में वे रुकरियों के बीच तरह-तरह की जहालतें झेलते अधपेटे ही जिए थे। तीन हजार विस्थापितों की इस बस्ती में एक साथ जो सैंतीस लोग जलकर मर गये—उन सबका संयुक्त धन एक शिलिंग था।"

"घर लुढ़का-पुढ़का दिए गए थे, सड़कें कहीं से तोड़ दी जातीं, कहीं भी ठहर जातीं...जहाँ-तहाँ गहरे गड्ढे और सुरंगें खोदी गई थीं...माल ढोने वाली गाड़ियाँ/ठेले औंधे-पौंधे पड़े थे। अचानक ही तालाब में तब्दील गढ़ेनुमा चीज़! उसके पानी में भीग-भागकर जंगा गये लौह-कबाड़ की कृत्रिम पहाड़ी के नीचे पड़ी लॉरियों का भभूका...पुल थे तो, लेकिन वे कहीं नहीं ले जाते थे, रस्ते निकल आए थे लेकिन इतने सँकरे थे वे कि उनसे होकर निकलना असंभव था...आधी ऊँचाई तक चीखती चली जाती चिमनियों का वह रौरव नरक..."

झा मुंड हिलाकर रह गए।

"उन्नीसवीं सदी के इस बनते-बिगड़ते हुए लंदन में रेलवे की पटरियाँ हर तरफ बिछ रही थीं! रेलगाड़ी हहाती आती तो लोग डर जाते : डिकेन्स के उपन्यासों में रेल की प्रतीक-योजना पर अलग से एक शोध-पर्चा तैयार किया जा सकता है! लेकिन ... इस रेलगाड़ी पर चढ़कर विस्थापितों की बस्ती भी उसी तरह गाँव से उखड़कर शहर के हाशियों पर बसने आती...वैसे ही बाल-मजूर और 'चिमनी स्वीपर' गलियों में घूमते नज़र आते जैसे मेट्रो की पटरियाँ बिछाती हुई दिल्ली में नज़र आते हैं।"

चार-पाँच साल का एक बच्चा जो अभी तुतलाकर ही बोलता है—गलियों में फेरे लगाता हुआ कहता है " 'वीप-वीप!' कहना चाहता है 'स्वीप-स्वीप' यानी झाड़ू-बुहारू पर मुँह से निकलता है 'वीप' यानी रुँधी रुलाई! फिर भी वह खुद को तसल्ली देता है, तसल्ली देते हैं साथी-श्रमिक कि वह सुबह भी आएगी जब सब ठीक हो जाएगा... ।"

"चिमनियाँ पतली होती थीं! उनकी सफाई के लिए दुबले-पतले छोटू ही उसमें घुसेड़े जाते थे! दम घुटने लगता था! कालिख गले में, नाक-मुँह सबमें फँस जाती थी! जल्दी ऊपर सरकने की हिम्मत ही नहीं पड़ती तो नीचे लुत्ती लगा दी जाती कि

आग-धुएँ के डर से ऊपर सरकें! उनके सरकने से तंग चिमनियाँ साफ हो जाती थीं–झाड़ू भी तो रहती थी हाथों में...लेकिन यह क्रम बहुत दिन नहीं चल पाता था! जल्दी ही वे चमड़ी के कैंसर से या टीबी से मर जाते थे!

आज भी दियासलाई, पटाखों और कालीनों के कारखाने कम मजूरी के लालच में ऐसे ही नन्हों को तरह-तरह के जान लेवा खतरों के आगे खड़ा कर देते हैं जिन्हें अभी साफ बोलना भी नहीं आया, जिनके दूध के दाँत भी अभी टूटे नहीं! अपने संस्थान के पिछवाड़े की झुग्गी-झोंपड़ियों के भी कुछ बच्चों से मेरी दोस्ती है! उनके बहादुर बचपन के सम्मान में ही कभी मैंने एक पूरी शृंखला लिखी थी जो बाद में जब इन्होंने खुद मंचित किया–नाटकीय संवादों में तोड़कर–मुर्दे में जैसे प्राण पड़ गये!''

"मीरा नायर की 'सलाम बॉम्बे' और कृष्णचंदर का 'दादर पुल के बच्चे' भी इन किरदारों और उनकी परिवेशगत विडंबनाओं पर सवाक् टिप्पणियाँ हैं, उनकी महत्ता से तो हम परिचित हैं ही! 'धारवी' भी इस शृंखला की एक महत्त्वपूर्ण प्रस्तुति थी। विश्व-साहित्य की ओर निगाह डालें तो अमरीका की अश्वेत बस्तियों के धारदार वर्णन अफ्रीकी साहित्य में दर्ज मिलेंगे! नामदेव ढसाल, दया पवार, लक्ष्मण गायकवाड़, वामा, ओमप्रकाश वाल्मीकि, सूरजपाल चौहान, श्योराज सिंह बेचैन, नैमिषराय, अजय नावरिया आदि ने दलित झुग्गियों का जो यथातथ्य वर्णन अपने जीवंत साहित्य में उकेरा है, उससे भी कई किरदार उठाकर अलग से एक शोधपत्र तैयार किया जा सकता है!"

"कहने को लोग डिकेन्स को अतिरंजित भावुकता का शिकार कहते रहे हैं, पर कामदी से कारुणिक, कारुणिक से भयावह तक बढ़ते हुए उनके ज्यादातर उपन्यास चरित्रों के अद्भुत रेखकीय उभार की दृष्टि से अविस्मरणीय हैं! उपन्यासों का वॉन गॉग भी उनको कहा जा सकता है–मात्र कुछ 'मास्टर-स्ट्रोक्स' में सवाक् चित्रों की टोली कर देना डिकेन्स की प्रमुख विशेषता है!"

"चरित्रों में भी व्यंजना की दृष्टि से सबसे महत्त्वपूर्ा हैं झुग्गियों के आस-पास बुने सर्व-ऑल्टर्न चरित्र–झक्की, निर्दोष कैदी, बेयरहाउसों के शोषित कामगर, नीमपागल स्वप्नद्रष्टा, आवारा मसीहा और वे नन्हे अपराधी भी जिन्हें उपयुक्त परवरिश मिलती तो वे अपराधी न होते! इन सबके बर-अक्स ढोंगी और खलनायक, अफसर, मिलमालिक, वकील और उनके बिचौलिए भी अपने पूरे विद्रूप के साथ उपस्थित हैं! चरित्रों के एक अंतरंग से कोलाज की पृष्ठभूमि में उभरता है एक औद्योगिक लंदन जो धूल-धक्कड़, भाग-दौड़, उठा-पटक से पटा पड़ा था और पटा पड़ा था उठल्लू बाल मजदूरों, परेशानहाल वेश्याओं, बेरोजगार युवकों, बूढ़े भिखारियों, गुंडे-मवालियों, मक्कार अफसरों, ठेलेवालों, फेरीवालों और दूसरे विस्थापितों की उसी रेल-पेल से जो आज भारत में हमको हर ओर से घेरे खड़ी है।"

“ ‘ग्रेट एक्सपेक्टेशन्स’ में वेमिक की मजेदार खोली सपसिटी की एक झुग्गी में है जिसे डिकेन्स हँसी-हँसी में ‘पिछवत्ती गलियों, गड्ढों और छुटकू बगीचियों का पुलिंता’ कहते हैं। जो स्थिति दिल्ली में विस्थापित बिहारियों की है—करीब-करीब वही स्थिति उजड़ रहे गाँवों से काम की तलाश में लंदन चले आए आइरिश देहातियों की थी! जैसे आज दिल्ली में मेट्रोरेल का काम जोरों पर है, उस समय दुनिया की पहली रेल पटरियाँ लंदन में हर तरफ बिछ रही थीं, नये-नये रेलवे-स्टेशन बन रहे थे, उनके आस-पास तरह-तरह की दुकानें खुल रही थीं, दफ्तर भी। तरह-तरह के वैधानिक पेंच और चक्कर सुलझाते-उलझाते वकीलों-दलालों और अपराधियों के पौ बारह थे! अट्टालिकाओं के समानांतर झुग्गियाँ उसी जिद और उसी इसरार से बढ़ी जा रही थीं जिससे बड़े जोशो-खरोश से समारोहपूर्वक लगाए गए गुलाब के एक कँटीले कलम के चारों ओर बिन बोई घास लहलहा उठती है—इस चुनौती के साथ कि तुम एक हो, हम अनेक!”

“तो अपने महानगरों की तरह लंदन हर ओर से पसर रहा था—गर्भवती स्त्री की तरह ही नहीं, एक मोटू सेठ की तरह भी! अंतर्राष्ट्रीय क्षितिजों तक बिछी उसकी औपनिवेशिक चकरचालें भी लगातार उसी लय में पसर रही थीं।”

“थैकरे ने कुलीनों पर लिखा और गैर-रूमानी ढंग से, डिकेन्स ने ‘रुकरीज’ पर—चॉपहाउस, जेल, पागलखाने, वेयरहाउस, सरकारी स्कूल, मयखाने के इर्द-गिर्द पसरे श्रमिकों, गाते-बजाते लोगों, जोकरों, कलाबाजों और वॉटरलू ब्रिज के नीचे की उस झोपड़पट्टी पर जिसके बारे में इटली के अपने अभिन्न मित्र, जॉन फास्टर को उन्होंने लिखा—वॉटरलू ब्रिज की धमाचौकड़ी में सुबह आठ बजे उतर जाता हूँ और वहाँ पहुँचते ही मन में कुछ ऐसा जग जाता है कि हाँफता हुआ लौटता हूँ घर, लगता है—तुरन्त ही कुछ लिखना जरूरी है।”

“ऐसे कुछ डिकेन्स और गोर्की भारत को भी चाहिए—खासकर नाटक, टेलीविजन और फिल्म के पटकथा लेखकों और गीतकारों का ध्यान इस ओर ले जाना एकदम जरूरी है कि समाज का एक दूसरा रुख भी है : अट्टालिकाएँ, क्लब, कैफे, बार, डिस्को, बाग-बगीचे, हवाई यात्राएँ, विदेश भ्रमां, कॉरपोरेट-षड्यंत्रों, पुश्तैनी पैसों के इर्द-गिर्द घूमने वाले घरेलू षड्यंत्रों के पार की एक बृहत्तर दुनिया भी है फुटपाथों, रैनबसेरों और झुग्गियों की जिनमें अपराधी ही नहीं पलते, कुछ धीरोदात्त नायक भी पलते हैं—दुनिया की सारी जहालतों के पार भी जो हँसते हैं, प्यार करते हैं और संघर्ष भी, खूब दोस्तियाँ निभाते हैं और सपने देखते हैं एक अधिक सार्थक दुनिया का!

डिकेन्स ने झुग्गी के एक पात्र के मुँह से जो कहलवाया है, समय आ गया है कि हम उसके नये अर्थ खोलें और 'इप्टा' जैसी संस्थाओं ने जो काम जहाँ अधूरा छोड़ा था, नये सिरे से उठाएँ और पूरे दमखम से।"

मैं अभी पढ़ ही रहा था कि झा जी ने टोका—"हाँ मगर दिमाग गजबजा देने वाली किताब तो हमें तैयार करवानी नहीं है। अनावश्यक विस्तार से प्रकाशक भी हड़क जाएगा! मुश्किलों से तो माना है!"

और हम एकदम से उठ पड़े! चाँद की ठुड्डी के नीचे भी एक तारा चमक रहा था! मैंने फिर मुँह फेरकर गटगट गटागट पानी पिया! झा जी की पत्नी खाने पर रोकती नहीं, पर मुझे एक अधूरा हिसाब याद आने लगा! एस.टी.डी. बूथ की ओर भी मैंने निगाह नहीं डाली! नाक की सीध में चलता-चलता घर पहुँचकर रहा।

गगन में गैब निसान उड़ै : कोलाज : भैया की चिट्ठियाँ

अलग-अलग समय भैया ने जो मुझको चिट्ठियाँ लिखीं, करतरनें भेजी—सबका कोलाज मैंने अपने इस दस बाई छह के कमरे की चार दीवारों पर टाँग रखा है। रंग-बिरंगे वॉल पेरपर की चटक पृष्ठभूमि बनाई है!

चटक? चटक इसलिए कि चटक बड़ा शब्द है! आग की लपटें चटक होती हैं फूल की पँखुड़ियों-सी चटक, पक्षी के पैरों-सी चंचल! उड़ने का स्पन्दन, खिलने का स्पन्दन एकदम से चटका देनी वाली! आरडी आनंद नाम के युवा साथी के इस वक्तव्य की पट्टी लाल वॉल पेपर की ऊपर मार्जिन पर तिरछी टँगी है—

"साहित्य में वह चटकीलापन होना चाहिए; जिससे शोषित वर्ग रोशन हो सके... एक आदर्श चटक सके सामने... तौर-तरीके में जरा-सा हेर फेर करके तो देखो! दूसरा दिलचस्प उद्धरण लम्बवत खड़ा है—

"तिलक का सबसे अच्छा जवाब तो बाबा साहब ने 1927 में दिया, कहा कि यदि तिलक अछूत होते तो स्वराज मेरा जन्मसिद्ध अधिकार है के पहले 'छुआछूत की समाप्ति हमारा जन्मसिद्ध अधिकार है' का नारा देते!'

वाकई, 'जन्मसिद्ध' का प्रयोग तिलक के नारे में जिस विडम्बना का संकेत करता है, उसे गाँधी भी नहीं पकड़ पाए! तिलक की तो बात ही क्या। हिन्दू समाज की कुरीतियों के प्रति प्रायः वैसा ही अंधमोह उनको था जैसा धृतराष्ट्र और गांधारी का कौरव-सेना के 'प्रति। तभी तो 1908 के 'एज आफ कान्सेन्ट बिल' का ऐसा विरोध उन्होंने किया! यह बिल औपनिवेशिक पत्र के उन विरले प्रयत्नों में था जब राज ने स्त्रियों की दुर्दशा की नोटिस ली थी और एक एक कर समाजसुधारक कानून लागू करने की कोशिश की थी!

गाँधी का क्रिटीक देते हुए एक पत्र में भैया ने लिखा था कि उनकी बड़ी भूलों में एक है कि उन्होंने वैकल्पिक राष्ट्रवाद की अंतर्सरचना गाँवों में देखने की कोशिश की, गाँव जो निहायत ही गलीज, खंडित-विभाजित; घृणा पर आधारित चातुर्वर्णीय

समाज की धुरी पर खड़े थे और आज भी हैं। वैसे गाँव तो राष्ट्र का इकाई-संस्करण क्या, किसी सभ्य समाज का मानक भी नही बन सकता।

भैया का मानना था— चूँकि अधिकतर दलित ही सर्वहारा है, कम्युनिष्ट साथियों का यह फर्ज बनता है कि दलितों के साथ खड़े हों, इनके बीच वैचारिक क्रान्ति द्वारा एकता कायम करें; यह एकता डॉ. अम्बेडकर के विचारों के रास्ते जल्दी आएगी क्योंकि 'मार्क्स', कुछ भी कहिए, अभी उन्हें कितना समझ में आता है—भूमण्डली करण के इस भयंकर धमाल से लोहा लेने के लिए उसे कुछ स्थानीय समीकरण बनाने तो होंगे!

पीले वाले वॉलपेपर पर चो गुवेरा की तस्वीर है तब की जब वह अपने अन्तिम संघर्ष के पहले नारंगियों के एक बड़े बाग से गुजरता है। और उस प्राकृतिक सौन्दर्य से रीझकर कुछ देर थकमकाया खड़ा रहता है, शायद यह सोचता हुआ कि यह सौन्दर्य सबके हिस्से कब आएगा! सौन्दर्य ही तो अन्तिम लक्ष्य है—भावों का हो या विचारों का, सम्बन्धों का या ऊपरी विनियोग का, साधन का या साध्य का, वस्तुजगत् का या फिर भावजगत् का—सौन्दर्य और समन्वय ही अंतिम लक्ष्य है, पर यह सबके जीवन में वैसा ही आस्वाद बिखेर पाए—इसका इंतजाम भी तो करना है! बिना भौतिक परिस्थितियाँ बदले यह सम्भव ही कैसे होगा!

गौर से वह एक-एक नारंगी पर पड़ती धूप-छाँह देख रहा है : शायद अंतिम बार लेकिन कितनी तन्मयता से, कितनी उम्मीद से!

इस चित्र के स्पन्दन से ही मैं समझ पाया कि हमें चाहिए खूब सारा नांच-गान, खूब सारा उत्साह—एक ऐसा विपुल संगीत जिसपर सब थिरक सकें—एक साथ—एक लय में! कोई बाकी न रहे! खून के रंग, उन छिलकोइयो का रंग, जीवन के अमृत रस और शीतल सुगन्ध से सराबोर उसकी हर बूँद की थिरकन का रंग!

साहिल : स्नेह-निर्झर बह गया है

कभी-कभी जब मन काफी उदास हो जाता है, रामचंद्र गाँधी से मिलने आई.आई.सी. चला जाता हूँ! उनकी सप्राण उदासी मेरी अवाक उदासी से टकराती है जैसे जेठ की प्रखर धूप ताल-मखान, पानीफल सिंघाड़े और जलकुंभियों से पटे हुए अँधेरे जल-तल से! टकराकर कुछ देर तो दोनों चुप रहते हैं, फिर अचानक एक स्फुलिंग-सा उठता है और एक निश्चित को पर कहीं और ही मुड़ जाता है! इसको ही शायद परावर्तन कहते हों!

सृष्टि के पार भी कहीं-कुछ है—क्वांटम फिजिक्स इसका संकेत देता है और महर्षि अरविंद, रमण महर्षि, रामकृष्ण परमहंस, विवेकानंद और रामचंद्र गाँधी वगैरह की अनुभूतियाँ इसका आभास भी देती हैं, पर मैं इस गुत्थी पर बहुत देर सोच नहीं पाता। मेरी मानसिक बनावट ही ऐसी हो गई है कि आसन्न पर ही मेरा ध्यान जाता है, दूरवर्त्ती पर नहीं—चाहे वह 'दूरवर्त्ती' तारा ही क्यों न हो, तारा जो 'ट्विंकिल-ट्विंकिल लिट्ल स्टार'—भाव से मुझे एक अर्से तक बाँधे रही! चली गई तो चली गई—मैं क्या करूँ, इसके सिवा कि आसन्न कामों में मन लगाऊँ और रामचंद्र गाँधी जैसे शिशु हृदय विद्वानों की लीलाएँ देखकर आनंदित होऊँ!

अब यह आनंद का स्रोत नहीं तो क्या है कि गाँधीजी का यह फकीर पोता, राजगोपालाचारी का दार्शनिक दौहित्र, लाला हरकिशनलाल का पट्टशिष्य और हम—जैसे हजार राजनीतिक कार्यकर्त्ताओं, युवा पत्रकारों-रंगकर्मियों-छात्रों का दोस्त-अधिनायक और बेताज बादशाह इंडिया इंटरनेशनल सेंटर जैसी चिकनी-चुपड़ी जगह में खादी का फटा हुआ कुरता-पायजामा पहने एक छोटे-से बच्चे के साथ कभी क्रिकेट खेलता है, कभी लट्टू नचाता है! कहने को उसने कई राष्ट्रीय-अंतरराष्ट्रीय विश्वविद्यालयों में प्रोफेसरी की है पर सब कमाया-धमाया जरूरतमंदों में बाँटकर बंगाली मार्केट की एक बरसाती में किराए पर रहता है—एक झोला-भर संसार और कुछ किताबों के साथ!

एक-एक अंग से सौंदर्य फूट पड़ता है। और जब बोलना शुरू करते हैं तो लगता है—कायनात में हलचल हो गई! जर्रा-जर्रा उठकर बैठ गया! घोंसलों से पक्षी झाँकने लगे! चोंच खुले रह गये! दाना मुँह में रह गया! गिलहरियाँ रुक-सी गईं।

शीरीन और तारा के साथ ही पहली बार मैं इनका भाषण सुनने आया था! शीरीन की बीमार माँ भी ह्वीलचेयर पर साथ आई थीं—अपने पालक-पिता लाला हरकिशनलाल के पट्टशिष्य की खातिर उनके मन में भी अजब राग था! 'ग्रैंड ओल्ड मेन' वाली उद्भट परंपरा की शायद अंतिम कड़ी हों ये! मिलकर मुझको भी लगा!

भाषण तो, खैर, चमत्कृत कर देने वाला था ही, साधारण बातचीत की लय भी ऐसी थी कि लौटते हुए अमृताशेरगिल मार्ग पर तारा धीरे से मेरे बाएँ हाथ की तर्जनी दबाकर बोली—'तुम्हारे लिए मेरे मन में एक छोटा-सा सपना जगा है! तुम ऐसे ही विराट् वृद्ध बनना, साहिल।"

उसके बाद मैं जब उनसे मिलने गया—तारा के साथ ही! निर्मल वर्मा की शोकसभा से लेकर केनोपनिषद् के इर्द-गिर्द आयोजित भाषण-मालाओं तक। शोभना नारायण ने भारतीय दार्शनिकों के जीवन के आसपास बुनी इनकी अद्भुत पटकथाएँ जब नृत्य-शृंखलाओं में मंचित कीं या अजित कौर ने भारतीय कला-साहित्य और दर्शन के विभिन्न पक्षों पर इनकी भाषण शृंखलाएँ 'अर्पणा कलादीर्घा' में आयोजित कीं—तब-तब तारा मेरे साथ थी!

एक बार मैंने तारा से मजाक किया—'ग्लैमरस बूढ़ों के लिए तुम्हारे मन में ज्यादा ही राग देखता हूँ।'

और वह तड़पकर बोली—

'यू टू, ब्रूटस?'

मेरे-उसके बीच की यह पहली बड़ी दरार थी। इसके लिए मुझे तारा ने अंत तक माफ नहीं ही किया! दोस्ती बनाए रखी, पर प्रेम तो कपूर है। एक बार हल्की भी आग छू गई तो खुशबू बची रहती है केवल, और कुछ नहीं बचता ऐसा तो उँगलियों से छूकर देखा-जाँचा जा सके कि वह है और बखूबी है।

थोड़ी देर तो मैं उसकी इस उग्र प्रतिक्रिया पर अवाक् खड़ा रहा, बोला कुछ नहीं क्योंकि वह खुद ही कहती थी कि सफाई से गंदगी बढ़ती है! घर पहुँचते-पहुँचते यह बात मेरी समझ में आ गई कि तारा के फादर-फिक्सेशन पर पहले भी काफी लोगों ने कटाक्ष किया होगा! डॉ॰ अंसारी भी पिता की उम्र के थे! उनकी बीमार पत्नी की नर्स बनकर उनके ही आउटहाउस में पिछले दो-तीन वर्षों से वह रह रही थी—उँगली तो लोग इस संबंध पर भी उठाते ही थे क्योंकि वह साधारण हाउसकीपर नहीं थी! विदेश से लौटे तो उसको साथ लिए आए—कहाँ से, कैसे—यह आज तक रहस्य है! यह भी रहस्य है कि इतनी पढ़ी-लिखी और बला की सुंदर लड़की अब तक अनब्याही क्यों है, कोई बेहतर नौकरी ढूँढ़कर यह किसी और घर में स्वतंत्र ढंग से क्यों नहीं रहती!

जिस तरह तारा मुझे छोड़कर गई—शायद नहीं जाती यदि उसी दिन मैं उसे घेर कर उसके जीवन के सारे रहस्य समझ लेता...पर कुछ तो यह मेरा दलित-दमित अहंकार, कुछ भैया का प्रशिक्षण कि कभी किसी के पीछे मत पड़ो, कुछ तारा के असहज जीवन के अव्यक्त परिताप जो निजी संवादों में उसे गुम चुप्पियों में धकेल देते अक्सर—हमारे बीच की दूरियाँ बढ़ती गईं!

कभी-कभी ऐसा होता है कि जमाने-भर का बदला आदमी अपने प्रियजन से ही लेने लगता है! मैंने भी कई ऐसे बदले तारा से लिए ही! जब वह रामचंद्र गाँधी से शास्त्र-पुराण की गंभीर चर्चाएँ ले उठती, मैं अभ्यागत की तरह एक किनारे बैठ जाता! उनकी बातचीत के कई सिरे ऐसे होते जो मेरी पकड़ में नहीं आते...मैं लौटते हुए उन पर बात करना चाहता तो वह यह बातचीत टाल जाती और मुझे यह लगता कि यह मेरे दलित उद्गम पर कटाक्ष है—उसे घुट्टियों में कुछ ऐसा मिला है जो मुझे नहीं मिला! मेरी उससे जो भी बातचीत होती है—उसमें वह आंतरिकता नहीं होती—वह काफी उथली और सतही बातचीत उसे लगती होगी। एक बार उसने कहा भी था—"मैंने अपने लिए एक अगाधमना व्यक्ति की कल्पना की थी...जिसके व्यक्तित्व में एक अबूझ पारभासिता हो, जिसकी बातें आधी समझ में आएँ, आधी नहीं—जो हर मुलाकात में प्रश्नाकुल छोड़े...।"

मैं विज्ञान का सीधा-सादा विद्यार्थी, दलित कार्यकर्त्ता, मार्क्स का चेला—कार्य-कारण संबंधों के जिस आध्यात्मिक पक्ष में तारा की इतनी गहरी रुचि थी, उसको अफीमचियों की लंतरानी समझकर मैं टाल तो नहीं सकता था! कोफ्त तो हुई लेकिन प्रेम में या प्रेम के मुगालते में आदमी क्या नहीं करता! मिथकीय चरित्रों का विधिवत अध्ययन शुरु करने की सोची! रोज कुछ पढ़कर आता और तारा से उस पर विमर्श चाहता हालाँकि भैया की कही हुई यह बात भी दिमाग के किसी कोने में घुमड़ती जरूर कि सब हिंदू देवी-देवता और मिथकीय चरित्र पथभ्रष्ट फंटूसियाँ हैं—एक तरह के यथास्थितिवाद में सबका विश्वास है, सब-के-सब ऐय्याश हैं या फिर अन्यायी! बख्शते तो भैया बुद्ध को भी नहीं थे, कहते थे, सब थेरियों से गृहस्थी छुड़वा दी, सारी दुनिया संन्यासियों का जमात नहीं हो सकती; करुणा से बड़ा भाव है न्याय, न्याय की खातिर संघर्ष!

उस दिन रामचंद्र गाँधी ने तारा से बातों-बातों में कहा—"... एक दिन शिव की आँखें पीछे से आकर पार्वती ने मूँद लीं...शिव हँसकर बोले—'क्या चाहती हो, दुनिया को देखूँ नहीं, सिर्फ तुम्हें देखूँ?' पार्वती बोलीं—'चाहती मैं ये हूँ कि आप सारी दुनिया में मुझको ही देखें और मुझमें सारी दुनिया!'...सचमुच यदि ऐसा हो जाए कि आदमी दुनिया को प्रियतम का विस्तार माने तो उसकी दृष्टि आप ही प्रेममय हो जाए, किसी

पर अन्याय कर ही नहीं पाएगा! जित देखौं तित लाल की स्थिति यही होगी!"

'इससे कम महत्त्वपूर्ण यह बात नहीं कि अपनी स्त्री में सारी दुनिया परावर्तित नज़र आए! स्त्री को अपंग और अधूरा, मात्र एक कोख, एक लिंग मानने वाले पार्वती की बात ध्यान से सुनें तो भी दुनिया की आधी तकरारें मिट जाएँ!'

मैंने यह सूत्र पकड़ा और लौटते हुए जब तारा से पार्वती-प्रसंग छेड़ा और उसे पार्वती कहा तो वह बिफर गई—क्या जाने क्यों—और मुझे काफी बुरा लग गया, लगा कि उसको मेरे मुँह से बातें अस्वाभाविक लग रही हैं क्योंकि दलित हूँ मैं—

"क्यों मुझे प्रसन्न करने के अस्वाभाविक तरीके ईजाद करते रहते हो? सहज रहो!"

उसकी फटकार मेरे कलेजे में लगी और ध्यान बाँटने के लिए मैं बस की खिड़की से बाहर देखता हुआ उस किस्से के बारे में सोचने लगा जो रामचंद्र गाँधी ने चलते हुए सुनाया था—'जंगल में एक बड़े पेड़ के नीचे छोटी-सी एक गिलहरी रहती थी! कई दिनों से उसका एक पैर घायल था। पेड़ के नीचे टपक आया कोई फल कुतरते हुए अचानक जब वह ऊपर देखती तो पेड़ के शीर्ष पर निश्चिंत बैठी दूसरी गिलहरी दिखाई दे जाती! शीर्ष की टहनी पर बैठकर उसका वह निश्चिंत झूलना, झूल-झूलकर हवा से बातें करना नीचे वाली गिलहरी को इस कदर आकृष्ट करता कि दिन-रात वह यही योजना बनाती कि कब मेरे पाँव ठीक होंगे, मैं भी ऊपर पहुँचूँ।...एक दिन किसी तरह संघर्ष करती, डाली-डाली लाँघती वह शीर्ष पर पहुँची तो क्या देखती है, ऊपर वाली गिलहरी तो कहीं है ही नहीं! तो क्या वह उसकी कल्पना भर थी? उसकी अपनी दमित कामनाओं की उड़ान?"

आज जब तारा नहीं है, नहीं है वह शीर्ष की गिलहरी...यह किस्सा कई स्तरों पर मुझको उद्वेलित करता है। आत्मा, परमात्मा का और आत्म-साक्षात्कार का कठिन रिश्ता समझानेवाला यह किस्सा कहीं-न-कहीं वर्ग और वर्ण विमर्श से तो जुड़ता ही है! क्या एक तरह की प्रेम कहानी भी है यह?

तारा मुझे छोड़कर जा चुकी है—सदा के लिए—फिर भी मैं क्यों जाता हूँ उन जगहों पर जहाँ उसके साथ जाता था! क्यों मिलने आता हूँ रामचंद्र गाँधी से? आज जब आई.आई.सी. लॉन में उनकी कुर्सी का हत्था पकड़े खड़ा था—एक कव्वा सिर के ऊपर से गुजरा—वे दूर तक उसकी उड़ान देखते रहे, फिर मेरी आँखों में झाँककर बोले—

'कौवा कैसे बोलता है?'

मैं हँसकर बोला—

'काँव—काँव!'

फिर बोलो—

'काँव-काँव...'

वे बोले—

'लगातार बोलो!'

मैं बोलता गया,

'काँव-काँव-काँव-काँव-काँव'

'क्या तुम्हें ऐसा नहीं लगता—यह गाँव-गाँव कह रहा है?'

इन दिनों वे 'अथातो स्वराज जिज्ञासा' नाम से एक विमर्श-गोष्ठी चला रहे थे! एक धरातल पर यह बात गाँधी-विमर्श से जुड़ती थी पर पता नहीं क्यों, मुझे लगा कि ये इशारे से मुझे कह रहे हैं कि तुम्हारा गाँव, तुम्हारा पता-ठिकाना वही है जहाँ तारा है...वो उधर!

इधर वो लगातार यह भी कह रहे थे—'हमारे समाज की यह बड़ी समस्या है कि हमारा कोई पिता नहीं रहा, पितृत्व विहीन समाज है यह! पिता या पति बनने की भी कूबत नहीं रही किसी की! स्त्रियाँ तो मातृभाव में हैं भी लेकिन पुरुष बारहवीं के जिद्दी बच्चे की मनःस्थिति से बाहर निकल नहीं पाए!'

वहाँ से उठते हुए तय मैं ने यह किया कि अब इनके पास नहीं आना! एक दुर्दम्य आकर्षण है इनकी बातों में जिनसे मुझे बच निकलना है! हिंदू रहस्यवाद के चपेटे से नहीं निकला तो मेरे उन ठोस सपनों का क्या होगा जो मैंने फुटपाथ के बच्चों की खातिर देखे हैं!

चलते-चलते मैंने उन्हें पलटकर देखा! मुझसे गहन दर्शन बतियाने के बाद उतनी ही तल्लीनता से वे आई.आई.सी. बार के किसी बेयरे के बच्चे के साथ खेलने लगे। मन-ही-मन मैंने उनसे विदा ली और उन्हें वैसे ही प्रणाम किया जैसे गोडसे ने गाँधी को—गाँधी की हत्या के एक मिनट पहले...।

रामचंद्र गाँधी नहीं रहे! मन को झटका-सा लगा! क्या तारा को ई-मेल कर देना चाहिए? नहीं, जरूरत क्या है? कल तक समूचे अख़बार रंग जाएँगे। इस देश में गाँधी की गंध लेकर भी भटकटैया-तक के काँटे खिलते हैं!

भैया मेरे कमरे में अंबेडकर जी की जो आदमकद तस्वीर टाँग गये हैं, उसके पीछे गौरैये ने एक घोंसला बनाया है! मैं तो मटियाकर सोने ही लगा था। गौरैया ही ज्यादा शोर लगी करने, सो नींद खुल गई! और नींद खुल गई तो अनायास हाथ शेल्फ पर पड़ी 'सीताज किचेन' पर चला गया! पहले ही पृष्ठ पर तारा का दस्तखत! लड़की खुशख़त थी! थी? है!

यह किताब तारा ने दी थी। तब ठीक से पढ़ नहीं पाया था! या साफ कहूँ तो, पढ़ने का मन ही नहीं हुआ था, पर आज जाने क्या हुआ कि पहला पन्ना खोला तो अंत तक साँस रोके पढ़ता रह गया! इसी भाषा, इसी तर्क पद्धति पर तो लड़कियाँ फिदा रहती थीं : सेंट स्टीफेंस, मिरैंडा हाउस, एल.एस.आर., राष्ट्रीय नाट्य विद्यालय, कलादीर्घाओं के चार-पाँच युवक-युवतियों की टोली इनको घेरे ही रहती थी! मन तो मेरा भी खिंचता था, पर भैया की बात मानकर मैं हर चकाचक चीज़ से बचना चाहता था कि वह पतनकारी होगी, मुझको राह से भटकाएगी!

पर आज रहा न गया! पाँव इंडिया इंटरनेशनल सेंटर की ओर उठ गए जहाँ लॉन में उसी कुर्सी के इर्द-गिर्द शोक-सभा होनी थी जिसपर वे बैठा करते थे!...एक समस्या यह भी है कि कोई बस सीधी वहाँ नहीं जाती! कुछ दूर पैदल चलना ही पड़ता है!. ..थोड़ा-सा अंदाज गड़बड़ा गया! पहुँचना था साढ़े छह में, मैं साढ़े पाँच में ही हाजिर! अब क्या, हो? कैंटीन हो या पुस्तकालय–सिर्फ सदस्यों को प्रवेश मिलता है। और सदस्यता के लिए लंबा आभिजात्य आवश्यक है! इसीलिए तो ऐसी संस्थाओं से मेरा मन चिढ़ता है! नाम-तक हिंदी न जुटा इन्हें!

लॉन में जाकर अकेला ही बैठ गया! सामने तीन बड़ी मेज़ों पर बंगाली मार्केट वाले उनके कमरे का सारा संसार सजाया गया था! किताबें और खादी के धुले हुए कुरते-पायजामे। इत्ता-सा संसार? यह बात वैसे, विलक्षण थी कि इतना बड़ा आदमी बस इतने पर जी ले! कोई लाम-काफ नहीं! न अपनी गाड़ी-सवारी, न कमरा! अपनी रसोई भी कोई नहीं!...सीता की रसोई...फिर-फिर याद आई! कितना बड़ा रूपक है!

अयोध्या मंदिर के भग्नावशेष में सीता की रसोई ढूँढ़ना–ऐसी वृहद्मना रसोई जिसमें सीता रमावती मुंडो की तरह सार्वजनिक चौका चलाती हों–युग-युग की निष्कासित औरत सत्य और न्याय के गरम फुल्के हर उस अपमानित-लांछित-क्षुधित अनन्य और अनन्या को पेट-भर खिलाती हो जिनका कहीं कोई और नहीं!

रामचंद्र गाँधी इसे ही 'अटोनमेंट' कहते हैं–दंगे में बेवजह मारे गये निर्दोष लोगों की खातिर एक संकल्पित प्रायश्चित्त हो और एक राम-रहीम चबूतरा बने जहाँ सब पाँत बाँधकर सच्चाई और न्याय की रोटियाँ तोड़ें–निष्कासित सीता के हाथों झुरझुर सिंकी! सीता के बारे में सोचते हुए यहाँ रमावती मुंडो की याद आती है मुझे! याद आता है उसका सार्वजनिक चौका! कितनी बड़ी गोद है उसकी! माँ का रूपक सचमुच एक बड़ा रूपक है!

कभी-कभी यह भी दिमाग में आता है कि वाल्मीकि का आश्रम जैसे निष्कासित सीता की शरणस्थली बना था, दलित-आंदोलन को स्त्री-आंदोलन की शरणस्थली बनना चाहिए! लेकिन भैया की शर्तों पर क्या यह संभव है? हर औरत के भीतर एक

चिड़िया तो होती है! घोंसला जितना बड़ा सच है, उतना बड़ा सच है आकाश भी! खुद उनकी कविता में एक विराट् औरत बसती है—चढ़ते सूरज को माथा टेककर, उसकी किरणों का जल पीकर उसके निज़ाम के खिलाफ ऊर्ध्वबाहु घोषणाएँ करने वाली कि नहीं मार सकते, नहीं मार सकते मुझे तेरे वहशी पंजे...मेरे नूर और मेरे इश्क के हजार जलवे हैं...गरज यह कि मैं कभी भी तुम्हारी पकड़ में पूरी नहीं आने वाली!

आखिर औरत चाहती ही क्या है? क्या चाहती है तारा? क्यों अनन्या ही क्या चाहती है : दोस्त बन सकने वाला एक धीरोदात्त नायक! भक्त कवि जनाबाई की कविता अपने ढंग से तोड़-मोड़कर तारा ने यों सुनाई थी :

'ऐ माधव, कितने कपड़े कूटने हैं अभी,
कितना आटा गूँधना है...
कितने तो काम धरे हैं सर पर...
काट रहा है माथा!
और नहीं कुछ तो चुन दो जुएँ ही जरा,
कुछ तो करो, कुछ करो।'

रसोई यहाँ भी तो आई! सत्य का आटा! न्याय की रोटी! सीता-अनन्या!

अनन्या की कथा की व्याख्या कैसी अनुपम की है इन रामू गाँधी ने! जापानी बौद्ध गुरु इकेदया जिस 'इनर रेवोल्यूशन' और शांति-सेना की बात करते हैं, रामचंद्र ने सारे आधुनिक दार्शनिकों : महर्षि अरविंद, रामकृष्ण परमहंस, विवेकानंद और महर्षि रमण के सूत्र पर्यावरण-सम्मत, शांतिधर्मी, मानववादी कलेवर की राजनीति पर घटित किए...स्वराज का एक ज्यादा आधुनिकतावादी मॉडेल था इनके पास! 'विनयपिट' के 'मह्वाग्गीयवत्थु' नामक पाठ में अनन्या की कथा उद्धृत है। कथा का सारांश यह कि वाराणसी के पास उरुवेला गाँव की एक आम्रवाटिका में बुद्ध जब ध्यानमग्न थे, कुछ अश्वारोहियों की आपाधापी से उनका ध्यान टूटा! संभ्रांत युवकों का एक दल वन-विहार के लिए अपनी संगिनियों के संग आया था! बाकी की पत्नियाँ थीं साथ, एक की पत्नी नहीं थी तो उसके लिए वेश्या लाई गई! जब सब विहार में मग्न थे, सब गहने-कपड़ों की देख-भाल अनन्या नामकी युवकी को सौंपी गई जो वेश्या की बेटी होगी शायद या कोई और परेशान कन्या! उसे लगा कि इनके पास तो और भी वस्त्राभूषण आ जाएँगे, क्या हो गया जो ये लेकर मैं भाग ही जाऊँ!

सब विहार में मग्न थे, सिर्फ यह युवती अकेली थी! उसके मन में कामना का कोई ज्वार उठा होगा, वह सब-कुछ एक गठरी में समेटकर एक दिशा में दौड़ी, दौड़ी-गिरी, गिरी-दौड़ी, काँटों में आँचल फँसा, फिर भी बदहवास दौड़ी...और उसके

पीछे दौड़े संभ्रांत युवकों के भृत्य। बुद्ध से पूछा–'भागती हुई युवती को देखा है, भंते?'

बुद्ध मुस्कुराए–'क्या ढूँढ़ना बेहतर होगा? उस गरीब कन्या को या अपने-आपको?' बुद्ध का प्रभाव ऐसा था, सब बैठ गये, और फिर बुद्ध ने सबको उपदेशित किया!

उस उपदेश के अपने संस्करण में रामू गाँधी ने अनन्या को आत्मन् कहा है, खूबसूरत ढंग से रेखांकित किया है कि आत्मन् के पास कामना की कैसे ताकत होती है–चित्त की शांति-समेत फरार हो जाने वाली दुर्दम्य ताकत! अनन्या है वह इस शक्ति के कारण ही! हर अन्य एक अनन्य इसी अर्थ में है कि उसके पास कामना की ताकत है–इस ताकत को लेकिन सही दिशा तब ही मिलती है जब वह बुद्ध की प्रेरणा से सीता की रसोई सजा ले! सब समर्पित कर दे एक निःस्वार्थ सार्वजनिकता को!

और अरण्य की, पर्यावरण की शांति भंग करने वाले संभ्रांतों से ये उम्मीद है कि औरों के पीछे पड़ने के बजाय खुद अपने पीछे पड़ें! ढूँढ़ना हो तो सिर्फ स्वयं को ढूंढ़ें, ढूँढ़े वे बारीक सूत्र जो उनको बृहत्तर विश्व से, प्रकृति से और मातृशक्ति से जोड़े हैं!

...एक अदृश्य तकली, एक अदृश्य चरखा संभ्रांतों के हाथ अब भी है! बातों के लच्छे तो खूब कातते हैं वे! इससे ही बचने को भैया कहते हैं। भैया होते तो अनन्या को उसकी चोरी की सजा देते कि उसने आदर्श आचरण नहीं किया, वंचितों की आँख उसने झुका दी है! समझ में नहीं आता, कौन-सी राह वरेंय मानी जाए–क्षमा बड़ा है या कि न्याय! भाव तो दोनों बड़े हैं। तारा इन भावों को शिव-शक्ति का जोड़ा कहती थी और मैं चिढ़ जाता था! हरदम मिथकों में विचरने वाली कैसी मायाविनी थी वह–जाकर भी गई नहीं इस चित्त से!

पता नहीं, फिर मेरा मन कैसा-कैसा तो होने लगा! जाता हूँ, घर जाकर सो जाऊँगा!

आधारशिला : रिवाइंड, गेट-सेट-गो : न जाने किस लिए उम्मीदवार बैठा हूँ

10 जुलाई, 2006

तीन साल पहले! तीन साल पहले ही दोस्तों, अनाथों, विकलांगों, स्त्रियों, वृद्धों, पालतू पशु-पक्षियों, पेड़-पौधों का एक संयुक्त परिवार बनाने की ठानी थी शीरीन ने। रक्त संबंध नहीं, आत्मा के रिश्ते इस नये परिवार का आधार होंगे—यह उसका सपना था!

'उत्तराधिकार कानून' और रक्त संबंधों के आधार पर गठित पारंपरिक परिवारों का हश्र वो देख चुकी थी और उनमें स्त्रियों, वृद्धों, अनाथों और दूसरे कमजोर लोगों की हालत भी। उसका सपना यह था कि दोस्तों, रिश्तेदारों, दूसरे परिचितों और जरूरतमंदों में से दस लोग चुन लिए जाएँ जिनसे मन पूरी तरह मिलता हो और फिर उनके संग एक लॉजनुमा घर में रहा जाए!

स्पंदन ने उसका साथ दिया, पर उसके साथ भी विवाह से उसे जरा डर लगता था : "अक्सर विवाह तो बॉलीवुड सिनेमा के अंत की तरह स्त्री के जीवन की संभावनाओं का भी 'द एंड' होता है...अपने पूरे जीवन का वादा एक बार कर देने की मेरी हिम्मत नहीं! इस साल, हो सकता है, मैं विवाहित रहना चाहूँ, पर अगले साल? ऐसा नहीं है कि विवाह नामक संस्था में मेरी पूरी अनास्था है, बल्कि यह दृष्टिकोण उसके प्रति मेरे विनम्र सम्मान का प्रतिफल है और सिविल राइट्स मूवमेंट की सीख कि चीजों और पदों को अस्थायी समझो और उनसे तब तक ही जुड़ो जब तक तुम्हें लगे कि तुम इन्हें अपने व्यक्तित्व का सर्वोत्तम दे रहे हो!" एक दिन उसने मुझसे कहा—

"मेरे अब्बू-अम्मी में से अलग-अलग तो दोनों ही ठीक थे, पर शायद ही कोई दिन मेरे घर में तना-तनी के बगैर गुजरा करता था! बड़े भाई मियाँ तो मानसिक रूप से स्वस्थ कभी रहे ही नहीं, रह-रहकर दिमाग में बिजली के शॉक लगाने होते—छोटे भाई मियाँ और मैं स्कूल से आकर सबसे पहले दाई बेगम से ये ही पूछा करते कि घर

में सब खैरियत तो है, अम्मी को जरूरत से ज्यादा तो नहीं लगी...वे रूठकर कहीं चली तो नहीं गयीं...रूठकर जाती भी तो जाती कहाँ! बेचारी अम्मी! कभी-कभी प्रतिकार में हाथ-पाँव वे भी चला देती थीं, एक बार मुँह भी नोचा था अब्बा का, पर अमूमन उनके पास लुटाने को बस आँख के मोती होते थे—अब्बू की तरह गालियों का वह छुट्टा खजाना नहीं था उनके पास—'खुल जा सिम-सिमवाला।' ”

“अब्बू में पता नहीं कैसी तो एक चिड़चिड़ाहट बरपा थी कि घर में घुसते ही या अगर कहीं साथ जा रहे हो तो गाड़ी स्टार्ट करते ही उन्हें एक उल्टी-सी आती थी—गालियों की और व्यंग्य-बाणों की। व्यक्तिपरक उलाहने और व्यवस्था-विरोधपरक भाँति-भाँति के विशेषण उनके भीतर से खट्टी डकारों की तरह उठते थे। कभी उन्हें सरकार पर गुस्सा आता था, कभी कांग्रेस और नेहरू पर, कभी सचिन पर, कभी अफसरशाही और कभी...अरे नहीं, कभी क्यों, अक्सर ही उस मुए कलाजगत् पर जिसने उनकी बीवी, हमारी अम्मी को हथिया लिया था—जरूरत से ज्यादा तरजीह दे रखी थी, बतौर बाबा, कोई जेनुइन कम्पिटीशन था ही नहीं जहाँ, दो टके के लोग लगे हुए थे बकवास-सी हाबडीब में...!...इसी हाबडीब में फँसकर तो अम्मी उनके संग मिडिल ईस्ट जाने को राजी नहीं हुई थीं—'दो टके की नौकरी पकड़कर बैठी थीं, दो टके के लोगों के बीच।'...अम्मी का हाल यह था कि इन बातों का एक टका-सा जवाब देकर बात खतम नहीं करती थीं! मुँह लटका लेती थीं, घुटती रहती थीं और एक जहरीली गैस-सी घिर जाती थी हमारे चारों ओर! अब्बू ये चाहते थे कि वे तो भरमन बोलें लेकिन अम्मी उनके विषवमन का बुरा माने बिना एक अच्छी गृहस्थिन के सब फर्ज अदा करें। उल्टी हो जाती है तो पोंछे—इसमें अब मुँह क्या बनाना!... निर्णय सब उनके होते हैं, घर उनकी मर्जी से चलता है—ये ही क्या कम सबूत है अब्बू की पाक मुहब्बत का! वे कहीं और तो नहीं इश्क फरमाते—संतोष करने वालों के लिए तो यह भी संतोष का विषय है!”

“पर अम्मी 'जेंटिलिटी' की विक्टोरियन धारणाओं से इतनी मुतास्सिर थीं कि व्यवहार की नफासत उनके लिए जान से ज्यादा प्यारी थी। उसके बिना उनका दम घुटता था और दुनिया नजर आती थी फ़ानी।”

× × ×

बीच में दो-चार फोन आ गये, फिर उसने आगे कहा—

“शाहिद भाई अम्मी की सौत के बेटे थे और अम्मी इस बात पर ज्यादा ही सतर्क रहतीं कि उनके किसी व्यवहार, किसी बात से अब्बू के मन में यह हूक न जगे कि दो बेटों के बावजूद अपनी पुरानी महबूबा से शादी जो की, वो एक गलती थी! दो बातों पर वे विशेष सतर्क रहतीं—एक तो अपने हिंदू होने और दूसरा, विमाता होने

पर! एकदम वाहियात उर्दू थी उनकी, किसी लब्ज़ का उच्चारण ठीक नहीं करतीं—पर अब्बू के रिश्तदारों के आगे बोलतीं उर्दू ही। उनके छोटे रामजी, हनुमानजी वगैरह मेरे गुड्डे-गुड़ियों के संग संदूकची में ही बंद रहा करते! कभी-कभी झाड़-पोंछ के वक्त मुझको दिखलातीं। उस सन्दूकची में कुछ हिंदी क्लासिक्स भी थे। मुझको हिंदी किताबें भी खूब पढ़ातीं। उनके ही अथक श्रम का यह नतीजा था कि हिंदी-न्यूज चैनल में काम करने-लायक हिंदी आ पायी मुझको!

शाहिद भाई और अम्मी की बीमारी के बाद तुम हमारे परिवार का हिस्सा बनी : शाहिद भाई के चुंबन की बौछारें झेलते जाने को मजबूर तुम जैसी लड़की को देखकर मुझको कुछ मोह भी होता! खाना तो तुम, वैसे, मुझसे भी ज्यादा खराब बनाती थीं! 'छोटे भाई मियाँ' तो तुम्हारे आने के बाद जे.एन.यू. के अपने हॉस्टल-मेस में ही खाने लगे थे! यूनियन की राजनीति से उनको, वैसे भी, फुर्सत कम मिलती थी! मैं और वो इस घर की उड़नचिरैया थे न!"

"कुछ देर पहले ही दिल्ली से खालिद ने फोन किया था कि बिजली-पानी का बिल मिल नहीं रहा है! अब्बू के गुस्से का अंत नहीं, अगर मुझे अंदाज हो कि वह कहाँ धरा होगा तो जल्दी बता दूँ!...मेरा सिर घूम गया : अम्मी का परेशान चेहरा आँखों में कौंधा! आँखें मूँदी और जीवन में शायद दो सौ पैंतालीसवीं बार तहेदिल से कसम खायी कि अब ऐसी लापरवाहियाँ नहीं करूँगी...हजार तरफ से दिमाग पर जोर डाला कि कहाँ रख दिया होगा...पर दिमाग था वो ही—लेटिन का टैबुला रासा—खाली स्लेट।"

ऐन वक्त पर स्पंदन का फोन आया और धर दबोचा उसने उसे—

"जल्दी बोलो, इस बार के पानी-बिजली का बिल मैंने कहाँ रख दिया! और खालिद को रिंग बैक करके बता दो—अब्बू ने सारा घर सर पर उठा रखा है!"

स्पंदन लगे हँसने, फिर शीरीन के डर से जल्दी ही गंभीर हो गए : वो कभी उसके घर गए नहीं हैं—कुछ उन्होंने देखा नहीं है, फिर भी घर की रग-रग, रत्ती-रत्ती से वाकिफ हैं—कम-से-कम शीरीन से तो ज्यादा ही! कुछ सोचकर बोले—

"वह जो किताब पिछले महीने हमने दरियागंज के फुटपाथ से खरीदी थी—'हाउ द स्टील वॉज़ टेम्पर्ड'—उसके पन्नों में दिखवाओ!"

और मैं बल्लियों उछल गयी—

"अरे हाँ, वहीं तो...कह दो, कह दो—खालिद या उस नई हाउसकीपर को—तुम ही कह दो! मोबाइल कार्ड में ज्यादा पैसे नहीं, वैसे भी वैयक्तिक वार्ता के लिए सरकारी मोबाइल नहीं होती। ज्यादा पैसे लेकर आयी नहीं! महीने की पच्चीस तारीख है, भैया, रहम करो!"

"अरे नहीं, मैं लड़कियों से बात करना अव्यॉएड ही करता हूँ! शायद मेरी बनावट या बात-व्यवहार में ही कुछ ऐसा अटपटा है या फिर हमारे इस दकियानूसी समाज की बनावट का यह खोट है : विपरीत लिंग के किसी व्यक्ति से सीधे मुँह बात की नहीं कि एक भ्रम फैल जाता है कि सामनेवाला आसक्त है!...फिर यह भ्रम काटने में खासा श्रम करना पड़ता है! कठिन है बदतमीज हुए बिना भ्रमजाल काटना!"

"यार, स्पंदन, ये तुम्हारी समस्या तो लड़कियों की समस्या से मिलती-जुलती है! मिठबोले लोगों की आम समस्या है यह!...पर यह पलायन कब तक चलेगा! कुछ अपना टोन सख्त करो या हँसकर बातें टालना सीखो! क्या हरदम सुपरसीरियस रहना! हँसते-हँसाते प्रेमी को दोस्त बना लेने की कला जरा हम लड़कियों से सीखो!... इकतरफा प्रेम की केस-स्टडीज का काफी मैटेरियल दे सकती हूँ...धीरोदात्त नायकों के धीरज से सबको टैकल किया है हमने—अपमान किसी का नहीं किया लेकिन सबसे दूरी बनाए रखी! अपमान इसलिए नहीं किया कि प्रेम-प्रस्तावों की डलिया पर अदृश्य अक्षरों में कुदरत ही लिख देती है—"हैंडल विद केयर", दुनिया की सबसे महीन और नाजुक-सी संवेदना प्रेम है—इसको झकझोरना हिमाकत है, पर एक ही प्रेम इतनी बड़ी जिम्मेदारी है कि ज्यादा मैनेज ही नहीं होता—स्नेह मैनेज हो जाता है पर प्रेम? बच्चों की तरह ज्यादा से ज्यादा 'एक या दो—बस', बाकी प्रस्तावों के आगे 'हाउस-फुल' की तख्ती टाँगनी ही पड़ती है!"

"लड़के तो मुँहफट होते हैं—उनके मंतव्य अधिक दिन नहीं छुपते—जाहिर हो जाते हैं, फिर उनकी मनोवैज्ञानिक हैंडलिंग—बिना आहत किए अलग करने का एक कठिन सिलसिला—शुरू कर देती हो तुम! जानता नहीं क्या तुम्हें?

लड़कियाँ इतनी महीन होती हैं और इतनी ट्रांसेण्टेण्डल...कुछ कहती ही नहीं, पर बिना शब्दों के भी जता देती हैं कि चाहे-अनचाहे आप उनके जीवन के केंद्रीय सच हुए जा रहे हैं—खुशबू टैकल करना ज्यादा मुश्किल है। शब्द या जेस्चर का प्रत्यावर्तन तो हो सकता है, खुशबू की मुश्किल ही यह है कि वह प्रत्यावर्तन के पार चली जाती है...।"

"कब से यह खुशबू टँगी है तुम दोनों के बीच?"

"पहली मुलाकात से ही...छह महीने पहले ही तो तुम शाहिद भाई के साथ उसको भी लेकर मेरे क्लिनिक आयी थीं, उसके बाद वह अकेली भी कई बार आयी। मनोचिकित्सक जानकर अपने जीवन के बारे में कुछ बातें ऐसी बतायीं जो अपने प्रोफेशनल एथिक्स के चलते मैं तुम्हें भी बता नहीं सकता...संक्षेप में यही समझो कि जरूरत से ज्यादा मेल-अटेंशन मिलने के कारण वह इससे ऊब-सी गयी है...मेरी निरपेक्षता उसको अलग-सी लगी होगी—इसलिए अधिक-से-अधिक देर मेरे संग रहना

चाहती है। पढ़ने-लिखने में रुचि तो है पर उसे पल्लवित करने का मौका उसे उतना नहीं मिला, इसलिए चाहती है ज्ञान-विज्ञान-दर्शन की चर्चा–मेरा भी उसके प्रति स्नेह तो है ही, पर वह इस स्नेह को किसी और रंग में देखती है शायद!

मेरी मुश्किल ये है कि मैं उससे खुलकर बता ही नहीं सकता कि तुम मेरे जीवन का केंद्रबिंदु हो, सिर्फ एक दोस्त नहीं!

अगले बरस तक ही मुश्किल है! अगले बरस तो हम शादी करेंगे ही–तब तक चुप रहना ही बेहतर है! चाहता बस इतना हूँ कि तब तक इससे कम मिलूँ...ताकि उस वक्त इसे ज्यादा चोट न लगे!"

"मेरा नाम मत लो–अस्पष्ट ही संकेत दो कि कोई है तुम्हारी अनन्य! इससे उसकी उम्मीदें सहमेंगी! और तुम्हारे स्नेह को वह प्रेम नहीं समझेगी! गलतफहमियाँ मिटाने से ज्यादा मुश्किल होता है खुशफहमियाँ मिटाना, जानती हूँ! फिर भी, कोशिश करो!"

"अपने बारे में किसी से ज्यादा बोलने की मेरी आदत नहीं है, शीरीन–तुम तो मुझे बचपन से जानती हो..."

"हाँ, जानती हूँ, बाबा, जानती हूँ–क्लास के सबसे शर्मीले लड़के तुम ही तो थे–धीरोदात्त नायकों-सा शील-संयम था तुममें–इसीलिए तो मुझ-सा कठहुज्जती भी तुम पर मर मिटा!"

"तुम्हारा बस चले तो मेरी सारी तनख्वाह मोबाइल का बिल भरने में निकल जाए!"

''अच्छा, अब घर जाओ! सुबह तुम्हें फिर पिपरवा जाना होगा! खिड़की खोल लो–चाँद देखोगी तो मच्छरों की पिन-प्रिक याद नहीं रहेगी! वही चाँद यहाँ भी खिला है–कितना बड़ा संतोष है यह!"

"स्पंदन, हर पुरुष तुम्हारे-जैसा संवेदनशील हो जाए तो भट्ठा बैठ जाए स्त्री-आंदोलन का!"

फोन रखकर कुछ देर शीरीन खोई-खोई सी बैठी रही, फिर जैसे दूसरे लोक में विचरती हुई बोली–

"कल दिल्ली से एक पत्रकार आया। पांडे–बकरदाढ़ी वाला सींकिया पहलवान जो सबको कलमें बाँटा करता है और हँसता रहता है हमेशा! ये कहीं नौकरी नहीं करता पर कई पत्रकार इसके मित्र हैं–इस नाते उसको लगता है कि वह भी बड़ा पत्रकार है, एक बार डंडा घुमाएगा (या कि कलम) तो सब बंद रास्ते खुल जाएँगे! किसी से कहता है कि वह 'एशियन एज' में है, किसी से कहता है कि 'टाइम्स ग्रुप' में, फिर तीसरे से बात करता हुआ बड़ी सादगी से भूल जाता है कि दूसरे से क्या कहा

था और मेरा मन डरता रहता है कि कहीं जो सब इकट्ठा हुए और इसका भंडा फूटा तो इसकी दाढ़ी का एक भी बाल सलामत बचेगा क्या! वैसे तो लँगोट का पक्का और हँसमुख है—दुष्यंत कुमार और फैज अहमद फैज की एक-एक गजल कंठस्थ है उसे—मौके-बेमौके सुनाने लगता है—रिक्शेवाले को भी और फिर रिक्शेवाले-ठेलेवाले की मुखमुद्रा देखते बनती है : स्तब्ध खड़े के खड़े रह जाते हैं और कई बार पैसे भी नहीं लेते! कविता उधार की नहीं होती, जो सुना ले—उसी की हो जाती है—पर एक गरीब आदमी के जीवन में चमत्कार का चक्रव्यूह-सा रचती ये कविताएँ अद्भुत लगती हैं इसके मुँह से!"

"तुम तो इतने दिन हमारे यहाँ रह चुकी हो! खालिद मियाँ भी पांडे जैसे ही हैं न! अब्बू ने शुरू-शुरू में इन पर बेहद सख्ती की थी—पता नहीं, कौन-कौन से इम्तिहान दिलाए थे इनको—एन.डी.ए., सी.बी.एस.ई., मेडिकल से लेकर यू.पी.एस.ई. —बी.पी.एस.ई.—एम.पी.एस.ई.—एच.पी.एस.ई...कैट-मैट-सैट का पूरा प्राइमरी रीडर।..तब तक जब तक अल्ला के करम से इनकी उमर प्रतियोगिता शृंखलाओं के परे न हुई, लगातार ये किताबों से चेहरा छुपाए-छुपाए सिगरेटें धूकते और किस्मत बैरी जमाने को गालियाँ उचारते रहे। उसके बाद पी-एच.डी. में पंजीयन कराके यों कूदे छात्र-संघ की राजनीति में कि पलटकर नहीं आए! चिरकुमार, चिरयुवा या फिर अक्षतयौवन की तरह की कोई श्रेणी 'चिरछात्र', 'अक्षतसंधानक' नाम से तय की जाए तो खालिद भाई अपने अनादिअंत पी-एच.डी. प्रोजेक्ट समेत मजे-मजे में उसमें आन समाएंगे!"

"दिल से तो, खैर, वे भी बुरे नहीं और दिल से बुरा होता भी कौन है—दिल को कहाँ खून पंप करते जाने से फुर्सत कि वह किसी का भला-बुरा ले बैठे! वह तो दिमाग है जो तरह-तरह की खुराफातें सोचता पूरे नर्वस सिस्टम को अजब-गहन आदेश भेजता रहता है! और खालिद भाई को जो अजब-गजब एसएमएस भेजता है उनका दिमाग—उसमें पहला तो ये कि जिससे मिलो, पकड़-पकड़कर उससे वादे करो—शादी नहीं हो रही है तो शादी करवाने का वादा, नौकरी नहीं हो रही है तो नौकरी लगवा देने का, कहीं जो प्रवेश नहीं मिल रहा या किसी गाड़ी का आरक्षण तो किसी अफसर-मिनिस्टर के कोटे से वह भी करवा देने का पूरा आश्वासन! जो भी बड़ा आदमी उनकी उम्र का होता है, उसे वे अपना क्लासमेट ही बताते हैं और बगल के कमरे में बैठी-बैठी खुद मैं सिहर जाती हूँ कि अतृप्त अहंकार कितना बड़ा ब्लैकहोल है, पेट ही नहीं भरता उसका—आँख बंद कर कितने-कितने हवाई जहाज गड़प कर जाता है! इस तरह के हाँकू किसिम वाले निर्विष-से झूठ एक हवाई जहाज या पुष्पक विमान ही कहे जाएँगे और क्या! ये किसी का कुछ बिगाड़ना नहीं चाहते, पर अपने

आहत अहं पर एक मरहम चाहते तो हैं! बदले में लेते भी नहीं किसी से कुछ, दोनों हाथों से फूल की तरह अपना वक्त ही लुटाए जाते हैं कठिन रास्तों पर, पर इनके किए होता क्या है? देखती नहीं क्या मैं—वादे तो जहाँ-तहाँ करते जाते हैं और उसके बाद वादों की गठरी पीठ पर उठाए कभी किसी एस.एच.ओ. के पास, कभी किसी प्राइवेट सेक्रेटरी के आगे-पीछे करते रह जाते हैं सारा दिन!"

"करने को कोई काम, जाने को कोई जगह चाहिए तो आदमी को! कब मिलेगी अपने युवकों को ऐसी जगह? कब मिलेगा उन्हें करने के लिए कोई अच्छा-सा मन-लायक काम? इंद्रकांत झा ठीक कहते हैं कि काम छोटा-बड़ा नहीं होता, रस लेकर किया गया कोई भी काम ग्लैमरस है, पर आरंभिक संसाधन जुटें और मन से यह मुगालता हटे कि सफेदपोश नौकरियाँ ही अच्छी हैं—नीले-पीले-लाल-हरे में क्या दोष है, बाबा? धरती के सब रंग उतने ही प्यारे हैं। प्रकृति जब रंगों का कोई पदानुक्रम नहीं बरतती, पुरुष क्यों बरतता है?"

"यही खैर समझो कि अम्मी की बीमारी के पहले अपनी फ्रस्ट्रेशन का प्रथम चरण पार कर गये खालिद भाई जब मुँह में जहरीली गाज भरी होती है और नसों में आग—पूरी दुनिया फूँक देने की! जब भी रिजल्ट निकलता, तकलीफ और शर्मिंदगी से जितना इनका चेहरा धुआँता, उससे ज़्यादा ही अब्बू का और फिर दोनों बाप-बेटे मिलकर बेचारी अम्मी पर दे दनादन-ले दनादन लगते खेलने! दुनिया में जब कुछ गड़बड़ होती—अम्मी की ही शामत आती—जब कोई शंकराचार्य, साधु-फादु कोई गड़बड़ी कर गुजरता, जब कोई बिहारी नेता-फेता फँसता किसी घोटाले में, जब हवा पूरब से पश्चिम बह जाती, जब कोई लड़की बस-स्टॉप के डंडे पर बैठकर मस्ती में मूँगफलियाँ टूँगती नजर आती, जब कोई औरत जरा तेज बोलती हुई दीख जाती, जब टीवी के पर्दे पर कोई विवाहेतर संबंध उगाहा जाता, जब बच्चों से कुछ 'गलती' होती—बेचारी अम्मी का 'सौतेलापन', 'हिंदूपन', 'बिहारीपन', 'औरतपन' चढ़ जाता बंदूक की नली पर!...इधर-उधर भागती फिरतीं, कभी इन्हें सँभालतीं, कभी उन्हें—दोनों जगह लात खातीं, फिर थककर गिर जातीं बिछौने पर : अपना झंडू बाम, टॉर्च और ट्रांजिस्टर तकिए के नीचे दबाए जैसे ही लेटने को जातीं! 'इंसपेक्टर ऑफ स्कूल्स' या सैनटरी इंसपेक्टर या किसी और बड़े हाकिम की तरह शान में गर्दन उठाए अपनी गृहस्थी के एक-एक कोने का मुआयना करते अब्बा हुजूर एक बार जोर से चीखते—"ये देखो—ये सफाई की है! जूठन की ट्रे से सटा पड़ा है चीनी का डब्बा!...और इस कपड़े के वार्डरोब पर खरोंच कैसे पड़ी...देखो, अभी उठके देखो—और सुनो, ऐसे किराएदारों की तरह बेदिली से घर में रहना है तो अपने रहने का इंतजाम कहीं और करो!...चली जाओ छपरा-मुजफ्फरपुर—छोड़ गयी हैं न नानी जायदाद—वहीं मुँह मराओ—ठीक ही

कहते हैं कि सात पुश्तों में आती है तमीज–ढेला बाई के कोठे ही आबाद करने लायक रह गयी हो तुम!"

"यह सुनते ही अम्मी तमतमाकर निकल लेतीं बाहर! मैं दौड़ती पीछे-पीछे–मत जाओ, अम्मा! कहाँ जाओगी? रात बहुत हो गयी है!" फिर मेरी उँगली पकड़े-पकड़े अम्मा देर तलक यहाँ-वहाँ भटका करतीं–कभी इस घर के पिछवाड़े बैठतीं, कभी उस घर के, कभी जाकर मंदिर में बैठ जातीं, कभी बस-स्टॉप पर, कभी-कभी एक बस से दूसरी बस तक कई-कई घंटे घूमते रह जाते हम–बस के अनजान कंडक्टरों और मुसाफिरों की सहज बातचीत इतनी अच्छी लगती उस दम कि क्या बोलें! एक दिन मैंने कहा–"अम्मा, बस ही हमारा घर होता तो कितना अच्छा होता! कोई यहाँ हमको न मारता, न डाँटता, न कहता 'गेट आउट'...एक ही मुश्किल होती कि यहाँ से मैं स्कूल नहीं जा पाती! दस बज गया है न, माँ? स्कूल-ड्रेस तो घर पर ही है! क्या मैं स्कूल नहीं जाऊँ अब?"

इसी तरह कुछ मैं कहती, फिर अम्मी को रुलाई आ जाती और टकदुम-टकदुम, घर लौट आते हम!...अब्बू आराम से सो रहे होते! एक हेकड़ी उनके चेहरे पर जागती रहती मगर–'आएगी, नहीं तो जाएगी कहाँ, ढेला बाई की औलाद!'

और एक सांकेतिक प्रतिकार में महीनों फिर अम्मी खालिद भाई के बिस्तर पर सोतीं या मेरे बिस्तर पर! एक रात की बात है! खालिद भाई के बिस्तर से अम्मा काँपती हुई मेरे बिस्तर पर आयीं और फूट-फूटकर लगीं रोने! बहुत पूछा मैंने पर जब कुछ कहा नहीं, मेरे पास पूछने को कुछ बचा भी नहीं, मैं चौदह-पंद्रह बरस की हो चुकी थी : खालिद भाई सत्रह-अट्ठारह के थे : जो किया होगा, अपने हिसाब से सहानुभूति में ही किया होगा! पर पुरुष या अर्द्धपुरुष पति-पुत्र या फिर किसी रूप में क्या-क्या कर सकते हैं–इसका अंदाज मुझे था!–सहानुभूति हो तो, प्रेम हो तो, नफरत हो, गुस्सा हो...करने को बस एक ही काम मिलता है–चूमा-चाटी, लंद-फंद या फिर वही लाता-लूती, गाली-गलौज! काटे-चाटे स्वान के, दोऊ भाँत विपरीत!

शांत-सुस्थिर पुरुष दुनिया में होते नहीं क्या अब? क्या ये भी लुप्तप्रजाति हो गये हैं? मैं सोचती और दुखी होती कि अचानक ये मिला मुझको–स्पंदन कक्कड़!

और जैसे ही करीब हुए हम–पहला सवाल मैंने ये ही पूछा कि आम भारतीय गृहस्थिनों की तरह मेरे जीवन में पति-तत्त्व की खानापूर्ति बाम की शीशी, टॉर्च और ट्रांजिस्टर तो नहीं करेंगे?

अवंतिका कक्कड़ :
एक-दूसरे के नमूनों वाला एक अनन्त स्वेटर

1 अगस्त, 2005

मुजफ्फरपुर में ढेला बाई की जागिनिया कोठी 'आधारशिला के नई केन्द्र के रूप में अच्छी तरह विकसित हो गई है 'कल 'आधारशिला' के सारे मुख्य पात्र देश के दूसरे परितप्त क्षेत्रों में बिखर जाएँगे—कोई झाबुआ, कोई कालाहाँडी, कोई अगरतला, कोई जम्मू! सत्ता से इतने दिन जुड़ी रही हूँ—विपक्ष की राजनीति भी की है—कानून के दाँव-पेंच जानती हूँ—जानती हूँ, सत्ता का पैसा सत्ता के ही विकेंद्रीकरण में कैसे-कैसे खर्च करवाया जा सकता है। 'मियाँ की जूती मियाँ के सर'—है तो कम्यूनल मुहावरा, पर मुहावरों के ध्वन्यार्थ ही पकड़ने चाहिए, विचित्र शब्द-संयोजन पकड़कर भी क्या होगा! अब जो हुआ सो हुआ—आगे नहीं हो—इसका ही ध्यान रखना है! जयप्रकाश आंदोलन का आधार-वाक्य भी तो यही था—"अब लौं नसानी, अब न नसैहो'!"

खून दाग छोड़ जाता है पानी भरसक दाग नहीं छोड़ता! और अगर छोड़ भी जाए तो पानी का दाग पानी से ही धुलता है : ऐसा ही कुछ गा रहे थे अंसारी साहब जब मैं अचानक उनके कमरे में पहुँची! ये एक अलग तरह के इंसान हैं—आग की छाती में जैसे ठंडे पानी का एक सोता मचलता हो—कुछ ऐसे हैं वे! जितने गुस्सैल, उतने ही शीतल। इतना आसान नहीं उनको समझना और जिन्हें समझना आसान नहीं हो—वे ही मुझको आकर्षित करते रहे हैं—ये ही मेरी और मेरे--जैसी अगाधमना, सहस्रवक्षाओं की नियति होती है जो हर पीड़ित और पारभासक व्यक्ति को अपने आँचल में समेट लेना चाहती है।

बाकी गुण दाल-भात पर चटनी-भुजिया की शोभा

स्त्रियों को तो अलग-अलग लोगों की अलग-अलग चीज़ें बाँधती हैं—कहीं बुद्धि-वैभव, कहीं चरित्र की अगाधता, कहीं रूप-सौष्ठव, कहीं मिठबोलापन और उत्कट सहानुभूति,

कहीं प्रकृति प्रेम और कल्पनाशीलता, कहीं मानवप्रेम, कहीं निस्संगता लेकिन उन सब अलग-अलग लोगों को उनकी बस एक चीज ही बाँधती है—उनकी देह! 'ऑल रोड्स लीड टु रोम' नामक प्रसिद्ध कहावत को थोड़ी-सी दें तो यह जो जाएगा—'ऑल रोड्स लीड टु (अ) रूम'! यही बात स्त्रियों में चिढ़-सी पैदा करती है, फिर एक गंभीर ऊब और अवसाद—'खोदा पहाड़ निकली चुहिया' वाला! प्रिय को दुःख नहीं देने के अपने विकट दर्शन के तहत देह वे दे भी देती हैं तो वैसे ही जैसे कि गाँव के पंडित जी शीतल प्रसाद दिया करते थे—मुरमुरे, इलायची दाने और चूरमा—"लो लइकालोगो!" जल्दी पकड़ो अपने-अपने पैकट और भाग जाओ इस्कूल!"

और मेरे अपने पति और डॉक्टर अंसारी—जैसे जन? ऊपर से खुरदुरे, भीतर से पानी—नारियल-पानी! कभी कोई उनका पानी पहचाने तो छककर पिए और खुरदुरा सा नारियल कवच भी 'बबुआ' की तरह पेंट करके घर में सजा ले, पर ज्यादातर लोगों को तो ऐसे गुस्सैल मारपीट-तनातनी, गाली-गलौज और एक अजब-ढ़ंग के मिलिटरी रूल से ऐसा दहलाकर रखते हैं कि कोई उनका 'अपना' नहीं होता! और अंत में जब सब रूठ जाते हैं—एक अव्यक्त पछतावा ही बन जाती है उनकी जिंदगी—पछतावे से बड़ी कैद नहीं होती। पछतावा है एक उमर-कैद!

शायद अतिरेक का नकार ही जीवन है। सुंदर, सहज जीवन—सबको उसका 'ब्रीदिंग स्पेस' देते हुए, जो पास हैं या कि अगल-बगल—उनके किसी काम आते हुए, जो अपने बस में है—वही काम पूरी लगन से करते हुए खुश-खुश क्यों दिन नहीं काट पाते हम?

ये घंटी कैसी बजी! इस समय या तो कुरियर होगा या कोई लघुपत्रिका वाला या कोई सेल्सवुमन—तपती दोपहरी में अपने सामान की गठरी उठाए : हाई हील खटखट, प्यास से टटाए हुए होंठ और एक ही तर्ज के रटे-रटाए वाक्य बोलते-बोलते ऐंठ गयी जिह्वा, सिंथेटिक कपड़े...थकी हुई मुस्कान! खुलजा सिमसिम! खुलजा, खुलजा, खुलजा सिमसिम!

फ्रिज की हरी बोतलें पसीना-पसीना खड़ी हैं! देख रही हैं दूर से! सेल्सवुमन के होंठ सचमुच ही सूखे हुए हैं!

देख रहा है पर्दा! देख रहा है टीवी! गुलदस्ता भी देखता है! याद आ रही है कार्लोस विलियम कार्लोस की वह कविता—'थर्टीन वेज ऑफ लुकिंग ऐट अ ब्लैकबर्ड'!

थकर बगल में कक्कड़ साहब सोए हैं—कल भाई-दूज पर भैया के घर गई थी तो वे भी ऐसे ही गुड़ी-मुड़ी सोए मिले! बीमार ये भी रहते हैं और भैया भी। एक बिन्दु पर दोनों कितने मिलते-जुलते हैं पर मेरी लाख कोशिशों के बावजूद दोनों में अंतरंगता

नहीं ही हो पाई! 'बाअदब, बामुलाहिजा, होशियार वाला ही रिश्ता रहा! औपचारिक टेबल-टॉक का रिश्ता!'

यह एक अलग तरह की तनातनी है जो औरतों को परितप्त रखती है! मन करता है, सब खुलकर हँसें-बोलें—ससुराल-मायके के बीच उन्चासों पवन बहें—सुरभित, मुलायम और दिलकश, पर ऐसा कितना कम होता है!

सतीश कक्कड़ से मेरे 'प्रेम-विवाह' को मेरे मायके वालों ने आजतक मान्यता नहीं दी। आज हम 'काहू के कोऊ न हमारा'। मेरे विवाह तक बाबूजी तत्त्वलीन हो चुके थे। माँ साथ सती तो नहीं हुई थीं लेकिन एक मद्धिम आँच पर उम्र-भर जलना एक बार भमक जाने से कम कष्टकर तो नहीं था। अकबका कर बिल्कुल चुप हो गई, थी वह मेरे चुप रहने का, 'डिग्निफायड सफरिंग' का मध्यवर्गीय आदर्श उसमें मानों कीर्तिमान था, मुझे नहीं मिल पाया, मैंने तो भगदड़ मचा दी! एक जिद-सी थी कि शादी करूँगी तो अपनी मर्जी से ही—गैर फोटू दिखाऊँ, चाय पिलाऊँ, सितार बजाऊँ और पैरदबाऊँ किसिम की कामचलाऊ शादी मुझको नहीं तो नहीं ही करनी है! भैया ताबड़तोड़ रिश्ते जुटाए जा रहे थे और मैं मन ही नहीं बना पा रही थी कि अपने प्रगतिशील दोस्तों में किस एक का वरण जीवन साथी के रूप में करूँ! दोनों तरफ जंग जारी थी! एक दिन भैया मुझसे बोले 'एल.एल.बी' तुम्हें दो साल हो गये! विवाह भी धर्म है! जीवन त्रिवेदी मेरा देखा वाला लड़का है--संस्कार भी हमसे मिलते-जुलते हैं। हाँ कह दो, सुखी रहोगी।

भैया विद्वान् और सदाचारी व्यक्ति थे, मजाक भी करते तो काफी संयत वाले, मैं उनका काफी आदर करती थी, अमूमन उनसे मैं झूठ भी नहीं बोलती थी, पर उस दिन बोल गई—

'दरअसल, भैया मन ही मन मैंने किसी का वरण कर लिया है जैसे पार्वती ने शिव का किया था या मीरा ने कृष्ण का... कहीं और 'हाँ' कहना युक्तिसंगत होगा क्या?'

भैया थोड़ा अचकचाए, फिर बोले—

'अच्छा! मुझको मिलवाना जरा! कल छः बजे—विभागीय चैम्बर' में! मैं करूँ तो करूँ क्या! किसी-न किसी को सामने खड़ा करना था ही! परिचितों में सिर्फ सतीश कक्कड़ ही ऐसे थे जो इतनी 'शॉर्ट नोटिस' पर साथ चल पड़ने को राज़ी हुए क्योंकि इन्हीं की बहन, शकुन्तला बचपन की सहेली थी! भैया विश्वविद्यालय के सीनियर प्रोफेसर थे। बाकियों की उनसे मिलने में फूँ सरकने लगी—इतना बड़ा नाटक और तरह-तरह के उपदेश, छँट जाने का पूरा अंदेसा...!

जा तो सतीश भी नहीं रहे थे लेकिन शकुन्तला ने मेरी इतनी झूठी-सच्ची विरुदावली गाई कि जाकर भैया से मिल आए! ये तो मैं समझ रही थी कि भैया कक्कड़ को छाँट ही देंगे—तब तक मुझे थोड़ा और वक्त मिल जाएगा अपन मनचीता वर ढूँस्ने का... पर भैया ने शिव-पार्वती और कृष्ण-मीरा वाला रूपक ऐसे विकट गम्भीरता से लिया कि महीने-भर के भीतर विवाह की तिथि भी निश्चित हो ली और फंटूसी की दुनिया से निकलकर ऐसे चट्टानी यथार्थ से टकराई मैं लाहौला विला कूबत!

× × ×

जहाँ तक सदाचार और निग्रह का सवाल है, कक्कड़ और भैया का तत्त्व एक था। फर्क था तो इतना कि भैया की भाषा अलग थी, एकदम-एकदम अलग संयत, मुलायम, महीन! और इसी भाषा का मुझको अभ्यास था! कक्कड़ों का पूरा घर कड़कड़-कड़कड़ करता, कंकड़ चुभता पर मुसीबत में काम भी आता! कम-से-कम उस समय तो अपनी ससुराल के बारे में मेरी धारणा यही बनी कि यहाँ सब भाई-बहनों में एका बहुत है और बड़े भाई यानी सतीश के तो एक इशारे पर जान देने को तैयार हैं सब!

धीरे-धीरे यह भ्रम टूटा! 'जान देने' से 'जान लेने' तक की दूरी वैसे भी इती-सी होती है! यह सफर भी कटा! मानव-मन का यह रहस्य मेरे सामने एकदम से उजागर हो गया कि आखिर क्यों मनुष्य उस व्यक्ति से धीरे-धीरे नफरत करने लगता है जिसका इस्तेमाल उसे बार-बार सीढ़ी की तरह करना पड़ता है—सिर्फ इसलिए कि उसकी कद-काठी उससे ज्यादा है!

जितने अकेले आज इस उमर में कक्कड़ साहब हैं, उतने ही अकेले भैया भी हैं पर भैया का अकेलापन उनका अपना ही चुना हुआ है! वे शुरू से ही अंतर्मुखी और अपनी दुनिया अपने आदर्शों में गुम रहने वाले व्यक्ति थे। धर्मशास्त्र, और तीन बच्चे, परिधि पर कहीं माँ भी—बस इतनी-सी उनकी दुनिया थी! बाकी जो थे—वे बस परिजन-पुरजन थे! उनका भला करना था लेकिन उसी भाव से जैसे भगवान भला करते हैं मन भर आया तो, सिद्धांत आड़े न आए तो! पर भर मुँह बोलना किसी से नहीं है! भगवान कब बोलते हैं भला! चुप रहना उनकी मजबूरी है वरना लोग मुँह लड़ा लेंगे और यह गरिमामय नहीं होगा!

सतीश कक्कड़ भी बहिर्मुखी तो नहीं कहे जा सकते लेकिन भाई-बहनों का पूरा संसार इनके अपनों में शामिल था! सब सम्बन्धी इनके अपने थे! सरहदें लाँघकर, आउट ऑफ द वे जाकर भी इन्होंने सारे अपनों की मदद की पर रोब भी लिया, बार-बार उनके अहंकार पर चोट करने से भी वअ बाज नहीं आए... तो जब तक मातहत रहे—लोग बने रहे जी हुजूर, पहला मौका आते ही पीठ पर मारी लात!

ये ही सब देख-समझकर मेरी धारणा बनी कि परिवार की सदहद विस्तृत तो करनी ही चाहिए और जब स्पन्दन और शीरीन ही मुहल्ले में हॉस्टलनुमा एक 'दूसरा घर' की योजना लेकर सामने आए जिसमें वैश्याओं, विस्थापित मजदूरों और सड़क पर भीख माँगने को मजबूर किए जाते बच्चों का वोकेशनल स्कूल भी चले-मेरी बाँछे खिल गई। शायद इसी दिन की खातिर मैं सांसद हुई थी।

जिस दिन मुझे राज्यसभा के लिए मनोनीत किया गया प्रख्यात कानूनविद के रूप में मेरी छवि रूढ़ और आरूढ़—दोनों की हो गयी—सास-ससुर की एक प्यारी-सी चिट्ठी मुझको मिली, पर सतीश की चुप्पी तो जैसे और भी चट्टानी हो चली! भैया भी मुझसे खासे अप्रसन्न रहने लगे थे! तरह-तरह से झूठी-सच्ची कहानियाँ नागिन की चाल से चलती हुई उन तक पहुँची तो होंगी जरूर! पर उन्होंने कोई प्रतिक्रिया जाहिर नहीं की थी—वामन-डग से 'साम-दाम-दण्ड' लाँघकर सीधे 'भेद' तक पहुँच जाने वाले पुरुषोत्तमों की कहानी तो और भी विषम है। पता नहीं क्यों, मेरा मन इस चुप्पी से कुछ चोट खा गया, लेकिन 'आयोडेक्स मलिए, काम पे चलिए'—भाव से फिर मैं आगे बढ़ ली!

इस बात पर मेरा ध्यान गया कि सबसे ज्यादा ऊष्म बधाइयाँ उन रिश्तेदारों और दोस्तों ने भेजी थी जो सतीश के 'सैक्ड' होने पर सबसे ज्यादा प्रसन्न हुए थे। किसी पर वार करने की सबसे लोकप्रिय टेक उसके किसी बहुत अपने का कंधा होता है—यह बात मैंने नए सिरे समझी और तय कर लिया कि उन्हें कोई लिफ्ट नहीं देनी! तो' क्या मैं अंततः मैं सतीश को चाहने लगी थी? क्या यही साहचर्य स्नेह होता है? साहंचर्य? कैसा साहचर्य?

छः साल तीन महीने दस दिन का हंगामेदार साहचर्य! उस छोटी-सी अवधि में भी तो ज्यादातर सतीश दौरे पर रहते थे, नींद की गोद या इन्हीं रिश्तेदारों की सेवा में? नौकरी से हटाए जाने पर इनमें से एक का अष्टवर्षीय पुत्र बड़े भोले पन से सतीश 'सैक्ड' शब्द का अर्थ पूछने आया मैं उसे एक ओर खींचने लगी तो उसके पिता हाथ पकड़कर जोर से बिफरे "उस समय से पागल मुझसे भी यही पूछ रहा है कि 'सैक' माने तो बोरा होता है—क्या ताऊजी को बोरे में भर देंगे... बोरे में क्यों भरेंगे... मैनेजमेंट की साजिश है बस... आप उनको तेल तो नहीं लगाते। ये क्या लिखा है अखबार में? अवैध नियुक्तियाँ? किसकी कराई थी?'

इतना जयादा गुस्सा आया था मुझको। और अब भी आ रहा है! खुद उनको कठिनाई से सतीश ने एक नौकरी दिलवाई थी! तीन बार उनके भ्रष्टाचार के आरोप पर तबादले हुए! तीनों बार सतीश ने अथक प्रयास से रुकवाए!... और अब ये पलटकर पूछते हैं 'अवैध नियुक्तियाँ? किसकी कराई थीं?' अयोग्य की नौकरी है तो अवैध ही, कुछ 'आउट ऑफ टर्न' भी किया हो तो आश्चर्य नहीं... रिश्तेदारों से उन्हें

गजब मोह था, और दुनिया के सब मिथकों में 'मोह' एक राक्षस के रूप में ही वर्णित है तो इन्हीं दुरूह अनुभवों के कारण! जातीय स्मृतियाँ सब-कुछ सुरक्षिम रखती हैं—चाहे मिथकों में, चाहे कहावतों और लोक साहित्य में 'जिसके लिए चोरी करो—वही कहे चोर—यह बात भी शत प्रतिशत सही है।'

और बच्चों का क्या है?

बच्चे तो बाप-माँ की किचेन-कैबिनेट बैठकों का फ्रीलांस प्रेस-रिपोटर होते हैं। उनके खोए तय होते हैं माँ-बाप के खोए से ही—हमेशा तो नहीं मगर ज्यादातर! जैसे अभिमन्यु गर्भ में भी कान पाते हुए माँ-बाप की बातें सुन रहा था, हर बच्चा माँ-बाच की अंतरंग वार्त्ता माला, खासकर रिश्तेदार-छीलन के एक प्रसंग का सजग साक्षी होता है! उससे नहीं छुपती कोई भी बात! व्यूह-संरचनाओं का प्रशिक्षण वहीं से मिलता है उसे।

यह मेरे घर छोड़ने के सात बरस बाद की बात है! अखबार में इनके 'सैक्ड' हो जाने की सूचना से मैं एदम विचलित हो गई थी! सतीश खड़ूस और गुस्सैल चाहे जितने हों, बेईमान तो नहीं थे! खड़ूस लोग अक्सर बेईमान या चरित्र के हल्के होते भी नहीं! भगवान कितने दुर्गुण एक बोरे में कसेगा! उस समय तक बार-चैम्बर में मेरी एक अलग पहचान बन गई थी! नौकरी के विवाद सुलझाना मेरे बाएँ हाथ का खेल माना जाता था—कोई खेल बाएँ हाथ का नहीं होता मगर लोकमान्यता एक अजब गेंद है—जिधर लुढ़की, बस लुढ़क ही गई। मैं अपने उस पैसे वाले मुवक्किल की सख्त गिरफ्त से अलग होने की कोशिश भी भरपूर कर रही थी जो आड़े वक्त मेरे काम आया था—सर के ऊपर एक छत दी थी, स्पन्दन को बगल के बेहतर स्कूल में प्रवेश भी! वह इस बारे में बेहद मुस्तैद रहता था कि अपने पति और परिवार वालों से फिर मेरा मिलना न हो। मैं उसकी कृतज्ञ भी थी, इसलिए भरसक उसकी बात काटती नहीं थी—खुद भी मेरा गुस्सा सतीश के प्रति अभी पिघला नहीं था, पर आज की बात अलग थी!

आज मैंने एक स्वतंत्र निर्णय लिया और गाड़ी उसी गली में मोड़ ली जो सात बरस पहले एक छः बरस के बिसूरते बच्चे की उँगली पकड़कर जब लाँघी थी—खून और पसीने से नहाई हुई थी मैं! सिर से पाँव तक सराबोर। आज भी सराबोर थी मैं—पसीने से, रह-रहकर मन में यह प्रश्न उठ रहा था कि गलत तो नहीं समझी जाऊँगी लोग यह तो नहीं समझेंगे कि कमजोर वक्त पर व्यंग्य करने या ताना मारने आ गई! फिर मन को समझाती—एक मिनट को ऐसा समझ भी लिया तो क्या! तुरंत ही यह स्पष्ट हो जाएगा कि मैं उसकी कानूनी मदद के लिए आई हूँ—बतौर एक दोस्त जो कभी एक पत्नी भी रही थी, इसलिए यह तो अच्छी तरह जानती है कि जो-जो

अभियोग लगता तो शतप्रतिशत सहमत होती मगर बंगलिंग? रिश्तेदारों को इधर-उधर खोंसा जरूर है, उनके तबादले रोकने के लिए पैरवियाँ भी लगातार की हैं—कहीं इसको ही तो 'पद का दुरूपयोग' नहीं बता रहे! बिना गये पता भी कैसे लगेगा!

ये ही सब सोचती-विचारती मैं उस बड़े फाटक में दाखिल हुई जिसपर बचपन में (शकुन्तला से मिलने जाते हुए) मैं एक बार झूल जरूर लेती थी! तब क्या पता था, मैं इस घर की पुत्रवधू बन जाऊँगी! सतीश से मेरा आमना-सामना ज्यादा होता भी नहीं! ये तो बचपन से ही कामकाजी किस्म के थे।

मैंने सोच रखा था कि सीधा शकुन के ही पास जाऊँगी, उससे ही माँगूँगी नौकरी के कागजात और केस करने की राय भी उसको ही दूँगी, पर वह अभी ससुराल से यहाँ पहुँची नहीं थी! बाकी तो सब मुझे देखकर चौंक गए थे और ससुर-फुसुर भी! इस तरह की प्रतिक्रिया की मैं अभ्यस्त थी! चुपचाप जाकर सास-ससुर के पास बैठ गई! सास तो रोने लगीं, ससुर ने आँखों-आँखों में मुझे आशिष दिए उनके साथ शतरंज की क्या जाने कितनी बाजियाँ मैंने खेली थी! क्या जाने कितनी दफा इनकी मस्त चम्पी की थी। ये लोग और चाहे जो थे (कमजोर, अस्तव्यस्त आदि) पर नाखरूस बिलकुल नहीं थे और इनके मन में मेरे लिए एक कोना सुरक्षित था।

सतीश ने मुझको गुर्राती आँखों से एक बार देखा और दनदनाकर उसी कमरे के भीतर चले गये जो कभी मेरा भी शयनकक्ष रहा था! सात बरस पहले इस तरह दनदनाकर अन्दर जाने का मतलब था—तुम भी पीछे आओ और भुगतो मेरा गुस्सा! आज इस दनदनाहट में एक और 'गेट आउट' की बड़ी मद्धिम-सी अनुगूँज थी! फिर भी मैं कुछ देर बैठी रही—

याद आते रहे व्यक्त्व-अव्यक्त, प्रत्यक्ष-परोक्ष, अपमान-शृंखलाओं के अनगिन घरेलू प्रसंग! कभी कोई नया 'लिंग्विस्टिक सर्वे ऑफ इण्डिया' हो तो एक पूरा प्रकरण ऐसे अपमानवाचकों का बनेगा जो चाहे-अनचाहे, जाने-अनजाने ही पति देवता भाषिक गुलेल पर चढ़ाकर पत्नियों पर मारते हैं—ऐन कनपटी पर! कलेजा मुँह को आ जाता है, मन करता है कि पलटकर सटासटासट चला दें मर्मभेदी शब्द-बाणों के प्रत्युत्तर... लेकिन फिर मस्तिष्क में रोते हुए बाप-माँओं के दीन-हीन चेहरे याद आ जाते हैं, याद आ जाते हैं वे तमाम उपदेश जो विदाई के पहले बड़े जतन से आँचल में बाँधे गए थे—'दुख हो या सुख, बेटी-मुँह सीकर रहना—दोनों कुलों की लाज निभाना। स्त्री धरती है, धारण करना ही उसका काम है—बात-बात पर वह धीरज खोएगी तो दुनिया चलेगी कैसे। हिंसा का प्रत्युत्तर हिंसा नहीं होना चाहिए—क्षणिक विजय का कोई अर्थ नहीं होता, बदलना है तो फिजां बदलो। आक्रामक चित को आईना दिखाओ—खौलते हुए पानी में चेहरा दिखाई नहीं देता, थोडा रुको... घर यदि रणक्षेत्र है भी तो रण

छोड़कर भागना क्यों और लड़ना भी है तो धीरे से—क्योंकि यह सामान्य युद्ध नहीं है, एक मनोवैज्ञानिक लड़ाई है जो त्वारित आवेग में लड़ने का साफ अर्थ है—पराजय। ध्यान दूरवर्त्ती विजय पर रखो और धीरज धरो। इति!

इसको ही शायद संस्कार का बंधन कहते हैं। वर्षों मुझको इसने बंदी ही रखा। पर भीतर से मैं कितना खौल जाती थी, अब जैसे इसी बात पर कि हर ऑफिस के बाद कक्कड साहब अपने घर के एक-एक व्यक्ति से घूम-घूमकर पूछते थे—भतीजे-भतीजियों से भी—"खाना खाया न? क्या-क्या खाया किस समय?"

यह सवाल मुझसे या स्पन्दन से भी जो कभी पूछा जाता तो मैं ऐसे छनमनाती नहीं, मुझे यह नहीं लगता कि मेरी नीयत पर संदेह है किसीको कि मैंने सबको खाना ठीक से दिया कि नहीं पीछे में!...

इसी तरह का घोर आपत्तिजनक वाक्य था—'एक कप चाय बनाओ यानी कि मेरे साथ चाय पीने की औकात—मैं घर का मालिक, मैं एक तरफ चाय पिऊँगा, तुम पियो दूसरी ओर—सरकारी चाय चाय—

इसी तरह के हजार प्रसग—कभी भी लिखी एक कविता मस्तिष्क में लगी टहलने—और यह भी बात कि जब लड़कियों को माँ-बाप की सम्पत्ति में बराबर का हिस्सेदार घोषित कर दिया भला—कितना लथाड़ा और कुहनिया था मुझे इन्हीं मेरे कक्कड़ साहब ने कि जाकर अदालत में भाई से लड़ो! मैंने कहा था मैं भाई को दान देती हूँ अपना हिस्सा-जैसा आपको अपनी तन्ख्वाह, इसमें आपको क्या! जो-जो सुनाया, उसीके जवाब में यह कविता लिखी थी।

किसी शृंगार शतक के नख-शिख वर्णन में
चर्चा नहीं आती अपनी,
कभी कोई लड़की इसलिए नहीं छंटी
ब्याह-वार्ता में
कि उसकी कहानियाँ नहीं सुन्दर।
आमतौर पर हम पर नज़र ही नहीं जाती लोगों की।
कोई देखता है आँखें
और कोई दिखाता है—
आँखें ही नहीं-जीभ तक दिखायी जाती हैं,
दिखाए जाते हैं अँगूठे बाज वक्त,
बाज़ वक्त खीसें निपोर कर
दाँत दिखाने का भी चलन पुराना है,
पर हम कहानियाँ—

घर की सबसे सुशील लड़कियों की तरह
आपस में ही गुदगुद,
आपसे में ही छनमन--
मस्तराम मगन।
जब आ पड़ता है हथेली पर
समूचे माथे का भार—
ठुड्डी को जब चाहिए होती है
नेक-नेक-सी एक अदद टेक
हाथों का—
हम अपनी पूरी ताकत और पूरे वक्त से
रोपती हैं खुद को
किसी खुरदुरेपन पर—अडिग और तत्पर।
अच्छा लगता है हमें होना शेषनाग
"आदमी का सिर" नामक धरती का।
करवट बदलती है हम
तब ही आता है भूचाल।
हममें नहीं लगता कभी तेल-साबुन।
दादी-नानी के जमाने में उबटन
पिसी हुई सरसों, नारंगी के छिलके,
हल्दी-वल्दी का जल्दी-जल्दी
मला गया होगा जो—
पकड़-धकड़ कर एक सुबह कभी
उस उबटन की खुशबू आती है
कभी-कभी सपनों में।
और हाल देखो हमारा अब—
इतनी चिरकुट, मैली—
क्या होती होगी
बुढ़िया भिखारिन की भी थैली?
एक ही क्रिया बनती है हमसे—
उस क्रिया का नाम है कुहनियाना,
कुहनियाना यानी देखते ही मौका,
पाते ही कोना अकेला

दाँत पीसकर कोहनी मारना और कहना–
“सारी ये झंझट तुम्हारी उठायी हुई है,
आफत का परकाला हो तुम ही!”
खंजर की तरह
नजर सबकी बचाकर
घोंप दी जाती हैं कुहनियाँ
छाती के पार
    इस कुहनियाना क्रिया में,
और हर बार अवाक्
अपना-सा मुँह लेकर, उफ किए बगैर
    झेल लेने के
    बस कुछ ही देर बाद
    सब-कुछ फिर हो जाता है ऐसा
    जैसे कुछ हुआ ही नहीं,
दाँत फिर दीखने लगते हैं, फिर हिलने लगते हैं मुण्ड-वुण्ड,
कोई नहीं जानता कुछ भी
    बीच में घटा क्या।
देखती रह जाती है औरतें
    भीड़ से काटकर
वह एक क्षण कुहनियाए जाने वाला–
अटका रह जाता है जो मन में
जैसे कि अलगनी पर अटका
एकलौता पोंछे का कपड़ा-झिमिर-झिमिर बारिश में।

अवन्तिकाजी :
वो जो हममें-तुममें करार था

आँसू की बूँदें आत्मिक जुड़ावों के लिए फेविकॉल की बूँदें सिद्ध हो जाती हैं! खासकर जब आँसू पश्चात्ताप और विवशता की पंचाक्षरी बनकर उमड़े हों। शब्दों के जंगल के पार कहीं होगा आँसुओं का सागर—ऐसे ही क्षण कौंधता है यह एहसास!

तीन-चार घण्टे मैं उस दिन अपनी ससुराल रही! लगातार मेरा हाथ पकड़कर रोती ही रहीं मेरी सासु माँ! उसके बाद से मैंने यह नियम ही बना लिया कि प्रायः हर हफ्ते कचहरी से या कि संसद से लौटते हुए मैं घण्टे-दो घण्टे पिछवाड़े के मन्दिर में उनसे मिल लूँगी!

उनकी तकतीफों का एहसास मुझको था! आखिर मैं उनकी बेटी की सहेली भी थी! फिर वे तीन घण्टे जो मैंने उस घर में बिताए थे—मेरे लिए तो सिनेमा के हर तीन घण्टे थे! तटस्थ व्यक्ति की आँखों का आँखपन, कानों का कानपन दुगुना तो हो ही जाता है क्योंकि सबकुछ तमाशा हो जाता है उसके लिए : रामभरोसे बैठकर जग का मुजरा लेहिं!

मेरे इस घर से निकाले जाने के बाद के इन सात वर्षों में घर का भौतिक स्तर तो जरूर सुधरा था! जैसे-जैसे भाइयों की नौकरी लगती, गयी, फ्लोर पर फ्लोर ऊपर खिंचते गये शायद बिल्डर को ही बेच दिया हो निचला फ्लोर! हर तरफ शीशा और संगमरमर! शीशमहल ऐसे ही होते होंगे शायद! शीशमहल में रहने वाले औरों पर पत्थर नहीं फेंकते—इस घर पर, लेकिन, यह लागू नहीं था! 'संगमरमर' की अनुश्रुति इन पर अधिक लागू थी! इस घर में रहने वाले सारे प्राणी संग-संगमर तो रहे थे, संग-संग जीने की कला विकसित ही नहीं की थी—आपस में ताने-तराने, मुँह विचकौवल—सिर फुड़ौवल, गड़े मुर्दे उखाड़ने की कापालिक साधना—इनमें तो इन सबकी सिद्धि थी, पर एक-दूसरे की मनोविज्ञानिक और भौतिक आवश्यकताएँ भाँपकर उनसे अपनी दिनचर्या का छन्द कैसे बिठाना है--यह किसी को सूझता ही नहीं था! सबको अपनी ही हाय-हाय लगी रही थी एक अपवाद थी तो मेरी सास ही! बड़े

दिल की महीन औरत, भाग्य के दोष से, कहाँ आ फँसी थी! यहाँ उनकी भाषा ही कोई समझता नहीं था!

इस उम्र में भी दिन-भर चकरिधिती की तरह दौड़ती रहती कि किसके लिए क्या करें! लगातार पथ्य पकातीं—कभी पति के लिए, कभी बेटों के लिए—इस उम्र में आकर बीमार तो सब ही रहने लगे थे! खुद भी बीमार थीं—पर उनकी किसे चिंता थी! पथ्य पकाने वाली को खुद कोई पथ्य नहीं मिलता, मिलती बसे एक सूखी रोटी और मौसम की सबसे सस्ती सब्जी—वह भी चटनी के बराबर! पकाने का जिम्मा—वह बेशक उनका हो पर भण्डार की चाबी और घर-खर्च के सारे पैसे तो बहुओं के हाथ थे—बहुएँ जो अपने बच्चों-पतियों के संग हर शाम सामिष भोजन करतीं जो मेरी सास किसी तरह बना तो देतीं पर नाक पर आँचल बाँधकर!... घर में जब सब अपनी मोटर गाड़ी निकालकर दफ्तर-बाजार-किटी पार्टी या स्कूल-कॉलेज उड़ जाते, धीरे-धीरे खुद ही किसी तरह सड़क पार करके ये अपनी दवाएँ ले आतीं—जब भी ससुर की पेंशन मिलती!

कक्कड़ साहब अपने माँ-बाप के लिए भाव तो रखते थे पर अभिव्यक्ति उनकी समस्या थी फिर उनको फुर्सत भी कम-कम ही रहती! गुस्सैल आदमी को अपने ताव से ही कब फुर्सत मिलती है। फिर दफ्तर में भी उसका ताल- छन्द सबसे बिगड़ा ही रहता है— फिर काम का बोझ दुगुना हो भी कैसे नहीं।,

बाकी जो प्राणी थे घर में, वे 'राम रचि राखा' ही थे! घर के इन दोनों बुजुर्गों को हिम्मत नहीं थी कि ड्रॉइंग रूम की ओर फटकें भी, उधर की वॉश-बेसिन में खखार गया— आसभाव सर पर उठा लिया जाता। ऐसी महीन मार मारी जाती कि तिलमिला जाते दोनों!

कौन कहाँ जा रहा है, कब लौटेगा—कोई इन्हें बताने की जरूरत नहीं समझता! सीनियर कक्कड़ तो बाहर हो भी आते—मुहल्ले के बुजुर्गों में दो-एक बचे हुए थे—उनके साथ शतरंज खेल आते, पर सास तो तरस जाती कि स्नेह-सहानुभूति के दो बोल भी कोई उनसे बोल जाए!

टेलिविजन बहुओं के शयन-कक्ष में था वहाँ 'प्रवेश निषेध' की एक अदृश्य पट्टी लगी थी! बच्चों को स्कूल-ट्यूशन-टीटी कोचिंग और गिटार-क्लास के अभंग सिलसिले से जो कभी फुर्सत भी मिलती तो कम्प्यूटर दादी या फोन दादा की गोद उन्हें अधिक विस्तृत और आरामदेह दीखती क्योंकि वहाँ न उपदेशों का च्यवनप्राश था न कोई और रोना-गाना! कूल-महाकूल दादा-दादी थी कम्प्यूटर और मोबाइल—हाड-मांस के दादा-दादी, नाना-नानी का स्थानापन्न!

'फ्लैट्स' का जीवन सचमुच फ्लैट था—खासकर वृद्धजनों के लिए क्योंकि एक जीवंत पड़ोस की इयत्ता से बेखबर थे ये फ्लैट्स! वह एक सार्वजनिक खटिया जो गलियों में किसी घर के आगे यों ही पड़ी रहती थी— वृद्धों और बच्चों का फेफड़ा ही मानिए उसको—एक बड़ा ब्रीदिंग स्पेस! यदि अब इसकी कोई गुंजायश होती तो मैं यहीं आकर मिल लेती अपनी सासु माँ से!

इसी स्पेस के अभाव में हम मन्दिर में मिलते! आपस का दुख-सुख बतियाते! कुछ राय-मश्विरे उनसे लेती! पाक विधियाँ पूछती और आयुर्वेदिक नुस्खे! अक्सर उनकी पसन्द की चीजें बना लाती! एकाधबार स्पन्दन भी साथ आया और दादी को लिए गया हल्दीराम की कचौड़ियाँ खिलाने! ये जी गईं। सीधे मुँह कोई प्यार के बोल दे-इससे ज्यादा क्या चाहिए होता है किसी वृद्ध को! दवाइयों के इन्तजाम का जिम्मा भी अब स्पन्दन का था! उसकी सूरत भी कुछ दादी से मिलती थी।

पतिव्रता

जैसे कि अंग्रेजी राज में सूरज नहीं डूबता था,
इनके घर में लगातार
दकदक करती थी
एक चिलचिलाहट।
स्वामी जहाँ नहीं भी होते थे—
होते थे उनके वहाँ पंजे,
मुहर, तौलिए, डंडे
स्टैंप-पेपर, चप्पल-जूत,
हिचकियाँ-डकारें-खर्राटे
और त्योरियाँ-धमकियाँ-गालियाँ खचाखच।
घर में घुसते ही
जोर से दहाड़ते थे मालिक और एक ही डाँट पर
एकदम पट्ट
लेट जाती थीं वे
दम साधकर,
जैसे की भालू के आते ही
लेट गया था
रूसी लोककथा का आदमी
सोचता हुआ कि मर लेते हैं कुछ देर,

मरे हुए को भालू और नहीं मारेगा।
एक दिन किसी ने कहा—
'कह गए हैं जूलियस सीजर
कि बहादुर मरता है केवला एक बार,
कायर ही करते हैं
बार-बार मरने का कारबार।
जब तुमने ऐसी कुछ गलती नहीं की,
फिर तुम यों मरी हुई बनकर क्यों लेटी?'

तबसे उन्हें आने लगी शरम-सी
रोज-रोज मरने में...
एक बार शरमाती, लेकिन फिर कुछ सोचकर
मर ही जातीं,
मरती हुई सोचतीं—
'चिड़िया ही होना था तो शुतुर्मुर्ग क्यों हुई मैं,
सूँघनी ही थी तो कोई लाड़ली नाक मुझे सूँघती—
यह क्या कि सूँघा तो साँप।'
और कुछ दिन बीते तो किसी ने उनको पढ़ाई
...गाँधीजी की जीवनी,
सत्याग्रह का कुछ ऐसा प्रभाव हुआ,
बेवजह पिटने के प्रतिकार में वे
लंबे-लंबे अनशन रखने लगीं।
चार-पांच सात शाम खटतीं वे निराहार
कि कोई आकर मना ले,
फिर एक रात
गिन्न-गिन्न नाचता माथा
पकड़े-पकड़े जा पहुँचतीं वे चौके तक
और धीरे-धीरे खुद काढ़कर
खाती बासी रोटियाँ—
थोड़ा-सा लेकर उधार नमक आँखों का।
तो, सखियो, ऐसा था कलियुग में जीवन
पतिव्रता का...

आगे की कथा
सती के ही मुख से
सती की व्यथा—
'नहीं जानती कि ये क्या हो गया है,
गुस्सा नहीं आता।
मन मुलायम रहता है
जैसे कि बरसात के बाद
मिट्टी मुलायम हो जाती है कच्चे-रास्ते ही!
ठीक नहीं रहती तबीयत भी।
अब छाती में इतना जोर कहाँ—
चिल्लाएँ, झिड़कें या पीटें ही बेचारे!
धीरे-धीरे मैं भी हो ही गई पालतू।
बीमार से रगड़ा क्या, झगड़ा क्या,
मैंने साध ली क्षमा।
मीठे लगते हैं खर्राटे भी इनके।
धीमे-धीमे ही कुछ गाते हैं
अपने खर्राटों में ये।
कान लगाकर सुनती रहती हूँ—
शायद मुझे दी हो सपनों में आवाज।
कोई गुपचुप बात मेरे लिए दबा रखी हो
इतने बरसों से अपने मन में—
कोई ऐसी बात
रोज इतने दिन
ये कान सुनने को तरसे...
कोई ऐसी बात जिससे बदल जाए
जीवन का नक्शा।

बूँद-बूँद रिसती महिलाएँ : एक वर्ग पहेली

कुछ लोग, कुछ प्रसंग, कुछ किताबें झमाझम बरसकर शांत हो जाती है। कुछ आपकी छत से आपके भीतर ताउम्र टपकती रहती हैं मद्धिम लय में, बूँद-बूँद। रह-रहकर सिहर उठते हैं आप! उम्र-भर एक मुलाकात चली जाती है।

कभी सोचें तो सिहर उठेंगे सोचकर कि हम पर कितना बड़ा ऋण है अपने आस-पास के उन हजार चरित्रों का जो बचपन से लेकर बुढ़ापे तक पत्तों पर ठहरी बारिश की बूँदों की तरह हमारे बजूद पर सिहरे-सिहरे से बरसते हैं और धीरे-धीरे बन जाते हैं हमार वृहत्तर 'मैं' का हिस्सा!

पीछे मुड़कर देखती हूँ तो लगता है, मुजफ्फरपुर से लेकर दिल्ली तक स्वाभाविक रूप से मेरे परिचय के वृत्त में कई ऐसे स्त्री-चरित्र आए जो परिवर्तनसजग तो थे, परिवर्तनकामी भी—पर उनके चाहे या उनके किए परिवर्तन की दिशा में एक ढेला नहीं सरका। हाँ, संतानें खासकर बेटियाँ उन्होंने समाज को ऐसी दीं जिन्हें चलती भाषा में 'फायरब्रांड' कहते हैं। चिंतन की प्रक्रिया लंबी चलती है और उसके किए और कुछ खास घटित हो न हो, उसी को कोख में पलती है एक क्रांतिकारी दृष्टि।

ये चरित्र मेरे भीतर हिंडोले की तरह झूले हैं। इन्होंने मुझे गढ़ा है, मैं इन्हें क्या गढ़ूँगी। बस थोड़ा-बहुत 'टच-अप' करके मैं इन्हें आपके सामने रखना चाहूँगी। एक तरह से असूर्यम्पश्चाएँ ही रही हैं ये! बहुत ज्यादा चकाचौंध इनको असहज करेगी, यही सोचकर कविता का धूपछांही विन्यास ही इनके लिए चुना। कम बोलना, कम दीखना, कम खाना-पना, कम से कम में काम चलाकर अधिक से अधिक देना, अधिक लुटाना, कविता का यह सहज संकोची स्वभाव ही उस पीढ़ी की उन स्त्रियों के ज्यदा अनुकूल पड़ेगा—यह सोचकर भी ये चरित्र मैंने कविता में ही ढाले हैं। एक-एक कर आपसे मिलाऊँगी। अगर कहीं से आपका मर्म ये छू पाईं तो यह आवेग भी निहाल! ऐसी उसकी दादी!... मुझे शायद पहली बार मेरे भीतर किसी पुण्योदय का एहसास तैरा! इस औरत का पूरा जीवन मेरी आँखों के आगे अब लहरा रहा था : अब मुलायम होग गये थे पर अपनी जवानी में मरे ससुर भी तो खासे खुर्राट रहे थे।

हर दिन मनुष्य से एक दजा नीचे रह जाने का दर्द मेरे इस राजनीतिक जीवन का एक ही निष्कर्ष है और वह यह कि अच्छाई किसी पार्टी लाइन के ऊपर की चीज है! किसी भी पार्टी में कुछ तो भले लोग होते हैं जो संयोग से पार्टी में आ गये—किसी को पारिवारिक विरासत में यह पार्टी लाइन मिली, किसीको विश्वविद्यालय के किसी मनमोहने गुरु से, कुछ ऐसे भी जिन्हें बचपन से लगता था कि दुनया जैसी है, वैसी होनी तो नहीं चाहिए, फिर उन्होंने... भागो नहीं, दुनिया को बदलो—जैसी किताबें पढ़ीं—वह भी निरे संयोग से—फुटपाथ पर कुछ किताबें पलक-पाँवड़ें बिछाए बैठी थीं—एक से आँखें मिली और दुनिया ही बदल गयी मानो।

तैंतीस करोड़ देवताओं के इस देश में मार्क्स भी एक देवता हैं और सार्त्र भी, फूको भी और देरीदा भी! देवताओं की यह नई वाली अनुसूचित जाति और भी विकट भक्ति-भाव का शिकार है! 'पितु-मातु, सहायक, स्वामी, सखा, तुम्हीं इक नाथ हमारे

हो!' तुम ही मतलब, तुम ही! और सब नालायक हैं! जाएँ चूल्हे-भाड़ में! इस पावन आत्ममुग्धता के शिकार हम हर 'दूसरे' को दूर-दूर, 'बिल-बिल' करने में इस तरह लगे रहते हैं कि जनहित में कुछ ठोस करने की फुर्सत नहीं मिलती। हर पार्टी का हाल यही है! कुछ मनचले नवयुवक, कुछ खा-पीकर अघाए-से लप्पू मोटूमल और थोड़ी-सी रूपगर्विताएँ जिन्हें लगता है कि कुदरत ने रूप और यौवन दिया है और एक चटपटी-सी जबान भी दी है तो जीवन का काम एक ही है—खिलखिल करना, बनना-सँवरना, मन लगाए रहना सबका, सबके मन में मीठी आग जलाए रखना और इस मनलगावन की मजदूरी में कहीं कोई चेयरमैनशिप या मेम्बरी या पार्टी-सीट वगैरह-वगैरह मिलती है तो लप लोकना।

एक तरह से ये ही मैं भी करने को मजबूर हुई। मैं कोई दूध की धोई नहीं हूँ। पार्टियों की रौनक बने बिना पार्टी में आना असम्भव था! बस एक बात का ध्यान रखा कि किसीको उल्लू न बनाऊँ और अपनी ओर से कभी अपने लिए मुँह न खोलूँ? देह का सौदा न करूँ, हाथी का हौदा ही रहने दूँ? इसको... तेरह-चौदह की हुई और स्कूल के लड़कों के रेशमी फोन आने लगे और मैं थोड़ा-थोड़ा उन फोनों की ओर आकर्षित भी दिखी-तब तो माँ और भैया बिल्कुल ही बिफर गये, पर बाबूजी ने अलग कमरे में बुलाकर समझाया—'देखो बेटी और कोई फर्क नहीं लड़के-लड़की में, सिर्फ इतना है कि लड़की की देह और मन थोड़े कोमल होते हैं—उसके चतुर्दिक दोहन की प्राइम साइट—उसको लेकर थोड़ा सतर्क और पॉजेटिव रहो तो अच्छा... इस उम्र के आकर्षण अक्सर दैहिक ही होते हैं... कौन-सा प्रेम निरा आकर्षण नहीं, सच्चा लगाव है—इसका फैसला समय ही करता है—करना तो ज्यादातर ऐसा होता है कि जो औरत को गिराता है, सबसे पहले वह उसकी ही आँखों से गिर जाता है—वो जो अंग्रेजी में कहते हैं न—अनदर फेदर इन द कैप—उससे ज्यादा की औकात नहीं रह जाती उसकी! वैसे तो सबसे ही मिलो-जुलो गपशप करो लेकिन एकान्त में कोई बुलाए तो टाल जाओ।'

इस अन्तिम बात से मैं दरअसल इतना ज्यादा डर गई थी कि जो दैहिक नैकट्ट का लालच दिखाता, उससे मैं कट लेती। लेकिन मेरे जिस मुवक्किल ने मुझे आड़े वक्त सहारा दिया था, उससे मेरे सम्बन्ध हाँ-न करते-करते बन ही गये... और बदनाम भी मैं इस तरह हुई कि जो ऐसा-गैरा नत्थू-खैरा मिलता, कंधे पर हाथ जरूर ही रखता कुछ को तो, खैर, झाड़ देती... पर कुछ ऐसे भी गुणी लोग थे जिन्हें झाड़ नहीं पाई क्योंकि उनकी दोस्ती मुझे अनमोल लगती थी और झाड़ने का मतलब उनकी दोस्ती से हाथ धो बैठना। आत्मसमर्पण तो नहीं किया, पर चूमा-चाटी झेले जा रहे थी वे मेरे कमजोर क्षण थे : द्वंद्वजर्जर और त्रासद! किसी तरह साँस रोक कर काटने पड़ते। उनके लिए मेरे मन में पछतावा है क्योंकि जिन दोस्तियों के मोह वे लालच में इतने आवारा

आलिंगन झेले, इतना लिजिर-पिजिर माफ किया—वे सब दोस्तियाँ निभी भी कहाँ? ईर्ष्या, कहीं अहंकार, कहीं ऊब, कहीं पूर्वग्रह, कोई मनःस्थिति या परिस्थिति आड़े आती ही रही... लोग बिछड़ते ही रहे... कुछ लोग जाते-जाते कुछ लाभ पहुँचाना चाहते और यह मुझे खासा अपमानजनक लगता!...ऐसे ही किसी क्षण ये फैसला किया मुझे जीवन में कुछ ठोस कर दिखाने एक भला-सा अवसर चाहिए जरूर पर किसी शॉटकट से नहीं—मेहनत-मशक्कत के दम से, अपने ही क्षेत्र में विशिष्ट सेवा के बल पर... गॉडमेन, मसलमेन के आसरे नहीं, चाहे जितनी देर लग जाए!

एक बात यह भी समझ में आई कि एकनिष्ठता एक बड़ा आदर्श है और पुंश्चली कहलाने वाली मुझ-जैसी स्त्रियाँ भी दरअसल होती हैं एकनिष्ठ मन ही मन औरों को खारिज करके ही वे किसी नए से जुड़ती हैं। होता यह है कि जिस क्षण कोई पति या पुरुष कहलाने वाला 'पुरुष' स्त्री पर हाथ उठाता है या उसे अपमानजनक शब्द कहता है, उसी क्षण स्त्री का मन उसे पति या प्रेमी के रूप से खारिज करके जिद्दी बच्चे की श्रेणी में बिठा देता है, बराबरी के प्रेम की श्रेणी से सरकाकर सुधारात्मक स्नेह की श्रेणी में बिठा देता है! सामाजिक परिस्थिति और मानसिक बनावट की मजबूरी भी इसको कह सकते हैं कि कई बार न सजा दे पाना सम्भव होता न पाना सम्भव होता, न परे हट पाना—साम-दाम-दण्ड-भेद—कुछ भी सम्भव नहीं होता! संम्भव होतो है या तो बर्दाश्त किए जाना—माफी के स्वाँग के साथ या फिर मन को यह समझाये की जाना कि कभी-न-कभी तो इसे राह पर लाकर ही रहूँगी, विधाता का भेजा हुआ यह रास्ते में आ ही पड़ा है तो बीच-राह छोड़ूँ भी कैसे! यह एक दुराशा है, और इसी दुराशा के दौरान कोई और अगर टकरा गया और उसने भी ऐसा भ्रम पैदा किया अपनी धुआँधार प्रशंसा से कि वह न मिली तो उसका जीवन अधूरा और निरर्थक रह जाएगा—एक नई सुरंग फिर से खुद जाती है, 'खोदा पहाड़ निकली चुहिया', 'पुनर्मूषिको भव' की स्थितियाँ फिर से घुमड़ जाती हैं! इसको कहते हैं मृगतृष्णा!

तारा से मुझको इसलिए भी इतना मोह हो गया है कि कुछ मायनों में वह मेरा आईना है! 'छीनता हो स्वत्व कोई और तो तू त्याग-तप से काम ले यह पाप है/पुण्य है, विच्छित्र कर देना उसे/बढ़ रहा तेरी तरफ जो हाथ है! वाद-विवाद प्रतियोगिताएँ जीतने की खातिर ये पँक्तियाँ काम की हैं, पर इस संक्रमणकाल में संक्रामण रोग की तरह ही यह एहसास फैल रहा है और कुछ नहीं कर सकते तो उस क्षण तो बर्दाश्त कर लो सामने वाले का अपमान और मौका मिलने पर काट दो या कट लो—सभ्य प्रतिकार के तरीके भी तत्क्षण तो इंसान आजमा नहीं पाता—क्या जाने कैसे अज्ञात

भय चित्त पर तारी रहते हैं! कभी दृष्टि ही धुँधला जाती है कि क्या पता क्या सही है क्या गलत है, थोड़ा-सा और देख लेते हैं... कभी-कभी यह भी लगता है कि नियति ही ऐसी थी, झेल लेते हैं यह बार भी–मुर्दे पर जैस दस मन लकड़ी, वैसे बीस मन!... शायद अगला क्षण अधिक प्रकाशमान निकले!

बाद के वर्षों में प्रतिकार की ताकत तारा न खुद में विकसित कर ली, और इससे भी मुझको बहुत बल मिला कि यह तू तू मैं मैं वाला प्रतिशोधमूलक, सस्ता प्रतिकार नहीं था–धैर्यवान, प्रज्ञाप्रकर, अहिंसक प्रतिकार ही था पर इसकी एक स्पष्ट रणनीति थी–'अब लौं नसानी, अब ना नसैहों!'

डॉ. स्पंदन कक्कड़ : निर्गुन कौन देस को बासी

15 जुलाई, 2006

मुसीबत सचमुच अकेली नहीं आती! घटनाओं का एक सूनामी-चक्र हमें इधर-से-उधर अलग-अलग तटों पर उछाल गया है। एक ही नाव के सवार हम इधर-उधर छिटके हुए अच्छी तरह से महसूस कर सकते हैं कि सिंदबाद या गुलिवर को कैसा लगा होगा!

शीरीन की माँ अंतिम साँसें गिन रही हैं। अभी तीन दिन पहले एक दुर्वह मौत भी हुई। तारा के जो जुड़वाँ बच्चे हुए—उसमें से एक घंटे-भर जीकर एक हिचकी की तरह उछला और दिगंत के पार हो गया!...रक्त इतना गिरा कि शीरीन घबराकर मुझे फोन करने लगी। पता नहीं क्या एक इन्फेक्शन था जिससे स्थानीय डॉक्टरों को एड्स का शक हो गया था!

शीरीन मेरे ही भरोसे अपनी बीमार माँ को दिल्ली के उस घर में छोड़ गई थी जहाँ कहने को तो उसके पिता और दो भाई नई हाउसकीपर के साथ रह ही रहे थे पर उन तीनों की उपस्थिति बाल्यखिल्य ऋषियों की हुलुर-मुलुर उपस्थिति थी! अजीब था शीरीन का घर! सारी स्त्रियाँ सनातन माता—सारे पुरुष सनातन बच्चा! एक तरह से देखा जाए तो शीरीन और काननदेवी अतिस्त्रियाँ थीं, डॉक्टर अंसारी और खालिद अतिपुरुष! शाहिद में सम्यक् पुरुष बनने की संभावना थी, वह तो जीनियस भी था, पर उसके दिमाग का तार कहीं ऐसा हिल गया था कि बस उससे स्फुलिंग फूट सकते थे, सतत प्रकाश का स्रोत बन पाना उसके लिए फिलहाल संभव न था!

मेरी समस्या यह थी कि शीरीन को माँ की आसन्न मृत्यु की खबर पहुँचाने की जिम्मेदारी मेरी थी। लाख मैं मनोचिकित्सक होऊँ—पर निजी जीवन में ऐसे संकट के समय मेरे भी हाथ-पाँव वैसे ही फूलते हैं जैसे मेरे मरीजों के! ऐसे कामों में माँ सिद्धहस्त है, मैंने उसका ही मुँह देखा और उसने जो सुझाया, उसका सारांश था कि वो यहाँ का सब-कुछ सँभाल लेगी—यानी डॉक्टर अंसारी, खालिद और शाहिद मियाँ का। शॉक-ऐब्जार्बर वह बनेगी, मैं अगली ही फ्लाइट से पटना चला जाऊँ और जाकर लाऊँ शीरीन को!

हवाई जहाज-जीप-बस-रिक्शा—सब लाँघते-लूँघते जब मैं शीरीन के पास पहुँचा, वह तारा के पास अस्पताल में ही थी!...शीरीन में एक विचित्र बात यह है कि वैसे

तो वह कर्मठ लड़की है, बहादुर बनी रहती है, पूरी मुस्तैदी से सबकी बिगड़ी बनाती हुई—पर मुझको देखते ही लगती है भहराने...मैं भी तो उससे हर बार ऐसे मिलता हूँ कि जैसे बलुआही सुराही पानी से—जब उसमें पहली दफा पानी भरा जाता है, रोम-रोम उसका पानी पीता है!

इसके पहले कि मैं उससे कुछ कह पाता, वह ही मुझसे बोली—"अब तो मैं तुमको यहाँ से बिल्कुल ही जाने नहीं दूँगी! अच्छी-भली तो थी यह तारा...पता नहीं इसको हुआ क्या...कोई नर्वस ब्रेकडाउन-सा बताता है, कोई एड्स...देखो, दिल्ली महानगर है, बहुतेरे अच्छे चिकित्सक वहाँ हैं।—तुम्हारी जरूरत यहाँ है! ममा को समझा लो—किसी तरह! यहीं 'जोगनिया कोठी' में अपनी क्लिनिक खोलो!...ढेला बाई की वो जोगनिया कोठी जिसमें मैं सेक्स वर्करों के बच्चों का रेसिडेंशियल स्कूल और उन सब स्त्रियों का 'स्वावलंबन केंद्र' खोलना चाहती हूँ जिनका जीवन किसी कारण पटरी से उतर गया।...हम दोनों ने मिलकर जो सपना देखा, पूरा करने का वक्त आ गया है। वंचितों का एक संयुक्त परिवार छोटे-से छोटे शहर में चले—लॉजबेस्ड परिवार जिसकी सदस्यता का निर्णय रक्त संबंध न करे—आत्मा के रिश्ते करें! यहाँ उस शहर में वह केंद्र भिखारी ठाकुर और महेंदर मिसिर वाली ढेला बाई की 'जोगनिया कोठी' में खुलेगा।...आज तुम्हें एक रहस्य बताती हूँ—तुमसे मैंने अक्सर कहा है कि जीवन का एक रहस्य है जो मैंने तुम्हें भी नहीं बताया—वह रहस्य मेरी माँ से जुड़ा है—

'जोगनिया कोठी' वाली ढेला बाई मेरी अपनी माँ की नानी थी! माँ को पाल-पोसकर शांतिनिकेतन में पढ़ाया। उनके दूसरे अतुल प्रेमी—डॉ॰ बोस ने...पर रक्त वही है—शादी के पहले इतना तो तुम जान ही जाओ कि एक स्थापित कोठेवाली का रक्त मुझमें है! माँ तो नहीं, पर तुम्हारे बाबा इतने पुराने खयालों के हैं कि मेरा आधा मुसलमान होना ही उनको शशोपंज में डाले था, अब सुनेंगे कि कोठेवालियों के घर की हूँ तो और भी चौंकेंगे—पर उनको समझा देना कि 'जोगनिया कोठी' साधारण कोठा नहीं था, क्रांतिकारियों की शरणस्थली भी था...और अब वेश्याओं का पुनर्वास केंद्र—'पुनर्वसु' बनकर वह दमकेगा! तारा उसकी प्रधान होगी...कम-से-कम इस वाले केंद्र की प्रधान, क्योंकि उसकी माँ भी यहीं की थी...।

लेकिन यह सब बाद में! पहले तो तुम उसको अच्छा करो!...तुमको इसके नर्वस ब्रेकडाउन की खबर किसने की? माँ कैसी है? इस तरह अचानक कैसे आए?"

एक सुर में इतनी बातें शीरीन कह गई कि अकबकाया ही खड़ा रहा...तंद्रा टूटी तो उसको कमरे में ले जाकर किसी-किसी तरह पूरी बात बताई, किसी-किसी तरह सँभाला, सँभाला क्या—कॉम्पोज़ देकर सुला ही दिया!

शाम तलक वह जगी तो फटी आँखों और विदीर्ण आवाज़ से उसने मुझे अपना फैसला यह सुनाया कि वह माँ के पास अकेली जाएगी...उसके पीछे उसकी तारा की केस-हिस्ट्री समझकर, उसको अच्छा करके रखूँ!

तारा : पेड़ हैं माँ के हरे स्तन

2 अगस्त, 2006

छत टपक रही है, दूध के आवेग से मेरी छाती भी! रंध्र-रंध्र बींधती हुई नन्ही बूँदें ...कितने मनोयोग और धीरज से...किसी एक कणिका के चारों तरफ इकट्ठा होकर, गुलियाकर एक बड़ी बूँद बनती है...और फिर अपना ही भार सह नहीं पातीं—अदबदाकर टपक जाती हैं—टप्प! ये बूँदें लोकने वाला तो कोई नहीं!

कभी मेरे टखने पर, कभी काँख के नीचे...थोड़ी-थोड़ी देर पर जो टपकती हैं—उन बूँदों से मेरा क्या रिश्ता होगा भला?

कितना हरा है यह नया शहर! नया? वैसे मैं जन्मी यहीं थी! जब मेरे बच्चे होने को हुए—तब तक तो मेरा परिवार पूरी तरह उजड़ चुका था, पर परिवार के बाहर भी एक परिवार होता है...जैसे चाँद के चारों ओर एक और चाँद जिसकी कोई तय परिमिति नहीं होगी...अनाम दोस्तों और समदुखभोगियों का एक क्षीण-सा प्रभामंडल ...उसके ही आसरे यह तय किया कि जन्म दूँगी वहीं जहाँ लिया था! तेरा तुझको सौंपता, का लागे है मोय!...

पुकारो...आवाज दो...उन जुड़वाँ पखेरुओं को जो मेरे भीतर के आकाश में नौ महीने और दस दिन उड़े!...एक उड़ता-उड़ता कहाँ गया? पार कर गया सारी हद-बेहद? दूसरा छाती से चिपटा पड़ा है...अपने जुड़वाँ भाई के विरह में दूध भी नहीं पी रहा! पी रहा? नहीं, पी रही, जो बची है, वह बच्ची है! 'बचना' का 'बच' तत्त्व 'च्च' और ई के अफसोसी हहासों से मिलकर ही जैसी 'बच्ची' बनाता है! मोनकिया माय घुटनों पर अलट-पलटकर उसकी तेलमालिश करती हुई गा रही है :

'कुहूकू—कुहूकू '
बेटा भेल, मर गेल, बेटी भेल, जी गेल...
कुहूकू—कुहूकू....

ये मरना क्या होता है? कहते तो हैं लोग कि मैं भी मौत में गोते लगाकर लौटी हूँ ...क्या हुआ था मुझे? मॉर्फीन की सुइयाँ अब तक लगी हैं!...रह-रहकर नींद आ जाती है! स्वप्न और जागरण के बीच का झुटपुटा है यह।

एक 'हलो' खुद को

3 अगस्त, 2006

धीरे-धीरे आ रही हूँ...सतह पर...खुद को मैंने 'हलो' कहा है...जैसे कोई अपार-अपरंपार 'ओडिसी' खत्म हुई है...खत्म हो गई क्या? एक भयानक समुद्र-यात्रा...शायद मैंने एक लंबा सपना देखा है...सपना कि मैं बंदी हूँ! अपनी ही देह में कैद...एक तहखाना था!...प्रकाश कभी-कभी आता, दरवाजे तक आकर उल्टे पाँव लौट जाता...या शायद एक स्वप्नहीन नींद ही जीती रही इतने दिन।...पानी...अतल पानी!...कुछ जहाज डूब गये, पनडुब्बियाँ अब तक इधर-उधर हाब-डीब करती नजर आती हैं...

सरकारी अस्पताल के इस जनाना वार्ड में हर बिस्तर एक पनडुब्बी है!

इस शहर की खासियत है कि तालमखाना की खेती भी सदर अस्पताल के कंपाउंड में होती है! लीची की एक बड़ी-सी डाली वार्ड की बाईं खिड़की की छड़ों में सूँड घुसाए कुछ सूँघ रही है! जब मंजरियाँ लगती होंगी, मॉर्फीन, फिनायल, डेटॉल वगैरह-वगैरह की अजब-गजब गंधों से मिलकर क्या-क्या बतियाती होंगी वे भला! एक गंध दूसरी के कान में क्या कहती होगी?

फिलहाल तो केले के पत्तों और कटहल के कोओं की मादक-सी गंध से छवाया पड़ा है ये अस्पताल-परिवार!

फिर पलकें झपक रही हैं! ये मैं कहाँ आ गयी? एक उद्दाम लहर ने मुझको जहाँ फेंका—दरअसल सब्जबाग है। ये सब्जबाग मुझे किसने दिखाया?

प्रोफेसर अंसारी कहते थे—सूफियों के यहाँ दो तरह के बाग हैं—एक हरा बाग़, दूसरा काला! हरा बाग़ कामनाओं का बाग है। नंदन-कानन! ईडेन! और काले बाग में काली मेहँदी उगती है और कुछ भी नहीं! लेकिन वह काली मेहँदी सुड़कना इतना आसान नहीं! उस काले बाग में रूहों का पहरा है! रूहें रहती हैं उस बाग़ में—उन कामनाओं की जो कभी पूरी नहीं होंगी!

रजस्वला औरतें सब्जबाग में रहती हैं। बाद के वर्षों में उन्हें मिल जाता है देशनिकाला! स्याहबाग में वे सियापा करती हैं—जनमते ही मुरझा गई कामनाओं का!

अभी-अभी मेरी भी कामना मुरझाई! क्या मेरे बच्चे की रूह भी उसी स्याहबाग में पनाह पा गई होगी?

आज सातवाँ दिन है! सातवें दिन रूह के पंख से सारी मिट्टी झड़ जाती है! सातवें दिन रूह अपने भीतर के पानियों से निकल आती है! उसकी कनपटियों से पानी टपकता है! टपका हुआ पानी जाता कहाँ है! क्या कोई पानी ऐसा भी होता होगा जिसमें कोई मिट्टी नहीं बची? क्या कोई आग ऐसी होती होगी जिसमें पानी नहीं बचा?

जब बवंडर उठते हैं—मिट्टी आकाश की तरफ हहा-हहाकर दौड़ती है। आसमान तब क्या झुककर मिट्टी का माथा चूम लेता है? क्या वो मेरी नन्ही-सी जान झुककर अपने छोटे-छोटे होंठों से मेरा माथा चूमेगी? मेरा दुद्धू उसी आवेग में चुभलाकर पकड़ेगी कभी?

पेड़-धरती के हरे स्तन! हरियाली दूध की तरह टभकती है पेड़ों में।

एक डाल से मेरे अँचरा में जुड़वा फल गिरे। आँचल में एक छेद था! एक छाती अनछुई है! एक से बच्ची सटी है! एक छाती टभक रही है!

सब्ज़बाग में जो चिड़ियाँ उड़ती हैं—उनके डैने लंबे होते हैं! लंबे और काले! एकदम से काले भी नहीं—स्याह-सफेद! जब कोई कामना सिहरती है—कहीं किसी मन में—डैनों में रोएँ सिहरते हैं।

क्या कुदरत के जुड़वाँ बच्चे हैं स्याह-सफेद? कुदरत तो कुदरत है—महती और महिमामयी! मजबूर माँ वह नहीं! वह दोनों को जिंदा रखती है। अपनी हरियाली पिलाकर! दोनों के खेल देखती है बैठी-बैठी!

हरी हवा

4 अगस्त, 2006

आज तबीयत कुछ अच्छी है। भीगे पौधों में कंघी कर रही है हवा! एक अजब खुशबू हवा में है। बच्चे के पुलुर-पुलुर चानी की खुशबू! प्रकृति से बच्चे का नाभिनाल-संबंध जब तक नहीं टूटता, उसके माथे से और तलवे से हरी-हरी खुशबू नहीं जाती! यह हरी खुशबू अमरता की होती होगी!

ऐसी ही किसी हरी खुशबू से घिरकर जाने किस सब्जबाग़ में मेरे वो अर्द्धसंन्यस्त पिता अंतिम दफा मेरी माँ से मिले थे!

माँ ने अंतिम घड़ी तक बाबू को माफ न किया! आज तक उनके वे शब्द हर आँधी में सूखे पत्तों से उधियाते आते हैं। और मेरी पसिनाई गर्दन से आकर चिपक जाते है...गड़ते हैं मुझको! मैं उनको नोचकर फेंक देना चाहती हूँ पर वे जैसे मेरे वजूद पर चस्पां हैं :

"कहते तो हैं, घर का जोगी जोगड़ा, आन गाँव का सिद्ध! तेरा वो निकम्मा बप्सी आन गाँव का सिद्ध होने की खातिर मुजफ्फरपुर से दिल्ली जब भागा...तू मेरे पेट में थी! सब समझते थे कि बउआजी तो जोगी हैं, घरवास छोड़ दिया है उन्होंने, गुरु का कमंडल ढोते फिरते हैं—नगर-नगर, डगर-डगर...लेकिन ढोंगरिया देवचन ठाकुर के लीची बगान में घर छोड़ देने के बाद भी तीन दफा मुझसे मिला—बुकलू के बेटे से गुप्त संदेसा पेठवाता कि पूरे चाँद की रात को एक बार मिल जाऊँ—किसी से बताए बगैर ...बड़ी जरूरी बात है!

और औरत का मन—मान से, मनौती से, शक से, डर-अपडर से, आसा-दुरासा से पटा हुआ हल-हल मन लिए-दिए, हाँ-ना करती-करती जब मैं पहुँचती तो बात और भला कौन-सी होती...वही रोना-धोना—रो-रोकर अँचरा भिगा देते—

'क्या तूने जादू-टोना किया है! क्यों तेरी याद धुआँधार आती है? क्यों मेरा माथा फिराती है? और फिराती है तो ले, अब अँकवार भी ले...लेकिन खबरदार, कहना मत—किसी से नहीं कहना! थान पर के बाबा जान जाएँगे तो न मेरी खैर, न तेरी!

...एक बार जोगी की मानता मिलने की देरी है! फिर तुझको तेरे हक की जमीन खुद मैं दिलवाऊँगा—साधु के बचन कौन काटेगा, बोल!'

'साधु के बचन तो साधु खुद काट गया'...माँ तड़पकर कहती—'मुझको मँझदार में छोड़कर क्या जाने कहाँ भागा!...यहाँ घर-मुहल्ले में कोई कैसे मानता कि तू साधुबाबा की अपनी ही संतान है...वो मेरी थू-थू हुई कि मैं ही जानती हूँ! तीन बरस की तू हुई तो तेरे रिश्ते का चाचा जो दिल्ली के फुटपाथों पर रेहड़ी लगाने लगा था, एक दिन एक पोस्टर देखकर मुझसे फोन पर बोला—

"भैया का पता चल गया, भौजी! वे छतरपुर मंदिर में रहते हैं! स्टेशन पर एक पोस्टर लगा है! वहाँ बड़े साधु बाबा के पीछे सिमटे बैठे छोटे साधु बाबा वे ही हैं ...अगली छुट्टी में तुम्हें साथ लाऊँगा और हवाले करूँगा... ।"

"मुझको तो क्या हवाले होना था! मैं तो भगवान के हवाले थी! लेकिन हाँ, अब जब समर्थ हो गया था वो—तुझको उसके हवाले करने की मंशा से मैं दिल्ली चली आयी..."

उसके बाद की कहानी तो मुझको पता ही थी!...जब कोई झाड़फानूस या मिट्टी-भांडा काफी ऊँचाई से गिरकर झनाक फूट जाता है, हम घर की औरतें चटाक्-चटाक् उसका एक-एक कतरा बुहारकर किनारे करती हैं—उसी तरह अपना यह आगे का किस्सा एक किनारे लगाने बैठी हूँ—और मनोचिकित्सक और अतव्य सखा, शीरीन के मंगेतर डॉ. स्पन्दन कक्कड़ का कहना है कि लिखना थेरेपी हैं। चूँकि उनका कहना टाल नहीं सकती लिखना पड़ेगा। पर टूटा झाड़ फानूस बुहारती झाड़ू की हड़बड़ी में मेरी कलम चलेगी। ये मेरे जीवन के कड़वे प्रसंग हैं, रस लेकर सुना नहीं सकती जल्दी-जल्दी घसीटूँगी। एक सारे वे दिलतोड़ विवरण मैं जल्दी-जल्दी किनारे लगाऊँगी!

हाँ तो, आगे का किस्सा संक्षेप में यह है कि अपने जिस देवर के साथ माँ मुझको आँचल में छिपाए दिल्ली आई, एक अदद नौकरी के लालच में वह उसको एक चकलाघर में बेच गया...चकलाघर में बाकी बच्चों के साथ धीरे-धीरे मैं भी बढ़ने लगी!

मेरी हैड अ लिट्ल लैम : सन् सत्तर का जमाना

माँ धंधेवाली औरत थी! जल्दी-जल्दी उसको कितने तो गाहक निबटाने होते थे! इतनी तो छोटी-सी खोली थी—वहाँ जी.बी. रोड पर! कभी-कभी तो मुझको खटिया के नीचे खिसकाकर ऊपर जल्दी अपने काम निबटाती और फिर जो भी पैसे मिलते, उसे छातियों के बीच खोंस समोसे खिला लाती मुझको!

ठीक ही जा रहा था जीवन! मुश्किल तो तब हुई जब सेक्स-वर्कर्स के बच्चों को स्कूल भेजने का अभियान चला! कुछ मिशनरी सामने आए!...प्रवेश परीक्षा के वक्त फादर फर्नांडिस मुझे एक ओर ले गये और एकांत देखते ही मैं यांत्रिक भाव से लहँगा उठाकर खड़ी हो गयी।...कोई मर्द किसी लड़की/औरत को कोने में एक ओर ले जाए तो इसका क्या अर्थ है? चार बरस की उम्र में मेरे मन पर तो यही एक अर्थ जड़ा था!

अब सोचती हूँ तो शर्म से गड़ जाती हूँ! बेचारे फादर के गाल एकदम से कैसे लाल हो गये होंगे! ज्यादा तो याद नहीं है लेकिन इतना समझती हूँ—जल्दी ही उन्होंने अपने को प्रकृतस्थ करके मुझे सिस्टर के हवाले किया और एक झक्क सफेद रूमाल से अपना पसीना पोंछते हुए प्रवेश-परीक्षा की कार्रवाई जारी रखी!

उस समय तो क्या हुआ, मैं खास समझी नहीं, आज सोचकर हँसी आती है कि उस दिन की उनकी डायरी कैसी भयंकर रही होगी! उन्होंने मुझको खाने का 'फोर्क' दिखाकर पूछा—'यह क्या है?' और मैं उसको उलट-पलटकर, काफी दिमाग लगाकर बोली—'त्रिशूल...शिवजी का त्रिशूल! हमारी खोली में शिवजी की इतनी बड़ी-सी तस्वीर टँगी है!'

अभी वे उस झटके से उबर भी न पाए होंगे कि 'केक पर जलती मोमबत्तियों' की व्याख्या में मैंने लरजकर कहा—"दीवाली...दीवाली मन रही है!"

फादर फर्नांडिस सचमुच दयालु थे! छोटे-से ईसामसीह! इतने भयानक सांस्कृतिक झटकों के बावजूद उन्होंने मुझको प्रवेश दे ही दिया...इस शर्त के साथ कि रहूँगी मैं स्कूल की डॉरमेटरी में और छुट्टियों में भी 'घर' नहीं जा सकूँगी!

इसी बात पर मेरी माँ तड़पकर बोली—'छुट्टियों में जाने के लिए इसके पास एक और जगह है...इसका बाप यहीं दिल्ली में है—आप उसे ढूँढ़ निकालने में मेरी मदद कर दें! पता तो है मेरे पास...पर अकेले जाते डर लगता है, मान भी होता है...!!!'

दुःखों पर वो तुतमलंगा

6 अगस्त, 2006

टूटी-फूटी हिचकियों—जैसे ये मेरे खंड उठ रहे हैं!...डिप्रेशन की दवाओं में बस ये ही खराबी है! ज्यादा समय सुलाए रखती हैं और कभी करती हैं तो इतना 'हाई' कर देती हैं कि मारे गुस्से के एक-एक नस फटने लगती है।

आज मुझे सुबह से बहुत ज्यादा गुस्सा आ रहा है! हर तरफ सुइयों से कुछ ऐसे बँधी हूँ कि कोई क्लासिकल-सा आदमी आए—पं. इंद्रकांत झा जैसा—तो दुःखों की शर-शय्या पर सोया भीष्म पितामह ही समझे मुझे!

पता नहीं, यह डॉक्टर कक्कड़ किस फेर में मुझको डाल रहे हैं! क्यों लिखवा रहे हैं मुझसे यह अपनी बेसुरी-सी आत्मकथा! शीरीन के बालसखा नहीं होते तो मैं इनकी एक नहीं सुनती! लेकिन शीरीन के परिवार से मेरा जो रिश्ता है, जैसी परिस्थितियों से उसने मुझे उबारा है...मैं उनकी कोई बात टालने की स्थिति में नहीं हूँ! लेकिन इस बात का नाजायज फायदा भी तो वह उठा रही है! अपने हाथों का खिलौना बना रखा है मुझको!

कितनी बार तो मैं चीखी-चिल्लाई, शीरीन को तकिए से भी मारा कि लिखना-विखना क्या : "दुःख दिखाने की चीज है—ऐसा मैं नहीं मानती! अधोभाग की तरह दुःख भी रह-रहकर अनावृत्त होने की चीज नहीं है! इससे उसमें इन्फेक्शन हो जाता है!"

मेरी भाषा के भदेस का बुरा मानने की जरूरत नहीं है, पर जीवन के बारह बरस कॉलगर्ल के रूप में कई बिस्तरों पर लुढ़क-पुढ़क लेने के बाद आज मैं सचमुच इसी निष्कर्ष पर पहुँचती-सी जान पड़ती हूँ कि दुःख भी गुप्तांग की तरह जहाँ-तहाँ खोल नहीं देने चाहिए! पॉजेसिव होना ही चाहिए इन्हें लेकर! गरीब आदमी के स्वाभिमान की तरह औरत के दुःखादि गुप्तांग उसकी अमोलक निधि हैं...!

कुंडलिनी : सन् अस्सी-नब्बे का जमाना

वैसे तो अपने भगोड़े पिता, तांत्रिक बलदेव शास्त्री से मेरा छत्तीस का ही आँकड़ा रहा लेकिन भाषा वे कुछ अजब बोलते थे! उस भाषा में मोहिनी शक्ति थी! चार से सत्रह बरस तक की सब छुट्टियाँ चूँकि उनके मेहरौली वाले आश्रम में ही बीतीं—चाहते-न-चाहते—उनके कुछ शब्द मेरे संस्कार में समा गये-से दीखते हैं!

एक शब्द था—मूलाधार! मूलाधार चक्र! कहते थे; "कुण्डलिनी शक्ति वहीं सोई रहती है—उसे जगाकर ऊपर ब्रह्मरंध्र में भेजना होता है जैसे कि तुझको जगाकर स्कूल भेजता हूँ!"...इस मूलाधार चक्र में एक एकतारा है—आ, मैं सहलाकर झनका दूँ उसे...! कितना मैं डर जाती थी उनकी उन तेज-तेज साँसों से! थोड़ी ही देर बाद वे भी लजाकर ज्ञान-विज्ञान की बातें समझाने लगते थे जैसे कि कोई भरपाई जरूरी हो!

खैर, उनका एहसान यही कम नहीं कि मिशनरी स्कूल में मेरी पढ़ाई जारी रखी ! और तो और...अपने बड़े हाकिमों से कह-सुनकर अमरीका मुझको पढ़ने भेजा! बीच में तीन साल तीन महीने वे मुझसे नाराज रहे—अम्मा की किसी बात पर मैं उनसे बुरी तरह झगड़ पड़ी थी! उतने दिन उन्होंने मेरी पढ़ाई का खर्चा बन्द कर दिया...माँ अलग बीमार थी—अस्पताल में! उन दिनों कुछ दिन मैंने ट्यूशन की और कॉलगर्ल के एक रैकट में काम कर लिया। मरते-मरते माँ ही वापस गई बप्पा के आश्रम जहाँ विदेशियों के पैसों पर बप्पा और उनके गुरुजन खूब ऐश करते थे। दिन-भर भोग और भाषण!

असली मुश्किल मेरी तब शुरू हुई जब ढेर-सा एज्युकेशन लोन लेकर मैं अमरीका गई तो, पीछे से वह लोन रद्द हो गया, एक स्कैंडल में बप्पा जेल गये...और गवाही देने का प्रश्न उठा तो किसी राजनेता के गुर्गों के आश्रम-समेत उन्हें एकदम से स्वाहा कर दिया!

संक्षेप में कहें तो चोरी का माल मोरी में गया लेकिन वहाँ अमरीका में तो मेरे जीवन की दिशा ही बदल गई! दाने-दाने को मुहताज हो गई मैं...फिर क्या हुआ—यह दोहराने का धीरज मुझमें नहीं है! एक पंक्ति में कहूँ तो ये कहना होगा स्टूडेंट्ज वीज़ा ऑफिस से जब ये खबर आयी कि आगे अब मैं पढ़ाई जारी नहीं रख सकती, तुरत

मुझे लौटना होगा—मेरा एक अमरीकी क्लासमेट, पीटर जो मुझसे प्रेम के बड़े दावे करता था, मुस्कुराकर बोला—"ये तो कोई बड़ी समस्या नहीं, मैं अमरीकी नागरिक हूँ, यदि तुम मुझसे शादी कर लो तो स्वयमेव अमरीकी नागरिक बनने की योग्यता पा जाओगी...बाद में कुछ पैसे लेकर मैं तुम्हें तलाक भी दे सकता हूँ!"... मैं उससे इतनी उपकृत थी कि मेरी कल्पना में भी नहीं समाया कि अंतिम बात उसने मजाक में नहीं कही है और वह मुझे पैसों के लिए सचमुच नाच नचा सकता है!

उन दिनों की अपनी डायरी पढ़ाकर छुट्टी करती हूँ ...!! विश्वायन के बाद के एक कॉलगर्ल की डायरी! अंतर्राष्ट्रीय नेक्सस पर औरत की दुर्गति का किस्सा...एक पढ़ी-लिखी औरत की दुर्गति का ...

× × ×

2000 में मैं सोशल ऐन्थ्रॉपॉलॉजी में डॉक्टरेट के लिए चुनी गई थी! स्कॉलरशिप रद्द होने के बाद ऍडहॉक या पार्टटाइम लेक्चर के सिवा कुछ भी मिलना कठिन था। दुर्भिक्ष के धान की तरह टीचिंग असाइनमेंट मिल भी जाता था तो कभी-कभी!

जब मैंने एस्कोर्ट सर्विस के जरिए कॉलगर्ल वाला असाइनमेंट लिया, उस समय सेमेस्टर-दर-सेमेस्टर कुछ लेक्चर भी कहीं-कहीं मिलते रहे! और मैं दो पाली की समानांतर जिंदगी जीती सोचती रही कि जिंदगी अपने हर रूप में न्यारी है! अभी दो महीने पहले मैं कहीं की नहीं थी—एक साल तक मेरे साथ रहा मेरा प्रेमी मेरी बची-खुची सारी पूँजी लेकर नयी गर्लफ्रेंड के साथ चंपत हो चुका था। रोती-झींकती-कलपती कुढ़ती बैठी रहती—इससे तो अच्छा था, दो-दो पालियों में व्यस्त हो गयी।

× × ×

'पीच' नाम की संस्था थी जिसने पढ़ी-लिखी लड़कियों का विज्ञापन दिया था। यूनिवर्सिटी फैकल्टी, स्टॉक ब्रॉकर, बड़े रॉक स्टार और वकील इसके मुवक्किल थे। जब कभी ये किसी मीटिंग या टुअर में अपने शहर से बाहर आते थे, शाम काटने के लिए इन्हें लड़कियों की 'अच्छी' कंपनी चाहिए होती थी! एक सिद्ध 'प्रोफेशनल' की तरह हमें उनसे मिलना होता था। हमारी स्थिति मुफ्त में तरह-तरह के दैहिक संताप झेलने वाली वेटरेसेज और दूसरे वेट-स्टाफ से तो बेहतर थी।

कभी-कभी सिर्फ 'कंपनी' के लिए लोग हमें बुलाते थे! 'फ्रैंकी और जॉनी' फिल्म का वह दृश्य याद कीजिए जब तुरत-तुरत जेल से बाहर आया एल पैसीनो बाँहों में भरकर सुला-भर लेने के लिए एक लड़की चाहता है! कई लोग धैर्य से और ध्यान से बातें सुन लेने वाले की मुश्किल तलाश में हमसे मिलते थे।

लेकिन हाँ, ज्यादातर लोगों को एक भरपूर सेक्स की अतृप्त खोज ही हमारे पास लाती थी!

× × ×

जिस समय वह पीटर का बच्चा मेरा समस्त बैंक-बैलेंस हसोथकर नई गर्लफ्रेंड के साथ कहीं भाग गया, नया सेमेस्टर शुरू होने में दो माह की देर थी और मेरे पास सिर्फ इतने पैसे बचे थे कि एक शाम पीकर टुल्ली हो सकूँ या भरपूर रो-धो सकूँ!

अगली सुबह जब नशा उतरा, मैंने एक सूची बनायी! सूची बनाना मुझे पसंद है! इससे मुझे यह झूठी दिलासा तो मिल जाती है कि चीजें मेरे नियंत्रण में हैं। मैंने सूची बनायी कि किस-किस तरीके से पैसे कमाए जा सकते हैं!

यह हद से ज़्यादा छोटी सूची थी। मुझको निराशा हुई। 'सरकारी सहायता' सूची में शामिल तो थी पर उससे उम्मीद रखना बड़ी बेवकूफी थी। एक मेरे रिश्ते की बुआ इधर ब्याही थीं, पर अपने अच्छे दिनों में जब गयी नहीं तो अब किस मुँह से उनके पास जाती! एक बार प्रेम में पड़ो तो रिश्तेदार क्या, ख़ुदा को याद करने की भी फुर्सत नहीं मिलती! पीटर पर विश्वास करना मेरी भूल थी, इस भूल की सजा वैसे भी, कोई रिश्तेदार क्यों भुगतता!

बाकी आइटमों पर गौर फरमाया और 'चाइल्ड केयर' काट दिया! बच्चे सँभालना कठिन कार्य था! और दिन-भर की खटनी के पैसे भी यहाँ बहुत कम थे!

झाड़ू-पोंछा मुझको आता नहीं था। फिर, वह ड्रेजरी योथी खटनी थी और वहाँ भी कौन बहुत ज्यादा पैसे थे।

'कैम्पस न्यूज' के कुछ विज्ञापन भी छाँट रखे थे! उनके फेरे में एक पब्लिक बूथ से 200 के कॉल किए और बटुआ झाड़कर, सर पकड़कर वहीं बैठ गयी!...तभी वह मिला—वह 'विली' जिसने मुझे 'पीच' वाली मैडम का नंबर दिया और उन्हें कॉल कर लेने के पैसे भी!

मैडम की आवाज इतनी तटस्थ और शिष्ट थी जितनी कि ईश्वर की हो सकती है! ठंडी मिठास के साथ उन्होंने समझाया : "यदि तुम्हें आदमी की आवाज अच्छी न लगे तो फोन पर मना कर दो! बहाना बना दो! मैं तुम्हें कुछ नहीं कहूँगी—लेकिन तुम गाहक चुराना मत!"

"गाहक चुराने का क्या मतलब?"

"अपना नंबर उनको देकर सीधा उनसे डील करना ही गाहक चुराना है! एजेंसी के जरिए ही गाहक तुमसे आएँ—यह एकदम जरूरी है।...एक घंटे से ज्यादा साथ रहना जरूरी नहीं। काम करो, सात डॉलर हमको दो और घर वापस जाओ! बाकी के सारे पैसे और बख्शीश भी तुम्हारी ही!

"क्या आज से ही काम शुरू कर सकती हो?"

"आज से ही?" मुझको पेशाब लग गया।

"कोई बात नहीं! तुम्हारे पास विश्वविद्यालय की डिग्री है! आजवाला गाहक एक कलाकार है! अगर तुम इतनी ही सुंदर हो जितनी कि इंटरनेट की फोटो बताती है तो उसे तुम्हारे अस्त-व्यस्त कपड़े भी ठीक ही लगेंगे!...वैसे तुम चाहो तो मेरा नाम लेकर 'प्रिटी वुमन' ब्यूटी-पार्लर चली जाओ! वे तुम्हें साफ कपड़े उधार दे देंगी और कंडोम भी! तुम लौटते वक्त उनका हिसाब चुकता करती जाना!"

इस तरह एक बार फिर मेरा एक पोशीदा जीवन शुरू हुआ! यहाँ मेरा पहला गाहक रूमानी किस्म का था! उसके साथ एक घंटा बिताना कठिन नहीं था! आते समय उसने मुझे गर्दन पर पप्पी भी दी!...उसका बिस्तर गुदगुदा था। एक मन हुआ कि रात यहीं गुजार लूँ लेकिन कुछ देर बाद ही उसकी इसी मोटेल में किसी और के साथ बैठक थी! कोई प्रोड्यूसर आनेवाला था!

मैं नींद में चलती अपने कमरे तक गयी! और आश्चर्य की बात यह कि निश्चिंत ही सोयी! कहीं कोई अपराध-बोध भी नहीं था। सिर्फ एक बार माँ का रुआँसा-सा चेहरा याद आया और बचपन की वह घटना भी याद आयी जब मेरे रिश्ते के चाचा ने मुझे जरा ज्यादा ही मसल दिया था विदा लेते समय माँ के नथुने फड़क उठे थे!

उसके इलाज और अपनी पढ़ाई का खर्चा उठाने की खातिर दिल्ली में जो कुछ दिन यह धंधा किया था, उससे छुपाकर किया था। वह बेचारी सोचती थी कि सिर्फ ट्यूशन से इतने पैसे उगाह रही हूँ!

17.07.2001

अगले दिन एक कम्युनिटी-कॉलेज में शाम की क्लास थी! कोर्स का नाम था—'मृत्यु और मृत्यु बोध'! एक सैनिक अस्पताल से पंजीकृत नर्सें आयी थीं। यह कोर्स कर लेने के बाद ही उनको बी.एस.एन. का सर्टिफिकेट मिल पाता! मैं तो मृत्यु के बारे में सिर्फ बात करने आयी थी, मेरी छात्र-छात्राएँ रोज मृत्यु से डील करती थीं। 'पीच' वाला काम करने के बाद से मेरी जेब जरा भारी थी और माथा भी कुछ ऊँचा था, पर रोज मृत्यु से डील कर लेने वाले इन युवकों को 'मृत्यु' पढ़ाने की बात मुझे खास तरह के विनय से भर गयी।

उस दिन के लेक्चर का शीर्षक था—'युद्ध और मृत्यु'। मैं उन्हें अपनी तरफ से नहीं बताना चाहती थी कि युद्ध अच्छा है या बुरा, मैं उनकी बहुमूल्य मान्यताओं को बस चुनौती देना चाहती थी ताकि वे खुद अपने निष्कर्षों, निर्णय-अनिर्णय तक पहुँचें!

इस विषय पर दो कविताएँ कंठस्थ करके मैं आयी थी! कविताएँ मैं जब क्लास में सुनाती थी—कंठस्थ करके ही! पहली कविता थी एडना सेंट विन्सेंट मिले की 'द कन्सेन्शियस ऑब्जेक्टर' और दूसरी रैन्डैल जैरेल की 'लॉसेज'! कविताएँ सुनाती हुई मैं अपनी छात्र-छात्राओं की मुखमुद्रा पढ़ती जाती थी, ये प्रतिक्रियाएँ ही मैं अपनी बाद

की चर्चा में गूँथने वाली थी!...और तभी एक क्षण के लिए...क्या जाने कैसे—कल रात होटेल का नौकानुमा वह पलंग याद आया, उस कथाकार-गाहक की पप्पी भी याद आ गयी जो उसने पैसे देने के बाद यों ही चलते-चलते गर्दन पर दी थी...एक तरह का धन्यवाद! शायद वह बहुत अकेला था!...लेक्चर देते-देते एक बार मैंने अपनी स्कर्ट की जेब भी छूकर देखी कि पैसे हैं न!

पैसे थे और यह एक अच्छी अनुभूति थी! अपने शरीर के बाहर निकलकर फास्ट फॉर्वर्ड में मैंने कल रात का समूचा दृश्य एक बार फिर निरखा और अपने को आश्वस्त किया कि पीटर मुझे छोड़कर किसी और के साथ चला गया—इसमें मेरी कोई गलती नहीं थी! मैं तो तीस साल की उम्र में भी सुंदर हूँ, कमनीय भी—सुंदर और कमनीय होने का सर्टिफिकेट पैसे तो थे ही, वह पप्पी भी थी! यह एक बहुत बड़ा एहसास था!

मन-ही-मन दौड़कर मैं वापस लेक्चर पर आयी! जैरेल की अंतिम पंक्तियाँ कक्षा में गूँज रही थीं :

बट द नाइट आई डायड
आई ड्रीम्ड दैट आइ वॉज डेड
ऐंड द सिटीज सेड टु मी :
वाइ आर यू डाइंग?
वी आर सैटिसफायड इफ यू आर :
बट वाइ डिड आई डाई?
(*जिस रात मैं मरा था,*
रात में मैंने सपना देखा था
कि मर गया हूँ मैं और शहर-कस्बे
पूछ रहे हैं मुझसे—
क्यों मर रहे हो :
यदि तुम्हें संतोष है तो हमें भी है :
लेकिन मैं क्यों मर गया था?)

पढ़कर मैं चुप हो गयी! चुप्पी मेरी सहेली है! यह लोगों को बेचैन करती है, और इससे दहलकर वे बात करने लगते हैं, कहने लगते हैं सब-कुछ जो अमूमन नहीं कहते! उस चुप्पी में एडना मिले की कविता की केंद्रीय पंक्तियाँ भी गूँज रही थीं :

"आइ शैल डाई;
बट दैट इज ऑल
आइ शैल डु फॉर डेथ,
आई ऐम नॉट ऑन हिज पे रॉल"

(मर जाऊँगी मैं;
इतना ही बस मैं करूँगी मरण के लिए,
मैं उसकी चाकर नहीं हूँ—
वेतन नहीं लेती उससे!)

एक बार ऐसे ही जैरेल के 'डेथ ऑफ द बॉल टुरेट गनर' का पाठ किया था तो पूरी कक्षा सन्न रह गयी थी! जर्द और बीमार लगने लगे थे छात्रों के चेहरे! और चुप्पी में ही मेरे विचार खुदर-बुदुर करते बढ़े थे!...होता है, कविता का असर खूब होता है यदि पाठ ठीक-ठाक हो जाए। मैं उनको कविता की ताकत महसूस कराना चाहती थी—प्राचीन शब्दों में क्या, ध्वनियों में भी एक विस्फोट बंद रहता है! बम की तरह फूट सकती है कविता! मैं उन्हें समझाना चाहती थी! समझा रही थी! एक ऑथॉरिटी फिगर होना अच्छा लग रहा था मुझे। मेरी पी-एच.डी. बीच में ही छूट गई थी, फिर भी पूरी कक्षा मुझको डॉक्टर कहने लगी थी। इस शब्द से मुझे थोड़ा डर लगता था! जरूरत से ज्यादा विद्वान दीखने की मेरी कोई मंशा भी नहीं थी! अचानक ही मेरे मन में कौंधा—विद्वत्ता का एक आतंक होता है और उससे मेरी कमनीयता में बाधा पड़ सकती है—कमनीयता में बाधा पड़ने से मेरा यौन-जीवन प्रभावित हो सकता है...'पीच' मुझको निकाल देगी, मैं फिर से दो कौड़ी की होकर रह जाऊँगी।

एक बार 'पीच' वाली 'मैडम' से मेरा प्रत्यक्ष मिलना जरूरी था, मिलकर बताना जरूरी था कि मेरी उम्र तीस बरस जरूर है लेकिन मैं कमनीय हूँ, और भी गाहक वे मुझको दे सकती हैं।...पर मैडम की अपनी असुरक्षाएँ होंगी, जल्दी वे किसी को भी मिलने का अवसर नहीं देती थीं! फोन पर ही सारा काम-काज चलता था! धीरे-धीरे मेरी समझ में आने लगा था कि ईश्वर को अदृश्य रहना क्योंकर जरूरी लगा होगा!

फोन किया तो 'मैडम' फिर बोलीं कि उनको मिलने की फुर्सत नहीं। वे छुट्टी पर जा रही हैं! उनकी सहायक मेरी खातिर एक और गाहक जुटा देगी मगर गाहक से कहना होगा कि मैं चौबीस की ही हूँ! गाहक के मस्तिष्क में जन्म-पत्री जाँचने की कोई मशीन फिट नहीं होती लेकिन उसे सोचना अच्छा लगता है कि 'प्रिटी वुमन' या 'हाफ मून स्ट्रीट' की नायिकाओं की उम्र की उसकी संगतिन हो!

× × ×

दूसरे दिन का मेरा गाहक नई दिल्ली का एक सॉफ्टवेयर इंजीनियर था जो बोलता था भी सॉफ्ट ही! अपनी प्रिया की याद में खोया-सा वह मेरे साथ सो गया! प्रेम में भी प्रॉक्सी चलती है—यह एहसास मुझको अच्छा तो नहीं लगा, पर मैं कुछ कह सकने की स्थिति में नहीं थी, इसलिए कहती भी क्या! उस रात मुझको एहसास हुआ कि मैं औरत नहीं हूँ, एक तकिया हूँ, लेकिन यह एहसास मैंने शॉवर के नीचे से निकलते-निकलते बालों के पानी के साथ ही तौलिए के एक फर्राटे में झटक दिया!

... और घर लौटते हुए सिटी बैंक कार्ड से कुछ नये कपड़े खरीदे! नए काम तो कपड़े भी नये—माँ अक्सर कहती थी! इन नये कपड़ों पर कई तिकोन बने थे—प्रेम के त्रिकोण या रेडक्रॉस के? मैं भीतर ही भीतर अपनी अच्छी वाली मुस्कान मुस्कायी और खुद को—'चियरअप' किया।

18 सितंबर, 2001

आज इतने महीने बाद मैडम मुझे 'मेडिसन एवेन्यू' के बुक-कैफे में मिलीं जो हॉलीवुड के सितारों का बाजार है!

जैसी सूफियाना उनकी आवाज थी, वैसी ही वे देखने में थीं! कुछ देर किताबें पलटकर हम 'स्टेयर मास्टर' के हेल्थ क्लब गये और वहीं उन्होंने मुझको कुछ ट्रेड-सीक्रेट दिए! मसलन कि समझाया कि कभी जो किसी से मिलकर यह एहसास हो कि वह पुलिस की सीक्रेट सर्विस का बंदा है तो कहो कि अपनी चाभियाँ तुमने गाड़ी में ही छोड़ दी हैं, अभी लेकर आती हो और निकल भागो! यदि यह संभव न हो तो मुझे फोन करके पूछो कि तुम्हारी बहन ने वहाँ फोन तो नहीं किया!

"मेरी बहन है ही नहीं, और अगर होती तो तुम्हें फोन कैसे करती?"

"मजाक छोड़ो...यह तो तुम समझ रही हो ही कि यह कूटभाषा है।" उसने आजिजी से कहा, "फोन काटते ही कहो कि तुम्हारी बहन का पति अस्पताल में है, 'सॉरी, 'पीच' कॉल कर लो—किसी और लड़की का इंतजाम हो जाएगा!...बाकी फिर मैं सँभाल लूँगी!''

लौटते समय उसने मुझे फिर से आश्वस्त किया कि मैं आकर्षक हूँ और अभी कम-से-कम दस बरस धंधे में खिंच सकती हूँ!...इस बार मैंने चैन की साँस भरी—दस बरस तो काफी होते हैं, तब तक मेरे पास काफी पैसे होंगे, हो सकता है विश्वविद्यालय में एक स्थायी नौकरी भी मिल जाए!

रास्ते में एक जगह अच्छा खाना खाने को रुकी तो सूजन मिली, मेरी एम.फिल. की क्लासमेट! हमने साथ ही खाना खाया! चलते-चलते उसने पूछा कि पीटर के बाद मेरे जीवन में कोई और आया या नहीं!...एक बार मेरे मन में आया—इससे यथार्थ छुपाना गलत है, यह तो मुझसे कुछ भी नहीं छुपाती। फिर यह अच्छी सहेली है, चाहकर भी मुझसे नफरत नहीं कर पाएगी, पर पता नहीं फिर क्या हुआ कि मैं बात का स्पष्ट उत्तर दे ही नहीं पायी, सिर्फ इतना कहते बना—'कुछ पैसों की जरूरत थी, ट्यूशनें ली हैं!'

21 अक्टूबर, 2001

है तो यह वेश्यावृत्ति ही! अब तक बहुत लोगों से मिल चुकी हूँ मैं और अच्छे-बुरे कई अनुभवों का खजाना बन चुकी हूँ।

शुरू-शुरू में सोचती थी कि कॉलगर्ल का हर दिन असाधारण होता है—सिंदबाद या गुलिवर के साहसिक अभियानों की तरह का, लेकिन ऐसा कुछ नहीं था! ज्यादातर लोग अत्यंत साधारण थे और ज्यादातर के पास प्यार दिखाने का कोई शऊर नहीं था! अत्यंत साधारण बातें करते थे और उबाऊपन की हद तक एकरूप थे उनके कार्यकलाप! ज्यादातर के पास आते ही मेरा मन कमेंटरी करने लगता था कि अब ये होगा, अब वो ये कहेगा, अब अपने जीवन का रोना रोएगा, अब अपने फ्रश्ट्रेशन मुझ पर निकालेगा, अब अपनी ये फैंटेसी आजमाएगा...कभी-कभी तो ऐसा लगता कि मैं बस ऊर्जा बोर्ड हूँ और तरह-तरह क़ी आत्माएँ मुझ पर उतरती हैं।...एक ही राहत थी कि एक घंटे से ज्यादा किसी का साथ ढोना नहीं पड़ता था जैसे कि अफेयर में या शादी में कभी-कभी या अक्सर ढोना होता है।

यह भी लगा कि ज्यादातर लोग उस एक घंटे को भी काफी भारी बना सकने में पूरे समर्थ होते हैं। लगातार आदेश ही देते जाते हैं, एक बार भी उन्हें यह नहीं सूझता कि मेरी सर्जनात्मकता आजमा लें। शायद ही कोई ऐसा होता है जिससे दुबारा मिलने का मन कर जाए। कई लोग कुछ खाने को मँगाते हैं और अकेले ही खा जाते हैं, कई पैसे कम ले लेने को कहते हैं, कई को बीच में किसी और बात की खुजली सताने लगती है, किसी का मुँह महकता है, किसी की बगल, किसी की मुस्कान लिजलिजी होती है, किसी की बातें—और सबसे ज्यादा दुख की बात यह है कि ज्यादातर का भेजा खाली होता है, कोई महीन बात उन्हें समझ में नहीं आती—सेन्स ऑफ ह्यूमर भी बिल्कुल ही शून्य! और तुर्रा यह कि एक सनातन 'औरत' को उसकी औकात याद दिलाना वे कभी नहीं भूलते, अक्सर ये कह देते हैं—"उफ, तुम्हें क्या पता! तुम नहीं समझोगी!"

"अहाहा, क्या जाने क्या दुरूह बोलने वाले हैं ये! आइंसटीन से बात कर रही हूँ न!" मन ही मन मैं हँसकर रह जाती।

एक बार पासा पल्टा, मैंने हल्के से कुछ चुटकी ली, गाहक महाशय बोले –

"क्या समझती हो खुद को? आइंसटीन हो क्या?" मैंने मस्ती से लाइम सोडा पीते-पीते कहा –

"आइंसटीन की डॉक्टरेट ऐंथ्रॉपॉलोजी में नहीं थी, मेरी होने ही वाली है!"

उसके बाद वह बाकी समय चुप रहा! पर यथार्थ था कि ज्यादातर लोग उतने बुरे भी नहीं थे! साधारण थे बस—कहीं कुछ हल्का-सा आकर्षण सबमें था पर सबके

आचार-व्यवहार में कहीं कुछ अटपटा भी था! पारदर्शी और असुरक्षित सारे थे लेकिन विशेष घृणित या भयावह भी उन्हें नहीं कहा जा सकता।

15 दिसंबर, 2001

'मृत्यु और मृत्यु-बोध' कक्षा का अंतिम सप्ताह है! आज मेरे एक छात्र ने एक ऐसा प्रोजेक्ट जमा किया कि पूरी क्लास हिल गयी! एड्स के मृत्युमुखी मरीजों से बातचीत टेप करते हुए वह एक व्यावसायिक चित्रकार से उनकी तस्वीरें बनवाती गयी!

उनके दर्दविह्वल चेहरों, हदसी आँखों और धँसे गालों की पृष्ठभूमि के बरअक्स उनकी भहराती बातें, सन्नाटे और खामोशियाँ सुनना एक भयावह अनुभव था!...हममें से किसी की समझ में नहीं आया कि इस विराट् अनुभव का करें क्या! इससे निस्तार कैसे पाएँ!

मैं उसके बारे में सोचना नहीं चाहती, उसे भूल जाना चाहती हूँ! नहीं चाहती कि यह देह किसी को छूने दूँ! लेकिन जाना होगा! 'पीच' से बार-बार फोन आ रहा है! यह उनका बहुत पुराना गाहक है—बोस्टन की सबसे पॉश बस्ती 'बैक बे' के एक धनाढ्य गृह का निमंत्रण इतनी आसानी से ठुकराना संभव नहीं होगा!

16 दिसंबर, 2001

भूरे पत्थरों का महल! सोने के फ्रेम में मढ़ी धूसर रंगों में बनी बड़ी उदास पेंटिंग्ज़! हर फ्रेम दूसरे को इस तरह छूता हुआ कि पीछे लगा वॉलपेपर शायद ही दिखायी पड़े। हाथ के बुने ओरिएंटल कालीन! महोगनी के भारी फर्नीचर! चमड़े के खोल से मढ़ी सब किताबें! चाय मिली! फ्लेवर वाली चाय—सुनहरी धारियों वाले काले प्याले में!

इतना बड़ा घर लेकिन पूरा-का-पूरा खाली! एक नौकरानी थी—वो भी चुपचाप खिसक ली! गाहक अभी तो मिला नहीं था लेकिन कुछ था फिजां में जो भयानक था! खिड़की के पीछे चार्ल्स नदी बही जा रही थी! पर्दे इतने भारी थे कि प्रकाश रुकता था!

खट-खट करता ड्राइंगरूम की सीढ़ियों से वह उतरा और इतनी जोर से अचानक मेरा मुँह चूमा उसने कि मेरे होंठ लहूलुहान हो गये। फिर उसने दीवार पर इतनी जोर से धक्का देकर मुझे भींचा कि मेरी पीठ छिल गयी, दुधू दुखने लगे—मैंने उसे धक्का देने की सोची तो वह एक महाक्रूर हँसी हँसकर बोला—"तेरी औकात ही क्या है? रंडी? रंडी ही है न तू? चुपचाप मेरा कहा मान!"

उसी वक्त मुझे लौट जाना चाहिए था! यह विकल्प था मेरे पास, पर मेरे जिद्दी मन ने पैर पटककर कहा—'देखते हैं इसको भी!'

यह देखना भारी पड़ा! उसने मुझे थूरकर रख दिया। मेरे कपड़े फाड़े, एक बार अपने अस्त-व्यस्त से गुदगुदे बिस्तर पर, फिर उससे नीचे लगातार मुझे गेंद की तरह उठा-उठाकर फेंका! मुझको फुटबॉल की तरह की कई किकें मारी! मेरे केश नोचे, बटन तोड़े, गाल काट खाए, मुझ पर थूका, जब भी मैं प्रतिवाद में हाथ-पाँव चलाने या कुछ कहने को हुई, उसने मुझे पशु की ताकत से भींचकर कहा—"चुप, रंडी!"

आपको विश्वास नहीं होगा पर जब मैंने सोने से इनकार किया, इतनी जोर का झन्नाटेदार थप्पड़ उसने मुझे मारा कि मैं बेहोश हो गयी! फिर मेरी देह का क्या हुआ, क्या नहीं—कुछ भी याद नहीं!...बस इतना ही याद है कि जब तंद्रा टूटी, दर्द और बुखार से मेरा अंग-अंग टूट रहा था, अगले कई दिनों तक मेरे मुँह से कुछ साफ-साफ नहीं निकला! मुझे अपने लेक्चर भी न्यस्त करने पड़े!...लगातार कानों में एक भुतही आवाज गूँजती—'रंडी, चुप—रंडी!...मजा आ रहा है तुझे? कैसा मजा चखाया! ये ही सब चाहती हैं औरतें! हर औरत रंडी होती है।'

लगातार मेरे मन में कई दिन तक यह दहशत छायी रही कि उसने कंडोम का प्रयोग किया कि नहीं! उसने मेरे हाथ-पाँव भी टाई से बाँध दिए थे और जहाँ-तहाँ से मुझको फोड़कर अंदर आने की कोशिश कर रहा था! एक सख्त लाठी-सी जहाँ-तहाँ चुभती हुई जान पड़ती थी! लेकिन मैं भैंस नहीं थी। 'जिसकी लाठी, उसकी भैंस' का तर्क मुझपर लागू नहीं था।...उसके घर से लौटकर मैं घंटों नहाती रही! पीच से मैडम का फोन आया तो क्रोध और आँसू के हिम-कणों से सिहरी आवाज में मैं बस इतना ही बोल पायी :

"तुमने मुझे वहाँ क्यों भेजा?"

"वो पेमेंट अच्छी करता है, लेकिन तुम नहीं चाहतीं तो अब मत जाना!" मैडम की आवाज में सहानुभूति भी थी!

बाद में और कॉल गर्ल्स के साथ अपने अनुभव बाँटते हुए मैंने जाना कि अस्सी प्रतिशत धनी मर्दों के मन में औरतों के प्रति जितनी घृणा संचित है, उतना ही दुर्दम्य आकर्षण भी!

यह एक क्लासिकल रेप था! कितना भयानक हो सकता है रेप—यह मैंने जाना और तब मेरे मन में उन सब सीधी-सादी लड़कियों के लिए गहरा बहनापा जागा जिनको (अलभ्य मॉडेल्स या पॉर्नगर्ल्स की नंगी तस्वीरों द्वारा उकसाए हुए) मर्दों की बीमार-सी, हिंसक वासना का शिकार बनना पड़ता है क्योंकि सड़क पर 'उपलब्ध' वही होती हैं—अपने सीधे रस्ते जाती हुई!

और तभी मन में यह जिम्मेदारी भी जागी कि बहनापे के जज्बे के खिलाफ पड़ता है हर नग्न नर्त्तन! मेरी देह मेरी पूँजी, इस तर्क से मैं जो चाहिए अपनी देह का करूँ—लेकिन इसका ध्यान रखना होगा कि मेरी जगायी हुई प्यास किसी निर्दोष के खून से नहीं बुझे! मेरी देह मेरी है तो भी उसको चारे की तरह मैं बिछा नहीं सकती—नौकरी या असाइनमेंट पाने के लिए मैं तो अपनी मर्जी से देह बिछा दूँगी, पर मेरे बाद जो अगली लड़की नौकरी की खातिर आएगी—हो सकता है कि अपनी देह बिछाने की उसकी अपनी कोई मर्जी नहीं हो, पर उससे उम्मीद ये ही होगी कि वह खुद को चारे-सा बिछाए और इस क्रम में उससे जबर्दस्ती भी हो सकती है! इस जबर्दस्ती का आधा दोष मेरा भी होगा। कोई भी कृत्य जो बहनापे के खिलाफ हो—कभी नहीं करना मुझे!

पब्लिक स्फियर में नग्न नृत्य करने से अच्छा ये ही गुप्त धंधा है, लेकिन जुगुप्सा यहाँ भी है—ढेर-सी जुगुप्सा!...बहुत दिनों तक मैं यह नहीं कर पाऊँगी शायद! उस रात पहली दफा यह लगा!

और फिर अगले कई हफ्ते 'पागलगृह में औरतें' शीर्षक से अपने लेक्चर-नोट्स लेती रही! पुस्तकालय एक सुरक्षित जगह है—बार-बार मन में जगा!

पढ़ते-पढ़ते एक जगह निगाह रुकी! लिखा था कि वेश्यावृत्ति भी एक तरह का पागलपन है और मुझे याद आया कि कैसे उस दिन मुझे बुरा लगा था जब बातचीत के क्रम में एक छात्रा ने बताया कि बड़े गले का ब्लाउज या छोटा स्कर्ट पहनना आज भी समस्या है, लोग पहनने वालियों को 'वेश्या' कहते हैं! तो 'वेश्या' होना आज भी बुरा माना जाता है! गजब बात है कि 'वेश्या' शब्द सबके मन में गुदगुदी जगाता है और एक अजब तरह का डर भी।

27 मई, 2002

आजवाला क्लाएंट एक टीनएजर था! मेरा मन हुआ कि इसको मैं चाइनीज खिलाकर घर छोड़ आऊँ, लेकिन मैं निर्णय पर कायम रहती—इसके पहले ही वह मुझसे लिपट गया!

जाहिर है कि वह अपनी पॉकेटमनी खर्च करके मिलने आया था और उतने में उसे एक छोटा गुदामनुमा कमरा ही मिलता! भीगी लकड़ियों की गन्ध उस कमरे में थी। लेटने को जो जगह थी—वह भी बेंच-बराबर! नीचे कुछ तैराकी वाले ट्यूब पिचके-से पड़े थे! आव देखा न ताव, वह मुझसे लिपट गया और मुझे हँसी आ गयी!...हाई स्कूल वाला एक प्यार याद आया! इसी तरह से मेरा पहला प्रेमी मुझे

लिपटा था—एक अनिश्चय में तैरता हुआ—ठीक से उसे अभी पता नहीं था कि उसकी क्या जरूरतें हैं, उसे करना चाहिए तो क्या और कैसे।

बच्चों को जैसे माँ तेल लगाकर नहला देती है—किसी-किसी तरह मैंने उसको निपटाया, कपड़े भी मैंने ही पहना दिए और उसे जाता हुआ देखकर सोचा कि मेरा बेटा होता तो इससे कितना छोटा होता! शायद थोड़ा-सा! ज़ाहिर है कि उससे पैसे भी मैं नहीं ले पायी। इससे उसकी 'मर्दानगी' ज़रा आहत हुई होगी पर इसका मैं कुछ नहीं कर सकती थी! कुछ चोटें लगनी ही होती हैं! एक चोट तो बारिश की धार भी देती है!

17 सितम्बर, 2002

आज मैं पहली दफा कैसीनो गयी! छठे दशक की बहुत-सी जासूसी फिल्में मैंने देखी थीं। उन सबमें कैसीनो होते थे! क्या जाने क्या मेरे मन में आया कि कैसीनो जाते हुए मैंने ढेर-सा मेक-अप किया! जाने के पहले वीसीडी पर 'कासा ब्लांका' दुबारा देखी!

आईने में खुद को गौर से देखते हुए मुझे एक बार तो लगा कि मेरी मैनडेलिन भी मेरी तरह की ही वेश्या होगी, पर क्राइस्ट ने उसको मुक्ति दी।

जोड़े वहाँ तरह-तरह के कपड़ों में घूम रहे थे! एक बूढ़े दम्पति की टी-शर्ट पर तो 'ओल्ड फार्ट' और 'ओल्ट फार्ट्स वाइफ' लिखा था!...ऐसे विचित्र वस्त्र पहनने के पीछे मनोविज्ञान क्या होता होगा? दुनिया के बुने हुए/सिले हुए/रँगे हुए कपड़े पहनकर दुनिया को ठेंगे पर रखने का भाव?...कुछ लोग स्टेज पर ही खुल्लम-खुल्ला ही प्रणय-आत्मा रहे थे। इसका भी मनोविज्ञान मुझको विचित्र लगा! क्या दिखाना था कि कर सकते हैं हम ये काम? जीवमात्र कर सकता है—इसमें दिखाने-जैसा क्या है? 'नर्सरी राइम' है क्या चुम्मा-चाटी कि स्टेज—पर्फॉर्मेन्स मुन्ने-मुन्नी की खातिर बड़े क्रेडिट की बात हो गयी—"वाह, बच्चो, वाह—बिल्कुल धड़ाके से रिसाइट किया, अभी तुम्हें चॉकलेट देंगे।"...बिना प्यार की यौन-क्रिया सचमुच ही ऐसे प्रदर्शन की मुहताज होती है!

कुछ लोग मेज पर झुके हुए जुए की बाजी लगा रहे थे और उनकी साथिनें उनके कंधों पर झुकी हुई उन्हें चियर-अप कर रही थीं। कोई कभी सलाह भी देता। जेरी ने जब कई दाँव गलत लगाये और लगातार हारने लगा तो मैंने अच्छे साथी की तरह खेल पर ध्यान केंद्रित किया और कुछ परामर्श दे डाले कि वैसे नहीं, जेरी, ऐसे चलो!

इतना सुनना था कि बिजली की तड़प से वो पीछे मुड़ा और बोला—"दो टके की औरत! तू मुझको खेल सिखाएगी! अपनी औकात में रह, रंडी!"

मैं ही नहीं, मेज पर जितने लोग थे—अकबका गये, सिर्फ डीलर शांत बना रहा क्योंकि उसे ऐसे दृश्यों का अभ्यास होगा! मेरा खून जम तो गया पर मैं लगातार यही सोचती रही कि जेम्स बॉण्ड तो अपनी लड़कियों से किसी फिल्म में ऐसे नहीं बोलता था!

यहीं पर जेरी की फुफकारों का अंत नहीं हुआ! अगले ही क्षण उसका नस्लवाद उभर गया और वह पानी पी-पीकर उन रेड-इंडियनों, अफ्रीकियों और एशियनों को कोसता, और साफ-साफ गरियाता चला गया जो उसको लगातार मात दे रहे थे!

अपमान का घूँट पीकर भी लोगों को इस विष-वमन की अश्लीलता से उबार देने की नागरिकता मुझमें जागी बोली मैं उसको हाथ पकड़ एक ओर खींचती हुई ले गयी अपना टोन भरसक मीठा रखती हुई—"आओ हनी, एक ब्रेक लेते हैं, मुझे तुम्हारी जरूरत है, एक पप्पी दे दो, मेरे जवाँ मर्द!"

हे ईश्वर, पता नहीं, मेरी मैग्डिलिन वेश्या थी कि नहीं, आज मैं उनके नाम पर चर्च में एक मोमबत्ती जरूर जलाऊँगी! उन्होंने मेरी पत रख ली! वह टेबुल छोड़कर उठ गया! लोगों ने चैन की साँस ली!

'अर्थ, विंड और फायर कन्सर्ट' में उसने फिर हद कर दी! एक अफ्रीकन जोड़े को धमकाया कि अपना 'बंदर-नाच' बंद करे, नाचना ही है तो एक तरफ होकर नाचे—अपनी औकात में रहें अमरीका की उदारता का नाजायज फायदा उठाने वाले जंगली!

कितनी अच्छी बात है कि इश्क फरमाते हुए आपको अपने पार्टनर से बातचीत करने की बाध्यता नहीं होती, वरना मैं उसको वो-वो बातें सुनाती कि वह जीवन-भर याद रखता!...इश्क भी क्या फरमाना था! चुपचाप उसके आदेश मानते चले जाने के मुझको पैसे मिले थे! छिपकली जैसे अपनी कटी पूँछ बिल्ली के मुँह में छोड़कर दीवार के ऊपर सरकी चली जाती है, देह उसके पंजों में छोड़कर मेरा मन कहीं और निकल गया ...!!

बार में खाना खाते-खाते उसे एक और बार 'खेलने' की सूझी! मैंने उसे याद दिलाया कि जाने का समय हो चुका है तो उसने फिर मुझे खूब लच्छेदार गालियाँ दीं और डगमग-डगमग चला गया भीतर!

कुछ देर तो मैंने लॉबी में उसकी प्रतीक्षा की! सोचा कि ऐसे में जेम्स बॉण्ड की नायिका क्या करती!...और फिर दस मिनट के भीतर अपनी गाड़ी स्वयं स्टार्ट करके घर की तरफ अकेली ही निकल पड़ी।

23 अक्टूबर, 2002

इस बार मैंने कम्यूनिटी कॉलेज के छात्रों को वेश्यावृत्ति पर एक प्रोजेक्ट देने की सोची है और उसके बीज-भाषण के लिए अमरीकन सेंट्रल लाइब्रेरी से कुछ किताबें लायी हूँ—'द रेस्पॉन्स टु प्रॉस्टिच्यूशन इन द प्रोग्रेसिव इरा', 'होल्स हॉफ एयर : द लाइफ ऐंड लीजेंड ऑफ अ रेड-लाइट डिस्ट्रिक्ट' वगैरह!

लगातार गाहकों के आदेश पर गुड़िया-सी डोलती हुई अब मैं थकने लगी हूँ! मुझे कोई चाहिए जिससे खुलकर बात कर सकूँ! बता सकूँ अपने दोहरे जीवन के बारे में! अच्छी तरह समझने लगी हूँ कि हत्यारों को आत्मस्वीकृतियाँ इतनी जरूरी क्यों लगती हैं! किसी रंगीन शून्य में भी देर तक टँगे रहना आदमी के लिए आसान नहीं। किसी संदर्भ के बाहर सुग्गे की तरह कोई कब तक लटक सकता है पिंजड़े में?

कौन हो सकता है ऐसा जो मुझको समझेगा—जजमेंटल हुए बगैर? बहुत सोचने पर सेठ का मुझे ध्यान आया! मैं उससे इंटरनेट पर तब टकरायी थी जब ई-मेल दोस्तियाँ इतनी आम नहीं हुई थीं! जब-जब हमारा कोई अफेयर टूटा या काम छूटा—हमने एक-दूसरे को तोस-भरोस दिया!

फिलहाल वह मैनहेटन में एक बड़े सॉफ्टवेयर फर्म का निदेशक था! मैंने उसे लॉन्ग डिस्टेंस कॉल करने की सोची और एक मिनट की खातिर मुझे बड़ा संतोष हुआ कि किसी को लंबा लॉन्ग-डिस्टेंस कॉल करने लायक पैसे अब मेरे पास हैं!

मेरी बातें उसने धैर्य से सुनीं और प्रतिक्रिया में बस एक पंक्ति बोला—

"लेकिन तुम सुरक्षित तो हो न?"

"हाँ-हाँ, सौ प्रतिशत! 'पीच' संस्था अपनी क्लाएंट्स की एच.आइ.वी. जाँच करके ही उन्हें फॉर्वर्ड करती है...और इसका भी जिम्मा लेती है कि कोई पुलिसिया लफड़ा नहीं हो!"

"चलो, फिर तो ठीक है!...पीटर ने तुमको जिस हाल में छोड़ा था, उससे तुम उबर गयीं—ये तो अच्छा ही हुआ...।"

"हाँ, उसके यों मुझको मँझधार में छोड़ जाने से सबसे ज्यादा चोट तो मेरे अहं को लगी थी!...अब कोई उसको जाकर बता दे कि जिसको वो अकाम्य घोषित करके किसी और के साथ चला गया था—उसके साथ एक घंटा बिताने के लिए दो सौ डॉलर देने को क्या जाने कितने जवां मर्द लालायित हैं!"

"हाँ, लेकिन, चुनने में सावधान रहना! किस तरह के लोग मिलते हैं?"

"हर तरह के सेलिब्रिटी—बॉस्टन सिम्फनी ऑरकेस्ट्रा के मालिक से लेकर एम.आई.टी. के विद्यार्थी तक कोई भी हो सकता है जिसे घंटे-भर का अच्छा-सा, ताजादम कर देने वाला साथ चाहिए!"

"तुम खुश हो—इसका मतलब है कि 'हुकर्स' के बारे में मेरी धारणा गलत थी कि लोग उन्हें एक बियर बोतल से ज्यादा कुछ नहीं समझते!"

इस बात पर मेरा रक्तचाप बढ़ गया : "हुकर? क्या तुम समझते हो—मैं किसी को हुक करने की खातिर गलियों में और कार-पार्कों में मटक-मटककर चलती हूँ? ...घर बैठे मुझे फोन आते हैं। मैं किसी को फँसाकर घर नहीं लाती और बियर-बोतल की तरह कोई मुझको पीकर कूड़े पर फेंक नहीं सकता!"

कहने को तो कह गयी रौ में—लेकिन मुझको मेरे शब्द खुद ही खोखले लगे! कई बार आरोपित प्रणय-क्रिया के बाद घर लौटते हुए मैं बियर बोतल-सी फेंकी हुई खुद को महसूस करती तो थी! लेकिन फिर इस बियर-बोतल में जल्दी से प्रोफेसरी का साफ-सुथरा मिनरल वॉटर भरकर उसको शालीन मुद्रा में सीधा खड़ा करना भी मैं नहीं भूलती थी! वेश्या की भूमिका में भी मैं समाज-सेवा जैसा ही कुछ कर रही हूँ—इसका भरोसा खुद को दिलाने की खातिर मैं कई ऐसे क्षण 'रिकॉल' करने की कोशिश करती थी जब कोई हारा-थका, जीवन से टूटा-छूटा-सा बेचारा मेरी छाया पाकर किलक उठा।

मेरा प्रोफेसर-दिमाग एक बार उठकर मुझसे जिरह करता कि एक क्षण की किलक पूरे जीवन की सँभाल का जिम्मा नहीं लेती! 'चार दिन की चाँदनी, फिर अँधेरी रात' का क्या मतलब! ओस चाटकर प्यास बुझती है क्या? पर ठोंक-पीटकर मैं फिर से उसको सुला देती—

मेरी एक इंडियन दोस्त जाते-जाते मुझे कोई शेर सिखा गयी थी जिसकी पहली लाइन है : "उम्र-भर एक मुलाकात चली जाती है! एक सुखद क्षण की कौंध भी पूरा जीवन प्रकाशित रखने को बहुत है! 'ना' से 'हाँ' भली। कुछ न कर पाने से तो कुछ कर देना ही भला!...सुख तो जुगनू ही हैं—ऐसे ही झटके में पकड़े गये तो पकड़े गये... ।"

फोन रखने के बाद मैं सेठ के बारे में देर तक सोचती रही! मुश्किल यह थी कि मैंने उसे जेंडरलेस माना था, पर प्रतिक्रिया उसने 'मर्द' की तरह की ही दी थी, लेकिन फिर यह भी कहा था कि मेरे लिए वह चिंतित है, मैं उसकी बहन की तरह ही हूँ।

दस दिन के बाद उसने मुझे फोन किया कि कंपनी के काम से वह बोस्टन आ रहा है! इन दिनों 'पर्यावरण आंदोलन' से जुड़कर मैं शाकाहारी हो गयी थी! इसलिए उससे मिलने को मैंने एक शाकाहारी रेस्तराँ चुना! हर बार गाहक की चुनी हुई जगह जाते-जाते ऊब भी गयी होऊँगी, इसलिए इस बार अपनी चुनी जगह पर मिलने का प्रस्ताव रखा! वह मान भी गया! मैंने वेश्यावृत्ति में आने के पहले वाला एक सादा-सा सूट निकाला और मोती का कठहार! पीटर के बच्चे की दी हुई यही एक चीज मेरे पास बची रह गयी थी...बाकी तो मेरा और अपना सब-कुछ लेकर वह चंपत ही हो गया था!

मिलते ही उसने जोश से गले लगाया, मेरे लुक्स के बारे में बेहतरीन बातें कीं! कुछ देर और हम इधर-उधर की बातें करते रहे! बातों-बातों में ही उसने बताया कि कैथी नाम की एक सीधी-सच्ची लड़की से उसका अफेयर शुरू हुआ है। यह उसके 'पत्नी-नंबर तीन' के पद की सेमी-सीरियस प्रत्याशी मानी जा सकती है!

"हे ईश्वर, सेठ, तुमसे मिलना कितना अच्छा लग रहा है।" अपना हैट उतारती हुई मैं सोफे पर निश्चिंत बैठ गयी!

"तिया मारिया, तू तो है ही इतनी अच्छी कि बात करते ही बाँछें खिल जाती हैं!"

उसके मुँह से 'तिया मारिया' इस तरह सुनना मुझे अपने पुराने दिनों में वापस ले गया! मैं फिर से तनकर बैठ गयी! उसने पूछा–

"अरे, क्या हो गया?"

कुशन से एक अदृश्य फाइबर बाहर खींचती हुई-सी मैं बोली–"ऐसा कुछ खास नहीं! सिर्फ इतना कि अब मुझको इस नाम से कोई नहीं बुलाता!"

मेहरौली आश्रम और क्रिश्चन कॉलेज से उठकर सीधा जब मैं अमरीका आई थी कई दिनों तक सदमे में रही थी : खुशी का सदमा कि अब मेरी ज़िंदगी बदल जाएगी, काश–इस वक्त माँ जिंदा होती! माँ इस लोक में नहीं थी पर उसके आदेश मेरे दिमाग में लगातार टिमकते रहते थे! सहपाठियों के लाख उकसाने के बावजूद मैं शराब पी ही नहीं पाती थी! थोड़ा-सा पीती कि खाँसी आ जाती!...बस एक 'तिया मारिया' थी जो किसी तरह मुझे हजम होती थी और दोस्त मुझे इसी नाम से बुलाने लगे थे!... 'पीच' एजेंसी ने जब एक छद्म नाम रजिस्टर में दर्ज करने की खातिर माँगा, क्या जाने किस तर्क से ये ही नाम मेरे जेहन में उभरा और अब इसी प्रिय नाम से मैं धंधा करने लगी। लेकिन आश्चर्य की बात यह है कि कोई मेरा कस्टमर मुझे नाम से बुलाने की जरूरत नहीं समझता। किसी को भी यह ध्यान शायद ही आता है कि मैं भी एक व्यक्ति हूँ, मेरे भी कुछ निजी संदर्भ होंगे!

कुछ देर बाद उसने शैम्पेन की बोतल खोलते हुए कहा–"मेरी मुनिया को शैम्पेन चाहिए?"

उसके बाद उसने मेरा यौन-जीवन कुरेदने की कोशिश की! लेकिन फिर तुरत ही समझ गया कि मुझको कुछ तो परिवर्तन चाहिए! यही एक बात मुझे सेठ में अच्छी लगती है! वह इशारे तुरत ही समझ जाता है –

"अच्छा छोड़ो, व्यावसायिक जीवन के पचड़े दो पुराने दोस्त क्योंकर बतियायें! पुराने दोस्तों में किससे-किससे मिली हो?"

उसके बाद हम पुराने दोस्तों की चर्चा में कुछ देर मगन रहे! एक कॉमन दोस्त...बिल के बारे में उसने बताया कि उसकी बनायी मोशन फिल्म किसी राष्ट्रीय

अवार्ड के लिए तीन बार संस्तुत हुई थी! तीनों बार थोड़े-थोड़े से कुछ छूट जाना जीवन का एक बड़ा रूपक है! फिर उसने अपनी महबूबा की डॉक्टरेट थीसिस के विषय में बताया और मेरे मन में हूक उठी कि मेरी थीसिस पूरी नहीं हो पाई! एक बिंदु पर अचानक उसने पूछा कि मैं शादी की क्यों नहीं सोचती! इस पर मैं हँसने लगी—"शादी कर ली तो पति के इस प्रश्न का भला क्या जवाब दूँगी कि बीच-बीच में शामों को मैं कहाँ गायब हो जाती हूँ?"

"तुम सच बता सकती हो!"

"वाह, बहुत अच्छे! तुम इतने सहिष्णु और उदार हो! तुम्हें भला कैसा लगेगा जो कैथी हफ्ते में दो रात बाहर गुजारे—किसी और से सेक्स फरमाती?"

उसने अपने चश्मे के रिम के ऊपर से मुझको देखा—"हमारा रिश्ता खुला रिश्ता है! कैथरीन अपनी पसंद के व्यक्ति के साथ सेक्स करने के लिए मेरी तरफ से स्वतंत्र है।"

"ऊ हूँ", मैंने सिर हिलाया, "सिद्धांत में सब कुछ ठीक ही लगता है...पर सोचो जरा—कामकाजी ढंग से ही सही—तुम उसको लेसदार जाँघिया और ब्रा पहनकर बाहर की तैयारी करते हुए देखो—अपनी पसंद का वही जाँघिया और ब्रा जो तुम्हारी खातिर बदलने में वह अलसा जाती है ...।"

कहने को मैं कह गयी, फिर मुझे याद आया कि पी-एच.डी. करते हुए—वह भी सब्मिशन के स्टेज पर—दम मारने की तो फुर्सत नहीं होती—एक अफेयर ही नहीं सँभलता—एक से अधिक का सवाल क्या। बीच-बीच में उसको नौकरी के आवेदन भी करने होते होंगे, कैथी के लिए यौन-संबंध खासा निरर्थक होगा इस वक्त!...फिर भी अपनी बात जारी रखते हुए मैंने कहा—

"कल्पना करो कि वह कभी-कभी आकर अपनी 'कॉलों' का विवरण तुमको देती है जैसे कि सब पत्नियाँ-प्रेमिकाएँ अपने दफ्तर का...और फिर तुमको बताती है कि कल रात जिसके संग वह थी, उसने उससे गाली-गलौज भी की, उसे रंडी कहा...और पूछती है कि क्या तुम अभी सोना चाहते हो तो तुम क्या बोलोगे...क्या तुम्हें लगातार यह एहसास सताएगा नहीं कि किसी और की उँगलियाँ अभी वहाँ-वहाँ ही फिरी होंगी...हो सकता है यह तुम्हें उत्तेजित करे, हो सकता है तुम निराश हो जाओ...पर यह असंभव है कि कोई प्रतिक्रिया हो ही नहीं...।"

सेठ का चेहरा लाल हो गया!

और मैंने बात जारी रखते हुए कहा—

"दलाल और नशाखोर ही ऐसी पत्नियाँ या प्रेमिकाएँ बर्दाश्त कर पाते हैं!"

"तुम कैसे ये सब बर्दाश्त करती हो?"

"मेरे लिए तो वह सेक्स होता ही नहीं, एक अभिनय होता है...इसलिए मुझको अलग होने में कोई तकलीफ नहीं होती, आराम से मैं कॉफी पीकर प्रकृतिस्थ हो जाती हूँ—जिम से बाहर आने-जैसी अनुभूति!...चूमने का ही उदाहरण लो तो बच्चे को या माँ को चूमते हुए कोई उत्तेजित थोड़े होता है!...प्रणय-क्रिया के दौरान भी, सच पूछो तो मेरी भूमिका एक शिक्षक की होती है! और मैं एक अच्छी शिक्षक हूँ—यह तो मेरा हरेक छात्र कहता है, तभी तो 'कम्यूनिटी कॉलेज' मुझे चट से रख लेते हैं... बीच-बीच में हटा भी देते हैं, यह बात अलग है!"

"क्या तुम्हें कभी कोई द्वंद्व नहीं होता या हरारत नहीं होती?"

"होती है—कुछ ऐसी स्थितियों में हरारत ही क्यों, वितृष्णा भी होती है जब कोई अकेले घर में बुलाता है और पीछे साइड टेबल पर 'हैपी फैमिली' वाली तस्वीर में उसकी बीवी एक आश्वस्त हँसती हुई मेरी तरफ देखती है लगातार...।"

अचानक सेठ ने घड़ी देखी और शैम्पेन का बिल चुकाने की जल्दी मचाने लगा, मैंने कहा—"इतनी जल्दी भी क्या है? बैठो थोड़ी देर! बहुत दिनों बाद निश्चिंत बैठी हूँ!"

वह मेरे पास चला आया और कंधे पर हाथ रख बोला—"रात की ही फ्लाइट है, उसके पहले थोड़ा-सा वक्त तो साथ कटना ही चाहिए!"

मैं अचकचा-सी गयी! क्या इसको शैम्पेन भी चढ़ गयी है? क्या कह रहा है यह? खुद को चिकोटी काटी कि मैं ही तो सपनाने नहीं लगीं!...अंतिम क्षण तक मुझको विश्वास नहीं हुआ कि मेरा इतने दिनों का यह साथी भी आज मुझसे नहीं, एक कॉलगर्ल से ही मिलने आया! तो क्या मैं सिर्फ कॉलगर्ल रह गयी हूँ? 'एलिस थ्रू द लुकिंग ग्लास' के शब्द बुइयों-से मस्तिष्क में उड़ने लगे...मैं कुछ भी हो सकती थी : वाइट रैबिट या जैबरवॉकी...यदि यह सच था तो कुछ भी सच हो सकता है...मेरे भीतर आज पहली दफा कुछ दरक गया।

अपना ज़िप बंद करते हुए उसने मुझको कनखी मारी—"तो, तू अब हुरूर है न, लड़की?"

× × ×

बार्बरा स्ट्रेसैण्ड के एक चरित्र का कथन आज मुझे बार-बार याद आ रहा था—"मैं एक वेश्या जरूर हूँ लेकिन मैं सस्ती नहीं। मेरे भी कुछ उसूल हैं! मैं जिससे प्यार करूँगी—मेरा सेक्स उसी के वास्ते है, बाकी जगह सेक्स का अभिनय है या कोई मजबूरी!"

सेक्स को मैंने कभी भी हल्के ढंग से नहीं लिया : कभी किसी को फँसाया नहीं, काम निकालने का साधन नहीं बनाया इसको—सिर्फ एक बार के सिवा! उस एक

घटना को लेकर मैं काफी शर्मिंदा भी हूँ! मेहरौली में बाबा आश्रम-समेत जिंदा जला दिए गये थे, गैरेंटर का आश्रम रहा नहीं तो एजुकेशन लोन की किश्तें बंद हो गईं थीं : वीसा रद्द होने पर, पीटर ने कृपापूर्वक शादी तो की थी पर बिना तलाक के भाग गया था–किसी और के साथ! पी-एच.डी. पूरी करनी थी, काम भी मिल नहीं रहा था–फ्लैट का किराया तीन महीने से बाकी था!...मकान मालिक टल ही नहीं रहा था और मैं अपना शुरुआती चैप्टर लिखती हुई इतना ज्यादा थक गयी थी कि मुझको उसके साथ बहस बढ़ाने से ज्यादा आसान उसके संग सो जाना ही लगा...।

24 अक्टूबर, 1997

आज का लेक्चर खास अच्छा नहीं हुआ! मन उड़ा-उड़ा-सा था! पढ़ा रही थी वेश्यावृत्ति का इतिहास और समाजशास्त्र याद आ रही थी कल वाले गाहक से हुई बातचीत।

चलते समय उससे यों ही मैंने पूछा कि क्या वह शादीशुदा है!

"हाँ-हाँ," तपाक से उसने कहा, "बहुत अच्छा है मेरा दांपत्य जीवन।"

"तब तुम्हें गर्लफ्रेंड क्यों चाहिए?"

"अपनी पत्नी के साथ तो मैं अपनी सेक्सुअल भड़ास निकाल नहीं सकता! वह मेरे बच्चों की माँ है! जिन पवित्र ओठों से वह मेरे बच्चों का माथा चूमती है, अक्सर तो मैं वे ओठ भी मैं नहीं चूमता!"

मैं हैरत से उसको देखती ही रह गयी थी!

× × ×

रात भी हैरान ही करनेवाली थी! एक संभ्रांत दीखने वाला संयत-सा आदमी अपने एकदम खाली घर में मुझको शयनकक्ष तक ले गया। कुछ देर मुझे बड़ी कोमल-सी दृष्टि से देखता रहा, उसके बाद बोला–"क्या आपके पास मेक-अप का किट है?"

मैंने कहा, "है तो!"

"तो मेरे सामने बैठकर तैयार होती रहो और अंत में बोलो–डैडी, मुझे आज डिनर पर कहाँ लेकर जाएँगे?"

मैं कोई रोंदू नहीं हूँ! काफी बहादुर हूँ मैं! लेकिन इतना कुछ बर्दाश्त करना मेरे लिए भी मुश्किल था! इसके पहले कि भहरा ही जाऊँ, मैं सोफे पर आधा लेट गयी और कहा–'होती हूँ, कुछ देर में होती हूँ मैं तैयार!'

× × ×

पिता भी कितने किसिम के होते हैं!

एक पिता सोफी के पिता भी तो थे–बचपन से जो उसको इधर-उधर सहलाकर

इतना घायल कर गये कि उसका कभी किसी लड़के से स्वाभाविक संबंध हो ही नहीं पाया!

पेपर मैशे के तरह-तरह के खिलौनों से उसका घर भरा हुआ था! लाल-पीले-नीले जानवर! कुर्सी पर जीबरा! बिस्तर पर जिराफ!...'पीच' संस्था की वह शायद सबसे ज्यादा कमनीय और सबसे ज्यादा उदास सदस्य थी—चाइनीज लड़की!...उसी पिता की देख-भाल अब उसके जिम्मे थी जिसने उसके युवा होते ही उसको एक चीनी परिवार का बेबी-सिटर बनाकर सीधा ही अमरीका भेज दिया कि बचपन का राज़, राज़ ही रहे!

एक रोज उसको डी-एडिक्शन कैंप से वापस घर ले जाते हुए मैंने पहली दफा सोचा कि इसके ठीक होते ही मुझको भारत वापस लौट जाना चाहिए! बहुत हुआ, बाबा, बहुत देख ली दुनिया!

30 मार्च, 2004

इसी सोफी से अपने लेस्बियन रिश्ते के दौरान मुझे तीसरी दुनिया की सब औरतों से धीरे-धीरे इश्क होने लगा था। इश्क में होता है ऐसा! एक के बहाने सारी दुनिया अपनी-अपनी लगने लगती है : खासकर उसके हिस्से की दुनिया जिसके कि इश्क हुआ हो!

चीन-तायवान—पूरी एशिया घूम-घूमकर तीसरी दुनिया की बदहाल औरतों से बहनापे के सूत्र कायम करने का जी करता...ऐसे ही दिन उड़े जा रहे थे कि एक दिन प्रिंस्टन के एक सेमिनार में अचानक ही मेरी भेंट डॉक्टर अंसारी से हुई! डॉक्टर अंसारी यानी शीरीन के पिता...उनकी हजार कोशिशों पर मैं भारत वापस तो आई लेकिन यहाँ मुझ पर एक और तमगा लग गया—एक बड़े आदमी की 'खासमखास' होने का!

वापस हिंदुस्तान : हवाई यात्रा, 2004

अंसारी साहब से मेरी मुलाकात स्कूल के जमाने की थी, बुद्धन चचा ने कराई थी! बड़ी एम्बेसीज, होटलों और गेस्ट-हाउसों तक बुद्धन चचा की पहुँच थी! माँ को वे भाभी कहते थे। धंधे वाली औरत के लिए ऐसे संबोधन घाव का फाहा होते हैं! माँ के भी गाहक ये ही जुटाते थे—जितनी कमीशन माँ दे पाती थी, चुपचाप लेते थे। आखिर उनका भी तो पेट था, पर पेट के ऊपर बायीं ओर एक दिल भी था जरूर! जब मुझे स्कूल-कॉलेज के वार्षिकोत्सव पर कोई पुरस्कार मिलता, ये गुलाबो धोबिन से कलफदार कुरता, चुस्त पायजामा और अचकन-टोपी घंटों मिन्नत कर उधार ले लेते और भलेमानुष बनकर आ जाते ऑडिटोरियम! हॉस्टल में सब लड़कियाँ इनको मेरा सगा चचा ही जानतीं—'विजिटर्स रूम' में किसी के अभिभावक की ऐसी पूछ न होती जैसी इनकी क्योंकि ये बात-बेबात हँसाते, अच्छे-अच्छे शेर सुनाते और पुरानी दिल्ली की मिठाइयों, नमकीनों से भर देते हमारे दुपट्टे! एक बार तो मेरे जन्मदिन पर ऐसा अच्छा-सा एक कलाम सुनाया कि बाग-बाग हो गयीं लड़कियाँ। वह भी कोई वार्षिकोत्सव ही था! अंसारी साहब ही हमारे मुख्य अतिथि थे! एक के बाद एक तीन पुरस्कार मुझे मिले तो हँसकर बोले—"ऐसा करो, बच्ची, तुम स्टेज पर रुको, बार-बार का आना-जाना क्या!" और मैं लजा-सी गयी! मन में एक हूक भी उठी कि काश, अभी माँ जीती होती! उसकी ही तड़प, उसके हुलास का नतीजा था कि किसी-किसी तरह बी.ए. कर ही गयी मैं!...और आज फिर इतने दिन बाद प्रिंस्टन के एक सेमिनार में ये दीखे तो मैं दौड़ गयी...इनको मैं क्या याद रहती, बस इतना याद था कि कभी 'लिट्लफ्लावर' मिशनरी स्कूल फॉर स्पेशल किड्स में मुख्य अतिथि बनकर गये थे.. .इतने पर भी, लेकिन, उत्साह से ही मिले। गेस्ट हाउस भी ले गये, वहीं बातों में पता चला कि उन्हें 'हाउसकीपर' की सख्त जरूरत है—मुझे ठीक से झाड़ू-पोंछा नहीं आता था, खाना बनाना भी नहीं जानती थी, फिर भी मैं जल्दी से बोली—"सर, मैं आपका पूरा घर सँभाल लूँगी...यदि आप किसी तरह अपने प्रभुत्व से यहाँ के रैकेट से मुझको उबारकर अपने संग वापस भारत ले चलें..." कुछ देर वे मुझे देखते रहे, कुछ कहा नहीं, पर फोन नंबर ले लिया...इतनी आसान नहीं थी मेरी मुक्ति, पर प्रोफेसर अंसारी

के धीरज का मैं लोहा मानती हूँ...इस मुलाकात के बारह दिन बाद ही मैं उनके साथ उनके बगल में बैठी-बैठी सचमुच भारत उड़ आई।

अभी-अभी उनकी पत्नी को कैंसर घोषित हुआ था, उनकी और अपने नीमपागल बेटे की देखभाल उनसे अकेले हो पाना असंभव था। तब तक वे रिटायर भी नहीं हुए थे। एक और जो बेटा था उनका, उसको छात्र-संघ की राजनीति से ही फुर्सत नहीं थी, बेटी शीरीन को फुर्सत नहीं थी फ्रेंच दार्शनिकों के धुआँधार विश्लेषणों और दूसरे बड़े कामों से। इस 'धुआँधार' में सिगरेटों का 'धुआँ' शामिल था और उस गंगा ढाबे का धुआँ भी जहाँ वह अपने प्रशंसकों-दोस्तों-अनुयायियों के साथ रात दो-दो, तीन-तीन बजे तक बैठा करती थी।...मुझसे वह बहुत खुश तो नहीं होती क्योंकि शुरू-शुरू में मैं खाना एकदम खराब बनाती थी, पर मेरे आने से कुछ उसको निजात जरूर मिलती—शाहिद की तकलीफदेह तीमारदारी से निजात जो आज मैं भी मानती हूँ, एक बड़ी निजात है। वे कभी भी कुछ भी चलाकर मार सकते थे, कभी शुरू कर सकते थे बेतहाशा चूमा-चाटी, कभी रो सकते थे, कभी मचा सकते थे जिद दुनिया की किसी चीज की।...शुरू-शुरू में तो मैं थककर एकदम चूर हो जाती थी, रो देती थी खुद भी. ..पर मेरे आँसू उन पर जादू का असर करते थे। मेरी पलकें गीली हुई नहीं कि वे सहमकर एक कोने में बैठ जाते थे...धीरे-धीरे वे मुझे गोदी में सुलाकर गाने भी सुनाने लगे—बहुत मीठे पुराने गाने जो शायद उन्होंने अपनी अम्मी से सीखे थे!

दुनिया की ज्यादातर माँएँ एक जीर्ण-शीर्ण-सी प्राचीन पांडुलिपि की ज़ीरोक्स कॉपियाँ होती हैं! वे गाते तो रोती-रोती मैं भी गा देती—अपनी माँ के सिखाए हुए गाने! याद आती उसकी 'हम ठक बन' वाली अटपटी कहानी!

× × ×

"मैं, एक कसाई का बेटा, कसाई ही समझा गया! लेकिन कसाई खुद मांस नहीं खाते, शहादत के हर बकरे के साथ खुद ही खूनमखून होते हैं। आधी जिबह मुर्गी की आँखें उनके पूरे बदन में उगी होती हैं।" हवाई जहाज में बगल की सीट पर बैठे-बैठे डॉ. अंसारी धीरे-धीरे खुले।

मेरी अम्मी बला की खूबसूरत थीं! गरीब औरत की खूबसूरती उसकी सौत होती है—'खूबसूरत' का करीबी रिश्ता किसी-न-किसी 'बला' से बन ही जाता है—शायद इसी खातिर कहते हों 'बला की खूबसूरत'! मेरे अपने अब्बू पटना के नहीं, लाहौर के थे : लेकिन मजहब के नाम पर मुल्क के बँटवारे का आइडिया उनको हजम नहीं हुआ तो ज़िन्ना से रूठे हुए अपने सब हिंदू दोस्तों के साथ वे हिंदुस्तान आ बसने के ख्वाब लगे देखने। कुछ उनका लेना-देना कादयान के अहमदिया मूवमेंट से भी था—सो, तय किया कि कादयान ही आ बसेंगे...लेकिन बँटवारे के बाद के दंगे में उनका अपना हिंदू

साथी उनके पेट में छुरा भोंककर कुछ दहाड़ा और जुलियस सीज़र की तरह छुरे के जख्म से ज्यादा दिल की चोट से वे मरे! दर-बदर हुई मेरी अम्मी की दूसरी शादी अहमदिया संप्रदाय के ही दूसरे लोगों की पहल से—पटना हाईकोर्ट के उन नियाज़ अख्तर साहब के संग तय हुई जिनके घर पहले से सात बच्चे थे। पहली बीवी का इंतकाल अचानक हुआ था—जचगी के दौरान ही। अदालत की मुलाजिमी के साथ हर उम्र के इतने सारे बच्चों की देखरेख अकेले तो मुमकिन नहीं थी, सो अख्तर साबह ने शादी की और मदरसे का छोटा-सा थैला उठाए मैं अम्मी के साथ अपने नये घर आ पहुँचा! नये अब्बू मियाँ नेकदिल थे, पर नयी दादी हमें मुझे अपना न पाईं। सात पोते-पोतियों को अपने कमजोर डैनों में छुपाए लगातार वे लेटी रहतीं और हरदम ही उनकी आँखों में मेरी और अम्मी की खातिर नफरत, दहशत, हिकारत, हौला और उम्मीद के बीच की एक टिमक दिपदिपाती। ये आँखें आँखें नहीं थीं—एक खुरपा थीं—लगातार मेरी जड़ें खोदतीं, उठल्लू बनाये रखतीं मुझको! मसलन कि घर में कुछ अच्छा खाना बनता तो अम्मी की इतनी हिम्मत नहीं पड़ती कि किसी के सामने मुझको मेरा हिस्सा दे दें—छत पर छुपकर कुछ खिलातीं वे या खिलाने की कोशिश करतीं—पकड़ी जातीं तो भरपूर बेइज्जत भी होतीं—इसलिए यह सिलसिला मैंने जल्दी ही तोड़ दिया और गुजर-बसर करने लगा चने-चबेने पर।

बाद में उनके और बच्चे अँगरेजी स्कूलों में दाखिला पा गये, मैं मदरसे ही जाता रहा : फिर अम्मी के ज्यादा छटपट करने पर बी.बी. कॉलेजियट में मुझको भेजा ही था कि नये अब्बू भी फना हो गये और चूँकि मैं और बच्चों से बड़ा था—दादी, अम्मी और सात नन्हे भाई-बहनों का जिम्मा मेरे ही सर आ गया!

खुदा की फ़जल से अब्बू की नौकरी मुझे मिल गयी और रात की पाली की यह नौकरी करते करते मेडिकल कॉलेज में दाखिला भी मिल गया! कुछ साल तो मुश्किल में कटे—ट्यूशनें ज़ारी रखीं—और भाई-बहनों को भी तो पढ़ाना था।

छपरा के एक ब्लॉक में पोस्टेड था जब, कानन एक हादसे का शिकार हो प्राइमरी हेल्थ सेंटर आयीं...क्या जाने क्या कशिश थी उनमें कि लगा, बरसों से अपनी हैं! अम्मी और भाई-बहन बेकार हाय-तौबा न मचाते तो उसी वक्त उनसे शादी कर लेता—पर रेप के झटके से उबरी, इप्टा से जुड़ी हुई, बेपर्दा हिंदू लड़की से शादी उस जमाने में तो और आसान नहीं थी! खैर, मन मारने की ट्रेनिंग मुझको बचपन से मिली हुई थी! फिर वे दिल्ली भी चली गयीं—ऑल इंडिया रेडियो में—और अपनी अम्मी के दबाव में मुझे शादी किसी और से करनी पड़ी!

हमारे बड़े साहबजादे बचपन से ही थोड़े ऐब्नॉर्मल थे और बेहद पढ़ाकू! उनकी दिमागी और मेरी दिलीहालत ऐसी नहीं थी कि अपनी पहली—बीवी, मेहरू की

खुदकुशी के बाद मैं अकेला जीने की सोचता! डिप्रेशन की मरीज़ थीं मेहरू—छोटी से छोटी वजह पर उन्हें दुनिया फ़ानी लगने लगती थी! गुस्सैल तो मैं जन्म से था—बचपन के हालात ऐसे थे कि गुस्सा पीकर रहना पड़ता—लेकिन फिर कम उमर में ही इतने बड़े घर का मुखिया बना तो भीतर दबा सारा गुस्सा बात-बात में लहर मारा करने को आजाद हो गया! मेहरू की मुश्किल यह थी कि मेरी हर चीख-चिल्लाहट वह 'कानन' से शादी न कर पाने की मेरी खिजियाहट से ही जोड़ देती। प्यारी तो वे भी थीं—जब तक जीती रहीं—मैं और कानन खुलकर बतियाने से भी परहेज करते रहे! सरकारी अस्पताल में नौकरी थी—फिर भी चाहता तो दो शादियाँ निभा सकता था, लेकिन किसी पर किसी को तारी करना, एक जीते-जागते इंसान में 'नाकाम पुर्जा' हो जाने का एहसास भरना उसूलतन, न मुझे गवारा था, न कानन को!...फिर भी जो होना था, होकर रहा। मेहरू के मन में जाने कैसे यह बात घर कर गयी कि वो मर जाए तो हम फिर से मिल जाएँगे। इतना तो दो-चार मुलाकातों में ही उन्होंने भाँप लिया था कि कानन दरियादिल औरत है, बच्चों पर जुर्म नहीं ढाएगी, शाहिद और खालिद यतीम नहीं होंगे...!!...जाते-जाते उन्होंने जिस तरह यह वादा मुझसे लिया कि उसके बाद मैं कानन से शादी कर लूँगा, इससे ही मुझको अंदाज़ हुआ कि ट्रक के नीचे उसका आ जाना महज़ हादसा नहीं था, खुदकुशी थी।

कानन से शादी तो कर ली, लेकिन किसी मौत की छाँह में होने वाली शादी गंदुमी तो होती ही है! भारी मन, भारी कदमों से एक नयी जिंदगी शुरू की...कानन में कोई ऐब नहीं था—लेकिन पिछले सत्रह बरसों के सार्वजनिक जीवन का एक्सपोजर, सीपीएमएलए की होलटाइमरी, इप्टा का सपनीलापन और उससे मिले झटके, रेडियो की नौकरी और खुला-खिला जीवन उसकी कद-काठी ऐसी कर गये थे कि घर की सरहद में समाती नहीं थी वो! मैं खुद अपने कामों में मसरूफ रहने वाला आदमी, धीरे-धीरे इससे टर्म्स बनाता गया मगर अम्मी और दूसरे सब रिश्तेदार उसे फ़ाहशा समझने लगे : "दिन-भर या तो दफ्तर रहती है या फोन पर...इतने तो यार-दोस्त हैं, बाबा...पूरा घर नौकर के नाम...रद्दी खाना बनता है, खुदा के भरोसे ही रहती हैं चीजें...इतनी बेतरतीबी...तौबा-तौबा! ये भी क्या बात हुई!"

कान का कच्चा नहीं था, फिर भी झल्ला तो जाता ही था! कानन के इसरार पर मैं तो पटना की जमी-जमाई प्रैक्टिस छोड़कर दिल्ली की दोटकिया नौकरी करने चला आया था...पर यह मेरे इसरार पर मिडिल ईस्ट चलने को तैयार नहीं हुई तो बस नहीं ही हुई! छोटे-से सरकारी फ्लैट में रिश्तेदारों के हुजूम के साथ शाम से सुबह, सुबह से शाम किए चला जाना...क्या इस बदजात-सी, बँधी-बँधायी जिंदगी के लिए इतनी मुश्किल से मेडिसिन पढ़ी थी?...सारे सरकारी निजामों से नफरत थी मुझको, लेकिन

इस औरत का फेर ऐसा कि सरकारी अस्पताल की चिल्ल-पों में ही पड़ा रह गया जिंदगी भर। हाथ मेरा, खुदा की फज़ल से, अच्छा था—मरीज मुझको मसीहा मानते थे—इससे भी मैं चिढ़ता था! कोफ्त मुझे मरीजों से नहीं थी, इस सारे निजाम से थी जो ढोल तो पीटती थी हाशियाबंदों को सेंटर स्टेज देने का और धकेले जाती थी उनको हाशिये के भी बाहर! पत्रकारों से नफरत थी मुझे और सब अफसरों-मंत्रियों से भी जो हमसे कम पढ़े-लिखे, कम काबिल होने के बावजूद हम सब पर रोब गालिब करने की हालत में थे और काले धन में लहालोट! आर्ट और कल्चर की दुनिया के जो लोग मुझे कानन की सर्किल में चाहे-अनचाहे मिल जाते : फूटी आँख भी नहीं सुहाते। सबके-सब ढोंगी थे—हाथी के दाँत, खाने के और, दिखाने के और!

हमारा एक बच्चा तो पूरा पागल था ही, बाकी दोनों भी पागल निकले। चाहता था—डॉक्टर-इंजीनियर बनते—लेकिन दोनों-के-दोनों जेएनयू ब्रांड हो गये—झोला-छाप स्यूडो-बौद्धिक! मेरी सख्ती का जवाब उन्होंने आपसी गुटबंदी से दे दिया! और कानन से सबसे बड़ी शिकायत मुझे यही है कि वह बच्चों में ही जा मिलीं—कभी-कभी उनकी कोई बात मुझको भी बतलायी जाती तो कील-काँटे निकालकर—समाचार-वाचक के ढंग से! छोटे-छोटे राज़ मुझसे पोशीदा ही रहते! तनख्वाह का एक बड़ा हिस्सा जंक-फूड या बाहरी खाने-पीने पर जाता, मैं बिगड़ता तो सामने हाँ-हाँ करती, पीछे से खुद कुछ खिला आती! रेडियो-टीवी-वीडियो-डिस्क ऐंटीना—सबसे मुझको नफरत थी—इतनी मुश्किल काटकर भी मैं पढ़ा और बनकर रहा डॉक्टर, और ये मेरे ही बच्चे किस्से-कहानी, अखबार-तखबार, पॉलिटिक्स-वॉलिटिक्स में दिन गँवाकर सड़कछाप हो लें—ये मुझको कैसे गवारा हो सकता था!...कुल मिलाकर अभी घर की स्थिति यह है कि मैं 'घर' में भी 'बेघर' हूँ ...।"

सर्वेण्ट्स क्वार्टर्स की दुनिया : 'छछिया-भर छाछ' पे नाच

17 सितम्बर, 2004

आउट हाउसों की दुनिया मुझे अपने ही ढंग की लगती! यहाँ रहते हुए भी कई गुर विकसित किए! मसलन कि एस.क्यू. 217 में चलने वाले ब्यूटी पार्लर में ब्यूटीशियन वाला कोर्स किया, एस.क्यू. 119 में बैठने वाले दर्जी से पाजामा, पेटीकोट काटना-सिलना और साधारण हेम-वेम करना। एस.क्यू. 17 में बैठने वाली धोबिन से कोयले वाली इस्तिरी सीखी! उसकी बेटी सत्गुन तो मेरी ही उमर की थी! कभी-कभी दोनों साइकिल चलाती हुई अरावली की पहाड़ियों तक भी जातीं। वहाँ चट्टानों पर बैठी-बैठी सुनतीं कि जे.एन.यू. के वे जोड़े आपस में क्या बातें करते हैं, कभी हँसतीं, कभी कल्पना करतीं अपने भविष्य की! कम-से-कम मेरी कल्पना में कोई एक चेहरा नहीं समाता—कभी साहिल, कभी शाहिद, कभी कोई पुराना गाहक! एक दिन कुकर बनवाने दोनों सहेलियाँ गयीं तो बगल वाली एक दूकान की ओर इशारा करके सत्गुन ने मेरे दुपट्टे में आधा मुँह छुपा लिया! कुकर की पुरानी हैंडिल हाथ में लिए-दिए मैं उस दुकान के काउंटर पर बैठे साँवले-सलोने लड़के के सामने खड़ी हो गयी—'मेरी सहेली को आप अच्छे लगते हैं! वो देखिए—वो उधर खड़ी है! अगर वो भी आपको अच्छी लगती है तो मुझको बताइए—मैं आपके रिश्ते की बात उसके घर में चला सकती हूँ!'

लड़का हड़बड़ाकर खड़ा हो गया! रहता तो वह भी उन्हीं क्वार्टरों में था! अच्छे नंबरों से बारहवीं पास की थी, फिर आई.टी.आई. का प्रशिक्षण और कंप्यूटर हार्डवेयर का कोर्स करके कुछ दिन मायापुरी के पास एक फैक्टरी में नौकरी की थी। भूमंडलीकरण के बाद जब सब छोटे उद्योगपतियों और मँझोले व्यापारियों की जीविका पर एक वज्रपात-सा हुआ, जटायु के आहत पंख की तरह धीरे-धीरे उनके डैने मुँदने लगे, आँखें मुँदने लगीं—मजदूर और छोटे कर्मचारी भी बड़ी संख्या में सड़क पर आ गये। पेटेण्ट बीजों और इस तरह के दूसरे चक्कर छोटे किसानों को विस्थापित मजदूर बना ही रहे थे, विस्थापित मजदूर भी डगरा का बैंगन हुए जा रहे थे! ऐसे में छोटे-छोटे व्यावसायिक कोर्सों की नौका ही पार-घाट लगा रही थी दीपक—जैसे लड़कों को जो अब छोटी दुकानों पर सेल्समैन या मैकेनिक लग गये थे!

दीपक सत्गुन को तबसे ही अपना-अपना-सा लगने लगा था जबसे उसकी फैक्टरी वाली नौकरी छूटी और बीमार माँ की देख-भाल और छोटे भाई-बहनों की पढ़ाई का खर्च उठाने की खातिर वह बसों में घूम-घूमकर, अत्यंत कम कमीशन पर कलमें, (धूसर कागज पर सैकड़ों के भाव में छपने वाली) स्पोकेन अँगरेजी और जी. के. की लालजिल्द पुस्तिकाएँ, नीबू निचोड़ने की नन्ही मशीनें, पेचकस, रोलगोल्ड के हार—'हर माल दस रुपैया वाली' शृंखला में तरह-तरह के गीत गाकर, बातें बनाकर, हँसा-गुदगुदाकर यों बेचने लगा कि सुबह से रात हो जाती, गला बैठ जाता, गार्गल कर-करके फिर ठीक कर लेनी होती आवाज़...और सुबह चाय-रस्क खाकर फिर निकल जाना होता धंधे पर!

कई बार सत्गुन ने उसको बस में देखा था! वह उसको अर्जुन की तरह का पुरुषार्थी दीखता, लेकिन स्वभाव से शर्मीली होने के चलते वह दीपक से भरमुँह बात आज तक नहीं कर पायी!

मैं उसका मनोभाव समझती थी, सो सामने पड़ने के साथ ही एक क्षण गँवाए बिना मैंने अपना दौत्य निभाया और दोनों की दोस्ती करा दी! पार्ट असेम्बल करके कंप्यूटर तैयार करने वाली इस दूकान में मेरे मन में यह बात एकदम से कौंधी कि दुर्गा भी तो सारी देवताओं का असेम्बल्ड तेज थीं, क्या ही अच्छा हो कि मुझे एक आदमी ऐसा मिले जिसमें स्पंदन जी की दार्शनिकता और धीरोदात्तता हो, साहिल की तेजस्विता और प्रतिबद्धता, शाहिद का रूप, उससी ही रहस्यात्मकता, दीपक-सी कर्मठता और...और...पर कौन होगा दुनिया में ऐसा? और अगर होगा तो मुझे क्यों घास डालेगा।

वो देखो, चले आ रहे हैं मियाँ ख़ालिद! हाथ में ढेर-से पैम्फलेट लिए! शहर में जहाँ-जहाँ 'बाई वन गेट वन फ्री' का विज्ञापन देखते हैं—दौड़कर जाते हैं और ढेर-सारी खरीदारी करके, पैकेटों से लदे-फंदे चौके में आकर कहते हैं '—ता, देखो—कितनी सस्ती चीजें लाया हूँ घर की खातिर! हूँ न मैं भी काम का लड़का!'

एक बार किसी होटल में खाने का डिस्काउंट कूपन मिला, वो भी दिखाकर खुशी से चहके—"वैसे तो लड़कियाँ पैदल चलने वाले लड़के को घास नहीं डालतीं पर आज एक के साथ किस्मत जरूर आजमाऊँगा—अब्बू के ज्यादा पैसे खर्च किए बिना उसको रेस्त्रां में बुलाऊँगा! कोई तैयार नहीं हुई तो तुम्हीं चलना।...हाँ, एक बात और! 'कम्यूनिकेशन' कॉल सेंटर में नौकरी मुझे बस मिलने ही वाली है! अब्बू का कहर कुछ तो कम होगा!"...खालिद को देखकर मुझे स्कूल-हॉस्टल के पिछवाड़े रहने वाला का एक बूढ़ा याद आता जो निहायत अकेला और निरुपाय था—सेमिनारों में सिर्फ

इसीलिए जाता कि वहाँ खाना भरपेट मिल जाएगाए लाइब्रेरी सिर्फ भी इसलिए आता कि निश्चिंत रहने का एक सा-सुथरा कोना मिल जाएगा।

उसकी बात सुनी-अनसुनी करके आगे बढ़ी : आउट हाउस की तरफ! 'अहीर' की जो 'छोहरियाँ' घनश्याम को 'छछिया भर छाछ पे नाच' नचाकर छोड़ देती थीं, आज खुद छछिया-भर छाछ की पावना में एक अभंग नाच नाच रही थीं। सुबह से रात, चौके से बाजार और बिस्तर तक की अंतहीन चाकरी करती ये घरेलू महरियाँ कई श्रेणियों में बांटी जा सकती थीं। चौका-बरतन पोंछे वालियां, खाना/टिफिन वालियाँ, बेबी-सिसर्ट, प्रेसवालियाँ, गली-गली खुल गये ब्यूटी पार्लर्स और हेल्थ क्लबों की मालिश चम्पी-फेशियल वालियां। इन्हीं के समानांतर एक और वर्ग था हाटवालियों का—बाजार से सौदा-सुलुफ, मदर डेयरी से दूध, सब्जी फलादि ला देने वाली उन स्त्रियों का जिनके पतियों को ड्राइवर-माली आदि के रूप में एच.आई.जी. के ये आउटहाउस समाहित कर लेते या स्थापित कालोनियों की झुग्गियाँ अंकवार लेतीं जिन्हें।

"क्या होता है इनका जीवन? कपड़े ये ठीक पहनती हैं—मेमसाहिबों की उतरनों के कई-कई सेट इनके पास होते हैं। कहते हैं, किसी की उतरन पहनो तो उसके संस्कारों की छाया भी साथ पहननी पड़ती है। वे ही हाव-भाव, वे ही नखरे, वे ही सपने, वे ही उम्मीदें, पर उतनी फुर्सत कहाँ और कहाँ उतने साधन कि देह पर ठीक-ठाक फिट हो लें? एक तरफ कंधे पर झूल जाती हैं—उतरनें और उम्मीदें।" सत्गुन ने एक दिन कहा था!

और मैं खुद भी इतने दिनों से देख रही थी कि टीवी के सोप-ओपेरा, फिल्में, रंगीन पत्रिकाएँ और अब तो स्तरीय अखबारों के भी रंगीन पन्ने एक 'अनन्य क्रेता' हो जाने के सपने धड़काते हैं। स्त्रीवादी संस्थाएँ अधिकारसजग करती हैं। आत्मविश्वास कानों में यह तो कहता है—'हम किसी से कम नहीं' पर कम नहीं होने का प्रमाण सिर्फ यह कि झुग्गियों के कूड़ेदानों में भी मैगी के पैकेट, कोकाकोला की बोतलें, सस्ती चाइनीज बैटरियाँ, टी-सीरिज की कैसेटें बहुतायत में फेंकी पायी जाती हैं। उनके बच्चे सरोजिनी नगर, जनपथ आदि के 'रूसी मार्केट' के एक्सपोर्ट सरप्लसों से उठाये साफ-सुथरे, रंगे-बिरंगे और स्टाइलिश कपड़े-जूते पहनकर थोड़े दिन नगरपालिका के स्कूल आबाद करते हैं, फिर छोटी-मोटी चोरियों और दंगे-फसादों के झूठे-सच्चे आरोप सिर पर उल्टी कैप की तरह पहने आबाद करते हैं जेलें और सुधारगृह। उसके बाद (कम प्रतिक्रियावादी हुए तो) फैक्टरियों, एसटीडी बूथों, कंप्यूटर सेंटरों, छोटी दुकानों या छोटे होटलों/कार गैराजों की बेआब, खटखटिया नौकरियां ही उन्हें नसीब होती हैं। इनसे ही जूझते हुए वे बन जाते हैं—सस्ती शराबों, सिगरेटों की बू से भरे गरिहंडे,

मरखंड, शक्की और झक्की इंसान जो बात-बात में पत्नी-बच्चों पर हाथ छोड़ता है। मुश्किल से जोड़े गये पैसों की शेयर/लॉटरी आदि चाहता है खरीदना और निन्यानवे के इसी फेर में पड़ा चिंता-फिकिर या बीमारी से गल-गलकर कहीं किसी सड़क या सरकारी अस्पताल के कोने में अंततः दम तोड़ता भी है तो ढेर सारा कर्जा और ढेर सारे बच्चे-कच्चे छोड़कर जिन्हें पालती हैं महरी-माताएँ ही।

इनके बीच जीने के लंबे अनुभव में सिर्फ एक केस मुझे ऐसा मिला जहां माँ मर गयीं तो पिता ने अपने तीन बच्चों का दायित्व दूसरी शादी किए बगैर मेहनत-मजदूरी कर-करके अच्छा ही निभा दिया। बच्चों में बड़े दो तो स्कूल जाते हैं और 'इना राजा स्मृति शिक्षा न्यास' नामक एक उदारहृदय स्वयंसेवी संस्था के वाचनालय में भी (हस्तशिल्प सीखते हुए) दिन-दिन भर पढ़ते हैं। चौदह साल की कच्ची आयु में डॉक्टरों की भूल से अचानक ही देहातीत हो गयी तेजस्वी बच्ची, इना राजा, के शालीन पिता-माता, डॉक्टर और सुशीला राजाराम ने शोक के उदात्तीकरण की जो अद्भुत मिसाल अपने घर की छत पर भी यह संस्था गठित करके कायम की—उसका लाभ इन साधनहीन बच्चों को स्पष्ट हुआ। आगे ये आई.टी.आई. करना चाहते हैं, पर इनका सबसे छोटा जो भाई है—खट्टे—वह पढ़ने नहीं जाता।

उसे सड़कों पर घूम-घूमकर अगरबत्तियाँ बेचना ज्यादा पसंद है। सुबह झोली लेकर निकल पड़ता है—पिता उसे मुँह धुलाते हैं, जूता-मोजा भी पहनाते हैं और मातृसुलभ हिदायतें देते हुए साइकिल के डंडे पर बैठाकर चौक तक छोड़ भी आते हैं।

प्यार की खुराक भूखे बच्चों में भी अलग तरह की शक्ति कैसे भरती है—इसका प्रमाण है यह छोटी-सी घटना। उस शाम रिंग रोड की बस से हयात होटेल चौक पर उतरी अंदर मुनिरका की ओर जाने वाली बसें इतनी लदी-फदी आ रही थीं और मेरा सिर इतना दुख रहा था कि वहीं बस स्टॉप के पास के एक पेड़ की छाया में सुस्ताकर कुछ देर बाद आगे बढ़ने का मैंने निर्णय किया। पेड़ से टिकी हुई सोच ही रही थी कि सामने से अपना झोला हिलाता खट्टू आया 'घर चलना है, दीदी, आओ, चलो, साथ लिए चलता हूँ, बस में सीट भी दिला दूँगा—आओ तो।'

उसे देखकर मेरे मन में, वैसे भी, सिहरन-सी होती है : इतना छोटा बच्चा! कैसे खरहों की तरह चौराहे लाँघता है, कभी कहीं गिरता नहीं, अद्भुत आत्मविश्वास से लोगों की खरी-खोटी भी झेलता है और आँखों की चमक नहीं खोता। बातें ऐसी करता है कि सुनते ही हँसी आ जाए, सारी थकान धुल जाए। 'दिन कैसा बीता? कितने की बिक्री की, उस्ताद?' बातों में उलझाकर उसे एक सेब पकड़ाना चाहा तो वह बेफिक्री से बोला—'अरे, दीदी, मुझे सेब भसर-भसर लगते हैं ये देखो—पोलो है मेरे पास—मिंट विथ' अ होल-पप्पा ने सुबह ले दिया था, और ये देखो (हल्की डकार मारकर)

अभी-अभी बंटा पिया है, अपने पैसों का। भाइयों की खातिर क्रंची भी ले ली है! पढ़-पढ़कर थक जाते होंगे बेचारे।'

फिर मेरे देखते ही देखते वह नन्हा नागरिक पूरे आत्मविश्वास से बस में चढ़ा, लेडीज सीट पर आसनस्थ किसी सज्जन से मेरे लिए थोड़ी झकझूमर की और उसके बाद विजयी योद्धा-भाव से मेरी गोद में आ बैठा। उसकी टिकट की खातिर जब मैंने पैसे कंडक्टर को बढ़ाये, उसने मेरे हाथ पकड़ लिए—'अरे दीदी, मैं तो बच्चा हूं—गोदी में बैठा हूं, 'फुल पैंट फुल टिकट, हाफ पैंट आफ टिकट, नो पैंट नो टिकट' देखो तो, ये कोई पैंट है जो मैंने पहनी है, यह तो पप्पा की कमीज काटकर अम्मा ने चड्डी सिली थी—बहुत हुनरमंद थीं न अम्मा? आपको तो याद होंगी। आपकी सहेली थीं शायद।' ऐसे कितने सारे खट्टों से भरी पड़ी हैं अपनी गलियाँ! क्या हम इनकी खातिर सचमुच कुछ भी नहीं कर सकते?

अंसारी साहब की ड्रॉइंग-रूम वार्ताएँ

15 जुलाई, 2004

हिंदुस्तान तक के सफर में ध्यान से डॉ. अंसारी की सब बातें सुनीं और धीरे-धीरे उनके घर का हिस्सा खुद भी बनती गई। उस दिन जेएनयू में छात्रसंघ के चुनाव सिर पर थे और खालिद मियाँ को घर में 'झाँकी पारे' भी बीस-पच्चीस दिन तो हो ही चुके थे! रात-रातभर गंगा ढाबा के सामने चुनाव की तैयारियाँ चलतीं—धुआँधार भाषण, वाद-विवाद, काव्य-पाठ, पैरोडियाँ और अंत्याक्षरी! कभी-कभी रात के खाने के बाद प्रोफेसर भी जुटते, दक्षिणापुरम् से पूर्वांचल तक कितनी नदियाँ और चट्टानें जोड़े बनाकर या चार-पाँच के घेरे में टहलती आतीं और जहाँ कुछ चलता रहता—वहाँ बैठ जातीं! तरह-तरह के मुद्दों पर चर्चा होती—ऐसी झन्नाटेदार चर्चा कि ऊँचे पेड़ों की टहनियों पर घोंसले बीच-बीच में सिहर जाते!

एक-दो बार ख़ालिद मियाँ ने घर से कुछ जरूरी फाइलें टेफला में फोन करके मँगवायीं तो मैं मुनीरका के अपने घर से जेएनयू परिसर तक साइकिल चलाती हुई देर रात भी पहुँची। हूक उठी मन में कि काश, और पढ़ने का मौका मिलता तो नौकरी-चाकरी छोड़कर पी-एच.डी. पूरी कर लेती।

घर लौटकर फिर मैंने अंसारी साहब को घेरा—"भारतीय यथार्थ के बारे में मेरी जी.के. अगर आप अप-डेट कर दें तो प्रवेश-परीक्षा में बैठकर देखूँ! शाहिद मियाँ की देख-भाल छोड़ूँगी नहीं, घर के सारे काम निबटाकर सेंटर जाऊँगी..." मेरी माँ का बड़ा मन था कि टीचर लग जाती कहीं और झक् सफेद साड़ी पहनकर कॉलेज जाती! झक् सफेद साड़ी का उनको बड़ा शौक था पर कुछ उनका काम ही ऐसा था कि सादा लिबास चाह कर भी पहन नहीं पातीं, कपड़े चकाचक पहनने पड़ते, सज-धजकर रहना होता! "...अच्छा, इन दंगों का क्या चक्कर है? आप बताएँ कि हिंदू-मुसलमान रह-रहकर तिनक क्यों जाते हैं? क्या यह लहरका अँगरेजों का लगाया हुआ है?" उस दिन मैंने जो पूछा तो बोले—

वालिद मियाँ के गुजरने पर घर की सारी जिम्मेदारी मेरे सर आ गयी तो कम-उम्र से ही मैं नौकरी करने लगा! एक नौकरी मुजफ्फरपुर के नारायणी प्रेस में भी की थी! चूँकि वहाँ आजादी के दीवाने हर शाम ऐसे ही जुटते थे जैसे अभी जेएनयू में जुटते हैं—देश की राजनीतिक सरगर्मियों से मैं वाकिफ था!"

"उन दिनों के नेता अब के नेताओं से कितने अलग होते थे न! जो नाम उन दिनों चर्चा में थे, उनमें से आप किन-किन से मिले? किन-किन ने मन में अलग जगह बनायी?"

"बिहार में आमना-सामना तो बस नेहरू, कृपलानी, राजेन्द्र प्रसाद और जयप्रकाश नारायण से हुआ था, लेकिन अबुल कलाम आज़ाद, जिन्ना और गाँधी की भी मेरे मन पर घनी छाप थी!"

"और किसकी बात भीतर तक छूती थी और असहमति थी तो किससे?"

"जवाहरलाल नेहरू को भारतीय राजनीति का पीटर पैन समझा जाता है लेकिन उनमें एक खास तरह की गंभीरता भी थी और एक लालित्य था जो उनके गद्य में साफ झलकता है। आधुनिकता के लेंस से उन्होंने दुनिया का इतिहास देखा-समझा था और एक भारतीय रंग का समाजवाद उनके सपनों में उमड़-घुमड़ रहा था। आजादी के पहले भी, जब वे युवकों से बात करते थे—एक तकनीक-संबलित, विश्वमुखी समाज की छब उनमें लहर लेने लगती थी!

लेकिन वे उतने ही गुस्सैल थे जितना मैं था! मेरे गुस्से ने मेरी जाती जिंदगी का जो कबाड़ा किया, उनके नकचूढ़े अहंकार ने उतना ही बड़ा कबाड़ा इस मुल्क का किया। हर बात पर ताव खाना और अपने आगे किसी की न चलने देना एक मूर्ख किस्म की हिंसा है जिसमें मुगालता यह बना रहता है कि हम जो कर रहे हैं, ठीक कर रहे हैं—इस सख्ती में ही सबका भला है, मुखिया जो सख्त न हुआ तो घर कैसे चलेगा...।"

मैंने बात बदलनी चाही, क्योंकि बोलते-बोलते उनकी आवाज़ भर्राने लगी थी! शीरीन से तो मैं सुन ही चुकी थी घरेलू आतंकवाद के वे किस्से! कितने छोटे-छोटे हिटलर और मुसोलनी हर घर में बैठे थे उस वक्त! आश्चर्य की बात तो यह कि बृहत्तर राजनीति में जो प्रजातंत्र के पक्षधर थे, घरेलू जीवन में उनको भी तानाशाही एक आजमाया नुस्खा जान पड़ती थी, लगता था कि सबको बोलने दिया जाए तो घर का अनुशासन ही बिगड़ जाएगा!...और बाहर की दुनिया में लिप्त भी वे इस तरह रहते थे कि ध्यान ही नहीं जाता था : कहीं कुछ कमी है, मारे डरके बीवी-बच्चे सामने पड़ते ही सिजदे में सर तो झुका लेते हैं पर झुके हुए उन सरों में गुम बगावतें कुलबुला रही हैं। तभी तो उनके पीठ फेरते ही वे राहत की साँस भरते हैं, सामने किसी बात

का प्रतिवाद नहीं भी कर पाते तो क्या—मन से तो उनके वे अब नहीं रहे! किसी का मन जीत पाना आसान नहीं, कम-से-कम खूँखारी के रस्ते दिल तो नहीं जीते जा सकते! आत्मा ही तो एक शय है जो किसी का कब्जा नहीं मानती! बाज के खूनी पंजों में तड़पकर मर जाता है, लेकिन कबूतर अंतिम घड़ी तक छटपटाना नहीं छोड़ता. ..पंजा-भर मांस पीछे छूट भी गया तो क्या, कबूतर के भीतर का अदृश्य जो कबूतर है—देह छूटते ही उड़ जाता है आगे—बाज की गिरफ्त में नहीं आता!

सोच ही रही थी कि बात का रुख और किसी ओर कैसे मोड़ा जाए—कैसे बचाया जाए इस बूढ़े को डिप्रेशन के महाशून्य में डूबने-उतराने से कि दरवाजे पर हल्की दस्तक हुई और वो जो अँगरेजी में कहते हैं न—गॉड-सेंट—अल्ला के बंदे बनकर भीतर आये अंसारी साहब के बुजुर्ग दोस्त, जेएनयू के रिटायर्ड प्रोफेसर रियाज और उनकी बीवी, आबिदा ख़ाला! गुल्ली-थुल्ली आबिदा ख़ाला गाल में पान की गिलौरी दबाए-दबाए भी लगातार इतना ज्यादा और इतना दिलकश बोलती थीं कि जितनी देर वो रहती थीं घर में—बहार आ जाती थी, बहार और पानबहार—दोनों! एक अजब चमकार थी उनके भीतर जो ऐसे लोगों में ही होती है जो कभी सपने में भी किसी का बुरा नहीं सोचते और जिनके जीवन का एक ही उद्देश्य होता है—खुश रहना और खुश रखना!

आते-आते ही वे मुझसे लिपट गयीं...और आँखें मटकाकर अंसारी साहब से पूछा—'क्या हो रहा है, मियाँ?' अंसारी साहब हँसकर बोले—"आ गयी, तारा, किस्सों की पिटारी जन्नत से उठकर चली आयी! मैं तो पटना का अंसारी हूँ, ये हैं अवध की नवाबजादी—सर सैयद अहमद खाँ की नवासी इनकी ममानी थीं और इनकी अम्मा थीं रेहाना तैयबजी—38 या 39 में नेहरूजी एक बार इनके घर ठहरे थे!"

एक बड़ी ट्रे में फालसे का शरबत और खरबूज के बीजों की भुजिया लिए—दिए मैं दौड़ी और उनके पास ही कालीन पर जाकर बैठ गयी—"नेहरूजी ठहरे थे आपके यहाँ?"

"हाँ, शायद '39 में एक बार वे बड़ौदा तशरीफ लाए थे! घर में बस नानीजान थीं—बेहद बीमार, और अम्मा! हमारी किस्मत से उनका ठहरना हमारे यहाँ तय हुआ था!

बड़ौदे में क्या शोर, क्या खुशी का तहलका, क्या रौनक, क्या जोश! चीख-चीख कर अपना गला फँसा लिया था नेहरूजी ने! दौड़-धूप से थक भी गये थे, तब भी अम्मी वगैरह के साथ बैठकर ज़रा-सी बातचीत करने का वक्त उन्होंने निकाला ही। नानीजान से तो ऐसी शीरीनी से पेश आए कि उसके बाद वे हमेशा उन्हें अपने बेटे की तरह याद करती रहीं!

रात के खाने के बाद पंडितजी को फिर से दौड़ना पड़ा! नानीजान पंडितजी का इंतज़ार करती-करती सो गईं कि कब आएँगे बेचारे! कब सोएँगे!

सुबह मालूम हुआ कि पंडितजी बारह-साढ़े बारह बजे आ भी गये थे! जूते निकालकर जीना चढ़े! कमरे की बत्ती भी नहीं जलाई—गुसलखाने की बत्ती से काम चला लिया! बिल्ली भी मात हो जाए—इतने धीमेपन से सोने की तैयारी की और यह सब इसलिए कि मेरी बीमार नानी जाग न जाएँ!"

"अच्छा तो इतना अदब-लिहाज भी उनमें था—लेकिन क्या सिर्फ नवाबों, सैयदों और पंडितों के लिए कि औरों के लिए भी?" अंसारी साहब ने तंज किया!

इस बार बात प्रोफेसर रियाज ने उठा ली :

"ऐ भाई, एक बात तो मेरे भी सामने की है और बहुत ही मजेदार! इलाहाबाद के कुंभ की कल्पना करो! नेहरू की मोटर अथाह जनसमुद्र और धुआँधार जयकार के बीच किसी तरह बढ़ रही थी कि कहीं से एक दलित वृद्धा भीड़ चीरती हुई उनकी खुली मोटर की ओर आई और हाथ उठा-उठाकर लगी कोसने—"अरे जवाहर, ज़रा खड़ा तो रह! तू कहता है न कि आजादी मिल गई है—लेकिन हमारे लिए क्या आजादी? हमको तो नहीं मिली, तुझको जरूर मिल गयी होगी क्योंकि तू मोटर में घूम रहा है! मेरे लड़के को तो नौकरी ही नहीं मिली! कहाँ है आजादी?"

पंडितजी ने फौरन अपनी गाड़ी रुकवाई। नीचे उतरकर उस तक गये और हाथ जोड़कर बोले—"माँजी, अपने देश के प्रधानमंत्री को जो आप ऐसे डपट रही हैं सरेआम—आजादी के ही चलते न!"

अदब के लिए भी उन्हें मोह था। अक्सर उनकी कोठी पर अदीबों की महफिल जमती! मेरे अब्बा हुजूर शायरी में दखल रखते थे, मैं भी कभी-कभी ऐसी महफिलों में उनके साथ शरीक हो जाता! भाई अंसारी, वो क्या दिन थे! जनाब बेकल, सरदार जाफरी, फिराक साहब—सबके आगे तख्तनसीन झुकते थे! और कैसी महीन छेड़-छाड़ चलती थी आपस में!

एक बार की बात है! वक्त कम था! नेहरू को उम्मीद थी कि लोग अपनी छोटी रचनाएँ ही सुनाएँ!

सभी जानते थे कि सरदार जाफरी की नज्में लंबी होती हैं तो जब वे सुनाने को आगे बढ़े, एक शायर छेड़ते हुए बोले—"देखिए, ज्यादा जोर न पड़े!"

पंडितजी हँसकर बोले—''किस पर? सुनने वालों पर कि पढ़ने वाले पर?''

फिराक साहब छूटते ही बोले—

"अजी साहब, अब यह भेद न खुलवाइए!"

"वो सब चाहे जो हो, लेकिन यह बँटवारा उनका ही किया हुआ है! वे प्रधानमंत्री

बनने से इनकार कर देते तो जिन्ना का मान रह जाता और देश बँटने से बच जाता! कौन-से जिन्ना बहुत दिन जीने वाले थे, टी.बी. के मरीज़ बस नाम के ही 'जीना' थे।" वे...बीमार आदमी! उनके इन्तक़ाल के बाद हो लेते नेहरू जो होना था!"

"अरे भाई, बँटवारे का मसला संजीदा था! बात ऐसी उलझ गयी थी कि किसी एक के साधे सध ही नहीं सकी...बंगाल की जनगणना, धार्मिक एका के आधार पर लड़े जाने वाले म्यूनिस्पल चुनाव...पहली बार मुसलमानों में यह खौफ भर गया कि अरे, वे तो कहीं के रहे ही नहीं—बादशाहत छिनी, रोब-रुतबा छिना और अब वजूद ही खटाई में पड़ गया-सा दीखता है! अँगरेजों की चाल ही थी मुस्लिम-बाहुल्य के हिसाब से बंगाल का बँटवारा!

ऊपर से सैयद साहब--जैसे नेता! बेग़म बुरा न मानें तो उनकी शान के खिलाफ कुछ अर्ज करूँ?"

"करते नहीं हैं क्या! करते ही रहते हैं! मर्द कब ससुरालवालों के सगे हुए हैं?"

"बीवी की राय में हर मर्द नाकारा और पागल होता है! जानती हो, तारा—एक किस्सा तुम्हें और भी सुना दूँ—राज्यसभा में तलाक पर बहस चल रही थी। सुंदरय्या ने संशोधन प्रस्ताव रखा—तलाक के कारणों में 'पागल' के बदले 'जिसका दिमाग ठीक न हो, लिखा जाए', इस पर राधाकृष्णन ने सर पकड़ कर कहा—पत्नी की राय में तो हर मर्द का दिमाग खराब होता है!...खैर, मैं यह कह रहा था कि सैयद साहब जरा इलीटिस्ट किस्म के इंसान थे—शिया और सुन्नी का फर्क मानते थे और 'हम लोग' 'वो लोग' वाला चक्कर भी उनके दिमाग में उतना ही चलता था जितना कि हिंदुओं के संभ्रांत नेताओं के दिमाग में! 1872-73 तक इतना तो साफ हो ही गया था कि अँगरेजों के हथियार इतने पेचदार हैं, रिनासां और औद्योगिक क्रान्ति की ऐसी बड़ी ताकत है उनके साथ कि तलवार-तीरों से उनको खदेड़ना मुमकिन नहीं है—पश्चिमी शिक्षा से उनका आर-पार भेदते हुए महीन ढंग की संवैधानिक लड़ाइयाँ ही संभव हैं। सो अचानक अँगरेजी शिक्षा-दीक्षा पर हर ओर से जोर पड़ने लगा! राजा राममोहन राय की तरह सर सैयद जैसे संभ्रांत मुसलमानों को भी ये लगा कि मध्य एशिया के उलेमाओं के फरमान सुनते हुए कौमी मदरसों में बाल-बच्चों को भेजना ऐलफों (गरीब तबके के मुसलमानों) के लिए फिर भी ठीक है लेकिन अशरफों (संभ्रांत मुसलमानों) के लिए नहीं! मदरसों में अँगरेजी शिक्षा की शुरुआत उन्हें ठीक नहीं जान पड़ी। इसका उन्होंने खुलकर विरोध किया और अँगरेजों से अपील की कि गरीब मुसलमान बच्चों के लिए तो इतनी ही शिक्षा काफी है कि मजहबी किताबें पढ़ लें, खत-खितावत कर लें...अँगरेजी पढ़कर वे क्या कर लेंगे भला, अँगरेजी शिक्षा सम्भ्रान्त घरों में आए तो कुछ बात बने!"

"अब इसका बँटवारे से क्या लेना-देना!" खाला बमकीं!

"मेरे कहने का मतलब बस इतना कि 'डिवाइड ऐंड रूल' वाली नीति सिर्फ अँगरेजों ने नहीं अपनायी हिंदू-मुसलमानों पर, बल्कि हमारे अपने लोग भी इस बात पर उतने सतर्क नहीं रह पाए कि आपस का एका जरूरी है और जो मौका मिले, वह सबको मिले—क्या गरीब, क्या अमीर, क्या हिंदू, क्या मुसलमान!...बाद में तो, खैर अँगरेजों ने हद ही कर दी। रैयतवारी, भूमि और रेवेन्यू सेटलमेंट के दूसरे खूनी कानून इस तरह लागू किए और हिंदू कारिंदों, महाजनों और छोटे-मोटे अफसरान को मुसलमान जमींदारों-कारीगरों और छोटे किसानों के सर पर वसूली की खातिर यों खड़ा किया कि बात बिगड़ती गयी।

बाकी कबाड़ा धार्मिक पुनर्जागरण ने किया, ऐसे गड़े मुर्दे उखाड़े धार्मिक मेलों, गणपति आंदोलन, और प्रतिक्रियावादी मुस्लिम संगठनों ने भी कि मन में गाँठ लग गयी! दोनों कौमें खुद को शेर समझती थीं...एक जंगल में दो शेरों का रहना दिन-ब-दिन मुश्किल होता गया...!"

"खिलाफल आंदोलन के समय गाँधी के खलीफा के साथ खड़ा होने का कुछ फर्क नहीं पड़ा—ऐसा तुम कैसे कह सकते हो!" अंसारी साहब बोले—"मौलाना ज़फर अली खान की वो नज़्म कितनी मशहूर हुई थी—

आयी है आसमान से चलकर वो कूवतें,
जो मुस्लिम-ओ-हुनूद को शीरोशहर करे!

हाँ लेकिन, गाँधी बाबा ने उस वक्त दोनों कौमों में ये उम्मीद जगा दी थी कि खिलाफत के तुरत बाद हिंदू-मुस्लिम एकता का बिरुआ आजादी का जादुई आम टपका देगा!...लोगों की उम्मीद पूरी नहीं हुई तो चौरा-चौरी घटा और गाँधी अवाक् हो गये...उसके बाद तो फिर उनकी किसी ने सुनी भी नहीं—अलग-अलग डफलियाँ लगीं बजने—लेकिन जो सुर निकला—बेसुरा ही निकला—फटी हुई डफलियाँ पीटते हुए लोग सड़कों पर बाहर निकल आए...गाँधी ने थोड़ा निराश किया तो आपहुदरे हो गये लोग! खुदी को कर बुलंद इतना कि हर तक़दीर के पहले/खुदा बंदे से खुद पूछे, बता तेरी रज़ा क्या है—मुस्लिम नेताओं के मन में इकबाल अपनी तरह से राह बनाने लगे। पर यह बात भी गैरतलब है कि शुरू में इकबाल कहीं से मजहबी नहीं थे, 'मजहब नहीं सिखाता—आपस में बैर रखना'—उनका ये दर्शन 'ऑल इंडिया मुस्लिम कॉन्फ्रेंस' की दिल्ली बैठक के वक्त ही साफ हो चुका था जब उन्होंने विश्व-भर के मुसलमानों से धार्मिक ऐक्य की प्रस्तावना के ऊपर स्थानीय ऐक्य को प्राथमिकता दी थी और 'मुस्लिम राष्ट्र' की अवधारणा पर भू-संबलित राष्ट्रवाद काबिज़ किया था, कहा था कि

एन.डब्ल्यू.एफ.पी., बलुचिस्तान, सिंध और पंजाब के कुछ हिस्से मिलाकर मुस्लिम फेडरल बना लें जहाँ सांस्कृतिक और शैक्षिक विकास अपने ढंग से करते हुए मुसलमान हिंदोस्तां की आजादी के मोर्चे पर कॉंग्रेस से कंधे से कंधा मिलाएँ!

फिर राउंड टेबल! इरविन पैक्ट, सीट रिजर्वेशन के मसले! 1934 में मो. खलिकुज़्ज़मान की इस सधी प्रस्तावना की अवमानना कि 'मुस्लिम सीटों पर चुनाव लड़ने का कॉंग्रेस को पूरा हक है पर, सदाशयता के नाते वह ऐसा न करे तो अच्छा!" कॉंग्रेस के प्रेसिडेण्ट के रूप में नेहरू का चुनाव जिसके बारे में जिन्ना ने भरपूर कटाक्ष किया कि 'बनारस' और 'मॉस्को' के बीच ही कहीं इनकी गाड़ी अटकी रहेगी हमेशा!...हालात बद से बदतर ही होते गये! रियाज साहब यादों में खाने लगे!

नेहरू से गलती हुई तो ये कि उन्होंने अस्मिता के नाज़ुक मसले पर ध्यान नहीं दिया और मार्क्स की इस अवधारणा पर ही बात टालकर रख दी कि दुनिया की सारी समस्याओं की बुनियाद आर्थिक और शैक्षिक विषमता है, अवसर और साधन बराबर बाँटे जाएँ—इतना ही काफी है, मान-अपमान और अस्मिता के मसले आजादी के बाद भी तो हल हो सकते हैं!...घटना-क्रम भी कुछ ऐसा रहा--सावरकर, पंत, मालवीय, पटेल और गाँधी तक की बातों से ऐसी ध्वनि निकलती जान पड़ी कि मुसलमान खुद को 'राजनीतिक शूद्र' की श्रेणी में खड़ा पाने लगे!...और एक बार जो विश्वास टूटा तो टूट ही गया।" अंसारी साहब आवेश में पूरा जग ही खाली कर गये।

"1937 के मध्य अगस्त में वाइसरॉय लिन्लिथगो जब भारत आए, जिन्ना ने मुस्लिम लीग की कमजोर स्थिति की दुहाई देते हुए कहा कि रामराज्य का सपना देखने वाले हिंदुत्व की बाँहों में उनकी लीग समा जाए, इसके पहले उसकी स्थिति मजबूत कर देना उनका धर्म बनता है!...उसके बाद ही शुरू हुई एम.ए.एच. इस्पहानी और आदमजी हाजी दाऊद जैसे व्यापारियों के दम से बंबई और कलकत्ता में मुस्लिम चैंबर्स ऑफ कॉमर्स की स्थापना, फेडरल असेंबली में इन नवधनाढ्यों की प्रतिष्ठा और मुस्लिम प्रांतों की संप्रभुता की अन्य कोशिशें!" दोनों वृद्धों की स्मृतियाँ पंख फड़-फड़ाने लगी थीं!

"अलीगढ़ मुस्लिम विश्वविद्यालय बनारस हिंदू विश्वविद्यालय के समकक्ष एक बड़े सांस्कृतिक केंद्र के रूप में विकसित हो ही रहा था, पर समकक्ष आर्थिक निकायों का विकास भी एक महत्त्वपूर्ण घटना था। रिजर्व बैंक ऑफ इंडिया में मुस्लिम चैंबर ऑफ कामर्स के 'राही' प्रतिनिधित्व का मसला भी उन्हीं दिनों उठा था न, रियाज?"

"बिल्कुल, बात अब ऐयाश जमींदारों और पूँजीवादी मिशन में लगे लाचार कारीगरों की ही नहीं रही—आर्थिक आधार मिलते ही अस्मिता का प्रश्न बड़ा हो गया! मद्रास और दक्षिण भारत के अन्य प्रांतों से कई बड़े मुस्लिम प्रतिष्ठान उठे और लीग

में मिल गये, ठीक वैसे ही जैसे बंगाल में हिंदू भद्रलोक के समानांतर मुस्लिम जोतेदार खड़े हुए। बिड़ला के सिवा और जितने बड़े पारसी व्यापारी थे, उनको भी लीग से मिलना हितकारी लगा!...और फिर आगे की बात अब क्या बताएँ, बेटी, एक बार खुदी अगर सर उठा जाती है तो तमाम बीच-बचाव और संधि-वार्ताएँ फुस्स!"

"हाँ, लेकिन, अब भी कहीं कुछ तो बिरहा की टीस बची है, तब ही तो बेगम अख्तर के इस गाने पर पाकिस्तान की राजनीतिक तनातनी यों पिघली—याद है न, भाई साहब, वो ठुमरी –

'आजा बलमजी, हमरे दुआरे,
सारा झगड़ा खतम होइ जाए!'

× × ×

बेगम अख्तर की चर्चा आते ही मेरी आँखों में अम्मा का चेहरा तैरने लगा! उठकर बाहर आ गयी। जिन बाबू साहब के संग अम्मा अंतिम दिनों में रहीं—कैसे उनसे पेश आते थे! कहने को तो रईस थे, बेग़म अख्तर और दूसरे कलाकारों के कद्रदान मगर एक कलाकार जो उनके साथ रह रही थी—हर पल ही उसका निरादर! टुकुर-टुकुर अम्मा बीमार चौकी से देखा करतीं—बंद कोठी की दीवारें—खाना मिल जाता—लेकिन फिर बाकी समय बाबू साहब के घरवालों के ताने, खुद उनकी हिकारत,...नौकरों की भी मनमानी! हे भगवान!...इस जीवन से तो अच्छा था कि अम्मा मजदूर ही रहतीं!

दूर-सड़क के उस पार—ओवरब्रिज के काम की खातिर बिहार और राजस्थान से आये कुछ मजदूर-परिवार ईंट का चूल्हा जोड़े मोटी-मोटी रोटियाँ पका रहे थे! पास कहीं पेड़ के नीचे गाना-बजाना भी चल रहा था ढोलकी पर—जेएनयू वाले गोरख पांडे का प्रसिद्ध गीत –

'समाजवाद बबुआ, धीरे-धीरे आई।
हाथी से आई, घोड़ा से आई
अंगरेजी बाजा बजाई, समाजवाद ...

मुझे सहसा याद आया कि इसी तरह का एक गीत अम्मा के मुँह से सुना था जिसमें सुराज के धीरे-धीरे आने की बात थी—छपरा की थी माँ—राजेन्दर बाबू का बड़ा वर्चस्व था उनके इलाके में—सो गाना कुछ ऐसे चलता था कि...सुराज आ रहा है धीरे-धीरे, उसके आगे-आगे घोड़े पर राजेन्दर बाबू और हाथी पर नेहरूजी हैं लेकिन गाँधीजी जनता के साथ पैदल चल रहे हैं!

सोचकर सिहर गयी तारा! तब के युवक! और अब के? सामने सड़क पर रैम्प शो की तैयारी में लगी युवकों की टोली चली आ रही है—गाते-बजाते, भोले-भाले वानर...लेकिन भई, एक बात है, बंदर-बंदरिया का नाच भी मनोरंजक तो होता ही है! युवाशक्ति जो भी करती है—करती हुई भोली-भाली तो लगती है—घुटे बदमाशों की टोली वह नहीं लगती!

एक पजामा, दो भाई : पारा-पारी कचहरी जाई

× × ×

ख़ालिद मियाँ घर के 'बर्बाद' लड़के माने जाते थे—दिन में सौ बार आईना देखते, तिरपन बार कंघी करते, छत्तीस बार बाथरूम जाते—इसलिए कि वहाँ का आईना आदमकद है, ठीक से खाना नहीं खाते, बारहों महीने डायटिंग पर रहते—इस उम्मीद में कि कभी एक 'ब्रेक' मिलेगी तो मॉडलिंग करेंगे और फिल्मों में भर्ती हो जाएँगे! देखने में, ख़ुदा की फज़ल से, खूबसूरत तो थे ही—ऐक्टिंग भी, माशाअल्लाह, अच्छी ही कर लेते थे! दरअसल उनकी पूरी जिंदगी अभिनय ही थी—राजनीतिक प्रतिबद्धता, भाषण और समाजसेवा वगैरह! एक ढाल की तरह वे राजनीतिक प्रतिबद्धता का इस्तेमाल करने लगे जबसे फेल हुए! फेल हुए इसलिए नहीं कि ज़हीन नहीं थे या मेहनत नहीं की थी। मेहनत तो भरपूर की थी पर कंप्यूटर साइंसेस में उनकी गति ही नहीं थी, सो एक सीमा के आगे दिमागी चक्का एकदम से जाम हो जाता—कर्ण के पहिए की भाँति कीच में ही धँस जाता मानो!

शीरीन कहती थी—"अम्मा ने लाख समझाया—इसे आर्ट्स पढ़ने दो, पर उन दिनों अब्बू किसी की सुनते ही कहाँ थे, एकदम से फरमान सुना डाला—'इस घर से रिश्ता रखना है तो एम.सी.ए. की प्रवेश-परीक्षा तो निकालनी ही पड़ेगी!'...दिन-रात कलम घिसी तो आकर तीसरी दफा में अल्ला-अल्ला करके चुने गये...अम्मी ने कितनी मनौतियाँ मान रखी थीं—इतनी जहालत और इतने गरम आँसू, इतने गुमसुम रतजगे, मशविरे, हशहश, चुप-चुप, अहा, उफ, अच्छा-अच्छा, 'एक दिन आएगा', 'देखना' वगैरह के बाद ये दिन आ ही गया...आकर लेकिन फिर जल्दी गया! चार दिन की चाँदनी, फिर अँधेरी रात! गति या फ्लेयर या अभिरुचि भी तो कोई चीज़ होती है! दुगुनी मेहनत करके प्रवेश परीक्षा निकाल ली पर रोज ही क्लास में फूँ सरक जाती उन लड़कों के बीच जो इस विषय में अपनी इच्छा से आए थे, बाप के ठेले हुए नहीं! तड़प कर कहते खालिद मियाँ—'मुझसे ऐक्टिंग ही करवा लो या एस्से लिखवा लो, किसी विषय पर बुलवा लो—उनसे आगे रहूँगा—लेकिन हिसाब-किताब में मेरा यह दिमाग तुरंत हाँफ जाता है—यह मैं अब्बा को अब कैसे समझाऊँ!"

कुल मिलाकर हालत यह थी कि अंसारी साहब का अपने इस बेटे से भी आमना-सामना नहीं के बराबर ही होता! "अम्मी जब तक चलने-फिरने लायक रहीं, एक अदृश्य डोर उनको इस घर से बाँधे रही! अम्मी उनकी फंटूसियाँ सुनतीं, उनके अटपटे चुटकुलों पर जी-भर हँसतीं, शाश्वत डायटिंग वाली स्कीम में भी उनकी सहायता करतीं ('लो कैलोरी कुकिंग' में एक कोर्स भी कर लिया था—खास-खास चीजें बनाकर खिलातीं—अब्बू की खूँखार धमकियाँ लगातार झेलने के बावजूद) कोई कह ही नहीं सकता था—ये दोनों भाई उनके जाए नहीं थे!" एक दिन शीरीन ने ही मुझे बताया था।

मेरे मन में एक हूक-सी उठती कि घर की मालकिन से मैं मृत्युशय्या पर क्यों मिली—कुछ दिन तो उनको फॉर्म में देखती!...सोच ही रही थी कि दूसरे कमरे में शाहिद मियाँ ने माइक की तरह मुँह में खाली गिलास सटाकर धाराप्रवाह भाषण शुरू कर दिया। ऐसे ही वे एक अदृश्य-सी जनसभा संबोधित करते थे जब भी 'हाई' होते थे और मैं चुपचाप उनका भाषण सुनती हुई सोचती थी कि यह घर भी शिव के त्रिशूल पर बसी एक अद्‌भुत नगरी है या कहिए कि एक नयी तरह का 'वंडरलैंड'—मैड हैटर, चशायर कैट...सब एक छत के नीचे ही रहते हैं यहाँ! पर शाहिद मियाँ के ऐसे आविष्ट भाषण सुनते हुए मुझे यह भी लगता कि जीनियस तो यह लड़का रहा ही होगा—कुछ नटवोल्ट जरा ढीले हैं लेकिन—मैं इनको कसकर रहूँगी—प्रेम के लिए कुछ असंभव नहीं! मुस्कुराकर मैं बीच-बीच में ताली भी बजाने लगी और शाहिद मियाँ अनजान आवेग में बोलते गये—

"हलो...माइक टेस्टिंग, हलो तो भाइयो-बहनो, तीन सरल किंतु प्रबल आवेगों ने मेरे जीवन का शासन किया है—प्रेम की साख, ज्ञान की खोज और मानव-जाति के दुख-दर्द के लिए असहनीय करुणा! इन आवेगों ने जबर्दस्त आँधियों की तरह मुझको अनिश्चित राहों पर, वेदना के गहरे सागर पर इधर से उधर भटकाया है, अक्सर निराशा के ठेठ कगार तक पहुँचाया है।

मैंने प्रेम को ढूँढ़ा है! पहले तो इसलिए कि यह आह्लाद देता है—ऐसा विशेष आह्लाद कि चंद घंटों के आनंद के लिए बाकी सारे जीवन की कुर्बानी चढ़ाने को तैयार हूँ! दूसरे, इसलिए कि वह एकाकीपन से राहत देता है—उस भयंकर अकेलेपन से जिसमें काँपती हुई चेतना दुनिया के एक किनारे से ठंडे, अथाह, निष्प्राण गर्त को ताका करती है! और अंततः मैंने उसे इसलिए ढूँढ़ा है कि प्रेम-मिलन में मुझे उस जन्नत का पूर्वाभास मिलता है जिसकी कल्पना संत और कवि करते आए हैं!

उतने ही आवेग से मैंने ज्ञान को ढूँढ़ा है। मैंने चाहा है कि मैं सबके मन को समझूँ! मैंने जानना चाहा है कि तारे क्यों चमकते हैं। मैंने वह पैथागोरीय शक्ति पाने

की कोशिश की है जिसके द्वारा संस्था सतत परिवर्ती सृष्टि-प्रवाह पर शासन करती है! इसका कुछ अंश, ज्यादा नहीं, मैंने पाया है!

प्रेम या ज्ञान, जितना भी मिल पाया—मुझे ऊपर स्वर्ग की ओर ले गया! पर करुणा हर बार मुझे पृथ्वी पर लौटा लाई! अकालग्रस्त बच्चे, आततायियों की यंत्रणाओं से कुचले गये लोग, अपने ही बेटों द्वारा बेकार का बोझ समझे जाने वाले बेबस बूढ़े और तमाम तन्हाई, गरीबी और दर्द—इनसे ही जीवन विद्रूप बन गया है! मैं बुराई को हलका करना चाहता हूँ पर कर नहीं पाता और दर्द भोगता हूँ!

भो-भो-भो...भो-भो वानरा! भोपू बजाए भोला...ला-ला-ला माँ आम ला-ला रा लप्पा-ला-रा लप्पा-पापापा-पागल प्रेमी बंजारा!"

मैं भौचक बैठी सुनती उनका भाषण! कभी-कभी तो समझदारी की बातें करते और कभी ऐसी कि तौबा! कभी इतने ज्यादा संजीदा और कभी हाइपर तूफान! 'आदमी हैं ये कि जिंदगी? क्या काबू हो पाएँगे इतने आवेग?' रह-रहकर दिल में हौला उठता।

काननबाला की मृत्युशय्या : हेडाऊ का तुरिअ जिकँ हाथ न फेरइ सउ-सउ बार

15 दिसम्बर, 2004

काफी धीरज से शीरीन के रिश्तेदारों ने मुझको झेला था। जब मैं अचानक एक दिन उनकी बरसाती में 'शोधार्थिनी' बनकर अमरीका से टपकी! पर शीरीन की माँ सुशांत रहीं।

श्रीमती अंसारी उन दिनों काफी बीमार चल रही थीं। एक अजब-सी मुलायम रोशनी उनके गंदुमी चेहरे पर थी! ईसा मसीह जिसे 'ग्रेस' कहते हैं और हिंदी में शालीनता जिसका पड़ोसी है—वह शब्द उन्हें देखते ही अपनी समस्त गरिमा के साथ, रानी मक्खी की तरह कानों में गुन-गुन करता हुआ मन में मधुछत्र बनाने लगता था! उन्होंने मुस्काकर मुझको स्वीकार कर लिया। वे उन विरली औरतों में थीं जिन्हें 'जीनियस' पति की असंख्य प्रेमिकाएँ गोद लेते रहने की आदत पड़ जाती है और 'मजबूरी का नाम महात्मा गाँधी' जिनके लिए सौ-फीसदी सही है!

माँ जीती होती तो इसी उमर की होती! मुझको पिता के हवाले किया, उस समय तक उसको सिफिलिस हो चुकी थी...पिता ने इतना तो 'ग्रेस' दिखाया कि कुछ दिन उसे 'गाँव की एक अनाथ औरत' के रूप में आश्रम में रखने की सोची। उसके इलाज की व्यवस्था कराने और समाज-सुधारक भाव से मुझे 'एक अनाथ बच्ची' के रूप में स्कूल भेजते रहने का संकल्प भी सहज ले लिया।...पर माँ का स्वाभिमान इतना प्रखर था कि एक दिन किसी हल्की-सी फटकार पर वह उठी और हाथ जोड़कर बोली :

"चलती हूँ, महात्माजी! यह शरीर बोझ तो है पर इतना बड़ा बोझ भी नहीं कि सारी जिंदगी अपनी रोटी खुद चलाई तो इस उमर में गाँव की एक अनाथ औरत बनकर आपके दरवाजे आन गिरूँ!...बच्ची को ढंग से पाल दीजिए! अगर कोई आपका प्रायश्चित्त है तो ये ही है!"

उस रात तो रुक गयीं—देर तक मुझको देखती रहीं पर छुआ नहीं! कितना मैं

चाहती थी—वह मुझे पहले की तरह ही गोदी में अँकवार कर सोए, पर जब से उसे इस असाध्य रोग का पता चला था, वह मुझसे दूर-दूर ही रहतीं—यह मुझे आज समझ में आता था, उस वक्त मैं उनसे गुस्सा ही रहती थी!...और अगली सुबह जब तो वह चुपके से चल दी कहीं—मुझे उठाया भी नहीं—लोट-लोट कर रोते हुए मैं मन-ही-मन खुद को समझाती भी रही—"जब मुझे कोई प्यार ही नहीं करता, मैं किसी की खातिर क्योंकर हलकान हुई जाती हूँ!" आदमी जीने का कोई बहाना तो ढूँढ़ ही लेता है! कभी प्रेम, कभी नफरत। दोनों के बीच पींगें लगाती हुई मैं माँ को तो नहीं, कभी-कभी माँ के दलाल, बुद्धन चचा को आश्रम या हॉस्टल से फोन कर लेती। मेरा बचपन उनकी (हार के उस घोड़े की तरह उपेक्षित जिसपर घोड़े वाला सौ-सौ दिनों तक हाथ नहीं फेरता) बहुतेरी टॉफियों और चुम्मियों का कर्जदार था। जब तक माँ जीती रही—यानी दो-चार महीने और—उनका भी हालचाल उनसे मिल जाता। चुम्मा-चुम्मी में फर्क करना मुझे कम ही उमर में आ गया था! बुद्धन चचा माँ के दलाल थे तो थे पर उनकी चुम्मियों से मुझे कोई उबकायी नहीं आती थी। उबकाई आती थी उस 'महात्माजी' की चुम्मियों से जो वास्तव में मेरे पिता थे। पर मानने को तैयार नहीं थे कि परिस्थितिवश बाजार में बैठी मेरी माँ किसी और की गठरी उसके सर नहीं मढ़ रही! अगर मैं गठरी थी तो उनकी ही लादी हुई...पर उनको तो महानता की बीमारी थी! उन्होंने मुझे स्वीकारा भी तो 'महानता' के आवेग और पतितोद्धार के तेवर में—'दिल को खुश रखने का गालिब ये खयाल अच्छा था,—यों भी कि मैं उनके टुकड़ों पर पलने वाली एक गूँगी गुड़िया भी तो थी जिसे 'माता-माता' कहते हुए जब-तब अँकवार सकते थे वो और अतृप्त देह की खुजली मिटा सकते थे!...शुरू-शुरू में तो मैं अकबकाकर रह जाती पर बाद में मन को तसल्ली ये देती कि जो हो, आखिर यह आदमी मुझे पढ़ा तो रहा है...हो सकता है ये मेरी कभी-कभी की देहघिसाई ही पढ़ाई की 'फीस' या आश्रम का 'किराया' हो!

डॉक्टर अंसारी से मेरा ऐसा संबंध तो नहीं बना! एक अधकचरा रूमान और कृपाभाव ही उस संबंध में अधिक था, पर लोग समझते थे मुझे उनकी प्रेमिका ही जिसे वे विदेश से लिवा लाए और बीमार पत्नी के सिर पर बिठाल दिया हो! इस एक बात से मुझे कोफ्त बहुत होती थी!

शुरू-शुरू में उनके बच्चे भी मुझको गलत ही समझते रहे पर धीरे-धीरे जब शीरीन से मेरी दोस्ती हो गई...घर में सब-कुछ सहज होने लगा!

खालिद उन दिनों जेएनयू के छात्रसंघ के सचिव थे, शीरीन उसी वर्ष आई.पी. एस. में चुनी गई थी और उसे होम-काडर यानी बिहार काडर मिला था! शाहिद के कारण भी इस घर को एक 'हाउसकीपर' की जरूरत घनघोर थी...और भाग्य की

विडंबना ये कि मैं जन्म की बेघर, अंततः एक हाउसकीपर के रूप में इस नए 'घर' में नियुक्त हुई!

जैसे कोई पत्र लिखता है या कोई मसविदा और लिखते-लिखते अचानक उसे याद आता है कि अरे यह बिंदु तो छूट ही गया, तो 'पुनश्च' लिखकर नीचे कुछ और जोड़ देता है, उसी तरह एक रौ में बढ़े जाते इस अनूठे परिवार से एक 'पुनश्च' की तरह मैं जुड़ ही गयी!

वैसे तो हर संबंध के विकास की कहानी में महाकाव्य के कुछ बीज होते ही हैं, पर इस परिवार के एक-एक व्यक्ति से मेरे संबंध के विकास की कहानी थोड़ी ज्यादा ही विचित्र है!

जी.बी. रोड के दिनों में एक बायस्कोपवाले से मेरी अच्छी बनती थी! वह मुझको मुफ्त ही बायस्कोप दिखला देता था। गई रात तक गाहकों को निबटाते-निबटाते माँ इतना थक जाती थी कि दिन चढ़े तक नींद ही नहीं खुलती थी उसकी और भूखी-प्यासी ही गलियों में घूमती हुई मैं हर सुबह बायस्कोपवाले का इंतजार इतनी बेचैनी से करती थी कि क्या कहूँ!

बचपन की मेरी महत्वाकांक्षाओं में एक था बायस्कोपवाली बनना! तब की दमित कामना, शायद ये रंग दिखा रही है कि मन कर रहा है—दिल्ली लौट आने के बाद बने 'खास' संबंधों और कुछ चुनिंदा दृश्यों के शाब्दिक स्लाइड तैयार करूँ!

...इतना लिखते-लिखते देह ही लचर गई! अब आगे लिखा नहीं जाता! कुछ देर लेटकर शीरीन की धारावाहिक चिट्ठियाँ दुबारा पढ़ती हूँ...इस लड़की को जब मौका मिलता है, कई-कई टुकड़ों में यह मुझको अपने जीवन के विशिष्ट अनुभव डिस्पैच करती रहती है!...इन तीन वर्षों में मैं इसका ऑल्टर ईगो जो हो चुकी हूँ—कहती है—'तू और स्पंदन—मेरे दो फेफड़े हैं—तुम दोनों से भरछक बातें किए बगैर मैं उजबुजा जाती हूँ।...नौकरी तो ऐसी वाहियात है कि लगातार 'जीहुजूरों' से घिरा रहना होता है—प्रशासकीय प्रशिक्षण का आप्तवाक्य है—दूरी-मातहतों से दूरी बनाए रखिए—कभी किसी को इतना करीब न आने दीजिए कि वह लिबर्टी ले! कभी-कभी सोचती हूँ—अल्लामियाँ या भगवानजी भी तो मसूरी और हैदराबाद की प्रशासकीय ट्रेनिंग के बाद इतने दूरस्थ और तटस्थ और अनअप्रोचेबल और फलाना और ढिमाका तो नहीं हो गये...। भरछक गप्प के बगैर तो मेरा दम ही घुट जाता है—इसलिए कम-से-कम दो जंतु चुन लिए हैं—जिंदगी-भर जिनसे अक-बक करूँ...वो क्या कहा है जयशंकर प्रसाद ने—अवंतिका देवी अक्सर उनको उद्धृत करती हैं—"तुमुल कोलाहल कलह में मैं हृदय की बात रे मन!"

शीरीन अंसारी : अंबर कुँजा कुरलियाँ गरजि भरे सब ताल

30 जुलाई, 2006

प्रिय तारा,

बारिश की झनर-पनर बंद ही नहीं होती! केरल का यह नन्हा-सा गाँव—कुमारन आशान का गाँव—केले के पत्तों और कटहल के कोओं की मादक-सी गंध से छवाया पड़ा है! पान की दूकानों पर भी केले टँगे हैं और अद्यतन पत्रिकाएँ बिछी हैं! इतना हरा और इतना भरा-पूरा एकांत, मगर मनःस्थिति ऐसी—तट से टूटा-छूटा होने की! सौदागर सिंदबाद हूँ कि रॉबिन्सन क्रूसो कि दोनों हूँ? पूरा जहाज डूब जाने का एहसास एक समुंदर की तरह मुझमें करवटें बदल तो रहा है, पर कहीं उम्मीद भी है कि अभी उधर से कोई लालटेन लिए हुए आएगा—कोई पुराना साथी! हो सकता है—अम्मी ही आए—हँसती हुई—'अरे, कहाँ छुप गयी थी! कितना ढूँढ़ा, कितना ढूँढ़ा!'

लोग क्रिकेट-फुटबॉल-बैडमिंटन के चैंपियन होते हैं, मैं जिस खेल की चैंपियन हूँ—उसमें कभी किसी को कोई ट्राफी नहीं मिलती पर आता यह सब को है, कभी-न-कभी इसे सब खेलते हैं! छुपन-छुपाई का खेल! खेलती-खेलती अम्मी जिंदगी की झाड़ियों के पार जा छुपीं। दौड़ी मैं पीछे तो वे लोककथा की राजकुँवरी की तरह धान की बाली बन बिखर गयीं—थोड़ी आकाश में, मिट्टी में थोड़ी-सी, थोड़ी-थोड़ी धूल-धूप-हवा में! थोड़ा-सा उनको चिड़िया खा गयी।

जो चिड़िया उन्हें खा गयी—क्या नाम था उस चिड़िया का? रहती कहाँ थी वह? किस घोंसले में? क्या उसका कोई घोंसला था भी?

रात के ग्यारह बजा चाहते हैं! हल्की झपकी आ गयी थी कि टप से एक बूँद टपकी—पैर के अँगूठे पर! शायद छत टपक रही है! उठ बैठी, फिर लेटी। इसी तकिए की ऊदी रूई में अम्मी की अंतिम साँस अटकी पड़ी है! उनकी घनी केशराशि का जवाकुसुम तेल आहिस्ता-आहिस्ता अपने वहाँ होने का एहसास जगा रहा है! तकिए वफादार होते हैं गंध बचाकर रखने में!

एक घबरायी-सी गौरैया सीलिंग से सटी पड़ी है! गीले हैं उसके डैने! मेरी बायीं कलाई में अम्मी का इकलौता कंगन है! इस कंगन की रग-रग में मिट्टी है! यह धूल-मिट्टी अपने जीते-जी मैं धुलने नहीं दूँगी!

अम्मी गज़ब की किस्सागो थीं और गज़ब की कथानायक भी! कुछ बच्चे जो मैंने गोद ले रखे थे—अम्मी के भरोसे ही छोड़कर काम पर निकलती थी! डेढ़ दर्जन बच्चों को इस खूबसूरती से वे सँभाल लेती थीं—किस्सों के सहारे—कि शाम को मेरे साथ 'लॉज' लौटते हुए ताजादम फूलों का गुलदस्ता नजर आने लगते थे वे!

अम्मी के बाद उनकी किताबें मेरे हिस्से आयीं! मालामाल हो गयी मैं! कभी कुछ उठाती हूँ, कभी कुछ! उनका लिखा एक अधूरा उपन्यास भी है मेरे पास! उनकी साड़ी में लपेटा हुआ! पर उसे खोलकर पढ़ने की अभी मेरी हिम्मत नहीं पड़ती! अभी कुछ फंतासियाँ ही उठाती रहती हूँ—कभी 'सिंहासन बतीसी', कभी 'विक्रम और बैताल', कभी 'चंद्रकांता संतति' ...! अभी तो 'किस्सा तोता मैना' पढ़ती-पढ़ती सोयी थी—हर किस्से की तरह यह भी बृहत्तर जीवन का एक रूपक है –

"बहुत समय पहले की बात है, रमणीक द्वीप में एक बहुत सुंदर वन था। वन में नाना प्रकार के पेड़-पौधे थे, जिनमें एक आम का बहुत पुराना तथा घना वृक्ष था। उस पर सैकड़ों पक्षियों ने अपने घोंसले बना रखे थे। उस वृक्ष की खोह में एक तोता भी अपने बच्चों तथा मादा के साथ रहता था। सारा दिन जंगलों में उड़ते, खाते-पीते तोता और उसकी मादा आराम से अपना जीवन व्यतीत कर रहे थे। रात को वे अपनी खोह में आकर अपने बच्चों के साथ सोने का प्रबंध करते तथा उन्हीं से अपने मन की बात कहकर तोता और उसकी मादा अपने बच्चों को पंखों में छिपाकर सो जाते थे।

एक दिन तोता अपनी मादा व बच्चों से कहकर उनके लिए दाना-पानी का प्रबंध करने चला गया। उसका सारा परिवार खोह में ही आराम कर रहा था। तोता खुशी-खुशी जंगल की ओर गया, परंतु शाम को जब वह वापस आया, तो उसे अपनी मादा व बच्चे पूरे वन में कहीं नजर नहीं आए। हुआ यह था कि जिस वृक्ष पर उसका परिवार रहता था, उस दिन किसी निर्दयी व्यक्ति ने उस वृक्ष को ही काट डाला, जिस वजह से तोते का सारा परिवार न जाने उस वन को छोड़कर कहाँ चला गया था।

अपने परिवार को वन में न पाकर तोते को बहुत दुःख हुआ।...अब उन्हें कहाँ ढूँढ़े और स्वयं कहाँ जाए। यह सोचते-सोचते उसे रात हो गई, वह उसी वन में एक अन्य वृक्ष पर बैठकर रात गुजरने का इंतजार करने लगा। उसे चैन कहाँ मिल रहा था, उसकी तो नींद और सुकून ही छिन गया था। जैसे-तैसे करके तोते ने वह रात गुजारी और सुबह होते ही वह पुनः अपने परिवार की तलाश में निकल गया।

कई दिनों तक वह अपने परिवार को खोजता रहा, परंतु कोई सफलता न मिली। अब तोता क्या करता, उसे अपने परिवार के बिछुड़ने का दुःख सहने की आदत पड़ गयी थी। यदि वह उन्हें मन से न निकाले तो क्या करे! वह बेचैन-परेशान पागलों की तरह इधर-उधर भटकता-फिरता और रात में किसी भी वृक्ष की डाल पर बैठकर रैनबसेरा कर लेता था। अब उसका अपना कोई स्थायी मुकाम नहीं रह गया था।

एक दिन शाम के समय तोता एक पेड़ पर जा बैठा। उस पेड़ पर पहले से ही एक मैना बैठी थी। परंतु जिस समय तोता उस पेड़ पर बैठा, उसने मैना को नहीं देखा था, क्योंकि मैना पेड़ के पत्तों में छुपी हुई कुछ सोच रही थी।

तोते को पेड़ पर बैठा देखकर मैना पत्तों से बाहर आई, उसे गुस्सा आ रहा था कि यह तोता क्यूँ मेरे पेड़ पर आ बैठा। वह तोते का पेड़ पर बैठना पसंद नहीं कर रही थी। उसने आँखें तरेर कर बड़ी सख्ती के साथ तोते से कहा—"ऐ तोते! तू मेरे इस पेड़ पर क्यों आ बैठा है? चल यहाँ से, अपना ठिकाना कहीं और तलाश कर, नहीं तो अच्छा न होगा। मैं नहीं चाहती कि तू रातभर यहीं जमा रहे और हमारी बिरादरी के पक्षी मुझ पर कोई शक करें। अच्छा होगा यदि तू यहाँ से चला जाए।"

मैना की बात सुनकर तोता पहले से भी अधिक परेशान हो गया। वह कर भी क्या सकता था, क्योंकि पेड़ तो मैना का ही था, वह तो केवल रात गुजारने की नीयत से ही उस पेड़ पर जा बैठा था। उसे क्या पता था कि ऐसी फटकार भी सुननी पड़ेगी। तोते को उसकी बात से दुःख तो बहुत हुआ, परंतु रात हो गई थी, अब वह उस पेड़ के अलावा जा भी कहाँ सकता था, अतः उसने दुःखी भाव से मैना से कहा—"ऐ मैना! यहाँ बैठकर हम तेरा क्या बिगाड़ रहे हैं? हमें तो केवल इस रात यहाँ बसेरा करना है और सुबह होते ही उड़ जाना है। इसलिए मैं तुझसे प्रार्थना करता हूँ कि आज की रात मुझे इसी पेड़ पर ठहर जाने दे।"

तोते की बात सुनकर मैना उसी अंदाज में बोली—"ऐ तोते! तू मेरी कितनी भी खुशामद कर ले, पर मैं नहीं मानूँगी, क्योंकि मुझे इस मर्द जात से नफरत है। दुनिया में मर्द के जैसा निष्ठुर और कोई नहीं है।"

मैना की ऐसी जली-कटी बातें सुनकर तोते को गुस्सा आ गया, उसने कहा—"ऐ मैना! तू बड़े गजब की बात करती है, मर्दों को निष्ठुर बताती है, लेकिन यह बात हर कोई कहता है कि औरत जात से ज्यादा निष्ठुर और बेमुरव्वत कोई जात नहीं होती। तू मर्दों की जात को निष्ठुर बताती है जबकि मर्दों के जितना बात का पक्का और धनी कोई नहीं होता। और सुन! औरतों के चरित्र के बारे में तो यह कहावत भी प्रचलित है—'त्रिया चरित्र जाने न कोय, खसम मार कर खुद सती होय'। परंतु तेरी यह बात सुनकर मुझे अफसोस है। तू मर्दों से इतना क्यों जलती है, क्यों इतनी नफरत

तेरे मन में मर्दों के लिए है! तूने मर्दों में ऐसा कौन-सा ऐब देखा है, जिससे कि तू मर्दों की जात से ही नफरत करने लगी है?"

"क्यों तेरे सामने मैं ऐसी बात कहूँ, तू तो आज रात का ही मेहमान है, सुबह होते ही चला जाएगा और फिर तेरा-मेरा क्या रिश्ता? मैं तुझे क्यों बताऊँ कि मर्द जात से मैं क्यों नफरत करती हूँ।" मैना ने तोते से कहा।

"नहीं मैना, अब तो तुझे इस बात का खुलासा करना ही पड़ेगा। जब तूने मेरी जात को गाली दी है, तो यह तो तुझे बताना ही पड़ेगा कि इस गाली के पीछे क्या रहस्य छुपा हुआ है, क्यों तू मर्दों से इतनी नफरत करती है?" तोता जिद्द पकड़ते हुए बोला।

मैना ने तोते को समझाया और कहा—"ऐ तोते! तू इन बातों से क्या लेगा। तू सो जा या किसी दूसरे वृक्ष पर जाकर अपनी रात गुजार ले। मुझे परेशान मत कर, अब नींद आ रही है। मैं सोने जा रही हूँ। और एक बात और सुन ले, इस डाल तक आने की हिम्मत की तो मैं तेरे पंख नोच-नोच कर तुझे जान से मार डालूँगी।"

ऐसे कड़वे शब्द सुनकर तोते को और अधिक गुस्सा आ गया। उसने भी गुस्से में भर कर मैना से कहा—"देख मैना, या तो आज तू मुझे मर्दों की निष्ठुरता की कहानी बताएगी, नहीं तो मैं न तो स्वयं सोऊँगा और न ही तुझे सोने दूँगा और सुबह होते ही मैं बिरादरी की पंचायत करूँगा कि तू मर्दों की जात को गाली देती है, उन्हें बेवफा बताती है।"

तोते को इस प्रकार जिद्द करते देख, मैना से न रहा गया और उसने तोते से कहा—"ऐ तोते, यदि तू इतनी जिद्द कर रहा है, तो सुन! मैं तुझे मर्दों की बेवफाई का यह किस्सा सुनाती हूँ।" और मैना ने तोते को किस्सा सुनाना प्रारंभ किया—और धीरे-धीरे आपसी बतकही का वह सिलसिला चल पड़ा जो आजतक कायम है और खत्म होने का नाम ही नहीं लेता—पहले मैना, फिर तोता, फिर मैना, फिर तोता—''

बेवफा सनम

हिंदुस्तान में एक बहुत बड़ा शहर है दिल्ली। वह एक प्रसिद्ध शहर है। उस शहर में एक ठाकुर परिवार रहता था। उस परिवार में एक नौजवान लड़का...तोता बोला—"ऐ मैना! जब से मैंने ये दास्तान सुनी है, मैं भी स्त्रियों से घृणा करता हूँ और इसी कारण मैंने आज तक दूसरी शादी नहीं की।"

तब मैना बोली—"ऐ तोते! तूने बात तो सच्ची कही है, लेकिन यह भी सच है कि पुरुष अधिक निष्ठुर होते हैं। स्त्री तो सौ में से एक-दो ही चरित्रहीन या निष्ठुर

निकलती हैं। यदि तू मेरी इस बात को झूठी समझता है, तो मैं तुझे एक और दास्तान सुनाती हूँ –

ठग की वफादार बेटी

मैना बोली–"ऐ तोते! चंद्रपुर नामक राज्य में महेंद्रदत्त नाम का राजा राज्य करता था। उसका बेटा सुरेंद्रदत्त बड़ा सुंदर और चतुर था। राजा बहुत शक्की आदमी था। उसने एक दिन किसी गलती पर अपने बेटे सुरेंद्रदत्त को बारह साल के लिए देश निकाला दे दिया। तब सुरेंद्रदत्त ने जाने से पहले अपने गुजारे के लिए कुछ द्रव्य अपने साथ लिया। उस सामान में चार लाल और कुछ रुपये भी थे। ये सारा सामान लेकर सुरेंद्रदत्त ने अपना सफर प्रारंभ किया।

जब वह अपने शहर से कुछ दूर पहुँचा तो उसे जंगल में एक साधु का आश्रम दिखाई दिया। वह कुछ समय बिताने के लिए उसके आश्रम में जा पहुँचा। वह साधु को दंडवत् प्रणाम कर एक तरफ बैठ गया। साधु अपने किसी कार्य में लग रहा था, जब वह अपना कार्य समाप्त कर चुका तो उसने सुरेंद्रदत्त से पूछा–"बच्चा! तुम कौन हो और यहाँ कैसे आये?"

सुरेंद्रदत्त ने कहा–"महाराजा! मैं राजा महेंद्रदत्त का पुत्र हूँ। मुझे मेरे पिता ने देश निकाला दे दिया है, इसलिए मैं परदेस जा रहा हूँ। रास्ते में आपका आश्रम दिखाई दिया तो मेरे मन में आया कि आपके दर्शन भी करता चलूँ। किसी ने कहा है कि साधु-संतों के पास बैठने से कुछ मिलता ही है, यही सोचकर मैं आपके आश्रम में आ गया। बस, आपकी कृपादृष्टि की आवश्यकता है।"

साधु ने सुरेंद्रदत्त की बात सुनकर कहा–"वत्स! तुम नेक इंसान जान पड़ते हो और परदेश भी जा रहे हो, इसलिए हम तुम्हें चार बातें बताते हैं। तुम उन बातों पर अमल करना। परदेश में ये बातें तुम्हारे अवश्य काम आएँगी। सुन! ये बातें हैं–

1. परदेश में एक से भले दो होते हैं।
2. परदेश में दूसरे के हाथ का खाना मत खाना। अगर खाना भी पड़े तो पहले किसी जानवर को खिला देना।
3. परेदश में किसी दूसरे की बिछाई हुई चारपाई पर मत सोना। अगर सोना भी हो, तो पहले बिस्तर को अच्छी तरह झाड़ लेना।
4. चौथी बात यह कि यदि कहीं शत्रुओं के फंदे में फंस जाओ तो जहाँ तक हो सके, नर्मी और ज्ञान की बातें सुनाकर अपना उद्देश्य प्राप्त करना।"

साधु ने कहा–"ये चार बातें हमेशा याद रखना।"

साधु की बातें सुनकर सुरेंद्रदत्त उसे प्रणाम कर परदेश को चल दिया। जब चलते-चलते बहुत दिन बीत गये, वह एक जंगल में जा पहुँचा। वहाँ देखता क्या है कि एक चील एक कछुए के बच्चे को पंजों में दबोचे उड़ी जा रही है। संयोगवश बच्चा उस चील के पंजे से निकलकर नीचे गिर पड़ा।

सुरेंद्रदत्त ने कछुए के बच्चे को तड़पते हुए देखा तो उसे बड़ी दया आयी। उसने मन में सोचा कि इस बच्चे को पालना चाहिए। इसे पालने से दो बातें होंगी, पहली तो यह, कि इसके प्राण बच जाएँगे, और दूसरी यह कि साधु द्वारा बताई गयी पहली बात भी पूरी हो जाएगी कि सफर में एक से भले दो होते हैं और इससे बातें करते हुए दिन भी आसानी से बीत जाएँगे।

यह सब सोचते हुए सुरेंद्रदत्त ने बच्चे को अपने साथ लिया। वह कछुए के बच्चे को लेकर सफर करता रहा। कई दिन के सफर के बाद उसे एक अच्छा सा स्थान दिखाई पड़ा। उस स्थान पर पहुँचकर उसने कुछ खाया-पिया और फिर कछुए के बच्चे से बोला—"ऐ मित्र! तुम यहाँ बैठे रहना, मैं जरा थोड़ी देर सो लूँ।" यह कहकर सुरेंद्रदत्त एक पेड़ के नीचे सो गया।

उसी पेड़ के ऊपर एक साँप और एक कौआ रहते थे। उन दोनों का यह दस्तूर था कि जब कोई मुसाफिर उस पेड़ के नीचे ठहरता, तो साँप उसे डस लेता और कौआ उसकी आँखें निकाल लेता था। जब सुरेंद्रदत्त सो गया, तो उस साँप ने आकर उसे डस लिया और पेड़ पर चढ़ गया। कुछ देर बाद जब कछुए की नजर अपने मित्र सुरेंद्रदत्त पर पड़ी तो वह उसे मरा देखकर बहुत घबराया और सुरेंद्रदत्त के सिर पर बैठकर रोने लगा।

तभी कौआ भी पेड़ से नीचे उतरा और ज्यों ही उसने सुरेंद्रदत्त की आँखें निकालनी चाहीं, त्यों ही कछुए ने झपट कर कौए की गर्दन को अपने मुँह से पकड़ लिया। कौए ने बहुत जोर लगाया, मगर कछुए ने उसे नहीं छोड़ा। तब कौए ने अपने मित्र साँप को पुकारा।

कौए की आवाज सुनकर साँप पेड़ से नीचे आया। देखा तो कौए को कछुए ने अपने मुँह में दबोच रखा है और किसी प्रकार भी छोड़ने का नाम नहीं ले रहा है। तब साँप ने अपने मित्र कौए को छुड़ाने के लिए कछुए की पीठ पर कई बार डंक मारा, किंतु हर बार कछुआ अपना मुँह अंदर करता रहा और उसका कुछ नहीं बिगड़ा। जब कछुए पर साँप का बस नहीं चला तो उसने कछुए से कहा—"तुम मेरे मित्र को छोड़ दो, वरना अच्छा न होगा।"

यह सुनकर कछुआ बोला—"तूने मेरे मित्र को डँसा है, अब मैं भी तेरे मित्र की जान लूँगा।"

कछुए का ऐसा कठोर व्यवहार देखकर साँप ने विनम्रता से कहा—"तू मेरे मित्र को छोड़ दे, तो मैं तेरे मित्र को जीवित कर दूँगा।" यह कहकर साँप ने काटी हुई जगह पर अपना मुँह रखकर सुरेंद्रदत्त के शरीर से सारा विष खींच लिया, फिर बोला—"अब तो मेरे मित्र को छोड़ दे, तेरा मित्र तो जीवित हो जाएगा।"

अपने मित्र का विष उतरते देखकर कछुए ने कौए को छोड़ दिया। जब सुरेंद्रदत्त को होश आया तो उसने अपने मित्र को साँप के डसने का सारा हाल सुनाया। यह सुनकर सुरेंद्रदत्त ने अपने मन में सोचा कि साधु की एक बात तो काम आई कि एक से भले दो होते हैं। फिर आगे बढ़ा और कुछ दिनों के बाद समुद्र के किनारे जा पहुँचा। तब कछुए के बच्चे ने कहा—"मित्र! मेरा देश आ गया है। यदि आप आज्ञा दें तो मैं अपने माता-पिता से मिल आऊँ। उनसे बिछुड़े बहुत दिन हो गये हैं। वे बहुत दुःखी होंगे।"

सुरेंद्रदत्त ने उसे जाने की आज्ञा दे दी और स्वयं रात को वहीं समुद्र के किनारे उस जंगल में ठहर गया। उस जंगल में एक ठग परिवार रहता था। उस परिवार में आठ प्राणी थे। ठग, ठग की दो लड़कियाँ और चार लड़के। उसकी बड़ी बेटी ज्योतिष विद्या जानती थी।

वह अपने पिता से बोली—"पिता जी! मुझे ऐसा प्रतीत होता है कि इस जंगल में एक पथिक आया हुआ है। उस पथिक के पास चार लाल हैं। यदि तुम लोग उसको यहाँ ले आओ तो उससे लाल लेना मेरा काम है। यदि वे लाल हमको मिल गये तो जीवन भर के लिए निहाल हो जाएँगे। परंतु उस पथिक को मारना नहीं। उसे जीवित ही पकड़कर लाना।" लड़की ने अपने पिता व भाइयों को सुझाव दिया।

यह सुनकर पाँचों व्यक्ति उस पथिक की खोज में निकले। थोड़ी देर बाद देखा कि एक आदमी एक पेड़ के नीचे सो रहा है। उसे देखकर उन्होंने सोचा, यह वही पथिक हो सकता है, जिसके पास लाल हैं।

वे पाँचों उसे पकड़कर ले गये और अपनी बेटी के हवाले कर दिया। ठग अपनी बेटी से बोला—"इससे लाल निकलवाना अब तेरा काम है।"

"तुम लोग चिंता मत करो, मैं इससे लाल निकलवा लूँगी।"

इधर जब ठग की छोटी बेटी ने सुरेंद्रदत्त को देखा, तो वह दिलोजान से उस पर आशिक हो गयी। भाइयों के डर से कुछ कह तो न सकी, लेकिन मन ही मन उसको बचाने की चिंता करने लगी।

कुछ देर बाद ठग की बड़ी बेटी ने खाना बनाया और उसमें जहर मिला दिया। यही खाना उसने सुरेंद्रदत्त को परोस दिया। जब थाली सुरेंद्रदत्त के सामने आई तो उसे साधु की कही गयी दूसरी बात याद आ गयी। उसने थाली में से थोड़ा-सा भोजन

निकालकर कुत्ते के सामने डाल दिया। उस खाने को खाते ही कुत्ता मर गया। यह देखकर सुरेंद्रदत्त ने भोजन नहीं किया। उसने अपने मन में सोचा कि साधु की दूसरी बात भी काम आई।

ठग की बेटी ने जब सुरेंद्रदत्त की यह हरकत देखी, तो उसने सोचा कि मेहमान बहुत चालाक है। उसने एक कुआँ तैयार कराया और उसमें आग भरवा दी तथा कच्चे सूत का एक पलंग बुनकर उस कुएँ पर बिछाकर बिस्तर लगा दिया। फिर सुरेंद्रदत्त से कहा—"आप इस पलंग पर विश्राम कीजिए।"

जब सुरेंद्रदत्त पलंग के पास आया तो उसे साधु की तीसरी बात याद आई और उसने बिस्तर को झाड़ा। जैसे ही उसने बिस्तर को झाड़ा, वैसे ही कच्चे सूत के धागे टूट गये और आग का कुआँ नजर आने लगा। अब उसने सोचा कि साधु की तीसरी बात भी मेरे काम आई। यह सोचकर वह सोने के लिए एक टूटी हुई चारपाई पर लेट गया और सोचने लगा कि आज रात जान बचनी मुश्किल है।

इतने में ठग की छोटी बेटी मौका पाकर आई और सुरेंद्रदत्त से कहने लगी—"हे प्रिये! मैं तुम पर दिलोजान से फिदा हूँ। परंतु आज की रात मेरे वश में कुछ नहीं है। इस रात मेरी बड़ी बहन की बारी है। जिस तरह भी हो सके, आज की रात मेरी बहन से अपने प्राण बचाइये। कल मेरी बारी है, मैं आपकी दासी हूँ, आपको साफ बचा लूँगी।"

इतना कहकर ठग की छोटी बेटी वहाँ से चली गई। सुरेंद्रदत्त सोचने लगा—एक बहन तो इतनी जालिम है कि मेरी जान लेने पर उतारू हो रही है; और एक बहन मेरी जान बचाने के साथ-साथ मेरा साथ देने पर तुली हुई है। उसकी समझ में कुछ नहीं आ रहा था कि माजरा क्या है? वह सोच ही रहा था कि इतने में ठग की बड़ी बेटी दाखिल हुई। उसके एक हाथ में नंगी कटार थी। वह सुरेंद्रदत्त के पास आकर क्रोध से बोली—"हे मुसाफिर! या तो अपने चारों लाल मेरे हवाले कर दे, नहीं तो मैं तुझे जान से मार डालूँगी।"

ठग की बेटी का यह सुलूक देखकर सुरेंद्रदत्त को उस साधु की चौथी बात याद आई। उसने सोचा, आज की रात बचना बहुत मुश्किल है।...कैसी-कैसी दास्तानों से पटी पड़ी है दुनिया! सब अधूरी दास्तानें!

सोने की कोशिश करती हूँ! सुबह-सुबह ट्रेन पकड़नी है! बीच में गाजियाबाद रुककर अम्मी का अस्थिकलश लेना है अम्मी के एक मुँहबोले भाई, त्यागी मामू के घर से!

अभिन्न/शीरीन

त्यागी मामू : मत सहल हमें जानो फिरता है फलक बरसों तब खाक के परदे से इनसान निकलते हैं

प्रिय तारा,

तुम्हें त्यागी मामू के बारे में बता रही थी न!

इधर तो उनका पेट भी ज्यादा ही खराब रहने लगा था! कभी-कभी वे सेमिनारों या बारातों में सजने वाले स्टॉलों पर घूम-घूमकर खाने का ऐसा हृदयहारी वर्णन करते कि अम्मी फोन पर भी रुआँसी हो जातीं! कभी-कभी ही खाना खाते थे मामू—बाकी वही चाय-बिस्कुट और फलाहार, यदि गला खराब न हो! और हम भी तो अब इतनी दूर चले आए थे—हर तरह से दूर!

फोन पर ही पता चलता रहा—कोई खाना उन्हें अब 'सूट' नहीं करता, किसी 'घी' में नहीं—किसी का बनाया नहीं! बनानेवाले के संस्कार की शुद्धता की बात वे बार-बार करते और मैं सोचती ही रह जाती तकनीकी तौर पर तो हम विधर्मी हैं, दलित भी और एक वेश्या का खून है हमारी नसों में—लेकिन ये मामू हमसे तो छूत नहीं मानते, और स्वजातीय बाबाजियों/बाहरी रसोइयों का खाना उनको हजम नहीं होता! ये चक्कर क्या है? मूल चीज है स्नेह ही! सबसे बड़ा शुद्ध घी वही है—सबको पचा जाने वाला, सहज चिकना देने वाला! लेकिन जरूरत से ज्यादा मिल जाए अगर तो स्नेह से भी आर्टरीज ब्लॉक होने लगती हैं। मारक हो जाता है प्रेम भी!

त्यागी मामू के अपने छोटे भाई आई.ए.एस. के बड़े अफसर थे—अफसर ज्यादा, भाई कम! बहुत मनुहार से इन्होंने उनको पाला था! तीन साल ही छोटे थे, मगर मामू ने ममता उनपर माँ-बाप की ही लुटायी थी! खुद भी यू.पी.एस.सी. की लिखित परीक्षा पास की थी एक बार, पर 'पोलिटिकली इनकरेक्ट' बातें ठस्से से बोल जाने वाले के लिए 'वाइवा' नाम की भवबाधा पार कर पाना तो मुश्किल है! छोटे भाई में इतनी दुनियादारी थी कि कब कितना बोलना है—कितना कैसे पढ़ना है—यह सब समझे, त्यागी मामू के नोट्स पढ़कर, उनके ही विचार-विमर्श 'परिमार्जित' करके वह बड़ा

अफसर बना और ये पूजा-पाठ, शास्त्र-पुराण-ज्योतिष-थियोलॉजी और परा-मनोविज्ञान की जो अवांतर दुनिया है—उसमें ही विचरा करने वाले आकाशी लोगों में अन्यतम रहे। दुनिया के सारे अन्याय मिटाने का भी एक अच्छा ब्लूप्रिंट इनके पास था—सारे अखबार ध्यान से पढ़ते थे, विश्लेषण करते थे ऐसा कि न्यूजचैनल हिल जाए, प्रशंसकों का एक रेला भी था पीछे, पर साथ कोई नहीं था! ऐसे लोगों के आगे-पीछे तो बहुत लोग होते हैं, बस कोई साथ नहीं होता। मैनेजमेंट के गोरखधंधों के खिलाफ कई पब्लिक इण्टेरेस्ट लिटिगेशन दायर कर रखे थे : सारा पैसा और समय या तो कागज-पत्तर या वकील तैयार करने में जाता या पूजा-पाठ में—'एक भी अपराधी को सजा दिलाई तो शिवजी प्रसन्न होंगे—इसी भाव में वे लगातार रहते थे।

मामू चाहते थे—कुछ दिन और उनके पास रुक जाऊँ, पर मेरी छुट्टियाँ खतम थीं। दोपहर में मामू को चाय बनाकर दी कि फोन आ गया—नॉयपॉल भारत आ रहे हैं! नोबेल लॉरिएट के भारत-आगमन पर सुरक्षा-व्यवस्था जो कड़ी करनी थी—उसकी जिम्मेदारी हम जैसे ही तीन नए आई.पी.एस. अफसरों के सर थी जो अलग-अलग काडरों से निमराना बुलाए गये थे।

काम ही तकलीफ की काट है। मामू के कचहरी से लौटने तक इंतजार किया और अम्मी की हड्डियों का मटका गोद में उठाकर स्टेशन चल दी! बार-बार छाती से टकरा रहा था मटका! ऐसे ही डोल-डाल करती होऊँगी मैं भी जब अम्मी मुझको गोदी में टाँगे सब्जी या राशन खरीदने जाया करती होंगी!

उन्हीं की मेज पर हजारी प्रसाद द्विवेदी का 'कुटज' मिला! एक साँस में पढ़ गई! उसका अन्तिम हिस्सा पढ़कर ऐसा लगा जैसे यह किसी वामालूम से 'बिरिछ' का वर्णन न होकर, स्वयं मामू का वर्णन है—पढ़कर मन भर आया—वैसे ही लोगों की तो हमें तलाश है जिन्हें जानना ही उन्हें मानना हो! ध्यान से पढ़ो—लगेगा—मामू से मिल रही हो—'कुटज क्या केवल निकट आ गया तो भय के मारे अधभरा नहीं हो जाता! नींति और धर्म का उपदेश नहीं देता फिरता अपनी उन्नति के लिए अफसरों का नहीं चाटता फिरता, दूसरों को अवभानित करने के लिए ग्रहों की खुशामद कहीं करता...दाँत नहीं निपोरता, बगलें नहीं झाँकता! जीता है ओर शान से जीता है—काहे वास्ते? किस उद्देश्य से? कोई नहीं जानता। मगर कुछ बड़ी बात है! स्वार्थ के दायरे के बाहर की बात है! भीष्म पितामह की भाँति अवधूत की भाषा में कह रहा है। चाहे दुख हो या सुख, प्रिय हो या अप्रिय, जो मिल जाए, उसी शान के साथ, हृदय से सहज प्रसन्न भाव से मिलना और जहाँ तक काम आ सको आना!..........!

तुम्हारी,
शीरीन

शीरीन : निमराना, जिमखाना, नॉयपॉल

10 सितंबर, 2005

तीन दिनों की चहल-पहल, भाग-दौड़ के बाद निमराना में लेखकों-पत्रकारों की यह अंतरंग गोष्ठी अपने पुरातन अर्थविन्यास में गोः+ठी थी—भाँति-भाँति के चरागाहों में चर-विचरकर गौशाला लौटी गायों का समुच्चय। कितनी खुश थीं गौएँ! यह एक ऐसी गोशाला थी जहाँ न कोई चरवाहा था, न कोई दूहनेवाला मालिक! न बाल्टी, न सिकरी! न जाबी, न डंडा! मीठी-मीठी-सी पगुराहट! गरम-नरम दूब का बिछौना! बछड़े भी दूर नहीं थे! निःशुल्क फोन की व्यवस्था तो थी! प्रतिबद्ध रखने को इतना बहुत था! रह-रहकर उठ आती थीं औरतें और घर फोन कर-करके बच्चों को लाड़ दिखा आती थीं, घरवालों को हाजिरी दे आती थीं कि हे भगवन, हैं हम, सुरक्षित हैं—सहेलियों के संग कानन में विचर रही हैं और कुछ खास नहीं कर रहीं!

एक सौ चालीस किलोमीटर दूर—वहाँ दिल्ली में कल-परसों तक ब्रिटिश काउंसिल, दिल्ली विश्वविद्यालय, साहित्य अकादमी, आई.सी.सी.आर. और कई ऐसी सहयोगी संस्थाएँ एक-दूसरे की पसिनाई हथेलियाँ थामे नॉयपॉल के स्वागत में ऐसे खड़ी थीं जैसे कन्या-पाठशालाओं में सुभग-मनोहर-सुदर्शन सुलक्षणाएँ इंस्पेक्टर ऑफ स्कूल के स्वागत में! चोटियों में रिबन, पराठाँ-कट दुपट्टे, हारमोनियम, टेबुल, गुलदस्ते और गेंदे की असंख्य मालाएँ--"कैसे स्वागत करें तुम्हारा, घर आए भगवान्। भोंपू-भाँती-भोंपू-हारमोनियम चकाचक—घर आए भगवान!" भाँय-भाँय, भकर-भकर। घर आए भगवान! हलो-हलो, माइक टेस्टिंग! हलो-हलो!

और भगवान थे गुस्से में। आँसू-पसीना टपाटप-टपाटप! गरजत-बरसत सावन आयो रे! अखबार रँगे थे! "हिंदू" के मुखपृष्ठ पर खबर थी कि निमराना की भव्य हवेली में भारतीय लेखकों के साथ दो दिनों की अंतरंग गोष्ठी के बाद ये 'मुँहदिखाई' के लिए जनमंच पर आएँगे! वहाँ उनकी बलैया लेने आएंगे अलग-अलग भारतीय भाषाओं के कवि-कथाकार-आलोचक-नाटककार-पत्रकार-साकार-निराकार-बेकरार-बेकार-नाकार-बिनाकार! लाहौलबिला कूवत! ये मैंने क्या कह दिया!

बिना कार कोई ऐसे जलसों में जा भी कैसे सकता था जिसके निमंत्रण के साथ ही कार पार्किंग की स्टीकरें बँट रही थीं। ये मानकर चला जा रहा था कि कोई लेखक होगा और कायदे का तो कल्पना के घोड़े पर उड़ते हुए आने की नौबत तो आनी नहीं चाहिए। इतने पैसे उसने कमाए ही होंगे कि सीएलो-हुएण्डाई-फलाना-ढिमाका जुटा ले—किसी विदेशी बैंक के कर्ज की लकरपेंच किश्तों पर ही सही! इतनी समुन्नत फंडिंग एजेन्सियों के रहते हुए कोई 'ऋणं कृत्वा घृतं पीवेत' का सदाबहार दर्शन आत्मसात् नहीं कर पा रहा तो क्या खाक बुद्धिमान होगा वह, क्या खाक खाकर पढ़ेगा-लिखेगा!

क्या खाकर लिखेगा-पढ़ेगा? सब खाते-पीते लोग ही क्या आज तक लिखते-पढ़ते रहे? और वह तुलसीदास-कबीरदास और हाल फिलहाल तक गोर्की और प्रेमचंद का किस्सा? और शशिप्रकाश, अनिल सिन्हा, सुभाष गाताड़े-जैसे हजारों-हजार तेजस्वी होलटाइमर्स का? जूठी बीड़ी सुलगाकर सोच की गाड़ी आगे बढ़ाने का किस्सा? ताँगे-बग्घी का सफर? ये सारे आदर्श हवा हो गये क्या—लेखकों के बीच से भी? व्यवस्था में रमकर व्यवस्था की आलोचना संभव है?

अब तो यह सब मैं सोचना भी नहीं चाहती! किस-किसका नाम लीजिए, किस-किसको रोइए! आराम बड़ी चीज है—मुँह ढँक के सोइए!...मुँह ढँककर तो सो नहीं सकती इस ट्रेन में...पर पीछे सिर टिकाकर तो सोचा ही जा सकता है! भीड़ से बड़ा एकांत नहीं! अँगरेजी का यह मुहावरा कितना व्यंजक है—'ऑल अलोन'!...मीठी झपकी का खुमार—नींद से जरा देर पहले का गुलाबी नशा—दुनिया का कौन-सा सुख इससे बड़ा हो सकता है—यह मेरी पलकों से पूछिए—जो क्या जाने कई बरसों से भर-रात सोयी नहीं!

आँख लगी ही थी कि 'जय बजरंग बली' के धमाके के साथ कुछ साधु चढ़े और उनके साथ चढ़ीं कुछ लड़कियाँ! मेरा मुस्लिम वजूद सिहर गया! कहीं ये लड़कियाँ भी तो बजरंगी नहीं? इन दिनों कुछ भी संभव है—औरतों का बजरंगी होना, कबूतरों-हिरणों का अबाबील हो जाना, चाँद का आग उगलने लगना, छायादार पेड़ों का ताड़-खजूर हो लेना!

गौर से देखने पर पता चला कि साधु और लड़कियाँ साथ नहीं हैं! लड़कियाँ प्यासी थीं! दौड़कर लोकल ट्रेन पकड़ी होगी! आते ही दोनों ने ट्रेन का मुआयना किया कि कहाँ जगह खाली है! छोटी ने गट-गट-गटागट अपनी पानी की बोतल खाली कर दी और दरवाजे से ही टिककर खड़ी हो लीं! बड़ी का मुँह देखकर लगता था जैसे अभी-अभी उसे किसी ने बहुत जोर का झापड़ मारा हो और वह समझ ही नहीं पा रही हो कि इस जीवन का अब करे क्या! खोयी-खोयी आँखें, मेहँदी-लगे चमकदार बालों

का अन्यमनस्क सा जूड़ा, सूखे-सूखे ओठ, हल्की ओवरवेट सुंदर-सी देह, हैंडलूम की साड़ी, कोल्हापुरी चप्पलें, ऑक्सिडाइज्ड सिल्वर की चूड़ियाँ, कच्छ का झोला और मोटी किताबें–जेएनयू का यूनिफॉर्म था वैसे यह सब–उसी जेएनयू का जिसकी पीठ से सटा था हमारा 'इंडियन इंस्टीच्यूट ऑफ मास कम्यूनिकेशन' जहाँ जीवन के दो सुनहरे वर्ष गुजारे थे मैंने! एस.एफ.आई. की बैठकें, रात-रात भर बहसों से गुलजार गंगा ढाबा, छात्र-संघ के चुनाव, सप्रू हाउस से तीनमूर्ति तक बस की वह अद्भुत शटल सर्विस जिसमें कि इतने बरस बाद स्पंदन दीखा था!

ये बेचारी क्या खाकर बजरंगी होंगी! बाबरी के बाद ज्यादा ही छनमना गये हैं हम मुसलमान! दूध का जला मट्ठा भी फूँककर पीता है! पिटी हुई औरत का मुँह चूमने की खातिर भी झुको अगर तो वह घबराकर अपनी कनपटी पर हाथ तान देती है, बुदबुदाती-सी कि नहीं, और मा रो नहीं! अम्मी-अब्बू के बीच तो यह तमाशा अक्सर ही घट जाता था! यही तमाशा आज हिंदू-मुसलमानों के भी बीच घट रहा है! एक के हाथ में चाबुक है और ओठों पर चुम्मी, एक टूटी कमर पकड़े खड़ा है, चुम्मी के जवाब में हाथ उठाकर कहता हुआ–'नहीं, और नहीं मारो!'

शीरीन : तालाब के दूधिए

8 अगस्त, 2006

प्रिय तारा,

गाज़ियाबाद से दिल्ली की दूरी वैसे तो आधे घंटे की है, पर लोकल ट्रेनें गर्भवती के छंद से चलती हैं! बस नहीं पकड़ी कि यह मटका साथ लाना था।

इसे ऊपर वाली बर्थ के कोने में सूटकेस की चेन से बाँधकर रखना चाहिए! बार-बार लुढ़क रहा है—लाल कपड़े से बँधा यह छोटा-सा मटका! चाँदनी चौक की गलियों में इसी तरह का मटका—इससे चौगुना बड़ा—कुल्फी-फालूदावालों का होता था! अब्बू की सौतेली दादी की भतीजी, गुलनार फूफी का गुल्लक छीन-झपटकर दौड़ जाते थे हम जब कुल्फीवाले उधर से गुजरते थे या 'तालाब के दूधिए' की गुनगुनी गुहार लगाते थे पानीफल सिघाड़ेवाले। ककड़ीवाले भी शायराना लहजे में गाते-गुजरते थे—

'मजनू की पसलियाँ ले लो,
लैला की उँगलियाँ ले लो—
नाजुक ककड़ियाँ ले लो!'

तब क्या पता था कि ऐसे ही किसी मटके में अम्मी की पसलियाँ-उँगलियाँ लिए घर जा रही होऊँगी! हिंदू इसे 'चिता के फूल' कहते हैं! अम्मी दूसरे ही ढंग की हिंदू थी! ज़िंदगी अब्बू के साथ गुजार दी! नमाज पढ़ी! रोज़े रखे! होली-दीवाली भी मनायी!

पर अयोध्या-हादसे के बाद जो दंगे भड़के और तबाही मची, उसके बाद से अब्बू-अम्मी के रिश्ते में भी कुछ ढह गया! उन दिनों अब्बू भी पटना से उखड़ कर नये-नये दिल्ली आए थे! प्रैक्टिस ठीक चल नहीं पा रही थी। उबल पड़ते थे रह-रहकर। कभी-कभी हाथ भी छोड़ देते थे। अम्मी दहल जाती थीं! हालाँकि इस घटना से बाबरी मस्जिद का कोई लेना-देना नहीं था—पर बीमार अम्मी के दिमाग में

सब गडमड हो गया था! उनके भरोसे की बाबरी भी साथ ही ढही शायद! दिन में अब्बू को चार-चार ख़ेप चिट्ठियाँ भेजने वाली, बात-बेबात फोन करती रहने वाली हँसती-चहकती अम्मी को जैसे पाला ही मार गया था! इतने दिन अकेली ही गृहस्थी खींची तो प्यार बना रहा, भरोसा भी—एक छत के नीचे आते-आते काँव-काँव, किच-किच शुरू हो गयी!

जब-जब बीमारी बढ़ी, अलग बुलाकर वे मुझे याद दिलाती रहीं—"अपना वादा याद रखना, बेटी! कोई जतन करके मुझे दफनाए जाने से बचाना! मुझे दफनाए जाने से डर लगता है। कोई नहीं माने तो अकेले ही मेरी लाश फूँक आना और मेरी हड्डियाँ चुनकर मुंगेर के सेवाश्रम में दे आना। उसका पता मेरे गहनों की पोटली में रखा है! साथ में एक चिट्ठी भी है—वो भी दे आना! अगर अब्बू के घर वाले मिलकर मुझे दफना ही आएँ तो अगले दिन मेरी लाश खोदकर निकाल लेना और एक लाइटर से ही सही—बंद कमरे में ही सही—फूँक जरूर देना। मेरे हिंदू दोस्त और त्यागी मामू कर देंगे मदद—उनसे भी मैंने बात कर रखी है!"

अम्मी अपना दिमागी संतुलन खो रही थीं—उनकी ये बातें सुनकर मुझे धक्का तो लगता! हमेशा से इतनी मस्त-मलंग मेरी अम्मी खुद भी एक बाबरी की तरह ढही जा रही थीं।

पिछले तीन-चार वर्षों में इतनी बार यह बात सुन चुकी थी अम्मी के मुँह से कि जब यह सचमुच घटा तो लगा कि त्यागी मामू के निर्देशन में मैं फैजल अल्काजी का कोई नाटक खेल रही हूँ—यंत्रचालित भाव से।

'यंत्रचालित भाव'! ऐसे कई मुहावरे अम्मी की ही सौगात हैं! बचपन में उनकी नानी की एक सहेली मुजफ्फरपुर से दिल्ली आयी थीं—पाँच-छह दिन रुकी थीं हमारे यहाँ। उतने ही दिनों में इतने तरह की मुकुरियाँ-पहेलियाँ-चुटकुले-किस्से और गीत सिखाए थे हमको और एक अजब तरह की भाषा में जिसे वे 'बज्जिका' कहती थीं। उनमें एक पहेली थी –

'सब कोई चल गेल,
बुढ़वा लटक गेल!'
(सब चले गये, बुड्ढा लटक गया।)

इस पहेली का उत्तर था—ताला! आज जब अम्मी नहीं रहीं—पता नहीं क्यों और कैसे मुझे उनकी नानी की सहेली की सिखायी यह पहेली याद आ रही है और लग रहा है कि भाषा ही वह बुढ़वा है जो सबके चले जाने के बाद भी स्मृतियों में लटका रह जाता है—निरीह ताले की तरह! कोई नहीं कह सकता—कहाँ से कब की दबी एक चाभी मिलेगी और कहाँ-कहाँ, क्या-क्या खोलेगी—'खुल जा, सिमसिम'!

अम्मी ऑल इंडिया रेडियो के 'डांस और ड्रामा डिविजन' की प्रोड्यूसर थीं। पढ़े-लिखे लोगों में उनका उठना-बैठना था! बहुत कोशिश की बेचारी ने—बहुत सारे उस्ताद बिठाए जो मेरी फारसी और संस्कृत—दोनों माँज दें, पर मेरी नालायकियतों का तो कोई हद-हिसाब नहीं। मैंने कभी कोई काम पूरे मन से नहीं किया! एक बेकार की बेचैनी और अजीब-सा दुचित्तापन मेरी जिंदगी का हिस्सा हैं!

किताबें भी पढ़ती हूँ तो एक साथ दो-चार! हौहत्ती की तरह! भुक्खड़—जैसीएक से मन ऊबा—दूसरे में डुबकी लगा ली। कभी-कभी तो पाँच किताबें भी एक साथ मेरी मेज पर खुली पड़ी मिल जाएँगी! पाँचों एकदम अलग-अलग तरह की! शुरू-शुरू में जब अब्बू पटना थे, अम्मी और मैं गोलमार्केट वाले क्वार्टर्स में अकेले ही रहते—अम्मी मुझे गले से लगाकर कहतीं—"तू मेरा फाइव-इन-वन है! मेरा बेटा। मेरी बेटी। मेरी यादें। मेरा सपना! मेरी नन्ही-सी प्रयोगस्थली!"

और चाहे कुछ होऊँ-न-होऊँ—उनकी गिनीपिग तो मैं थी ही! मुझ पर बहुत सारे प्रयोग उन्होंने आजमाए! और मेरा वजूद कई टुकड़ों में बँट गया! मुझे हमेशा इसका एहसास रहा कि शीरीन एक नहीं, कई हैं। दफ्तर में कुछ और। साथियों के बीच कुछ और! औरतों के साथ कोई और! मर्दों के साथ कोई और! हिंदुओं में कोई और! मुसलमानों में कोई और! अब्बू के घर कोई और! अम्मी के दोस्तों के घर कोई और! इन दोस्तों में अनन्य थे त्यागी मामू!

अकेले जीव! शादी भी की नहीं थी! खाना बनाना नहीं आता था और बाहर खाते-खाते पेट का यह हाल कि छूते छनक जाए! अल्सराइटिस कोलाइटिस के पुराने मरीज! गोलमार्केट में हमारे पड़ोसी थे—साधक आदमी—रात-दिन शास्त्र-मंथन और पूजा-पाठ। रेडियो स्टेशन में अम्मी के सहकर्मी भी थे—अम्मी से इनकी इतनी गहरी छनती थी कि आधी रात को भी दिमाग में कोई बात उठी तो उठकर फोन कर दिया या टहलते-टहलते चले ही आए और घंटों बतियाए गये! उन दिनों मैं और अम्मी अकेले ही थे दिल्ली में! दोनों की गप्पें सुनते-सुनते अक्सर मैं अम्मी की गोदी में ही ऊँघ जाती!...लेकिन उस वक्त मुझे उनकी एक बात बिल्कुल नहीं जँचती! जब मेरे गाल पर कोई मच्छर बैठता, तीस मार खाँ की अनन्य तत्परता के साथ मामू उस पर प्रहार आजमाते—वीरभाव में एकदम भूल जाते कि मच्छर के नीचे मेरा गाल भी है और चटकन लगेगी तो मच्छर भले भाग जाए, नींद में अलसाया गाल कहाँ भागेगा! अकबकाकर जब मैं उठ जाती, कनखियों से अम्मी मुझे देखतीं और कहतीं—"चल, खा ले!" फिर साथ-साथ ही भोजन-भाजन होता, एक-से-एक लंतरानियाँ छूटतीं, किस्से सुनाए जाते और इतने मजेदार ढंग से कि बेमतलब चटखनिया खाने का मेरा गुस्सा कपूर हो जाता!

अब्बू दिल्ली आये तो मामू अचानक 'बाहर का एक आदमी' हो गये! कभी-कभी अम्मी मेरे हाथ कुछ 'बैना' ही भेज देतीं—ट्रे पर क्रोशिए के काम का नैपकिन ढँककर चलती मैं सारी कटोरियाँ ऐसे संतुलित रखती जैसे सर्कस की वह जिमनास्ट जो मामू को अच्छी लगती। उसे मामू विस्फारित नेत्रों से ऐसे तकते थे मानो स्वर्ग की अप्सरा ही रस्सी पर चलने का अजब हुनर दिखलाने इस धरती पर आयी हो!

शुरू में अम्मी अक्सर मजाक करतीं कि अप्सरा से कम पर तो तुम कहाँ मानोगे शादी को! कम-से-कम एक सौ इक्यावन तस्वीरें तो अम्मी ही दिखला चुकी थीं कि कोई तो जँच जाए मामू को, पर उनके ईश्वर मेरी मामी की मूरत गढ़ना ही भूल गये थे शायद।

"ब्रह्मचारी वो जो दिन में दूसरों से लड़े, रात को अपने-आप से!" बी.एच.यू. के किसी शोधार्थी ने यह लंतरानी जब मुझको सुनायी, मुझको अच्छा नहीं लगा! कम-से-कम मामू तो ऐसे नहीं थे। इतने कर्मठ हँसमुख, अकुंठ और परदुखकातर लोग कम होते हैं। अम्मी के दोस्तों में सिर्फ त्यागी मामू अम्मी के बाद भी पाए की तरह मेरे साथ खड़े रहे। उनकी तो बोलती ही बंद हो गई है! और वे खासे गुस्से में हैं! उनको लगता है कि अम्मी की मृत्यु साधारण मृत्यु नहीं है! इसके पीछे कोई राज है और वे इसका खुलासा करके ही दम लेंगे!

जब तक मैं इनके घर गाज़ियाबाद रही, लगातार ये 'ऊजा बोर्ड' पर अम्मी की रूह से कुछ गुफ्तगू-सी करते रहे! मैं पराविज्ञान में भले ही विश्वास नहीं करती पर मनोविज्ञान में तो करती ही हूँ और कथार्सिस या रेचन की भूमिका कौन नकार सकता है! जिसको जिस काम से शांति मिलती हो, उसको करने देना चाहिए—ये मेरा पुराना उसूल भी है—अम्मी का ही सिखाया हुआ!...सो मैंने लगातार सिर डुलाते-डुलाते उनकी बातें सुनीं! उन्हें देखकर ऐसा लग रहा था कि उन्हें उस पार की दुनिया का सब-कुछ दीख रहा है और मैं लगातार उनकी तरफ देखती ये ही सोच रही थी जीवन में कुछ बातें तो जरूर ऐसी अव्याख्येय होती हैं जहाँ कार्य कारण संबंध पूरी तरह लागू नहीं होता! ऐसे संबंधों की क्या व्याख्या है भला, जहाँ कोई दुनियावी पैमाना लागू नहीं होता—एक बेखयाली सी रहती है और कोई उम्मीद नहीं ...! भीतर के काले पानियों में बहता रोशन चिराग ही होते हैं ऐसे सब रिश्ते! मामू चाहते थे, कुछ दिन और उनके पास रुक जाऊँ, पर कुछ दिन अब्बू के साथ भी बिताना जरूरी है। काम ही तकलीफ की काट है! मामू के कचहरी से लौटने का इंतजार किया और अम्मी की अस्थियों का मटका गोद में उठाकर स्टेशन चल दी! बार-बार छाती से टकरा रहा था मटका! ऐसे ही डोल-डाल करती होऊँगी मैं जब अम्मी मुझको गोदी में टाँगे सब्जी या राशन खरीदने जाती होंगी।

तारा : जच्चा-बच्चा वार्ड, मुजफ्फरपुर

अगले हफ्ते अस्पताल से मुझको छुट्टी मिल जाएगी—ऐसा लगता है! प्रसवकाल में तो शीरीन मुझे यहाँ ले आयी : अपनी पहली पोस्टिंग पर, पर ऐसे प्रशासकीय कदम उसने उठाए कि पटना का मंत्रिपरिषद् अदबदा गया और इन नौ महीनों में दो उसके विकट तबादले हुए, तरह-तरह से और तंग करने में कोई कसर नहीं छूटी...पर शीरीन जिस मिट्टी से बनी थी, उसे भुरभुराना नहीं आता था।

जिस दिन जहानाबाद के दुरूह गढ़ में जमींदारों और नक्सल-पोषित काश्तकारों-किसानों के लंबे संघर्ष का जटाजूट सुलझाने में इसे पेला गया (संघर्ष-वार्त्ता के महाभियान में 'ऑफिसर ऑन स्पेशल ड्यूटी' यह नियुक्त हुई), मुख्यमंत्री ने तो यह समझा कि शेर के मुँह में टपक गई भेड़—अब चिंता क्या...पर शीरीन यह मानकर चली थी कि 'चरैवेति-चरैवेति' का मूलमंत्र अपनाए बिना प्रशासन में आना ऐसा है जैसे रसगुल्ले का रस निचोड़कर सिर्फ 'गुल्ला' गपाक् करने की बीमार, मधुमेही कोशिश। जीवन का रस और मजा तो संघर्ष की धार में है—यह उसकी माँ ने उसे घुट्टियों में पिलाया था और माँ को माँ की नानी, ढेला बाई ने, ढेला बाई को उसकी नानी अफसाना बेगम ने जो 1857 के गदर में अपने आशिक पीरजी घसियारे की नृशंस हत्या के बाद दिल्ली से बचती-बचाती कानपुर आई थी और कानपुर से मुजफ्फरपुर...मुजफ्फरपुर में क्रांतिकारियों की शरणस्थली उनका कोठा रहा—एक अर्से तक—क्रांतिकारी वेश्याओं का एक अखिल भारतीय मुखपत्र भी वे यहाँ से निकालती रहीं...पंडिता रमा बाई ने जब पुणे में 'शारदा सदन' खोला—वेश्याओं के गुरु, जनकवि महेंदर मिसिर की पहल पर उनकी नवासी, ढेला बाई वहाँ ठुमरी-शिक्षिका भी नियुक्त हुईं।

ढेला बाई की नवासी, काननबाला की शिक्षा-दीक्षा शांतिनिकेतन में हुई। कुछ वर्ष नाट्य-मंडली के अपने गुरु और समानांतर फिल्मों के चरित्र अभिनेता हरकिशनलाल के साथ अरविंदाश्रम, पांडिचेरी में बिताए...और फिर खुद इप्टा की बड़ी ऐक्टिविस्ट और रेडियो के संगीत-नाटक विभाग की सीनियर प्रोड्यूसर रहीं —...पर डॉ. अंसारी

से अपने प्रेमविवाह के बाद उस जमाने की ज्यादातर औरतों की तरह अपनी सारी कारयित्री ऊर्जा अच्छी पत्नी, अच्छी माता बनने में ही होम की!

ये सारे ऐतिहासिक सूत्र मुझे शीरीन की माँ, काननबाला की उन डायरियों, चिट्ठियों और अधूरे उपन्यास में मिले जो शीरीन अपनी अम्मा के अस्थिकलश के साथ हफ्ते भर पहले मुझको सुपुर्द कर गई थी! चूँकि मैं जन्मना हिंदू हूँ, अस्थि-कलश गंगाजी में प्रवाहित करने का जिम्मा मुझे सौंपा होगा और अपने मन की माफ निकालते रहने को कभी-कभार कुछ लिखते रहने का अभ्यास जो साध लिया है : उसके आसरे यह उम्मीद लगाई कि इन डायरियों-चिट्ठियों और दूसरे निजी दस्तावेजों से अंतरंग गपशप के आधार पर मैं उसकी अम्मा का अधूरा उपन्यास पूरा करूँ। खुद रूपाजीवी रही हूँ : मन में कहीं ढेला बाई वगैरह से तादात्म्य की बात भी रही ही होगी।

काफी ज़हीन और उदार है शीरीन! पर ये जो इतनी बड़ी जिम्मेदारी मुझे सौंपी है—उसके पीछे मेरे अपने भले की ही सूझ ज्यादा है। उलझे अतीत वाले मेरे—जैसे प्राणियों की एक कारगर 'थेरैपी' है लेखन—यह उसको उसके मनोचिकित्सक प्रेमी ने समझाया ही होगा। समझाया होगा कि मेरी इगो-इण्टेग्रिटी या आत्मविश्वास के लिए भी यह अच्छा चारा है कि किसी महत्त्वपूर्ण-से दीखने वाले अभियान से मैं जुड़ूँ!

तभी तो एक साथ दो-दो अभियानों में उसने मुझे जोता! अधूरा उपन्यास पूरा करना : तब तक बच्ची छोटी है और, तबीयत नासाज...और उसके बाद ढेला बाई की इस 'जोगनिया कोठी' का उन स्त्रियों के 'गर्ल्स हॉस्टल' के रूप में विकास जो कभी वेश्याएँ थीं। मुजफ्फरपुर की ए.एस.पी. के रूप में पहला बड़ा काम तो शीरीन ने यह किया था कि वहाँ के प्राचीन 'बहू-बाजार', 'चतुर्भुज स्थान' की सारी खानदानी और नई वेश्याओं के लिए वैकल्पिक जीविका के सहस्र द्वार खोले थे—लिज्जत पापड़, चरखा, अचार, मूँगबड़ियाँ, सीप के बटन, शहद, पेड़किया, निमकी, शकरपाड़े, नमकपाड़े, ठेकुए, लिट्टी, मखाना, चुरमुरा वगैरह अनेक घरेलू उत्पादों का लघु-उद्योग के रूप में विस्तार, सिलाई-कढ़ाई-बुनाई प्रशिक्षण, लोकगीतों-कव्वालियों-ठुमरियों और नाच-गान से संबद्ध कलारूपों की शिक्षिका के रूप में सरकारी और मिशनरी स्कूलों में उनकी सादर नियुक्ति—इन्हीं सब के चलते तो शहर का पुरातनपंथी तबका और खासकर वे पुराने रईस हत्थे से उखड़ गये जिनके आरामगाह इन रूपाजीवियों से आबाद रहते थे—उन्हें भला ये कैसे बर्दाश्त होता कि स्कूल में उनके बच्चों के साथ इनके भी बच्चे पढ़ें, शिक्षिकाओं के बीच एक कुर्सी इनकी भी लगे...और तो और इनमें से एक—मुन्नी बेगम—ए.एस.पी. की शह पाकर अपने इलाके की म्यूनिसिपल कमिश्नर भी चुनी जाए।...इस मुन्नी बाई पर बाद में आती हूँ! पहले ढेला बाई की नवासी, शीरीन की माँ की डायरी पढ़ूँ।

डायरी काननबाला अंसारी की : सन् साठ का ज़माना

मैं, काननबाला अंसारी ढेला बाई की नवासी, उनकी कहानी की एक कड़ी! तबीयत ठीक नहीं रहती! सात महीने से बिस्तर पर हूँ हालाँकि शौहर खुद हैं डॉक्टर, पर कुछ मर्जों का तो खुदा ही मालिक होता है!

घर में जो तीन बच्चे हैं—उनमें मेरे कोख की बस शीरीन है! बाकी दोनों लड़के हैं—अंसारी साहब की पहली बीवी की कोख के, पर पाला मैंने ही है, इसलिए मोह है उनसे—खासकर बड़े वाले, शाहिद से जिसकी दिमागी हालत उस नीमपागल फकीर-सी है जो एक साथ दो-तीन दुनिया में रहता है! उसकी बातें जल्दी किसी की समझ में नहीं आतीं, पर उसके जितना समझदार और कोई नहीं घर में! बीच-बीच में उसको दौरे आते हैं, पर जब ठीक-ठाक रहता है—उसकी हर बात मानती हूँ मैं! एक अलग-सा विवेक है उसमें! उसके ही कहने पर कुछ-कुछ यों ही लिखना शुरू कर दिया था—"रेडियो स्टेशन जाने के पहले जैसे मेरा खाना टिफिन में पैक कर जाती थी, अपने मरने के पहले मेरी खातिर ढेर-सी कहानियाँ सिरहाने रख जाओ!" उसने एक दिन अचानक कहा और मैं सोचने लगी कि लेटे-लेटे सचमुच ही कुछ तो लिख जाऊँ—अपनी नन्ना, ढेलाबाई, की कहानी...!

हाँ तो, कहाँ थी मैं! हाँ, मैं यह कह रही थी कि मुझे पाल-पोसकर बड़ा किया ढेला बाई की मुसीबतों के साथी डॉ. बोस और उनकी पत्नी के मुँहबोले भाई, हरकिशनलाल ने!

लाला हरकिशन का व्यक्तित्व ऐसा था कि उन्हें देखते ही रोम-रोम में कुछ खिलता हुआ जान पड़ता :

"आदमी हैं कि एक खिलखिलाहट हैं? क्या हैं भला आप?"

कानन भी उनसे हरदम मजाक किया करती! 'यशोदा मैया' कहा करती उनको क्योंकि आठवीं के बाद से पाला उन्होंने ही था, चाहे जन्म किसी ने दिया हो! नन्ना

की मृत्यु के बाद के विकट दिन भी उनके ही सान्निध्य में कटे! उन दिनों वे माँ के पास पांडिचेरी रह रहे थे! 'इप्टा' उतार पर था! माँ को काशी लाभ कराने के उद्देश्य से शांतिनिकेतन की नौकरी छोड़ी, बी.एच.यू. आए पर मन उनका वहाँ बहुत लगता नहीं था। बार-बार अरविंदाश्रम ही आ जाते!...ढेला बाई की मृत्यु का समाचार वहीं मिला! तब मैं नानी के पास शारदा सदन ही थी। सुनते ही उनकी माँ ने कहा—'कानन को जाकर शारदा-सदन से ले आओ! यहीं से हमारे साथ काशी चलेगी और वहीं रहेगी।'

माँ जी भोली थीं! एक अविवाहित व्यक्ति के साथ, चाहे वह पितृवत ही क्यों न हो, एक छत के नीचे लड़की का रहना—वह भी बनारस में—असंभव! ग्रीष्मावकाश-भर पांडिचेरी आश्रम में रह सकती थी साथ! फिर मेरे अपने भी काम-धाम थे! बिहार मेरा कर्मक्षेत्र था, एक हादसा जो हुआ सो हुआ, एक हादसे की वजह से कर्मक्षेत्र ही छोड़कर भाग जाऊँ—ऐसी नहीं थी मैं! इसका भी उनको विश्वास था। थोड़ी आशा यह भी थी कि डॉक्टर अंसारी, शादी का पैगाम भेजवाएँगे! इतने जाहिल तो नहीं दीखते कि एक हादसे के चलते शादी ही खारिज कर दें!

कुल मिलाकर ये ही तय पाया कि मेरी गर्मी की छुट्टियाँ इनके साथ पांडिचेरी-आश्रम में ही बीतेंगी!

अरविंदाश्रम में बीते वे दिन भी बाद के दिनों में मैंने डॉ. अंसारी से बाँटे थे! ये उन्हीं दिनों की निर्मितियों का फल होगा कि उनसे मैंने 'मदर्स स्कूल' के प्रांगण में अपना चिकित्सा-शिविर खोलने की जिद की! स्कूल के दिनों से साथ रहे पढ़े-लिखे जोड़ों को माँ और अरविंद का साथ, वैसे भी आकर्षित करता है—ऊपर से डॉ. अंसारी से मुझे यह उम्मीद भी थी कि दूसरा अरविंद नहीं तो, दूसरा हरकिशन लाल/अमल किरण या डॉ. निरोदबरन जरूर बने! इन्हीं की कहानियाँ सुन-सुनकर मैं बड़ी जो हुई थी। लाला हरकिशन मेरे आदर्श थे, उसकी उन निर्मितियों से डॉ. अंसारी चिढ़ते भी थे! कौन पुरुष चाहता है और किसी का वैभव ओढ़ना-बिछाना—वह उसकी प्रेयसी का चाहे कोई हो—वह उसके जैसा तो बिल्कुल नहीं होना चाहता! 'सावित्री', वर्ड्सवर्थ और विश्व साहित्य के अन्य विशिष्ट रचनाकारों/रचनाओं पर महर्षि अरविंद जिन थोड़े लोगों से चर्चा करते थे—उनमें हरकिशन लाल भी थे। पर इस हँसोड़ आदमी ने कभी अपने-आप को गंभीरता से नहीं लिया! गंभीर से गंभीर प्रसंग में वे हँसी की कणिका ढूँढ़ लाते। 'सावित्री' की इन अमर पंक्तियों के साक्ष्य से वे खुद को कहते 'एक लिंपिंग येस' (एक लँगड़ाती 'हाँ') और अपनी माँ को 'ऐन इंटरनल नो' (एक शाश्वत 'न') :

"बट माइंड, अ ग्लोरियस ट्रेवेलर इन द स्काई, बॉक्स लेमली ऑन द अर्थ विद् फुट्स्टेप्स स्लो, अ लिपिंग 'येस' थ्रू द एअन्स जरनीज़ स्टिल अकंपनीड बाई ऐन इंटरनल 'नो'"

(मानस, यह आकाशगामी चकाचक! धरती पर चलता है आहिस्ता, एक लँगड़ाती 'हाँ' कई युगों की जकथक-सी यात्राओं के बीच—अगल-बगल उसके वह शाश्वत 'न') कभी-कभी खुद को वे 'ऐम ऑल, डैम ऑल' कहते! आश्रम के आरंभिक दिनों के ध्यान-शिविर की चर्चा करते हुए भी वे अक्सर हँसा देते! कहते कि शुरू-शुरू में तो बस उत्सुकता ही चेतना पर हावी होती है, सो ध्यान में जब सब बैठते—खुद ध्यान में लीन होने के बजाय, एक आँख खोलकर दूसरों के चेहरे देखते कि ध्यान में कौन क्या लग रहा है : "नलिनी की एक भँव उठती तो अनंत में बस उठती ही जाती, फिर जैसे वह पछाड़ खाकर नीचे गिरती..."

'दिल बड़ा कि दिमाग, रैशनेल सेल्फ बड़ा कि इण्ट्यूटिव सेल्फ, विज्ञान मनुष्य की मुक्ति का कारक होगा कि आध्यात्मिकता'—जब भी आश्रम में इन विषयों पर बहस छिड़ती, वे लोगों को हँसा-हँसाकर मार देते! उन्हीं बहसों में से एक बार अचानक सिर उचकाकर उन्होंने एक आशुकविता सुना दी जो मुझे आजतक याद है :

आई पुट माई हैंड अपॉन माई हार्ट
ऐंड स्वोर दैट वी शुड नेवर पार्ट,
आई वण्डर वॉट आई वुड हैव सेड
इफ आइ हैड पुट इट ऑन माई हेड!"

'पार्ट' का तुक तो 'हार्ट' से मिल गया, इसलिए हार्ट का धन्यवाद! नया कवि चक्कर में है सोचकर लेकिन कि अगर हाथ वह मुण्ड पर रखता तो 'मुण्ड' का तुक किस 'झुण्ड' से मिलाता! अलग-अलग चरित्रों की चर्चा करते ही जाते :

"एक पारसी लड़का था! असल नाम था के.डी. सातना। कम उम्र में माँ-बाप गुजर गये! दादा अत्यंत सख्त! आगे की पढ़ाई ऑक्सफोर्ड में करना चाहते थे, पर पैसे कहाँ से जुटते! ऐसा नहीं था कि पैसे थे नहीं दादा के पास, पर दादा प्रबल पितृसत्ताक, तब तक अण्टी ढीली न की जब तक तराजू पर तोलकर निष्कर्ष न निकाला कि योगियों-साधुओं की टोली में 'आवारा' घूमने देने से ज्यादा लाभास्पद है पोते को बी. ए. ट्राइपॉस के लिए इंग्लैंड ही भेज देना!"

"तो क्या वे ऑक्सफोर्ड गये, सर?"

"हाँ, वहीं तो मेरी उनसे पहली मुलाकात हुई।...पढ़ा-लिखा...पर पढ़-लिखकर भी जैसे अरविंद को जोगी बनना था तो वे जोगी ही बने थे, अमल भी बना!...हॉस्टल के

दिनों में आसन-ध्यान करता रहता था—बंबई की चॉल में रहने वाले एक योगी ने उसको सिर के बल खड़ा होना भी सिखा रखा था! एक बार इस मुद्रा में वह देर तक रह गया तो उसकी आत्मा ही देह छोड़कर बाहर निकल गयी घूम-घाम कर जो वापस आयी तो वह सकते में रहा, फिर लगा उसी तरह हँसने—'इसी लोक में कई और लोक हैं—भाव के कई धरातल—कई द्युतिमान चेतनाएँ—लुमिनस बॉडीज—लाखों की संख्या में इधर-उधर तैरती हुई—विचार-तरंगों के माफिक—लोगों में सद्संकल्प भरनेवाली अच्छी आत्माएँ, उन्हें दुष्कृत्यों की ओर धकेलनेवाली दुष्ट आत्माएँ! इलेक्ट्रॉन-प्रोटॉन-न्यूटॉन की तरह लगातार गोल गोल नाचती हुई आत्माएँ! जहाँ सद्तरंगें रहती हैं—वाटिका-जैसी वह जगह हो जाती हैं और दुष्तरंगों का झुंड जहाँ रहता है—बदबू ही बदबू कीचड़ और किचकिच!...कुछ तरंगें—भयावह और भीषण—एक बार मेरे पीछे पड़ीं। मैं भागा और कड़-कड़ाक् बोली मेरी रीढ़ की हड्डी!'

हँसते-हँसते भी वह अजब-गजब बातें कह जाता—आश्रम के इंजीनियर को 'डेपुटी अवतार' कहता, वर्ड्सवर्थ के 'फील्ड्स ऑफ स्लीप' को मार्कण्डेय पुराण की 'सुषुप्ति' से जोड़ता! तरह-तरह के वन-लाइनर सुनाता—कई वन-लाइनर जो ऑक्सफोर्ड में उन दिनों प्रचलित थे, याद कर-करके हम खूब हँसते...।"

"जैसे?"

"जैसे ये ही कि वेन शॉ वॉज यंग, हिज बियर्ड वॉज रेड विद् ऐंगर, ऐंड वेन ही बेकेम ओल्ड, हिज बियर्ड वॉज वाइट विद रेज" या फिर ये कि "पोएट्री कॉण्ट सेव योर सोल बट इट मेक्स योर सोल वर्थ सेविंग।"

और फिर क्या था! फिर हरकिशन सर का इन पंक्तियों के दार्शनिक आयाम पर विधिवत व्याख्यान शुरू हो जाता!

कभी वे लंदन प्रवास की बातें बताते, कभी लड़ाई के जमाने की अन्य संस्थाओं की।

कोलाज : लाला हरकिशन लाल की इप्टाई बातें : सन् पचास का ज़माना

"इतना धन ऐश्वर्य, इतना हँसी-खेल, इतना संतुष्ट जीवन मैंने सपने में भी नहीं देखा था! बढ़िया जीवन-स्तर, सांसारिक सुखों का भरपूर मज़ा निःसंकोच लूटना, यही हर किसी के जीवन का उद्देश्य लगता है! सेवाग्राम और शांतिनिकेतन में रहकर इतना तो जरूर समझ गया था कि इतना सारा धन-ऐश्वर्य हमारे देश का खून चूसकर ही एकत्र किया गया है, पर मन के सचेतन संस्कारों से अचेतन संस्कार ज्यादा प्रबल होते हैं! बहती गंगा में नहाने को किसका दिल नहीं ललच पड़ता! रंगरेलियाँ मनाने में मेरी तनख्वाह का एक बड़ा हिस्सा खर्च हो जाता! सिनेमा तथा नाच-गानों के नग्न रिव्यू और सस्ते तमाशे देखकर ही संतुष्ट हो जाना पड़ता कभी-कभी!"

"यहाँ मेरे लिए कला के श्रेष्ठ पक्षों से परिचित होने के भी अच्छे अवसर हैं, यह प्रायः भूल ही गया! नाटक देख सकता था, महान संगीत सुन सकता था, चित्रशालाओं का अध्ययन कर सकता था, पर सुध ही नहीं रहती थी कि वहाँ जीवन तंगियों, चिंताओं, दुविधाओं, अभावों, कठोरताओं, तनाव और कलह से भरा पड़ा था, यहाँ बहुतायत, बेपरवाही, आजादी और सहूलियतों का अंत नहीं! बिलम गया मैं तो...!"

"और फिर अचानक आकाश से हिटलर का कहर टूट पड़ा! देखते-ही-देखते सब खुशहालियाँ नष्ट-भ्रष्ट होने लगीं। अब केवल सिनेमा ही मनोरंजन नहीं होता! मन की चिंता और घबराहट से कुछ देर के लिए भी निजात पाना भी मनोरंजन होता! अनिश्चय और दूसरी बड़ी बमबारियों से बचने के लिए हम सिनेमाघरों में यों शरण लेते ज्यों आदिमानव गुफाओं में लेते होंगे।"

"रूस अब लड़ाई पर भी आ गया था, अँगरेजों का साथी और हिमायती बन चुका था! टाटनहैम कोर्ट रोड के एक सिनेमाघर में रूसी फिल्में दिखायी जाने लगी थीं!..."

"...पहली फिल्म जो मैंने देखी, उसका नाम था 'सर्कस'! अमरीका से एक सर्कस मॉस्को आता है! उसकी सबसे लोकप्रिय तमाशगीर है एक लड़की जिसे तोप के मुँह

में भरकर बारूद से उड़ा दिया जाता है, लड़की उड़ती हुई सर्कस के तंबू की छत से जा लगती है और फिर एक जाल में सँभाल ली जाती है। एक रूसी कलाबाज़ उस खूबसूरत लड़की की ओर आकर्षित होता है मगर वह उस पर ध्यान नहीं देती! इसके बाद वह लगातार कमरे में बंद रहती है।...एक दिन चोरी से उसके कमरे में जा घुसता है तो देखता क्या है, वह एक नीग्रो बच्चे को छाती से लगाए दूध पिला रही है!

पहले तो वह उसे डाँटती-फटकारती है, फिर फूट-फूटकर रोने लगती है! नीग्रो प्रेमी की यह संतान अस्वीकार के भय से वह सबसे छुपाती फिरती है। मुसीबत में सर्कस-मालिक उसे और उसके बच्चे को शरण तो देता है पर पूरी तरह अपना गुलाम बनाकर वह उसे डराता भी है कि अगर उसने बाहर की दुनिया में कदम रखने की कोशिश भी की तो वह उसका राज़ फ़ाश कर देगा और लोग उसे 'लिंच' कर देंगे!

रूसी नौजवान उसकी कहानी सुनकर हँस पड़ता है और उसे बताता है कि क्रांतिकारी सोवियत देश में काले-गोरे, ऊँच-नीच, जात-पाँत और धर्म-मजहब के सब भेद-भाव सदा के लिए खत्म हो चुके हैं! सब इंसान पूरी तरह बराबर हैं। उसे अब किसी किस्म का डर नहीं!

वह डरी हुई-सी लड़के के साथ मास्को शहर घूमती है, लड़के के बाप-माँ से मिलती है जहाँ उसे और उसके बच्चे को खूब मान-प्यार मिलता है! कुछ ही दिनों में दोनों की दोस्ती प्रेम में बदल जाती है और वे निडर होकर सर्कस के मालिक के सामने शादी का ऐलान करते हैं जिसका अंतर्राष्ट्रीय कानून के अनुसार वह कोई विरोध नहीं कर सकता।

अमरीकन सर्कस चला जाता है। दोनों एक रूसी सर्कस में काम करने लगते हैं और उसका नीग्रो बच्चा न केवल सर्कस के साथियों का बल्कि सोवियत यूनियन की सब जातियों—उज़बेग, ताज़िक, तुर्कमानी, आरमीनों की आँखों का तारा बन जाता है।

यह आखिरी दृश्य इतने कमाल के साथ दिखाया गया कि मुझे रोमांच हो आया!

जब मैं सिनेमा के बाहर निकला, हवाई हमले का सायरन बज चुका था! घुप्प अँधेरे में मेरी आँखों और मुँह को हवा में कुछ चुभता हुआ-सा महसूस हो रहा था। बालों में भी काँच के छोटे-छोटे टुकड़ों से भरी मिट्टी गिर रही थी। कहीं नज़दीक ही बम गिरा था, पर मैं इन सारी कठिनाइयों से बेखबर था! मेरे अंदर एक अजीब एहसास ठाठें मार रहा था! इंसान कितना महान है! जिंदगी जीने-योग्य है! मै अपने अंदर वैसा ही फौलाद भरता हुआ महसूस कर रहा था जैसा कुछ ही महीने पहले 'वेन द स्टील वॉज टेम्पर्ड' पढ़ते हुए! सारे डर एकदम से उड़ गये थे!"

"अब तो मैं सोवियत साहित्य और सोवियत फिल्मों के लिए बेचैन रहता था! हॉल के भीतर नीग्रो सिपाहियों की भारी संख्या मुझे विश्वास दिलाती थी कि

'एर्लेक्ज़ेण्टर नैवस्की', 'बैटलशिप पोटामकिन', 'बालटिक डेप्यूअी', 'चेवायेफ', 'शारज़', 'माँ', 'गोर्की की जीवन गाथा', 'वोल्गा-वोल्का' आदि फिल्में एक नया युग रच रही हैं! इधर मुझे इस बात का भी एहसास होता कि प्रोपोगैण्डा हर हालत में बुरी चीज नहीं! वह अच्छी चीज़ हो सकता है!

हर रूसी फिल्म मुझे कम-से-कम कुछ दिनों के लिए डर से मुक्ति दिला देती! वे फिल्में देखकर मनुष्यता में मेरा विश्वास बढ़ जाता। मैं शक्तिशाली हो जाता!"

"सोवियत संघ इस समय सख्त खतरे में से गुजर रहा था और अत्यंत बहादुरी के साथ लड़ रहा था! सारे संसार की निगाहें स्टालिनग्राद और लेनिनग्राद की ओर लगी हुई हैं!"

"...इधर हमारे देश में साम्राजी जुल्म का कहर पड़ा था! बंगाल के अकाल की खबरें, गाँधी और नेहरू के कैद हो जाने की खबरें दिल को बेचैन रखती थीं। इतना तो समझ में आने ही लगा था कि सारे अन्याय के बावजूद राष्ट्रीय आंदोलन की आशाएँ समाजवाद और जनतंत्र की जीत के साथ जुड़ी हुई हैं, हिटलर की फासिस्ट बर्बरता के साथ नहीं!"...

"फिर मुझे अपने रेडियो के काम में भी एक नया आनंद आने लगा। लड़ाई के ज़माने का एक लाभ भी था और वह यह कि यूरोप और अमरीका के अच्छे से अच्छे चिंतक, लेखक और अभिनेता बी.बी.सी. पर अपने कार्यक्रम देने आते! कुछ से मैंने दोस्ती-सी भी गाँठी, कुछ को देखभर लेना 'उम्र-भर एक मुलाकात चली जाती है' चरितार्थ कर लेना था। जॉन गीलगुड, एलियट, ऑरवेल, लास्की, लायनल, फील्डन, गिल्बर्ट हाडिंग और उधर बॉब होप, लॉरेन्स ऑलीवियर, माइकेल रेडग्रेव, बेब डेनियल, विलियम ली और कितने ही कलाकार मेरे भीतर एक नयी बस्ती-सी बसा रहे थे!"

"13 अप्रैल 1944 को जब बंबई में जहाज से उतरे, यहाँ की फिजां में भी काफी सरगर्मी थी, बदलाव भी था!

हमारे पीछे अकेले बंगाल में ही बीस लाख आदमी चावलों के लिए तरस-तरसकर मर गये थे जबकि पुडिंग बनाने के लिए चावल लंदन में मिल जाते थे जहाँ ये पैदा भी नहीं होते!

मेरा पहला कर्तव्य था, रावलपिंडी जाकर अपने परिवार से मिलता। वतन वापस आने का असली यकीन तो तब हुआ जब पोठोह्वार की पहाड़ियाँ दिखायी दीं!

कुछ दिन कश्मीर की भी सैर की। एक काम और इधर महत्त्वपूर्ण किया कि हिंदी के प्रमुख मासिक पत्र 'हंस' की जिसे मुंशी प्रेमचंदजी के सुपुत्र श्रीपतराय निकालते थे, पिछले चार साल की फाइलें निकालकर पढ़ीं! दो रचनाओं ने मन पर खास प्रभाव डाला—एक थी विजन भट्टाचार्य का एकांकी 'जबानबंदी' जो हिंदी में 'अंतिम अभिलाषा'

शीर्षक से प्रकाशित हुआ था जिसमें बंगाल के अकाल पीड़ित गाँवों का हृदयविदारक चित्रण था। दूसरी शाहकार रचना थी कृष्णचंदर का उपन्यास 'अन्नदाता'!"...

"जब से होश सँभाला है—जनता के साथ घुलना-मिलना चाहता हूँ, पर जनता से शरमाता भी हूँ। पूरी तरह न व्यक्तिवाद में सुखी हूँ, न समष्टिवाद में! देश-कल्याण के कार्यों में हिस्सा लेता तो रहा हूँ पर अपना स्वार्थ भी नहीं छोड़ा। मैं उस बंदर की तरह हूँ जो आग से डरता है और आग से खेलने से बाज भी नहीं आता!

वही प्रवृत्ति मेरे समकालीनों में भी है! नई पीढ़ी हमारे चरित्र में अवगुण और पाखंड ही देखेगी, पर मैं समझता हूँ कि इस द्वंद्व में कुछ गुण भी हैं।"...

"लड़ाई का जमाना होने से कच्ची फिल्म का राशन था। फिल्म सिर्फ उसी निर्माता को मिलती जिसके पास लाइसेंस हो। लाइसेंस लेने के लिए लोग कई तरह की तिकड़में करते क्योंकि लाइसेंस मिलते ही वह बाज़ार में डेढ़-दो लाख रुपयों में बिक जाती!

दादर मेन रोड इस समय बंबई का हॉलीवुड था! सुबह नाश्ता कर मैं, चेतन और बलराज घर से निकल पड़ते और फोरा फाउंटेन के निकट—इंडिया कॉफी हाउस' में जाकर बैठे रहते। बहुत रोमांटिक जगह थी यह! किसी टेबुल पर कांग्रेसी, किसी पर कम्युनिस्ट, किसी पर सोशलिस्ट बहसें चलती रहतीं। इसके अतिरिक्त पत्रकारों, चित्रकारों और तरह-तरह के अन्य भूखे और नीम 'भूखे' 'बेकारों' का भी जमघट रहता। इनके जीनियस पर मरने वाली तितलियाँ भी फड़फड़ातीं। बड़ी हरकत है इस फिजां में । यह विचारों और आदर्शों की हरकत थी या उसके पीछे अपने काम सँवारने की, कहा नहीं जा सकता। लेकिन हरकत बहुत थी!"

"युद्ध अपनी आखिरी साँसों पर था। यू.एन.ओ. के विधान बन रहे थे। गाँधी-जिन्ना मुलाकातों पर मुलाकातें किए जा रहे थे।..."

"फिर एक दिन अखबार में पढ़ा। कहीं पीपुल्स थियेटर का नाटक होने वाला है। चीन के पीपुल्स थियेटर के बारे में तो जानता था, शाम को बी.पी. सामंत ऐंड कंपनी के दफ्तर में बी.पी. साठे से पूछ बैठा, "मिस्टर साठे, बंबई में कोई पीपुल्स थियेटर भी है?"

"क्यों नहीं, मैं स्वयं उसका सदस्य हूँ", उन्होंने हँसकर कहा, "उसी की एक बैठक में जा रहा हूँ। चलना हो तो चलें! ख्वाजा अहमद अब्बास अपना नया नाटक पढ़ेंगे!"

मेरे आग्रह पर चेतन भी साथ चल पड़े! ऑपेरा हाउस के नजदीक एक गली में प्रोफेसर देवधर की संगीतशाला थी। उसी के हॉल में 'इप्टा' की बैठकें चलतीं—सौ के

करीब लोग यहाँ बैठ सकते थे! एक तरफ छोटी-सी स्टेज थी—हर शाम 'इप्टा' की सरगर्मियों का केंद्र।..."

"इसके समानांतर एक दुनिया ऐसी भी थी जहाँ दिखावा-ही-दिखावा था! लोग अलशेसियन कुत्तों के साथ ताजमहल होटल में जाते थे—अकड़ी हुई तितली कालर कमीजें और काले डिनर सूट पहने हुए जिनकी लड़ाई के जमाने में इंग्लैंड में मनाही-सी देखी थी!...अजब लगता था सोचकर कि क्या यह वही देश है जहाँ अभी साल भर पहले लाखों लोग भूख से मर गये हैं, सन् 42 में पकड़े गये देशभक्त अभी जेलों में सड़ रहे हैं!

हिंदुस्तान विरोधाभासों का देश तो है पर इस 'विरोध' में 'आभास' कहाँ से? यह तो ठोस और पक्का 'विरोध' था जिसे लेकर 'इप्टा' चिंतित थे, चिंतित थे सब यथार्थपरक फिल्में जिनमें 'मजदूर' अन्यतम थे!"

विमल राय की 'हमराही' न्यू थियेटर की अन्य फिल्मों की तरह, पूँजीवादी षड्यंत्रों के प्रति व्यंग्य से खचाखच भरी थी। पर उनके हीरो-हीरोइन अंतिम दृश्य में दूर क्षितिज की ओर जाते दिखायी देते थे मानो संसार की समस्याओं का हल किस्मत पर छोड़ दिया हो, पर 'मजदूर' में ऐसे छायावाद का सहारा नहीं लिया गया, न ही पीड़ितों-शोषितों को खुद अपनी हालत का जिम्मेदार ठहराया गया था! एकता में ही उनकी मुक्ति की राह है—बिना झाड़-फानूस के ये बात झक् से उजागर कर दी गयी थी।"

"...'इप्टा' का आंदोलन बंबई में ही नहीं, पूरे हिंदुस्तान में एक अलग तरह का स्पंदन जगा रहा था। 'जुबैदा' की सफलता के बाद 'इप्टा' के साथी मेरी हर बात मानने के लिए तैयार थे! टैगोर, गाँधी और मार्क्स—तीनों ने क्रमशः मेरी यह धारणा और मजबूत की थी कि 'हर कलाकार और साहित्यकार के लिए उसकी अपनी मातृभाषा और संस्कृति अभिव्यक्ति का सबसे उत्तम साधन है। मैं इधर लगातार इस बात पर जोर दे रहा था कि विभिन्न भाषाओं की विभिन्न मंडलियाँ बनायी जाएँ। देखते-देखते गुजराती, मराठी, अँगरेजी, आदि भाषाओं की भी उत्तम श्रेणी की मंडलियाँ तैयार हो गयीं। यहाँ तक कि तेलुगुभाषी कलाकारों की भी एक नाटक-मंडली बन गयी। इनके अलावा 'इप्टा' की एक अखिल भारतीय नृत्य-मंडली भी थी जिसकी अपनी अनोखी शान है। उदयशंकर की मंडली टूटने के बाद उसके प्रायः सभी प्रमुख कलाकार इस सेंट्रल स्कवैड में शामिल हो चुके थे—रविशंकर, सचिन शंकर, शांतिवर्द्धन, अवनिदास गुप्ता, प्रेम धवन, दीना गाँधी, गुलवर्द्धन, विनयराय, अली अकबर खाँ आदि सब महान कलाकारों का सहयोग इसे प्राप्त था। नाट्यमंडली के सर्वाधिक

सजग कलाकार थे मामा वरेरकर, चंद्रवदन मेहता, गुणवंतराय आचार्य, पृथ्वीराज कपूर, दुर्गा खोटे आदि!..."

"एक जनांदोलन-सा खड़ा हो गया था! एक बार हम यों ही सड़क पर खड़े-खड़े प्रेम धवन का कोई गीत गा रहे थे, लोग खड़े होकर सुनने लगे और उनके चेहरों पर किसी गंभीर विचार का भाव झलकने लगा। इप्टा की इस देशव्यापी सफलता का एक कारण तो यह था कि अभी कम्युनिस्ट पार्टी की नीतियों में सच्ची राष्ट्रीयता थी और सही अंतर्राष्ट्रीयता भी! यह समस्याएँ बड़ी स्पष्टता से लोगों के सामने रखती थी और उन्हें ब्रिटिश साम्राज्य के खिलाफ संगठित होकर लड़ने के लिए प्रेरित भी करती थी! राष्ट्रीय आंदोलन के साथ जुड़ी हुई थी और उसकी आलोचना भी करती थी। उसके सदस्यों के अनुशासन की जितनी प्रशंसा की जाए, कम है! वे 'इप्टा' में ऐसी कुर्बानी के साथ काम करते थे कि हर कोई उन्हें आदर की दृष्टि से देखता था! बढ़-चढ़कर मेहनत करते हैं पर जब शाबाशी लेने का मौका आता है, दूसरों को आगे कर देते थे। मजरूह सुल्तानपुरी, और दूसरे गीतकारों की शान भी देखते बनती है—रात-रात भर मुशायरे चलते, रेडियो घेरकर खड़े रहते लोग उनके गीत सुनने को पर आगे वे साथियों को ही करते हैं! यह होता है चरित्र।"

"...धनवानों की संस्थाएँ भी फैशन के तहत 'मार्क्स-मार्क्स' करने लगी थीं! शायद इसलिए भी कि कम्युनिस्ट ब्रिटिश साम्राज्य के विरोधी होते हुए भी 'द्वितीय विश्वयुद्ध' को 'लोकयुद्ध' कहते थे और उस समय धनवानों के लिए यह नारा फायदेमंद था।

पी.सी. जोशी और उनकी पत्नी 'कल्पना' के व्यक्तित्व से प्रभावित होकर मैं और बलराज साहनी कम्युनिस्ट पार्टी के सदस्य बन गये थे लेकिन यह सोचना गलत होगा कि केवल यथार्थवादी और मार्क्सवादी दृष्टि अपना लेने से कोई कलाकार अपनी मंज़िल पर पहुँच जाता है!"

"...मेरी पीढ़ी के ज्यादातर भारतीय कलाकारों के संस्कार सनातनी और जागीरदारी युग के थे! उन पर मार्क्सवादी विचारधारा का मुलम्मा उतना ही बेढंगा लगता जितना क्रूर चेहरे पर पाउडर-सुर्खी! हमारे संस्कार ही कुछ ऐसे थे कि हम मार्क्सवाद के बारे में उतने ही कट्टर हो जाते जितने पहले धर्म के बारे में थे! किसी से ज़रा-सा मतभेद हुआ नहीं कि वह 'बूर्जुवा', 'प्रतिक्रियावादी', 'चिकेनहार्टेड' आदि बहुत-कुछ बन जाता! नेताओं को वैसे ही पूजने लगते जैसे पहले पैगंबरों को पूजते थे! सच्चाई के बजाय हमें अपना पक्ष ज्यादा प्यारा हो जाता। जो पक्ष का था, दोस्त बन जाता, विपक्ष का हर आदमी दुश्मन! मार्क्सवाद हमें अहंकार से छुटकारे की प्रेरणा देता है, पर अमली तौर पर हम दिन-प्रतिदिन अहंकारी बनते जाते हैं!"

“माँ कहती है कि थोड़ा-थोड़ा यह अहंकार मुझमें भी घर कर रहा था! ‘इप्टा’ को मैं ऐसे देखने लगा जैसे पार्टी के लिए काम करना ही उसका एकमात्र उद्देश्य हो! छोटा-सा डिक्टेटर बनने लगा! माँ की आलोचना भी मुझे अक्सर बर्दाश्त नहीं होती! तब तो तड़क जाता पर बाद में सोचता हूँ कि बात ठीक ही लगती है! ‘इप्टा’ के देशभक्तिपूर्ण समाजवादी आदर्शों से हर कोई सहमत होगा, पर नाटक केवल प्रचार का माध्यम क्यों हो? नाटक के कलात्मक और रोचक पक्ष भी सँवारने ही चाहिए! पर मैं हूँ कि जो भी व्यक्ति तकनीक की बात करता है, हाथ धोकर उसके पीछे ही पड़ जाता। बाद में लगता है कि यह गलत था!...”

सन् साठ का ज़माना : ज्वाला-पंखुरी दल में घिरे हुए वे सब

हरकिशन सर के इन अनंत-से गप्प सत्रों की ही प्रेरणा थी कि मैं पार्टी की होलटाइमर बनी और वापस चली गयी बिहार। कुछ दिन तो अच्छे ही गुजरे। कुछ सार्थक कर गुजरने का एहसास रग-रग में टिमकता रहा! बहुत सारे साधनविरत घरों से हार्दिक संबंध बने, बहुत सारे मसले निबटाए...फिर फेनूगिलास भाईसाहब की निगाह मुझपर पड़ी। जैसे मेरी नानी को उठवा लिया था उनके मामाजी ने, उन्होंने मुझको भी उठवा लेना चाहा! नानी ने उनको तो घास नहीं डाली थी न, कमजोर और बीमार जानकर कभी-कभी मनमानी कर लेने दी होगी, तरस खा गयी होंगी कभी-कभी पर बराबरी का दर्जा तो कभी दिया नहीं था! हलवंत सहाय और महेंदर मिसिर के घर छोड़ देने के बाद भी ढेलावाई बँधी तो बोस बाबा से बँधीं—इनकी ओर तो देखा भी नहीं—इसका प्रतिशोध तो लेना ही था उनके बच्चों से! सो, एक दिन फिर मुझको उठवा लिया, छटपट मैं करती रही और कुत्तों की तरह मुझ पर टूट पड़े—वे और उनके आदमी!

पर मैं भी ढेला बाई की वशज थी! इतनी जल्दी हार कैसे मान जाती भला! कुछ दिन तो फ्यूज मेरा उड़ा रहा जरूर, फिर मैंने खुद को समझाया—"अंगों के अमानवीय झटके से इज्जत जाने का क्या रिश्ता? देह पर बिष्टा-कीचड़ पड़ जाने से उसकी इज्जत नहीं जाती, तो एक पशु के अंगविशेष के बीमार स्राव की कुछ बूँदें झड़ जाने से उसकी इज्जत कैसे चली जाएगी भला?"

इस हालत से उबारने में तो, खैर, डॉ. अंसारी के परिवार वालों ने भी कम मदद नहीं की!...बस हमारा इश्क ही उन्हें रास आया उन्हें! मरते-दम अम्मी अपनी भतीजी का हाथ अंसारी साहब को थमा गयीं! अब मेरे पास सूरत ही क्या बची! किसी तरह दिल्ली आयी और यहाँ भी हरकिशन जी के ही प्रभाव से रेडियो में मुझे नौकरी मिली!

× × ×

कुछ साल तो अंसारी साहब से बिल्कुल कटी रही! अंसारी साहब भी मानो साँस

रोके सोचते रहे कि किस करवट लेटें! फिर ऐसी पुरवाई बही कि पुरानी चोट की तरह पुराना राग जाग गया!

उनकी बीवी को प्रसव के समय गर्भाशय में जख्म-से हो गये और इलाज के सिलसिले में सपरिवार जब वे दिल्ली आए तो ठहरे जरूर अपनी फूफी के पास चाँदनी चौक में, मगर मुझसे भी मिलते रहे! आदमीयत के नाते, मुझसे भी जो बन पड़ा, मैंने किया! हूक तो उठती थी पर मटियाना तब तक मुझे आ गया था!

फिर जब बीवी रही ही नहीं और उनके दो बेटों—शाहिद और खालिद की देख-भाल उनको मुश्किल लगी—हम दोनों में पुराने पत्ते लगे खड़खड़ाने और हमने शादी कर ली। फिर शीरीन का जन्म हुआ। बेटी का जन्म अपना ही पुनर्जन्म होता है—नवीकरण होता है अपनी ही रिसती संभावनाओं का जैसे कि नयी दुनिया की तरफ खुलते किसी पासपोर्ट का नवीकरण। टकदुम-टकदुम यह गृहस्थी चली, बच्चे किसी तरह पल ही गये पर मुझे हो गया कैंसर। अब मृत्यु शय्या पर हूँ। कभी भी नयी यात्रा पर निकल सकती हूँ! देह जब साथ नहीं दे तो देह छोड़कर बढ़ ही जाना पड़ता है!

क्या जाने किस दिन अब गाड़ी सीटी दे दे! सिग्नल गिर जाए! क्या पता क्यों—इधर चार्ली चैप्लिन बहुत याद आते हैं! याद आते हैं अपने जवां दिनों के सारे आइकन!...उस दुनिया में शायद सबसे मुलाकात होगी! इस्लाम में यह 'कयामत का दिन' कितनी अच्छी-सी अवधारणा है!...इस्लाम के मैं इतने करीब रही...फिर भी जी क्यों चाहता है, एक अस्थिकलश हो मेरा और मेरी राख धरती पर इधर-उधर हर ओर बिखरे! मिट्टी चखे मेरी मिट्टी! पानी पिए मेरा पानी! आग चखे मेरी अग्नि! आकाश मेरे आकाश में समाए! हवाएँ नहीं रुकतीं सरहद के रोके!...मैं और दबना नहीं चाहती—मिट्टी से भी, नहीं चाहती किसी ताबूत में बंद होना...पर मुझको एक 'कयामत' चाहिए! क्या एक्लेक्टिक होना संभव नहीं? संभव नहीं अपने ढंग से जीना और मर जाना?...अब आगे शीरीन जो भी करे...नानी ने मुझको डॉक्टर बोस के संरक्षण में छोड़ने के पहले एक ही तो मूलमंत्र दिया, कहती थी यही गुरुमंत्र उसे अपने महेंदर मिसिर से मिला था—"हर सुबह आँख खुले तो बस इतना सोचो—यह दिन जीवन का अंतिम दिन हो सकता है—सब काम आज ही समेट लेने हैं! किसी से मिलो तो यही सोचकर कि शायद ये ही मुलाकात अंतिम हो—जितना दुलार लुटाना है, लुटा ही लें!"

सन् पचास का ज़माना

मुकदमा लंबा चला था, बोस बाबा बताते थे महेंदर मिसिर के घर नकली नोटों की मशीन लगायी थी बंगाल के बागी संन्यासियों ने! अँगरेजों की अर्थव्यवस्था चरमराने की योजना बनी थी न!...वैसे तो लोगों में एका था, पर इसी फेनूगिलास इंस्पेक्टर ने गोपीचंद पनवाड़ी को पोटकर मुखबिर का काम कराया! इसकी ही गुमटी पर रोज पान खाने जाते थे महेंदर मिसिर और उनकी टोली के लोग! कई गुपचुप योजनाएँ बनती थीं। गोपीचंद भी उनमें शामिल रहता था!

बोस बाबा बताते थे, जिस दिन महेंदर मिसिर के हथकड़ी लगी, हँसकर गुजरे गोपीचंद की गुमटी के ऐन सामने से, हथकड़ी पहने-पहने पान का बीड़ा मुँह में डाला और अपने प्रसिद्ध गीत की टेक की पंक्ति गुनगुनाते हुए बढ़ गये आगे—

'हँसि-हँसि पनवा खिलवले बेइमनवा कि जियरा में उठेला हुलोर!'

बाद में भिखारी ठाकुर की 'बिदेसिया' को आधार बनाकर बनी फिल्म का भी यह लोकप्रिय गीत बना—मुहम्मद रफी का गाया हुआ!

...तो मुकदमा लंबा खिंचा! ढेला बाई, मेरी नानी, जो इतने वर्ष उनसे रूठी रही—भूल गयी सब मान-अपमान! अपने बहुत-से गहने और कोठी के पिछवाड़े की जमीन तक बेच दी मुकदमा सलटने में! जिसने वर्षों से कोठी से बाहर पाँव नहीं रखे थे, स्टीमर पर बैठकर पटना भी चली गयी—अच्छे वकीलों के फेर में! बोस बाबा भी साथ गये—इधर-उधर, जिधर-तिधर—छाया की तरह, बिना एक शब्द बोले! बाबा कहते थे, इधर-उधर सिम्फनी-रिक्शा-जहाज-ट्रेन-बदलते-बदलते जब वे घर पहुँचे—फैसले की रात—उनके तलवों के फोड़े भी फफक रहे थे! खुली सड़क पर चलने का अभ्यास ही कहाँ था!

इंतज़ाम तो सारा किया मगर मिसिर जी से मिलने वे नहीं गयीं। जेल से छूटकर मिसिरजी ही आए शिवालय तो ढेला नानी ने बोस बाबा का मुँह देखा! बाबा बोले, "जाओ, मिल आओ!" लेकिन बोस बाबा खुद गये नहीं, खुद को अपने मरीजों में घोल लिया जितने दिन पटना की दौड़-धूप चली थी, दवाखाना भी तो बंद रहा था! मरीज

हहर रहे थे। इतनी कम फीस में दूसरा एल.एम.पी. कहाँ मिलता! जो दे नहीं सकते थे, उनसे पैसे लिए भी नहीं जाते!

× × ×

बोस बाबा बताते थे, उन्हें नानी ने बताया था, जब वे वहाँ पहुँचीं, साँझ की आरती शुरू हो चुकी थी! उसके ही आलोक में इतने बरस बाद मिसिर जी का चेहरा दमका—एक ऐसे आदमी का संतुष्ट चेहरा जिसके सारे काम पूरे हो चले हों! जो करना था, किया जा चुका हो! जिसको विदा देनी थी, दी जा चुकी हो! धुली हुई चौकी पर आसन बिछा था और महेंदर मिसिर गा रहे थे, मानो मेरी नानी को ही संबोधित करके—

"एकहू गहनवा नइखे सारी,
हो कइसे जाईं ससुरारी!
खेलत में रहनी हो सिपुली-मउनिया से,
आई गइले गवना के नियारी!
बाबा घरे रहितें, मोरा भइया घरे रहितें,
त फेरि देते डोलिया कहारी!
नाहिं मोरा लूर-ढंग, एको ना रहनवा,
पिया हमसे करीहें पुछारी!
मिली-जुलि लेहु सम संग के सहेलिया,
करि लेहू भेंट अँकवारी!
कहत 'महेंदर' सुनऽ संग के सहेलिया,
छुटि गइले बाबा के दुआरी!"

पूरा शिवबाजार सन्नाटे में था! इस गीत से ऐसी जोत जली कि मुजरे छोड़कर सारी पतुरियाँ कोठों के बरामदों में खिंच आयीं! क्या जाने किसकी विदा की तैयारी थीं! सब आँखें बेटी की अम्मा की आँखें हुई जाती थीं।

गीत खतम होते-न-होते महेंदर मिसिर के कलेजे में जोर का दर्द उठा। दाएँ हाथ से कलेजा थामे मुँह के बल वे मसनद पर लेट गये!

सब लोग घबरा गये—डाक्टर बोस के दवाखाने भागा रधिकवा! सबको विश्वास था कि बाबा की देह सूँघकर मौत भी भाग जाती है! उनके आने के पहले तक ये ढेला बाई को अस्फुट गले से इतना कह पाए—इतना ही कह पाए आँचल से माथा सहलाती नानी माँ को—"ढेला, समझ सको तो समझ लेना—और माफ करना—तुम्हारा वो उद्दीप्त आकर्षण मुझे बाँध लेता, मैं किसी काम का नहीं रहता फिर। वचनबद्ध था

...अगले ही दिन बंगाल की गाड़ी पकड़नी थी...जिंदगी में पहली बार उस रोज तुम्हारे इतने पास होने पर महसूस होने लगा कि इस रूप का ताप अब शायद बर्दाश्त के बाहर है...,मैं तुमसे बँधने लगा हूँ—सो एक झटके में चला गया। क्रूरता की, पर विवश था। जब कोई मेरे गले में पीड़ा का अमृत पहचानता, मेरी आँखों में अपनी निठुर-सी विदाई का दृश्य कौंध जाता।...तुम्हें कुछ बताया नहीं कि मेरी जिंदगी का ठिकाना नहीं था, वह कौम के नाम लिखी थी...बेकार ही मेरे इंतजार में तुम घुलो, यह नहीं चाहता था! नाराजगी एक ताकत भी देती है। एक चुनौती है नाराजगी।...माफ करो तो माफ कर देना, ढेला, महेंदर मिसिर तुम्हें केंद्र बनाकर नाचते रह गये...।"

तीन-चार टुकड़ों में बाँटकर उन्होंने किसी तरह बात पूरी की, बात पूरी भी हुई या बाकी रही—अब यह कौन कहे! फिर उनकी पत्नी एक बड़ी बग्घी पर आयीं सदल-बदल और एक पत्नी के चटकीले रोब-दाब के साथ उन्हें 'घर' ले गयीं! जाते-जाते एक बार पलटकर ढेला बाई को ऐसी निगाहों से देखा जैसी आँखों से देवदत्त ने अपना आहत हंस उठाते हुए सिद्धार्थ को देखा था!

ढेला बाई : देश-काल के शर से बिंधकर

मेरी नानी, ढेला बाई, सिर झुकाकर रह गयी! कुछ ही दिन पहले तो मेरी माँ, ठुमरी, का जन्म हुआ था!...मुकदमा सलटते-सलटते वह तीन साल की हो गयी और कोठी की नीलामी का वक्त पास आ गया तो सब-कुछ डॉक्टर बोस के ही हीले लगाकर ढेला बाई आ गयीं वापस मुजफ्फरपुर—दाता कम्बलशाह के मजार और वहाँ उनके पट्टशिष्य, दाता राजेन्द्र शाह के कदमों में अपनी बेटी सुपुर्द कर बोलीं कि इसको एक नया जीवन दें! दाता कुछ देर चुप रहकर बोले : "जीवन तो हर रंग में सुंदर है, ढेला बाई! हर पल ही एक नया दरवाजा खुलता है! चली जाओ भीतर—देख आओ रंगमहल!"

दरगाह में भी दरवेशों की कोठियाँ थीं। दाता का परिवार भी वहाँ रहता था! पर ढेला बाई ऐसा ढेला थीं जिनका चैन से एक ओर निश्चिंत पड़ा रहना असंभव था! बरसात आती तो उन्हें ही गलाती! जूते उन्हें चूर करते! हर गुलेल पर वे ही चढ़तीं। जिधर-तिधर फिंकते-फिंकाते अंत में वे प्रैक्टिसिंग स्कूल के विधुर प्रिंसिपल साहब के घर आया का काम पा गयीं! एक पुराना नौकर गायें दुहता और अंकुरित अनाज के साथ सब बच्चों को तीनों बेर पकड़ा देता। प्रिंसिपल साहब दाता के शागिर्द थे। उनके एक बेटा और छह बेटियाँ थीं। उनके साथ ही पल गयी उनकी अपनी ठुमरी भी! ठुमरी सीधी-सी लड़की थी लेकिन अलबताह-सी! एक बार गुस्से में फेनूगिलास ने उसे पलंग से ऐसा ठेला था कि मस्तिष्क सुन्न हो गया था बेचारी का! वह ठीक से न बोल पाती, न पढ़-लिख ही पाती। कई डॉक्टरों को दिखाया पर वह सुस्त ही रही। बेटियों वाले घर, वैसे भी, एक तरह का आश्रम ही होते हैं—टुनमुन, रुनझुन, हँसमुख, झिमिर-झिमिर!...एक झुंड में कैसे पल गयीं, पलकर बड़ी हो गयीं—पता न चला!... बहुत मुश्किलों से बेटी की शादी भी तय कर दी—बहुत दूर कलकत्ता—जहाँ किसी को बच्ची के इतिहास-भूगोल का अता-पता ही न हो!...दूल्हा अधेड़ जरूर था, पर कमाता तो था—जूट मिल में मुलाजिम था!

ढेला बाई, मेरी नानी ने चैन की साँस भरी कि सुखी गृहस्थी पा गयी बेसवा की बेटी! अब उसकी जो भी संतान होगी—वो चैन से रहेगी!

ऐसा सोचा ढेला बाई ने, पर हुआ क्या! पीढ़ियाँ लग गयीं—एक संकल्प पूरा होने में।

मेरे पिता ने मेरी माँ को पहले खरगोश, तोता-मैना और लोटन कबूतर, गाय, कुतिया और बसहा बैल, बकरा और गधी—सब समझा लेकिन इंसान नहीं। बात-बेबात उन्हें गुस्सा आ जाता और पीट-पीटकर माँ को अधमरा कर देते।

ढेला बाई को काटो तो खून नहीं, न इस करवट चैन, न उस करवट। मोतिहारी के ही प्रैक्टिसिंग स्कूल कैम्पस में थीं ढेला! प्रिंसिपल साहब के घर के पीछे एक शेड में रहती थीं। हर साल गर्मियों में माँ जब आती थी, प्रिंसिपल साहब की सबसे बड़ी बेटी, बेबी, को हाथ-पाँव जोड़ती थी ढेला नानी कि माँ को इतना पढ़ना-लिखना तो जरूर सिखा दे कि एक पोस्टकार्ड भेज सके! रह-रहकर कलकत्ता से एक लाइन का भी पोस्टकार्ड आये तो चैन पड़े कि ठीक है ठुमरी, जिंदा है!

बेबी बेचारी ने कोशिश बहुत ही—किसी तरह अक्षर-ज्ञान तो हो गया माँ को—पर मात्राओं का चकर-फेर लाख माथा-पच्ची के बावजूद पल्ले नहीं पड़ना था, सो नहीं ही पड़ा! लिखना होता—"हम ठीक बानी", तो माँ लिख देती—'हम ठक बन!'

पर इतना भी काफी था! चातक की तरह मुँह खोले बैठी रहती ढेला नानी इस एक लाइन के पोस्टकार्ड के लिए जिस पर टेढ़े-मेढ़े अक्षरों में केवल इतना लिखा होता—'हम ठक बन!' पता-लिखे पोस्टकार्ड का पुलिंदा बेबी हर बार बकस में रख ही देती। बेबी की ही तो अंगरक्षक थी ढेला नानी—जब संगीत-ट्यूटर या टेलर-मास्टर या और कोई कलाविद बेबी को कुछ सिखाने आते—दरवाजे पर आलथी-पालथी मारकर ढेला बाई बैठी रहतीं—निगरानी में! संगीत-ट्यूटर से उनकी एकदम नहीं पटती थी—जब वे सुर से थोड़ा भी भटकते, ढेला नन्ना उखड़ जातीं—डाँट लगाकर शिष्या के सामने ही गुरुजी की भद्द पीट देतीं और ऊपर से एकदम गंभीर बनकर बेबी मन-मोदक लूटती बेबी!...बात-बात में सातों भाई-बहन हँस पड़ते!

जब माँ के पोस्टकार्डों का सिलसिला एकदम बंद हो गया और ढेला नन्ना घबराकर कलकत्ता चल दीं। प्रिंसिपल साहब ने रोका, बहुत रोका—लेकिन वे जिद पर अड़ ही गयीं तो करते क्या! एक कारिंदा साथ कर दिया। किसी तरह टापते-टूपते हुगली पहुँचीं तो पता चला माँ को गुजरे तो तीन महीने हो गये...पड़ोसियों ने बताया कि शक था उन्हें, गुस्से में दूल्हे ने गला घोंट डाला! रात को घर से चीखने-चिल्लाने की आवाजें तो रोज ही उठती थीं—चिमनी से धुआँ रोज उठता है जैसे—अब उस पर ध्यान कौन दे—सुबह शोर उठा कि ठुमरी तो सोयी की सोयी ही रह गयी—भूख से बिलखती हुई डेढ़ बरस की मैं जगाती रही लेकिन दुनिया के झमेलों से एक बार आँख मूँद लो तो फिर जगने का मन करता है क्या! पड़ोसियों ने देखा—बाप भी फरार...!

तीन-चार आदमियों के संग, लेकिन, वह लौटा—दिन चढ़ने पर—और स्वांग यह किया कि, घर था ही नहीं, जो घटा, उसके पीछे घटा...इस घटना के दस-बारह दिन बाद ही वह फिर फरार हो गया—इस बार बेटी को यानी मुझे लेकर!...और कहने वाले ये भी कहने लगे कि बेटी तो बेच दी—सोना गाछी में एक रूमा माँझी है, उसके कोठे पर उसका आना-जाना था, वहीं कहीं बेची होगी बेटी : 'हाय, कैसी धानफूल-सी बच्ची थी। किस कलेजे से बेची होगी' वगैरह! दरअसल मेरे पिता को ये शक था—मैं उसकी बेटी नहीं, पनवाड़ी, रामप्रताप की हूँ, जो गाहे-बगाहे मियाँ-बीवी के झगड़े में बीच-बचाव करने आ जाता था!

तीन बरस की ही तो थी—इसके बाद की कहानी मुझे बस इतनी ही याद है कि नानी ने मुझको अपनी वो ही माणिक-मोती-हीरे-पन्ने जड़ी नथिया बेचकर छुड़ाया जो ठुकराकर महेंदर मिसिर अपने घर लौट गये थे!...ढेला बाई की बूढ़ी आँखों से ढलके मोतियों की कल्पना आप भी कर सकते हैं जो नातिन को वापस पाकर उनकी आँखों में उतरे थे।

कलकत्ता से सीधा छपरा गयी नानी और मुझे डॉक्टर बोस को सुपुर्द किया! क्या रिश्ता था डॉक्टर बोस से मेरा? मैं उनकी दोस्त की नतनी थी, ऐसी दोस्त की नतनी जिनसे वे प्रेम करते थे—लेकिन प्रतिदान की आशा से प्रायः निरपेक्ष। महेंदर मिसिर को नकली नोट छापने की मशीन लगाने के अभियोग से बरी कराने की खातिर ढेला बाई ने सात बरस तक मुकदमा लड़ा था! बोस बाबू साथ खड़े रहे। सारे गहने बिक गये थे! हलवंत बाबू की कोठी भी नीलाम होने को आयी थी तो एक रात सबको सोता छोड़कर बिना कुछ बताए बेटी को गोद में उठाया था और ढेला बाई, मेरी नानी मुजफ्फरपुर चली गयी थीं—दाता कंबलशाह के मजार! उस समय भी उनके साथ कौन था? सिर्फ डॉक्टर बोस!

अपने तईं कम कोशिश नहीं की थी डॉक्टर बोस ने कि वे उनके साथ ही रहें, पर डॉक्टर बोस की पत्नी या किसी की पत्नी की सुरक्षित गृहस्थी में किसी तरह का पेच पैदा करना ढेला बाई ने नहीं चाहा था!...महेंदर मिसिर की भी सेवा-शुश्रूषा तभी तक की जब तक वे शिवाले में अकेले रहे! जैसे ही उनकी पत्नी, परेवा कुँवर को खबर हुई थी—पत्नी के क्लासकीय ताम-झाम के साथ वे आयीं और पति को घर लिवा ले गयीं। ढेला बाई ने आँख उठाकर उधर देखा भी नहीं। वेश्या की गोद किसी ट्रांजिट हाउस से ज्यादा नहीं होती-इतना वे खूब समझती थीं!

फिर जब मजार में भी दाता राजेंद्र शाह की पत्नी और दूसरे शिष्यों ने ढेला बाई के बच्ची समेत डेरा डाल लेने पर आपत्ति की थी—ढेला बाई ने फिर अपनी टोकरी उठा ली थी! डॉक्टर बोस छपरा में थे! इस बार उनको भी खबर नहीं की थी और

कहीं किसी तरफ चल देने को जो हुई थीं तो दाता राजेंद्र शाह के अनन्य शिष्य, प्रैक्टिसिंग स्कूल के प्रिंसिपल, शारदा प्रसाद आगे आए थे और छह बेटियों वाली अपनी गृहस्थी में इन्हें भी समेटते हुए मोतिहारी चले गये थे!

बच्चियों की माँ मैनिन्जाइटिस से लंबे संघर्ष के बाद अभी-अभी गुजरी थीं! लंबी तीमारदारी जब खाली छोड़ जाए, निष्फल हो जाएँ जब सब रतजगे, गुम प्रार्थनाएँ चादर से मुँह ढँककर सो जाएँ–घर में तब देर तलक एक अजब बेचैनी हाँय-हाँय बजती रहती है! कोई किसी से कुछ नहीं बोलता–हफ्तों-महीनों चुपचाप बरतन ठनकते हैं, केतलियाँ चढ़ती हैं–भोजन-भाजन की चकरधम अपना भौजीपन-फौजीपन निभाती हुई सब-कुछ सहज करने के फेर में पड़ी रहती है।

लेकिन यह घर तो अलग-था–सात-सात ननबितनों का घर जहाँ ढेला बाई धाय माँ बनकर उन्नीस बरस छह महीने रहीं। बड़ी बेटी बेबी तेरह बरस की थी और छोटी सुधा छह महीने की! ढेला बाई के आने के पहले आलम यह था कि रात-रात-भर सुधा माँ का दुद्धू ढूँढ़ती रोया करती और बेबी को सूझता ही नहीं कि करे क्या तो उसे गोद में उठाकर अँगनैया में इधर से उधर दौड़ने लगती! सारे रिश्तेदार 'उफ्-उफ्, चुच्चुअ' वाला आलाप गाकर मंच से उतर चुके थे–अकेले रह गये थे शारदा बाबू और उनके आर्ष सिद्धांत–निग्रह, अनुशासन वगैरह-वगैरह! एक बार भी चिल्ल-पों मचती तो चाहे गलती किसी की हो–सजा सारे भाई-बहनों को मिलती! ढेला बाई की ड्यूटी थी सुबह चार बजे सातों को जगाना, चाँपाकल पर नहला-धुलाकर, धारोष्ण दूध और चने खिलाकर स्कूल पहुँचा आना और दिन-भर इसकी निगरानी कि कोई किसी से लड़ा तो नहीं, सबने समय पर खाना तो खाया, कोई बाहरी आदमी घर में आया तो नहीं, सब अपने-अपने पाठ पढ़कर वक्त पर सो तो गये।...सब काम-धाम निबटाने के बाद वे आउटहाउस लौटतीं, बारह बरस की बताह बेटी को सामने बिठातीं और तानपूरे पर महेंदर मिसिर की कोई ठुमरी गाती हुई क्या जाने क्यों अक्सर जार-जार रोतीं। नन्ही ठुमरी कुछ समझ तो नहीं पाती पर उठकर नन्ही हथेलियों से उनके आँसू जरूर पोंछती और सटकर सो जाती!

ढेला बाई : कहाँ जाई का करी

और फिर करीब पच्चीस बरस बाद नतनी को गोद में उठाए वे डॉक्टर बोस के घर आयीं! इसी उम्र की बेटी गोद में लिए निकली थीं...इस बीच क्या-क्या नहीं बीता! एक बड़ी बरसात जैसे सारे छोटे गड्ढे भर देती है, वृद्धावस्था की उमगन सारे छोटे गिले-शिकवे! श्रीमती बोस को भी इस उम्र में ढेला बाई रास्ते का रोड़ा नहीं दीखीं! अपना बेटा विलायत जा चुका था, बँगला बड़ा था, नौकर-चाकर थे—एक छोटी बच्ची पाल देने का जिम्मा उन्होंने सहर्ष लिया।...आउटहाउस में ढेला बाई के रहने की व्यवस्था करा दी...!

इस तरह तीन-चार महीने कटे, फिर एक दिन ढेला बाई को सूचना मिली कि उनकी नानी, अफसाना बेगम बीमार हैं। महेंदर मिसिर ही ये सूचना लेकर आए थे, वे ही उनको उनके अंतिम दर्शनों के लिए मुजफ्फरपुर ले गये और फिर उनके निदेशों के अनुसार पंडिता रमाबाई के 'शारदा सदन। वहाँ संगीत शिक्षिका की जरूरत थी। नानी के इस प्रयाण के तीसरे ही दिन डॉक्टर बोस भी कुर्सी पर बैठे-बठे चिरनिद्रा में सो गये! याद है मुझे—आला गर्दन से लटका था, गर्दन जो झूली तो वह भी हतप्रभ-सा बायीं तरफ झूल गया—गर्दन जो कभी किसी के आगे झुकी नहीं—एक जगह ही जिसने सजदा किया और बस। ऐसी गर्दन का वह आला था--जोगीरा आला रे—एकदम से निराला—कितने गरीबों की धड़कन पहचानी थी, मुसीबत की मारी साँसें कितना तो झनर-पटर करती थीं इससे, पर यह धीरज नहीं खोता था!...भगवान बाजार में हाहाकार-सा मच गया! अच्छा डॉक्टर एक नन्हा भगवान तो हो ही जाता है!

डॉक्टर बोस के गुजरते ही श्रीमती बोस जिन्हें मैं मौसी माँ कहने लगी थी, बेटे के पास विलायत चली गयीं--पर मुझे अपने गुरुभाई, हरकिशन लाल, के पास शांतिनिकेतन भेजकर! नानी उनके श्राद्ध में शामिल होने आयी थीं और मेरे सामने एक रास्ता यह भी था कि मैं उनके साथ 'शारदा सदन' ही चली जाऊँ—यानी कि पुणे के उस हॉस्टल में जो पंडिता रमाबाई ने उन औरतों की खातिर खोला था जिनका जीवन किसी कारण पटरी से उतर गया है! पर हरकिशन लाल से मैं पहले मिल चुकी

थी और उनके व्यक्तित्व का प्रभाव मुझ पर इतना ज्यादा था कि उनका अभिभावकत्व मुझे ज्यादा आकर्षक लगा और 'शांतिनिकेतन' का जीवन भी! हरकिशन लाल वहाँ अँगरेजी के अध्यापक थे और एक विशिष्ट नाट्यकर्मी भी जिन्होंने हिंदी फिल्मों में चरित्र-अभिनेता के रूप में भी अच्छी मान्यता पायी थी। शुरू के दिनों में वे ही थे मेरे 'पितु मातु सहायक स्वामी सखा'--उनकी लंबी चिट्ठियाँ बंबई से भी आती रहीं। पढ़ाई-वढ़ाई का खर्चा किसी-किसी तरह निकल आता! ढेला नन्ना लगातार मनी-ऑर्डर भेजतीं।

थोड़े दिन यहीं कलकत्ता-रंगमंच से जुड़ी रही, इस बीच एक फिल्म भी देखी—'दो बीघा जमीन', कुछ रूसी फिल्में और किताबें भी पढ़ीं : तॉल्सतॉय-दोस्तोएवस्की-चेखव के क्लासिक और भी बहुत कुछ कि एक नये विहान की बेचैनी नसों में लगी कसमसाने!

भगत सिंह और चे ग्वेरा अपने-अपने ऐतिहासिक संदर्भों में धरती के वंचितों को स्वर्ग की चढ़ाई के लिए प्रेरित कर रहे थे! एक ऐसी क्रांति हमें देश में लानी थी जो सबके जीवन में कृत्य का उत्साह भरे, संगीत का उल्हास, रंग और इस का अतिरेक! जो कुछ हो—साझा हो! मुट्ठी-भर खरबपति मजूदरों के श्रम और उनकी सृजनात्मकता से निर्मित अकूत सम्पदा पर फण मारे बैठे न रहें!

काननबाला : सन् पचहत्तर : पत्र...किसी एक जेब में...फटे हुए मन की

जब मैं शांतिनिकेतन के बाहर आयी, 'इप्टा' का जादू सबके सर चढ़कर बोल रहा था! उसकी सदस्यता लेकर जन-नाट्यमंच से जुड़ी तो अपने पालतू खरगोश मुहल्ले के बच्चों में बाँट दिये! मिट्ठू उड़ा दिया! इतने दिनों से बेचारा पिंजड़े में बंद रह गया था कि कुछ देर तो सीधा उड़ भी नहीं पाया, पर उड़ान भूली भी हो तब भी सध तो जाती ही है! मेरी भी सध ही गयी किसी तरह...सीपीएमएल की होलटाइमर होकर फिर मैं बिहार आ गयी जहाँ मुसहरों की एक बस्ती के हेल्थ ऑफिसर, डॉक्टर अंसारी से मेरी एक नृशंस बलात्कार के बाद ऐसी मुलाकात हुई कि जीवन फिर से तय पटरियों पर लगा दौड़ने-भागने!

...फिर उस सामूहिक बलात्कार की दहशत मुझपर कुछ ऐसी छायी मुझपर कि कुछ दिन के लिए माथा ही सुन्न हो गया! बहुत सेवा-शुश्रूषा की उस समय डॉक्टर साहब की अम्मी ने मेरी!...पर बाद में जब उन्होंने मेरे साथ निकाह पढ़ना चाहा, माथे पर उनके वो त्योरियाँ पड़ीं कि ताउम्र उतरी नहीं।...यही वो समय था नानी मुझको आकर लिवा गईं—शारदा सदन, पुणे!

...ये जो कुछ मैं पंडिता रमाबाई के बारे में एक पटकथा-सी तैयार कर पाई थी. ..आण्ट डोरोथी और ढेला बाई की प्रेरणा से ही! आजादी के बाद रेडियो-स्टेशन हर राज्य की राजधानी में हम-जैसे विशृंखल संस्कृतिकर्मियों को माँ का आँचल उढ़ाने को तैयार खड़े थे!

एक आवेदन मैंने भी कर दिया था और पता नहीं किस चमत्कार से नियुक्ति-पत्र भी आ गया था!...अगले महीने ज्वाएन करूँ, इसके पहले ये पटकथा पूरी करनी थी मुझे! आवेदन करते समय ही ढेला बाई ने वादा कराया था कि अगर नियुक्ति हुई तो पहला कार्यक्रम पंडिता रमाबाई पर ही करूँगी!

नानी काफी व्यवस्थित-सी थीं और बहुत चुस्त-चौकस, कर्मठता की पराकाष्ठा!

सुबह से शाम तक 'शारदा सदन' के लिए कुछ-न-कुछ करती रहतीं..."मैं क्यों तुम-सी हो नहीं पाई, नानी? इतनी ढीली और ढमलेल क्यों हूँ?"

एक दिन चोटी-पाटी कराते हुए मैंने पूछा और इसके जवाब में वे बोलीं—"बेटी, विश्वास करो, शहर सिखावे कोतवाली...तुम्हारी उमर में मैं तुमसे भी ज्यादा सपनीली और धुआँ-धुआँ थी...।"

इसी क्षण की प्रतीक्षा में तो इतने दिन थी मैं कि कब वे मुझसे खुलें और एक दिन मैं उनके मुँह से उनके जीवन की वह अद्‌भुत कथा सुनूँ, पर उसकी शर्त्त उन्होंने यह रखी कि पहले मैं उनका गुरुऋण पूरा करूँ और पंडिता रमाबाई के जीवन पर तैयार करूँ एक वृत्तचित्रनुमा रेडियो-रूपक जिसके दृश्यविभाजन की—सूत्रधार भी मैं बनूँ! **पंडिता रमाबाई धारावाहिक रेडियो रूपक** जो राजनीतिक कारणों से पारित नहीं हुआ और अब भी आकाशवाणी की फाइलों में कहीं गुम है। सिर्फ उसके प्राक्कथन की एक प्रति उस दिन मिली—पुराने कागजों में!

पंडितारमाबाई : एक अलिखित पाण्डुलिपि : झकझक झमकती वहिवामा के दृग त्यों-त्यों : प्राक्कथन

घर में सुनी कहानियाँ, कुछ दस्तावेज और संस्मरण : इन प्राथमिक स्रोतों में सबसे प्रमुख थीं आण्ट डोरोथी, जो सन् '47 के बाद सब ब्रिटिश परिवारों के धीरे-धीरे वापस लौट जाने के निर्णय से काफी उदास थीं। पंडिता रमाबाई की खास दोस्तों में वो थीं! 'शारदासदन' के प्रमुख प्रबंधकों में उनका भी नाम आता था! ब्रिटिश चर्च से रमाबाई के 'मुक्ति मिशन' को अनुदान आदि दिलाने में इनकी बड़ी भूमिका थी। रमाबाई के गुजरने के बाद भी अक्सर वे यहाँ आतीं और हम उन्हें घेरकर बैठतीं–

"ये तो हम जानते थे कि इस इडेन में हमारे दिन गिने-चुने हैं...पर इतनी जल्दी आएँगे ये दिन–पता नहीं था–कितने नीरस और उनींदे दिन आने वाले थे! कहाँ यहाँ की शान-शौकत, कहाँ वहाँ की सुस्त दिनचर्या! इतने बड़े बँगले, वफादार नौकरों का यह हुजूम इंग्लैंड में सपना था न! लड़के तो लड़के थे। पैदा हुए नहीं कि पढ़ने चले गये इंग्लैंड! हम लड़कियों को कौन-सा इतिहास, भूगोल, बीजगणित पढ़ना था, ब्रिटिश अफसरों की हम सब लड़कियों को तो 'घाट' ही 'सदा घर लगा'...आसाम के वे चाय-बागान, खूबसूरत हिल-रिजोर्ट, भारतीय महाराजाओं का भव्य आतिथ्य, चर्च-बाज़ार, बग्गियाँ, पोलो, पोनी-राइड, बस्ता ढोने को हमेशा ही तैयार चकितनयन नेटिव्ज... अस्तपतालों, लोकल स्कूलों में 'मदर मेरी' जैसी द्रावक-सी उपस्थिति...इंग्लैंड का मतलब वही बंद कमरे, छोटी बगीची, दिन-भर का इंतजार, कभी-कभी की डांस-पार्टियाँ और बस वही हूँ-हाँ, हाँ-हूँ, हूँ-हाँ!"

ऐसी ही कई मेमसाहबों के प्रभाव में पंडिता रमाबाई ईसाइयत की तरफ खिंची होंगी। कैसी होती होगी ऐसी मेमसाहिबों से पंडिता रमाबाई की बातचीत? भारत भर में पुराण-कथाएँ बाँचती फिरने वाली पंडिता रमाबाई का ईसाई मिशनरियों, ननों और मेमसाहिबों से संवाद अपने-आप में एक गजब दास्तां होगा–सोचती-सोचती मैं सोयी,

और विश्वास कीजिए, पंडिता रमाबाई की आत्मा से रात के दो बजकर तीन मिनट पर मेरा आमना-सामना हो गया!

हड़बड़ाकर मैं उठ बैठी! तकिए के नीचे टॉर्च टटोल ही रही थी कि कंधे पर किसी का हल्का स्पर्श महसूस हुआ। हाथ स्त्री का था—इतना पहचाना तो थोड़ी निश्चिंतता हुई कि चलो, आत्मा भी है तो स्त्री की है! झपट्टा नहीं मारेगी! कुछ तो बहनापा बरतेगी ही। हिम्मत करके पूछा—कौन? क्या चाहिए?...उसके बाद क्या हुआ, क्या नहीं—इसका मुझे एक धुँधला-सा एहसास है...पर लोग कहते हैं कि मैं उसके बाद कुछ महीने अपने होश में नहीं थी, एक यात्रा पर निकल गयी थी कहीं, लौटी तो यह पुलिंदा मेरे साथ था—मैं नहीं जानती कि ये क्या है, कौन मुझे पकड़ा गया है—क्या यह रमाबाई के वे विभिन्न संवाद हैं जो अलग-अलग समय अलग-अलग तरह की मण्डलियों से करती गयी थीं? क्या मेरे माध्यम से वे अपने संवाद आगे आने वाली पीढ़ियों से भी कायम करना चाहेंगी? क्या मैं उनका ऊर्जाबोर्ड हूँ? क्या कुछ सूत्र जुड़ रहे हैं—या फिर कुछ टूटने का एहसास होता है? क्यों वे इतनी चिंतित थीं? क्यों ये संवाद जो ध्वनि-तरंगों की शक्ल में अंतरिक्ष की मस्त उड़ान भर रहे होंगे—घायल परिंदों की तरह सामने आ गिरे हैं? कोई तो कारण होगा ही न! सृष्टि में कुछ भी बेमतलब नहीं होता।...सुधीजन खुद तय करें, मेरा दिमाग तो काम नहीं करता! 'ज्यों की त्यों धर दीनी चदरिया' के भाव से 'तेरा तुझको सौंपता' नहीं...'उनका तुझको सौंपती—का लागे है मोय!'

तारा : 2006

काननबाला के छोड़े बस इतने संकेत मेरे पास हैं इन्हीं के आधार पर मुझे दो जीवनियाँ पूरी करनी हैं और उन्हें एक उपन्यास के रूप में ढालना है!... यह मेरी नन्हीं-सी जान दो-एक साल की हो ले तो दिल्ली आकाशवाणी के आर्काइव में पण्डिता रमावाई पर बना वह रेडियो-रूपक जरूर ढूढ़ूँगी! पिछली पीढ़ी की संघर्षसिद्ध औरतों के जीवन की परतें खोलनी जरूरी हैं।

चलते-चलते अवन्तिका जी ने कहा था—"दुनिया के सबसे संतोषप्रद, अमृतवाही रिश्ते वे होते हैं जिनका कोई जेण्डर नहीं होता—लेखक पाठक का, गुरु-शिष्य का, माँ-बेटे, बाप-बेटी का रिश्ता हो, दोस्तों का या शोधार्थी और ऐतिहासिक मिथकीय चरित्रों का आपसी नाता! इनके बारे में ही तुलसी ने शायद लिखा है—'मेरो-तेरो नातो अनेक/मानिए जो भावै'! अमृत का कुंड होते हैं रिश्ते—काननबाई, ढेलाबाई और पण्डिता रमाबाई से जो ये मेरा रिश्ता बन रहा है—अद्‌भुत है। पूर्वराग की लाली क्षितिज पर हर ओर विहँसती खड़ी है!

तुम करो विजय संयत प्राणों से प्राणों पर जोगनिया कोठी : साहिल-स्पंदन के ई-मेल

अवंतिका देवी ने मायके से चुनाव लड़ा था! शास्त्रज्ञों के परिवार की बेटी के रूप में शहर उन्हें जानता-मानता था! कॉन्स्टिच्यूएंसी में 'जोगनिया कोठी थी', लेकिन ये उनको कहाँ पता था कि जिसके किस्से बचपन से ही मन में कितकित-सी खेलते रहे हैं—वे ढेला बाई, 'जोगनिया कोठी' वाली ढेला बाई उनकी भावी समधिन की पर नानी निकलेगी! शीरीन ने बतौर अफसर इस कोठी का विकास 'भगवान बाज़ार' और 'लालटेन बाजार' की उन वेश्याओं के 'पुनर्वास केंद्र' के रूप में कराया था जो धंधा करना नहीं चाहतीं, पर वहाँ चलने वाले 'वैकल्पिक रोजगार केंद्र' और प्रयोगात्मक स्कूल 'आधारशिला' की सरकारी, गैर-सरकारी फंडिग का इंतजाम अवंतिका देवी का था!

वे भी बड़ी गोद की स्त्री थीं और उन्हें इस बात से कोई फर्क नहीं पड़ता था कि उनकी भावी बहू क्लासिकल अर्थों में न 'हिंदू' है, न 'खानदानी'! परपिता की तरफ से 'मुसलमान', माँ की तरफ से 'रूपाजीवी' इस फर्राटेदार अफसर से एकलौता बेटा ब्याह देने का निर्णय डॉ. कक्कड़ के अक्खड़ पिता के लिए आसान नहीं था! विभाजन के समय की बहुतेरी विरूप स्मृतियाँ उनके चित्त पर हावी थीं और उनका मनोचिकित्सक बेटा लाख चाहकर भी यह पूर्वग्रह, यह ग्रंथि धो नहीं पा रहा था कि हर नस्ल, हर जात-बिरादरी या व्यवसाय के अधिकांश लोग प्यारे और उदार ही होते हैं...किसी खास नस्ल, जात-बिरादरी-संप्रदाय या व्यवसाय से जुड़ा होना निरा संयोग है और निरे संयोगों की सज़ा कैसे किसी को दी जाए, क्यों ये मानकर चला जाए कि फलां परिस्थितियों, फलां परिवेश का नतीजा चिलां होगा...! जीवन पूर्वनियोजित प्रमेयों पर कब चलता है भला! और पूर्वनियोजित प्रमेय, कर्मफल, नियति यदि कुछ है तो उसका नियंता इतना कच्चा 'डिजाइनर' तो होगा नहीं कि एक ही खाँचे और साँचे में गढ़े मूर्तियाँ : खराब तो सब खराब, अच्छे तो सब अच्छे! 'एक्सपोर्ट सरप्लस' नहीं होता

कोई, ऊपर वाले की फैक्टरी अपने हर उत्पाद पर कोई-न-कोई विशिष्ट छाप छोड़ती ही है! कोई टके का तीन सेर बेच देने-लायक नहीं होता।

खैर, अवंतिका देवी को देखते ही 'जोगनिया कोठी' के सब अंतेवासी अपनी-अपनी दिक्कतों की अर्जी लेकर उनकी तरफ लपके! आखिर यहाँ की एम.पी. साहिबा थीं वो! हरदम 'जुकाम-जुकाम' करती इधर से उधर डोलने वाली जलेबा बुआ—जो हर तीसरे दिन जुकाम का आगमन इस औचकपने से घोषित करतीं जैसे जुकाम जुकाम नहीं हो, जलजला हो कोई—सारी दुनिया बस अभी डूबी! उन्होंने अपने बेटे को फीजियोथेरेपी का कोर्स करा रखा था—चाहती थीं, यहीं क्लिनिक खोल देता!

फत्तन खाँ, सारंगीवाले जिनके कल्ले में पीक का तालाब इतनी देर तक थकमकाया पड़ा रहता कि मलेरिया के मच्छर उसमें अंडा देने की सोचने लगते! उनकी पुश्तैनी जमीन उनके भाई-बंद दाबे बैठे थे!

रंगरंगीले प्यारेमोहन जिन्होंने जवानी में एक सौ इक्तीस इश्क किए और सारे-के-सारे उतनी ही शिद्दत से—गपागपगप जैसे कि गोलगप्पे खाए जाते हैं! कोई माई का लाल कह नहीं सकता कि उन्होंने दो निगाह से देखे दो गोल गप्पे! उनसे बड़ा साम्यवादी तो मिलना मुश्किल था! उनके आवेदन का लब्बोलुबाब यह कि ब्याहता पत्नी से जो उनके बेटियाँ हुई थीं—कोई उनसे ब्याह को प्रस्तुत नहीं होता था : 'नीमन भात अरुआइल जाता' (अच्छा-भला भात बासी हुआ जा रहा है) कहकर उनकी पत्नी दहाड़ें मार-मार रोतीं, पर न वर जुटते, न नौकरी! आँगनबाड़ी में ही सही—कुछ नौकरियाँ जुट जातीं तो पैसे के लालच में वर भी जुट जाते...!

इसी तरह की हजार फरियादें, दलीलें, शिकायतें सुनती हुई अवंतिका देवी देर तक जोगनिया कोठी के उसी कमरे में कुर्सी डाले बैठी रहीं जहाँ कभी रिवेल साहब, महेंदर मिसिर, ढेला बाई और हलुवंत सहाय की महफिलें सजती थीं, बाद में डॉक्टर बोस और ढेला बाई की अंतरंग लेकिन उदास शामें भी वहीं कटती रहीं। मौका देखकर मैंने वह एकांत ढूँढ़ ही लिया जहाँ चैन से पसरकर साहिल की लंबी-चिट्ठी पढ़ी जा सकती थी!

नई दिल्ली,
07.09.2006

प्रिय तारा,

खुद को या किसी और को भी बेचारा समझना मेरी ट्रेनिंग में शामिल नहीं है—यह समझते हुए मेरी बात ध्यान से सुनो! क्या तुम दिल्ली आ सकती हो—कुछ दिनों की खातिर की सही?

तुम्हारे दिल्ली छोड़ने के पहले मैंने एक संकल्प लिया था कि तुम्हें अपनी मित्र ही मानूँगा, तुमको लेकर किसी फैन्सी-फ्लाइट पर निकलना एक तरह का अपहरण है, एक खास तरह की जबर्दस्ती! मेरे साथ किसी उड़नखटोले की सैर के लिए तुम्हारी आत्मा प्रस्तुत नहीं! तुम्हारे मन में मेरे लिए ममता और सम्मान है लेकिन ममता और सम्मान कितना भी पंख फुलाएँ—उनकी उड़ान शुतुर्मुर्ग की उड़ान ही होती है। प्रेम की नन्हीं सोनचिरैया के पंख कोई खाद-पानी सायास उगा नहीं सकता!

जब गालिब का यह बहूद्भुत शेर याद आता—'लगाए न लगे, बुझाए न बने' वाला—एक घनघोर धुएँ से मेरा अंतरंग भर जाता! ब्लेक के 'चिमनी स्वीपर्स' की उजबुजाहट रूह में भर जाती, गले में कालिख-सी झड़ती और मुझे लगने लगता जैसे मैं भी उन्नीसवीं शती के गुजुर-बुजुर लंदन की सड़कों पर बाल-मजूर-सा औजारों की झोली टाँगे खड़ा हूँ! इतना छोटा है चिमनी स्वीपर कि ठीक से 'स्वीप' कर नहीं पाता और तोतले बोलों में अपने नये ट्रेड का विज्ञापन करता घूमता है! गलियों में—"वीप-वीप-वीप-वीप" गोहराता—भूखे पेट, नंगे पाँव, खुखुर-खुखुर खाँसता हुआ—लगातार कालिख पीते-पीते मेरा गला कैंसरीला हो गया है!

लेकिन मैं फिर कहता हूँ! खुद को बेचारा समझना, मेरी ट्रेनिंग में शामिल नहीं है! जैसे ही आत्मदया के गँदले पानी में मेरा मन पोंछे का कपड़ा बन डूबता—झटके से उठ खड़ा होता और अपने गणित के खजाने से कोई जटिल सवाल उठाकर उससे ही लगता मल्लयुद्ध करने! काम से बड़ा गंगा-तट भला क्या! 'चलो मन गंगा-जमुना तीर' जब पलुस्कर गाते थे या विद्यापति गाते थे 'बड़ सुखसार पाओल तुअ तीरे'—गायन ही उनका गंगा-तट हो जाता था! जिस काम में मन लगता हो, जिस आदमी के संग लगता हो—गंगा-जमुना का किनारा वही है।

आश्चर्य होता है अपने भीतर के परिवर्तन लक्ष्य कर। देखा न! तुम्हारे प्रभाव में मेरी भाषा ही बदल गई है। समुद्र-तट नहीं कहकर, गंगा-तट क्यों कह रहा हूँ अपने काम को? क्या यह भी तुम्हारे अमूर्तन प्रिय, ट्रांसेण्डेण्टल-टाइप के औघड़ मन का प्रभाव है जो मेरे घोर नास्तिक मन की काली कमली पर भी रंग चढ़ने लगा है? किसने ये लाल ऊन के छोटे कचनार काढ़ दिए थे इस काली कमली

पर? यह सेंध कब लगा ली थी? कुदरत ने अवचेतन के लम्बर-रूम की मास्टर-की औरत के झब्बे में ही डाल रखी है शायद।

ये ही सब सोचता-विचारता काम-धाम में लगा रहता—तरह-तरह की मीटिंगें, पार्टी के और काम, गणित के सवाल और विश्व-साहित्य—दिल को खुश रखने को ये सब 'खयाल' अच्छे हैं...!

लेकिन आ सको तो आकर देखो कि कभी-कभी सिर्फ खयालों से आदमी का काम नहीं चलता!

तुम्हारा—साहिल

× × ×

अभी मैं चिट्ठी पढ़ ही रही थी कि मुनकिया बी आँधी-पानी की तरह आईं और धमककर बैठीं तो उनका घाघरा मेरे पूरे वजूद पर पसर गया! जैसे गोबरछत्ता के नीचे बीरबहूटी सिमट जाती है, दुनिया का हर प्राणी उनकी धुआँधार उपस्थिति में! वे जहाँ होती हैं—वहाँ न कोई और दिखाई देता है, न सुनाई देता है! उम्र के उस दौर में हैं मुनकिया बी जब इंसान अजायबघर के गाइड की मनःस्थिति में रहता है—सब कुछ साँस में बता देने को प्रस्तुत, पर कोई उसकी बात सुनता नहीं? अजायब घर की दहलीज पर टहल्ला मार रहे लोगबाग नवविवाहित जोड़े-से आत्मलीन, एक कान में उँगली डाले हुए योंही हूँ-हाँ करते जाते हैं! सुख-दुख—दोनों से ही तर-बतर ऐसे महागाइडों का जीवन भोज के पत्तल पर सब्जी के रस में सनी-सी जलेबी का आभास देता है—थोड़ा बदएं, पर षट्रस! कभी-कभी फुर्सत में अच्छी भी लगती हैं उनकी वे पेंचदार बातें लेकिन जब सर पर काम बहुत हो तो मशीनगन की आतंकवादिता उनपर हावी हो गई जान पड़ती है!

भगवान बाजार की सबसे पुरानी कव्वालों में उनकी गिनती होती थी, पर बाद में इन्हें जाने क्या सूझी कि अपने एक आशिक, राघवेंद्र पांडे के बहकावे में आ गईं और नेपाल बॉर्डर से लड़कियाँ मंगवा कर शेखों को मुँहमागे दामों पर बेचने के उसके धंधे में हाथ बँटाने लगीं!...मुहल्ले में सबसे बड़ा कोठा उनका था—'जोगनिया कोठी' का भी दोगुना। अस्सी चूहे खाकर हज करने के मूड में इन दिनों 'जोगनिया कोठी' भी आती जाती थीं क्योंकि आठ सिनेमाघरों, पच्चीस ट्रकों, शराब के पचपन ठेकों और तीस चकलाघरों का मालिक, उनका वह पुराना आशिक भगवान बाजार से उन्हें उस रानी बाई के खिलाफ चुनाव लड़वाना चाहता था जिसने सबसे पहले शीरीन के दफ्तर में इसका आवेदन किया था कि वेश्याओं के लिए भी वैकल्पिक रोजगार के साधन मुहय्या कराए जाएँ। वह भी देह के धंधे को 'और पाँच कामों की तरह एक काम' मानती थी और चाहती थी कि उसे लाइसेंस मिले लेकिन पाँच वर्षों तक! इन पाँच

वर्षों में और भी तरह के कामों का प्रशिक्षण दिलाने की बात सोची जा सकती है—यह बात शीरीन के मन में सबसे पहले उसी ने बोई थी! किसी-किसी तरह मुनकिया बी टलीं तो साहिल को चिट्ठी लिखी—

दिल्ली

10.10.2005

प्रिय साहिल,

तुम्हारी चिट्ठी मिली! तुम्हारे इस उत्तप्त बुलावे के पीछे तुम्हारी मंशा क्या है—यह तुम दुनिया से या खुद से छुपा सकते हो लेकिन मुझसे नहीं!

एक पंक्ति भी तुमने मेरी बीमारी के बारे में लिखी नहीं—यही इस बात का भास्वर प्रमाण है कि मेरी बीमारी चेतना पर हावी है और तुम कृपा के मूड में हो! एम्स में तुम्हारी कोचिंग इन्स्टिच्यूट के कई छात्र पढ़ते हैं—उनकी मदद से तुम मुझे कुछ दिन वहाँ रखकर नए सिरे से आश्वस्त होना चाहते हो कि मुझे एड्स नहीं है।

देखो, साहिल, मुझे इस बात से कोई फर्क नहीं पड़ता कि मुझे एड्स है या नहीं! बच्ची की चिंता मुझे जरूर है! पर तुम्हारे और शीरीन जैसे दोस्तों के रहते वह कम-से-कम अनाथ तो नहीं होगी! कम्यून में पली बच्ची वैसे भी 'अनाथ' नहीं होती! 'नाथ' की 'नथनी' या 'नकेल' पहनने का उसको अभ्यास हो तो वह समझे कि 'अनाथ' होना क्या होता है! सारी दुनिया उसका घर होगी—ऐसी मैं उम्मीद तो कर ही सकती हूँ!

तुम्हारे लिए एक लड़की देखी है! मेरी बेटी बड़ी होकर, काश ऐसी ही हो—इतनी ही ज़हीन, इतनी ही संयत मगर हँसमुख, समुंदर—से मन वाली! यहीं एक कॉलेज में पढ़ाती है और मेरे साथ सेक्स वर्कर्स के बच्चों का यह बोर्डिंग स्कूल भी चलाती है। तस्वीर भेज रही हूँ!

एक बात और कहनी है—पता नहीं किस हक से। अगर मेरे बेटा हुआ तो तुम्हारे जैसा हो—यह कामना मेरे मन में जब तक जगी तब तक मैं अपने नीमपागल, वात्सल्यभाजन मरीज का निरीह वीर्य अपने गर्भ में उतार चुकी थी। बहुत दिनों बाद जब अचानक उसके कमरे में गयी—एक हिरण के आवेग में वह मेरी गोदी में झपटा!...बाहर-भीतर के थपेड़ों से उस दिन इस कदर थक चुकी थी कि जब वह शिशुसुलभ किलकारी और पुरुषोचित आवेग के साथ मुझ पर झपटा—उसे परे धकेल पाने की ताकत भी मुझमें शेष नहीं थी! उसी वक्त उसकी तृप्ति से मुँदी चली जाती उन आँखों पर मेरी आँखें ठहरीं और क्षणांश में कौंध गया—"हाड़-मांस की मेरी यह पोटली दो-तीन मिनटों की खातिर यदि इस बेचारे की दूध-रोटी हो

भी जाती है तो इसमें हर्ज ही क्या है!" हबड़-दबड़ करके जब लेटा बगल में—उसका संतृप्त चेहरा गौर से देखा और सोचा, ये अनजाने ही एक पुण्य हुआ मुझसे! इसके पहले भी यह देह शीतल-प्रसाद-चूरमा-इलायचीदाना बनकर बँटी थी पर इस निरीह लड़के की दूध-रोटी बनकर सचमुच ही ठीक लगा!

एक बार मन में डर तो जगा कि नीमपागल बाप की संतान भी नीमपागल हुई तो? कॉल गर्ल रह चुकी हूँ! अनचाहे गर्भ से खुद को बचाने की तरकीबें खूब जानती हूँ, पर आज की छूमछनन के लिए तो मैं बिल्कुल तैयार नहीं थी! मेरे कमरे में पुताई चल रही थी और मेरा सिर इतना ज्यादा दुख रहा था कि निश्चिंत लेटने का एक कोना ढूँढ़ती-ढूँढ़ती इसके कमरे में आयी थी! सोचा था, सो रहा होगा। इन दिनों दवा के असर से सोता ही रहता था। जो हुआ, बिल्कुल ही औचक हुआ!

एक बार यह भी सोचा कि गर्भ गिरवा लूँ, फिर सोचा—इतना-सा खतरा उठा लेना चाहिए! माँ बनने का यह सुनहरा मौका बेवजह क्यों छोड़ूँ? वेश्यावृत्ति छोड़ चुकी थी—वैसे भी निरपेक्ष गाहक की संतान क्यों धारती गर्भ में! और तुम्हारी संतान कोख में डालने का अर्थ होता तुम्हें बाँध देना! खुद भी बँधना नहीं चाहती थी—कभी भी, किसी से! बचपन से अकेले रहते-रहते मुझको अकेला ही जीना अच्छा-अच्छा-सा लगने लगा था।

अभी भी अपने निर्णय पर अटल हूँ। काफी खुश हूँ मैं अकेली!...एक बात, लेकिन, यहीं आकर महसूस की। चाहे-अनचाहे, जाने-अनजाने तुम मेरे जीवन का केंद्रीय यथार्थ बन चुके हो। मेरी हर सोच, हर उमंग इधर-उधर टहलती-टिमकती तुम तक ही जा पहुँचती है : कितनी भी उससे जबर्दस्ती करती हूँ, कितनी भी जोर से उसकी रस्सी खींचती हूँ—मताए बछरु की तरह बार-बार मन तुम्हारे रस्ते ही जाने की जिद करने लगता है!

यहाँ से तीस किलोमीटर दक्खिन ही तुम्हारा गाँव है! तुमने बताया नहीं था—मैंने खुद पता किया और अम्मा से मिल भी आयी! तुम्हारे लिए अपनी ओर से जो लड़की पसंद की है—उससे मिलवा भी दिया! उनके पीछे-पीछे लगकर घर के सारे काम निबटाए! जीवन-भर की यादें बाँटीं! औरत का मन—पुरइन का पात! दो से एक हो जाने में वक्त ही कितना लगता है!

उनको भी लड़की बहुत पसंद है! उसके तो अपना कोई नहीं! एक कॉन्वेंट के अनाथालय में रहकर पढ़ी है! मेरी ही बेटी उसे समझो और—आँचल पसारकर कहती हूँ—उससे ब्याह करो! इतना अधिकार दो मुझे कि तुम्हारे जीवन पर तुम्हारी अम्मा के संग-संग अपने भी आँचल की छाँव रख सकूँ!

अभिन्न,

तारा!

× × ×

यह चिट्ठी पढ़कर, जाहिर है, साहिल भन्नाया तो बहुत होगा, पर जो जवाब उसने लिखा—था संयत ही! जवाब क्या था—वह एक कविता थी—शशिप्रकाश नाम के उसके एक साथी की—अपने उन तमाम सपनीले साथी युवकों की ऐसी ही कितनी उन्मन माँओं के नाम जिन्हें अकेला छोड़कर उनके बेटे एक आदर्श लोक के संधान में सदियों से जंगल-जंगल भटक रहे हैं—कोई चकाचौंध जिन्हें बाँधती नहीं—एक ध्रुवतारा की गुमसुम-सी टेक लिए वे लगातार बढ़ रहे हैं—कभी अकेले, कभी दुकेले, कभी जन-समुद्र के साथ—उच्छल, अनंत—

नई दिल्ली
19.10.2006

प्रिय तारा,

तीन वर्षों की अनवरत साधना का यह फल न खट्टा है, न मीठा, न फीका, न रससिद्ध! कुछ-कुछ तो वैशाली में हमारे पिछवाड़े के लाल बीज वाले अमरूदों-सा जिन्हें हम बतिया ही तोड़ लेते थे! बतिया? पर यह फल तो मैंने बतिया नहीं तोड़ा! पाँच बरस इंतजार किया है इसके पकने का!

तीन बरस पहले तुम्हें देखा था—एक बस में! तब तुम्हारी उमर तीस से ज्यादा न रही होगी! तुम्हारे हाथ में सुपर बाजार की थैलियों से भरा एक बड़ा-सा झोला था और सीट तुम्हें मिली नहीं थी!

मेरा दायाँ पाँव बाएँ से छोटा है, इसके चलते मुझे सामने की रिजर्व्ड सीट जल्दी ही मिल जाती है, पर अक्सर उस सीट का इस्तेमाल मैं करता नहीं क्योंकि मुझे नहीं लगता कि मेरा कोई 'अंग' इस छोटे-से प्राकृतिक व्यतिक्रम के चलते 'विकल' है! नहीं मानता मैं खुद को विकलांग! मेरे-जितनी मेहनत कम लोग कर सकते हैं—दैहिक श्रम हो या बौद्धिक—मैं अनवरत कर सकता हूँ, और मेरे काम में नुक्स निकालना आसान नहीं होता! यही मेरी पूँजी है, यही मेरी थाती!...वैसे तो तुम भी मेहनतकश लगीं—पर तुम्हारा चेहरा मुलायम था—मुझ-सा कठोर नहीं—मुझे लगा कि यह सीट मुझे तुम्हें दे देनी चाहिए—सो मैं खड़ा हो गया! एक पल तुम सोच में पड़ीं, फिर अपना झोला मुझे थमाकर कहा—"यह आप अपनी सीट की तरफ खींच लीजिए—इस झोले की तोंद सीटों के बीच खड़े लोगों का रस्ता ब्लॉक किए खड़ी है—मैं तो खड़ी ठीक हूँ—तीन स्टॉप बाद ही मुझे उतर जाना है!"

'झोले की तोंद' पर मैं मुस्कुराया! तुम भी हँसीं! तुम्हारे दाँत सुंदर थे—भुट्टों के खिच्चे दानों जैसे! भुट्टे की इसलिए सूझी कि बस जहाँ रुकी थी—वहीं बस-स्टॉप के किनारे एक औरत श्मशान से लाए कोयलों की धीमी आँच पर भुट्टे पका रही थी! अभी-अभी बारिश थमी थी और फिजां में भुने हुए भुट्टों की मादक-सी गंध पसरी पड़ी थी! भूख लग आयी थी पर इतना अवकाश नहीं था कि भीड़ काछ कर बढ़ूँ और बस से कूदकर दो भुट्टे ले आऊँ! पहली बार, नहीं शायद दूसरी-तीसरी बार, मुझे अपने पाँवों पर खीझ हुई!

तीसरा स्टॉप? चौथा स्टॉप तो मेरा भी था! मोतीबाग का! वहाँ दो घरों में मैं ट्यूशन पढ़ाता था : गणित की ट्यूशन! मेरे पास सिविल इंजीनियरिंग की डिग्री थी—पिताजी चाहते थे कि मैं बिहार सरकार की नौकरी उगाहूँ और पीटकर रख दूँ पैसा! घर के सारे दुख-दलिद्दर दूर हो जाएँ! पर मैं—हवाई किले में रहने वाला मैं—कंकरीट-सीमेंट के चक्कर में पड़ना ही नहीं चाहता था! अव्वल तो मैं इंजीनियरिंग ही पढ़ना नहीं चाहता था, गणित मेरा गोइयाँ था—मेरा बाल-सखा, बस गणित में मेरा मन लगता! और विषय रुचते ही नहीं! चाहता था कि गणित में रिसर्च-विसर्च करता—मैथ्स ओलम्पियाड में चौथे-पाँचवें नंबर पर आया भी था—पर 'दिल के अरमां आँसुओं में बह गये' के तर्ज पर पढ़नी पड़ी मुझे इंजीनियरिंग ही, हालाँकि इंजिन का पुर्जा न बन पाया—बन गया पटरी से उतरा हुआ ऐसा डब्बा जिसकी धूल-मिट्टी पर ढेरों जंगली लताएँ उग आयी हों!

एक और मेरा बाल-सखा था—वो ही इंद्रकांत झा जो अब वहाँ तुम्हारी 'जोगनिया कोठी' की व्यवस्था देख रहा है! पिछले कुछ वर्षों से दिल्ली में था! यहीं एक स्कूल में पढ़ाता था और पब्लिक स्कूल के शतांकप्रत्याशी बच्चों के बीच इसकी संस्कृत ट्यूशनें इतनी लोकप्रिय थीं कि घर-घर का लाड़ला था ये! विद्वत्ता का विनोद से रिश्ता थोड़ा टुनकाह मगर प्यारा-सा होता है! इसकी खासियत यह थी कि इसने अपनी विद्वत्ता अपने विनोद पर हावी नहीं होने दी थी—और हँसते-हँसाते हुए कंजूस के धन की तरह उसे थोड़ा-थोड़ा ही इन्वेस्ट किया करता—सामने वाले के कंजम्पशन-भर, बस इतना-भर जिससे उसका हाजमा खराब न हो!

पिताजी से मेरा तनाव जब बर्दाश्त के बाहर हो गया, मैंने इंद्रकांत को चिट्ठी लिखी और उसने मुझे तत्काल ही बुला भेजा! वे दिन कोचिंग इन्स्टीच्यूट के बहारों के दिन थे—आई.आई.टी. और अन्य प्रतियोगी परीक्षाओं की तैयारी में देश के कोने-कोने से विद्यार्थियों का जत्था दिल्ली आने लगा था और बकौल इंद्रकांत देखते-ही-देखते मेरे पौ-बारह हो जाने थे!

इंद्रकांत के पौ-बारह की व्याख्या थी—गाँव-घर के सारे गरीब बंधु-बांधवों को

शहर में नौकरी लगवा लेने का इकबाल, दो शाम स्वादिष्ट भोजन, किताबें लिखने-पढ़ने का भरपूर अवकाश, शहर के किनारे कहीं एक हवादार कुटिया, अपनी एक अच्छी-सी पुष्पकविमाननुमा फटफटिया और गाहे-बगाहे लंबी-लंबी गपाष्टक-गोष्ठियाँ!

शब्दों की व्युत्पत्ति के बारे में उसका ज्ञान अपरंपार था ही! 'गोष्ठी' शब्द के बारे में उसने ही मेरा ज्ञानवर्द्धन किया था कि उसका संबंध गौओं के मिल-बैठने के स्थान से है—शाम-तले अलग-अलग चरागाहों से चरकर गायें जब लौट आती हैं—एक-दूसरे के आगे मुँह डुलाती बैठती तो हैं—इसी से निकला है शब्द—गोष्ठी! श्लोकों के आधार पर जीवन जीता इंद्रकांत—सुभाषित, पंचतंत्र, हितोपदेश! चलता-फिरता नीति-शतक ही समझो, पर पुस्तकालय-संस्करण वाला मोटा-सा शतक नहीं, विद्यार्थी-संस्करण वाला छात्रोपयोगी शतक!

आयुर्वेद में इसकी विशेष आस्था थी! छोटा-सा एक दवाखाना भी था छतरपुर मंदिर में लेकिन वहाँ दवाएँ मुफ्त बाँटता था। इसके बड़े भाई यहीं पुजारी थे और एक बड़े ज्योतिषी के रूप में इनकी भी ख्याति दूर तक थी! लगातार शास्त्रार्थ ही चलता रहता था दोनों में! और मेरी शामें अक्सर वहीं कटा करती थीं। मेरी आस्था न धर्म में थी, न ईश्वर में—पर धर्मप्राण लोग मुझे रोचक लगते थे!

करने को और था भी क्या उन दिनों—इस विचित्रप्राण तारा से मिलने के पहले जो अचानक मुझसे इतनी दूर चली गई! तुम्हें याद है वो दिन, तारा, जब एक दिन मैं तुम्हें अपने कमरे ले आया था कि जीभर के गप्पें करूँ, लेकिन तुम इतनी थकी थीं कि सो ही गयीं...कमरे में आने के पंद्रह मिनट के भीतर ही...अभी तो मैं तुम्हारे सर पर हाथ रखने की सोच ही रहा था, सोच ही रहा था कि पहले बाल सहलाऊँगा...!

क्या करूँ? उठाऊँ तो कैसे? और न उठाऊँ तो कैसे?

अब मैं करूँ तो क्या करूँ?

सामने की दीवार पर एक एकदम खाली, सुंदर-से घर की तस्वीर थी! तस्वीरों में घर खाली क्यों होते हैं? "काश, ये घर हमारा होता!" उसी समय मन में जगा! सोते हुए गौर से तुमको देखा काफी कमनीय थीं तुम—अभी इस उम्र में भी—इतने संघर्षों के बीच। लेटने पर स्तन हल्का ढलक-से गये थे—बायीं ओर—जैसे गर्दन बंकिम करके दो कबूतर कोटर से बाहर को झाँक रहे हों। बैठी रहती थी तो लगता नहीं कि उनतीस-तीस साल उमर है तुम्हारी। पाँवों में हल्की बेवाई थी! नाखूनों में पीला आटा फँसा था! और ये कमर में ताबीज थी कोई? साईं बाबा की अंगूठी थी!

झोले में किताबें धरी थीं! चप्पल मलुआई-सी थी! कॉल गर्ल तुम्हें कोई समझ नहीं सकता! पढ़ी-लिखी, खुद्दार, सुंदर-सी औरत तो दीखती ही हो!

फिर भी, मन का क्या है, तरह-तरह की बातें उठने लगीं : "लेकिन कॉल-गर्ल रह चुकी है पहले! खुद ही बताया था! अंसारी साहब के घर आने के पहले कई साल धंधे में थी! अंसारी साहब ने अपने बताह बेटे की देखभाल के लिए इसे सर्वेण्ट्स क्वार्टर्स में रखा, यह एहसान कोई छोटा एहसान नहीं था!

इसीलिए तो इनके पूरे परिवार पर सौ जान से फिदा है—छोड़कर आना ही नहीं चाहती उनको—हाँ, मेरे पास भी नहीं!

अरे, ये इसकी पीठ पर ये निशान कैसे हैं? लगता है, गर्म सलाखों से दागी गयी है!...चक्कर क्या है? ये खाजे की लोई-सी इतनी नरम, सुनहरी पीठ दागी किस माई के लाल ने? क्या-क्या छुपा रखा है अपने भीतर? कभी कुछ बताती नहीं। कोई रहस्य नहीं खोलती! पूछो तो फीकी हँसी हँसकर रह जाती है!

कोई नहीं जानता इसका अतीत कायदे से! कितने तो लोग इसके आगे-पीछे लगे रहते है—पर कोई इसे ठीक से नहीं जानता।...लोग तरह-तरह की अटकलें लगाते हैं! कोई समझता है—"अंसारी साहब की जानम है, कोई कहता है—उनके नीमपागल बेटे की रखैल!"

कहते रहें—मुझे क्या मतलब! मैं बस इतना जानता था कि तुम जैसी भी थीं, मुझे अच्छी लगती थीं। चाहे कितना भी थका होऊँ—तुम्हारे करीब बैठता तो मिट जाती थकान! एक अजब छाँह थी तुम्हारे समूचे वजूद में!...तुम मुझे प्यार करती हो या नहीं करती--आज भी ये मैं नहीं जानता! पर ये जरूर जानता हूँ कि मैं तुम्हें मानता हूँ और कोई छिछला मनुष्य नहीं मैं—इसलिए मेरे मानने या साथ चलने का एक गंभीर अर्थ है...!

रहा तुम्हारी हादसे की संतान का सवाल! उसे ही नहीं, उसके बालबुद्धि पिता को भी मैं ऐसे अपनाऊँगा जैसे हवा फूलों की गंध को अँकवारती है। हरसिंगार का गुल्म कभी गौर से देखा है? देखा ही होगा, हरदम प्रकृति से एकात्म रही हो! सुबह की हवा समूचे पेड़ से दुशाले की तरह लिपटी होती है—ओस की बूँदें हवा के दुशाले पर संकल्प-विकल्प की तरह दमकती हैं, सूर्योदय का प्रकाश भी उनको छूते ही सात रंगों में बिखर जाता है! हरसिंगार के फूलों और सूर्य की किरणों से ज्यादा अच्छी तरह भला कौन व्यंजित कर सकता है टूटने बिखरने का वैभव! सारी टूटन-बिखरन, सारे संकल्प-विकल्प-समेत हवा जैसे हरसिंगार को अँकवार लेती है, तुम्हें तुम्हारी संपूर्णता में अपनाऊँगा!

और यदि तुम्हें लगता है कि 'जोगनिया कोठी' का अपना नवांकुरित संसार

छोड़कर आ नहीं सकतीं तो मैं आ जाता हूँ! सेक्स-वर्कर्स के जिन बच्चों की शैक्षिक बुनियाद तुम डालोगी, उन्हें तकनीकी संस्थानों में प्रवेश के लिए मैं तैयार करूँगा!...कल डॉ. अंसारी से भी मिला था! उनकी नई हाउसकीपर शाहिद को ठीक से सँभाल नहीं पा रही है! शाहिद भी तुम्हारे बिना बहुत अकेले हो गए हैं, तारा! कहो तो उन्हें लेकर चला आऊँ!

और हाँ, एक बात और मैंने महसूस की जिसकी सूचना तुम्हें दे देना मैं जरूरी समझता हूँ! शीरीन और डॉ. स्पंदन में कुछ तनातनी-सी चल रही है! पता नहीं किस बात पर! माँ की मृत्यु के बाद शीरीन ने केरल के किसी 'स्पेशल पुलिस फोर्स' में अपना डेपुटेशन जो करा लिया था' हम ये समझे थे कि भीड़-भाड़ से थककर माँ की यादों के साथ अकेली रहना चाह रही है! लेकिन बात सिर्फ यही नहीं थी! या तो स्पंदन के किसी व्यवहार से शीरीन आहत है या उनके झक्की पिताओं के बीच हिंदू-मुस्लिम विवाद को लेकर जो तनातनी चल रही है—उससे उसका आहत मन और आहत हो गया है।...डॉ. कक्कड़ भी ज्यादातर यहीं दिल्ली रह रहे हैं। पहले तो ये सोचा था कि यहाँ की क्लिनिक बंद करके 'जोगनिया कोठी' में ही एक बड़ा अस्पताल खोलेंगे।

गया भी था मिलने पर इतने चुप्पा और वीतराग-से दीखने वाले लोगों से मैं भी जल्दी खुल नहीं पाता! तुम्हीं कुछ करो! फोन या ईमेल!

अभिन्न,

साहिल

× × ×

साहिल का ई-मेल पाकर मैं हड़बड़ा गई। छूटते ही फोन किया डॉ. स्पंदन को और जवाब में उन्होंने उस ई-मेल की कॉपी मुझे फॉरवर्ड कर दी जो उन्होंने शीरीन को अभी कुछ दिन पहले ही लिखी थी :

नई दिल्ली,
14 सितंबर, 2006

प्रिय शीरीन,

तुम तो कहती थीं, शीरीन—तुम मुझसे अधिक देर रूठ नहीं पातीं...फिर ये क्या! तुम कहती थीं कि मैं ट्रांसेण्डेण्टल-सा हूँ—अतिकायिक—कल्पना-सा अगाध और काले बादलों-सा अरूप लेकिन लबालब—इसलिए कोई भी स्त्री मुझे चाहेगी। लेकिन मैंने तो किसी की कामना ही नहीं की! जिंदगी बीत गयी जीने की तैयारी में—तुम्हारे ही साथ, तुम्हारे ही आसपास!...ट्रांसेण्डेण्टल? नहीं हुआ जाता तुम्हारे बिना वह भी! वस्तुजगत के पार है कोई न्याय-व्यवस्था, एक सिलसिला-सा

है—कवांटम फिजिक्स जिसे मान्यता देता है, मान्यता देते हैं संत-फकीर, भक्त-कवि, पैगंबर, मसीहे, रामकृष्ण परमहंस, अरविंदो, महर्षि रमण, छठी इंद्रिय की संकल्पना से जुड़े इंट्यूशन—प्रीमॉनिशन वगैरह दैनंदिक अनुभव—तुम्हारे बिना अब इन बातों में मेरी वो आस्था भी डगमगा रही है! स्वप्न-संकेत नहीं आते! कहीं किसी बिंदु पर ध्यान ही नहीं जमता!

दूसरे मुझे ज्ञानी-पंडित समझते थे! सब ज्ञान हवा हो जाता है जब खुद पर बन आती है! कैसे बोकराद-भाव से अपने मरीजों को समझाया करता था—कभी किसी से वैसा व्यवहार मत करो जो तुम उनसे अपने लिए नहीं चाहते!...जन्म के समय बस एक चीज निश्चित होती है मृत्यु—ये ही एक ध्रुव सत्य है, बाकी तो सब है अनिश्चित—फिर भी हम उसकी मानसिक तैयारी कर नहीं पाते! ...कभी किसी से असंगत व्यवहार मत करो कि क्या जाने कौन-सी मुलाकात अंतिम हो—लड़कर जो अलग हुए—मनाने का फिर कोई मौका मिले ही नहीं शायद!...हर दिन ही जीवन का अंतिम दिन मानो—काम करो डटकर और लड़ो मत किसी से...कोई बात गींजो मत!...वगैरह! पर उपदेस कुसल बहुतेरे—यह बात मेरे लिए भी लागू हुई। तुम बार-बार एक ही बात कहती थी मुझसे—“कभी मुझे डाँटना-मारना नहीं... अगाध विश्वास रखना, कभी कोई व्यवहार समझ में नहीं आए तो भी ज्यादा टोकना-टाकना मत—वरना मैं वैसे ही चली जाऊँगी जैसे गंगा शांतनु को शिशु सौंप चली गयी थी। रुख मोड़ लेने वाली गंगा हर औरत में होती है—शांतनुओं को सावधान तो रहना ही चाहिए।”

हम दोनों के पिता गुस्सैल थे—हल्के-से खब्ती पितृसत्ताक—नेकनीयत नियंता जो ‘प्रेम’ का ‘शासन’ से नाभिनाल का रिश्ता स्वयंसिद्ध मानते हैं! हम दोनों की माँएँ संक्रमण के दौर की तेजस्वी स्त्रियाँ थीं—कुछ इस तरह की मातृमना स्त्रियाँ जिनको सारा संसार ही अपना शिशु दीखता है—मातृग्रंथि से जो इतनी ज्यादा पीड़ित होती हैं कि सबको क्षमा बख्शती रहती हैं, ‘सज़ा’ भोगने लायक समझती नहीं। नतीजा यह होता है कि जो उनके सान्निध्य में होता है—एक आक्रामक किस्म के ‘महीयसी’ भाव से दबी रहती है उसकी आत्मा—और रह-रहकर एक विस्फोट घटित होता है उसमें।...पिता तो पिता थे, मेरा भी मन अपनी माताश्री के महीयसी-तत्त्व से जाने-अनजाने विद्रोह कर देता उबल पड़ता मैं उन पर—उनको अपना ‘बॉक्सिग बैग’ समझता, सारे फ्रस्ट्रेशन उन पर ही निकालता, लड़-झगड़कर कई बार निकल जाता घर से, पर बाहर जाकर जब उनका तकलीफ से जर्द चेहरा याद आता—किसी काम में मन नहीं लगता—फोन करके कहना पड़ता—“माँ,

सॉरी!" उसका भी वे शायद ही मौका देतीं, फोन पाते ही पिघल जातीं—खुद ही कह देतीं—"बेटा, सॉरी!"

बाकी सबसे तो मैं आदर्श व्यवहार करता—माँ के बताए पैमानों पर खरा उतरने की हर कोशिश करता। इस पूरी अन्यायी, बौड़म व्यवस्था पर, दुष्ट लोगों पर या अपनी ही कमजोरियों पर क्रोध तो भरपूर आता मुझे—लेकिन माँ के नाम पर सारा क्रोध पीकर गाँधीवादी प्रतिरोध का तरीका ही भरसक अपनाता—अंतर्वैयक्तिक और सामाजिक संबंधों में भी।

बचपन में तो तुम खोयी-खोयी-सी, अंतर्मुखी लड़की थीं—शीरीन—पर जे.एन.यू. पुस्तकालय में जब तुमसे इतने बरस बाद अचानक मिला—तुम्हारा व्यक्तित्व बदल चुका था! तुम बहिर्मुखी हो चुकी थीं, पर अब भी इन्टेन्स उतनी ही थी! शुरू-शुरू में मैं चमत्कृत रहा! इस बीच काफी तुम पढ़-लिख भी चुकी थीं—हर चीज के बारे में तुम्हारा नजरिया स्पष्ट था—सामाजिक सरोकार साफ झलकते थे तुम्हारे एक-एक तेवर में! रैक पर वर्षों से अनादृत पड़े, बचपन में सरसरी तौर पर पढ़े गये किसी बड़े क्लासिक का जब कोई नया, आप्लावनकारी-सा अर्थ खुले—दूसरे पारायण में--तो जैसा लगता है—वैसा ही मुझे लग रहा था तुमसे यों दोबारा मिलना!...उस समय क्या क्रोध, क्या कामना, क्या हर्ष और क्या संताप—सब-कुछ निलंबित थे! धूप-धूप नहीं दीखती थी, चाँदनी-चाँदनी नहीं—सब-कुछ ही जैसे एक मद्धिम प्रकाश में मंद्रगति से सिहर रहा था—सिहर रहा था मेरा पूरा वजूद—पूरे बदन में हल्की झुरझुरी थी। किसी बड़े जलप्रपात से एक हाथ की दूरी पर उग गयी दूब को जैसे पानी की नन्ही-नन्ही बूँदें सिहराती रहती हैं—तुम मुझको सिहरा रही थीं और मैं चुप था! मन मस्त हुआ तो क्या बोले!

तीन-चार साल तो मैं कुछ बोला ही नहीं—बस तुमको देखता-सुनता रहा—माँ से भी तुम्हारे विषय में कुछ कह नहीं पाया। तमाम राजनीतिक व्यस्तताओं के बावजूद पिता के स्वास्थ्य, मेरे कैरियर, अपनी बदनामियों और द्वंद्वजर्जरता की तमाम निजी चिंताओं की काई काछते हुए भी वे गाहे-बगाहे मेरे पास आकर बैठा तो करतीं! कई बार सोचा, चर्चा छेड़ूँ या तुमसे मिलवा ही दूँ, पर मन की मन में रह गयी।

जिस वक्त तुम मेरे जीवन में आयीं, वे जरा ज्यादा ही परेशान थीं। युवावस्था में मेरे पिता ने उनको बेकार-से शक पर घर से निकाला था। शोषक रिश्तेदारों के चंगुल में अब लेकिन वे काफी बीमार थे! आसान नहीं था उन-जैसे खुद्दार और जिद्दी खब्ती को वैसी अवस्था में वापस अपने पास ले आना! उनके 'अहं' पर

यह कितनी बड़ी चोट थी कि जिसको बेवजह घर से निकाला, आज भाग्य के फेर से ही उनको ही शरण देने की स्थिति में चली आयी है।...पर माँ में धीरज तो था ही—शान से सबका ही नॉनसेन्स झेलते जाने का आत्मविश्वास भी!

याद है मुझे वो दिन—जिस दिन माँ का वह राजाजी मार्ग वाला एम.पी. बंगला सात सेवकों ने मिलकर चमकाया—माँ के निर्देशों पर एक-एक चीज पिता के मन-मुताबिक सजी : कटलरी, बिस्तर, भारी पर्दे, कालीन! ध्यान से देख रहा था मैं—संघर्ष के दिनों की चखचुख अम्मा अब तक भूली नहीं थीं! मेरे पिता रिफ्यूजी थे—लाहौर के एक रईस घर के इकलौते साहबजादे को विभाजन के बाद की गर्दिश के दिन इतना ज्यादा कोंचते थे कि अपनी सारी ऊर्जा उन्होंने पैसे कमाने में ही ख़र्च कर दी, पैसा ही उनका ख़ुदा हो गया—और यह ख़ुदा भला कै दिन का! एक किसी मुकाम पर—दोस्तों ने छल किया—बिजनेस का भट्ठा बैठा सो बैठा, बाबूजी का मानव-मात्र से विश्वास हिल गया मानो। धीरे-धीरे ऐशोआराम की सारी चीजें बिक गयीं। इतने ज्यादा चिड़चिड़े हो गये वे कि बात-बात पर चीख पड़ते—और इतने जोर से कि आसपास की डालियों से चिड़ियाँ उड़ जातीं!. ..फिर माँ, उनकी पिंजड़े की मैना—भी उड़ ही गयी आखिर! खुद उन्होंने उड़ा दी।

और अब—इतने दिनों बाद—वो ही मैना तिनका-तिनका जोड़कर एक नया घोंसला बना रही थी—उनकी खातिर! हालात बड़े-बड़े बब्बर शेरों को सहमी-सी चिड़िया बना देते हैं। बुढ़ापा भी एक बड़ी चिड़िया है—खूब बड़े डैनों वाली चिड़िया जो सबके भीतर का 'चिड़ी तत्त्व' एक दिन उजागर कर ही देती है! तुमने तो, शीरीन, अपने भीतर की इस चिड़िया का उद्‌घाटन होने ही नहीं दिया! इतना मौका भी नहीं दिया कि माँ से तुमको एक बार प्रिया-रूप में मिलवा देता! चूँकि बाबूजी पार्टीशन के मारे थे, दंगे में माँ-बाप—भाई-बहन—शानोशौकत-ऐशोआराम—सब खोए थे उन्होंने—मुसलमान बहू के लिए वे जल्दी तो हामी नहीं ही भरते! माँ से उनकी अनंत असहमतियों में एक असहमति यह भी थी कि वे सी.पी.एम. की एम.पी. क्यों हुईं—सेक्युलरिज्म ने तो देश का कबाड़ा कर रखा है! इतनी मुश्किल से तो एक-हुए थे मेरे माँ-बाप—वह भी बुढ़ापे में—इतने बीमार थे बाबूजी—मौका ही ढूँढ़ता रहा कि सब व्यवस्थित हो और कभी धीरे से इस बात की खातिर जगह बनाऊँ मैं कि उनकी होने वाली बहू भी आधी मुस्लिम है! खब्ती का क्या—कब किस बात पर छनक जाए और सबके जीवन में फिर से घुल जाए एक जहरीली-सी अशांति! जिसके जीवन में तर्क का कोई स्थान ही

नहीं हो—कच्चे आवेग का ही कलसा हो जिसका मन—उससे संवाद तो असंभव है—और कहीं वह आपका मित्र या रिश्तेदार हो गया—बाप-बाप करते ही जाएगी जिंदगी—न इस करवट चैन, न उस करवट! सिर्फ इश्क ही नहीं—नफरत भी वो आतिश है, गालिब, न, जो लगाए न लगे और बुझाए न बुझे! और क्रोध तो, खैर, ऐसा आतिश है ही!

क्रोधी तो मैं हूँ ही! मुग्धावस्था के दिन बीते तो गाहे-बगाहे मैं तुम पर भी क्रोध करने लगा—जैसे माँ पर करता था—पर माँ की तरह तुम्हारा भी उतरा हुआ चेहरा मुझसे बहुत देर बर्दाश्त हो नहीं पाता और मुझे शर्मिंदा देखकर तुम मुझे माफ भी कर देतीं!

पर केरल जाने के दिन की चख-चुख शायद तुमने माफ नहीं की...तभी तो लौटकर नहीं आयीं। मेरी मुश्किल है कि मर भी नहीं सकता तुम्हारे पीछे—समय-समय पर तुमसे किए गये वायदे हाथ बाँध लेते हैं मेरा। इतने सपने बिखेर रखे हैं—इतनी जिम्मेदारियाँ हैं—क्या सब अकेली निभेंगी?

कितनी छोटी बात पर उस दिन मैं अकड़ गया था—आखिर पुरुष हूँ न—आहत पौरुष का तलछट मेरे भीतर भी है जो नयी स्त्री से लाख चाहकर भी पूरा तादात्म्य नहीं बैठा पाता! एक लंबी और दुरूह प्रक्रिया है सेंसेटाइजेशन भी! जब तुम बाहर जातीं—पुरुषों के बीच हँसती-बोलतीं—मेरे भीतर कुछ हिलने लगता! एक अव्यक्त प्रतिरोध जन्म लेता मेरे भीतर। हालाँकि बुद्धि समझती कि सामाजिक प्रयोजनों में स्त्री की भागीदारी कितनी जरूरी है—लेकिन मन था कि हरक जाता!

बातों-बातों में तुमने बताया था कि एक तुम्हारे पत्रकार-मित्र का उनकी अभिनेत्री-पत्नी से विवाह-विच्छेद होने वाला है। उन्होंने तुमसे अनुरोध किया कि तुम उनकी पत्नी को समझाओ कि उनको एक मौका और दे—नये सिरे से जिंदगी शुरू करने का! बातों-बातों में वे यह भी कह गये कि पत्नी के वियोग में और बढ़ती उमर के प्रभाव से उनकी स्थिति अलथ्यूजर-सी हो गयी है—अल्थ्यूजर जिसको लगता था कि उसकी पेनिस ही हेरा गयी है। कुछ ऐसे अजब ढंग से उन्होंने यह बात कही, जैसे बच्चा मैडम से पेंसिल हेराने की बात करता है, और तुम्हें हँसी आ गयी।

सहज भाव से तुम यह बताए जा रही थीं पर मेरी त्योरियाँ चढ़ गयीं और मैं पूछ बैठा—"और कौन-कौन था वहाँ?" तुमने कहा—"टी-क्लब में सभी गोल घेरा बनाए हुए बैठे थे—रस्तोगी, मंगल महाजन, सुदेशपंत...!"

"सुदेश पंत भी? तुम तो अच्छी तरह जानती हो कि उसकी राय तुम्हारे बारे में क्या है—साफ-साफ कहता फिरता है कि पी-एच.डी. के दिनों का तुम्हारा बूढ़ा सुपरवाइजर, विनायक महंथी, तुम पर मेहरबान है क्योंकि तुम उसकी प्रेमिका हो, एक-दूसरे को कनखियों से देखते हो तुम दोनों हर मीटिंग में, रेस्तराँ में अलग से मिलते हो, कई यात्राओं में साथ ले गया तुम्हें तो बस इस खातिर कि तुम उसके संग रंगरेलियाँ मना पाओ, एक बार तुम्हारी उसके साथ शादी की अफवाह भी उड़ी पर तुम मिलते ही रहे। बात गलत होती तो तुम उसके पंख ही कतर देतीं—सुपरवाइजर बदल देतीं...वगैरह-वगैरह!"

सच तो कड़वा होता ही है, कहा भी मैंने कड़वे ढंग से—चिंता भी अजब तरह की एक चिढ़ तो पैदा करती है न!

विनायक महंथी के नाम पर पहले भी हममें तनातनी मच चुकी थी! लोग तुम्हारा नाम जब उससे गलत-सही जोड़ने लगे थे—तुम उसके साथ चाय पीने को रुकती ही क्यों थीं! मेरी तो दृढ़ मान्यता थी कि अफवाह उस बूढ़े ने खुद ही फैलायी थी कि तुम उसकी प्रेमिका हो—मर्दों की दुनिया तुमसे ज्यादा मैं समझता हूँ! एक मशहूर चुटकुला है कि दो बुजुर्ग सीनेटर के चुनाव में खड़े हुए! एक के चुनाव-प्रचारक ने कहा कि उसके प्रतिद्वंद्वी के कारण किसी युवती को गर्भ ठहर गया है—इस बात का उसके खिलाफ आराम से प्रचार हो सकता है, तो धाकड़ बूढ़े ने डपटा कि हे मूर्ख, भूलकर भी उसकी मर्दानगी का यह किस्सा प्रसारित न करना, वरना वह निश्चय ही, चुनाव जीत जाएगा!

मेरे मना करने के बाद भी तुम उसके साथ पता नहीं किस जिद में हर सार्वजनिक जगह पर मिलतीं और मैं कुछ पूछता तो संक्षेप में कुछ बताकर बात टाल जातीं! कुछ बतातीं, कुछ नहीं भी बतातीं—इस पर भी मैं चिढ़ता क्योंकि मैं तो तुमसे हर-एक बात राई-रत्ती बताता था।

उस दिन मुझे क्या हुआ जानें कि एक बार मैं फिर पूछ बैठा कि पब्लिक लाइफ में इतनी तो लड़कियाँ हैं—तुम्हारी ही बदनामी क्यों फैली—शायद इसीलिए कि तुम पब्लिक डीलिंग में भी जरूरत से ज्यादा सहज हो, हँसने-बोलने में और संयत और सख्त होना चाहिए तुमको।

उसके कुछ ही देर पहले मैं तुमको तुम्हारे बढ़ते हुए वजन पर भी टोक चुका था—लगातार शहर बदलते रहने के कारण तुम्हारा व्यायाम और खाना-वाना—सब-कुछ गड़बड़ा रहा था!

सुनते-सुनते तुम भी बिफर गयीं और एयर बैग कंधे पर टाँगकर इतना ही बोलीं—"सब बातें सुन लीं! इस नोट पर विदा होना अच्छा है! अनावश्यक मोह कटता है! कड़ा-कड़ा हो जाता है मन—अच्छा तो बस...अलविदा! निरुद्विग्न रहना।"

अलविदा! कितना खतरनाक हो सकता है यह एक शब्द—अलविदा!...काश, मैं चीख पाता...। शीरीन, तुम कहती थीं न—तुम्हारी 'आधारशिला' ही हमारा पहला बच्चा है—मेरा तो अब ये ही एकलौता बच्चा रहेगी...। कट जाएगी एक संस्था के सहारे ये जिंदगी? तुम्हारे बिना जीना ही शायद मेरी सजा है।

पता नहीं माँ पर तुम्हारे इस रूठने की कैसी प्रतिक्रिया होगी! याद आ रहा है कि माँ ने भी अपने उस प्रेमी को इसी तरह तो अलविदा कहा होगा। फोटोकॉपी कराके रख ली थी मैंने वह चिट्ठी जो उसने मेरे ही हाथ उनको भेजी थी! उस वक्त तो मैं समझ ही नहीं सका कि माँ ने उनसे रिश्ता तोड़ा ही क्यों! थे तो उसके बहुत-से दोस्त-प्रशंसक, लेकिन यह उनका वकील-सहकर्मी ही मुझको थोड़ा पसंद था—इसने कभी खुद को हम पर आरोपित नहीं किया! जाड़े की धूप की तरह का था इसके होने का एहसास, ज्यादा बोलता भी नहीं था, पर उसकी आँखें पनीली और मुस्कान मीठी थी। बातचीत में वह चुटीला भी था। पापा के घर से निकलकर हम माँ के जिन मुवक्किल साहब के फार्म हाउस में कुछ दिन रहने को विवश हुए थे—वे एक आँख भी न मुझे सुहाते थे, न इसको—मेरे और इसके अव्यक्त-से दोस्ताने का एक राज यह भी था! कितनी अजीब बात है कि प्रेम का पात्र एक हो तो हम दोस्त नहीं बनते पर नफ़रत का पात्र एक होते ही जन्म-जन्मांतर का एका हो जाता है।

तब तो यह चिट्ठी चोरी से पढ़ी थी, पर फोटोकॉपी कराके रखी थी इसलिए कि बड़ा हो जाऊँगा तो इसके सहारे समझूँगा उसका और दूसरी औरतों का मन! आज समझ में आ रहा है—'समझ रहा हूँ मगर क्या समझ रहा हूँ मैं!'

प्रिय सनत,

तुम्हें अटपटा लग रहा होगा यह सोचकर कि तुम्हारा अपमान मुझसे क्यों नहीं बर्दाश्त हो पाया—क्यों तुम्हारी गाड़ी से निकलकर यह मैंने ठान लिया कि कभी इस गाड़ी पर बैठना नहीं! मैं घर से निकाली हुई औरत—गाहे-बगाहे पिट जाने वाली, सुबह-शाम झिड़कियों की आदी—क्या यह मुझे शोभा देता है कि मैं यह नखरा दिखाऊँ और एक संकल्प ले लूँ—'अब लौं नसानी, अब न नसैहों!'

जूलियस सीज़र कैशियस के चाकू से नहीं मरा था, वह मरा था दिल टूटने से—चाकू भोंकने वालों में अपने अंतरंग, ब्रूटस का चेहरा देखकर मन उसका ऐंठ गया था—मातृभाषा रोमन में अनायास ही उसके मुँह से निकला—'यत तू ब्रूतास!' देन फॉल्स सीजर! (तुम भी, ब्रूट्स? तब मैं चला!)

विश्वयुद्ध के कई लेटेंट कारण थे, आसन्न कारण—प्रिंस फर्डिनेंड की हत्या—कोई ऐसा कारण नहीं था! तुम्हारा उस दिन का क्रोध और तेवर प्रिंस फर्डिनेंड की हत्या ही समझ लो! वो इतना महत्त्वपूर्ण नहीं, महत्त्वपूर्ण और कई छोटे कारण हैं। पेड़ कट जाना कोई बड़ी घटना नहीं, पर लंबे समय तक किसी अंतरंग रिश्ते के आजू-बाजू पेड़-जैसा कुछ-कुछ कटता चला जाए तो धीरे-धीरे संबंधों की जलवायु बदल जाती है...और जलवायु जो एक बार बदली तो उसका कुछ नहीं हो सकता!

इतना खूबसूरत रिश्ता घसीट कर मैं इसको चौपट नहीं करना चाहती! विश्लेषण के फेर में पंखुड़ी-पंखुड़ी अलग करना किसी भी आत्मीय रिश्ते का अपमान है! हो सकता है, कभी फिर मिल भी लें! एक साँस में जैसे पूरी रामायण-महाभारत नहीं बाँची जाती—ऐसे गझिन रिश्ते भी बाँच पाना मुश्किल ही है! बीच में एक मोर पंख लगाकर छोड़ देते हैं—देखते हैं, आगे क्या होता है!

सस्नेह,

अवंतिका

खालिद-टिकुली का ई.मेल जगत्

आँवला खाने के बाद भरछाक पानी पीने के बाद जीभ पर जो चरपराहट उतर आती है--न पूरी तरह मीठी, न पूरी तरह कसैली ही—वोही है जीवन का सही स्वाद शायद!

इन सारी घटनाओं की धूप-छाँह टटोलती जो चिट्ठियाँ मुझे तोशक के नीचे मिलीं—मैं तारा को देने गयी! उसके नवजातक ने शूशू कर दी थी! तोशक सुखाना जरूरी था!

मुजफ्फरपुर की जिस 'जोगनिया कोठी' में तारा आँगनबाड़ी चलाती है, उसकी ही एक संगिनी मैं हूँ! तोशक कंधे पर उठाकर जब धूप तक लायी, खुद उस पर एक ओर बैठ भी गयी! वहीं तिपाई पर तारा भी बैठी थी! चिट्ठियों का बंडल थमाया तो बच्चे की तेलमालिश रोककर वह मुझसे बोली—'पढ़ो-पढ़ो, और कुछ पढ़कर सुनाओ भी—क्या ज़माने हमने देखे हैं!'

और इस तरह यह कथा-चक्र चल निकला! आपको भी देखनी हैं कुछ चिट्ठियाँ तो देखिए! इनको ही जोड़-तोड़कर जितना इतिहास बनता है—वो ही हम ओढ़ते-बिछाते हैं—छोटे-छोटे जननायकों की नन्ही-मुन्नी-सी कहानियाँ—अलग-अलग चिप्पियों से 'गेनरा' सिल-लेने जैसी! पर हमारे बस का ये ही तो है! जितनी दूर हाथ जाए, वह दुनिया अपनी—उसके चींटे-तिलचट्टे-भटकोइयाँ के झाड़—सब अपने, उसके पार की मिट्टी भी अपनी ही—पर हाथ के घेरे के नीचे की जिम्मेदारी तो पूरी ही अपनी! जो सामने आए—उसकी खातिर जितना कर सकते हैं—करते हैं। जो काम मिल गया है—छोटे-से-छोटा, बड़े-से-बड़ा—पूरे दिल से करने में कोई कोताही नहीं बरतते! बस ये ही छोटा-सा संकल्प!

कुछ चिट्ठियों का यह 'गेनरा' सिला है—'ज्यों की त्यों धर दीनी चदरिया' के भाव से रखती हूँ और 'तेरा तुझको सौंपता—का लागे है मोय' भाव से भी! पहला पत्र शीरीन के छोटे भाई, खालिद का है! साहिल ने जब शादी से इन्कार कर दिया, तारा ने उससे मेरी शादी की बात चलाई! ई.मेल. पर हमारा परिचय कराया! चूँकि उसका जीवन बहुत खुदुर-बुदुर रहा था, मेरे मन में आया कि आगे बात बढ़ाने के पहले उससे उसका वैकल्पिक विजन तो पूछूँ। जवाब में उसने आठ पन्नों का अपना एक आलेख

ही भेज डाला जो कभी किसी 'निबंध प्रतियोगिता' के लिए तैयार किया होगा, मुझे बहुत हँसी आई, मगर बातें कुछ ऐसी थीं कि अगले ही हफ्ते मैंने उससे मिलने की इच्छा जाहिर की, उसने लिखा कि वह आएगा लेकिन कुछ बन जाएगा तब ही! फिलहाल वह एक डॉक्युमेंटरी बना रहा है।

उसके बाद के दो पत्र डॉ. अंसारी और श्रीयुत कक्कड़ के लंबे पत्राचार की अंतिम कड़ी हैं और बाद में कुछ पत्र तारा और अवंतिका देवी, खालिद और शीरीन के बीच चले लंबे संवाद का औचक उतार। जिनके भीतर समुंदर होता है—उनकी कौन लहर किस करवट बैठेगी और कितनी देर—कोई नहीं जानता—शंख-सीपियाँ और ज्वार और भाटे और ढेर-सा नमक उनके बड़वानल का मूक साक्षी होते हैं। मछलियाँ तट की बालू से कानाफूसी करती हैं कि किसी का उधार नहीं रखता समुंदर—जो डालो, वापस लौटा देता है! डूबे जहाजों के मस्तूल लाइटहाउस से पूछते हैं जब—"कैसे हो?", जाल में फँसी एक बड़ी मछली की आँख में उसकी विवश-सी टिमक आकर फँस जाती है! कुछ विवशताओं का कोई जवाब नहीं होता। कोई फैसला कभी अंतिम नहीं होता, हो ही नहीं सकता! ध्रुव सत्यों पर हरदम उत्तरी ध्रुव का समां होता है—ढेर-सी बरफ, लंबी-काली रातें, जम्हाई-सी फैली चिकमिक दोपहरें—छह-छह महीने खिंच जाने वाला अँधेरा-उजाला—फिर भी कहीं कुछ टसकता तो है, ध्रुव सत्य भी इतने तो ध्रुव नहीं होते! कोई पहचान कभी पूरी नहीं होती! ज्ञान की नियति भी प्रेम वाली ही है—सतत अधूरेपन की! पेंग्विन की पीली चोंच की तरह आधे खुले कुछ एहसास ध्रुवसत्यों के बर्फीले धुँधलकों से जो-कुछ कहते होंगे—इन दो परेशान बूढ़ों और दो युवा प्राणियों के लंबे पत्राचार में उसकी कई आहटें दर्ज हैं!

कक्कड़-अंसारी ई.मेल : नदिया का बूढ़ा पुल

27, मुनीरिका विहार,
जे.एन.यू. मार्ग, नई दिल्ली-67
15 अक्टूबर 2006

प्रिय कक्कड़ साहब,

समधी के रूप में पहला उपहार मैं आपको क्या दूँगा, पता है? 1876-77 में प्रकाशित आठ खण्डों वाली पुस्तक माला—'हिस्ट्री ऑफ इण्डिया ऐज टोल्ड बाई इट्स ऑन हिस्टोरियन्स' जो जिसे ब्रिटेन के विदेश मंत्री सर हेनरी एलियट द्वारा सम्पादित! इस पुस्तकमाला में बड़ी सावधानी से कल्पना और तथ्यों का घाल-मेल हुआ है! ऐसे सजाई गयी है अतिशयोक्तिपूर्ण साम्प्रदायिक सामग्रियाँ जिससे कि यह सिद्ध किया जा सके कि भारत में दो राष्ट्र थे और कुल मिलाकर यह छवि उभरे कि देशी हिन्दुओं पर विदेशी मुसलमानों ने विजय प्राप्त की, यह विदेशी मुस्लिम अत्याचार 600 वर्षों तक चलता रहा, वास्तव में अंग्रेजों ने आकर हिंदुओं को इससे मुक्त किया!

धूर्तता की यह तो पराकाष्ठा थी! भारतीय अपनी साझी विरासत से पूरी तरह नावाकिफ नहीं हैं! इस बात पर उसने दुख व्यक्त किया है कि भारत के हिंदू लेखकों ने कैसे ऐसे विवरण दिये कि लगा मानो मुस्लिम शासक भारतीय थे। मुगल काल के दौरान हिन्दू-मुस्लिम शासकों के बीच सता की साझेदारी तो विकसित हुई ही, सूफी और अन्य आंदोलकों के प्रभाव से समाज में सांप्रदायिक सौहार्द भी स्थापित हुआ!

पूरे मध्यकाल के दौरान अनेक मुस्लिम राजवंश जो दिल्ली की गद्दी पर बैठे, धर्म और धर्माचार्य को राज-काज से अलग रखते रहे! शरीयत के कानूनों को कभी भी राज्य के अपने कानूनों पर तवज्जो नहीं दी गई! धर्माचार्यों को पठन-पाठन का काम दिया गया और राज-काज से उन्हें अलग रखा गया!

1857 के विद्रोहियों ने राष्ट्रवाद और धर्मनिरपेक्षता का पाठ यूरोपीय विश्वविद्यालयों में नहीं पढ़ा था! 1857 की मुस्लिम-हिन्दू एकता सूअर और गाय की चर्बी वाले कारतूसों से भी नहीं जन्मी थी, उसकी एकता का आधार बिलकुल लौकिक था!

अपने छोटे बेटे, खालिद, को मैंने कभी किसी लायक नहीं समझा, पर पिछले कुछ

वर्षों में उसकी दोस्ती कुछ समझदार लोगों से हुई है और वह मुझे उनके अच्छे-अच्छे पर्चे पढ़ाता रहता है! उसी में एक पर्चा था इलाहाबाद के प्रो. प्रणय कृष्ण का जिसमें उसने पूरे आँकड़े दिए हैं कि कैसे भारतीय राष्ट्र के जन्मकाल की प्रसव-पीड़ा का प्रतीक था 1857 का विद्रोह और उसका आधार पूरी तरह लौकिक था! बरतानवी उपनिवेशवाद ने अपनी लूट-खसोट की नीति के तहत भारत की कृषि, व्यापार, उद्योग धंधे कैसे चौपट कर दिए थे और इसके शिकार सभी धर्मों के लोग थे! इसने भी धर्मों की मित्रता से परे पीड़ितों की एकता का भौतिक आधार मुहैया कराया था।

यह महज संयोग नहीं कि कांग्रेस का जन्मदाता बना एलन ऑक्टोवियन ह्यूम जो इस विद्रोह के समय इटावा का चीफ मजिस्ट्रेट था। 23 मई, 1857 को जब इटावा, बुलदंशहर और मैनपुरी में विद्रोह हुआ तो यह औरत का भेष घर भागा था! इसी गद्दार के मुक्तभोगी के रूप में ह्यूम ने महसूस किया था कि अगर क्रांति से बचना है तो हिंदुस्तानियों के गुस्से को एक सेफ्टी वॉल्व देना जरूरी होगा! इससे भी महत्त्वपूर्ण बात यह है कि 1857 से अंग्रेजों ने यह भी सबक लिया कि हिंदू-मुस्लिम एकता तोड़े बिना भारत पर राज असम्भव होगा!

बाद में सावरकर ने भी पितृभूमि और पुण्यभूमि की जुड़वा कसौटी निर्धारित कर और कबाड़ा कर दिया हम-जैसों का। पितृभूमि यदि एकमात्र आधार होती तो हम मुसलमान और कुछ ईसाई भी भारतीय राष्ट्र का हिस्सा होते क्योंकि वे भी पीढ़ी-दर-पीढ़ी यहीं रहते आ रहे थे!... जरा सोचिए, सावरकर की धारणा का इस्तेमाल अगर दूसरे देश भी करने लगे तो उन देशों में बसे हिंदुओं का क्या होगा! प्रणय कृष्ण ठीक ही कहता है कि चीनी-जापानी, सिंहली से लेकर तमाम पूर्व एशियाई देशों को तो उन राष्ट्रों का नागरिक कहा ही नहीं जा सकेगा। दुनिया-भर के ईसाई (अमरीका-यूरोपीय समेत ईसाई भी) इजरायल-फिलिस्तीन में अँटने को विवश होंगे। अँट भी पाएँगे क्या वे? फिर इनकी पुण्यभूमि भी क्या सिर्फ मक्का-मदीना, येरूजलम तक सीमित है?

हजारों दरगाहें, खानगाहें, मस्जिदें, गिरजाधर तो इसी देश में आबाद है!... अधिकांश भारतीय मुसलमान तो कभी अपनी पुण्यभूमि (मक्का-मदीना) गये ही नहीं। आमलोगों की बात छोड़िए बहुतेरे मुगल बादशाहों ने हज नहीं किया! इसलिए पुण्यभूमि की बात उठाना ही बेमानी है।

देश तो उन सबका होता है, जिनका देश ही सत्ता, उसकी सम्पत्ति, उसकी विरासत में हिस्सा हो! अब तो आप ही हमारा देश-परदेस हैं, भाई!

बहुत प्यार,

अंसारी

3, राजाजी मार्ग,

नई दिल्ली-1
30 अक्टूबर, 2006

अंसारी साहब,

आदाब!

लंबी ख़त-खितावत के बाद मैं इस नतीज़े पर पहुँचा हूँ कि जितना खब्ती मैं हूँ, उससे थोड़े ही कम आप हैं। इसीलिए शायद जीवन-भर हमने ऐसी गलतफहमियों की विकट किलाबंदी झेली कि मिल-जुलकर, हँस-बोलकर बात खतम कर लेने का खुलापन न मुझमें पनपा, न आप में।

आप तो, खैर, एक तरह के फकीर ही हो चले हैं—शादी भी हिंदू लड़की से की—सूफी संगीत भी सीखा—मैं शुरू से हिन्दू-प्रश्न पर जरा ज्यादा ही द्दढ़ रहा! आर.एस.एस. वालों की दंड-बैठक भी कभी की थी। मेरे पूर्वग्रह जटिल थे। ब्रिटिश बंदरबाँट के बाद चुनावी राजनीति और आग में घी डालने वाली मीडिया ताक-धिना-धिन, धिना-धिन ऐसे नाचती रही चित्त पर कि उमा भारती-जैसों की बातों में भी रस-सा आने लगा:

"मुस्लिमों को चाहिए कि दूध में चीनी-सा घुलकर रहें—नीबू की खटास के साथ इस दूध में मिलेंगे तो दूध फटेगा ही!" वगैरह!

कभी-कभी शर्मिंदा भी होता ये सोचकर कि मेरे 'मैं' की चौहद्दी इतनी संकीर्ण है, एक पूरे समुदाय की अस्मिता खुद में ही घोल लेने का अहंकार कितना अगरधत्त अहंकार है! पर फिर बँटवारे के वक्त की स्मृतियाँ भूखे भेड़ियों की तरह पीछे लग जातीं—जेकोबियन युग की रिवेंज ट्रैजिडीज का नायक हो जाता मन—फिर उसे यह भी नहीं याद आता कि क्रिया-प्रतिक्रिया की शृंखला में 'मुर्गी पहले कि अंडा पहले' का शोध एक वाहियात शोध है जिसका हासिल है शून्य बटा सन्नाटा!

धन्ना सेठ का पोता और डिस्ट्रिक्ट जज का इकलौता बेटा था—नाज-नखरों में पला। लाहौर के कुछ बड़े लोगों को इसकी आहट पहले ही मिल चुकी थी कि कुछ होनेवाला है—ज्यादातर बड़े घराने पहले से ही इंतजाम कर चुके थे। कोठियों की अदला-बदली भी चुपचाप कागजों पर हुई जाती थी—अमृतसर के मुसलमान लाहौर के हिंदू दोस्तों से राय-मशविरा कर चुके थे कि अगर सचमुच बँटवारा हुआ—चुपचाप इधर-उधर हो लेंगे!

ऐसी एक लिखा-पढ़ी मेरे चाचा के यहाँ भी हुई जिसके तहत वे पहले ही इधर आ गये! फिर जब बँटवारा हुआ और उनकी कोठी की देहली दूर के रिश्तेदारों और दोस्तों की शरणस्थली बन गयी—घर में सदाव्रत-सा चलने लगा—इतनी

छोटी उम्र में नफरत और विद्वेष के अनगिन फसानों से मैं घिर गया! धुएँ के चकत्तों की तरह ये किस्से कुछ इस तरह मेरे बाल-मन पर छाए कि सपनों में भूत भी मुझको तहमत और लुंगी पहने नजर आते! अक्सर मैं अपना नन्हा-गुप्तांग पकड़े रहता कि क्या जाने कब कोई मुसलमान आए और काटकर उस लंबे तार पर टाँग दे जिस पर कि और सरदारों और हिंदुओं के गुप्तांग काटकर टाँगे गये थे और स्त्रियों के दुद्धू! खून, उल्टियाँ—चीख...दहशत और लूटपाट! इस पार ले तो आए चाचा, पर वे जिए ही कितने दिन...धीरे-धीरे सब-कुछ बिखर गया! कोठी के कागज भी जाली निकल आये—सचमुच ही हम दरबदर हो लिए।

बचपन में बैठे हुए जायज-नाजायज़ डर किन कोने-अँतरों में छुपकर रहते हैं—साँप-बिच्छू की तरह—कोई नहीं जानता।...ये बिच्छू झाड़ा भी तो इतने दिनों बाद झाड़ा—झाड़ा जिन बच्चों ने—उनके ही सर की कसम—जो हुआ, सो हुआ—अब, आओ, गले मिल लें! हम दोनों की जवानी एक-सी बीती है—खौफ और चिंता में, खुरदुरे एहसासों के बीच! हम थोड़े सख़्त और नो-नोनसेंस क्या हुए—बीवी-बच्चे भी हमसे सहमे-सहमे ही रहे, आपस में गुटबंदी कर ली—हमको हिटलर माना!

ऐसे हिटलर तो नहीं थे हम। थे क्या? जब बच्चों ने मुझको आपकी कहानी सुनायी—आपसे गजब एक अपनापा-सा हो गया! क्या हिंदू और क्या मुसलमान—हमारी पीढ़ी में मर्द जरा सख्त तो होते ही थे—उनका प्रशिक्षण ही ऐसा था! उस पर अब मुँह क्या फुलाना! बदल तो रहे हैं धीरे-धीरे! अपने भगत सिंह कहते थे—

वर्ग-चेतना ही है सांप्रदायिकता, जातीयता आदि की ठीक काट...पर अब तो लगने लगा है—स्त्रियों-बच्चों की ओर रुख बदलकर भी हम एक खासा मुलायम और उच्चाशय प्रजातंत्र गढ़ सकते हैं!

हिंदू-मुस्लिम दंगों में भी पेचोखम मर्द और औरत के बीच की तनातनी—जैसी है : 'हमीं से मुहब्बत, हमीं से लड़ाई'! दूध में चीनी-सा घुल जाने की अपेक्षाएँ—पूरा वजूद घोल लेने की आशा! इंसान मिसरी की डली या फिटकिरी कैसे बन जाए! दूध से दूध और पानी से पानी ही होकर मिलेगा, या बकौल राजा पुरू—ऐसे मिलेगा कि जैसे एक राजा दूसरे राजा से! गाँव में कहाँ होते हैं दंगे? खिलाफत के पहले मुसलमान खेतिहरों-जैसी ही हिंदू किसानों की हालत थी! चूँकि दोनों एक नाव पर सवार थे, वहाँ मुसलमानों के दिमाग में यह खौफ जगाया नहीं जा सका कि हिंदुओं को 'खास' तवज्जो दी जा रही है और वे 'बादशाह' से सीधा 'फकीर' हो गये हैं। अँगरेजों के पहले मुसलमान ही चूँकि शासक रहे थे, शहरों

में अच्छी नौकरियाँ उनके लिए गूलर का फूल थीं—उन पर बस हिंदू ही काबिज हुए। अँगरेजों के इस 'डिवाइड ऐंड रूल' का सही-सही अनुवाद क्या होना चाहिए—'फोड़ो कि तोड़ो और राज करो?' इस टूट-फूट और अगलगी में जिनको लाभ हुआ—वे बुलडॉग और एशेलओसियन उन देशी, कहावती 'कुत्तों' से तो अलग थे जिनके बारे में कहा जाता है कि 'सब कुत्ते काशी जाएँ तो गाँव की हंड़िया चाटे कौन?'

रूठे हुओं को मनाने का मौका जिंदगी बार-बार नहीं देती, बच्चे कहते हैं। देखते हैं उनकी भी सुनकर, हालाँकि सार्वजनिक घर और साझा सम्पत्ति की उनकी यह अवधारणा मुझको बकवास लगती है! बहुत दिन नहीं चलने का यह सब!

चाहे जिस रीत से करनी हो शादी, कर लेना! बेटा मेरा बड़ा सयाना है—मेरे जैसा नहीं। वैयक्तिक सम्बन्धों में विश्वास का मर्म तो वह जरूर समझता है, पर, फिर कहता हूँ, सार्वजनिक जीवन का अनुभव मुझको उससे ज्यादा है, 'दूसरा घर' शृंखला बहुत दिन नहीं चलने की! सोवियत संघ के विघटन से भी मूर्ख यह पाठ पढ़ नहीं पाते कि वैयक्तिक लाभ की आकांक्षा ही श्रम का सच्चा उद्दीपक होता है। कल्याणकारी राज्य के प्रेशर ग्रुप की तरह काम करें तो बात अलग है, पर इतिहास से सीख जरूर लें। 'कठमुल्ला बनें वरना वेश्याओं और भिखारियों, का जमघर बन जाएगा हर दूसरा घर'! कोई सहारा देने वाला हो तो आदमी बैठकर खाने का अभ्यासी हो जाता है। इसीलिए तो थोड़ी सख्ती जरूरी है, पुलिसिंग जरूरी है थोड़ी-सी!

सादर,
वी.इन. कक्कड़
27, मुनीरका विहार, जेएनयू मार्ग,
नई दिल्ली-110067,
1 नवंबर, 2005

प्रिय कक्कड़ साहब,

तीन-चार बार आपकी चिट्ठी पढ़ी! ज़हीन बेटी का बाप हूँ—रोब तो लूँगा न! ये भी नहीं कहूँगा कि अपना खजाना ही सौंप रहा हूँ! सौंप मैं नहीं रहा, बस शेयर करने को तैयार हूँ। कोई रुखसती नहीं होगी! स्पंदन और शीरीन—दोनों के दो घर हुए आज से! आप शीरीन को अँकवारें, मैं स्पंदन के सदके जाऊँगा—हालाँकि सदके जाना मुझको ठीक तरह आता नहीं—खुरदुरा हूँ काफी! मन की मन में ही रह जाती है!

बचपन में कुछ दिन पहलवानी सीखी थी! दंगाइयों के भी साथ रहा था पर मेरे

उस्ताद हिंदू थे! उनकी खोली की सजधज मुझको भूलती नहीं—दीवारों पर ताजा सफेदी, तरह-तरह के टायर और पोस्टर! एक दीवार पर अलग-अलग मुद्राओं में हिंदू देवी-देवता, दूसरे पर शिवाजी, राणाप्रताप, लालकिला के परकोटे से झाँकते नेहरू, तिरंगे की छाया में पटेल, राजगोपालाचारी, कृपलानी और मौलाना आज़ाद। तीसरी दीवार पर मुस्लिम सिपाहियों के हाथों शहीद हुए बंदा बैरागी और साथी, दूसरे सिख गुरु, मुहम्मद ग़जनवी, हिटलरी की जरमनी और टोटो के जापान के बीच हाथ में हिंदुस्तान का नक्शा फहराते सुभाष चंद्र बोस...और इन सबके बगल में गाँधी की एक मूर्ति—काठ की—दीवार की ओर मुँह पलटा था गाँधीजी का। इस पर उस्ताद चुटकी छोड़ते—"बड़ी जोर की आँधी आयी थी, गाँधीजी उलट गये, अपनी पीठ हमारी ओर कर ली क्योंकि अभी-हिंदुस्तान की जो हालत है—उनसे देखी ही नहीं जाती!" इस पर जो कोई पूछता—"बेचारे गाँधी को उग्र देवताओं और नेताओं के बीच क्यों लटका रखा है?" इस पर वे छूटते ही जवाब देते—"पहले तो हम गाँधी की भाषा ही बोलते हैं, जब उससे बात नहीं बनती—तब शिवाजी और सुभाषबाबू की ताकत आजमानी पड़ती है।"

अखाड़े के बाद उस्ताद मुकेश और मुहम्मद रफी—दोनों के दर्द-भरे गाने बराबर की दाद देते हुए सुनते और बोलते—

"बोली-बानी और तहजीब, गायकी-शायरी और दूसरे हुनर देखो तो...मुसलमान दिल के तो बुरे नहीं होते—पर बेवफा सनम होते हैं—हम चाहें दिल लुटा दें इन पर, ये हमारे नहीं होंगे!"

यह एक बात मेरे दिल पर ऐसे हथौड़े का असर कर गयी कि उसी रात भागकर मैं माजिद खाँ के अखाड़े चला आया! और, सच मानिए, वहाँ पहुँचते ही ऐसा लगा मानों घर आ गया हूँ। वहाँ दीवारें खाली थीं। कहीं कोई बर्छी मेरी तरफ तनी दीखती नहीं थी। यहाँ वो खौफ नहीं था कि कदम-कदम पर मुझको अपनी वफादारी का सबूत पेश करते रहना होगा!...कानन से इश्क जब हुआ, ये खौफ फिर से परवान चढ़ा! सच मानिए, कक्कड़ साहब, यही एक बात मुझसे बर्दाश्त नहीं होती कि कोई मुझ पर शक करे। इंसान हूँ, मैं फरिश्ता नहीं हूँ, गल्तियाँ मुझसे भी होती रही हैं, पर इसका क्या मतलब—आप मेरे इरादों पे क्यों शक करेंगे—सिर्फ इसलिए कि मेरी आइडेंटिटी-किट अलग है—अलग है रहन-सहन, खान-पान और इबादत के ढंग?

भरोसा सायास तोड़ी जाने वाली शय ही नहीं! एक पहाड़ है भरोसा। कभी कोई पत्थर दरक भी गया किसी भूकंप से तो पूरा नहीं हिलता, न धराशायी ही होता है! टूट जाते हैं भरोसे—कभी कोई हिस्सा दरक भी जाता है—पर किसी ने किसी

का भरोसा आज तलक जान-बूझकर नहीं तोड़ा! इतनी बड़ी डायनामाइट अभी नहीं बनी जो आदमी का आदमी पर पूरा भरोसा डिगा दे!

इसलिए हर बार नये सिरे से शुरू करता हूँ! हर रात को ऐसे आँख मूँदता हूँ जैसे अब कभी नहीं उठना और सुबह उठता हूँ तो सोचता हूँ, क्या जाने शायद यही अंतिम दिन हो जीवन का!

कानन के बाद और उससे भी ज्यादा दंगे में शीरीन की मौत की उस झूठी खबर के बाद से—एक ऐडहॉक बेसिस पर जिंदगी काटनी शुरू की—और यह मेरे लिए ज़रा अच्छा हुआ!

तो फिर जुमेरात को मिलते हैं! फोन पर और बातें तय हो जाएँगी!

जहाँ तक बच्चों की विश्व-दृष्टि का सवाल है, उसको लेकर ज्यादा चिंतित नहीं हो! वे सब इतिहास के अच्छे अध्येता हैं! अब किसी अतिरेक पर जाने की भूल नहीं करेंगे वे—सर्जनात्मकता के वैयक्तिक स्पेस और अभिव्यक्ति के सुख का मर्म समझते हैं वे, सौन्दर्य-बोध भी उनका उत्कट है, वे यांत्रिक और खन्नास नहीं हमारी तरह। 'दूसरा घर' शृंखला वैकल्पिक व्यवस्था है, सवच्छिेदनवादी नहीं, और अपने लिए फण्ड खुद के जेनरेट कर रहे हैं! वेश्याओं और भिखारियों को वैकल्पिक रोजगार बुला रहे हैं वे, फिर ये डर कहाँ से मन में घिरा कि वेश्याओं और भिखारियों का जमघट हो जाएगा। सार्वजनिक लॉज?... कुछ तो इन युवकों को करना ही चाहिए था कि वेतनमानों में। 1,000 से भी अधिक का फर्क मिटे! मजदूरों के एक हिस्से ही तो पेशेवर, मैनेजर और बुद्धिजीवी..... पक्ष में करके, उन्हें तरह-तरह का प्रलोभन दे पुरानी व्यवस्था अपने-आप को सबसे उत्पादक सृजनात्मक सिद्ध करने पर तुली है पर इस सवाल के प्रति अंधा तो हुआ नहीं जा सकता कि अभी भी दुनिया बीस रुपये से कम है! भूख और अपमान अब भी दुनिया के दो मूल दुःख हैं? गरीबों ओर अनाहत को एकजुट करने की मुहिम फिर पागलपन कैसे हुई! कोई संघर्षवाहिनी तो होनी चाहिए जो एक वैकल्पिक दुनिया का सपना बुलंद करे-प्रेशर ग्रुप की तरह ही सही!

आपका,

बी.एन. अंसारी

कौन-सी शिखा में कौन-सी धकधक : घुँघराला धुआँ, गेरुई ज्वाला

मामू की कुटिया
गाँव वजीरपुर
दिल्ली-72

प्रिय शीरीन,

जीवन देखते-देखते कितना बदल जाता है! तुम और अम्मी–आगे-पीछे उस घर से निकल गये! तुम तो, खैर, नौकरी करने निकली, अम्मी तो दुनिया से निकल गई। बैठे-बैठे अजब-गजब-से ख्याल आते! क्या अम्मी भी उस दुनिया में तुम्हारी तरह की ए.एस.पी. हुई होंगी! क्या यह दुनिया उनकी यू.पी.एस.सी. थी?

तारा को लिए-दिए तुम घर से निकल गई! नई हाउसकीपर–वो सगुन अच्छी तो थी पर न शाहिद भाई से उसका छन्द मिला, न अब्बू से! ऊपर से अम्मी की बीमारी... और फिर उनका सियापा।... रह-रहकर कलेजा कचोटता कि हम सब-के-सब अम्मी को कितना फॉर-ग्राण्टेट लेते थे! अब्बू तो खेर, लाता-लूती एक्सपर्ट थे ही–440 वोल्ट का खम्भा–आँधी-बरसात में जिसके सब तार खुलकर फुटपाथ पर लटक गये हों और ले-देकर जिसका एक ही काम रह गया हो–करेण्ट मारना और स्पार्क फेंकना! हम भी कुछे कम न थे–अपनी सारी अधूरी ख्वाहिशें और फ्ररटेशन अम्मी पर ही निकालते! ... शुरू-शुरू में तो वे रो भी लेती थीं, बाद में उन्होंने सब आँसू स्याही में घोलकर जब अपनी डायरी लिखनी शुरू की–उसपर भी घर में कितनी चिल्लपों मची!

जाते-जाते ये तुमने अच्छा किया, शीरीकि त्यागी मामू से मेरा तआरुफ करा दिया! घर से भागकर तसल्ली से कुछ देर बैठ लेने की एक जगह तो मिली! कितनी सुहावनी जगह अपनी कुटिया बनाई है! पेंशन के सब पैसों से यहाँ जो जमीन खरीदी–उसमें गाँव के चार-पाँच ऐसे बच्चों के साथ रहते है। तेज तो थे पर चूँकि उन्हें पढ़ाने-लिखाने वाला कोई न था, आवारागर्दी करते फिरते सारा दिन या छोटे-मोटे अपराध। अब ये बच्चे इनके पोसपूत हैं! एक तरह से इन्होंने गोद ले लिया है! दिन-भर इनको अच्छी बातें पढ़ाते-बताते हैं!

प्रोड्यूसर गुगलानी से जिन दिनों मेरा चक्कर चल रहा था, कभी-कभी मैं थकान उतारने को यहाँ आन बैठता था! जे.ए.यू जाते शरम लगती थी! मेरे बाद चार-पाँच बैच गुजर चुके थे! और यह तारा तुम समझती ही हो कि इन दिनों पीढ़ियों का अन्तर पाँच बरस में ही दीखने लगता है। पाँच बरस में ही भैया से 'अंकल' हो जाता है आदमी। फिर कोई सीधे मुँह बात भी नहीं करता। बाल हैं कि उड़े ही जाते हैं... साथ-साथ हाथों के तोते भी!

गुगलानी के चक्कर से निकलने में भी इन्होंने मेरी खासी मदद की! खून का जिनसे रिश्ता था—अब्बू के वे सब-के-सब रिश्तेदार दिन-भर अब्बू को घेरे बैठे रहते क्योंकि अब्बू के पास पैसे तो थे ही-न था तो कोई काबिल वारिस न था! तुम बेटी ही थी—वह भी हिन्दू बीवी से—फिर बड़ी अफसरानी भी तुम, इसलिए तुम्हें कुछ देने का ख्याल भी किसे आता! शाहिद भाई पगतेटऊ थे—सुपर नॉर्मल जीनियस, एक तरह की लायबलिटी और मैं तो, खेर, किसी लायक नहीं था—बेरोजगार, नाकारा, कमअक्ल, आवारा, फिनिकी... दिन-दिन-भर मुझे बेदखल करने की योजनाएँ बनतीं, तरह-तरह की छींटा-कशी से अब्बू की नफरत भड़काई जाती कि उसके हाथ में जायदाद आई तो वह फिल्मबाजी में उड़ा देगा... शाहिद मियाँ की जिम्मेदारी उसपर तो खैर, किसीतरह छोड़ी नहीं जा सकती!

अब तो घर में न अम्मी थीं, न तुम! मेरे उलाहने जीवन-भर तुम दोनों सहती रहीं! कई बातें जो तुम दोनों के रहते मुझ तक पहुँच ही न पाती—अब सीधा ओला बनकर मेरे सर बरसने लगीं!

ऐसे में त्यागी मामू ने ही मुझको किसी-किसी तरह उबार लिया। खून के रिश्तों से ज्यादा सार्थक बने हुए रिश्ते होते हैं—यह सच है! उनके छोटे-छोटे नुस्खे बड़े काम के निकलो! एक-एक घण्टे पर मेरे लिए अलार्म लगा देते कि जागो—जिस नींद में चल रहे हो, उससे जागो! खुद को आईने में देखो और बोलो— मिट्टी-कीचड़ मैं हूँ लेकिन मैं मिट्टी-कीचड़ तो नहीं हूँ! हर घण्टे अपने को याद दिलाओ कि तुम वह नहीं हो तो दूसरे तुम्हें समझ रहे हैं या तुम ही खुद को समझ रहे हो! फिर क्या हो तुम? यह समझने की कोशिश करो! बृहत्तर कॉस्मॉस से अपना सम्बन्ध टटोलो!... मन्त्र क्या है? पासवर्ड! आयतें भी वे ही हैं! तुम्हारा ई.मेल. खोलने वाला पासवर्ड। कायनात हम सबको अलग-अलग चिट्ठी भेजती है—आत्मा में आकर पड़ा होगा ई.मेल! चेक तो करो!

लोग त्यागी मामू की बातों पर हँसते हैं जैसे भाईजान की बातों पर मुझको उन दोनों का संग-साथ अच्छा लगता है। उनके साथ पेड़ की छाया में चटाई डालकर जब

बैठता हूँ, मीठे पानी का कोई स्रोता कल-कल, छल-छल बहता हुआ जान पड़ता है—कभी बाएँ, कभी दाएँ!

तुम कैसी हो? कैसी लग रही है पुलिस आकदमी? मुज़फ्फरपुर से अपना तबादला सुदूर केरल की पुलिस अकादमी में क्यों करा लिया? किसी से खत-खितावत भी नहीं! अम्मी का सोग है कि दुनिया से नाराज हो?

तारा ने साहिल के लिए कोई लड़की देखी थी। साहिल ने नाक पर मक्खी ही नहीं बैठने दी अब उसकी बंदूक का निशाना मेरी तरफ है कि मैं उससे मिल लूँ—ऐसी लड़की फिर नहीं मिलने वाली। खुद तो शादी की नहीं, हमारे अकेलेपन के लिए नाहक इतनी चिन्ता करती है!

क्या करूँ शीरी? लड़की का नाम टिकुली है 'आधारशिला' की नई टीचर! बातें तो दिल खोलकर करती है। पली ही चिट्ठी में मुझसे मेरे सपनों के बारे में पूछा कि दुनिया के बारे में मेरे सपने क्या है।

सवाल मुझको दिलचस्प लगा! इसीके बहाने मैंने अपनी आत्मा टटोली और कुछ लिखा—जीवन का पहला आर्टिकल! बचपन में कहीं निबन्ध-प्रतियोगिता होती थी—मैं तुमसे ही लिखवा लेता था निबन्ध... अब लेकिन अपने भरोसे जीने की एक कोशिश कर रहा हूँ! ध्यान से देखकर बताओ—यही आर्टिकल उसे चिट्ठी के साथ भेज दूँ क्या? तुम्हारी कुछ अनुगूँजें तुम्हें इसमें भी मिलेगी पर अनुगूँजों का क्या है : पूरी कायनात एक अनुगूंज ही तो है!

कक्षा से संसद तक : होता है शबोरोज तमाशा मेरे आगे

अब इससे बढ़कर तमाशा क्या होगा कि बीच सड़क पर तम्बू गड़ा है और सनत कुमार धुआँधार भाषण किए जा रहे हैं—वे ही घिसी-पिटी बातें, खोखले वायदे, वह भी लाडस्पीकर पर! मूँगफलियाँ फाँकते हुए लोग उन्हें इस भाव से देख-सुन रहे हैं जैसे मदारी का खेल देखने आए हों। इन्हें ऐसा क्यों लगता है कि आजादी पिकनिक है? जेब में हाथ डालकर तमाशा देखने या करने की छूट?

ट्रैफिक जाम के चलते मेरी तो, खैर क्लास छूटी, देवयानी का इंटरव्यू छूट गया! लाउडस्पीकर से फटकर बाहर छितराते ये शब्द शब्द हैं कि कंकड़? बगल के घर में त्यागी मामू के गुरु बीमार हैं—स्वंतत्रता सेनानी, परवेज़ अख्तर! कैसा लग रहा होगा उन्हें? इन्कलाबेगर्दिशे दौंरा तो देखिए,

मंजिल उन्हें मिली जो शरीकेसफर न थे!

ऑर्डन का 'जॉली डेज़र्ट' इससे अलग क्या होगा :

Come to our jolly desert
Where even dolls go whoring
Where cigarette ends
Become intimate friends
where its always three-in-the morning.

वे हैं तो कभी-कभी उनके पास जाकर बैठ जाता हूँ! उन्होंने ही मुझमें ऐसे संकल्प भरे हैं कि चुप तो बैठूँगा नहीं, अपने तईं कुछ तो ऐसा करूँगा जरूर कि देश का कायाकल्प हो!

सबसे पहले तो चुनाव-पद्धति ही बदलनी जरूरी है। कुछ तो ऐसा करना ही होगा कि 'जिसकी लाठी, उसकी भैंस' का तर्क काम ही न करे, सनत कुमार—जैसे लोग चुनाव जीत ही न सकें! प्रजातंत्र का मखौल बना रखा है! आगाज ही गलत है तो अन्जाम ठीक कैसे होगा! एक पंक्ति शुद्ध बोल नहीं सकते—बात डगमग, चरित्र डगमग, जमीनी सच्चाइयों से वास्ता नहीं, कोई विजन नहीं, कोई दृष्टि नहीं...

बाप-दादा का कमाया काला धन किसी पार्टी-फण्ड में उड़ेला, स्थानीय नेताओं के चरण पकड़े और बिना योग्यता के ले लिया टिकट।... एक बार टिकट हाथ में हो तो विकट से विकट बाधा—दौड़ नगद-नारायण दूर कर देते हैं; राजनीतिक गुंडों के भीतर दो-दो चुनाव! बाई वन, गेट वन फ्री!

होना, तो यह चाहिए कि 'आदर्श समाज की ओर मेरे व दस कदम, शीर्षक भाषण और लेख प्रतियोगिता-शृंखलाएँ स्थानीय भाषाओं में भी ज़िला-स्तर पर आयोजित की जाएँ। जिनकी स्कूलिंग ठीक नहीं हो पाई, जो धुआँधार अंग्रेजी-हिन्दी लिख-बोल नहीं सकते, योग्य तो वे भी हो सकते हैं! गरीबों और दलितों को एरीना के बाहर क्यों छोड़ा जाए? भाषा अपनी हो तो विचार की उछाल अनन्त हो सकती है :

यह भी नियम बनाया जाए कि सिर्फ वे प्रतियोगिता में शामिल हो सकते हैं जिनके खिलाफ कभी कोई क्रिमिनल केस दर्जन हुआ हो, भ्रष्ट और आचरण का कोई आरोप लगा हो कभी और कम-से-कम एक वर्ष तक अपने क्षेत्र में जिन्होंने उत्कट जनसेवा की हो—उनकी जनसेवा का सर्टिफिकेट हर घर से पंजीयित डाक द्वारा चुनाव-केन्द्र पर आए! अपने मुहल्ले के हर घर से गुप्त दान द्वारा जिन्हें सेवा-सार्टिफिकेट मिल चुका हो और एकदम बेदाग हो जिनका चरित्र—वे अपनी भाषा में लिखकर, फिर बोलकर सपनों के भारत का उन्वान सामने रखें—जैसे कि हम रख रहे हैं—एक ब्लू-प्रिंट दें उन क्रांतिकारी कदमों का जो चुने जाने पर वे उठाएँगे! टीवी, रेडियो, अखबार आदि जन-संचार माध्यम विशिष्ट ब्लू-प्रिंट्स मतदाता के सामने रखें और तब गुप्त मतदान द्वारा लोग अपना प्रिय प्रतिनिधि चुनें! यह होगा सही प्रजातांत्रिक चुनाव!

यह जो मैंने एक साल के जन-सेवा-सार्टिफिकेट की बात की—इस बारे में मेरा दृढ़ मत यह है कि स्कूल के बाद हर छात्र को एक साल का ब्रेक देना ही चाहिए। बोर्ड की परीक्षाओं के तुरंत बाद हर परीक्षार्थी को तीन महीने के लिए फ्री रेलवे पास इशू हो—भारत—भ्रमण के लिए! एक उम्र के लड़के-लड़कियाँ अलग-अलग जीवन-संदर्भों के साक्षी बनेंगे, साथ देखेंगे दुनिया तो उनमें सहज और सार्थक सम्बन्ध भी विकसित होंगे। हर शहर से एक पूरी ट्रेन ही 'बोर्ड स्पेशल' चले जिसमें सुरक्षा के इंतजाम भी पूरे हों ताकि पीछे माँ-बाप की छाती न धड़के!

भारत-भ्रमण से लौटने के बाद युवा-साथियों की अलग-अलग टोलियाँ बन ही चुकी होंगी! उन्हें कम-से-कम साल-भर की खातिर किसी झुग्गी-झोपड़ी/दलित, बस्ती या यौन-दासियों के छोटे बच्चों के बीच छोड़ दिया जाए कि दोस्त की तरह साथ रहो और पढ़ाओ, गपशप करो और दोस्ती! समस्याएँ समझो और इनका निराकरण करो! इसके लिए सरकार युवासाथियों को भत्ता भी दे सकती है।

विश्व ही तो असली विद्यालय है—इसीलिए शायद उच्च-शिक्षाकेन्द्र विश्वविद्यालय कहलाते हैं! महान रूसी लेखक, गोर्की ने फुटपाथों, सड़कों और गलियों को इसी अर्थ में 'मेरे विश्वविद्यालय' कहा है!... कम-से-कम एक जरूरी प्रशिक्षण-केन्द्र तो इनको मानना ही चाहिए!... जीवन के कच्चे यथार्थ से रू-ब-रू होने के बाद ही होनी चाहिए कोई औपचारिक पढ़ाई! उसके बिना ऐप्टिच्यूड का भी तो पता नहीं चलता, समझ में नहीं आता कि व्यक्तित्व के सकारात्मक या नकारात्मक पक्ष क्या हैं... किस क्षेत्र में ज्यादा गति है, किस राह पर चलकर दुनिया के काम अधिक आ पाऊँगा और खुश भी रहूँगा!

मेरी एक प्रस्तावना यह भी है कि बीच के एक साल की शामें एक ऐसे युवा-केन्द्र में बीतें जहाँ गाँव या शहर-भर के युवक इकट्ठा हों—विश्व-स्तर की अच्छी फिल्में दिखाई जाएँ, विश्व-साहित्य से अच्छे-अच्छे टुकड़े पढ़कर सुनाए जाएँ, मिलकर उन्हें मंचित भी किया जाए क्योंकि मंचित होने की प्रक्रिया आत्मसात करने की भी प्रक्रिया है—कालिदास, शेक्सपियर से लेकर विजय तेंदुलकर, महेश दत्तानी के नाटकों में काम करके यह खुद मैंने जाना है।

मेरी पाँचवीं प्रस्तावना यह है कि सांसदों के बड़े बँगले 'farmily of fricnds' (बंधु-परिवार) का बसेरा बनें! एक नए तरह का हॉस्टल वहाँ विकसित हो जहाँ क्षेत्र के सब अनादृत बूढ़ों, अनाथ बच्चे और बेसहारा स्त्रियाँ एक छत के नीचे परिवार-भाव में रहें। एक नये ढंग का परिवार विकसित हो जहाँ रिश्ते रक्त-सम्बन्ध या यौन-सम्बन्ध के आधार पर तय नहीं हो!

अपने मन से चुने दोस्तों का एक लॉजनुमा परिवार विकसित हो जहाँ वर्ग, वर्ण, लिंग, धर्म, नस्लादि कृत्रिम विभेद आत्मिक गणतंत्र गढ़ने में कोई अड़ंगा लगा ही नहीं पाए! इसी तरह एक नया भाषिक गणतंत्र भी बने जिसेमें सब भाषाओं के सार्थक शब्द हों! खिचड़ी-भाषा से चिढ़ते हैं लोग लेकिन खिचड़ी गरीब आदमी का सबसे स्वादिष्ट और पौष्टिक खाना है! यह हम कैसे भूल जाएँ!

यह भी मेरी हढ़ मान्यता है कि हर दस मुहल्ले पर एक स्कूल हो और यह कानून पारित किया जाए कि उन दस मुहल्लों के बच्चे जब दाखिला लेंगे, उसी स्कूल में—बच्चा चाहे सरकारी अफसर का हो, मंत्री का, व्यापारी का या सफाई कर्मचारी का—पढ़ना उन्हें उसी स्कूल में पड़ेगा! सरकारी महानुभावों के बच्चों का प्रवेश सरकारी स्कूलों अनिवार्य बना दिए जाने के अगले ही माह जादू की छड़ी से सरकारी स्कूलों का स्तर सुधार दिया जाएगा, पलक झपकते सब ग्राण्ट इशू हो जाएँगे, अतर्व्यवस्था (इन्फ्रास्ट्रक्चर) देखते-देखते सुधर जाएगी!... जाके पाँव व फटी बिवाई, सो का जाने पी पराई!

इसी तरह न्यायालय का एक विंग भी हर मुहल्ले में होना चाहिए ताकि ज्यादातर झगड़े वहीं-के-वहीं निपट जाएँ—घरेलू हिंसा की वारदातें भी।

घरेलू हिंसा ओर वृद्धजनों के असमंजन (mal adjustment) को निवेदित मेरा ऐक्शन-प्लान यह है कि लड़की के माँ-बाप शादी के बाद भी लड़की के साथ ही रहें, लड़कों के साथ नहीं। पुश्तैनी सम्पत्ति का कम-से-कम आधा हिस्सा लड़कियों के नाम करने में तब किसीकी छाती नहीं फटेगी और वृद्धजन अनादृत किसी कोने में पड़े रहने को विवश नहीं होंगे! लड़कियों का (इमोशनल) बेहतर तो होता ही है—वे खुश रहें तो खुश रख भी सकती हैं—स्नेह और ममता का आगार। लड़कों को घर के लिए फुर्सत कब मिलती है—फिर उन्होंने अभिभावकों को ठीक तरह से अपने पास रखने का मौका गँवा दिया है—चांस एक्जॉस्ट कर दिया है—कहना और ठीक होगा! एक मौका लड़कियों को दीजिए... इससे भ्रूण-हत्याओं में भी कमी होगी!... बुढ़ापे की सम्भावित असुरक्षा का ध्यान रखकर भी लोग ज्यादा 'बेटा-बेटा' किए रहते हैं... जिनके लड़कियाँ न हों, वे रह सकते हैं लड़कों के साथ या उनके आस-पास, पोते-पोतियों की समुचित देख-भाल की खातिर!

सातवीं परियोजना यह कि सर्विस कमीशन की तरह विवाह-कमीशन भी होना चाहिए! उसकी परीक्षा-शृंखलाओं में क्वालिफाई करके ही कोई शादी के उपयुक्त घोषित हो।... और उसके बाद कम-से-कम साल-भर का प्रशिक्षण और साल-भर का प्रोबेशन भी! प्रोबेशन काल में एक छत के नीचे बिना शारीरिक समागम के साथ रहने दिया जाए और बिना विशेष चख-चुख के यह साल विकल जाए—तब मिले 'कन्फर्मेशन लेटर' और बच्चे संसार में लाने की सुविधा!

प्रशिक्षण-शिविर में स्त्रियों की सूक्ष्मतर मानसिक-शारीरिक-आत्मिक जरूरतों के प्रति हर पुरुष को सेंसेटाइज कराया जाए—अच्छी फिल्मों और अच्छी किताबों से! फिलहाल तो जिधर आँख उठाइए—हर औरत किसी भैंस के आगे बजती हुई बीन लगती है—' भैंसे के आगे बीन बजाओ, भैंसे रहे पगुराई! यह हमारी मर्दानगी को भी बहुत बड़ी चुनौती है कि हमारी शालीनता, हमारा सॉफिस्टिकेशन-लेवेल स्त्रियों से मैच ही नहीं करता! कितनी भयानक भाषा बोलते हैं हम!

एक छोटा-सा क्रिमिनल, एक छोटा-सा आतंकवादी हर पुरुष में बैठा है! शिक्षा का मानवीय चेहरा ही हमें एक नई विश्व-व्यवस्था का शान्ति-सैनिक बनाएगा घर में या बाहर, कक्षा में, यू.एन.ओ. में, संसद से सड़क, सड़क से संसद तक एक ऐसी विश्व-व्यवस्था का जहाँ कोई व्यक्ति, कोई काम छोटा-या ओछा न माना जाए!

पर्यावरण के हित में भी सोचकर देखिए—जिन्हें छोटा काम कहते हैं, अपने-आप में कितने रंगीन, कोमल और सुमधुर हैं! जीवन और प्रकृति का सारा रस-रंग इनमें

समाया है! कपड़ें बुनना, रंगना, सीना या धोना, मूर्तियाँ गढ़ना, इमारतें उठाना, लकड़ी, लोहा, सोना तराशना, चने भूनना, मवेशियों से सुसुम-सुसुम दूध दूहना, भेड़ों से ऊन निकालना, रूई धुनना, अनाज, फूल-फल-सब्जियाँ उगाना, माला गूँथना, मिठाइयाँ बनाना, नमक निकालना, साफ-सफाई—कौन-सा काम इनमें ऐसा है जो मौका पड़ने पर आदमी खुद करने बैठे तो एक अनुपम रस-संचार से भर नहीं जाता? कभी-कभी करें और अपने लिए करें तो ठीक, रोज करें और दूसरों के लिए भी तो वही काम एक रस और उबाऊ हो सकता है—पर हीन? हीन किस तर्क से होगा? फिर इन्हें छोटा काम क्यों कहते हैं? इनमें कौन-सा काम ऐसा है जिसके बिना आदमी का जीवन चल निकलेगा—सहज-सरस ढंग से?

दूध मशीनों से पैक होने लगा है पर क्यों उसमें गुन गुने फेन का वह उजास, वह प्रगाढ़ मिठास शेष है जो तुरंत दुहे ताजा दूध में होती है? मशीन से रंगे-बुने कपड़ों पर कलात्मक हैण्डलूम भारी पड़ता ही है, मशीन की सिलाई-कढ़ाई-बुनाई पर हाथ की सिलाई-कढ़ाई-बुनाई भारी पड़ती है! आदमजात के स्पर्श में ही एक खास बात होती है—कौन नहीं जानता? फिर यह छोटे-बड़े का चक्कर क्या है?

पारम्परिक साहित्य में चर्चित कृष्ण के नंद-गाँव का सरस संसार और टॉल स्टॉच के विलविन टामस हार्डी की ऑफी कहती है— उस डयेरी की दुग्ध-धवल दुनिया—अपने-आप में कम आकर्षक हैं क्या? आवश्यक नहीं कि जातिविशेष या लिंग विशेषक लोग ही खास-खास काम करें! आत्मबल से भरा हुआ कोई युवा अपनी रुचि के हिसाब से इनमें से कोई काम चुन सकता है—फाइलों पर कलम घिसना, बड़ी कम्पनियों का सामान इधर से उधर बेचते चलना या फैक्ट्रियों में लोहा खटर-पटर करना ही जीवन के सिद्ध विकल्प क्यों बनें? दिमाग लगाकर अपने मन का कोई भी काम किया जाए तो काम अच्छा होगा, और अपने-अपने दायरे में हर व्यक्ति मन, देह और दिमाग लगाकर जो काम करे—धरती की छाती जुड़ा जाएगी, हरी हो जाएगी उसकी तबीयत! अब तक तो केवल जख्म ही हरे हैं।

एक बात और याद कीजिए—मार्कट वेन का टॉम दीवार पोतने की अपनी सजा भी सेब खाते बच्चे के सामने इतनी ग्लैमरस बनाकर प्रस्तुत करता है कि पोचारे के एक मौके के एवज में अपना पूरा सेब दे डालना उसे बिल्कुल नहीं अखरता! यही आदमी का स्वभाव है—ग्लैमर की ओर खिंचना! और अपने छोटे-से-छोटे काम को ग्लैमरस बना दे—यह आदमी के अपने हाथ है! दरअसल जो छोटा में है, महत वही है। परमाणु की शक्ति कौन नहीं पहचानता रस लेकर किया गया कोई भी काम ग्लैमरस है और जब जो काम हाथ में रहे—उसे पूरे मनोयोग से, शान्तचित्त होकर कर लेने का जतन ही जीवन का मूलमंत्र है शायद! है न, शीरीन? तुम्हारी हाँ के बगैर तो

मेरा पत्ता नहीं खड़केगा! कहो—यह पत्र मेरे सपनों की आहट उसे देगा?

तुम्हारा खालिद

केरल पुलिस अकादमी,

तिरुअनन्तपुरम,

27 जुलाई 2007

खालिद, मेरी जान

कहने को तो आप मुझसे तीन-चार साल बड़े हैं, पर खुदा जानता है कि आपकी मासूमियत मुझमें हरदम ही आपके लिए बड़ी बहन वाला जज्बा जगाती रही है! अम्मी बताती थीं कि जब वे आपकी अपनी वाली अम्मी के इंतभाल के बाद अब्बू की दूसरी दुल्हन बनकर पटना शरीफ आई, किसीने उनसे सीधे मुँह नहीं की—सिवा आपके! अम्मी-अब्बू का अफेयर पुराना था—शादी के पहले का—पर एक तो अम्मी ढेलाबाई की नवासी थीं, दूसरे हिन्दू, इप्टा की आजाद खयाल कार्यकर्त्ता और... गैंग-रेप का शिकार भी... अब्बू का खानदान एकदम से तन गया था कि ये शादी नहीं होगी... पहली बार तो अब्बू दब गये थे, इसबार दबे नहीं... आपकी वाली अम्मी के साथ गुजरे वे दस बरस इसका गवाह थे कि किसी और औरत के साथ खुश रह पाना उनके लिए नामुमकिन था... दरअसल तो, खालिद भाई, उनके मिजाज कुछ ऐसे थे कि किसी के साथ खुश रह पाना उनके लिए मुमकिन नहीं था... पर उस समय शायद उनको ऐसा लगा हो कि वे नाखुश हैं तो इसलिए कि पहली मुहब्बत उनसे बिछड़ गई! गैंग-रेप वाली मुसीबत के ऐन बाद उसे अकेला छोड़कर शादी रचा लेना शायद उनकी अपनी ईगो-इण्टिग्रिटी को भी रास न आया हो... फिर बच्चे पालना भी समस्या थी... कुल-मिलाकर इस बार शादी कर तो ली पर अम्मी की नौकरी के हिसाब से पटना से दिल्ली क्लिनिक शिफ्ट करना असान नहीं था, ऊपर से घर वालों की काँव-काँव अलग!... वही काँव-काँव झेलने को अब आप मजबूर हैं!... पर आपका ऐक्शन-प्लान अच्छा है! इसपर कायम रहिए! राय बाद में भेजूँगी!

काडर बदलना आसान नहीं, लेकिन स्पेशल टास्क फोर्स में प्रशिक्षण की खातिर कुछ दिन केरल पुलिस अकादमी आ गई—इसके दो-तीन कारण हैं! केरल की प्रकृति में अम्मी आँचल की छाँह दीखतीं हैं मुझे! लोग भी ज्यादा पीछे नहीं पड़ते—बिहार का ऐण्टी थींसिस है केरल! मेरी तरह के लोग किसी भी तरह के अतिरेक से घबराते तो हैं न-न बहुत ज्यादा हल्ला-गुल्ला, न बहुत ज्यादा एकान्त, न बहुत ज्यादा सार्वजनिकता, न बहुत ज्यादा निजता... फिलहाल कुद दिनों का एकान्त तो चाहिए था, सो चली आई! एक ऐक्शन-प्लान मैं भी बनाने की सोच रही हूँ एक नज़र आप भी

दौड़ाइएगा—अपराधियों के नैतिक उद्‌बोधन का काम पुलिस फोर्स स्त्री-ब्रिगेट के बिना नहीं कर सकती—ये भी मुझे अब लगने लगा है!

आपको 'क्राइम ऐण्ड पनिश्मेण्ट' की सोनिया याद है, खालिद भाई? मोटा उपन्यास पढ़ने का धीरज तो आपमें नहीं था पर कथा-सार की चर्चा तो मैंने की ही थी! इंस्पेक्टर पोर फाइरी अपराध-मनोविज्ञान चाहे जितना जानते रहे हों, नेक दिल वेश्या, सोनिया के उद्‌बोधन के बिना तेजस्वी छात्र-हत्यारे की आत्मस्वीकृति सम्भव थी क्या? जिनको समाज 'गिरी हुई' मानता है—कई बार उनका नैतिक साहस और भाषिक-आत्मिक तेज 'उठे हुओं' से ज्यादा होता है! है न?

एक खुशखबरी भी आपको देनी है! डॉ. कक्कड़ से मैं जिस बात पर खफा थी रफा-दफा हो गई-सी दिखती है! कुछ दिन पहले लम्बा ई.मेल. मिला और मैंने सोचकर देखा, वे माफी डिजर्व करते हैं! विवरण बाद में दूँगी! आप भी घर से अलग-थलग ही रहे हैं, इसलिए आपको पता नहीं है, अवन्तिका देवी और तारा ने अथक परिश्रम से अब्बू और डॉ. कक्कड़ को भी हमारी शादी के लिए मना लिया है!... तो जाइए, तैयारियाँ कीजिए!

अब तो मुझे वापस बिहार-काडर भी जाना पड़ेगा! टिकुली से खुद मैं मिलूँगी, फिर लिखूँगी—क्या करना है! या शादी में ही उसको दिल्ली बुला लें? तारा वैसे, समझदार है—गलत प्रस्ताव नहीं लाएगी! 'साहिल के क्या हाल हैं? इधर मुलाकात भी हुई कि नहीं?'

तुम्हारा, खालिद

आपकी, शीरी

जोगनिया कोठी :
बड़ सुखसार पाओल तुअ तीरे

5 सितंबर, 2006

पुरानी साड़ी से फॉल जितनी आसानी से फर्र-फर्र उतर जाता है, दिन भी उधरे जा रहे थे—फर्राटे से! पुराने रिश्तों में एक अजीब-सी मुलायमियत और उदारता आ ही जाती है—'जाना है तो जाओ' वाली! ज्यादा इसरार नहीं रहता पर भीतर कहीं विश्वास तो रहता है कि जानेवाला शायद नहीं जाए, कौन जाने रुक ही जाए!

साहिल ऊपर से चाहे जितना विरक्त और संयत दीखे, अंत तक उसको ये उम्मीद थी कि शायद मैं दिल्ली नहीं छोड़ूँ...कुछ दिन तो उसने न कोई चिट्ठी भेजी, न फोन किया, पर इस लंबी बीमारी की चर्चा जब डॉ. कक्कड़ से सुनी, एक लंबा ई-मेल मुझे शीरीन के कंप्यूटर पर भेजा जिसकी कॉपी निकालकर शीरीन चुपचाप पकड़ा गई—'जोगनिया कोठी' में मेरे प्रवेश के पहले ही दिन!

उस समय मैं उसे पढ़ नहीं सकी क्योंकि 'भगवान बाजार' और 'लालटेन बाजार' से उखाड़कर ढेला बाई वाली 'जोगनिया कोठी' में बसा दी गई सब वेश्याएँ मुझे घेरकर खड़ी हो गईं—घोड़वावाली, मुनकिया, पुतुल, जलेबा बुआ, मासूमा नाज, रानी, बेला, कोनट्टी...और इन सबसे अलग और सबसे फुर्तीले बल्लम सिंह मेरे 'घरवास' के इंतजाम-बात में लगे हुए लोहा बाबा और संतनवा...इन सबकी सदाशयता और सहयोग से नवगठित इस 'महिला सहकारिता समिति' के कार्यकारी अध्यक्ष, इंद्रनाथ झा...,उनकी पान-फूल-सी पत्नी और इन यौनदासियों की संततियों का वह पूरा हुजूम जिनको लेकर मुझको 'आधारशिला' नाम का वह स्कूल चलाना था जिसकी नींव शीरीन ने रखी थी पर जिसका सपना पहले-पहल उसकी माँ की नानी, ढेला बाई ने देखा था—आज से करीब सता सौ बरस पहले! इसके मुख्य केयरटेकर नियुक्त हुए थे वही अपने पं. इंद्रकांत झा।

× × ×

शीरीन के आह्वान पर दिल्ली की लगी-लगाई नौकरी छोड़कर बिहार आ जाने वालों में पहले ये ही थे। संस्कृत विश्वविद्यालय और विद्यापीठों में लगातार टॉप-वॉप करने और पाणिनि के सूत्रों पर दिग्गज शोध करने के बावजूद कहीं कोई आचार्य पद जब नहीं ही मिला था—'संतोषं परमं धनम्' साधकर वे प्रसन्नमन से दिल्ली के 'ला मार्तिनियर' पब्लिक स्कूल में संस्कृत शिक्षक हो गये थे! नौकरी में 'आरक्षण' पिछले दिनों एक हवनकुंड की तरह उभरा था और हवनकुंड पर विषवमन पंडितजी के संस्कारों के एकदम खिलाफ था! बृहत्तर सामाजिक हितों के लिए नन्हे-मुन्ने स्वार्थ त्याग देने की शिक्षा उन्हें घुट्टियों में मिली थी। घोर आस्तिक और कुछ कर्मकांडी होते हुए भी वे इतने आधुनिक जरूर थे कि शास्त्रोक्त अन्यायों को ईश्वर का आदेश मानकर चुपचाप सर न झुका लें। विवेक को वे मनुष्य के भीतर 'ईश्वर का वाइसरॉय' कहते थे और परंपरा में सब कुछ वरेण्य नहीं है—यह भी प्राणपन से मानते थे! 'सुर-असुर' संग्राम उनको जीवन का रूपक लगता था और वंचितों के लिए उनके मन में इसलिए भी सम्मान था कि उनके अधिकांश मित्र 'वंचित' थे और प्रत्यक्ष अनुभवों ने उनमें धीरे-धीरे एक विश्वास-सा भर दिया था कि 'भाव' 'अभाव' में ही जगते हैं, लगातार लांछित, प्रताड़ित व्यक्ति में धीरे-धीरे एक अजब-सा तेज विकसित हो जाता है। धीरज की धरती फोड़कर निकलते हैं प्रतिकार के अँखुवे। इस तरह 'धीरज' और 'प्रतिकार' के बीच की प्रक्रिया एक तरह के 'तप' का सामान बनती है।

मैथिल थे—हँसते-हँसते मर्म की बात कह जाने वाली वाग्विदग्धता माछ-मखाना, मधुरता से अकछक पोखरपुरी मिथिला में मंडन मिसिर और विद्यापति के ही जमाने से कदुआ के बेल की तरह हर छप्पर पर लतरी थी! सूखकर भी कमंडल ही बन जाने वाले इस कद्दू के बीज वैसे तो इनके घर सबमें थे, पर इनकी खासियत यह थी कि वे नए तरह का समाज बनाने को प्रतिश्रुत शंबूकों और अहिल्याओं के साथ थे। जन्म के समय घटित वर्ग-वर्ण-लिंगादि संयोगों को तूल देना उनको एकदम ही असंगत दीखता था और खेल-खेल में भी वे किसी की अवमानना नहीं करते थे। चुटकी तो ले लेते थे, हाजिरजवाबी में कमी नहीं थी, शब्द-बाण साधना आता भी था, भाषा की व्यंजना शक्ति पर पूरा भरोसा था, पर कटाक्ष करते थे तो उसपर जो दुष्ट, कामचोर या प्रपंची हो। हर घर में वृद्धाएँ, माताएँ, बच्चे और दूसरे सब परिजन-पुरजन इन्हें घेरकर बैठते घंटों और इनकी बातों के फूल लोढ़ते! हँसा-हँसाकर पेट में बल पड़ा देने वाले झा साहब मुझे इसलिए भी अच्छे लगे कि उनके पास बैठकर मुझे यह नहीं लगा कि मैं 'औरत' हूँ—एक भरा-पूरा 'व्यक्ति' होने का एहसास उन्होंने मुझमें भरा!

ट्यूशन के पैसों से जोगनिया कोठी के पिछवाड़े की वह बाड़ी खरीदी थी जो उनके विद्यार्थियों के अतिरिक्त उनके बाप-माँ, सास-ससुर और अन्य कुछ बेकस जनों

का भी मस्त आश्रय थी–'मस्त मड़ैया' नाम था घर का! और सचमुच ही वह 'मस्त मड़ैया' थी–एक तरह का ओपेन हाउस–तरह-तरह की शास्त्र-चर्चाएँ चलती रहती थीं जहाँ, कुछ कुटीर उद्योग भी चलते थे–हर शुक्रवार को जिनके उत्पादों का एक मीनाबाज़ार सजता था–मुसहरी ब्लॉक वाले मोड़ के बाएँ! इसको वे अपने तईं 'विश्वायन' का प्रतिकार कहते थे! विस्थापित मजदूरों-कारीगरों की मदद से यह चलता था। इनकी पत्नी–दांपत्य-सुख से इठलाती साँवली-सलोनी-सी पत्नी–भरमुँह मगहिया पान चुभलाती–मीठी फटकारों से लगातार सबको निहाल किए–इधर-उधर लगातार दौड़ती रहती थीं–किसी-न-किसी इंतजाम-बात में!

बीड़ी पी-पीकर लोगों को कोसने वाले कामचोर इतिहास-शिक्षक चौधरी रणधीर को वे कहते थे 'अग्निहोत्री', 'बर्गर खाकर बच्चे खुद बर्गर-जैसे गब-गब, थुल-थुल हो जाते हैं'–टिफिन में लगातार अगड़म-बगड़म लाने वालों से कहते थे। कव्वाली के तर्ज पर श्लोक गाते-गवाते थे,...डटकर मेहनत करते थे बच्चों के साथ। प्रायः हर परीक्षा–हर प्रतियोगिता में उनके ही अच्छे शागिर्द जीतते थे...! जो काम करते थे, इस दत्तचित्तता और कौशल से मानो ब्रह्म की प्राप्ति का इकलौता रास्ता वही हो–उस क्षण, उसी काम में लीन हो ब्रह्म...!

बोर्ड परीक्षाओं में छात्रों को सौ की अटारी चढ़ाने वाले जो दो विषय हैं : गणित और संस्कृत–उनके अच्छे शिक्षक सम्पन्न अभिभावकों में 'यूरेका'-'यूरेका' का स्पंदन भरते ही हैं! ट्यूशन के लिए लोग पीछे पड़े रहते–मंत्री-ब्यूरोक्रैट-टेक्नोक्रेट-डॉक्टर-मैनेजर-प्रोफेसर-कलाकार-वैज्ञानिक–जिसके घर भी बोर्ड का कोई परीक्षार्थी होता–उसकी गाड़ियाँ उनकी सँकरी गली के मुहाने पर रुकतीं, और चूँकि ये किसी के आगे कभी मुँह खोलकर कुछ माँगते नहीं–जिस घर जाते–वहाँ उनकी स्थिति 'राजगुरु' वाली हो जाती।

दिल्ली में भी मैं इनसे मिल तो चुकी थी–साहिल के बाल-सखा के रूप में, पर यहाँ अपने प्रशस्त सौर-मंडल के साथ नए सिरे से व्यवस्थित देखना और बड़ा अनुभव था! अवतिंका देवी ने मुझको उनके परिवार से जब मिलवाया–देखती ही रह गयी : अच्छा तो ऐसा हो सकता है दांपत्य–काम-काज की धुन में दौड़-धूप करते-करते भी आँखों-आँखों में कुछ मीठा बतिया लेने वाला अद्भुत अगरधत्त वैभव–'अपने सैयाँ से नैना मिलैबे/हमार कोई का करिहैं। ऐसा ही होगा क्या परेवा कुँवर का भी दांपत्य?

सारा दिन उनके घर विविध भारती से पुराने फिल्मी गाने बजते रहते, कोई न कोई अचार धूप में सूखता रहता! हम पहुँचे तो वे मुहल्ले की एक वृद्धा की चोटी-पाटी कर रही थीं! अभी-अभी यह वृद्धा बेटों के पास से भाग कर आयी थी–इन्नर बबुआ के घर मैं क्यों नहीं जाऊँ, मैंने भी तो इसकी मालिश की थी बचपन में, इसकी महतारी

की सोइरी भी काटी थी। बिना टिकट भी भाग गयी। टीटी ने टोका तो डपट दिया, पूरी कहानी सुनाने लगी तो वह भाग गया सरपट—वृद्धा की अकबक तो झूले की रसरी है—एक बार बँधा सो फँसा—झूलते रहो आगे-पीछे बचवा बनकर, बिसर चलो सब काम-काज!

भगवंती बुआ के तीन दामाद, दो बेटे! कुल बाईस बरस की थीं जब पाँच बेटे-बेटियाँ और ढेर सारा कर्जा छोड़कर पति-परमेश्वर परलोक सिधारे! बड़ी बेटी उनसे कुल चौदह बरस छोटी थीं। उन्नीस बरस की उमर में दामादवाली हो गयीं और ग्रामीण की परंपरा के हिसाब से कंचुकी-बलाउज पहनना ही छोड़ दिया! यौन-इयत्ता उतार फेंकी और जगत्माता हो गयीं! कभी-कभी तो अपने नन्हे-से लड्डू-गोपाल से भी लड़ने लगतीं। एक बार नहाते-धोते जरा देर हो गई! भूख बड़ी तेज लग आई थी! जल्दी-जल्दी अपने लड्डू गोपाल के आगे 'परसाद' की थाल लगीं फेरने। जल्दी में प्रसाद की थाल हाथों से छूट गिरी और उसके बाद जो वे कटकटाकर दौड़ीं अपने उस लड्डू गोपाल की मूरत पर कि लोग हँसते-हँसते लोटपोट हो गए। दाँत पीसकर बोलीं—'अब का खैब, ओ मुँहझौंसो!'

भगवान को भी जो 'मुँहझौंसा' कहकर डपट सकता है, उस लोक का जटिल मनोविज्ञान गाँधीजी खूब समझते थे, इसलिए उसके अनुकूल ही नाट्य रचे और कुछ सफल भी हुए। बच्चों को जैसे धमकाया जाता है कि बदमाशी छोड़ो, नहीं तो 'कच्चे खाओं' बोरी में भरकर ले जाएगा, कि तुमने बदमाशी की तो तुम्हारी अम्मा मर जाएगी, चौंतीस के भूकंप के बाद गाँधीजी ने बिहार के लोगों को उँगली उठाकर कहा था—"यह तुम्हारी करनी का फल है। तुम जो छुआछूत मानते हो—उसका फल! 'हरिजन' में तो 'हरि' का वास है, 'दरिद्र' में जैसे 'नारायण' का—यह तुम नहीं मानते! ईश्वर ने भूकंप के रूप में यह कहर ढाया है।"

शुरू-शुरू में जब शीरीन ने मुझे गाँधी-टैगोर संवाद से गाँधी की यह बात पढ़कर सुनाई थी, मेरे मन में झुंझलाहट-सी जगी थी कि जनमन को बालमन मानना कितना उचित है—पर भगवंती बुआ जैसे चरित्रों से मिलकर अब तो यह लगने लगा है कि गाँधीजी ने कैसी मजबूरी में भूकंप की व्याख्या 'दैवी प्रकोप' के रूप में की होगी! जिसको जो भाषा समझ में आए, उससे वही बोलनी होती है! भावना के हिसाब से प्रभुमूरत की व्याख्या लोग ही नहीं बदलते, सामनेवाली की भावना के अनुसार प्रभु खुद भी अपनी मूरत में फेर-बदल करने को लाचार हो जाते हैं!

मनुहार से बच्चों को पाला था! जब वे अपने पर हुए, उनसे भी वो ही मनुहार खोजा! नहीं मिला तो शहर भाग आयीं!...और इस साठ बरस की उमर में मंडी से लाकर सब्जी-भाजी बेचतीं!

एक परिवार और गोद लिया था—दिलखुश कबाड़ी का। दिलखुश कबाड़ी उनको रिक्शे पर घुमाता। सुबह पाँच-छह के करीब अपना समूचा परिवार रिक्शे पर समेटे वह कबाड़ चुनने निकलता! सुबह सड़कें खाली मिलतीं तो पॉलीथिन, बोतलें वगैरह दूर से ही दीख जाते! जब धनी बस्ती आती और कबाड़ थोक में मिलने की संभावना ज़रा गहराती, एक-एक कर उसकी पत्नी और बच्चे रिक्शे से उतरते जाते। भगवंती बुआ को वह मंडी तक छोड़ आता और दोपहर में कूड़ेदानों से कूड़ा चुनकर जब लौटता, उनको लेता हुआ लौटता! सब्जी की टोकरी और कबाड़ का बोरा रिक्शे में संतुलित किए बैठी भगवंती बुआ उस वक्त रानी विक्टोरिया से कम महिमामय नहीं दीखतीं।

बेचतीं बुआ बेशक शाक-सब्जियाँ, मगर खातीं मलाई बरफ, फोक्चे और चाऊमीन! एक बार दिलखुश ने उनको मसाला डोसा भी खिलाया! उस दिन उसकी भी बिक्री अच्छी हुई थी, डरते-डरते बोला—"फूफू, मच्छी फ्रायड खाओगी? ये मत समझना कि दिलखुश धरमभ्रष्ट करने पर आमादा है, पर मछली भी क्या चीज है,...'जोगनिया कोठी' तो हम सबका नया जनम है—जो बीतना था सो बीत गया...।" उस समय तो फूफू ने उसको कान-कनैठी दे दी, पर शाम को एक अनजान ढाबे में जाकर चख आयीं दो-चार और बगल के एक मंदिर में हनुमान-चालीसा पढ़-वढ़कर घर लौट आयीं!

जबसे घर छूटा था, परलोक का डर भी मन से निकल ही गया था! सोचती थी, "परलोक ज्यादा-से-ज्यादा क्या होगा—एक आरामदेह-सा घर ही—जैसे एक घर, एक दर छूटा—सब घर, सब दर छूट जाएँ—क्या फर्क पड़ता है! इतने बरस सारे नियम अगोरे, उससे क्या हो गया! कितना सुख काटा! ज़रा नियम लाँघकर भी तो देखें!

पूरे मुहल्ले का आसरा था उनका रोबीला बतरस!

× × ×

बेचारी अवंतिका देवी। ये मुझे यहाँ घुमाने लायी कि इनके प्रभाव में मैं भी घर-बार करके निश्चिंत हो लूँ, और भटकूँ नहीं! एक सुखी गृहस्थी का नमूना, एक नये ढंग का परिवार। मुझको भी चस्का लगा जाए परिवारवाली हो जाने का! और मैं भटकूँ नहीं, अब ठहर जाऊँ—संभव हो तो जोगनिया कोठी के दूसरे केयरटेकर, टी.एन. विश्वास के संग ही कर लूँ घर-बार। टी.एन. विश्वास कुछ नहीं करने की कला में निष्णात एक सपनीला आदमी है! बोलता है कम पर जब बोलता है, पते की ही बात बोलता है! भुखलू, टुनिया-जैसे अनाथ लड़के जो बचपन से सड़कों पर ही पले हैं, घरेलू नौकर, बूट-पॉलिश करके या कूड़ा बुन-चुनकर जीने वाले अन्य नन्हे जीव : मदारी, नट, संपेरे, चाय ढाबा के छोटू—सबको संझा समय 'जोगनिया कोठी' के अँगना बिठाकर यह टी.एन. विश्वास विश्व-साहित्य के चुने हुए किस्से और कविताएँ

नाटकीय ढंग से सुनाता है। कभी-कभी इन पर आधारित नाटक भी करवाता है इनसे! 'आधारशिला' का विष्णु शर्मा ही समझिए इसे!

कुछ दिन पहले ही साइबर-कुली और ई-बहादुर वाली नौकरी छोड़ी है! खुद को कुछ नहीं करने की कला में स्नातक कहनेवाला यह तेजस्वी लड़का कुछ नहीं को जितना उदात्त कलात्मक आयाम दे रहा है, उससे हम सबका चहेता तो हो ही गया है। अक्सर मैं उसके पास जा बैठती हूँ, कभी-कभी उसके संग टहलने भी चली जाती हूँ इधर-उधर। पर इस रिश्ते में कहीं कोई रूमानी गंध नहीं। मानते नहीं लोग, मत मानें—किसी से कुछ सायास मनवाने की इच्छा भी नहीं रही!...लोगों का जीवन भी इतना नीरस है कि बिना लंतरानियों और चटपटी अटकलों के उनका काम भी कैसे चले! कभी-कभी तो ऐसा लगता है—हँसी-मजाक का पात्र बन जाना एक तरह की समाजसेवा ही है। टी.एन. मेरे साथ ठीक वैसा ही व्यवहार करता है जैसा मैं करती हूँ औरों के साथ। उत्कट आदर और असीम करुणा के घाल-मेल से बनने वाला यह अजब भाव न 'हाँ' को 'हाँ' रहने देता है न 'न' को 'न'! 'हाँ'-'न' के बीच की 'लाइन ऑफ कंट्रोल' हरदम विचलित रहती है!

देह-रसायन का यह जाने कौन-सा नियम है कि अक्सर उसे उसी की छाँह अच्छी लगती है जो उसके पीछे नहीं पड़ता! एक कॉल गर्ल के जीवन का सबसे बड़ा और प्रकट यथार्थ देह ही है—दीखती वही तो है! और जो नहीं दीखता—मन, भावनाएँ और सूक्ष्मतर विचार—उसमें किसी की दिलचस्पी भी नहीं होती! सोचा है क्या किसी ने कि आम्रपाली को बुद्ध ही क्यों अच्छे लगे थे? क्यों लगे थे अच्छे मेरी मेक्डेलिन को ईसा मसीह! शायद हर स्त्री में एक आम्रपाली, एक मेरी मेक्डेलिन होती है! इसीलिए शायद 'शिक्षक' या 'डॉक्टर' या सारे दूर के सितारे लगातार इनके मन में टिमटिम करते हैं, आध्यात्मिक पास की आग आँख में धुआँ भरती है, रोम-रोम में आँसू की तरह चुहचुहा जाने वाला पसीना भी!

साहिल के पहले भी मुझे 'आकर्षक' वही लगे जो अपनी प्रेरणा से मेरे पास नहीं आए और जिन्होंने मुझको स्नेह-सहानुभूति और हँसी-खुशी से वैसे ही निहाल रखा जैसे मैंने अपने उन अनेक प्रेमियों को निहाल रखने की कोशिश की जो समय-समय पर मुख्यतः बाहरी आकर्षण से खिंचकर मेरे पास आए। जिनका मुख्य प्रयोजन मेरी देह का उपभोग था, उनसे मैं प्रेम तो नहीं कर पायी पर उन्हें झटका-झकझोरा भी नहीं—कुछ तो इस मजबूरी में कि अम्मा-बाबा के बाद उनके ही 'प्रताप' से मेरी पढ़ाई का खर्चा निकलता था, पर मुख्यतः इसलिए कि मन-ही-मन अपनी इस देह का अवमूल्यन 'पेप्सी की एक छोटी बोतल' के रूप में मैं बहुत पहले ही कर चुकी थी! चार दिन की चाँदनी है—जो होता है—उसका उपयोग हो ले—समाज को मेरा छोटा-सा

अवदान यही सही कि कुछ प्यासे मुसाफिरों की प्यास बुझा दूँ मैं—उसके बाद फेंक भी दी जाऊँ कूड़े के ढेर पर तो क्या! किसी भी भौतिक, ससीम वस्तु का शाश्वत प्रभामंडल तो हो नहीं सकता : यही सोचती और सो रहती।

साहिल के व्यवहार में वही संयत मिठास और आत्मीयता थी जो एक ग्रहपथ के ग्रहों में होती होगी जो अनजाने 'बॉण्ड' में बँधे हुए चलते तो आगे-पीछे हैं पर मिलते कभी भी नहीं : लाँघ ही नहीं पाते बीच की दूरी! जिस दिन ये टकराए—सब ध्वस्त हो लेगा—इसकी भी पूरी आशंका होती है! क्या प्रेम ये ही गुरुत्वाकर्षण है पिंडों का? मैंने अक्सर सोचा और गौर से देखा साहिल का चेहरा! भोला-भाला, पारदर्शी युवक—स्ट्रेटफॉरवर्ड, बुलंद...पर उसे देखकर मेरे मन में वात्सल्य ही ज्यादा उमड़ता तो मैं क्या करूँ! किसी का भी 'प्रस्ताव' और 'प्रेम' के ऊँचे दावे झटकती नहीं थी क्योंकि यह मुझे अमानवीय लगता। गौर से सोचती हूँ तो लगता है कि हर प्रस्ताव के चेहरे में दरअसल अपना ही चेहरा देखने लगी थी! उसका स्थगन कहीं-न-कहीं मेरा अपना स्थगन था—साहिल के बरअक्स! स्पंदन के बर अक्स मेरी स्थिति वही थी जो मेरे बर अक्स इसकी! हो सकता है—यह मेरा अन्याय हो! लेकिन आत्मीय जीवन के कुछ अन्याय प्रकृति के अँचरा में खोएँछे के दूब-अक्षत-से बँधे होते हैं तो बस बँधे होते हैं! उनका कुछ हो ही नहीं सकता!

अंसारी साहब चाहते हैं कि मैं दिल्ली लौट जाऊँ—शाहिद को माँ-पत्नी के बीच की एक मुझ-जैसी कोई तो चाहिए—मेरा ही अभ्यास उसे पड़ चुका है। पर अभ्यास टूटने ही चाहिए, उससे ही टूटती है जड़ता और कुछ नया जगता है—नये संकल्प, नये स्पंदन!

कुछ दिन बाद जब ये अभ्यास टूट जाएगा और 'जोगनिया कोठी' में मैं व्यवस्थित हो जाऊँगी, शाहिद के लिए यहाँ भी जगह निकल आएगी! इस दुनिया में किसी की इतनी औकात नहीं होती कि वह किसी को रिजेक्ट करे! 'यही सच है' सच नहीं है, यह भी सच है, वह भी सच है! सच है अनेकांतवाद! व्यक्तित्व की इतनी परतें होती हैं—दिल-दिमाग-देह-आत्मा आदि इतने तो पक्ष होते हैं—फिर एक-एक की कितनी-कितनी परतें—सबका जुड़ाव एक ही शय से हो—यह अच्छा तो है, सुविधाजनक और व्यावहारिक भी—लेकिन जरूरी नहीं है! हम अपने तीन-चार बच्चों पर सच्चा नेह बरसा सकते हैं तो अपने तीन-चार दोस्तों/प्रेमियों/पतियों पर क्यों नहीं? हर बिंदु से लगाव सच्चा ही हो सकता है—हो सकता क्या है—है ही! और अगर एक के प्रसंग कोई दूसरे से बताता नहीं तो इसी संकोच में कि यह परंपरा के प्रतिकूल पड़ने के कारण दूसरे में यह गलतफहमी भर सकता है कि वह पुराना पड़ने के कारण अप्रासंगिक पड़ गया है! आदमी वस्तु नहीं होता। उसकी प्रासंगिकता कभी नहीं

घटती! पेट की तरह मन और आत्मा के आयतन भी अलग-अलग हो सकते हैं—कौन कितना समा और निभा सकता है—इस पर ही निर्भर करता है कि वह कितने संबंध बनाए!

सोचती हूँ—वह जो मेरा नवजात बेटा बच जाता—जोगनिया कोठी के इस नये कम्यून में ऐसे बड़ा होता कि नयी स्त्री का गुइयाँ बन सकने लायक बने—स्पंदन और डॉक्टर बोस-जैसा आकाश उसमें होता! साहिल और महेंदर मिसिर-सी धरती होती!—कुछ-कुछ होता झा साहब जैसा! यह बेटी बची है, तो उसकी प्रतिमा प्रकृति ऐसे गढ़ूँगी मैं जैसे दुर्गा की प्रतिमा गढ़ी जाती है—कुछ मिट्टी ढेला बाई की, कुछ काननबाला, रमावती कुंडो और रमाबाई की भी!

× × ×

यह सुबह जोगनिया कोठी में अपनी छितनार गृहस्थी की एक खूबसूरत सुबह थी! चमकीली साइकिल पर सवार अक्टूबर की धूप निकली थी। 'तोमतनन-तोमतनन' : गलियों में अपने धुनकिया बजाते धुनिए भी घूम रहे थे—तोशक-रजाइयाँ तगा लो! सब पुराना नया बना लो! थिगलियाँ खिला लो...खिल-खिलखिला लो!

वही पुरानी रूई रेशा-रेशा धुन गयी तो—खिल जाएगी एकदम! थोड़ी हवा और थोड़ी फफक और थोड़ा स्पेस तो जरूरी है—एक रेशे—दूसरे रेशे के बीच—इसको ही शायद ब्रीदिंग स्पेस कहते हों—उसके बिना रूई न खिल सकती है न गर्म ही रह सकती है। एक तोशक-रजाई जैसी ही एक अच्छे समाज की बनावट होती हो शायद। रूई का हरेक रेशा कहीं-न-कहीं हर दूसरे रेशे से जुड़ा हो फिर भी भर-साँस हवा, भर-साँस अंतराल हो एक रेशे दूसरे रेशे के बीच—कोई किसी पर हावी न हो—सब सरोकार साझा हों, पर पढ़ने-लिखने, स्वतंत्र सोचने और प्यार करने का एकांत भी हो मयस्सर! सोच की चिड़िया लगातार उड़ती चले—रेतीले ढूहों के पार, ऊँची-नीची, जंगल-पहाड़ों की हर सिहरन पीती लौटे तो धरती पर, लेकिन फिर उड़ जाए! कितना अच्छा है कि कम-से-कम आसमान की कोई सरहद नहीं होती!

जोगनिया कोठी के सारे परिजन-पुरजन रजाइयाँ निकालकर धूप में बिछा रहे थे! हफ्ते में एक बार ऐसी ही किसी सुबह सार्वजनिक चौके-भंडार की वृहतसफाई आयोजित होती—सब बच्चे तिलचट्टों, चूहों और चींटियों के पीछे पड़ जाते और स्त्रियाँ साड़ी का पछोटा कसे, झाड़ू धारे धब्ब बैठ जातीं—'पीछे पड़ जाना आदमी का स्वभाव है शायद! इससे निस्तार नहीं—'विधि के बनाए जीव जेते हैं जहाँ के तहाँ, खेतल-फिरत, उन्हें खेलन-फिरन देव, आदर्श स्थिति तो यही होती, फिर 'जीवो जीवस्य भोजनम्' का क्या! औघड़पंथी सबके बस की नहीं, इसीलिए सब नियम-आचार हैं, सीमाएँ भी बाँधनी पड़ती हैं—'दस फार, नो फार्दर!' स्वाधीनता के नाम पर इधर-उधर छड़ी

घुमाते फिरने वाले को टोककर कहना ही पड़ता है—"तुम्हारी स्वाधीनता की सरहद वहीं खतम, बंधु, जहाँ मेरी नाक शुरू : योर फ्रीडम एण्ड्स वेयर माई नोज बिगीन्स!" आइंसटीन वाला सापेक्षता-सिद्धांत दैनंदिन जीवन का भी एक बड़ा सत्य है—हममें से हरेक कहीं शेर है, कहीं बकरी, कहीं तिलचट्टा, कहीं झाड़ू!"

सत्तन कबाड़ी अपनी बीड़ी के सुट्टे पर कुछ गुनगुनाने को ही था कि मल्टीनेशनल की अपनी विकट अंतर्वीक्षा से लौटकर इंद्रकांत झा का एक प्रिय छात्र, संदीप पासवान, आया और बोला—"आज समूचा साक्षात्कार मैंने पूरे आत्मविश्वास के साथ हिंदी में ही दिया। वे अँगरेजी दागते रहे, मैं हिंदी दागता रहा—तथ्यों का तो ज्ञान पूरा था ही—वे सकपका-से गये! आप कहते थे न, सर—कड़े-से-कड़े पत्थर में थोड़ी-सी हरियाली, थोड़ी-सी चिनगारी होती है—फॉसिल में ही दबा होता है तेल का सोता... विप्लव क्रमिक भी होते हैं, हो सकते हैं—जो जहाँ है, वहीं से केवल एक मूल्य लेकर उठे और लाख दबावों के बावजूद झुके नहीं—कायम रहे सत्य के पक्ष पर, सत्य के पक्ष यानी दुनिया के सारे परितप्त जनों के पक्ष पर तो अब भी दुनिया बदल सकती है और बदलकर रहेगी...कठिन से कठिन दुर्ग ढहकर रहेंगे...तो आज दुर्ग ढह गया!...छोटा-सा एक दुर्ग! आज मुझे नौकरी मिली, सिस्टम का पुर्जा बना मैं—अब जहाँ हूँ—वहीं से सत्य का पक्ष थामूँगा, जुटा रहूँगा अन्यायों के खिलाफ! ये मत समझिएगा, सर, कि व्यवस्था के रंग में रँग जाऊँगा, जहाँ हूँ—वहीं से बदलूँगा व्यवस्था!"

"हाँ, यह हमारे समय की मजबूरी है! कोई व्यवस्था खराब है, जैसे यातायात-व्यवस्था ही तो हमें उसकी आलोचना करते हुए भी गाड़ी-सवारी तो लेनी ही पड़ती है। रेल-बस पर चढ़ना छोड़ तो नहीं देंगे व्यवस्था बुरी कहते-कहते! 'राइडिंग द टाइगर'—शेर की सवारी ही सही चुनौती है—दरिया का रुख मोड़ देना है हमको—दरिया में रहकर! दरिया में रहकर मगरमच्छ से बैर साधने का दौर आया है!"

झा साहब के बड़े भाई माछ-मुंड पर लहसुन-सरसों मलते बोले! जिस दिन कुछ तला-भुना बनता है, इनकी फुर्ती देखते बनती है! बाकी दिन उनको इस निस्सार संसार में सब-कुछ फीका-फीका लगता है! उनकी पत्नी भी इस वृहत् संयुक्त परिवार की ऐसी मजेदार जीव हैं कि किसी के सामने तो मांस-मछली और अंडे के नाम पर उबकाई लेने लगती हैं, लेकिन 'पतिदेव की सेवा' के नाम पर मछली-वछली तलने चौके के एकांत में जब भी होती हैं—ले गबागब, ले गबागब, अहाऽऽ हा, ओऽहोहो! गयी डायबेटिज चूल्हे-भाड़ में! नमक-मिर्च चखे बिना पति को परोसें तो कैसे! इस उमर में पंचैती के रस और भोजन-रस के सिवा बचा भी क्या है!

× × ×

कल बहुत दिनों बाद खालिद का भी ई-मेल आया कि अब्बू और शाहिद भाई दिल्ली में बेहद अकेले पड़ गये हैं। नई हाउसकीपर उनको सँभाल नहीं पाती...और

उनकी अपनी राजनीतिक और सांस्कृतिक व्यस्तताएँ इतनी बढ़ी हुई हैं कि पूछिए मत!

"बात दरअसल यह है, तारा, कि एक फिल्म प्रोड्यूसर का मुझ पर दिल आ गया है! अपने एक बंगाली मित्र की चित्र-प्रदर्शनी देखने मैं हयात गया था, वहीं परिचय हुआ...दो-चार बार उसने मुझको घर बुलाया और मैं बैरी जमाने से नजरें चुराता-बचाता चला भी गया उससे मिलने...लालच यह था कि मुझे एक मेगासीरियल में वह एक लंबी भूमिका देगा! एक बार अम्मी की सूरत याद आयी, एक बार शीरीन की, फिर तुम्हारी...तुम तीनों मेरी नैतिक मॉनीटरिंग की ठीकेदार समझती हो न खुद को, इसलिए तुम्हारा खौफ मेरे दिल की गहराइयों में घर कर गया है...ममता कम बड़ा हिटलर नहीं होती!...लेकिन मैं भी एक दिलेर हूँ, सारा खौफ काटता-लाँघता अंततः पहुँच ही गया उस तक! रास्ते भर सोचता रहा—ऐसा क्या कर लेगा, और कर लेगा तो कर लेगा—यह देह मिट्टी है कि नहीं! मिट्टी पर हल चले कि ट्रैक्टर-चींटी कि हाथी—क्या फर्क पड़ता है! दस मिनट का हचर-पचर झेलकर एक बड़ी ब्रेक पा जाऊँ—'यह सौदा बुरा तो नहीं!...सौदा—कौन नहीं करता सौदा—जिसके पास जो है—बेचता ही है—कोई हुनर बेचता है, कोई श्रम, कोई सुंदरता...मेरे पास एकलौती पूँजी है सुंदर जिस्म और उसका उसी पर दिल आ गया तो मैं क्या करूँ!

ऊपर से नीचे तक मुझे पारखी नज़रों से तोलता हुआ बोला—"मॉडलिंग भी तो तुम कर ही सकते हो...बड़ी मेहनत की है इस देह पर, थियेटर का अनुभव कितना है?"

मैं कुछ-कुछ बोलता गया लेकिन सुन भला कौन रहा था—आँखों ही आँखों में वह मुझको निसुर-निसुरकर खा रहा था! एक बार फिर मुझे हौला उठा—"अब्बू को अगर पता चल गया तो?" कुछ देर इधर-उधर की बातें करके उसने मेरे हाथ पर हाथ रखा और लगा कि देह पर छिपकली गिरी और पाँव के नीचे साँप आ गया—दोनों एक साथ!...मैं रह-रहकर बात का रुख फिल्मों की ओर मोड़ता और वह खुद पूरा-का-पूरा मुड़ जाता मेरी तरफ...बिल्ली के मुँह में दबा मरियल चूहा होना क्या होता है, यह उस दिन ही पता चला...फिर तुम्हारी पूरी जिंदगी के बारे में सोचकर तुम पर दया भी बहुत आई...वैसे तो मैं ऐक्टर अच्छा हूँ लेकिन प्यार की ऐक्टिंग ज्यादा ही मुश्किल होती है...आदमी का आदमीपन ही जाने लगता है, बच जाता है चूहापन!

तबसे उसने मुझको अपना चपरासी बना छोड़ा है और कुरियर ब्वॉय...अक्सर मंत्री-संत्री के घर उसको ड्राइव करके भी ले जाना होता है—कुत्ते की तरह दुम हिलाना तो फिर भी गनीमत होती होगा क्योंकि कुत्ता काट भी सकता है चूहे की तरह दुम हिलाता-हिलाता परेशान हूँ अब्बू और शाहिद भाई को प्लीज-प्लीज-प्लीज संभालना! मैं जल्दी ही इसके चंगुल से निकलकर नया जीवन शुरू करूँगा—बस एक ब्रेक मिला है!"

तारा : भगवानजी को ई.मेल

ई. मेल का संसार एक रहस्य-लोक ही है—एक तरह का प्रेतलोक—जगह-जगह से आत्माएँ भटकती हुई आती हैं और कुछ-कुछ कहके खिसक लेती हैं एक ओर। अपने विवरण भी नहीं छोड़ती कि कहाँ की हैं, क्या इतिहास भूगोल है।

'तुमुल कोलाहल-कलह में मैं हृदय की बात, रे मन'—यह दावा इस युग में ई.मेल ही कर सकता है! स्पन्दन बता रहे थे कि सिर्फ अमरीका में तीस लाख मनोचिकित्सा पद्धतियाँ काम कर रही हैं! हर कोने एक मनोचिकित्सक बैठा है और खूब चल रही है उसकी प्रैटिक्स! कई बार सिर्फ हाले दिल सुनाने की खातिर लोग मोटी रकम भरते हैं। इसका क्या अर्थ हुआ? कि आस-पास में कोई ऐसा नहीं है जिसके साथ गहनतम सुख-दुख बाँटे जाएँ 'जोइ सोइ कुछ' गाया जाए जिससे मिलकर!

एक कन्फेशन-बॉक्स की जरूरत आत्मा की मौलिक जरूरत है जैसे हवा, पानी रोटी, कपड़ा, मकान देही की आधारभूत आवश्यकता पर 'ऐसा कोई ना मिला जिन सौ रहिए लागी। सब जग जलता देख्या अपनी-अपनी आगी!' इतना बड़ा सच है यह जो ई.मेल खोलते ही ऊजागर हो जाता है! दुनिया के अज्ञात कानों से परम अनजान लोगों के ऐसे हृदयविदारक मेल आते हैं और ऐसे भयानक मेल भी कि उनका विधिवत अध्ययन होना चाहिए—इस दृष्टि से कि क्या है हमारे मूल भय और विकृतियाँ। ऐसा ही अध्ययन लोकप्रिय पॉप-गीतों का भी होना चाहिए जिनका खजाना है ई.मेल!

बाबूजी कहते थे, मंत्र कॉस्मिक कम्प्यूटर का पासवर्ड है, जगत् की पराहक्तियों से आत्मिक सम्वाद का एक आधार! मजेदार आदमी थे बाबू जी भी! ढोंगी साधुओं के फेरे में न पड़ते तो अच्छे-भले गृहस्थ होते! यौन-वृत्तियों का दमन या उन्नयन हर व्यक्ति से तो सधता नहीं, व हर व्यक्ति ऐसा कन्हाई होता है कि प्लेटोनिक लालित्य के सार्वजनिक विस्तार से उसका काम चल जाए तो चल जाय और हर समय सुन्दरियाँ (या वृत्तियाँ) उसको घेरकर बाँसुरी ही सुनती रहें—इसीलिए बनी है विवाद-व्यवस्था!

हमारी जमीन मुख्यमंत्री के राजनीतिक गुर्गों ने ऐसी छीनी, हर अदालत का दरवाजा खटखटाते, लगातार केस की अगली डेट लेते बाबूजी ऐसे थके कि साधुओं की शरण ही उनको मुक्ति का मार्ग लगी! लगा कि इस देश में अब डॉडमेन एक समानान्तर शक्ति है इनको पिछलग्गू होना और वैसा बन जाना एक नई तरह का पावरगेम है तो इसी में अपनी किस्मत आजमाई जाए—हींग लगे न फिटकरी और रंग चोखा! दो टके की मास्टरी में रखा ही क्या है! सो घर से भग लिए इनके पीछे—अम्मा के प्रति और सेक्स के प्रति भी आकर्षण बना तो रहा—इसी धुकधुकी में छुप-छुपकर मिलते रहे और इस धुकधुकी में मैं धरती पर टपक भी पड़ी। हजा झमेलों के बीच!

'चिठिया हो तो हर कोई बाँचे, भाग न बाँचे कोई'—अम्मा का यह पसंदीदा गाना था! उसके पसंदीदा गायक थे मुकेश और शमशाद बेग़म। ग्राहकों का रेला निपटाने के बाद अक्सर वे मुझको लेकर राजघटा चली जाती और दोनों माँ-बेटी जोर-जोर से गाने गाते—फूलों की झाड़ी के नीचे, कभी-कभी रोने भी लगते गाते-गाते... अम्मा को गुप्तांग में बहुत दर्द रहा करता था लौटते हुए अगर चाट-पकौड़ी से पैसे बचते तो वो शफाखाने भी जाती... बाद में मुझे थोड़ा होश हो गया तो मैं इसरार करती, शफाखाना पहले, चाट-पकौड़ी बाद में...

आज जब मैं खुद भी माँ हूँ—मुझे माँ के मन की बनक, उसकी उमड़न ज्यादा समझ में आती है। बच्चा जनना और ठीक से बड़ा करना एक बड़ी तपस्या तो है—कितनी थक जाती है माँ—लेकिन एक बार मुस्का जो देता है बच्चा तो सारी थकान उड़नधू!... काश, आज माँ होती... उसकी तपस्या का फल है कि पढ़-लिखकर आज इस लायक तो हो पाई कि अपने बच्चों को सही परवरिश दे सकूँ!... जी में आता है, एक ई.मेल. माँ की आत्मा को करूँ जैसे पहले ऊर्जा-बोर्ड पर उनकी आत्मा बुलाने की कोशिश करती थी।

जोगिनिया कोठी

15 अक्टूबर, 2007

आदरणीय अवन्तिका मौसी,

प्रणाम!

जीवन में इतनी तरह के झंझावात आपने झेले हैं! मेरे-जैसे कितने परेशालहाल अनाद्दतों को एक 'दूसरा घर' दिया है! निजी जीवन में भी कितने धीरज से सारे उलझे धागे सुलझाए हैं! जिस पति ने निराधार संशय पर आपको बीच सड़क खड़ा कर दिया—बुढ़ापे में उसके निराश्रय होने पर आप उसे किस ममता से उठाकर 'अपने नए घर में ले आईं! सावधान पंजों से चलती हुई नवप्रसूता बिल्ली देखी है? आहत बिलौटे को दाँतों से दाबे हुए जैसे वह अपने कोने लौटती है—आप 'सर' को लिए-दिए लौटीं जिस क्षण—आपको कैसा लगा था? जीवन करीब से देख-समझकर मैं भी इस निष्कर्ष पर पहुँची हूँ कि कभी-कभी क्षमा सबसे बड़ी सजा होती है! ऐसी ही बड़ी सफलता वह है—दोनों झक्की बूढ़ों को मिलाकर शीरीन-स्पन्दन की शादी के लिए तैयार कर लेना! ये दोनों प्रेमी भी कम खब्ती तो नहीं! आपस में भी लड़ लिए थे...! ये किस्सा आपने सुना कि नहीं? तीन महीने का पूरा अबोला रहा इनमें—ऐसे ही किसी छोटी-सी गलतफहमी पर... उधर दोनों बाप मुँह फुलाए बैठे थे कि हिन्दू-मुस्लिम जोड़ी ठीक नहीं बनती, इनकी शादी नहीं होने देनी है और इधर जिसकी शादी होनी है, जो अपनी शादी का स्पप्न बचपन से दिल में सजाए बैठे थे किसी बात पर मुँह फुलाकर दो अलग शहरों में बसने की सोचने लगे!

खैर, अब सब ठीक-ठाक है! अंत भला तो सब भला! ये सब घनचक्कर देखा-समझकर, मौसी, मैं तो इसी नतीजे पर पहुँची हूँ, कि अंतरंग सम्बन्ध पुरानी ऊन का स्वेटर होते हैं, उन्हें एक बार उधेड़कर दुबारा नये डिज़ाइन, नई संगति, नए कॉम्बिनेशन में बुन देना इतना आसान नहीं होता! रह-रहकर ऊन टूट जाती है या उलझ जाती है—ऐसे क्षण कोई 'तीसरा' चाहिए जो हौले से गाँठें निकाल दे या सूत्रबद्ध करे ऐसे कि 'गाँठें' दिखाई न दे! यही तीसरा हाथ शीरीन और स्पन्दन के लिए मैं और

सम्यक् बने और उधर डॉ. अंसारी और कक्कड़ साहब की उलझनों के लिए बनी आप! एक बधाई आपको, एक हम दोनों को!

बाकी जो आपने 'जोगनिया कोठी' की खातिर नई सखियाँ इनमेंट्स भेजी हैं—उनसे गुलजार हो गई है ये जोगनिया कोठी! बिलासपुरिया मजदूरनों के ठाठ अलग से दिखते हैं! उखड़े हुओं का पुनर्वास सम्भव कर पाना कितना सुखद है—यह आपसे अधिक कोन समझेगा, थोड़ा-बहुत मैं भी समझने लगी हूँ! खग जाने खगही की भाषा! मैंने सुना है कि जमाना यह भी था जब आपको अपने की घर में कुर्सी इस कौने से उठाकर उस कौने रख देने की इजाजत नहीं थी...धरती बिछाकर आसमान ओढ़ने की जब नौबत आई, घर की परिभाषा ही आपने बदल डाली!

इतना आसान नहीं होता 'बेचारी, दुख की मारी' वाली सुकुर-सुकुर से उबरकर एक हँसमुख बुढ़ापे में प्रवेश, बुढ़ापा जो सर्वसमावेशी हो और निस्पृह विदेक की कांति से लहालोट! सबसे मजे की बात है कि आपके प्रशिक्षण में ही शामिल है यह अलमस्त फकीरी, महीन सेंस ऑफ ह्यूमर। जो औरतें आपके सान्निध्य में थोड़े दिन भी रह लेती हैं, आत्मदया उनमें थोड़ी भी शेष नहीं रहती, व शेधी बधारने में उनका कोई विश्वास होता है। चंदा और परबतिया ही थोड़ी-थोड़ी सहमी रहती हैं! हो सके तो उनकी कहानी बताइए! जीवन के उतार-चढ़ाव का अंदाज रहने से नए परिवेश मे समंजित कराना कुछ आसान हो जाता है! यह भी बताइए कि किस तरह के कामों में उनकी रुचि होगी।

आपकी/तारा

10, राजाजी मार्ग,

नई दिल्ली

25 अक्टूबर, 2007

प्रिय तारा,

कोई किसी के लिए कुछ नहीं करता! किसी की कश्ती बचाने के चक्कर में खुद भी तो आप मँझधार से निकल आते हैं। मुक्ति चौमुख दीया है! नई सखियों के बारे में तुमने वाजिब जानकारियाँ माँगी हैं! पर बतिया और चंदा की ही नहीं, मैं उन सबके जीवन-वृत्त का एक खाका साथ संलग्न कर रही हूँ! यह ठीक है कि ये पढ़-लिख नहीं पाई, इसलिए 'आधार शिला' के बच्चों को उस तरह के पाठ नहीं पढ़ा सकती हैं जैसे तुम पढ़ा सकती हो या दूसरे विद्वान्, मगर इनकी संघर्ष-गाथा खुद एक प्रेरक प्रसंग है! सेवा-भाव भी इनमें इतना है कि थोड़ा-सा प्रशिक्षण इन्हें अच्छी नर्स ऐसे काम ये साध सकती हैं और स्त्रियों की एक अलग राजनीतिक पार्टी एक अलग मीडिया की प्रस्तावना जो मैं संसद मैं इस बार रखने वाली हूँ—उसकी सजग राजनीतिक कार्यकर्त्ता

के रूप में भी तुम इनको तैयार कर सकती हो! एक पाठ्यक्रम ऐसा बनाओ जिसमें स्त्री-विषयक कानून, (इतिहास-मिथक-पुराण और समकालीन जीवन से उठाए गये) प्रेरक स्त्री-चरित्र, विश्व-साहित्य से चुने गये प्रेरक स्त्री-प्रसंग इन्हें मौखिक रूप से पढ़ाए जा सकें! यही इनका माकूल प्रशिक्षण होगा!

डॉ. अंसारी और कक्कड़ साहब—जैसे कठिन लोगों के पूर्वग्रह के कारण योजना सचमुच आसान नहीं थी! पर धीरज का एक अक्षय कोष तो इक्वअल के रूप में प्रकृति हम स्त्रियों को देकर ही भेजती है, अनवरत कोशिश का जज्बा वहीं से आता है!

धन्नबाद कोइलरी में खटनेवाली इन बिलासपुरी मजदूरनियों के जीवन-वृत्त पर आधारित कुछ कहानियाँ मेरी मित्र, रमणिका गुप्ता ने 'बहू-जुठाई' शीर्षक से लिखी हैं! वहीं से कुछ प्रसंग उठाकर एक कोलाज-सा मैंने तुम्हारे लिए बना दिया है ताकि इन नई सखियों से तुम्हारा परिचय हो सके! इन्हें तुम सहमी हुई मत समझना, ये सब जिंदा आग की लुतरियाँ हैं, नये परिवेश में अंगारा भी राख ओढ़कर कुछ देर तो देखता ही है! अब यह तुम पर है कि तुम कितनी जल्दी इनकी राख उड़ाकर इन्हें ऊदर्वबाहु लपट बना देती हो!

तो यह रहा तुम्हारा कोलाज : आदिवासी और दलित स्त्रिययों का 1973 तक, यानी कोयला खदानों के सरकारीकरण के पहले तक जिन्होंने रेल भी नहीं देखी थी, निजी खदानों कॉन्ट्रैक्टर जैसे नाच नचाते रहे, कुछ दिन तो ये नाची फिर अपने हक के लिए लड़ना सीख भी लिया तो भी देह इनके शोषण का प्राइम साइट बनी रही—रखेलगिरी, बलात्कार, बेमेल विवाह अनचाहे गर्भ के अनन्त सिलसिले, असुरक्षित प्रसव, डायन-दहन, 'छछिया-भर छाह पर नाच नचावै' का महवीभत्स संस्करण : नाम की मजदूरी, बेगार और ब्याज-भँवर के अतिरिक्त :

1 सरदारिन कुछ ढलने लगी तो मर्द का मन आनी-आनी जवान डौकियों की तरफ खिंचने लगा।... सरदारिन की बड़ी बेटी की उमर की चमेली, सरदारिन को सोत कम, माँ ज्यादा समझती थी, भले ही रात को बाप के बराबर मर्द के साथ सोना पड़ता था उसे!

1 मर्द थोड़ा सिर पर नहीं बोझ सकता, चूँकि यह उनके समाज में वर्जित है!... तो जन्मजात बोझड़ी ये आदिवासी महिलाएँ चाहे वे राँची की हों या विलासपुर की, थोड़ा ढोले में माहिर! दो ढाई घंटे में दस औरतें सोलह टन का ट्रंक बोझ देती थी।

1 चमेली को नौकरी का कार्ड मिल ही नहीं रहा था, पर मुंशी बाबू को हाजरी के पैसे में हिस्सा दे देने से दूसरे के नाम पर काम करने की छूट कोइलरी में मिल

जाती थी! ऐसे बदली नौकरी का एग्रीमेण्ट होने के बाद, करमाहा सोच रहा होगा कि अपनी नौकरी चमेली को देगा... तब तक वह चल ही बसा!

1 फॉर्म भरकर दे दिया गया तो दफ्तर के बाबू लोगों ने साल-भर लटका दिया! बड़ी मुश्किल से नेताजी ने फॉर्म जी.एम. कार्यालय भिजवाया! इस बीच सरदारिन ने चमेली को पटना रैली में भेज दिया जहाँ रास्ते में उसे सी.आर.पी. का मुकाबला करते, लड़ते-लड़ते डटे रहना पड़ता! अब चमेली का भय खुल गया! वह यूनियन की हर मीटिंग में जाने लगी... फिर विलासपुरी कहने लगे, बिहारी नेता लोग विलासपुरनियों को रखनी रखने लगे हैं...

1 पत्ते के छोटे-छोटे घरों में जहाँ मानुष सीधा खड़ा नहीं हो सकता था—अन्दर सुअर, बकरी या मुर्गी भी जहाँ मजदूरों के साथ ही रहते थे—वहीं छोटी खटिया पर धड़, टीना पर पाँव और सिला पर सर टिकाकर सरदारिन महिला-नेता को सुलाती।

1 (जब मुंशी उसे नौकरी का सब्जबाग दिखाकर रखेलिन रख ही गया) चन्दा ने अपनी निरीह पति का ब्याह खुद अपने रिश्ते की बहन से रचाया! सारा दौड़ा चन्दा को सराह रहा था! वे सब चंदा और मुंशी के रिश्ते को जानते थे, उसकी मजबूरी भी समझते थे! फिर कोलरियों में ऐसी नित-दिन चलता रहता है! इसके लिए किसी को समाज से बाहर नहीं किया जाता... पर हाँ, अगर पुरुष न चाहे तो वह ऐसी औरत को डायन बता कर पूरे समाज से पत्थर मरवा सकता है...।

1 असल तो उसकी जातवाली औरत की औलाद ही अपनी मानी जाएगी, नौकरी मिलेगी तो उसको ही।

1 (जिस नौकरी के चक्कर में मुंशी को माथा खाया वह नौकरी भी जब उसके बेटे को न देकर अपने बेटे को दिलायी तो) चंदा की नजर सामने पड़ी टाँगी पर पड़ी—टाँगी जिससे वह रोज लकड़ी काटकर लाती है जंगल से घराने!... आज वह टाँगी उसे एकाएक बड़ी होती नजर आयी... उदय से भी बड़ी। टाँगी की धारगाछ की छाल से कभी काली या उसके दूध से सफेद हो जाती है, आज वह उसे लाल होती नजर आ रही थी।... पत्थर पर रगड़कर उसे तेज़ किया, चमकाया और सँभालकर ऐसे रखा जैसे एक सद्यःजन्मे बच्चे को माँ रखती है! टाँगी की धार पर उसकी जवानी का एक-एक वर्ष चमकने लगा!

1 अगले दिन कुत्ते के मुँह में उदय का सिर देखकर कालोनी वाले सकपकाए!

1 साक्ष्य के अभाव में चंदा को उदय मर्डर माण्डू केस नम्बर 10/92, धारा 302 में बाइज्जत बरी किया जाता है!

1 बड़ी बहन बसमतिया का बेटा अपनी मौसी परबतिया से एक ही वर्ष छोटा था!... माँ काम पर गयी रहती तो? समतिया ही परबतिया को अपना दूध पिला देती थी! उसके पति को लोग 'साधुजी' कहते थे! बाधा में खूब सुनता-सुनाता था रामायण! वसमतिया भी उसे साधुजी कहती थी और सास सोनकुँवर भी!... लगता था वह खुद अपना असली नाम भूल गया था।

1 परबतिया पाँव-पाँव चलते ही लगीं थी कि जोहनदास बीमार पड़ गया! सर्दी का महीना था! खाट के नीचे बोरसी रखी थी! दिन में ही जोहनदास ने सोनकुँवर से शिकार बनाने को कहा था! सोनकुँवर सामने की खस्सी काटकर लायी थी! अन्तिम क्षणों में वह अपनी डौका की कोई बात उठाना नहीं चाहती थी!... वह जानती थी, डॉक्टर ने दारू के लिए मना किया है... पर अंतिम बेला अपने 'डौका' को प्यासा कैसे जाने दे! जिन्दगी भर उसके साथ खाया, साथ पिया, अब मरते वक्त कैसे अकेला खाए—कैसे न पिए उसके साथ—दारू पीके, मांस खाके मोला मरन दे, तब भोर आत्मा भटकती नहीं, फिर दूसर जन्म में तारे संग खाय-पी के तिख्खे हो ही त तैंहर मोर नारी बनबे!"... दोनों पीते रहे, दोनों रोते रहे! फिर दोनों एकदम चुप हो गये! परबतिया ऊँघने लगी थी। जोहनदास ने उसे रजाई में घुसाकर सुला लिया! नीचे जमीन पर 'सुत' रही सोनकुँवर!

1 और मृत बाप के हाथों की जकड़न में परबतिया जीवन-भर बँधी रही! बहुत मुश्किल से उसे दिन भी मुहल्ले वालों ने उसको मरे बाप की बाँहों की जकड़न से अलग किया!

1 धीरे-धीरे उसकी देह सरसों की गंदत-सी बढ़ती रही। उसकी आँखें सबेरे-सबेरे झरोखे से झाँकती धूप-सी चमकती हुई पूरे घर में फैल जाती! होंठों पर बरबस हँसी फैल जाती! चेहरा 'लशक' जाता; जैसे आईना धूप की किरणों से ललकारे देने लगता है।

1 अगले दिन गाँव की पंचायत हुई! परबतिया के सास-ससुर ने ही अपने बेटे के खिलाफ पंचायत बुलाई थी। पूरा गाँव परबतिया के मरद को कोस रहा था और परबतिया को ठीक से रखने का दबाव डाल रहा था, पर वह तैयार ही न था (क्योंकि उसकी आसक्ति अपनी भाभी से थी।)

1 कभी-कभार उसका पति उसे अपनी हवस का शिकार तो बनाता पर जैसे कोई अपराध हो गया हो, और उस अपराध-बोध से मुक्ति के लिए उसे खूब पीटता! खटिया के पाये के नीचे उसकी हथेलियाँ डालकर खुद खटिया पर बैठ जाता और कूदता! परबतिया पीड़ा से चिल्लाती! माँ-बाप के आने के पहले वह भाग जाता!

1 फटकार सुनकर 'साधु जी' की कड़ा कर फिर लौटा! इस बार उसने परबतिया

को बिना देखे अपनी बाँहों में लेने का निश्चय किया था चूँकि परबतिया को देखकर उसका वह शी नहीं, उसका स्नेह जग जाता था—विवेक जग जाता था—बाप जग जाता था! इसलिए वह उसका चेहरा बिना देखे ही उसकी भोग लेने की सोच रहा था ताकि अपी 'डौका' की फटकार से बच सके।

1 परबतिया को लगा कि उसके बाप की वह ठंडी जकड गरम हो गई हो, वह अकड़ा हाथ हिलने लगा हो और उसकी पूरी देह पर सरसरा रहा हो, जैसे साँप देह पर! उसे झुरझुरी-सी आने लगी थी! वह झुरझुरी डर की थी, आनन्द की या दोनों की मिश्रित, वह यह न समझ पा रही थी।

1 झोपड़ी बहुत छोटी थी! पत्ते की थी! खटिया पर सीधे बैठना नहीं हो सकता था! खटिया एक ही थी! बाहर चबूतरा बना था जहाँ चूल्हा हमेशा जलता ही रहता था! कोयले की खदान में कोयले की कमी न थी! बेटा मेहतर हमेशा बाहर ही सोता था! सर्दी में चूल्हे पर आग तापकर, गर्मी में चबूतरे पर जिसे परबतिया रोज छाई ओर गोबर से लीपकर ठंडा रखती थी, वह गुजर करता था। परबतिया की बारी आती तो बसमतिया बाहर सो जाती और परबतिया अन्दर! दोनों के अपने मरद को पूरा बराबर हिस्सों में बाँट लिया था...

1 साधु जी की उमर अब काफी हो गई थी! परबतिया जवान प्रौढ़ा बनकर और निखर आती थी... साधु जी को अपने बेटा-समान पोसनें लगी थी!... बेटी थी, या माँ, पत्नी थी या सौत—'बहिनी' थी या 'रखिनी',वह समझ न पाती थी!

ऐसी ही बाहर विषम जीवनस्थितियों के बीच से बाहर आई इन बहादुर औरतों के जीवन-वृत्तों पर तो तुम्हें नुक्कड़ नाटक खेलने चाहिए, तारा! और जहाँ तक काम का सवाल है, इनकी तो रग-रग में बिजली दौड़ती है और खून के एक-एक कतरे में समुन्दर मचलता है—दुनिया का कौन-सा काम है जो ये कर नहीं सकती। श्रम की गरिमा समझनी है तो कोई इनसे समझे, जीवन का मर्म समझना हो तो भी इनसे ज्यादा रससिद्ध गुरुआइनें तुम्हें कहाँ मिलेंगी! इन्होंने जीवन का पाठ पढ़ा है, तारा। हँसते-हँसते अपनी लोकक्तियाँ और पहेलियों में, किस्सों में, गीतों में ये तुम्हें ऐसे पते की बातें समझा सकती है जो गझिन ग्रन्थ नहीं समझा सकते बड़े पण्डितों को!

अपना ख्याल रखना। परसों तक शीरीन भी आ जाएगी! शादी तो सादा ही करनी है! फिर भी कुछ खरीदियाँ लाजिमी है! तुम कब तक आ पाओगी? खालिद तो मिलता-रहता है। उसमें गजब की परिपक्ता आ गई है! अपने त्यागी मामू की शागिर्दी उसे बहुत रास आयी! उनका जीवन-दर्शन उसने एकदम से आत्सामन कर लिया है!

साशिष तुम्हारी,

अवन्तिका

साहिल : एक यात्रा अंतिम

इश्क जो कराए—वो ही कम है!
इश्क के नाम पर इतना हँसता था मैं!

इतना मजाक उड़ाता था—दुनिया के सब प्रेमियों का! और अब चला जा रहा हूँ—बिन बुलाए ही—क्या जाने कहाँ! 'क्या जाने' से बढ़कर कोई घर नहीं दुनिया में! दरोदीवार के बिना ही बना—पानी का घर! आग का घर!

गोद में शाहिद लेटा है! मेरा रकीब! मेरा बच्चा! फैज की ग़जल पूरी की पूरी याद आ रही है।

छुक-छुक-छुक! चली जा रही है वैशाली एक्सप्रेस—कितने मकाम और कितनी सदियाँ लाँघती! कहाँ आ गया मैं!

बचपन में मेरी फैंटेसी थी—दुःख की मारी बस्तियों में नमक लदे खच्चरों, मलाईबरफ के ठेलों और रूई की मिठाई के लट्ठ की तरह रोज आना, हर दिल में माँ का दिल बो आना, जंगल की पगडंडियों पर कान लगाकर सुनना—कौन आ रहा है इस रास्ते, फिर उसकी अगवानी में फूलों की झाड़ी, हरी घास, बहता दरिया, गाता पंडुक बन जाना... तूफानों में भागना—मस्त घोड़े की तरह...!

हरदम यह एहसास बना रहा कि बहुत दुख है इस दुनिया में, हटाने को मलबा बहुत है, पढ़ने को ढेर-सी किताबें और चेहरे... लेकिन कहीं भी मन ऐसा तो टिककर नहीं रह सका जेसा तुममें! दुनिया बहुत देखी, घूमा भी काफी लेकिन ठिकाना क्या होता है, ये ठिकाने से अब समझा दूँ!

और अब समझ ही गया हूँ किसी तरह तो साथ-साथ और भी रहस्य खुल रहे हैं—जीवन, प्रकृति और संबंधों के!

पिछले हफ्ते

नींद खुली तो मन अकबकाया-सा था! एक बार मन में आया—मास्साहब की बाड़ी तक हो आऊँ या 'हंस' के दफ्तर या मंडी हाउस में ही कोई नाटक देख आऊँ, पर सिर उठाया ही नहीं गया! शायद बुखार था—हल्का ही होगा, पर था! तारा का चेहरा आँखों में तैरा! वह होती तो मेरा सिर अभी झंडू बाम की मोटी परतों में लिथड़ा

पड़ा होता—बालों में नवरतन तेल की सनसनन सन मालिश होती और गरमागरम चाय के साथ देश-दुनिया की विसंगतियों पर ठहाके लगा करते, छूटती रहतीं तरह-तरह की लंतरानियाँ...! तारा की आत्मा में ही नहीं, प्रायः हर स्त्री की आत्मा में तृप्त-अतृप्त मातृत्व की डिक्टेटरी बसती है जिसके आगे सिर झुकाना ही होता है। क्या ये ही है असली स्त्रीतव? फिर यह पौरुष की अतियों से भिन्न भला कैसे हुआ? यह भला क्या बात हुई कि प्रेम शुरू तो होता है 'भाईचारा, स्वाधीनता और बराबरी' के महत् प्रजातांत्रिक नोट पर लेकिन धीरे-धीरे उसमें एक अजब-से अधिनायकतंत्र की हुँकार लगने लगती है—'जो हो—वो मेरे इशारों पर हो' वाला भाव?

...पर यह भी क्या कम बड़ा सच है कि मीठी फटकारों की तलब आत्मा में कभी-कभी जगती भी है और 'प्रिया' की मेरी अपनी परिभाषा कुछ मिलाकर ये कि जिसकी डाँट से भी रस का संचार हो—प्रिया वो! प्रिया वही जिसकी डाँट मन भाए! (जैसे दुल्हन वही जो पाठक जी दिलवाएँ!)

...तीन दिन लगे मुझे वायरल फीवर (और इन पत्रों) के असर से बाहर आने में!

बाहर आया—तब तक तारा के पास मुजफ्फरपुर जाने का मन बना चुका था! क्या जाने कितने महीनों के बाद सीटी बजाने का भी मन हुआ—एक पुरानी धुन सुबह से मेरे भीतर खोंता-सा बना रही थी—एक-एक तिनका चोंच में दाबे भीतर आती, फिर बाहर जाती, कुछ तिनके बिखर भी रहे थे! तारा ने लिखा था कि उसके 'नीमपागल फकीर आशिकपुत्तर', उसके बेटे के अब्बा, शाहिद को भी साथ लिए आऊँ—अब उसको भी साथ रखने-लायक इंतजाम हो गया है ढेला बाई की जोगनिया कोठी में! अपने साथ ले आना संभव नहीं था—नई जगह, नई जमीन—पहले तो खुद जड़ें जमानी थीं...!

अंसारी साहब बेटे को रुखसत करने स्टेशन तक आए! उनकी आँखें डबडबायी हुई थी लेकिन मन निश्चिंत था! इतने दिन तारा के बगैर शाहिद उतना ही बेचैन रहा था जितना पूरे चाँद की रात को सातों समुंदर बेचैन रहते हैं। एक समुंदर उसके रक्त में भी तो था ही जो उसमें औलिया की बोली-बानी जगाता था! बाप का गला पाया था उसने... सूफीपन एक तरह से घुट्टी में ही मिला था! अरे, अरे, प्लेटफॉर्म पर उधर दूर व्हीलर बुक स्टॉल के पास—कौन खड़ा मुस्कुरा रहा है? धरमपाल भैया? मुझे देखकर—तारा से मेल-जोल पर मुझसे नाता ही तोड़ लिया था?... माफ कर दिया क्या मुझे? और एक चिट्ठी पकड़ा गये चलती गाड़ी की खिड़की से! दरअसल मैं उठने को हुआ था कि गाड़ी ने सीटी दे दी थी! मैंने वहीं से दोनों हाथ जोड़े और उत्सुकता से चिट्ठी खोली—

शास्त्री भवन,
नई दिल्ली-1
15.1. 2006

प्रिय साहिल,

आग का दरिया पार कर जहाँ पहुँचे हो, वहाँ साधारण नियम नहीं चलते! सारी नियमावली ढह जाती हैं जब आग से नहाया हुआ आदमी रूढ़ियाँ-परम्परा, विभेद और नियमावलियों के पहाड़ लाँघता है—बर्फीले, चट्टानी, ऊसर पहाड़... तो तुम्हारा प्रेम सच्चा है—एक परीक्षा तो पास कर ली—आवधिक परीक्षा जो काल लेता है—अंतिम परीक्षक तो वही है... मोह-मात्र होता तो घुल जाता!... प्रेम की दूसरी कसौटी जो है—त्याग वह तुम जैसों पर लागू नहीं होती! तुम जिस मिट्टी के बने थे— और जिस भट्ठी में मैंने तुमको बचपन से डाल रखा था—वहाँ त्याग चित्त की मूल वृत्ति बन जाता है, आधारभूत प्रशिक्षण का हिस्सा! त्याग तो तुम किसीके लिए भी कर सकते हो! तुम्हारे-जैसों की खातिर त्याग कोई निष्कर्ष नहीं, वह तुम्हारा अभ्यास भी हो सकता है... पर जिस व्याकुलता के साथ त्याग किया गया और त्याग के बाद तृप्ति किस हद तक हुई, इस तृप्ति और इस बेकली की उम्र कितनी थी, कितने बरस यह ठठी—देखने की बातें ये होती हैं... और मैं इतने दिन चुपचाप ये ही तो देखता रहा!

... तो तुम्हारा प्रेम सच्चा है—अगर तुम्हारा प्रेम सचमुच सच्चा है तो यह तुम्हें सुलाएगा नहीं, जगाएगा—नींद में भी जगाए रखेगा, रोम-रोम जागृत रखेगा तुम्हारा—इसी एहसास में कि अभी सफर खत्म नहीं हुआ! तुम्हारे हृदय में सवेरा हुआ है—तुम्हारी आत्मा ने एक ठोस अवलम्ब पा लिया है—एक सुमेरु, एक सूरज—अब इस सुमेरु का विस्तार, इस सूरज की कोमल लालिमा जब तक बृहत्तर जीवन-जगत् के चप्पे-चप्पे में नहीं पहुँचती, तुम्हें बस सजग रहना है और देखना है कि कुछ तुम्हारे हाथ से कभी ऐसा नहीं हो जो इस दुनिया के सबसे अनादृत, निर्धन और असहाय व्यक्ति के आत्मोदय में बाधक हो! जो करो, उसके ही हित में करो! और करते रहो—लगातार! सिर्फ साक्षी बनने से काम नहीं चलेगा—प्रकृति ने दो आँखें दी हैं तो हाथ-पाँव चार दिए हैं! सब इन्द्रियाँ कोष हैं—इन्हें पूरा ही भर लो—दृश्यों से आँखें, श्रुतियों से कान, कर्मेद्रियों से अपनी क्षमता-भर पूरा काम—जो भी तुम्हारी क्षमता हो! किसी-न-किसी अर्थ में विशिष्ट तो प्रकृति सबको बनाती है—तुम किस अर्थ में विशिष्ट हो, तुम्हारी सेवा का मार्ग क्या होगा—यह तय करना ही सच्चा आत्मान्वेषण है—कम-से-कम मेरी नजर में!

वैसे, यह भी सच है कि कोई सच अन्तिम नहीं होता और शायद इसीलिए हर सच अन्तिम सच-सा सम्पूर्ण होता है—दृढ़ और प्रवाहमान, निष्करुण और करुणास्नात,

'पत्रोत्कंठित' और विष से बुझा हुआ, अकेला और सर्वसमावेशी, मौलिक और प्रभावकीलित! मौलिकता का सूत्र ही है प्रभावों का विलय! सूरज की पहली किरण जितना मौलिक तो और कुछ क्या होगा! सृष्टि का सूत्रपात ही उससे हुआ, किन्तु उसकी भास्वर श्वेतिमा में सात रंगों का निर्गुण-सगुण विलय तो होता है जो कभी अचानक किसी बूँद, किसी प्रिज्म से, किसी खासकोप से विकीर्णित हुआ तो इन्द्रधनुष दिखा, वरना अंतर्मुक्त ही रह गया!

सृष्टि के बीजमंत्र कुछ ही हैं, कुछ ही हैं जीवन के परम सूत्र या मूल! वर्णमाला के अक्षर किसी भाषा में कुल कितने होते हैं आखिर? गिनती के ही तो! लेकिन उन्हीं अक्षरों के अलग-अलग मेल अनन्त हो जाते हैं! थोड़ी-सी, गिनी-चुनी घटनाएँ ही हर देश-काल में अलग-अलग ताप-त्वरा और थोड़े परिवर्तन के साथ घटती रहती है! क्या निजी जीवन, क्या सार्वजनिक जीवन—मूल तथ्यों की अन्विति तो वही रहती है! इसीमें छिपा है मौलिकता और प्रभाव के द्वन्द्व-चाप का रहस्य! वही जीवन-चक्र, वही सुबह, वही शाम, वे ही जीवन-मूल्य, राग-विराग के वे ही फेरे, मियाँ की वही दौड़ मस्जिद तक... पर मजे की बात यह है कि मस्जिद तक की हर दौड़ उन्हीं गिने-चुने अनुभव-वृत्तों में से रोज एक नई अनुभूति उठाकर मियाँ के फेंटे में कस देती है। और मियाँ की खूबी इसमें है कि उसी चकर-पकर, उसी के बीच से उठी उस विशेष अनुभूति का निवियोग कह क्या करता है!

तो जाओ मियाँ, और खुश रहो! खुश रहो और खुश रखो! जो जहाँ है, वहीं से एक क्रांति घटित कर सकता है—पहले अपने भीतर, फिर अपने बाहर... संकल्प की शक्ति अनन्त है!

याद रखने की बस एक बात याद रखना कि मनुष्य का दिमाग एक जटिल मशीन है! वह प्रेम के गहनतम क्षणों में भी नौकरी की जहमतों में उलझा रह सकता है या पैसों की चिन्ता में परेशान या किसी बृहत्तर सामाजिक परियोजना की रणनीतियों में निभग्न! इसका अर्थ यह नहीं कि उसके प्रेम में कोई खोट है या समाधि में कोई कमी! 'खोट' अगर कहीं है तो 'खोट' शब्द में ही क्योंकि पूरा 'खरा' और 'शुद्ध' और 'एकसार' कुछ भी नहीं होता—कोई मनःस्थिति मनुष्य की ऐसी नहीं होती कि एक ही भाव में डूबकर रह जाए—समाधियाँ भी टूटती हैं, हुजूर... श्राद्ध से समय भी दान की बुँदिया और लड्डू, खटिया और छाता के इंतजाम की चिन्ता आदमी का मन बाँटने को उद्ग्रीव खड़ी रहती है! तर्पण एक सच है तो बुँदिया भी उसी वजन का दूसरा सच, यदि करुणा एक सच है तो सामाजिक विद्रूपताओं पर सात्विक आक्रोश उतना ही बड़ा दूसरा सच! और अच्छा जीवन, अच्छी कविता की तरह, दोनों तरह के सच से वैसा ताल-छन्द बैठा लेता है जैसे हम बचपन में घुमरीपरैया वगैरह खेलते हुए

बैठा लेते थे—आपस में—'अक्कड़-बक्कड़ बम्बे बो... अस्सी नब्बे पूरे सौ, सौ में लगा धागा, चोर निकलकर भागा...',

बच्चे, तू भाग रहा है? मुझे अकेला छोड़कर? कब आएगा? आएगा न? कोई कहीं पूरी तरह तो नहीं जाता! नहीं जाता न?

तेरा भैया,

धरम पासवान।

पुनश्य : ढेर-सा आशिष और ढेर-सी सौंह हर कच्चे, टूटे घर की, उस पुआल के बिछौने की जिसपर रात-रात-भर जगकर एक नई दुनिया के सपने देखा करते थे... क्या जमाना था! सूखी रोटी चाय में डूबकर मालपुआ ही हो जाती थी, है न— अगर कभी मिल गई तो! दिनभर की गाली-गलौज ओर मजूरी, मार-पीट, रगड़ा-रगड़ी पीछे धकेलकर भालू या बन्दर के खेल भी देख ही लेते थे... कभी रेलवे-स्टेशन की ओर निकलकर गाड़ियों की बहार भी देखते, कभी स्कूल पहुँचते, कभी नहीं भी पहुँचते!.. .. और भी कहीं, अब साथ पहुंचे या नहीं भी पहुंचे... उससे क्या! जिनसे भी स्मृतियाँ और सपने साझा हों—एक बूढ़ा पुल सदा उनके बीच टँगा रहता है... यह कभी बन्द नहीं होता! क्या मैं गलत कर रहा हूँ?

× × ×

शाहिद भी भर-रस्ते ट्रेन की खिड़की से मुँह निकाले अटर-पटर, कुछ-कुछ गाता ही रहा।

एक अजब-सी मासूमियत उसके चेहरे पर थी। बीच-बीच में बेसँभाल भी हो जाता—तब उसको अपनी बाँहों में घेरकर बिठाते हुए एक क्षण मुझे यह लगा कि यह मेरा रकीब नहीं, है भी तो इससे मेरा अदावत का रिश्ता तो हो ही नहीं सकता—यह तो मेरा अपना है—अपना ही कोई विकल अंग। आज तक मैंने नहीं माना था कि मेरा कोई अंग विकल है! एक ही पाँव पर चला, मगर फिर भी दुनिया देखी! जयपुर फुट की आनबान! एक पैर लकड़ी का हुआ करे, दिल-दिमाग तो काठ का नहीं था—प्रगतिशील था, मैं कठमुल्ला नहीं था, न काठ का उल्लू ही... सम्यक् जीवन-दृष्टि रखने की कोशिश की—आकुल-व्याकुल न रहूँ, धीरज से वही करूँ जो उचित हो और न्याय सम्मत, कोई काम ऐसा न हो जिससे आँखें झुकें... मन कमजोर हो ये लो... एक अनाम-सी आकुलता मचलती हुई कहीं से आयी और अंततः मेरे गले लग ही गयी—इश्क की शकल में और इश्क भी कैसा-वही एक झीनी-सी लाली—तरफ फैली हुई—जित देखौं तित लाल! एक के बहाने सारी दुनिया से इश्क हो जाने का आलम! तौबा, ये मैं भी क्या अजब-गजब सूफियाना बोली-बानी लगा बोलने! सोचकर हँसी

आती है—इश्क भी नन्हा-सा इन्कलाब ही है—एकदम बदल देता है आपको—सारी दीवारें बर्लिन की दीवारें हो जाती हैं... छूम-छनन टूटती हुई।

न उजाला है, न अँधेरा। न दिन, न रात! स्टेशन आने को है! मेरी गोदी में सर रखे मेरा रकीब गहरी-सी नींद सोया है, रह-रहकर एक ही पंक्ति सपनों में गुनगुना रहा है वो—

जौ तौ प्रेम खेलन का चाओ—
सिर धर तली गली मोर आओ!